EDIÇÕES BESTBOLSO

E o vento levou
volume I

Margaret Mitchell (1900-1949) nasceu em Atlanta, no estado da Geórgia, nos Estados Unidos. Formada em jornalismo, deixou de exercer a carreira depois que se casou. *E o vento levou* foi seu único romance publicado em vida. Agraciada com o prêmio Pulitzer de ficção em 1937, a obra foi adaptada para o cinema em 1939, tornando-se um filme obrigatório em todas as listas de grandes clássicos da sétima arte.

MARGARET MITCHELL

E O VENTO LEVOU

VOLUME I

Tradução de
MARILENE TOMBINI

7ª edição

EDIÇÕES
BestBolso
RIO DE JANEIRO – 2021

CIP-BRASIL. CATALOGAÇÃO NA FONTE
SINDICATO NACIONAL DOS EDITORES DE LIVROS, RJ

Mitchell, Margaret, 1900-1949
M668e E o vento levou: volume 1 / Margaret Mitchell; tradução
v. 1 Marilene Tombini. – 7ª ed. – Rio de Janeiro : BestBolso, 2021.
7ª ed. 12 × 18 cm

Tradução de: Gone with the wind
Continua com: E o vento levou : volume 2
ISBN 978-85-7799-430-4

1. Ficção americana. I. Tombini, Marilene. II. Título.

CDD: 813
13-0450 CDU: 821.111(73)-3

E o vento levou: volume 1, de autoria de Margaret MItchell.
Título número 333 das Edições BestBolso.
Sétima edição impressa em janeiro de 2021.
Texto revisado conforme o Acordo Ortográfico da Língua Portuguesa.

Título original norte-americano:
GONE WITH THE WIND

www.edicoesbestbolso.com.br

Design de capa: Carolina Vaz

Impresso no Brasil

ISBN 978-85-7799-430-4

Para
J. R. M.

Parte I

1

Scarlett O'Hara não era linda, mas os homens raramente se davam conta disso quando enredados por seu encanto, como acontecia aos gêmeos Tarleton. Em seu rosto, os traços delicados da mãe, uma aristocrata litorânea de ascendência francesa, combinavam-se com excessiva nitidez aos do pai irlandês, mais grosseiros. Mas era um rosto arrebatador, de queixo pontudo e maxilar quadrado. Os olhos eram verde-claros, sem qualquer toque de castanho, sombreados por profusos cílios negros de pontas levemente arqueadas. As sobrancelhas espessas e escuras, um tanto oblíquas, sobressaíam-se na pele alva como a magnólia, aquela pele tão apreciada pelas mulheres sulistas, e muito bem protegida contra o sol quente da Geórgia por chapéus de sol, véus e luvas.

Sentada com Stuart e Brent Tarleton à sombra fresca da varanda de Tara, a fazenda de seu pai, naquela iluminada tarde de abril de 1861, ela fazia uma bela figura. Seu novo vestido florido de musselina verde espalhava 10 metros de tecido ondulante à sua volta e combinava perfeitamente com as sapatilhas de pelica que o pai lhe trouxera recentemente de Atlanta. O vestido se ajustava com exatidão à cintura de 43 centímetros, a menor em três condados, e o corpete justo revelava seios maduros para seus 16 anos. Mas, apesar de toda a modéstia das saias espalhadas, do recato do cabelo preso em um coque suave e da tranquilidade das pequenas mãos brancas cruzadas sobre o colo, sua verdadeira personalidade não ficava oculta. Os olhos verdes no rosto meigo eram turbulentos, voluntariosos, cheios de vida, em desacordo com seu ar decoroso. As boas maneiras lhe haviam sido impostas pelas gentis repreensões maternas e pela disciplina mais severa de sua babá negra, Mammy;* os olhos, entretanto, lhe pertenciam.

**Mammy*, do inglês, aia negra. Apesar de a palavra ter uma tradução, optamos por mantê-la como apelido, pois essa personagem já foi consagrada na versão cinematográfica do livro. (*N. do E.*)

De cada lado dela, os gêmeos se reclinavam confortavelmente em suas cadeiras, olhos apertados sob a luz do sol, segurando copos altos decorados com folhas de hortelã, enquanto riam e conversavam; as longas pernas, com botas até os joelhos, cruzavam-se com negligência, revelando os músculos construídos em cima da sela. Dezenove anos, 1,85 metro, ossos longos e robustos, rostos bronzeados e cabelos castanho-avermelhados. Os olhos eram alegres e arrogantes, e eles vestiam-se com idênticos casacos azuis e culotes cor de mostarda. Eram tão iguais quanto dois caroços de algodão.

Lá fora, o sol do fim de tarde se inclinava sobre o pátio, iluminando os botões brancos dos alfeneiros contra a relva nova. Os cavalos dos gêmeos estavam amarrados no caminho de entrada, animais grandes, castanho-avermelhados como os cabelos de seus donos, e, em torno de suas patas, altercava-se a matilha de esbeltos e nervosos cães de caça que sempre acompanhava Stuart e Brent. Um pouco distanciado, como convém a um aristocrata, estava um dálmata, focinho descansando sobre as patas, pacientemente esperando que os rapazes fossem para casa jantar.

Entre os cães, os cavalos e os gêmeos, havia uma afinidade mais profunda do que a que os rapazes dedicavam a suas companhias constantes. Eram todos animais saudáveis, irrefletidos, jovens. Os rapazes eram afáveis, elegantes, fogosos, tão bravos quanto os cavalos que montavam. Bravos e perigosos, mas também dóceis com aqueles que soubessem lidar com eles.

Embora nascidos com as facilidades da vida de fazendeiros, atendidos em todas as necessidades desde a infância, a fisionomia dos três na varanda não era relapsa nem meiga. Tinham o vigor e a prontidão da gente do campo, que passa a vida inteira ao ar livre, sem se preocupar com as tolices dos livros. A vida no condado de Clayton, na Geórgia, ainda era nova e, de acordo com os padrões de Augusta, Savannah e Charleston, um pouco rústica. As regiões mais sossegadas e antigas do sul menosprezavam os georgianos do norte, mas lá a falta dos refinamentos da educação clássica não implicava vergonha, contanto que um homem tivesse tino para o que importava. E cultivar um bom algodão, montar bem, acertar o alvo, dançar com leveza, acompanhar as damas com elegância e saber beber como um cavalheiro era o que importava.

Nesses quesitos, os gêmeos se sobressaíam, assim como eram notórios em sua igualmente extraordinária incapacidade de assimilar qualquer coisa contida entre as capas dos livros. Embora sua família possuísse mais dinheiro, mais cavalos e mais escravos do que qualquer outra no condado, os rapazes sabiam menos gramática que a maioria de seus pobres vizinhos caipiras.

Era precisamente por esse motivo que Stuart e Brent passavam o tempo na varanda de Tara naquela tarde de abril. Tinham acabado de ser expulsos da Universidade da Geórgia, a quarta que lhes dava um pontapé em dois anos, e seus irmãos mais velhos, Tom e Boyd, tinham voltado para casa com eles, pois se recusavam a permanecer em uma instituição onde os gêmeos não fossem bem-vindos. Stuart e Brent consideravam aquela última expulsão uma piada, e Scarlett, que por vontade própria não abrira um livro desde que deixara a Academia Feminina de Fayetteville no ano anterior, achava aquilo tão divertido quanto eles.

– Eu bem sei que vocês dois não se importam com a expulsão, tampouco Tom – disse ela. – Mas e Boyd? Ele parece disposto a se formar, e vocês o arrancaram das universidades da Virgínia, do Alabama e da Carolina do Sul, e agora da Geórgia. Neste ritmo ele nunca vai conseguir.

– Ah, ele pode ler sobre Direito no escritório do juiz Parmalee, em Fayetteville – respondeu Brent, indiferente. – Além do mais, isso não importa muito. De qualquer jeito, teríamos de voltar para casa antes que o semestre acabasse.

– Por quê?

– A guerra, boba! A guerra vai começar a qualquer momento. E você não acha que algum de nós continuaria na faculdade durante uma guerra, não é?

– Vocês sabem que não vai haver guerra alguma – disse Scarlett, entediada. – É tudo conversa, porque Ashley Wilkes e o pai disseram a papai na semana passada que nossos representantes em Washington chegariam a... a... um acordo amigável com o Sr. Lincoln sobre a Confederação. E, de qualquer jeito, os ianques morrem de medo de lutar contra nós. Não vai haver guerra alguma e estou farta de ouvir falar nisso.

– Não vai haver guerra alguma?! – protestaram os gêmeos, indignados, como se tivessem sido feitos de bobos.

– Ora, doçura, é claro que vai haver uma guerra – disse Stuart. – Os ianques podem estar com medo de nós, mas, depois do jeito como o general Beauregard os expulsou do forte Sumter anteontem, eles vão ter de lutar ou ficar com fama de covardes diante do mundo todo. Sim, porque a Confederação...

Scarlett fez um muxoxo de impaciência.

– Se vocês falarem "guerra" mais uma vez, eu entro em casa e fecho a porta. Nunca, em toda a minha vida, uma palavra me cansou tanto quanto "guerra", a não ser que seja "secessão". Papai fala sobre guerra de manhã, ao meio-dia e à noite, e todos os cavalheiros que vêm visitá-lo ficam berrando sobre o forte Sumter, os Direitos de Estado e Abe Lincoln até me deixarem tão entediada que tenho vontade de gritar! E é só disso que os rapazes falam também, disso e de sua antiga Tropa. Ninguém conseguiu se divertir em nenhuma festa nesta primavera, porque os rapazes não conseguem arrumar outro assunto. Estou feliz que a Geórgia tenha esperado até depois do Natal para se separar, caso contrário teria acabado com as festas natalinas também. Se vocês disserem "guerra" de novo, eu me retiro.

Ela falava sério, pois nunca conseguia aguentar por muito tempo qualquer conversa da qual não fosse o principal assunto. Mas sorria ao falar, propositadamente acentuando as covinhas e piscando os densos cílios negros com a velocidade de asas de borboletas. Os gêmeos, tão encantados quanto ela pretendia deixá-los, apressaram-se em pedir desculpas por aborrecê-la. A opinião que tinham dela não diminuía por causa de sua falta de interesse pela guerra. Pelo contrário. Guerra era negócio de homens, não de damas, e eles encaravam a atitude de Scarlett como evidência de sua feminilidade.

Tendo afastado os rapazes do entediante assunto da guerra, ela voltou interessada à situação imediata deles.

– O que a mãe de vocês falou sobre terem sido expulsos outra vez?

Eles pareceram constrangidos, lembrando-se da conduta materna três meses antes, quando tinham voltado para casa a pedido da Universidade da Virgínia.

– Bem – disse Stuart –, ela ainda não teve oportunidade de dizer nada. Nós e Tom saímos de casa hoje cedo, antes que ela se levantasse, e Tom vai pernoitar nos Fontaine, enquanto nós estamos aqui.

– Ela não falou nada quando vocês chegaram em casa ontem à noite?

– Estávamos com sorte ontem. Logo antes de chegarmos, aquele novo garanhão que mamãe tinha comprado no Kentucky mês passado chegou, e todo mundo estava no maior alvoroço. Que animal... É um grande cavalo, Scarlett; você precisa dizer a seu pai que vá vê-lo logo. Ele já tinha tirado um naco do tratador no caminho de ida e escoiceou dois dos negros de mamãe que foram buscá-lo no trem em Jonesboro. E logo antes de chegarmos, ele tinha praticamente posto abaixo o estábulo e quase matado Strawberry, o antigo garanhão da fazenda. Quando chegamos em casa, mamãe estava lá com um saco de açúcar acalmando o bicho, e com muito resultado! Os negros estavam pendurados nos caibros do teto, de olhos esbugalhados, de tão apavorados, mas ela falava com o cavalo como se fossem velhos conhecidos e ele comia na mão dela. Ninguém lida com um cavalo como mamãe. E, quando ela nos viu, disse: "Pelo amor de Deus, o que vocês quatro estão fazendo em casa outra vez? Vocês são piores que as pragas do Egito!" E então o cavalo começou a relinchar e empinar, e ela disse: "Saiam daqui! Não estão vendo que ele está nervoso? Cuidarei de vocês amanhã de manhã." Então fomos dormir. Saímos hoje cedo, antes que ela pudesse nos agarrar, e deixamos Boyd para lidar com ela.

– Vocês acham que Boyd vai apanhar?

Scarlett, como o resto do condado, não conseguia se acostumar com o modo como a pequena Sra. Tarleton batia nos filhos crescidos e lhes descia o chicote nas costas se a ocasião lhe parecesse justificada.

Beatrice Tarleton era uma mulher ocupada, tendo nas mãos não só uma grande plantação de algodão, cem escravos e oito filhos, mas também o maior haras do estado. Ficava exaltada e se aborrecia facilmente com as frequentes desgraças dos quatro jovens e, ainda que não permitisse a ninguém chicotear um cavalo ou um escravo, sentia que uma surra eventual não fazia mal aos rapazes.

– É claro que ela não vai bater em Boyd. Ela nunca bateu muito nele, porque ele é o mais velho e, além disso, o menor do bando – disse Stuart, orgulhoso do seu 1,85m. – Foi por isso que o deixamos em casa para explicar as coisas. Deus do céu, mamãe precisa parar de nos bater! Temos 19 e o Tom, 21, e ela age como se tivéssemos 6.

– Será que ela vai com o cavalo novo ao churrasco dos Wilkes amanhã?

– Ela quer, mas papai diz que ele é muito perigoso. E, de qualquer maneira, as meninas não vão deixar. Elas disseram que a fariam ir ao menos a uma festa como uma dama, de carruagem.

– Tomara que não chova amanhã – disse Scarlett. – Tem chovido quase todos os dias faz uma semana. Não há nada pior que um churrasco transformado em um piquenique dentro de casa.

– Ah, amanhã vai estar límpido e quente como em junho – disse Stuart. – Olhe para o pôr do sol. Nunca vi um mais vermelho. Sempre se pode prever o tempo com base no pôr do sol.

Eles olharam a vastidão de hectares intermináveis dos campos de algodão recém-arados de Gerald O'Hara, até o horizonte. Agora que o sol se punha em um tumulto de carmins atrás das colinas do outro lado do rio Flint, o calor do dia de abril recuava para um frio leve e agradável.

A primavera chegara cedo naquele ano, com rápidas chuvas mornas, a súbita floração rosada dos pessegueiros e os cornisos salpicados de estrelas brancas a iluminar o charco do rio escuro e as colinas distantes. A terra já estava quase toda arada, e a glória sangrenta do crepúsculo coloria os sulcos recém-cavados no barro vermelho da Geórgia em tons ainda mais profundos. A terra úmida revirada, aguardando sequiosa pelas sementes do algodão, mostrava-se rosada no topo arenoso dos sulcos, e escarlate e acastanhada onde as sombras se estendiam pelas laterais. A casa-grande de tijolos brancos parecia uma ilha no meio de um bravio mar vermelho. Um mar de vagalhões espiralados, curvos e crescentes, subitamente petrificados no momento em que as ondas de topos rosados quebravam na arrebentação. Pois ali os sulcos não eram longos e estreitos como os que podiam ser vistos nos campos de barro ocre dos terrenos planos da Geórgia central ou na viçosa terra preta das plantações costeiras. O campo ondulado aos pés das montanhas do norte da Geórgia era arado em milhões de curvas para impedir que a rica terra fosse levada para o fundo dos rios.

Era uma terra vermelha bravia, da cor do sangue após as chuvas, como pó de tijolo nas secas, a melhor terra do mundo para o algodão. Era uma terra agradável de casas brancas, tranquilos campos arados e indolentes rios lamacentos, mas uma terra de contrastes, indo da mais intensa luz solar às mais densas sombras. As clareiras formadas pelas plantações e as léguas de campos de algodão sorriam para o sol cálido, plácido, complacente. Em seus limites se erguiam as florestas virgens, escuras e frias mesmo ao meio-dia mais quente, misteriosas, um pouco sinistras, os pinheiros parecendo esperar com secular paciência para sussurrar baixinho a ameaça: "Cuidado! Cuidado! Estas terras já foram nossas um dia. Podemos tomá-las de volta."

O som de cascos, o tilintar das correntes dos arreios e o riso estridente e descuidado das vozes dos negros chegaram aos ouvidos dos três na varanda conforme os trabalhadores e as mulas voltavam dos campos A voz suave da mãe de Scarlett, Ellen O'Hara, veio flutuando de dentro da casa quando ela chamou a negrinha encarregada da cesta de chaves. Uma voz infantil aguda respondeu: "Já vai, sinhá," e ouviu-se o som de passos indo para os fundos, rumo ao fumeiro onde Ellen ia racionar a comida para os trabalhadores que chegavam. Pork, o mordomo de Tara, colocava a mesa para o jantar, produzindo o som característico da louça e dos talheres.

Com esses últimos ruídos, os gêmeos se deram conta de que era hora de ir para casa. Mas estavam relutantes em encarar a mãe e se demoraram na varanda de Tara, esperando, por um momento, que Scarlett os convidasse para jantar.

– Olhe, Scarlett, a propósito de amanhã – disse Brent –, só porque estávamos fora e não sabíamos do churrasco e do baile, não há motivo para não termos direito a um monte de danças à noite. Você não prometeu todas, não é?

– Bem, prometi! Como eu ia saber que vocês estariam todos em casa? Não poderia me arriscar a ficar sentada sozinha esperando por vocês dois.

– Você, esperar sentada?! – Os rapazes se dobraram de rir.

– Ouça, doçura, você tem de me conceder a primeira valsa, e a última a Stu, e tem de jantar conosco. Ficaremos sentados no patamar da escadaria como no último baile e faremos a bá Jincy ler nossa sorte outra vez.

– Não gosto das leituras de sorte da bá Jincy. Sabem, ela disse que vou me casar com um cavalheiro de cabelos e bigode negros, e não gosto de cavalheiros de cabelos negros.

– Você gosta dos ruivos, não é, doçura? – disse Brent com um sorriso matreiro. – Agora, vamos, prometa-nos todas as valsas e o jantar.

– Se você prometer, nós lhe contaremos um segredo – disse Stuart.

– Qual? – bradou Scarlett, alerta como uma criança ao som daquela palavra.

– É o que ouvimos ontem em Atlanta, Stu? Se for, você sabe que prometemos não contar.

– Bem, a Srta. Pitty nos contou.

– Srta. quem?

– Você sabe, a prima de Ashley Wilkes que mora em Atlanta, a Srta. Pittypat Hamilton, tia de Charles e Melanie Hamilton.

– Sei, e nunca conheci uma velha mais tola em toda a minha vida.

– Bem, quando estávamos em Atlanta ontem, esperando pelo trem a fim de vir para casa, a carruagem dela passou pela estação. Ela parou e falou conosco, e disse que haveria um anúncio de noivado amanhã à noite no baile dos Wilkes.

– Ah, eu sei disso – disse Scarlett, decepcionada. – Aquele tolo do sobrinho dela, Charlie Hamilton, e Honey Wilkes. Há anos que todo mundo sabia que os dois se casariam um dia, mesmo que ele parecesse meio indiferente.

– Você o acha tolo? – perguntou Brent. – No Natal passado, você o encorajou quando andava atrás de você.

– Não pude impedir. – Scarlett deu de ombros de modo negligente. – Acho que ele é um tremendo almofadinha.

– Além disso, não é o noivado dele que será anunciado – disse Stuart, triunfante. – É o de Ashley com a irmã de Charlie, a Srta. Melanie!

O rosto de Scarlett não mudou, mas seus lábios ficaram lívidos como os de uma pessoa que tivesse recebido um soco estonteante sem aviso e que, nos primeiros momentos do choque, não se desse conta do acontecido. Sua fisionomia estava tão imóvel enquanto encarava Stuart que ele, nada perspicaz, supôs que ela estivesse meramente surpresa e interessada.

– A Srta. Pitty nos contou que eles não pretendiam fazer o anúncio até o ano que vem, porque a Srta. Melanie não tem passado muito bem, mas, com todos esses rumores de guerra por aí, as duas famílias acharam que seria melhor que eles se casassem logo. Então será anunciado amanhã à noite, no intervalo do jantar. Agora, Scarlett, nós contamos o segredo, então você tem de prometer que vai jantar conosco.

– É claro que vou – disse Scarlett automaticamente.

– E todas as valsas?

– Todas.

– Você é um amor! Aposto que os outros rapazes vão pular de raiva.

– Pois que fiquem com raiva – disse Brent. – Nós dois damos conta deles. Scarlett, sente-se conosco no churrasco ao meio-dia.

– Como?

Stuart repetiu o pedido.

– Claro.

Os gêmeos se entreolharam, radiantes, mas um tanto surpresos. Embora se considerassem os admiradores favoritos de Scarlett, nunca tinham recebido provas desse favorecimento com tanta facilidade. Ela geralmente os fazia implorar e protestar enquanto dava desculpas, recusando-se a dizer sim ou não, rindo se ficassem aborrecidos, mantendo-se distante se eles se zangassem. E ali ela lhes prometera praticamente todo o dia seguinte: sentar-se com eles no churrasco, todas as valsas (e eles providenciariam para que todas as danças fossem valsas!) e o intervalo do jantar. Isso fazia valer a pena terem sido expulsos da universidade.

Cheios de um entusiasmo renovado pelo sucesso, foram ficando, falando sobre o churrasco e o baile, sobre Ashley Wilkes e Melanie Hamilton, interrompendo um ao outro, contando piadas e rindo delas, visivelmente forçando o convite para jantar. Passara-se algum tempo quando perceberam que Scarlett estava calada. A atmosfera tinha mudado um pouco. Os gêmeos só não sabiam bem de que modo, mas o ardor sumira da tarde. Scarlett parecia prestar pouca atenção ao que diziam, embora desse as respostas certas. Sentindo algo que não conseguiam entender, desconcertados e aborrecidos, os gêmeos se esforçaram por algum tempo até se levantarem com relutância, olhando para seus relógios.

O sol estava baixo sobre os campos recém-arados, e as matas altas do outro lado do rio já formavam um vulto de silhueta preta. As andorinhas atravessavam o pátio velozmente, e as galinhas, patos e perus gingavam, pavoneando-se, dispersamente chegando dos campos.

– Jeems! – gritou Stuart.

Logo um negro jovem e alto da idade deles corria sem fôlego em volta da casa rumo aos cavalos amarrados. Jeems era o pajem dos gêmeos e, como os cães, estava sempre com eles. Ele os acompanhara nas brincadeiras da infância e lhes fora dado como presente pelo décimo aniversário. Vendo-o, os cães de caça dos Tarleton se ergueram do pó vermelho e ficaram esperando pelos donos. Os rapazes fizeram uma mesura, apertaram a mão de Scarlett e disseram que estariam nos Wilkes de manhã cedo, esperando por ela. Depois tomaram o caminho, montaram em seus cavalos e, seguidos por Jeems, seguiram pela alameda de cedros a galope, abanando os chapéus e gritando suas despedidas.

Ao fazer a curva da estrada poeirenta que os ocultava de Tara, Brent puxou as rédeas do cavalo a fim de parar sob um arvoredo de alfeneiros. Stuart também parou, e o rapaz negro ficou a alguns passos atrás. Os cavalos, sentindo as rédeas frouxas, esticaram o pescoço para ceifar a tenra grama primaveril, e os pacientes cães deitaram-se de novo na macia poeira vermelha, voltando o olhar cobiçoso para as andorinhas que voavam em círculos na penumbra que se formava. O rosto de Brent, largo e ingênuo, estava intrigado e levemente indignado.

– Ei – disse ele –, você não acha que ela deveria ter nos convidado para jantar?

– Achei que ela iria – disse Stuart. – Fiquei esperando que ela convidasse, mas nada. O que acha disso?

– Não acho nada, mas só me parece que ela deveria ter convidado. Afinal, é nosso primeiro dia em casa e não nos víamos fazia um bom tempo. E tínhamos mais um monte de coisas para contar.

– Eu tive a impressão de que ela ficou bem contente de nos ver quando chegamos.

– Eu também.

– E aí, cerca de meia hora atrás, ela ficou quieta, como se estivesse com dor de cabeça.

– Eu notei, mas na hora não dei muita atenção. Por que será que ela ficou incomodada?

– Não sei. Você acha que falamos alguma coisa de que ela não gostou?

Os dois refletiram por um minuto.

– Não consigo pensar em nada. Além disso, quando Scarlett fica aborrecida, todo mundo fica sabendo. Ela não se controla, como muitas outras moças.

– Sim, é disso que gosto nela. Não fica por aí quieta e emburrada quando está irritada. Mas foi alguma coisa que dissemos que a fez ficar calada e parecer meio indisposta. Eu podia jurar que ela gostou de nos ver quando chegamos e que tinha a intenção de nos convidar para jantar.

– Você não acha que foi por causa da expulsão, não é?

– Ah, não! Não banque o bobo. Ela riu quando contamos. Além disso, Scarlett não dá maior importância aos livros do que nós.

Brent se virou na sela e chamou o pajem negro.

– Jeems!

– Sinhô?

– Você ouviu o que estávamos conversando com a Srta. Scarlett?

– Não sinhô, seu Brent! Como que o sinhô pode achá que eu tava espiano vosmecês branco?

– Espiando, santo Deus! Vocês, negros, sabem tudo o que acontece. Ora, seu mentiroso, eu vi com meus próprios olhos você saindo da varanda e se acocorando atrás da moita de jasmim perto da parede. Agora, você nos ouviu dizer alguma coisa que pudesse ter deixado a Srta. Scarlett aborrecida... ou que ferisse os sentimentos dela?

Assim interpelado, Jeems desistiu de fingir que não ouvira nada e franziu o cenho.

– Não, sinhô, num vi vosmecês dizê nada que zangasse ela. Inté pensei que ela tava feliz de vê vosmecês e que tava com saudade e tava cantarolano feito passarim inté mais ou meno a hora que vosmecês falô que o sinhô Ashley e a sinhazinha Melly Hamilton vai casá. Daí ela ficô muda que nem passarim quando o gavião arrevoa lá em cima.

Os gêmeos se entreolharam e assentiram, mas sem compreender.

– Jeems tem razão. Mas não entendo por quê – disse Stuart. – Meu Deus! Ashley não representa nada para ela, a não ser um amigo. Ela não é louca por ele. Ela é louca por nós.

Brent concordou.

– Mas você acha – disse ele – que, talvez por Ashley não ter contado a ela, uma velha amiga, que iria anunciar o noivado amanhã à noite, cla tenha se zangado de não saber antes de todo mundo? As garotas fazem muita questão de saber essas coisas primeiro.

– É, talvez. Mas e daí se ele não contou a ela que o anúncio seria amanhã? Era para ser um segredo e uma surpresa, e um homem tem o direito de manter discrição sobre o próprio noivado, não é? Não teríamos essa informação se a tia da Srta. Melly não tivesse dado com a língua nos dentes. Mas Scarlett devia saber que ele se casaria com a Srta. Melly algum dia. Porque nós sabemos há anos. Os Wilkes e os Hamilton sempre se casam com os primos. Todo mundo sabia que era provável que ele se casasse com ela, assim como Honey Wilkes vai se casar com o irmão da Srta. Melly, Charles.

– Bem, desisto. Mas fiquei chateado por ela não ter nos convidado para jantar. Garanto que não quero ir para casa e escutar mamãe falando sobre nossa expulsão. Como se esta fosse a primeira vez.

– Talvez, a esta altura, Boyd já a tenha acalmado. Você conhece a lábia que aquele patifezinho tem. Sabe que ele sempre consegue amansar mamãe.

– É verdade, mas leva algum tempo. Ele tem de fazer rodeios até ela ficar tão confusa que acaba desistindo e pedindo que ele guarde seu fôlego para o trabalho como advogado. Mas ele ainda não deve ter tido tempo para começar, porque, vou lhe dizer, aposto que mamãe ainda está tão empolgada com o cavalo novo que nem vai se dar conta de que voltamos para casa até se sentar para jantar hoje à noite e ver Boyd. E, antes que o jantar acabe, ela vai estar bufando e soltando fogo pelas ventas. Já serão 22 horas quando ele tiver uma chance de dizer que não teria sido honroso para nenhum dos irmãos ficar na faculdade depois do modo como o reitor falou conosco. E vai ser meia-noite antes que ele a deixe zangada a ponto de perguntar-lhe por que não deu um tiro no reitor. Não, não podemos chegar em casa antes da meia-noite.

Os gêmeos se entreolharam, taciturnos. Eles não tinham medo de cavalos selvagens, de se meter em rixas ou da indignação dos vizinhos, mas se apavoravam com as descomposturas daquela mulher ruiva e do chicote que ela não tinha escrúpulos de estalar em seus culotes.

– Bem – disse Brent –, vamos então até os Wilkes. Ashley e as garotas vão ficar contentes em nos convidar para jantar.

Stuart pareceu um pouco desconfortável.

– Não, não vamos até lá. Vai estar um alvoroço por causa do churrasco de amanhã e, além disso...

– Ah, eu esqueci – falou Brent, apressado. – Não, não vamos até lá.

Eles instigaram os cavalos e seguiram em silêncio por algum tempo, as bronzeadas faces de Stuart rubras de constrangimento. Até o verão anterior, Stuart fizera a corte a India Wilkes com a aprovação das duas famílias e do condado inteiro. Todos sentiam que a reservada e contida India Wilkes talvez tivesse uma influência calmante sobre ele. Esperavam por isso fervorosamente, a qualquer preço. E Stuart podia ter sido bem-sucedido, mas Brent não ficara satisfeito. Brent gostava de India, mas a achava muito sem graça e monótona, e simplesmente não conseguiria se apaixonar por ela para acompanhar o irmão. Era a primeira vez que os interesses dos gêmeos divergiam, e Brent ficou ressentido com a atenção que o outro dava a uma moça que não lhe dizia absolutamente nada.

Então, no verão anterior, durante um comício político em um bosque de carvalhos em Jonesboro, os dois subitamente notaram Scarlett O'Hara. Eles a conheciam havia anos e, desde a infância, ela fora uma amiga favorita, pois sabia cavalgar e subir em árvores quase tão bem quanto eles. Mas agora, para surpresa de ambos, encontraram-na transformada em uma moça, a mais encantadora de todo o mundo.

Pela primeira vez perceberam como seus olhos verdes dançavam, quanto eram profundas suas covinhas quando ela ria, como suas mãos e pés eram mínimos, e a cinturinha que tinha. As tiradas inteligentes deles a faziam rir e, inspirados pela ideia de que ela os considerava uma dupla extraordinária, eles se superavam.

Foi um dia memorável na vida dos gêmeos. Dali em diante, quando o relembravam, sempre questionavam o motivo para não terem percebido os encantos de Scarlett antes. Nunca chegaram à verdade, que era o fato de Scarlett naquele dia ter decidido fazer com que a notassem. Sua constituição era incapaz de aguentar qualquer homem apaixonado por qualquer mulher que não fosse ela, e a visão de India Wilkes e Stuart no comício tinha sido demais para sua natureza predatória. Não contente em monopolizar apenas Stuart, ela voltou sua atenção também para Brent, e com uma dedicação que os deixou arrebatados.

Agora estavam ambos apaixonados por ela, e India Wilkes e Letty Munroe, de Lovejoy, a quem Brent estivera cortejando meio a contragosto, tinham ficado para trás em seus pensamentos. O que o perdedor faria no caso de Scarlett aceitar um dos dois, os gêmeos não cogitavam. Atravessariam essa ponte quando chegassem a ela. No momento, satisfaziam-se em estar de acordo novamente sobre uma moça, pois entre eles não havia ciúmes. Era uma situação que interessava aos vizinhos e enfurecia a mãe deles, que não gostava de Scarlett.

– Será bem feito se aquela astuciosa aceitar um dos dois – dizia ela. – Ou talvez ela aceite os dois, e então vocês vão ter de se mudar para Utah, se os mórmons os receberem... o que eu duvido... A única coisa que me aborrece é que um dia desses vocês dois se embriagam, ficam com ciúmes um do outro por causa daquela duas caras de olhos verdes e vão acabar se matando. Mas talvez isso também não seja uma má ideia.

Desde o dia do comício, Stuart ficava desconfortável na presença de India. Não que ela o tivesse censurado ou desse a perceber por algum olhar ou gesto que notara sua súbita mudança de devoção. Era educada demais para tanto. Mas Stuart sentia-se culpado e pouco à vontade com ela. Tinha consciência de que despertara os sentimentos da jovem e sabia que ela ainda o amava e, no fundo do coração, sentia que não agira como um cavalheiro. Ele ainda gostava muito de India, e a respeitava por seus modos finos e serenos, sua erudição e todas as excelentes qualidades que possuía. Mas, droga, ela era tão pálida, desinteressante e monótona se comparada ao encanto fascinante e sempre renovado de Scarlett! Você sempre sabia onde pisava com India e nunca tinha a mínima ideia com Scarlett. Isso era suficiente para levar um homem à loucura, mas tinha seu encanto.

– Bem, vamos até a casa de Cade Calvert para jantar. Scarlett falou que Cathleen chegou de Charleston. Talvez ela tenha notícias do forte Sumter.

– Cathleen? Duvido! Posso apostar que ela nem sequer sabe onde fica o forte, muito menos que estava cheio de ianques até os expulsarmos de lá. Só o que ela vai saber é dos bailes que frequentou e dos rapazes que conquistou.

– Bem, é divertido ouvi-la tagarelar. E vai ser um bom abrigo até mamãe se recolher.

– Ah, com os diabos! Eu até que gosto de Cathleen, e ela é engraçada. Além do mais, seria bom ouvir sobre Caro Rhett e o resto do pessoal de Charleston, mas duvido que consiga aguentar outro jantar com aquela madrasta ianque dela.

– Não seja tão duro, Stuart. Ela tem boas intenções.

– Não estou sendo duro. Sinto pena dela, mas não gosto de sentir pena das pessoas. E ela se esforça demais para que nós fiquemos à vontade. Tanto que sempre acaba dizendo e fazendo exatamente o contrário. Isso me dá nos nervos! E ela considera os sulistas uns bárbaros selvagens. Até falou isso para mamãe. Ela tem medo de sulistas. Sempre que estamos lá, ela parece estar apavorada. Ela me lembra uma galinha magra empoleirada em uma cadeira, os olhos meio vidrados e amedrontados, pronta para bater as asas e soltar um grito ao menor movimento de alguém.

– Bem, você não pode culpar a coitada. Você realmente deu um tiro na perna de Cade.

– Bem, eu só fiz aquilo porque estava bêbado – disse Stuart. – E Cade nunca ficou ressentido. Nem Cathleen, Raiford ou o Sr. Calvert. Foi só aquela madrasta ianque que gritou e disse que eu era um bárbaro selvagem e que pessoas decentes não estavam a salvo perto de sulistas incivilizados.

– Bem, você não pode culpá-la. Ela é uma ianque e não tem boas maneiras; e, afinal, você realmente deu um tiro no enteado dela.

– Ah, droga! Isso não é desculpa para me insultar! Você é filho de sangue de mamãe, mas ela tirou partido disso naquela vez que Tony Fontaine deu um tiro em sua perna? Não, ela só chamou o Dr. Fontaine para fazer um curativo e perguntou a ele o que atrapalhara a mira de Tony. Disse que achava que a bebida estava estragando sua pontaria. Lembra como isso deixou Tony bravo?

Os dois rapazes deram boas gargalhadas.

– Mamãe é um portento – disse Brent com aprovação amorosa. – Sempre podemos contar com ela para fazer a coisa certa e não nos constranger na frente dos outros.

– É, mas ela é bem capaz de nos deixar constrangidos na frente de papai e das meninas quando chegarmos em casa hoje à noite – disse Stuart, desanimado. – Veja bem, Brent, acho que isso significa que não vamos para a Europa. Você sabe que mamãe disse que, se fôssemos expulsos de outra universidade, não ganharíamos nosso *Grand Tour*.

– Bem, que diabos! Não nos importamos, certo? O que há para ver na Europa? Aposto que esses estrangeiros não conseguem nos mostrar uma coisa que não se tenha aqui mesmo, na Geórgia. Aposto que os cavalos deles não são tão rápidos nem as garotas, tão bonitas, e aposto que eles não têm um uísque de centeio que bata o de papai.

– Ashley Wilkes disse que eles têm um monte de peças de teatro e música. Ashley gostou da Europa. Está sempre falando sobre isso.

– É, você sabe como são os Wilkes. Eles são suspeitos sobre música, livros e teatro. Mamãe diz que é porque o avô deles é da Virgínia. Dizem que o pessoal da Virgínia faz o maior estardalhaço por causa dessas coisas.

– Podem ficar com elas. Deem-me um bom cavalo para montar, uma boa bebida para beber, uma boa moça para cortejar e uma moça má com quem me divertir e podem ficar com a Europa... Quem se importa em perder a viagem? Imagine se estivéssemos na Europa agora, com a guerra chegando? Não conseguiríamos chegar em casa a tempo. Prefiro ir à guerra do que à Europa.

– Eu também, a qualquer hora... Olhe, Brent! Eu sei onde podemos jantar. Vamos atravessar o pântano até o Able Wynder e dizer a ele que estamos de volta para ficar e prontos para o treino.

– Que boa ideia! – exclamou Brent com entusiasmo. – E podemos saber de todas as notícias da Tropa e descobrir que cor eles finalmente escolheram para as fardas.

– Se for igual à dos soldados franceses, os zuavos, duvido que eu vá para a Tropa. Ia me sentir um maricas naquelas calças bufantes vermelhas. Pra mim, parecem ceroulas femininas de flanela vermelha.

– Vosmecês tá pensano em ir jantá no sinhô Wynder? Pruque se tivé, num vai consegui muita janta – disse Jeems. – A cunzinhera deles morreu e eles não comprô uma otra. Pegô uma muié do campo pra cunzinhá e os nêgo falô que ela é a pió cunzinhera do estado.

– Santo Deus! Por que não compram outra cozinheira?

– Como que pode os branco ordinário pobre comprá mais nêgo? Eles nunca teve mais de quatro, quando muito.

Havia um claro desdém na voz de Jeems. Seu próprio status social estava garantido porque os Tarleton possuíam uma centena de negros e, como todos os escravos das grandes fazendas, ele desprezava os pequenos fazendeiros que tinham poucos escravos.

– Eu arranco seu couro por isso – gritou Stuart, arrebatado. – Não chame Able Wynder de "branco ordinário". Ele é pobre, está certo, mas não tem nada de ordinário, e ai de quem, negro ou branco, atacá-lo. Não há homem melhor neste condado, ou por que a Tropa o teria eleito tenente?

– Nunca que entendi isso – replicou Jeems, sem se preocupar com a atitude severa do senhor. – Tinha pra mim que eles ia escolhê pra oficiar só os cavalero rico, e não os ordinário do pânto.

– Ele não é ordinário! Você está querendo compará-lo aos verdadeiros brancos ordinários, como os Slattery? Able simplesmente não é rico. É um pequeno fazendeiro, não um grande estancieiro, e, se os rapazes têm consideração bastante por ele para elegê-lo tenente, não é qualquer negro que vai falar dele desse jeito insolente. A Tropa sabe o que faz.

A tropa de cavalaria fora organizada três meses antes, no dia exato em que a Geórgia se separara da União, e desde então os recrutas andavam querendo guerra. Até então, a companhia ainda não tinha um nome, embora não fosse por falta de sugestões. Todos tinham a própria ideia sobre o assunto e estavam relutantes em abandoná-la, assim como todo mundo tinha ideias sobre a cor e o corte das fardas. "Gatos Selvagens de Clayton", "Comedores de Fogo", "Cavaleiros do Norte da Geórgia", "Zuavos", "Fuzileiros do Interior" (embora a tropa fosse ser armada com pistolas, espadas e punhais, e não com fuzis), "Os Cinzentos de Clayton", "Coriscos de Sangue", "Bravos e Velozes", todos tinham seus partidários. Até que as coisas se acomodassem, todos se referiam à organização como a Tropa e, apesar do nome sonoro finalmente adotado, eles ficaram conhecidos até o fim de sua vida útil simplesmente como "A Tropa".

Os oficiais eram eleitos pelos membros, pois ninguém no condado tivera experiência militar, exceto alguns poucos veteranos das guerras com o México e com os Seminole, e, além disso, a Tropa teria desprezado um veterano se não tivesse pessoalmente gostado e confiado nele. Todos gostavam dos quatro Tarleton e dos três Fontaine, mas lamentavelmente se recusaram a elegê-los porque os Tarleton ficavam embriagados muito rapidamente e eram dados a travessuras, e os Fontaine se irritavam com facilidade e tinham temperamento assassino. Ashley Wilkes fora eleito capitão porque era o melhor cavaleiro do condado e todos contavam com sua cabeça fria para manter alguma aparência de ordem. Raiford Calvert se tornou primeiro-tenente porque todos gostavam de Raif. E Able Wynder, filho de um caçador do pântano, ele próprio um pequeno fazendeiro, foi eleito segundo-tenente.

Able era um gigante astuto e circunspecto, analfabeto, de bom coração. Era mais velho que os outros rapazes e tinha maneiras tão boas ou melhores que eles na presença de damas. Havia pouco esnobismo na Tropa. Grande parte dos pais e avôs dos combatentes fizera fortuna na classe dos pequenos fazendeiros. Além disso, Able era o que melhor atirava na Tropa, um verdadeiro ás, que conseguia acertar o olho de um esquilo a 70 metros de distância e, além disso, sabia tudo sobre sobrevivência ao ar livre, como fazer fogo na chuva, seguir o rastro de animais e encontrar água. A Tropa reverenciava o que realmente valia a pena e, além do mais, como gostavam dele, o haviam tornado oficial. Ele recebeu a honra com seriedade e sem qualquer presunção, como se não passasse de seu dever. Mas as esposas e os escravos dos fazendeiros não conseguiam ignorar o fato de ele não ter nascido um cavalheiro, mesmo que seus companheiros conseguissem.

No início, a Tropa fora recrutada exclusivamente entre os filhos dos fazendeiros, uma companhia de cavalheiros, cada homem fornecendo o próprio cavalo, armas, equipamento, farda e ajudante. Mas eram poucos os fazendeiros ricos no jovem condado de Clayton e, para formar uma tropa de força total, fora necessário conseguir mais recrutas entre os filhos de pequenos fazendeiros, caçadores de regiões mais remotas e do pântano, caipiras e, em pouquíssimos casos, até mesmo brancos pobres, se estivessem acima da média de sua classe.

Estes últimos jovens estavam tão ansiosos para combater os ianques, caso irrompesse a guerra, quanto seus vizinhos mais ricos, mas surgiu a delicada questão financeira. Poucos pequenos fazendeiros possuíam cavalos. Realizavam seus trabalhos na fazenda com mulas e não tinham excedentes destas, raramente mais de quatro. As mulas não podiam ser cedidas para ir à guerra, mesmo que fossem aceitáveis para a Tropa, o que enfaticamente não eram. Quanto aos brancos pobres, já se consideravam ricos se possuíssem uma só mula. Os habitantes das regiões mais remotas e os do pântano não possuíam cavalos nem mulas. Viviam inteiramente dos produtos da terra e da caça, geralmente conduzindo seus negócios com base no sistema de trocas, e raramente viam 5 dólares em dinheiro em um ano. Cavalos e fardas estavam fora de seu alcance. Mas eles eram tão altivos e soberbos em sua pobreza quanto os fazendeiros em sua riqueza, e nada aceitariam de seus vizinhos ricos que tivesse sabor de caridade. Então, para salvaguardar os sentimentos de todos e levar a Tropa à força total, o pai de Scarlett, John Wilkes, Buck Munroe, Jim Tarleton, Hugh Calvert e, na verdade, cada grande fazendeiro do condado, com a única exceção de Angus MacIntosh, contribuíram com dinheiro para equipar totalmente a companhia, homens e cavalos. O desfecho da questão foi que cada fazendeiro concordou em pagar pelo equipamento dos próprios filhos e pelo de certo número de outros, mas o modo de arranjarem isso foi tal que os membros menos ricos da companhia puderam aceitar cavalos e fardas sem ficar com a honra ofendida.

A Tropa se encontrava duas vezes por semana em Jonesboro para treinar e rezar pelo começo da guerra. Os arranjos ainda não estavam completos para a obtenção da cota total de cavalos, mas aqueles que os possuíam desempenhavam o que imaginavam ser manobras de cavalaria no campo atrás do recinto do tribunal, levantando muita poeira, ficando roucos de tanto gritar e agitando as espadas da guerra revolucionária que tinham retirado das paredes dos salões. Aqueles que ainda não tinham cavalos sentavam-se no meio-fio, em frente à loja de Bullard, e ficavam observando seus camaradas montados, mascando tabaco e contando lorotas. Ou então ocupavam-se em disputas de tiros. Não havia necessidade de ensinar nenhum homem a atirar. A maioria dos sulistas nascia com um revólver nas mãos, e a vida passada na caça fazia de todos exímios atiradores.

Uma variada coleção de armas de fogo proveniente das casas de fazenda e das cabanas do pântano estava presente em cada reunião da Tropa. Havia espingardas de matar esquilos que haviam sido novas na época da travessia dos montes Allegheny; antigos rifles municiados pela boca que tinham acabado com muitos índios nos primórdios da Geórgia; pistolas de cavalarianos que tinham estado em serviço em 1812, nas guerras contra os Seminoles e contra o México; pistolas de duelo engastadas em prata; revólveres Derringer de bolso; espingardas de caça de cano duplo; e belos rifles novos de fabricação inglesa com coronhas lustradas de madeira fina.

O treino sempre se encerrava nos bares de Jonesboro, e até o cair da noite ocorriam tantas brigas que os oficiais tinham um trabalho enorme para evitar baixas até os ianques conseguirem infligi-las. Foi em uma dessas turbulências que Stuart Tarleton dera um tiro em Cade Calvert, e Tony Fontaine, em Brent Tarleton. Os gêmeos estavam em casa, recém-expulsos da Universidade da Virgínia, na época em que a Tropa fora organizada, e tinham se alistado com entusiasmo; mas, após o episódio do tiroteio, dois meses antes, a mãe os despedira sumariamente para a universidade estadual, com ordens de que lá ficassem. Sentiram falta da animação dos treinos enquanto estiveram fora e achavam que não fazia mal perder a educação desde que pudessem montar, berrar e dar tiros na companhia dos amigos.

– Bem, vamos pegar um atalho pelo campo até a casa de Able – sugeriu Brent. – Podemos ir pelo leito do rio do Sr. O'Hara, depois pelo pasto dos Fontaine, e chegar em pouco tempo.

– Num vamo consegui nada de comê, só gambá e verdura – argumentou Jeems.

– Você não vai conseguir é nada – sorriu Stuart –, porque vai para casa dizer à mamãe que não vamos jantar lá.

– Num vô, não! – gritou Jeems, alarmado. – Num vô, não! Num me divirto mais que vosmecês tudo com sinhá Biatris me atazanano. Primero, ela vai perguntá como que eu fui deixá vosmecês sê expurso de novo. E despois, como que eu num levei vosmecês pra casa hoje pra ela atazaná vosmecês. E despois ela vai caí em cima de mim e a primera coisa que eu sei é que eu vô levá a curpa de tudo. Se vosmecês num me levá junto pro sinhô Wynder, vô deitá no mato à noite toda e pode sê que o capitão do mato pegue eu, pruquê eu prefiro os capitão do mato me pegá que a sinhá Biatris quando tá arreliada.

Os gêmeos olharam para o determinado rapaz negro com perplexidade e indignação.

– Ele seria tolo o bastante para se deixar capturar pelos capitães do mato, e isso daria a mamãe mais um motivo para falar por semanas. Juro, os negros são um problema. Às vezes eu acho que os abolicionistas têm razão.

– Bem, não seria certo obrigar Jeems a enfrentar o que não queremos enfrentar. Vamos ter de levá-lo. Mas veja bem, seu negro tolo e insolente, se você empinar o nariz para os negros de Wynder e ficar falando que nós comemos frango frito e presunto o tempo todo, enquanto eles não têm outra coisa além de coelho e gambá, eu... eu conto para mamãe. E também não vamos deixá-lo ir para guerra conosco.

– Empiná o nariz? Eu empiná o nariz pros nêgo barato? Não, sinhô, eu tenho mais modo. A sinhá Biatris num me ensinô os modo que nem que ensinô procês tudo?

– Ela não se saiu muito bem com nenhum de nós três – disse Stuart. – Vamos, vamos andando.

Ele recuou o cavalo castanho e, fincando as esporas nos flancos do animal, o fez pular com facilidade sobre a cerca, para o campo macio da fazenda de Gerald O'Hara. O cavalo de Brent o seguiu e, depois, o de Jeems, com este se segurando à sela e à crina. Jeems não gostava de saltar cercas, mas já saltara outras mais altas que aquela para não ficar atrás dos senhores.

Enquanto seguiam seu curso pelos sulcos vermelhos e desciam a colina até o leito do rio sob a penumbra crescente, Brent gritava para o irmão:

– Ei, Stu! Você não acha que Scarlett *teria* nos convidado para jantar?

– Continuo achando que sim – gritou Stuart. – Por que você acha...

2

Quando os gêmeos deixaram Scarlett de pé na varanda de Tara e o último som dos cascos galopantes sumiu, ela voltou para a cadeira como uma sonâmbula. Seu rosto estava tenso como se ela sentisse dor, e a boca realmente doía de tanto ter se esticado em sorrisos forçados para evitar que os gêmeos percebessem seu segredo. Sentou-se exausta sobre um dos pés e seu coração se dilatou de agonia, até parecer grande demais para caber no peito. Batia em leves pulsações desordenadas; suas mãos estavam geladas e uma sensação de desgraça a oprimia. Havia dor e atordoamento em seu rosto, o atordoamento de uma criança mimada que sempre tivera satisfeitos os menores caprichos e que agora, pela primeira vez, estava em contato com as contrariedades da vida.

Ashley se casando com Melanie Hamilton!

Ah, não podia ser verdade! Os gêmeos estavam enganados. Estavam lhe pregando uma de suas peças costumeiras. Ashley não podia estar apaixonado por Melanie. Ninguém poderia, não por uma pessoinha insignificante como aquela. Scarlett relembrou com desdém a figura magra e infantil de Melanie, seu rosto sério em forma de coração, tão comum que chegava a ser feio. E Ashley não devia vê-la havia meses. Não estivera em Atlanta mais que duas vezes desde a festa que dera no ano anterior em Twelve Oaks. Não, Ashley não podia estar apaixonado por Melanie, porque... ah, ela não estava enganada... porque ele a amava! Ela, Scarlett, era quem ele amava... ela sabia disso!

Scarlett ouviu os passos de Mammy sacudindo o piso do vestíbulo e, endireitando a postura, tratou rapidamente de dar à fisionomia traços mais plácidos. Não podia deixá-la perceber que havia algo de errado. Mammy achava que possuía o corpo e a alma dos O'Hara, achava que os segredos da família eram os seus segredos; e qualquer sinal de mistério era suficiente para colocá-la no rastro de modo tão implacável quanto um cão de caça. Scarlett sabia, por experiência própria, que, se a curiosidade da aia não fosse imediatamente satisfeita, ela levaria o caso a Ellen, e então Scarlett seria forçada a revelar tudo à mãe ou pensar em uma mentira plausível.

Mammy emergiu do vestíbulo, uma velha enorme com os pequenos olhos astutos de um elefante. Era uma negra retinta, africana pura, dedicada até a última gota de sangue aos O'Hara, esteio de Ellen, desespero de suas três filhas, terror dos outros criados da casa. Mammy era negra, mas seu código de conduta e seu senso de orgulho eram tão elevados quanto os de seus senhores, ou até mais. Ela fora criada no quarto de Solange Robillard, mãe de Ellen O'Hara, uma francesa exigente, fria, esnobe, que não livrava os filhos nem os criados de uma punição justa por qualquer violação do decoro. Ela servira de babá a Ellen e fora com ela de Savannah para o interior quando Ellen se casara. Aqueles que Mammy amava, ela disciplinava. E, como seu amor e orgulho por Scarlett eram enormes, o processo disciplinatório era praticamente contínuo.

– Os cavalero foi embora? Como que vosmecê num convidô eles pra janta, sinhazinha Scarlett? Eu disse pro Pork botá mais dois prato pra eles. Donde tá seus modo?

– Ah, eu estava tão cansada de ouvi-los falando em guerra que não os aguentaria durante todo o jantar, especialmente com papai participando e esbravejando contra o Sr. Lincoln.

– Vosmecê num tem mais modo que as galinha, e despois de todo trabaio que a sinhá Ellen e eu passô cocê. Inda pru cima vosmecê tá sem o xale! E o sereno tá desceno! Já disse pra vosmecê num sei quantas vez que vai pegar febre de tanto tomar sereno sem nada nos ombro. Vem pra dentro, sinhazinha Scarlett.

Scarlett virou o rosto para Mammy com estudada indiferença, agradecida por sua expressão ter passado despercebida com a preocupação da aia por causa do xale.

– Não, quero ficar aqui e ver o pôr do sol. Está tão bonito... Vá você pegar meu xale. Por favor, Mammy, e eu ficarei aqui até papai chegar.

– Pela sua voz, acho que vosmecê tá pegano um resfriado – disse Mammy, desconfiada.

– Mas não estou – disse Scarlett, impaciente. – Vá pegar meu xale.

Mammy saiu gingando de volta ao vestíbulo e Scarlett a ouviu chamando baixinho pela escadaria a criada lá em cima.

– Ocê, Rosa! Me joga o xale da sinhazinha Scarlett. – Depois, mais alto. – Nêga desapiedada! Nunca tá onde pode ajudá os otro. Agora, eu merma tenho que subi lá.

Scarlett ouviu as escadas gemerem e se levantou de mansinho. Quando Mammy retornasse, continuaria o sermão sobre sua falta de hospitalidade, e ela sentiu que não aguentaria conversar sobre uma questão tão trivial com o coração partido. Enquanto se levantava, hesitante, cogitando onde poderia se esconder até que a dor em seu peito se amainasse um pouco, lhe veio uma ideia, trazendo um pequeno raio de esperança. Naquela tarde, seu pai fora até Twelve Oaks, a fazenda dos Wilkes, para propor a compra de Dilcey, a avantajada esposa de Pork, o mordomo e seu criado pessoal. Dilcey era governanta e parteira em Twelve Oaks e, desde o casamento, seis meses atrás, Pork tinha atormentado seu senhor dia e noite para que a comprasse e os dois pudessem morar na mesma fazenda. Naquela tarde, Gerald, minguado em sua resistência, saíra para fazer uma oferta por Dilcey.

"Certamente," pensou Scarlett, "papai vai saber se essa história horrível é verdadeira. Mesmo que ele não tenha ouvido falar nada hoje à tarde, talvez tenha percebido algo, sentido algum entusiasmo na família

Wilkes. Se eu simplesmente puder falar com ele em particular antes do jantar, talvez descubra que tudo não passa de uma das brincadeiras de mau gosto dos gêmeos".

Era hora de Gerald voltar e, se ela quisesse vê-lo a sós, nada havia a fazer além de ir até onde o caminho da fazenda encontrava a estrada. Ela desceu de mansinho as escadas da frente, olhando cuidadosa para cima para ter certeza de que Mammy não a observava das janelas. Não tendo visto um rosto negro redondo com um turbante branco como a neve espiando com ar de reprovação entre as cortinas, ela suspendeu resolutamente as saias verdes floridas e correu pela alameda rumo à entrada com a maior velocidade que lhe permitiam as sapatilhas fechadas com laços de fita.

Os cedros escuros que ladeavam o caminho de cascalho se encontravam em um arco lá em cima, transformando a longa alameda em um túnel sombrio. Assim que se viu sob os braços retorcidos das árvores, ela soube que estava a salvo da observação da casa e diminuiu o passo. Estava ofegante, pois seu espartilho era apertado demais para permitir corridas longas, mas continuou caminhando o mais rápido que podia. Logo, estava junto à estrada principal, mas não parou até fazer uma curva que interpunha um arvoredo entre ela e a casa.

Corada e respirando com dificuldade, Scarlett se sentou em um cepo à espera do pai. Já passava da hora de sua chegada, mas ela ficou contente com o atraso. Isso lhe daria tempo de aquietar a respiração e acalmar a fisionomia, de modo a não levantar suspeitas. A qualquer momento ela esperava ouvir o ruído dos cascos do cavalo e enxergá-lo subindo a colina em sua usual velocidade vertiginosa. Mas os minutos passavam e Gerald não vinha. Ela olhou ao longo da estrada, a dor em seu peito se inflamando outra vez.

"Ah, não pode ser!", pensou. "Por que ele não chega?"

Seus olhos seguiram a estrada sinuosa, vermelha como o sangue depois da chuva da manhã. Em pensamento, rastreou seu curso colina abaixo até o indolente rio Flint, pelo complicado leito pantanoso, e sobre a próxima colina até Twelve Oaks, onde Ashley morava. Isso era tudo o que a estrada significava agora: um caminho até Ashley e a linda casa de colunas brancas que coroava a colina como um templo grego.

"Oh, Ashley! Ashley!", pensava ela, e seu coração batia mais forte.

Parte da fria sensação de atordoamento e desgraça que lhe pesava desde que os rapazes Tarleton haviam contado o mexerico tinha recuado para o fundo de sua mente, e no lugar insinuava-se uma febre que a possuía havia dois anos.

Agora parecia estranho que, quando ela estava crescendo, Ashley nunca lhe tivesse parecido tão atraente. Durante a infância, ela o via ir e vir e nunca lhe reservara um pensamento. Mas, desde aquele dia, dois anos antes, quando, recém-chegado de seus três anos de *Grand Tour* pela Europa, ele fora lhes fazer uma visita de cortesia, ela se apaixonara. Era simples assim.

Ela estava na varanda da frente e ele chegara a cavalo pela longa alameda, vestido com um traje cinza de casimira e uma gravata preta larga que combinava perfeitamente com o pregueado da camisa. Mesmo agora, ela conseguia se lembrar de cada detalhe da roupa, o brilho das botas, uma cabeça de Medusa em um camafeu no alfinete da gravata, o chapéu-panamá de abas largas que fora parar instantaneamente em suas mãos quando ele a vira. Ele tinha apeado, jogado as rédeas para um negrinho que estava por perto e ficado olhando para ela, os olhos cinzentos sonhadores, então alargados por um sorriso, e o sol tão brilhante em seus cabelos louros que os fazia parecer um barrete de prata cintilante. E disse:

– Como você cresceu, Scarlett.

Subindo os degraus com leveza, ele beijara sua mão. E sua voz! Ela nunca se esqueceria do salto que seu coração tinha dado quando a ouvira, como se pela primeira vez, arrastada, cadenciada, melódica.

Ela o tinha desejado, naquele primeiro instante, com o mesmo desejo simples e impensado com que desejava alimento para comer, cavalos para cavalgar e uma cama macia na qual se deitar.

Por dois anos, ele a acompanhara pelo condado, a bailes, peixadas, piqueniques e às feiras, nunca com a assiduidade dos gêmeos Tarleton ou a de Cade Calvert, nunca tão inoportuno quanto os rapazes Fontaine, mas, ainda assim, nunca se passava uma semana sem que Ashley aparecesse em Tara.

De fato, ele jamais lhe declarara amor, nem seus claros olhos cinzentos brilhavam com aquela luz ardente que Scarlett conhecia tão bem em outros homens. E, contudo... e, contudo... ela sabia que ele a amava. Não podia estar enganada quanto a isso. O instinto, mais forte que a razão e que o conhecimento nascido da experiência, lhe dizia que ele a amava. Com excessiva frequência, Scarlett o surpreendera despojado da expressão vaga e distante, olhando para ela com um anseio e uma tristeza que a intrigavam. Ela *sabia* que ele a amava. Por que não se declarara? Isso ela não conseguia entender. Mas havia muitas coisas sobre ele que não entendia.

Ele era cortês, sempre, mas inacessível, distante. Ninguém jamais podia imaginar o que lhe passava pela cabeça, Scarlett menos que todos. Em um lugar onde todo mundo dizia exatamente o que pensava enquanto estava pensando, a personalidade reservada de Ashley era exasperante. Ele era tão hábil quanto todos os outros jovens nos folguedos usuais do condado, caça, jogatina, dança e política, e era o melhor cavaleiro de todos, mas se diferenciava do resto no sentido de que essas atividades prazerosas não eram a finalidade e o objetivo de sua existência. Além disso, ficava isolado devido a seu interesse por livros, música e por escrever poesia.

Ah, por que ele era tão lindamente louro, tão cortesmente inacessível, tão loucamente enfadonho com suas conversas sobre Europa, livros, música, poesia e coisas que não a interessavam nem um pouco... e, a despeito disso, tão desejável? Noite após noite, quando ia dormir, depois de ficar sentada com ele na varanda na semiescuridão, Scarlett ficava horas a fio se virando de um lado para outro, inquieta, e só se confortava com a ideia de que na próxima vez que se encontrassem ele certamente pediria sua mão. Mas a próxima vez vinha e ia, e o resultado era nulo... nulo, exceto pelo aumento da febre que a possuía, cada vez mais ardente.

Ela o amava, desejava e não entendia. Era tão franca e simples quanto os ventos que sopravam sobre Tara e o rio turvo que a cortava, fadada pelo resto de seus dias a não conseguir entender uma complexidade sequer. E agora, pela primeira vez em sua vida, ela encarava uma natureza complexa.

Ashley nascera de uma linhagem de homens que usava seu tempo de lazer para pensar, não para agir, para tecer sonhos vividamente coloridos que nada possuíam de realidade. Ele se movia em um mundo interior que era mais lindo que a Geórgia, e retornava à realidade com relutância. Ele observava as pessoas sem gostar ou desgostar delas. Olhava para a vida e não se animava nem se entristecia. Aceitava o universo e o lugar que nele ocupava pelo que eram e, dando de ombros, se voltava para seu mundo melhor, sua música e seus livros.

Por que ele cativara Scarlett com toda a estranheza de sua mente, ela não sabia. Era exatamente aquele mistério que excitava sua curiosidade, como uma porta que não tivesse fechadura nem chave. As coisas que não conseguia entender sobre ele só a faziam amá-lo ainda mais, e a corte que ele lhe fazia, estranha e contida, servia apenas para aumentar sua determinação de tê-lo para si. De que ele ia pedir sua mão algum dia, ela nunca duvidara, pois era jovem demais e mimada demais para já ter conhecido a derrota. E agora, fulminante como um raio, chegara aquela notícia terrível. Ashley ia se casar com Melanie! Não podia ser verdade!

Pois, ainda na semana anterior, quando eles voltavam de Fairhill, cavalgando para casa, ele tinha dito:

– Scarlett, eu tenho uma coisa tão importante para lhe dizer que nem sei como.

Ela baixara os olhos recatadamente, o coração batendo descompassado com um prazer selvagem, achando que o feliz momento chegara. Então ele dissera:

– Agora não! Estamos quase chegando e não há tempo. Ah, Scarlett, que covarde eu sou!

E, metendo as esporas no cavalo, ele a fizera subir a colina correndo até Tara.

Sentada no toco de árvore, Scarlett pensava naquelas palavras que a haviam deixado tão feliz, e subitamente elas assumiram outro sentido, um sentido hediondo. Imagine se fosse a notícia do noivado que ele pretendia lhe dar!

Ah, se pelo menos o pai chegasse logo! Ela não estava conseguindo mais aguentar o suspense. Impaciente, olhou outra vez estrada abaixo e outra vez se decepcionou.

Agora o sol se ocultava no horizonte, e o fulgor vermelho na orla do mundo se tornava cor-de-rosa. O céu acima passava lentamente do azulão para um sutil azul esverdeado, da cor de um ovo de tordo, e a imobilidade sobrenatural do crepúsculo rural insidiosamente apoderou-se dela. Um obscurecimento sombrio insinuou-se pelos campos. Os sulcos avermelhados e a estrada entalhada em carmim perderam sua mágica cor sanguínea para se transformarem em terra parda e fosca. Nas pastagens que beiravam a estrada, cavalos, mulas e vacas esperavam imóveis, tranquilamente, com as cabeças sobre a cerca, para serem levados para os estábulos e para o jantar. Não gostavam das sombras escuras projetadas pelo matagal que cercava o riacho do pasto e abanavam as orelhas para Scarlett como que apreciando a companhia humana.

Sob a estranha meia-luz, os altos pinheiros que margeavam o rio, tão verdes sob a luz do sol, estavam escuros contra o céu esmaecido, uma fileira impenetrável de gigantes negros ocultando a vagarosa água barrenta sob seus pés. Na colina do outro lado do rio, as altas chaminés da casa dos Wilkes sumiam gradativamente na escuridão por entre os grossos carvalhos que as cercavam, e só as longínquas luzes do tamanho de cabeças de alfinetes mostravam que havia uma casa lá. A tépida umidade balsâmica da primavera a envolvia docemente com os aromas da terra recém-arada e de todas as coisas verdejantes se expandindo pelo ar.

O pôr do sol, a primavera e o verde renovado não eram um milagre para Scarlett. Ela aceitava sua beleza com a mesma naturalidade com que respirava o ar e bebia a água, pois conscientemente nunca vira beleza em nada que não fossem rostos femininos, cavalos, vestidos de seda e coisas igualmente palpáveis. Mesmo assim, a meia-luz serena sobre as terras bem-cuidadas de Tara trouxe alguma tranquilidade à sua mente perturbada. Ela amava aquela terra, sem nem mesmo sabê-lo, amava-a como amava o rosto de sua mãe iluminado pelo lampião na hora das orações.

Ainda não havia qualquer sinal de Gerald na tranquila estrada sinuosa. Se ela tivesse de esperar muito mais, Mammy certamente iria procurá-la e a levaria para casa sob intimidação. Mas, assim que espremeu os olhos pela estrada que escurecia, ouviu o som de cascos no pasto ao pé da colina e viu cavalos e vacas se dispersando, amedrontados. Gerald O'Hara estava cortando caminho para casa, e a toda velocidade.

Ele chegou ao topo da colina a galope em seu forte cavalo de longas pernas, parecendo, a distância, um menino montado em um cavalo grande demais. Com o longo cabelo branco esvoaçando, ele instigava o animal a seguir em frente, brandindo o chicote e gritando.

Mesmo ocupada pela própria ansiedade, ela o observava cheia de orgulho afetuoso, pois Gerald era um excelente cavaleiro.

"Gostaria de saber por que sempre que bebe um pouco ele gosta de saltar as cercas", pensou ela. "E era de esperar que aquela queda que sofreu bem aqui ano passado, quando quebrou o joelho, tivesse servido de lição. Especialmente depois que ele jurou à mamãe que nunca mais saltaria."

Scarlett não tinha uma reverência temerosa pelo pai. Sentia-o mais como um contemporâneo do que suas irmãs, pois saltar cercas e manter segredo para a mulher davam a ele um orgulho juvenil e uma alegria culpada que combinavam com o prazer dela de passar a perna em Mammy. Ela se levantou para observá-lo.

O grande animal chegou à cerca, reuniu forças e se ergueu no ar sem esforço, como um pássaro, seu cavaleiro gritando entusiasmado, o chicote batendo no ar, a cabeleira branca solta ao vento. Gerald não viu a filha sob a sombra das árvores e dirigiu as rédeas para a estrada, dando uma palmadinha de aprovação no pescoço do cavalo.

– Não há outro melhor que você no condado, nem no estado – informou ele à montaria com orgulho, o sotaque do condado de Meath ainda forte em sua língua, apesar dos 39 anos na América. Depois se apressou a ajeitar o cabelo, endireitar a camisa pregueada e a gravata, que ficara atrás de uma orelha. Scarlett sabia que o objetivo dessa arrumação apressada era encontrar a mulher com a aparência de um cavalheiro que cavalgara sossegadamente para casa depois de uma visita ao vizinho. Sabia também que ele estava lhe apresentando a oportunidade exata para entrar na conversa sem revelar seu verdadeiro propósito.

Ela soltou uma gargalhada. Como pretendia, assustou o pai com o ruído; depois ele a reconheceu e seu rosto corado foi tomado por uma expressão ao mesmo tempo acanhada e desafiadora. Desmontou com dificuldade, porque o joelho estava rígido e, escorregando as rédeas no braço, foi em sua direção.

– Muito bem, senhorita – disse ele, beliscando-lhe a bochecha –, então veio me espiar, como sua irmã Suellen na semana passada. Vai falar de mim para sua mãe?

Havia indignação em sua grave voz rouca, mas também uma nota de persuasão, e Scarlett, implicante, estalou a língua contra os dentes enquanto estendia os braços para colocar a gravata dele no lugar. O hálito de Bourbon do pai era forte, misturado a uma leve fragrância de hortelã. Também o acompanhavam os aromas de fumo mascado, couro bem encerado e cavalos – uma combinação de odores que ela sempre associara a ele e, indistintamente, apreciava em outros homens.

– Não, papai, não sou mexeriqueira como Suellen – garantiu-lhe, recuando para ver o traje reorganizado com um ar crítico.

Gerald era um homem baixo, com pouco mais de 1,60m, mas de porte tão robusto e pescoço tão grosso que, quando sentado, levava os estranhos a pensar que era um homem alto. O torso atarracado se apoiava sobre pernas curtas e fortes, sempre vestidas em botas do melhor couro disponível, e sempre bem separadas uma da outra, em uma postura arrogante de rapaz. A maioria das pessoas pequenas que se levam a sério são um pouco ridículas; mas o galo combativo é respeitado no terreiro, e assim era com Gerald. Ninguém jamais ousaria pensar em Gerald O'Hara como uma pequena criatura ridícula.

Ele tinha 60 anos e seus cabelos encaracolados eram branco-prateados, mas o rosto astuto não tinha rugas e seus pequenos e enérgicos olhos azuis tinham a jovialidade despreocupada de alguém que nunca sobrecarregara o cérebro com problemas mais abstratos do que a quantidade de cartas a baixar em um jogo de pôquer. Seu rosto era o mais irlandês que se podia encontrar em toda a extensão da pátria que ele deixara havia tanto tempo – redondo, corado, de nariz pequeno, boca larga e aspecto beligerante.

Sob o exterior colérico, Gerald O'Hara tinha o mais terno dos corações. Não suportava ver um escravo amuado por causa de uma repreensão, não importando quanto fosse merecida, ou ouvir um gatinho miando nem uma criança chorando, mas tinha pavor de que descobrissem essa fraqueza. Ignorava que, ao conhecê-lo, qualquer um descobria seu bom coração em cinco minutos; e sua vaidade teria sofrido tremendamente se soubesse, pois gostava de pensar que, quando berrava as ordens no tom mais elevado de sua voz, todos tremiam e obedeciam. Nunca lhe ocorrera que uma única voz era obedecida na fazenda, a voz suave de sua mulher, Ellen. Era um segredo que jamais viria a saber, pois todos, desde Ellen até o mais rude dos trabalhadores do campo, conspiravam tácita e gentilmente para mantê-lo certo de que sua palavra era a lei.

Quem menos se impressionava com seu temperamento e seus rompantes era Scarlett. Ela era sua primogênita e, agora que Gerald se conformara de que não haveria mais filhos em sequência aos três que estavam no cemitério da família, ele criara o hábito de tratá-la de homem para homem, o que a agradava sobremaneira. Ela se parecia mais com o pai do que as irmãs mais jovens, pois Carreen, que nascera Caroline Irene, era delicada e sonhadora; e Suellen, batizada Susan Elinor, orgulhava-se da própria elegância e modos femininos.

Além disso, Scarlett e o pai eram ligados por um acordo mútuo. Se Gerald a flagrasse pulando uma cerca em vez de caminhar meio quilômetro até o portão, ou sentada nos degraus da frente até mais tarde com um rapaz, ele a castigava pessoalmente e com veemência, mas não mencionava o fato a Ellen ou a Mammy. E, quando Scarlett o descobria saltando cercas após a solene promessa feita à mulher ou ficava sabendo a quantia exata de suas perdas no pôquer, como sempre acontecia por causa dos mexericos do condado, ela abstinha-se de mencionar o fato à mesa do jantar como fazia Suellen, com fingida naturalidade. Scarlett e o pai tinham um pacto solene de jamais levar tais questões aos ouvidos de Ellen, o que só a magoaria, e nada os induziria a ferir sua bondade.

Scarlett olhou para o pai sob um resto de luz e, sem saber por que, achou reconfortante estar em sua companhia. Havia nele algo de vital, concreto e rude que a encantava. Sendo a menos analítica das pessoas, estava longe de atribuir o fato à afinidade existente entre eles, pois ela possuía, em certo grau, essas mesmas qualidades, apesar dos 16 anos de esforço de Ellen e de Mammy para eliminá-las.

– Agora está apresentável – disse ela –, e acho que ninguém vai desconfiar de que andou aprontando das suas, a não ser que o senhor mesmo conte vantagem. Mas realmente me parece que depois de ter quebrado o joelho naquela mesma cerca ano passado...

– Ora, que eu me dane se tiver de escutar minha própria filha dizer o que devo ou não saltar – gritou ele, dando-lhe outro beliscão na bochecha. – O pescoço é meu. Além disso, senhorita, o que está fazendo aqui sem seu xale?

Vendo que ele estava empregando manobras familiares para se desembaraçar de conversas desagradáveis, ela lhe deu o braço e disse:

– Estava esperando pelo senhor. Não sabia que ia chegar tão tarde. Só estava querendo saber se ia trazer Dilcey.

– Comprar, comprei, e o preço me arruinou. Comprei não só ela, como a menina dela, Prissy. John Wilkes estava quase me dando as duas de presente, mas nunca vou aceitar alguém dizendo que Gerald O'Hara se aproveitou de uma amizade para fazer negócios. Obriguei-o a aceitar 3 mil pelas duas.

– Louvado seja Deus, papai, 3 mil! E não precisava comprar Prissy!

– Será que chegou o dia em que minhas próprias filhas sentem-se no direito de me julgar? – berrou Gerald retoricamente. – Prissy é uma fedelha, então...

– Eu a conheço. É uma criatura sonsa e preguiçosa – replicou Scarlett calmamente, sem se impressionar com o alarde. – E o senhor só a comprou porque Dilcey pediu.

Gerald ficou constrangido, como sempre ficava quando era flagrado em um ato de bondade, e Scarlett deu uma franca gargalhada de sua transparência.

– Ora, e se fosse? Que utilidade haveria em comprar Dilcey se ela ia ficar desanimada por causa da filha? Bem, nunca mais vou deixar um negro daqui se casar fora. É muito caro. Ora, vamos, mocinha, vamos para dentro jantar.

As sombras caíam mais pesadas agora, o último matiz de verde abandonara o céu e uma aragem deslocava o bálsamo primaveril. Mas Scarlett tentava ganhar tempo, pensando em um modo de abordar o assunto de Ashley sem deixar que o pai desconfiasse de seu motivo. Isso era difícil, pois ela não tinha a menor sutileza; e se parecia tanto com Gerald que um nunca deixava de decifrar os débeis subterfúgios do outro. E raramente o faziam com tato.

– Como estão todos lá, em Twelve Oaks?

– Como sempre. Cade Calvert estava lá e, depois que acertamos o negócio de Dilcey, ficamos todos na varanda e tomamos vários grogues. Cade acabou de chegar de Atlanta e está todo mundo apreensivo, falando da guerra e...

Scarlett suspirou. Se Gerald começasse com o assunto da guerra e da secessão, se passariam horas até que o esgotasse. Ela o interrompeu com outro assunto.

– Eles falaram alguma coisa sobre o churrasco de amanhã?

– Agora que você mencionou, falaram, sim. A senhorita... qual é mesmo o nome dela... aquela criaturinha encantadora que esteve aqui no ano passado, sabe, a prima de Ashley... ah, sim, a Srta. Melanie Hamilton, esse é o nome... ela e o irmão, Charles, já chegaram de Atlanta e...

– Ah, então ela veio mesmo?

– Veio, e que coisinha quieta ela é, incapaz de dizer uma palavra sobre si mesma, exatamente como convém a uma mulher. Agora vamos, filha, não podemos demorar. Sua mãe deve estar nos caçando.

O coração de Scarlett afundou com a notícia. Esperava, contra toda a esperança, que algo pudesse reter Melanie Hamilton em Atlanta, onde era seu lugar. E, ao ficar sabendo que o próprio pai aprovava a natureza doce e quieta da jovem, tão diferente da sua, decidiu arriscar.

– Ashley estava lá também?

– Estava. – Gerald soltou o braço da filha e se virou, olhando-a fixamente. – E, se foi por isso que você veio até aqui me esperar, por que não disse logo em vez de fazer tantos rodeios?

Scarlett não conseguia pensar em nada para dizer e sentiu o rosto enrubescendo de contrariedade.

– Vamos, diga.

Ela continuou sem dizer nada, desejando poder sacudir o próprio pai e mandar que calasse a boca.

– Ele estava lá e gentilmente perguntou por você, assim como as irmãs dele, e exprimiram o desejo de que nada a impeça de ir ao churrasco amanhã. Garanto que nada impedirá – disse ele, astuto. – Agora, filha, o que há entre você e Ashley?

– Não é nada – disse ela, sem se estender no assunto e tomando-lhe o braço. – Vamos entrar, papai.

– Então agora é você que quer entrar – observou ele. – Mas vou ficar aqui até entender o que está acontecendo. Agora me dou conta de que você tem andado estranha. Ele andou gracejando? Pediu você em casamento?

– Não – respondeu ela, sucinta.

– Nem vai – disse Gerald.

Ela se inflamou de fúria, mas Gerald fez um gesto para que se aquietasse.

– Fique quieta, senhorita! Soube por John Wilkes hoje à tarde, na mais estrita confidência, que Ashley vai se casar com a Srta. Melanie. Será anunciado amanhã.

A mão de Scarlett escorregou do braço dele. Então era verdade!

Uma dor lhe cortou o coração como se fosse a garra de um animal selvagem. Em meio a tudo, ela sentiu os olhos do pai fixos nela, parte piedosos e parte aborrecidos por encarar um problema para o qual não conhecia resposta. Ele amava Scarlett, mas era desconfortável que ela lhe impusesse seus conflitos infantis pedindo uma solução. Ellen tinha todas as respostas. Scarlett deveria ter levado suas atribulações à mãe.

– Você quer expor a si mesma e a todos nós? – berrou ele, a voz se elevando como sempre nos momentos de exaltação. – Está correndo atrás de um homem que não está apaixonado por você, quando podia agarrar qualquer janota do condado?

Raiva e mágoa expulsaram parte da dor.

– Não estou correndo atrás dele. Só... só fiquei surpresa.

– Você está mentindo! – disse Gerald e depois, examinando a expressão arrasada da jovem, acrescentou em um rompante de bondade: – Sinto muito, filha. Mas, afinal, você não passa de uma criança, e há um monte de outros rapazes.

– Mamãe só tinha 15 anos quando se casou com o senhor, e eu tenho 16 – reagiu Scarlett, a voz sufocada.

– Sua mãe era diferente – disse Gerald. – Ela nunca foi brigona como você. Agora vamos, filha, anime-se e eu a levarei a Charleston na semana que vem para visitar sua tia Eulalie e, com toda a algazarra que está havendo por lá por causa do forte Sumter, em uma semana você terá esquecido Ashley.

"Ele me julga uma criança", pensou Scarlett, a dor e a raiva lhe engasgando a voz, "e acha que só precisa oferecer um novo brinquedo para que eu esqueça meus desgostos".

– Agora, não faça essa carinha – avisou Gerald. – Se você tivesse um pingo de juízo, já teria se casado com Stuart ou Brent Tarleton há muito tempo. Pense bem, filha. Case-se com um deles e então as fazendas vão se juntar, e Jim Tarleton e eu construiremos uma bela casa para vocês, bem onde as terras se unem, naquele grande bosque de pinheiros e...

– Pare de me tratar como uma criança! – disse Scarlett, exaltada. – Não quero ir a Charleston, nem ter uma casa, nem me casar com os gêmeos. Só quero... – Ela se refreou, mas não a tempo.

A voz de Gerald ficou estranhamente tranquila e ele falou lentamente, como se retirasse as palavras de uma linha de pensamento que raramente usava.

– Você quer apenas Ashley, mas não vai tê-lo. E, se ele quisesse se casar com você, seria com apreensão que eu aprovaria, por toda a amizade que há entre mim e John Wilkes. – E, vendo o olhar perplexo da filha, continuou: – Quero minha menina feliz, e você não seria feliz com ele.

– Ah, seria, seria, sim.

– Não seria, não, filha. Só quando afins se casam, pode haver felicidade.

Scarlett sentiu um súbito desejo traiçoeiro de gritar: "Mas o senhor é feliz e não é parecido com mamãe", mas se conteve, temendo que ele pudesse lhe dar um puxão de orelha pela impertinência.

– Nossa gente é diferente dos Wilkes – continuou ele devagar, atrapalhado, procurando as palavras. – Os Wilkes são diferentes de todos os nossos vizinhos, diferentes de qualquer família que já conheci. Eles são esquisitos, e é melhor que se casem com os primos e primas e mantenham entre si aquela esquisitice.

– Ora, papai, Ashley não é...

– Calma, mocinha! Não falei nada contra o rapaz, pois gosto dele. E, quando digo esquisito, não é louco que quero dizer. Ele não é esquisito como os Calvert, que apostam tudo o que têm em um cavalo, ou como os Tarleton, que a cada geração produzem um ou dois bêbados, ou como os Fontaine, que são uns brutos de cabeça quente que seriam capazes de matar um homem por uma ofensa imaginária. Esse tipo de esquisitice é fácil de entender, é claro, e, se não fosse pela graça de Deus, Gerald O'Hara teria todos esses defeitos! E não quero dizer que Ashley fugiria com outra se fosse seu marido, ou que bateria em você, o que talvez a deixasse mais feliz, pois ao menos poderia entendê-lo. Mas ele é esquisito de outro jeito e não há como entender. Gosto dele, mas não consigo compreender o sentido da maior parte do que diz. Agora, mocinha, diga a verdade, você entende toda aquela bobagem sobre livros, poesia, música, pinturas e outras tolices?

– Ah, papai – choramingou Scarlett, impaciente –, se eu me casasse com ele, eu mudaria tudo isso!

– Ah, mudaria? – disse Gerald, lançando-lhe um olhar astucioso. – Então você conhece muito pouco sobre os homens, quanto mais Ashley. Nenhuma mulher jamais mudou o marido, nunca se esqueça disso. E, quanto a mudar um Wilkes... pelo manto de Cristo, filha! A família inteira é assim e sempre foi. Provavelmente sempre será. Estou certo de que nascem esquisitos. Veja o jeito como eles vão a Nova York e a Boston para assistir à ópera e ver pinturas. E encomendam dos ianques livros franceses e alemães aos caixotes! E lá ficam eles sentados, lendo e sonhando só Deus sabe com o quê, quando podiam passar o tempo caçando e jogando pôquer, como todos os homens.

– Não há ninguém no condado que monte melhor do que Ashley – disse Scarlett, furiosa com o estigma de feminilidade jogado ao rapaz –, ninguém, com exceção talvez do pai dele, e, quanto ao pôquer, Ashley não lhe arrancou 200 dólares na semana passada em Jonesboro?

– Os rapazes Calvert andaram dando com a língua nos dentes de novo – disse Gerald, resignado –, ou você não saberia a soma. Ashley pode disputar a montaria com o melhor e jogar pôquer com o melhor... este sou eu, mocinha! E não posso negar que, quando ele se dispõe a beber, consegue pôr até os Tarleton debaixo da mesa. Ele consegue fazer todas essas coisas, mas não faz com o coração. É por isso que digo: ele não regula bem.

Scarlett ficou quieta e seu coração afundou mais um pouco. Não conseguiu pensar em nenhuma defesa para este último ataque, pois sabia que Gerald estava certo. O coração de Ashley não estava em nenhuma das coisas prazerosas que ele sabia fazer tão bem. Ele nunca era mais que cortesmente interessado em qualquer das atividades que a todos os outros eram vitalmente interessantes.

Interpretando corretamente o silêncio da filha, Gerald deu-lhe um tapinha no braço e disse triunfante:

– Isso mesmo, Scarlett! Você admite que é verdade. O que faria com um marido como Ashley? São todos uns lunáticos, esses Wilkes. – E continuou, em um tom persuasivo: – Quando mencionei os Tarleton antes, não estava dando preferência a eles. São bons rapazes, mas se for Cade Calvert que a agrada, ora, para mim é o mesmo. Os Calvert são boa gente, todos eles, apesar de o velho ter se casado com uma ianque. E, quando eu partir... ouça o que estou dizendo, querida, deixo Tara para você e Cade...

– Eu não aceitaria Cade nem coberto de ouro – disse Scarlett, furiosa. – E gostaria que o senhor parasse de empurrá-lo para mim! Não quero Tara nem outra fazenda velha. Fazendas não levam a nada quando...

Ela ia dizer "quando não se tem o homem que se quer", mas Gerald, exasperado com o pouco caso que ela fizera a sua oferta, à coisa que, depois de Ellen, ele mais amava em todo o mundo, urrou.

– Você fica aí, Scarlett O'Hara, e me diz que Tara, esta terra, não leva a nada?!

Scarlett assentiu obstinadamente. Seu coração estava magoado demais para se importar se estava ou não atormentando o pai.

– A terra é a única coisa no mundo que leva a alguma coisa – gritou ele, os braços grossos, curtos, gesticulando indignados para todo lado –, pois é a única coisa neste mundo que perdura, não se esqueça disso! É a única coisa pela qual vale a pena trabalhar, vale a pena lutar... vale a pena dar a vida.

– Ah, papai – disse ela, desgostosa –, o senhor fala como um irlandês!

– Alguma vez tive vergonha disso? Não, tenho orgulho. E não se esqueça de que a senhorita é meio irlandesa! E, para qualquer um que tenha uma gota de sangue irlandês, a terra onde se vive é como uma mãe. Como estou envergonhado de você neste momento. Eu lhe ofereço a terra mais linda deste mundo, com exceção do condado de Meath na velha pátria, e o que você faz? Torce o nariz! – Gerald se comprazia com a explosão da própria cólera, quando algo nas feições acabrunhadas de Scarlett o interrompeu. – Mas, afinal, você é jovem. O amor pela terra ainda vai chegar. Não há escapatória quando se é irlandês. Você é apenas uma criança aborrecida por causa de seu admirador. Quando ficar mais velha, verá como isso... Ora, acabará se decidindo por Cade ou pelos gêmeos ou por um dos janotas de Evan Munroe e verá como a deixarei bem!

– Ah, papai!

Àquela altura, Gerald já estava farto da conversa e aborrecido de que o problema tivesse caído em suas mãos. Além disso, lamentava que Scarlett ainda se sentisse desolada depois de ter recebido a oferta de ficar com um dos melhores rapazes do condado e também com Tara. Gerald gostava que seus presentes fossem recebidos com uma salva de palmas e beijos.

– Agora, chega de beicinhos, senhorita. Não importa com quem se case, contanto que ele pense como você, seja um cavalheiro, um sulista e tenha brio. Para uma mulher, o amor vem depois do casamento.

– Ah, papai, essa é uma noção tão irlandesa!

– E é muito boa! Todo esse negócio americano de correr por aí se casando por amor, como os criados, como os ianques! Os melhores casamentos são os escolhidos pelos pais da moça. Pois como pode uma tolinha como você diferenciar um homem de bem de um patife? Ora, olhe para os Wilkes. O que os manteve cheios de brio e fortes por todas essas gerações? Os casamentos com seus similares, com os primos e primas com quem a família sempre espera que se casem.

– Ah – exclamou Scarlett, a dor a invadia conforme as palavras de Gerald lhe traziam a terrível inevitabilidade da verdade. Gerald olhou para sua cabeça baixa e arrastou os pés, inquieto.

– Você não está chorando, não é? – perguntou ele, segurando desajeitadamente o queixo da filha, tentando erguer-lhe o rosto, estando o dele próprio cheio de pena.

– Não – disse ela veemente, virando o rosto.

É mentira, mas fico orgulhoso. Fico contente por você ter seu orgulho, mocinha. E espero ver esse orgulho amanhã no churrasco. Não vou querer todo o condado mexericando e rindo de você por sonhar acordada com um homem que nunca lhe dedicou um pensamento além da amizade.

"Ele me dedicou, sim, um pensamento", pensou Scarlett, com o coração pesaroso. "Ah, muitos pensamentos! Sei disso. Dava para notar. Se eu tivesse tido um pouco mais de tempo, sei que conseguiria fazê-lo dizer... Ah, se não fosse pelos Wilkes sempre acharem que devem se casar com suas primas!"

Gerald pegou o braço dela e passou-o pelo seu.

– Vamos entrar agora para jantar e esse assunto ficará entre nós. Não vou preocupar sua mãe com isso... nem você. Assoe o nariz, filha.

Scarlett assoou o nariz em seu lenço amassado e eles começaram a subir o caminho escuro de braços dados, o cavalo os seguindo devagar. Perto da casa, Scarlett estava a ponto de falar novamente quando viu sua mãe na varanda mal iluminada. Ela usava seu chapéu de sol, o xale e as luvas, tendo atrás de si Mammy, com a fisionomia semelhante a uma nuvem de tempestade, segurando na mão a bolsa preta de couro em que Ellen O'Hara costumava levar os curativos e remédios que usava para tratar os escravos. Os lábios de Mammy eram carnudos e pendentes e, quando indignada, ela conseguia deixar o inferior duas vezes maior que seu tamanho normal. Naquele momento, Mammy fazia um grande beiço, e Scarlett sabia que ela estava fervilhando por causa de algo que não aprovava.

– Sr. O'Hara – chamou Ellen, quando viu os dois vindo pelo caminho. Ellen pertencia a uma geração que era formal mesmo após 17 anos de matrimônio e seis gestações. – Sr. O'Hara, há um problema de saúde na casa dos Slattery. O bebê de Emmie nasceu e está morrendo, e precisa ser batizado. Vou até lá com Mammy para ver o que posso fazer.

Ela dava à voz uma entonação de pergunta, como se dependesse do consentimento do marido para seu plano. Mera formalidade, mas cara ao coração de Gerald.

– Em nome de Deus – vociferou ele. – Por que esses brancos ordinários vêm chamar a senhora na hora do jantar, e logo quando eu quero lhe falar sobre a conversa de guerra que está havendo em Atlanta! Vá, Sra.

O'Hara. Sei que não descansaria a cabeça no travesseiro à noite se houvesse algum problema lá fora e a senhora não pudesse ajudar.

– Ela nunca que tem nenhum descanso nos travesseiro, pruque fica pulano da cama de noite ajudano os nêgo e os branco ordinário miserave que podia cuidá deles memu – resmungava Mammy em um tom monótono enquanto descia as escadas rumo à carruagem que esperava na alameda lateral.

– Ocupe meu lugar à mesa, querida – disse Ellen, dando um tapinha suave no rosto de Scarlett com a mão enluvada.

Apesar das lágrimas engasgadas, Scarlett vibrou com o toque mágico de sua mãe, com a leve fragrância do sachê de limão e verbena que exalava de seu vestido de seda farfalhante. Para Scarlett, havia algo de tirar o fôlego em Ellen O'Hara, um milagre que habitava a casa com ela e a deslumbrava, encantava e acalmava.

Gerald ajudou sua mulher a subir na carruagem e deu ordens ao cocheiro para que dirigisse com cuidado. Toby, que havia vinte anos cuidava dos cavalos, fez um bico de indignação muda ao ouvir alguém lhe dizer como conduzir o próprio ofício. Partindo com Mammy a seu lado, cada um deles era o retrato perfeito da indignação africana.

– Se eu não tivesse feito tanto por aqueles ordinários dos Slattery e eles tivessem que pagar em dinheiro por outro lugar – falou Gerald enfurecido –, eles me venderiam aqueles miseráveis hectares de fundo no pântano, e o condado se veria livre deles. – Depois, se animando em antecipação a uma de suas brincadeiras, disse: – Vamos, filha, vamos dizer a Pork que, em vez de comprar Dilcey, eu o vendi para John Wilkes.

Ele jogou as rédeas do cavalo para um negrinho que estava por perto e começou a subir as escadas. Já se esquecera da desilusão amorosa de Scarlett, e só o que lhe ocupava a mente era atormentar seu criado. Scarlett subiu as escadas lentamente atrás dele, os pés pesados. Pensava que, afinal de contas, uma união entre ela e Ashley não poderia ser mais singular que a de seu pai e Ellen Robillard O'Hara. Como sempre, ela se perguntava de que modo seu espalhafatoso e insensível pai tinha conseguido se casar com uma mulher como sua mãe, pois nunca duas pessoas tinham sido mais distantes pelo nascimento, criação e raciocínio.

3

Ellen O'Hara tinha 32 anos e, segundo os padrões de sua época, era uma mulher de meia-idade, uma mulher que gerara seis filhos e enterrara três. Era alta, uma cabeça acima de seu pequeno marido ruivo, mas se movia com tamanha graça em sua saia balouçante que a altura não chamava a atenção. O pescoço cor de marfim que emergia do corpete justo de tafetá preto era bem torneado e esguio, dando a impressão de estar sempre levemente inclinado para trás ao peso do cabelo abundante preso com uma rede na nuca. Ela herdara os olhos escuros oblíquos, sombreados por cílios espessos, e os cabelos negros de sua mãe francesa, cujos pais tinham fugido da Revolução do Haiti, em 1791; e de seu pai, um soldado de Napoleão, ela tinha o longo nariz reto e o maxilar quadrado, suavizado pelo contorno delicado das faces. Mas somente da vida o rosto de Ellen poderia ter adquirido aquela fisionomia de altivez sem insolência, a graciosidade, a melancolia e a total falta de humor.

Teria sido uma mulher de beleza arrebatadora, tivesse algum brilho no olhar, qualquer entusiasmo reativo no sorriso ou alguma espontaneidade na voz, que entrava como suave melodia nos ouvidos dos familiares e dos criados. Ela falava com a voz arrastada e ininteligível dos georgianos do litoral, fluida nas vogais, gentil nas consoantes e com um nítido traço do sotaque francês. Era uma voz que jamais se elevava no comando de um criado ou em repreensão a uma criança, mas que era instantaneamente obedecida em Tara, onde os urros e gritos do marido eram discretamente ignorados.

Até onde Scarlett conseguia se lembrar, a mãe sempre fora igual, a voz baixa e meiga, no cumprimento ou na reprovação; os modos eficientes e serenos, apesar das contingências diárias da turbulenta vida doméstica de Gerald; o espírito sempre calmo e as costas sempre eretas, mesmo na morte dos três filhos bebês. Scarlett nunca vira as costas da mãe tocarem o encosto de qualquer assento que usasse. Nem a vira se sentar sem algum trabalho manual por fazer, exceto às refeições, quando atendia os doentes ou fazia a contabilidade da fazenda. Se houvesse visitas, era um bordado delicado, mas em outras situações suas mãos se ocupavam com as camisas de jabô de Gerald, os vestidos das filhas ou roupas para os escravos. Scarlett não podia imaginar as mãos da mãe sem o dedal de ouro ou sua figura farfalhante desacompanhada da negrinha cuja única função na vida era remover os alinhavos e carregar a caixa de costura de jacarandá de cômodo em cômodo, conforme Ellen se movimentava pela casa supervisionando a cozinha, a limpeza e a fabricação de roupas em grande escala para a fazenda.

Nunca vira a mãe abandonar sua austera placidez nem comparecer a um compromisso sem estar impecável, não importando a hora do dia ou da noite Quando Ellen se arrumava para um baile, para receber visitas ou mesmo para ir a uma feira em Jonesboro, muitas vezes eram necessárias duas horas, duas criadas e Mammy para deixá-la satisfeita com a própria aparência, mas a rápida toalete nos dias de emergência era impressionante.

Scarlett, cujo quarto ficava em frente ao da mãe no corredor, conhecia desde criança o som suave dos pés negros descalços e apressados sobre o piso de madeira de lei ao raiar do dia, as batidas leves e urgentes na porta de sua mãe e as vozes abafadas, amedrontadas, a sussurrar sobre doença, nascimento e morte na longa fileira de cabanas caiadas. Quando pequena, ela muitas vezes fora furtivamente até a porta e, espiando pela ínfima fresta, vira Ellen sair do quarto escuro, onde os roncos de Gerald eram rítmicos e despreocupados, para a luz trêmula de uma vela erguida, seu estojo de medicamentos sob o braço, o cabelo arrumado e nenhum botão aberto no corpete.

Sempre fora calmante para Scarlett ouvir a mãe sussurrar de modo firme, mas piedoso, quando seguia pelo corredor na ponta dos pés: "Sshhh! Falem mais baixo. Vão acordar o Sr. O'Hara. Não é um caso de vida ou morte."

Sim, era bom voltar para a cama e saber que Ellen estava fora e tudo estava bem.

De manhã, após noites inteiras ocupada com nascimentos e mortes, quando o velho Dr. Fontaine e o jovem Dr. Fontaine estavam atendendo a chamados e não conseguiam ser encontrados para ajudá-la, Ellen presidia a mesa do café da manhã como sempre, os olhos escuros com olheiras de cansaço, embora a voz e modos nada revelassem de seu esforço. Sob sua grandiosa bondade, havia uma resistência de aço que impressionava a todos os moradores da casa, a Gerald e também às meninas, ainda que ele preferisse morrer a admitir.

Às vezes, quando Scarlett ficava na ponta dos pés para beijar o rosto daquela mãe tão alta, olhava para sua boca de lábios finos e delicados, a boca de alguém que a vida magoaria com facilidade, e imaginava se ela alguma vez se curvara em tolas risadas de mocinha ou sussurrara segredos noite adentro para amigas íntimas. Mas não, isso era impossível. Sua mãe sempre fora como era, um pilar de força, uma fonte de sabedoria, a pessoa que tinha respostas para todas as coisas.

Mas Scarlett estava errada, pois anos antes Ellen Robillard de Savannah dera risadas tão inexplicáveis quanto as de qualquer jovem de 15 anos naquela encantadora cidade litorânea e sussurrara noites adentro com as amigas, trocando confidências e contando todos os segredos, menos um. Aquele foi o ano em que conheceu Gerald O'Hara, 28 anos mais velho que ela. O mesmo ano, também, em que a juventude e seu primo de olhos negros, Philippe Robillard, deixaram sua vida. Pois quando Philippe, com seus olhos fulminantes e seus modos impetuosos, deixou Savannah para sempre, levou com ele o fulgor que havia no coração de Ellen e deixou para o pequeno irlandês cambaio que veio a desposá-la apenas uma casca gentil.

Mas aquilo bastava para Gerald, deslumbrado com a sorte incrível de se casar com ela. E, se algo a abandonara, ele nunca sentira falta. Sendo um homem astucioso, ele sabia que um irlandês, sem família ou riqueza que o recomendassem, conseguir conquistar a filha de uma das famílias mais ricas e altivas do litoral era um milagre. Pois Gerald era um homem que vencera por conta própria.

Gerald fora da Irlanda para a América quando tinha 21 anos. Partira precipitadamente, assim como muitos irlandeses melhores e piores antes e desde então, com as roupas que tinha, 2 xelins a mais que o dinheiro da passagem e um preço por sua cabeça, que ele considerava ser maior do que seu delito justificava. Não havia nenhum partidário dos Orange, nenhum protestante irlandês naquele lado do inferno que valesse 100 libras esterlinas ao governo britânico ou ao próprio demônio, mas, se o governo britânico sentia com tanta veemência a morte do cobrador de aluguéis de um senhorio inglês, era hora de Gerald O'Hara ir embora, e logo. Verdade que ele chamara o cobrador de "Orange canalha", mas isso, segundo seu modo de ver as coisas, não dava ao homem nenhum direito de insultá-lo assobiando os primeiros versos de "The Boyne Water".

A Batalha de Boyne fora travada havia mais de cem anos, mas para os O'Hara e seus vizinhos parecia ter sido ontem que suas esperanças e sonhos, assim como suas terras e riquezas, se haviam desfeito na mesma nuvem de poeira que envolvera um amedrontado e fujão príncipe Stuart, deixando Guilherme de Orange e suas odiosas tropas de penachos laranja abater os partidários dos Stuart.

Por essa e outras razões, a família de Gerald não dera ao desfecho fatal dessa disputa maior importância, exceto por sentir-lhe as graves consequências. Fazia anos que estavam em maus lençóis com a polícia inglesa devido a atividades suspeitas contra o governo, e Gerald não era o primeiro O'Hara a levantar acampamento e abandonar a Irlanda da noite para o dia. De seus dois irmãos mais velhos, James e Andrew, ele mal se lembrava, a não ser como jovens taciturnos que iam e vinham na calada da noite com ocupações misteriosas, ou desapareciam por semanas, para grande ansiedade da mãe deles. Tinham ido para a América havia anos, após a descoberta de um pequeno arsenal de espingardas enterradas no chiqueiro da família. Agora eram comerciantes bem-sucedidos em Savannah, "embora só Deus adorado saiba ao certo onde isso fica", como sua mãe sempre pontuava ao mencionar os dois mais velhos de sua ninhada de homens, para os quais Gerald foi enviado.

Ele abandonou o lar com o apressado beijo da mãe no rosto e suas fervorosas bênçãos católicas nos ouvidos, além da advertência de despedida do pai: "Lembre-se de quem você é e não tire nada de homem algum." Seus cinco irmãos de grande estatura lhe deram adeus com olhos admirados, mas levemente condescendentes, pois Gerald era o caçula e o menor de uma família robusta.

Os cinco irmãos e o pai mediam 1,80m e eram grandes, mas o pequeno Gerald, aos 21 anos, sabia que 1,61m era tudo o que o Senhor em Sua sabedoria lhe permitiria. Fazia parte de seu modo de ser que nunca tivesse se lamentado pela falta de altura, e esta nunca lhe fora empecilho para conseguir qualquer coisa que quisesse. Mais exatamente, era sua estatura compacta que o fazia quem era, pois bem cedo aprendera que as pessoas pequenas precisam ser valentes para sobreviver entre as grandes. E, valente, Gerald era.

Seus irmãos maiores formavam um grupo soturno, calado, em quem a tradição familiar de glórias passadas, para sempre perdidas, inflamava um ódio silencioso e impunha um humor amargo. Se Gerald tivesse sido robusto, teria seguido o caminho dos outros O'Hara e se infiltrado discreta e obscuramente entre os rebeldes contra o governo. Mas era "cabeça-dura e fanfarrão", como sua mãe dizia com carinho, de temperamento explosivo, rápido com os punhos, sempre pronto para uma briga, algo indisfarçável. Ele se movia com andar arrogante entre os altos O'Hara como um garnisé se pavoneando em um terreiro de galos Cochin, e eles o amavam, implicavam com ele afetivamente para ouvi-lo berrar e lhe batiam com os punhos fortes não mais do que o necessário para manter o irmão caçula em seu lugar.

Se a educação que Gerald levara para a América era escassa, ele não sabia. E nem sequer ligaria se alguém lhe tivesse dito. Sua mãe o ensinara a ler e escrever corretamente. Sabia fazer contas. E aí terminava sua intimidade com os livros. O único latim que conhecia eram as réplicas à missa, e a única história, as múltiplas afrontas à Irlanda. De poesia, só conhecia a de Moore e nenhuma música, exceto as canções irlandesas que passavam de geração em geração. Ao mesmo tempo em que nutria o mais vivo respeito por aqueles que tinham mais instrução formal, nunca sentiu falta dela. E que falta ele podia sentir dessas coisas em um país novo, onde o mais ignorante dos colonos fazia grandes fortunas? Em um país onde só pediam que um homem fosse forte e não temesse o trabalho?

Nem James nem Andrew, que o receberam em sua loja em Savannah, lamentavam sua falta de instrução. Sua boa caligrafia, os cálculos corretos e a habilidade astuciosa para barganhar conquistaram o respeito deles, enquanto um conhecimento de literatura ou um fino apreço pela música, se o jovem Gerald os possuísse, os teria feito rir de descaso. A América, nos primeiros anos do século, fora generosa com os irlandeses. James e Andrew, que tinham começado com o transporte de produtos em carroções cobertos, de Savannah para as cidades do interior da Geórgia, haviam prosperado, abrindo sua loja própria, e Gerald prosperara com eles.

Ele gostava do sul e logo se tornou, na própria opinião, um sulista Havia muita coisa sobre o sul e os sulistas que ele nunca entenderia, mas, com o coração dedicado que fazia parte de sua natureza, ele adotava as ideias e costumes do modo como os entendia, tornando-os seus: pôquer e corridas de cavalo, política inflamada e o código de duelos, os Direitos de Estado e a abominação a todos os ianques, escravatura e o Rei Algodão, desprezo pelos brancos ordinários e cortesia exagerada com as mulheres.

Até a mascar tabaco ele aprendeu. Não houve necessidade de adquirir uma boa resistência para o uísque, pois nascera com ela.

Mas Gerald continuava sendo Gerald. Seus hábitos e suas ideias mudaram, mas seus modos não mudariam, mesmo que ele pudesse tê-lo feito. Ele admirava a elegância arrastada dos ricos plantadores de arroz e algodão que chegavam a Savannah oriundos de seus reinos cobertos de musgo, montados em cavalos puro-sangue e seguidos pelas carruagens de suas damas igualmente elegantes e pelos carroções com seus escravos. Mas Gerald nunca conseguiria ser elegante. As vozes preguiçosas, indistintas, lhe agradavam os ouvidos, mas o vivaz sotaque irlandês mantinha-se fiel em sua língua. Apreciava a cortesia informal com que eles conduziam os negócios importantes, o modo como arriscavam uma fortuna, uma plantação ou um escravo na virada de uma carta, e como aceitavam suas perdas com um bom humor descuidado e sem mais cerimônias do que quando jogavam moedas aos negrinhos. Gerald conhecera a pobreza e nunca conseguiria aprender a perder dinheiro com bom humor ou dignidade. Era uma raça agradável a desses georgianos do litoral, com sua fala macia, suas vogais passageiras e encantadoras inconsistências. Gerald gostava deles. Havia uma vitalidade enérgica e inquieta naquele jovem irlandês recém-chegado de um país onde os ventos sopravam úmidos e frios, onde os pântanos enevoados não provocavam febre, que o separava daquele povo gentil e indolente do clima semitropical e brejos infestados de malária.

Deles aprendia o que achava útil, e o resto dispensava. Achou o pôquer a coisa mais útil de todos os costumes sulistas, o pôquer e uma boa cabeça para o uísque; e foi sua aptidão natural para as cartas e para a bebida âmbar que dera a Gerald duas de suas mais prezadas posses: seu camareiro e sua fazenda. A outra era sua mulher, e ele só podia atribuí-la à misteriosa bondade de Deus.

O camareiro, de nome Pork, negro retinto, honrado e treinado em todas as artes da elegância do trajar, era resultado de uma noite inteira de jogatina com um fazendeiro da ilha de St. Simons, cuja coragem para o blefe se igualava à de Gerald, mas a resistência ao rum de Nova Orleans, não. Embora o ex-dono de Pork posteriormente tivesse oferecido o dobro do valor para tê-lo de volta, Gerald recusou obstinadamente, pois a posse de seu primeiro escravo, aquele escravo, o "melhor camareiro do litoral", era o primeiro passo ascendente na direção do desejo de seu coração. Gerald queria ser dono de escravos e senhor de terras.

Ele estava decidido a não passar o resto de seus dias, como James e Andrew, barganhando, nem todas as suas noites à luz de velas, debruçado sobre longas colunas de algarismos. Sentia intensamente, ao contrário dos irmãos, o estigma social daqueles "do comércio". Gerald queria ser fazendeiro. Com a fome profunda de um irlandês que fora inquilino das terras que um dia sua gente possuíra e onde caçara, ele queria ver seus próprios hectares se estendendo verdejantes à sua frente. Com uma implacável obstinação em seu propósito, ele desejava a própria casa, a própria plantação, os próprios cavalos, os próprios escravos, e ali, naquele novo país, a salvo do duplo perigo da terra que deixara – impostos que consumiam a colheita e os celeiros, e a ameaça constante de um súbito confisco –, ele pretendia ter tudo aquilo. Mas acalentar essa ambição e levá-la à realização eram duas coisas diferentes, como ele descobriu com o passar do tempo. O litoral da Geórgia era demasiadamente dominado por uma aristocracia entrincheirada para que ele pudesse ter esperança de conquistar o lugar que desejava.

Então a mão do Destino e uma mão de pôquer se combinaram para lhe dar a fazenda, que ele depois chamou de Tara, e ao mesmo tempo o fizeram se mudar do litoral para as terras altas do interior, ao norte da Geórgia.

Foi em um *saloon* em Savannah, em uma noite quente de primavera, quando Gerald entreouviu a conversa de um estranho sentado próximo a ele e aguçou os ouvidos. O homem, natural de Savannah, acabara de retornar após 12 anos no interior. Ele fora um dos vencedores da loteria da terra feita pelo Estado para lotear uma vasta região da Geórgia, cedida pelos índios no ano anterior à chegada de Gerald à América. Ele fora até lá, estabelecera uma fazenda, mas agora a casa tinha se incendiado, ele estava cansado do "maldito lugar" e ficaria grato de se ver livre dele.

Gerald, a mente sempre presa ao desejo de possuir uma fazenda, arranjou para que fossem apresentados e seu interesse aumentou conforme o estranho lhe contava como a região norte do estado estava se enchendo de recém-chegados das Carolinas e da Virgínia. Gerald já morava em Savannah havia tempo suficiente para ter adquirido a visão do litoral – de que o resto do estado era um matagal, com um índio à espreita atrás de cada moita. Em transações comerciais para os irmãos O'Hara, ele visitara Augusta, uns 150 quilômetros acima do rio Savannah, e viajara pelo interior, indo longe o bastante para conhecer as velhas cidades a oeste. Ele sabia que aquela regiao era tão bem estabelecida quanto o litoral, mas, pela descrição do estranho, sua fazenda ficava a mais de 400 quilômetros de Savannah na direção noroeste, não muito ao sul do rio Chattahoochee. Gerald sabia que ao norte, além daquelas águas, a terra ainda pertencia aos Cherokee, então foi surpreso que ele ouviu o homem zombar das sugestões de problemas com os índios e narrar como as cidades estavam crescendo e que as fazendas prosperavam no novo povoamento.

Uma hora depois, quando a conversa começava a se arrastar, Gerald, com uma malícia que desmentia a ampla inocência de seus claros olhos azuis, propôs uma partida. Depois de beberem e jogarem até altas horas, chegou um momento em que todos os outros jogadores se retiraram, deixando Gerald e o estranho sozinhos na disputa. O estranho empurrou todas as suas fichas e, com elas, a escritura de sua fazenda. Gerald empurrou todas as suas fichas, colocando sobre elas sua carteira. O fato de o dinheiro contido nela pertencer à firma dos irmãos O'Hara não preocupava sua consciência a ponto, sequer, de fazê-lo se confessar antes da missa na manhã seguinte. Ele sabia o que queria e, quando Gerald queria alguma coisa, ele a conseguia pela rota mais direta. Além disso, tal era sua fé no próprio destino e em seus quatro valetes que nunca, nem por um instante, ele se perguntou como o dinheiro seria devolvido no caso de uma mão mais alta ser baixada do outro lado da mesa.

– Não é nenhuma barganha que você está ganhando e fico contente de não precisar mais pagar impostos pelo lugar – suspirou o possuidor de um *full* de ases, enquanto pedia uma pena e tinta. – A casa-grande pegou fogo há um ano e o mato está tomando conta dos campos. Mas é sua.

– Nunca misture cartas e uísque a não ser que tenha sido desmamado com uísque irlandês – disse Gerald gravemente a Pork naquela mesma noite, quando este o atendia para ir dormir. E o camareiro, que começara a tentar imitar o sotaque irlandês devido à admiração pelo novo senhor, respondeu adequadamente em uma mistura do dialeto negro, o *geechee*, com o do condado de Meath, que teria intrigado qualquer um, exceto aqueles dois.

O lamacento rio Flint, correndo silenciosamente entre muralhas de pinheiros e carvalhos cobertos por trepadeiras emaranhadas, envolvia a nova terra de Gerald como um braço dobrado, abraçando-a por dois lados. Para Gerald, sobre a pequena colina onde estivera a casa, essa barreira verde e alta era uma evidência tão visível quanto prazerosa de propriedade quanto uma cerca que ele mesmo tivesse construído para marcá-la como sua. De pé sobre as pedras pretas de fundação da casa incendiada, ele olhou para a longa alameda de árvores abaixo que levava até a estrada e praguejou alto, com uma alegria grande demais para uma oração de agradecimento. Aquelas duas fileiras de árvores sombrias eram dele, assim como o gramado abandonado, com a erva daninha crescida sob as jovens magnólias floridas de branco. Os campos não cultivados, invadidos por brotos de pinheiros e arbustos, que estendiam sua superfície ondulante de barro vermelho pela vastidão dos quatro lados, pertenciam a Gerald O'Hara – era tudo dele, porque ele tinha uma resistência irlandesa à embriaguez e a coragem de apostar tudo em uma mão de cartas.

Fechando os olhos, na imobilidade dos hectares ociosos, Gerald sentiu que tinha chegado em casa. Ali, sob seus pés, se ergueria uma casa de tijolos brancos. Do outro lado da estrada, haveria novas cercas, reunindo o gado gordo e cavalos de raça, e a terra vermelha que descia pela encosta da colina até as férteis margens do rio refletiria a brancura da penugem do algodão sob o sol, hectares e mais hectares de algodão! A fortuna dos O'Hara ressuscitaria.

Com sua pequena participação na firma, o que conseguiu pegar emprestado dos irmãos, nada entusiasmados, e uma boa soma obtida com a hipoteca da terra, Gerald comprou a primeira leva de trabalhadores para o campo e foi para Tara, viver sua solidão de solteiro na casa de quatro cômodos do capataz até as paredes brancas da casa poderem ser erguidas.

Ele limpou os campos, plantou algodão e pegou emprestado mais dinheiro de James e Andrew para comprar novos escravos. Os O'Hara eram uma tribo fechada, unida na prosperidade e na ruína, não devido a algum afeto presunçoso, mas porque tinham aprendido durante anos cruéis que uma família precisa apresentar ao mundo uma fachada inquebrantável para sobreviver. Eles emprestaram o dinheiro a Gerald e, nos anos subsequentes, a quantia lhes foi devolvida com juros. Gradativamente a fazenda se ampliou, conforme Gerald foi comprando mais hectares no entorno, e com o tempo a casa branca se tornou uma realidade em vez de um sonho.

Foi construída com trabalho escravo, um prédio pesado e deselegante que coroava a elevação de terra sobre a encosta verde das pastagens que iam até o rio; mesmo quando nova, a casa tinha uma aparência de maturidade, o que agradava a Gerald. Os velhos carvalhos, que tinham visto os índios passarem sob seus ramos, abraçavam a casa com seus possantes galhos, cuja ramagem se projetava sobre o telhado, fazendo muita sombra. Recuperado das ervas daninhas, o gramado cresceu espesso, e Gerald cuidava para que fosse bem mantido. Da alameda de cedros até a fileira de cabanas brancas dos escravos, havia um ar de solidez, de estabilidade e de permanência em Tara; e, sempre que Gerald galopava até a curva da estrada e via seu próprio telhado sobressaindo-se em meio aos galhos verdes, seu coração se enchia de orgulho como se cada visão fosse a primeira.

Ele fizera aquilo tudo, o pequeno Gerald, cabeça-dura e fanfarrão.

Gerald tinha excelentes relações com todos os vizinhos do condado, exceto com os MacIntosh, cuja terra fazia limite com a sua à esquerda, e os Slattery, cujo escasso hectare se estendia à direita, ao longo dos fundos do pântano, entre o rio e a fazenda de John Wilkes.

Os MacIntosh eram escoceses da Irlanda e protestantes Orange, e, mesmo que possuíssem todas as qualidades santificadas pelo calendário católico, essa ascendência os teria eternamente amaldiçoado aos olhos de Gerald. Verdade, eles moravam na Geórgia havia setenta anos e, antes disso, tinham passado uma geração nas Carolinas, mas o primeiro da família que botara o pé na costa americana viera de Ulster, e isso bastava para Gerald.

Era uma família calada e impertinente, que só se relacionava entre si e se casava com os parentes da Carolina. Gerald não estava sozinho com seu sentimento negativo por eles, pois o pessoal do condado era amistoso e sociável, e ninguém tolerava muito quem não possuísse essas qualidades. Rumores de simpatia abolicionista não aumentavam a popularidade dos MacIntosh. O velho Angus nunca emancipara um único escravo e nunca cometera a imperdoável falta social de vender alguns de seus negros a negociantes de escravos de passagem para os campos de cana-de-açúcar da Louisiana, mas os rumores persistiam.

– Ele é um abolicionista, sem dúvida – observava Gerald a John Wilkes. – Mas, em um homem de ascendência Orange, quando um princípio vai contra a sovinice escocesa, o princípio perde.

Os Slattery eram outro caso. Sendo brancos pobres, eles nem sequer recebiam das famílias vizinhas o respeito de má vontade concedido à obstinada independência de Angus MacIntosh. O velho Slattery, que se agarrava com persistência aos seus poucos hectares, apesar das repetidas ofertas de Gerald e de John Wilkes, era indolente e queixoso. A mulher dele era uma criatura de cabelos desgrenhados, aparência doentia e abatida, mãe de uma ninhada de crianças taciturnas e dentuças – uma ninhada que aumentava regularmente todos os anos. Tom Slattery não possuía escravos e cuidava esporadicamente dos poucos hectares de algodão com os dois filhos mais velhos, enquanto a mulher e os filhos menores tomavam conta do que era para ser uma horta. Mas, de alguma maneira, o algodão nunca dava certo e a horta, devido às constantes gestações da Sra. Slattery, raramente provia o suficiente para alimentar seu bando.

A visão de Tom Slattery vagando pela varanda dos vizinhos, pedindo sementes de algodão para plantar ou um pedaço de bacon para "ajudá-lo em uma dificuldade", era familiar. Slattery odiava os vizinhos com a pouca energia que tinha, sentindo o desprezo sob a cortesia deles, e odiava especialmente os "negros arrogantes dos ricos". Os negros das casas do condado se consideravam superiores aos brancos ordinários e, ao mesmo tempo que o visível desprezo deles o ofendia, a posição mais segura que tinham na vida lhe instigava a inveja. Em oposição à sua miserável existência, eles eram bem alimentados, bem vestidos e assistidos na doença e na velhice. Tinham orgulho dos bons nomes de seus donos e, na maior parte, eram orgulhosos de pertencer a pessoas de qualidade, enquanto ele era desprezado por todos.

Tom Slattery poderia ter vendido sua fazenda pelo triplo do valor para qualquer um dos fazendeiros do condado. Eles teriam considerado um dinheiro bem gasto para livrar a comunidade de algo ofensivo ao olhar, mas ele ficava bem satisfeito de permanecer ali e sobreviver miseravelmente com o lucro de um fardo de algodão por ano e a caridade dos vizinhos.

Gerald tinha uma boa relação e alguma intimidade com todo o resto do condado. Os Wilkes, os Calvert, os Tarleton, os Fontaine, todos sorriam quando a pequena figura no grande cavalo branco chegava galopando a suas fazendas. Sorriam e mandavam vir copos longos, nos quais um cálice de Bourbon era derramado sobre uma colher de chá de açúcar e um raminho esmagado de hortelã. Gerald era simpático, e os vizinhos aprenderam a tempo o que crianças, negros e cachorros descobriam à primeira vista: que, por trás da voz alta e dos modos truculentos, se escondia um bom coração, um ouvido pronto e solidário e uma carteira aberta.

Sua chegada sempre se dava em meio ao tumulto dos cães de caça latindo e de criancinhas negras gritando enquanto corriam ao seu encontro, brigando pelo privilégio de segurar o cavalo e sorrindo embaraçadas com seus insultos bem-humorados. As crianças brancas faziam o maior alarido para se sentarem em seus joelhos e serem balançadas em um trote, enquanto ele denunciava aos mais velhos as infâmias dos políticos ianques; as filhas dos amigos lhe confidenciavam seus casos amorosos; e os jovens da vizinhança, temerosos de confessar dívidas de honra sobre os tapetes de seus pais, encontravam nele o amigo de que necessitavam.

– Então, você está com essa dívida há um mês, seu crápula! – ele gritava. – E, por todos os santos, por que não me pediu esse dinheiro antes?

Sua aspereza era conhecida demais para chegar a ofender, e não fazia mais que arrancar um sorriso acanhado dos jovens, que retrucavam:

– Bem, senhor, eu odiaria incomodá-lo e a meu pai...

– Seu pai é um bom homem, sem dúvida, mas rígido, então pegue isso e não toquemos mais no assunto.

As esposas dos fazendeiros foram as últimas a capitular. Mas, quando a Sra. Wilkes, "uma grande dama, com um raro talento para o silêncio", como Gerald a caracterizava, disse ao marido certa noite, depois que o cavalo de Gerald se afastava pelo caminho de entrada: "Ele tem uma fala grosseira, mas é um cavalheiro", Gerald tinha definitivamente conseguido.

Ele não sabia que levara quase dez anos para conseguir, pois nunca lhe ocorrera que a princípio os vizinhos o haviam olhado com desconfiança. Em sua mente, nunca houvera qualquer dúvida de que seu lugar era ali, desde o primeiro momento em que pusera os pés em Tara.

Quando Gerald completou 43 anos, tão atarracado e com o rosto tão corado que parecia um caçador de uma pintura esportiva, lhe passou pela cabeça que, por mais caros que lhe fossem Tara e os vizinhos do condado, com seus corações e casas abertos, eles não eram suficientes. Ele queria uma esposa.

Tara implorava por uma senhora. O gordo cozinheiro, um negro do quintal promovido à função por necessidade, nunca aprontava as refeições na hora; e a camareira, antes trabalhadora do campo, deixava a poeira se acumular sobre os móveis e parecia nunca ter roupa de cama limpa à mão; de modo que a chegada de hóspedes era sempre ocasião de muito tumulto e afazeres. Pork, o único negro doméstico experiente, fazia a supervisão geral dos outros criados, mas até ele se tornara um tanto negligente após tantos anos de exposição ao modo despreocupado de Gerald levar a vida. Como camareiro, ele mantinha o quarto do senhor em ordem e, como mordomo, servia as refeições com dignidade e estilo, mas, fora isso, deixava as coisas seguirem seu próprio curso.

Com o infalível instinto africano, todos os negros perceberam que Gerald latia alto, mas não mordia nem de leve, e desavergonhadamente se aproveitavam dele. A atmosfera estava sempre tensa com ameaças de vender escravos para o sul e de horríveis chicotadas, mas nunca houve um escravo vendido em Tara, e apenas uma chicotada, e essa ocorrera por não terem tirado sela e arreios do cavalo de Gerald após um longo dia de caçada.

Os argutos olhos azuis de Gerald percebiam como as casas dos vizinhos eram dirigidas com eficiência, e a facilidade com que as esposas bem penteadas em saias farfalhantes manejavam seus criados. Ele não sabia que essas mulheres passavam seus dias acorrentadas à supervisão da cozinha, das crianças, da costura e da lavanderia. Ele só via os resultados externos, que o impressionavam.

A necessidade urgente de uma esposa ficou clara quando certa manhã ele se vestia para ir à feira na cidade. Pork trouxe sua camisa favorita, consertada de modo tão inábil que não era possível ninguém usá-la, exceto o próprio criado.

– Sinhô Gerald – disse Pork, dobrando a camisa, agradecido, enquanto Gerald se enfurecia –, o que o sinhô precisa é uma muié, e uma muié com bastante nêgo de dentro de casa.

Gerald repreendeu Pork por sua impertinência, mas sabia que ele estava certo. Ele queria uma mulher e queria filhos, e, se não os tivesse logo, seria tarde demais. Mas não se casaria com qualquer uma, como o Sr. Calvert fizera, tomando como esposa a governanta ianque de seus filhos órfãos de mãe. Sua mulher teria de ser uma dama, e uma dama de sangue nobre, com tanta pose e graça quanto a Sra. Wilkes, e com a capacidade de dirigir Tara tão bem como a Sra. Wilkes ordenava seus domínios.

Havia, porém, dois obstáculos no caminho de um casamento com alguém das famílias do condado. O primeiro era a escassez de moças em idade de se casar. O segundo, e mais sério, era que Gerald era um "homem novo", apesar de seus quase dez anos de residência, e estrangeiro. Ninguém sabia nada sobre sua família. Mesmo que a sociedade do norte da Geórgia não fosse tão inexpugnável quanto a dos aristocratas do litoral, nenhuma família desejava que sua filha se casasse com um homem de quem não soubessem nada do avô.

Gerald sabia que, apesar de contar com a simpatia genuína dos homens da região, com quem caçava, bebia e falava de política, dificilmente encontraria um que o aceitasse como genro. E ele não queria que mexericassem à mesa de jantar dizendo que este ou aquele pai tinha pesarosamente recusado Gerald O'Hara como pretendente de sua filha. Essa consciência não fazia Gerald se sentir inferior aos vizinhos. Nada jamais conseguia fazê-lo se sentir inferior, de modo algum, a ninguém. Era simplesmente um costume singular do condado que as filhas só se casassem com jovens de famílias que vivessem no sul havia mais de 22 anos, possuíssem terra e escravos e fossem adeptas dos vícios da moda.

– Faça as malas. Estamos indo para Savannah – disse ele a Pork. – E, se eu ouvi-lo dizer "Cristo!" ou "Credo!" uma só vez, é você que eu vou vender, pois essas são palavras que eu mesmo raramente uso.

James e Andrew poderiam lhe dar algum conselho sobre aquele assunto de casamento e poderia haver filhas entre os velhos amigos deles prontas a satisfazer suas exigências e aceitá-lo como marido. James e Andrew escutaram sua história pacientemente, mas lhe deram pouco incentivo. Eles não tinham parentes em Savannah a quem pudessem recorrer, pois quando foram para a América estavam casados. E as filhas de seus velhos amigos havia muito tinham se casado e já estavam criando os próprios filhos.

– Você não é um homem rico e não tem uma grande família – disse James.

– Eu fiz meu dinheiro e posso fazer uma grande família. E não vou me casar com qualquer uma.

– Você sonha alto – disse Andrew secamente.

Mas eles fizeram o possível por Gerald. James e Andrew estavam velhos e eram benquistos em Savannah. Tinham muitos amigos e por um mês levaram Gerald de casa em casa, a jantares, danças e piqueniques.

– Apenas uma fisgou meu olhar – disse Gerald por fim –, e ela nem era nascida quando aportei por aqui.

– E quem foi que fisgou seu olhar?

– A Srta. Ellen Robillard – disse Gerald, tentando falar sem muito interesse, pois os olhos escuros levemente oblíquos de Ellen Robillard tinham fisgado mais do que seu olhar. Apesar de um misterioso comportamento indiferente, estranho em uma moça de 15 anos, ela o encantara. Além disso, havia nela um assombroso ar de desespero que penetrara seu coração, tornando-o mais gentil com ela do que jamais fora com qualquer pessoa no mundo.

– E você tem idade para ser pai dela!

– Estou em meu auge! – gritou Gerald, ofendido.

James falou baixinho.

– Jerry, não há moça em Savannah com quem você tenha menos chance de se casar. O pai dela é um Robillard, e esses franceses são orgulhosos como Lúcifer. E a mãe dela, que Deus a tenha, era uma grande dama.

– Não me importo – disse Gerald acaloradamente. – Além disso, a mãe dela está morta e o velho Robillard gosta de mim.

– Como homem, sim, mas como genro, não.

– De qualquer maneira, a moça não o aceitaria – interpôs Andrew. – Faz um ano que está apaixonada por aquele janota leviano do primo dela, Philippe Robillard, apesar de a família pressioná-la dia e noite para que desista dele.

– Ele partiu para a Louisiana este mês – disse Gerald.

– Como é que você sabe?

– Eu apenas sei – respondeu Gerald, sem contar que Pork tinha lhe passado essa valiosa informação, nem que Philippe fora obrigado pela família a partir para o oeste. – E não acho que a Srta. Robillard estivesse tão apaixonada que não vá esquecer o sujeito. Com 15 anos, ela é jovem demais para saber muito sobre o amor.

– Eles iriam preferir aquele primo desvairado para ela do que você.

Por isso, James e Andrew ficaram tão surpresos quanto todo mundo quando chegou a notícia de que a filha de Pierre Robillard se casaria com o pequeno irlandês do interior. Por trás das portas, os moradores de Savannah comentavam e especulavam sobre a ida de Philippe Robillard para o oeste, mas não chegaram a conclusão alguma. Por que a mais adorável das filhas de Robillard se casaria com um homenzinho barulhento e corado que mal chegava à altura de sua orelha continuava sendo um mistério para todos.

O próprio Gerald nunca soube muito bem como tudo acontecera. Só sabia que fora um milagre. E, por uma vez na vida, comportou-se com absoluta humildade quando Ellen, muito pálida, mas igualmente calma, pousou de leve a mão em seu braço e disse:

– Eu me casarei com o senhor, Sr. O'Hara.

Os estupefatos Robillard conheciam parte dos motivos, mas apenas Ellen e sua aia sabiam toda a história da noite em que a jovem chorou até o amanhecer como uma criança de coração partido e se levantou de manhã uma mulher, com a decisão tomada.

Com um mau pressentimento, Mammy entregara à sua jovem senhora um pacote, endereçado a ela em uma caligrafia desconhecida, de Nova Orleans. Um pacote contendo uma miniatura de Ellen, que ela arremessou ao chão com um grito, quatro cartas suas para Philippe Robillard e uma breve carta de um padre de Nova Orleans, comunicando a morte do primo em uma briga de bar.

– Eles o afastaram de mim. Papai, Pauline e Eulalie. Eles o levaram embora. Eu os odeio. Nunca mais quero vê-los. Quero ir embora. Vou embora para um lugar onde nunca mais os veja, nem a esta cidade, nem ninguém que me faça lembrar... de... dele.

E, quando a noite praticamente chegara ao fim, Mammy, tendo ela mesma chorado sobre os cabelos escuros de sua senhora, protestou:

– Mas, meu docim, vosmecê num pode fazer isso!

– Vou fazer. Ele é um homem bom. Ou me caso com ele ou vou para um convento em Charleston.

Foi a ameaça do convento que finalmente conquistou o consentimento do aturdido e desolado Pierre Robillard. Ele era um dedicado presbiteriano, embora sua família fosse católica, e a ideia de sua filha tornar-se freira era ainda pior do que a de vê-la casada com Gerald O'Hara. Afinal, nada depunha contra o homem, além da falta de uma família.

Então, Ellen, não mais Robillard, deu as costas a Savannah para nunca mais voltar e, com um marido de meia-idade, Mammy e vinte "negros domésticos", pegou a estrada rumo a Tara.

No ano seguinte, a primeira filha deles nasceu e eles a chamaram Katie Scarlett, como a mãe de Gerald. Embora desapontado, pois queria um filho, Gerald ficou satisfeito o suficiente com sua filhinha de cabelos negros para servir rum a todos os escravos de Tara e ficar ele mesmo esfuziante e alegremente bêbado.

Se Ellen algum dia se arrependeu da súbita decisão de se casar com ele, ninguém nunca soube, muito menos Gerald, que quase explodia de orgulho cada vez que olhava para a esposa. Ela deixara Savannah e suas memórias para trás ao sair daquela bem-educada cidade litorânea e, desde o momento de sua chegada ao condado, o norte da Geórgia se tornou sua casa.

Ao sair do lar de seu pai para sempre, ela deixara uma casa cujas linhas eram tão belas e fluidas quanto as do corpo de uma mulher, quanto um navio a todo vapor; uma casa de estuque rosa-pálido, construída em estilo colonial francês, erguida de modo caprichoso, dando-lhe acesso uma escada circular, com um corrimão de ferro batido delicado como renda. Uma casa discreta, rica e graciosa, mas fria.

Ela deixara não só a habitação elegante, como também toda a civilização que estava por trás de sua edificação, e se encontrou em um mundo tão estranho e diferente que lhe pareceu ter atravessado um continente.

O norte da Geórgia era uma região acidentada e ocupada por um povo intrépido. No alto do platô, ao pé das montanhas Blue Ridge, para onde quer que olhasse ela via as colinas ondulantes de terra vermelha, com grandes saliências de granito, e altos pinheiros a tudo sombreando tristemente. A seus olhos criados no litoral, acostumados à tranquila beleza das ilhas cobertas com seu musgo cinzento e seu emaranhado verde, às brancas extensões de praia quente sob o sol semitropical, às longas vistas de terra arenosa salpicada de palmeiras, tudo pareceu selvagem e indomado.

Aquela era uma região que conhecia o frio do inverno assim como o calor do verão, e havia um vigor e uma energia nas pessoas que lhe eram estranhos. Era uma gente bondosa, cortês, generosa e extremamente afável, mas resoluta, viril e facilmente irritável. As pessoas do litoral, que ela deixara, podiam se orgulhar de dar conta de todos os seus negócios, até de seus duelos e intrigas, com um ar displicente, mas o povo do norte da Geórgia possuía um traço de violência. No litoral, a vida amadurecera; ali, era jovem, vigorosa e nova.

Todas as pessoas que Ellen conhecera em Savannah pareciam ter saído do mesmo molde, tão semelhantes eram seus pontos de vista e tradições, mas ali havia uma grande variedade de tipos. Os colonizadores do norte da Geórgia vinham de diversos lugares, de outras partes do estado, das Carolinas e da Virgínia, da Europa e do norte. Alguns deles, como Gerald, eram pessoas recém-chegadas em busca de fortuna.

Outros, como Ellen, eram membros de antigas famílias que acharam a vida intolerável em seus antigos lares e buscaram refúgio em uma terra distante. Muitos se mudaram sem qualquer motivo, exceto que o sangue inquieto dos ancestrais pioneiros ainda pulsava em suas veias.

Aquelas pessoas, oriundas de vários lugares e de origens muito diferentes, davam a toda a vida do condado uma informalidade que era nova para Ellen, uma informalidade à qual nunca conseguiu se acostumar muito bem. Ela sabia instintivamente de que maneira as pessoas do litoral agiriam em qualquer circunstância, mas nunca era possível prever o que os georgianos do norte fariam.

E, acelerando todos os negócios da região, estava a grande onda de prosperidade que então circulava pelo sul. O mundo inteiro precisava de algodão, e a terra nova do condado, descansada e fértil, o produzia em abundância. O algodão era o coração pulsante da região, o semear e colher eram a diástole e a sístole da terra encarnada. A riqueza saía dos sulcos sinuosos, assim como a arrogância – uma arrogância nascida dos arbustos verdes e dos hectares de branco lanoso. Se o algodão conseguira deixá-los ricos em uma geração, seriam ainda mais na próxima!

A certeza do amanhã dava à vida um sabor e entusiasmo, e o povo do condado a aproveitava com um vigor que Ellen não conseguia entender. Tinham dinheiro e escravos suficientes, o que lhes dava tempo para o lazer, e eles não o desperdiçavam. Nunca pareciam ocupados demais para largar o trabalho e se engajar em uma peixada, em uma caçada ou em uma corrida de cavalos, e raramente se passava uma semana sem um churrasco ou um baile.

Ellen nunca quis, ou conseguiu, tornar-se um deles – deixara muito de si mesma em Savannah –, mas os respeitava e, com o tempo, aprendeu a admirar a franqueza e a maneira direta daquelas pessoas, que tinham poucas reticências e valorizavam um homem pelo que era.

Ela se tornou a vizinha mais amada do condado. Era uma dona de casa próspera e gentil, boa mãe e esposa dedicada. A dor pela perda do jovem que amava e o desprendimento que teria devotado à Igreja, ela dedicava ao cuidado da filha, da casa e do homem que a tirara de Savannah e de suas memórias, e que nunca lhe fizera pergunta alguma.

Quando Scarlett tinha 1 ano e, na opinião de Mammy, era mais saudável e vigorosa do que uma menina tinha o direito de ser, nasceu a segunda filha de Ellen, batizada Susan Elinor, mas sempre chamada de

Suellen, e no tempo devido chegou Carreen, registrada na Bíblia familiar como Caroline Irene. Depois seguiram-se três meninos, tendo cada um deles morrido antes de aprender a andar – três menininhos que agora jaziam sob os cedros retorcidos no cemitério a um quilômetro da casa, sob três lápides, cada uma levando o nome de "Gerald O'Hara Jr.".

Após a chegada de Ellen, Tara se transformou. Mesmo tendo apenas 15 anos, ela estava pronta para as responsabilidades de uma senhora de fazenda. Antes do casamento, as jovens devem ser, acima de tudo, dóceis, gentis, belas e decorativas, mas, depois, esperava-se que dirigissem casas que compreendiam cem ou mais pessoas, brancas e negras, e eram treinadas para isso.

Ellen recebera essa preparação para o casamento, como qualquer moça bem-criada, e também tinha Mammy, capaz de despertar a energia no mais indolente dos negros. Ela rapidamente levou ordem, dignidade e graça à vida familiar de Gerald e deu a Tara uma beleza que nunca antes houvera.

A casa fora construída sem qualquer projeto arquitetônico, com cômodos extras sendo acrescentados onde e quando parecia conveniente, mas, com o cuidado e a atenção de Ellen, ela adquiriu um encanto que compensava sua falta de estilo. A alameda de cedros que levava da estrada até a entrada – essa alameda de cedros sem a qual nenhuma casa de fazenda da Geórgia seria completa – tinha uma sobriedade obscura que, em contraste, dava um tom mais brilhante ao verde das outras árvores. A glicínia caindo sobre as varandas era luminosa contra o tijolo caiado e se unia aos arbustos de murta rosada junto à porta e às magnólias de botões brancos no pátio para disfarçar algumas das linhas mais desastradas da casa.

Na primavera e no verão, a grama-bermudas e os trevos ficavam cor de esmeralda, de um esmeralda tão sedutor que se tornavam uma tentação irresistível aos bandos de perus e gansos brancos que só deviam percorrer as áreas dos fundos da casa. Os mais velhos dos bandos realizavam avanços furtivos e incessantes ao pátio da frente, atraídos pelo verde da relva e pela deliciosa promessa dos botões de gardênia e dos canteiros de zínia. Contra suas depredações, ficava de sentinela um negrinho na varanda da frente. Armado com uma toalha velha, o moleque sentado nos degraus fazia parte do retrato de Tara – e um retrato descontente, pois lhe era proibido bater nas aves, podendo apenas agitar a toalha e enxotá-las.

Ellen designou dezenas de negrinhos para essa tarefa, a primeira posição de responsabilidade que um escravo homem tinha em Tara. Quando completavam 10 anos, eram enviados ao velho Papai, o sapateiro da fazenda, para aprender o ofício; ou a Amos, que consertava as rodas dos veículos e era carpinteiro; ou a Phillip, que cuidava das vacas; ou a Cuffee, o rapaz das mulas. Se não mostrassem aptidão para nenhum desses ofícios, iam trabalhar no campo e, na opinião dos negros, teriam perdido sua pretensão a qualquer posição social.

A vida de Ellen não era fácil, nem feliz, mas ela não esperava que a vida fosse fácil e, se não era feliz, essa era a sina das mulheres. O mundo pertencia aos homens, e ela o aceitava como tal. O homem possuía a propriedade, e a mulher a administrava. O homem levava o crédito pela administração, e a mulher elogiava sua esperteza. O homem berrava como um touro se tivesse um espinho cravado no dedo, e a mulher sufocava os gemidos do parto para não perturbá-lo. Os homens costumavam ter a fala áspera e se embriagar. As mulheres ignoravam os lapsos da linguagem e botavam os bêbados na cama. Os homens eram grosseiros e francos, as mulheres, sempre gentis, graciosas e magnânimas.

Ela fora criada na tradição das grandes damas, que a ensinara como carregar seu fardo e ainda assim manter o encanto, e pretendia que suas três filhas também se tornassem grandes damas. Com as mais novas, ela tinha sucesso, pois Suellen ficava tão ansiosa para ser atraente que emprestava o ouvido atento e obediente aos ensinamentos da mãe, e Carreen era tímida e fácil de guiar. Mas Scarlett, filha de Gerald, achava o caminho para se tornar uma dama duro demais.

Para indignação de Mammy, os companheiros favoritos de brincadeira da menina não eram as recatadas irmãs ou as garotas Wilkes, tão bem criadas, mas as crianças negras da fazenda e os meninos da vizinhança, e ela sabia subir em uma árvore ou atirar uma pedra tão bem quanto qualquer um deles. Era um motivo de grande preocupação para Mammy que a filha de Ellen exibisse tais traços, e frequentemente a intimava a "agir que nem uma daminha". Mas Ellen assumia uma atitude mais tolerante e fazia vista grossa em relação ao problema. Ela sabia que os amiguinhos de infância seriam pretendentes no futuro, e o primeiro dever de uma moça era se casar. Ela se convencia de que a criança era simplesmente cheia de vida e ainda havia tempo para lhe ensinar as artes e graças de se tornar atraente para um homem.

Com essa finalidade, Ellen e Mammy reuniam seus esforços, e, à medida que Scarlett crescia, tornava-se uma pupila apta no assunto, embora aprendesse pouco do resto. Apesar de uma sucessão de governantas e de dois anos na Academia Feminina de Fayetteville, sua educação era precária, mas nenhuma mocinha do condado dançava mais graciosamente. Ela sabia como sorrir para salientar as covinhas, como caminhar de modo que suas amplas saias armadas balançassem de modo arrebatador, como olhar para o rosto de um homem e depois baixar os olhos e piscar rapidamente, parecendo trêmula de suave emoção. Sobretudo, ela aprendeu como ocultar dos homens uma inteligência aguçada sob um rosto tão doce e afável quanto o de um bebê.

Ellen, com suas suaves repreensões, e Mammy, com suas constantes críticas, trabalhavam para incutir na jovem as qualidades que a tornariam verdadeiramente desejável como esposa.

– Você precisa ser mais suave, querida, mais serena – dizia Ellen à filha. – Não deve interromper os cavalheiros quando estão falando, mesmo se achar que sabe mais sobre o assunto do que eles. Os cavalheiros não gostam de jovens atrevidas.

– As jove senhorita que franze a testa e levanta o quexo e diz: "Eu vô" e "Eu num vô" num garra marido – profetizava Mammy, desanimada. – As jove senhorita deve baxá os óio e dizê: "Sim, sinhô, eu vô fazê que nem que o sinhô diz."

As duas ensinavam tudo o que uma moça educada devia saber, mas Scarlett só aprendia os sinais externos da gentileza. A graça interior que devia dar origem a esses sinais, ela nunca aprendeu e nunca viu motivo para aprender. As aparências eram o suficiente, pois a aparência de dama lhe tinha conquistado popularidade, e isso era tudo o que ela queria. Gerald se gabava de que a filha era a beldade dos cinco condados, e com alguma razão, pois ela recebera propostas de casamento de quase todos os jovens da vizinhança e de muitos de lugares distantes, como Atlanta e Savannah.

Aos 16 anos, graças a Mammy e a Ellen, ela parecia dócil, encantadora e passiva, mas na verdade era voluntariosa, vaidosa e obstinada. Era passional como o pai irlandês e nada possuía além de uma leve camada superficial da natureza magnânima e controlada da mãe. Ellen nunca percebeu totalmente quão superficiais eram as boas maneiras da filha, pois Scarlett sempre lhe mostrava seu melhor lado, ocultando suas leviandades, controlando o próprio temperamento e parecendo tão dócil quanto podia em sua presença, pois bastava um olhar de reprovação da mãe para envergonhá-la até as lágrimas.

Mas Mammy não tinha ilusões e estava em constante alerta às rachaduras nesse verniz de bom comportamento. Os olhos de Mammy eram mais aguçados do que os de Ellen, e Scarlett não se lembrava de já ter conseguido enganá-la por muito tempo.

Não que essas duas mentoras amorosas deplorassem o ânimo, a vivacidade e o encanto da jovem. Esses eram traços de que as mulheres sulistas se orgulhavam. Era a sua natureza voluntariosa e impetuosa, como a de Gerald que as preocupava, e às vezes temiam não ser capazes de ocultar suas qualidades danosas até que ela conseguisse um bom partido. Mas Scarlett pretendia se casar – se casar com Ashley – e estava disposta a parecer recatada, dócil e desmiolada, se fossem essas as qualidades que atraíam os homens. Por que os homens eram assim, ela não sabia. Só sabia que tais métodos funcionavam. Nunca a interessou o suficiente tentar descobrir o motivo, pois nada sabia dos processos interiores da mente de qualquer ser humano, nem mesmo dos próprios. Só o que sabia era que, se fizesse ou dissesse assim ou assado, os homens infalivelmente responderiam com o assim ou assado complementar. Era como uma fórmula matemática e não mais do que isso, pois matemática era a única matéria que Scarlett aprendera com facilidade em seus tempos de escola.

Se ela pouco sabia sobre as mentes masculinas, menos ainda conhecia as femininas, pois elas a interessavam em menor grau. Nunca tivera uma amiga, e nunca sentira falta. Em sua opinião, todas as mulheres, inclusive as duas irmãs, eram inimigas naturais na perseguição da mesma presa – homens.

Todas as mulheres com a única exceção de sua mãe.

Ellen O'Hara era diferente e Scarlett a encarava como algo um tanto sagrado e à parte de todo o resto da humanidade. Quando criança, confundia a mãe com a Virgem Maria e, agora que era mais velha, não via motivo para mudar de opinião. Para ela, Ellen representava a segurança máxima que só o Céu ou uma mãe podem proporcionar. Sabia que ela personificava justiça, verdade, ternura e profunda sabedoria – uma grande dama.

Scarlett queria muito ser como a mãe. A única dificuldade era que, sendo justa, verdadeira, terna e altruísta, perdia-se a maior parte das alegrias da vida e certamente muitos admiradores. A vida era curta demais para se perder coisas tão prazerosas. Um dia, quando estivesse velha e casada com Ashley, um dia, quando tivesse tempo, ela pretendia ser como Ellen. Mas até então...

4

Naquela noite, durante o jantar, Scarlett cumpriu os atos de presidir a mesa na ausência da mãe, mas sua mente fermentava com a terrível notícia que recebera sobre Ashley e Melanie. Desesperada, esperava pelo retorno de Ellen de sua visita aos Slattery, pois, sem ela, sentia-se perdida e sozinha. Que direito tinham os Slattery e suas constantes enfermidades de tirar sua mãe de casa logo quando Scarlett precisava tanto dela?

Durante toda a refeição melancólica, a voz estrondosa de Gerald retumbou em seus ouvidos até fazê-la pensar que não aguentaria mais. Ele esquecera completamente a conversa que tivera com ela e, em um monólogo, contava as últimas notícias do forte Sumter, que eram pontuadas por seu punho batendo na mesa e seus braços gesticulando no ar. Gerald tinha por hábito dominar a conversa na hora das refeições, e Scarlett, geralmente ocupada com os próprios pensamentos, mal o ouvia; mas naquela noite não conseguia se desligar da voz do pai, por mais que se esforçasse, para se concentrar no som das rodas da carruagem que anunciaria o retorno de Ellen.

É claro que ela não pretendia contar à mãe o que lhe pesava tanto no coração, pois Ellen ficaria chocada e triste em saber que uma filha sua queria um homem que estava noivo de outra moça. Mas, nas profundezas da primeira tragédia de sua vida, ela queria o conforto da presença materna. Sempre sentia-se segura quando Ellen estava por perto, pois não havia nada tão ruim que a mãe não conseguisse melhorar simplesmente com sua presença.

Ela subitamente se levantou ao som do rangido de rodas no caminho e logo voltou a se sentar conforme elas davam a volta na casa para o pátio dos fundos. Não podia ser Ellen, pois ela desembarcaria nos degraus da frente. Depois houve o balbucio animado de vozes negras e risadas estridentes na escuridão do pátio. Olhando pela janela, Scarlett viu Pork, que saíra da sala pouco antes, segurando no alto um nó de pinho aceso, enquanto figuras indistinguíveis desciam de um carroção. As risadas e conversas se elevavam e se perdiam no ar escuro da noite, sons agradáveis, caseiros, despreocupados, guturalmente suaves, musicalmente estridentes. Depois o arrastar de passos subiu as escadas dos fundos e seguiu pela passagem que levava à casa-grande, parando no corredor, logo antes da sala de jantar. Houve um breve intervalo de sussurros e Pork entrou, sem sua dignidade usual, os olhos brilhantes e os dentes muito brancos à mostra.

– Sinhô Gerald – anunciou ele, com a respiração entrecortada, o orgulho de um noivo inundando seu semblante –, a escrava nova do sinhô chegô.

– Nova escrava? Não comprei nenhuma nova escrava – declarou Gerald, fingindo um olhar feroz.

– Comprô, sim, sinhô Gerald! Comprô, sim! E ela tá aqui agorinha quereno falá com o sinhô – respondeu Pork, dando uma risadinha e esfregando as mãos de empolgação.

– Bem, então traga a noiva – disse Gerald, e Pork, virando-se, gesticulou com o dedo para a esposa no corredor, recém-chegada da fazenda dos Wilkes para fazer parte de Tara. Ela entrou e, atrás dela, quase escondida pela volumosa saia de chita, vinha sua filha de 12 anos, agarrando-se às pernas da mãe.

Dilcey era alta e tinha porte ereto. Podia ter qualquer idade entre 30 e 60 anos, tão liso era seu imóvel rosto de bronze. O sangue índio era evidente em suas feições, contrabalançando os traços africanos. A cor avermelhada da pele, a testa alta e estreita, as faces proeminentes e o nariz adunco achatado na extremidade acima dos lábios grossos, tudo mostrava a mistura das duas raças. Ela era calma e caminhava com uma dignidade que superava até a de Mammy, pois Mammy a adquirira, e a de Dilcey estava no sangue.

Sua fala não era tão ininteligível como a da maioria dos negros, e ela escolhia as palavras com mais cuidado.

– Boas noite, sinhazinhas, sinhô Gerald, me desculpe incomodá, mas eu queria agradecê de novo o sinhô tê me comprado e minha fia. Uma porção de cavalhero podia tê me comprado, mas não ia tê comprado minha Prissy tamoém só pra num me deixá sofreno e eu agradeço. Vô dá o melhó ao sinhô e mostrá que num vou esquecê.

– Hum... hãrrhãm – pigarreou Gerald, constrangido por ter sido flagrado em um ato de bondade.

Dilcey se virou para Scarlett, e algo como um sorriso enrugou os cantos de seus olhos.

– Sinhazinha Scarlett, Pork me contô como a sinhazinha pediu pro sinhô Gerald pra me comprá. Então vô dar minha Prissy a vosmecê pra sê sua criada.

Ela estendeu o braço para trás e puxou a menina para a frente. Era uma criaturinha marrom, de pernas finas como as de um pássaro, e com uma miríade de trancinhas cuidadosamente amarradas com fitas na cabeça. Tinha olhos aguçados que nada perdiam e uma estudada expressão de estupidez.

– Obrigada, Dilcey – respondeu Scarlett –, mas acho que Mammy discordaria. Ela é minha criada desde que nasci.

– Mammy tá ficano véia – disse Dilcey, com uma calma que irritaria Mammy. – Ela é boa bá, mas vosmecê é uma jove dama agora e precisa duma boa criada, e minha Prissy já faz um ano que é criada da sinhazinha India. Ela sabe costurá e arrumá cabelo, bem como uma pessoa grande.

Com uma cotovelada da mãe, Prissy fez uma ligeira mesura e sorriu para Scarlett, que não conseguiu deixar de corresponder.

"Uma fedelhinha esperta", pensou ela, e disse em voz alta:

– Obrigada, Dilcey, veremos isso quando mamãe voltar para casa.

– Brigada, sinhazinha. Vou dá boas noite a vosmecês – disse Dilcey e, virando-se, saiu da sala com a filha e Pork a acompanhando solicitamente.

Depois que a mesa do jantar foi retirada, Gerald voltou a sua oratória, mas com pouca satisfação para si mesmo e nenhuma para a audiência. Suas previsões ameaçadoras de uma guerra iminente e as indagações retóricas quanto ao sul suportar mais insultos dos ianques só produziam entediados "Sim, papai" e "Não, papai". Carreen, sentada em uma almofada sob uma grande luminária, estava absorta lendo o romance de uma moça que decidira se tornar freira após a morte de seu amado e, com silenciosas lágrimas de prazer nos olhos, imaginava-se em um hábito branco. Suellen, bordando algo que tirara de dentro do que ela chamava, rindo, de sua "arca da esperança", cogitava se conseguiria tirar Stuart Tarleton do lado da irmã no churrasco no dia seguinte e fasciná-lo com as doces qualidades femininas que ela possuía e Scarlett, não. E Scarlett estava perturbada por causa de Ashley.

Como é que o pai podia falar sem parar sobre o forte Sumter e os ianques quando sabia que ela estava com o coração partido? Característica natural dos mais jovens, ela se espantava com o fato de que as pessoas pudessem ficar tão egoisticamente alheias à dor que ela sentia, e de que o mundo continuasse girando do mesmo modo, apesar de sua dor.

Sua mente parecia ter sido varrida por um ciclone, e era estranho que a sala onde estavam continuasse tão plácida, tão igual ao que sempre fora. A pesada mesa de mogno com os aparadores, a prataria imponente, os tapetes coloridos sobre o piso lustrado estavam todos em seus lugares costumeiros, como se nada tivesse acontecido. Era uma sala simpática e confortável e, geralmente, Scarlett adorava as horas silenciosas que a família passava ali após o jantar, mas a odiava naquela noite e, se não temesse as perguntas vociferadas a altos brados pelo pai, teria saído furtivamente pelo corredor escuro até o pequeno gabinete de Ellen e chorado sua dor no velho sofá.

Aquele era o cômodo de que Scarlett mais gostava em toda a casa. Lá, Ellen se sentava diante de sua escrivaninha todas as manhãs, fazendo a contabilidade da fazenda e ouvindo os relatórios de Jonas Wilkerson, o administrador. Lá também, a família passava o tempo enquanto a pena de Ellen riscava o livro-razão. Gerald na velha cadeira de balanço, e as meninas nas almofadas macias do sofá que estava gasto demais para ficar na sala de estar. Agora Scarlett queria ficar lá, sozinha com Ellen, para pôr a cabeça em seu colo e chorar em paz. Será que mamãe nunca chegaria em casa?

Então ouviu-se o ruído de rodas sobre o cascalho da entrada, e o murmúrio suave da voz de Ellen liberando o cocheiro flutuou pela sala. O grupo todo olhou, ansioso, quando ela entrou rapidamente, a saia rodada balançando, o rosto triste e cansado. Entrou com ela a leve fragrância do sachê de limão e verbena, que sempre parecia se insinuar das dobras de seus vestidos, uma fragrância que na mente de Scarlett estava sempre ligada a sua mãe. Alguns passos atrás, Mammy a seguia, a bolsa de couro na mão, com um grande beiço e a cabeça baixa. A criada resmungava consigo mesma enquanto andava com seu jeito gingado, cuidando para que suas observações não tivessem volume suficiente para serem entendidas, mas que fossem altas o bastante para deixar registrada sua absoluta reprovação.

– Desculpem-me por chegar tão tarde – disse Ellen, escorregando o xale xadrez dos ombros caídos e entregando-o a Scarlett, cuja face ela afagou ao passar.

A fisionomia de Gerald se iluminou como em um passe de mágica quando ela entrou.

– O fedelho foi batizado? – perguntou.

– Sim, e morreu, o pobrezinho – disse Ellen. – Temi que Emmie também fosse morrer, mas acho que vai sobreviver.

As meninas viraram-se para ela, assustadas e cheias de perguntas, e Gerald meneou a cabeça filosoficamente.

– Bem, é melhor assim, que o fedelho tenha morrido, sem dúvida, o coitado sem pa...

– É tarde. Seria melhor fazermos nossas orações agora – interrompeu Ellen tão suavemente que, se Scarlett não a conhecesse bem, a interrupção teria passado despercebida.

Seria interessante saber quem era o pai do bebê de Emmie Slattery, mas Scarlett sabia que nunca saberia a verdade se esperasse ouvi-la da mãe. Desconfiava de Jonas Wilkerson, pois várias vezes o vira andando com Emmie pela estrada ao anoitecer. Jonas era um ianque solteiro, e o fato de ser administrador o barrava para sempre de qualquer contato com a vida social do condado. Não havia família de qualquer posição na qual ele pudesse arrumar um casamento, ninguém com quem pudesse se associar, exceto os Slattery e a ralé como eles. Como sua educação era muito superior à dos Slattery, era bem natural que não quisesse se casar com Emmie, a despeito da frequência com que caminhasse a seu lado ao entardecer.

Scarlett suspirou, pois sua curiosidade era grande. As coisas estavam sempre acontecendo sob os olhos da mãe, que tomava tanto conhecimento delas como se não tivessem acontecido. Ellen ignorava tudo aquilo que fosse contrário a suas ideias de adequação, e tentava ensinar Scarlett a fazer o mesmo, mas com pouco sucesso.

Ellen já fora até o console para pegar seu rosário de dentro do porta-joias onde sempre ficava, quando Mammy falou com firmeza:

– Sinhá Ellen, vosmecê vai comê sua janta antes de fazê as oração.

– Obrigada, Mammy, mas não estou com fome.

– Vô aprontá sua janta e vosmecê vai comê – disse Mammy, o cenho franzido de indignação enquanto saía pelo corredor rumo à cozinha. – Pork! – chamou. – Diz pra Cookie pra aprontá a comida. Sinhá Ellen tá em casa.

Conforme as tábuas sacudiam sob seu peso, o solilóquio que ela vinha murmurando desde o vestíbulo foi ficando cada vez mais alto, chegando claramente aos ouvidos da família na sala de jantar.

– Já falei num sei quantas vez, num dianta nada fazê as coisa pros branco ordinário. Eles são os vivente mais preguiçoso e malagradecido que tem. E a sinhá Ellen num tem nada que ficá se cansano com essa gente que era mió matar, que num ia tê os nêgo pra cuidá deles. E eu já falei...

Sua voz foi sumindo conforme ela seguia pela longa passagem aberta, coberta apenas por um telhado, que levava à cozinha. Mammy tinha seu método de fazer os senhores saberem exatamente qual era sua posição em todos os assuntos. Ela sabia que estava abaixo da dignidade dos brancos de classe prestar a mínima atenção ao que uma negra resmungava consigo mesma. Sabia que, para manter essa dignidade, eles deviam ignorar o que ela dizia, mesmo que ela estivesse no cômodo ao lado e praticamente gritasse. Isso a protegia de censuras e não deixava ninguém em dúvida sobre seus pontos de vista.

Pork entrou na sala segurando um prato, os talheres e um guardanapo. Era seguido de perto por Jack, um negrinho de 10 anos, abotoando apressadamente um casaco de linho branco com uma das mãos e na outra segurando um espanta-moscas feito de tiras finas de jornal amarradas a um caniço mais longo que ele próprio. Ellen tinha um lindo espanta-moscas de penas de pavão, mas era usado somente em ocasiões muito especiais e apenas após uma batalha doméstica, devido à convicção obstinada de Pork, Cookie e Mammy de que penas de pavão davam azar.

Ellen sentou-se na cadeira que Gerald puxou para ela e quatro vozes a atacaram.

– Mamãe, a renda de meu vestido de baile novo se soltou e eu quero usá-lo amanhã à noite em Twelve Oaks. A senhora poderia consertar?

– Mamãe, o vestido de Scarlett é mais bonito que o meu, e eu fico horrível de cor-de-rosa. Por que ela não pode usar o meu cor-de-rosa e eu o verde dela? Ela fica bem de cor-de-rosa.

– Mamãe, posso ficar acordada para o baile amanhã à noite? Já tenho 13 anos...

– Sra. O'Hara, a senhora acredita... quietas, meninas, antes que eu use meu chicote em vocês!... Cade Calvert esteve em Atlanta hoje de manhã e disse... vocês poderiam ficar quietas e me deixar ouvir minha própria voz?... e ele diz que está o maior mal-estar, que não falam de nada além de guerra, treinamento das milícias, formação de tropas. E diz que as notícias de Charleston são de que eles não vão mais aguentar os insultos dos ianques.

A boca cansada de Ellen sorria em meio ao tumulto enquanto se dirigia primeiramente ao marido, como era o dever de uma esposa.

– Se as boas pessoas de Charleston pensam assim, tenho certeza de que todos pensaremos em breve – disse ela, pois tinha uma crença profundamente enraizada de que, exceto por Savannah, a maior parte do sangue virtuoso de todo o continente podia ser encontrado naquela pequena cidade portuária, uma crença largamente compartilhada pelos charlestonianos.

– Não, Carreen, no ano que vem, querida. Então você poderá ficar acordada para os bailes e usar um vestido de mocinha, e como minha pequena Bochechas Rosadas vai aproveitar! Nada de beicinhos, querida. Lembre-se de que poderá ir ao churrasco e ficar até depois do jantar, mas nada de bailes até completar 14 anos.

– Dê-me seu vestido, Scarlett, vou consertar a renda depois das orações.

– Suellen, não gosto de seu tom, querida. Seu vestido cor-de-rosa é lindo e combina com seu tom de pele, assim como o de Scarlett com o dela. Mas você poderá usar meu colar de granada amanhã à noite.

Pelas costas da mãe, Suellen franziu triunfante o nariz para Scarlett, que planejava pedir o colar emprestado. Scarlett mostrou a língua para ela. Suellen era uma irmã irritante com seus queixumes e seu egoísmo, e, se não fosse pela mão repressora de Ellen, Scarlett muitas vezes teria lhe dado uns tapas nas orelhas.

– Agora, Sr. O'Hara, conte-me mais sobre o que o Sr. Calvert disse sobre Charleston – pediu Ellen.

Scarlett sabia que a mãe pouco ligava para guerra e política, considerando-as assuntos masculinos com os quais nenhuma dama devia se preocupar. Mas dava prazer a Gerald expressar seus pontos de vista, e Ellen nunca deixava de ser solícita aos prazeres do marido.

Enquanto Gerald continuava com as notícias, Mammy serviu o prato diante de sua senhora. Brioches dourados, peito de frango frito e uma batata-doce amarela aberta e fumegante, com manteiga derretida. Mammy beliscou o pequeno Jack, que se apressou em seu serviço de abanar lentamente as tiras de papel de cá para lá, por trás de Ellen. Mammy ficou ao lado da mesa, observando cada garfada que viajava do prato à boca, como se fosse forçar a comida pela garganta de Ellen caso visse sinais de desistência. A mãe comeu aplicadamente, mas Scarlett podia ver que ela estava cansada demais para saber o que estava engolindo. Somente a expressão implacável de Mammy a obrigava a fazê-lo.

Quando o prato já se esvaziara e Gerald só estava a meio caminho em suas observações sobre a desonestidade dos ianques, que queriam libertar os negros e não ofereciam um único centavo pela liberdade deles, Ellen se levantou.

– Vamos todos fazer as orações? – indagou ele, relutante.

– Sim. Está tão tarde... na verdade já são 22 horas. – O relógio, com tossidas e leves pancadas, marcava a hora. – Carreen já deveria estar dormindo há muito tempo. O lampião, por favor, Pork, e meu missal, Mammy.

Instigado pelo sussurro rouco de Mammy, Jack deixou seu espanta-moscas no canto e tirou os pratos, enquanto Mammy remexia a gaveta do aparador para pegar o velho missal de Ellen. Na ponta dos pés, Pork encaixou a argola no gancho e foi baixando o lampião até que a mesa ficasse banhada de luz e o teto, sombrio. Ellen arrumou as saias e pôs-se de joelhos, deixando o missal na mesa diante de si e cruzando as mãos sobre ele. Gerald se ajoelhou ao lado dela, e Scarlett e Suellen assumiram seus lugares de costume do outro lado da mesa, dobrando as volumosas anáguas sob os joelhos, para que doessem menos em contato com o chão duro. Carreen, que era pequena para a idade, não conseguia se ajoelhar confortavelmente à mesa, então o fazia diante de uma cadeira, os cotovelos apoiados no assento. Ela gostava daquela posição, pois raramente conseguia se manter acordada durante as orações e, assim, os cochilos passavam despercebidos aos olhos da mãe.

Os criados se acomodavam e sussurravam no vestíbulo para se ajoelhar no vão da passagem, Mammy gemendo alto enquanto se abaixava; Pork ereto como uma vareta; Rosa e Teena, as camareiras, graciosas com suas saias de chita espalhadas; Cookie magra e amarelada por baixo de seu turbante branco; e Jack, tonto de sono, tão distante dos beliscões de Mammy quanto possível. Os olhos escuros de todos brilhavam de expectativa, pois rezar com os senhores brancos era um dos acontecimentos do dia. As antigas e pitorescas expressões da ladainha com suas imagens orientais pouco significavam para eles, mas satisfaziam algo em seus corações, e sempre se balançavam ao recitar as respostas: "Sinhô, tem piedade de nós"; "Cristo, tem piedade de nós".

Ellen fechou os olhos e começou a rezar, sua voz subindo e descendo, embalando e acalmando. As cabeças se inclinavam no círculo de luz amarela enquanto Ellen agradecia a Deus pela saúde e felicidade de sua casa, sua família e seus escravos.

Ao terminar as orações por aqueles sob o teto de Tara, pelo pai, mãe, irmãs, três bebês mortos e "todas as pobres almas do purgatório", ela segurava as contas brancas entre os dedos longos e começava o rosário. Como o sopro de um vento suave, as gargantas negras e brancas entoavam: "Santa Maria, mãe de Deus, rogai por nós, pecadores, agora e na hora de nossa morte."

Apesar da dor de cabeça e da dor das lágrimas retidas, Scarlett foi tomada por uma profunda sensação de quietude e paz, como sempre acontecia naquela hora. Um pouco da decepção do dia e do pavor do dia seguinte a abandonou, deixando um sentimento de esperança. Não era a elevação de seu coração a Deus que lhe trazia esse bálsamo, pois para ela a religião não ia além do balbuciar das orações. Era a visão do rosto sereno de sua mãe voltado ao trono de Deus, a seus santos e seus anjos, rezando pelas bênçãos para aqueles que ela amava. Quando Ellen falava com os céus, Scarlett tinha certeza de que os céus a ouviam.

Ellen acabou, e Gerald, que nunca conseguia encontrar seu terço na hora das orações, começou a contar furtivamente nos dedos sua dezena. À medida que sua voz monótona seguia em frente, os pensamentos de Scarlett se dispersavam sem querer. Ela sabia que devia estar examinando sua consciência. Ellen lhe ensinara que ao final de cada dia ela devia examinar a consciência cuidadosamente, para admitir suas numerosas culpas e rezar a Deus por perdão e força para não repeti-las. Mas Scarlett estava examinando seu coração.

Ela deixou cair a cabeça sobre as mãos cruzadas, para que a mãe não pudesse lhe ver o rosto, e seus pensamentos se voltaram tristemente para Ashley. Como ele podia pretender se casar com Melanie quando realmente era a ela, Scarlett, que amava? Como é que ele podia deliberadamente partir seu coração daquele jeito?

Então, subitamente, uma ideia, brilhante e nova, atravessou seu cérebro como um cometa.

"Porque Ashley não faz ideia de que eu o amo!"

Ela quase arfou em voz alta com o choque daquela ideia inesperada. Sua mente ficou imóvel, como se paralisada por um longo instante sem respiração, e depois seguiu adiante.

"Como ele poderia saber? Perto dele, sempre agi de modo tão pudico, como uma dama cheia de não-me-toques, que provavelmente Ashley pensa que eu não me importo com ele, a não ser como amiga. Sim, é por isso que nunca falou! Acha que não há esperança para seu amor. E era por isso que ele parecia tão..."

Sua mente rapidamente voltou àquela época em que o flagrara olhando-a de modo estranho, quando seus olhos cinzentos, que eram cortinas perfeitas para seus pensamentos, tinham se aberto e ficado nus, mostrando-se atormentados e aflitos.

"Ele ficou de coração partido, achando que estou apaixonada por Brent, Stuart ou Cade. E provavelmente acha que, se não puder ficar comigo, é melhor agradar a família e se casar com Melanie. Mas se ele soubesse que eu o amo..."

Seu humor volúvel se lançou da mais profunda depressão a uma felicidade exultante. Aquela era a resposta para a reticência de Ashley, para sua conduta estranha. Ele não sabia! A vaidade de Scarlett saltou em auxílio de seu desejo de acreditar, tornando a crença uma certeza. Se ele soubesse que ela o amava, iria preferi-la. Ela só tinha de...

"Ah!", pensou em êxtase, cutucando sua testa abaixada. "Que boba eu fui de não ver isso até agora! Preciso pensar em algum modo de fazê-lo saber. Ele não se casaria com ela se soubesse que o amo! Como poderia?"

Em um sobressalto, ela percebeu que Gerald terminara e que os olhos da mãe estavam pousados nela. Apressadamente, deu início a sua dezena, passando pelas contas do terço automaticamente, mas com uma profundidade de emoção na voz que fez Mammy abrir os olhos e lhe lançar um olhar investigador. Assim que terminou suas orações, e Suellen e depois Carreen começaram as delas, sua mente voou outra vez para acalentar a nova ideia arrebatadora.

Mesmo naquele momento, não era tarde demais! O condado já tinha se escandalizado muitas vezes com fugas, quando uma ou outra das partes estava praticamente no altar com uma terceira. E o noivado de Ashley nem fora anunciado ainda! Sim, havia bastante tempo!

Se não havia amor entre Ashley e Melanie, mas apenas uma promessa feita havia muito tempo, então por que não seria possível que ele quebrasse aquela promessa e se casasse com ela? Ele certamente faria isso se soubesse que ela, Scarlett, o amava. Só era preciso arranjar algum modo de fazê-lo saber. Ela descobriria um! E então...

Scarlett saiu abruptamente de seu sonho encantado, pois deixara de fazer suas réplicas e a mãe a olhava com ar de censura. Ao voltar ao ritual, ela abriu os olhos brevemente e lançou um rápido olhar em volta da sala. As figuras ajoelhadas, o clarão suave do lampião, a penumbra em que os negros se balançavam, até os objetos familiares, que tinham lhe parecido tão detestáveis uma hora antes, em um instante assumiram as cores de sua própria emoção e a sala novamente pareceu um lugar adorável. Ela nunca se esqueceria daquele momento, nem daquela cena!

– Santa virgem das virgens – entoou sua mãe.

A Ladainha da Virgem estava começando e, obediente, Scarlett respondeu:

– Rogai por nós – enquanto Ellen louvava em um contralto suave os atributos da Mãe de Deus.

Como sempre desde a infância, esse era para Scarlett um momento de adoração a Ellen, em lugar da Virgem. Por maior sacrílego que fosse, Scarlett sempre via, através dos olhos fechados, o rosto elevado da mãe, e não o da Virgem Abençoada, como repetiam as antigas frases. "Saúde dos enfermos", "Sede da sabedoria", "Rosa mística" eram todas belas palavras porque eram os atributos de Ellen. Mas, naquela noite, devido à exaltação de seu próprio espírito, Scarlett viu em toda a cerimônia, nas palavras ditas com suavidade, no murmúrio das respostas, uma beleza que se sobrepunha a qualquer outra que já experimentara antes. E seu coração se elevou a Deus em um agradecimento sincero pela abertura de um caminho a seus pés, que a retirava da infelicidade e a levava aos braços de Ashley.

Ao soar do último "Amém", todos se ergueram, um tanto enrijecidos, Mammy sendo puxada pelos esforços combinados de Teena e Rosa. Pork pegou um longo caniço do console, acendeu-o na chama do lampião e foi para o vestíbulo. Em frente à escadaria circular, ficava um aparador de nogueira, grande demais para ser usado na sala de jantar, tendo sobre seu topo diversos lampiões e uma longa fileira de velas e castiçais. Pork acendeu um lampião e três velas e, com a dignidade pomposa de um primeiro camareiro da câmara real iluminando o caminho de um rei e uma rainha aos seus aposentos, liderou a procissão até o andar superior, segurando a luz acima da cabeça. Ellen, de braço dado com Gerald, o seguia, e as meninas, cada uma segurando o próprio castiçal, subiam atrás deles.

Scarlett entrou em seu quarto, colocou a vela sobre a cômoda alta e remexeu o armário escuro, buscando o vestido de baile que precisava de conserto. Jogou-o no braço e atravessou o corredor sem fazer ruído. A porta do quarto dos pais estava entreaberta e, antes que pudesse bater, a voz de Ellen, baixa, mas firme, chegou aos seus ouvidos.

– Sr. O'Hara, o senhor precisa despedir Jonas Wilkerson.

Gerald explodiu:

– E onde eu conseguiria outro administrador que não me arrancasse os olhos da cara?

– Ele deve ser despedido imediatamente, amanhã de manhã. Big Sam é um bom capataz e pode se encarregar dos afazeres até que o senhor contrate um novo administrador.

– Ahã – veio a voz de Gerald. – Estou entendendo! Então o ilustre Jonas é o pai do...

– Ele deve ser demitido.

"Então ele é o pai do bebê de Emmie Slattery", pensou Scarlett. "Bem, o que mais se poderia esperar de um ianque e de uma filha de brancos ordinários?"

Então, após uma discreta pausa que deu tempo para Gerald terminar o que estava dizendo, ela bateu na porta e entregou o vestido à mãe.

Quando Scarlett apagou a vela, depois de já ter se trocado, seu plano para o dia seguinte já tinha sido elaborado em cada detalhe. Era um plano simples, pois, com a mesma obstinação do pai, seus olhos estavam fixos no alvo e ela só pensou nos passos mais diretos para atingi-lo.

Primeiro, ela se mostraria "orgulhosa", como Gerald ordenara. Desde o momento em que chegasse a Twelve Oaks, exibiria seu melhor humor, o mais alegre. Ninguém desconfiaria de que ficara abatida por causa de Ashley e Melanie. E flertaria com todos os rapazes que lá estivessem. Isso seria cruel com Ashley, mas o faria querê-la mais do que nunca. Não ignoraria nenhum homem em idade de se casar, desde o velho Frank Kennedy com suas costeletas alaranjadas, que era o admirador de Suellen, até o tímido e quieto Charles Hamilton, irmão de Melanie, que corava por qualquer coisa. Eles a rondariam como abelhas em volta de uma colmeia e, certamente, Ashley se afastaria de Melanie, atraído para o seu círculo de admiradores. Então, de algum modo, ela conseguiria ficar alguns minutos a sós com ele, distante da multidão. Ela esperava que tudo funcionasse dessa maneira, pois seria mais difícil de outra. Mas, se Ashley não desse o primeiro passo, ela simplesmente teria de fazê-lo.

Quando eles finalmente estivessem a sós, a imagem dos outros homens se aglomerando a sua volta estaria fresca na mente dele, que ficaria com a impressão renovada de que todos a desejavam, e aquela impressão de tristeza e desespero estaria em seus olhos. Então, ela o faria novamente feliz, deixando-o descobrir que, embora fosse tão popular, o preferia acima de qualquer outro homem em todo o mundo. E, quando o admitisse, modesta e docemente, ela deixaria transparecer milhares de coisas mais. É claro que faria tudo como uma dama. Nem sonharia em dizer abertamente que o amava, isso nunca funcionaria. Mas o modo de dizer a ele era um detalhe que não a preocupava nem um pouco. Ela já manejara tais situações antes e poderia fazê-lo outra vez.

Deitada na cama com a luz do luar escorrendo sombriamente sobre seu corpo, ela visualizou toda a cena. Viu a fisionomia de surpresa e felicidade que tomaria conta do rosto de Ashley quando percebesse que ela realmente o amava e ouviu as palavras que ele diria pedindo que se tornasse sua esposa.

Naturalmente, teria de dizer que simplesmente não podia pensar em se casar com um homem que estava noivo de outra moça, mas ele insistiria e finalmente ela se deixaria persuadir. Então eles decidiriam fugir para Jonesboro naquela mesma tarde e...

Bem, àquela mesma hora, na noite seguinte, ela poderia ser a Sra. Ashley Wilkes!

Ela se sentou na cama, abraçando os joelhos, e por um longo e feliz momento *foi* a Sra. Ashley Wilkes... a noiva de Ashley! Depois, um leve calafrio lhe percorreu o coração. E se não funcionasse desse modo? E se Ashley não implorasse que ela fugisse com ele? Resoluta, afastou esses pensamentos.

"Não vou pensar nisso agora", disse a si mesma firmemente. "Se pensar nisso agora, vou me aborrecer. Não há motivo para que as coisas não ocorram do modo como eu quero... se ele me ama. E eu sei que sim!"

Scarlett ergueu o queixo, e seus olhos claros, orlados pelos cílios escuros, brilharam sob o luar. Ellen nunca lhe dissera que desejar e possuir eram duas coisas diferentes, a vida não lhe ensinara que a corrida não era para os apressados. Ela ficou deitada nas sombras prateadas, com a coragem se edificando, e fez os planos que uma jovem de 16 anos faz quando a vida é tão prazerosa que a derrota é uma impossibilidade, e um belo vestido e uma pele clara são as armas para subjugar o destino.

5

Eram 10 horas da manhã. O dia estava quente para o mês de abril e a luz dourada do sol escorria com seu brilho para dentro do quarto de Scarlett através das cortinas azuis da grande janela. As paredes cor de creme fulguravam, e as profundezas da mobília de mogno tinham o lampejo avermelhado do vinho, enquanto o piso cintilava como se fosse de vidro, exceto onde os tapetes de cores vivas o cobriam.

O verão já estava no ar, o primeiro sinal do verão da Geórgia, quando a primavera relutantemente dá lugar a um calor mais forte. Uma brisa agradável e balsâmica se derramou pelo quarto, carregada de odores aveludados, aromas de muitos botões, das folhas novas, do frescor da terra vermelha recém-arada. Pela janela, Scarlett podia ver a abundância luminosa dos canteiros paralelos de narcisos margeando a entrada de cascalho e a massa dourada do jasmim espalhando modestamente suas flores pelo chão como saias armadas. Tordos e gaios, ocupados em sua antiga hostilidade pela posse de uma magnólia abaixo da janela, se altercavam. Os tordos, estridentes e ásperos; os gaios, de voz doce e queixosa.

Uma manhã tão radiante geralmente levava Scarlett à janela para se debruçar no largo parapeito e sorver os perfumes e os sons de Tara. Mas naquele dia ela não tinha olhos para o sol ou para o azul do céu, apenas para o pensamento apressado: "graças a Deus não está chovendo." Sobre a cama estava o vestido de baile de seda cor de maçã verde, adornado com renda de linho cru, cuidadosamente acondicionado em uma grande caixa de papelão. Estava pronto para ser levado a Twelve Oaks, onde seria colocado antes do início do baile, mas Scarlett deu de ombros ao vê-lo. Caso tivesse sucesso em seus planos, não o usaria à noite. Muito antes do início do baile, ela e Ashley estariam a caminho de Jonesboro para se casar. O problema era... que vestido usar para o churrasco?

Que vestido melhor ressaltaria seus encantos e a tornaria mais irresistível para Ashley? Desde as 8 horas, ela experimentava e rejeitava vestidos, e agora estava insatisfeita e irritada, usando calçolas rendadas, espartilho de linho e três anáguas de renda. Os trajes descartados se espalhavam pelo chão, pela cama, por cadeiras, em pilhas coloridas e laços extraviados.

O vestido de organdi cor-de-rosa com a longa faixa combinando lhe caía bem, mas ela o usara no verão anterior, quando Melanie visitara Twelve Oaks, e, com certeza, ela se lembraria. E poderia ser traiçoeira o bastante para mencioná-lo. O preto de bombazina, com mangas bufantes e gola princesa de renda, realçava soberbamente sua pele clara, mas a fazia parecer mais velha. Scarlett olhou ansiosa para seu rosto de 16 anos no espelho como se esperasse ver rugas ou músculos flácidos. Ela nunca poderia aparecer acomodada e velha diante da dócil juventude de Melanie. O de musselina cor de alfazema era lindo, com aquelas grandes aplicações de renda e filó debruando a bainha, mas nunca combinara com seu tipo. Cairia perfeitamente bem para o perfil delicado e a expressão insípida de Carreen, mas Scarlett sentia que ele a fazia parecer uma colegial. Não podia lembrar uma colegial ao lado do porte equilibrado de Melanie. O de tafetá verde xadrez, vaporoso com seus babados debruados em fita de veludo verde, ficava muito bem, sendo de fato seu vestido favorito, pois escurecia seus olhos para um tom de esmeralda. Mas havia uma mancha de gordura indisfarçável no corpete. É claro que ela poderia prender o broche sobre a mancha, mas talvez Melanie tivesse uma visão aguçada. Sobravam vestidos de algodão de cores variadas, que Scarlett sentia não serem festivos o bastante para a ocasião; vestidos de baile; e o de musselina verde florido que usara no dia anterior. Mas era um vestido vespertino. Não era adequado a um churrasco, pois tinha mangas pouco bufantes e era bastante decotado, como um vestido de baile. Mas nada mais havia a fazer senão usá-lo. Afinal, ela não se envergonhava do pescoço, dos braços e do busto que tinha, mesmo que não fosse correto mostrá-los de manhã.

Diante do espelho, virando-se de um lado para outro a fim de conseguir uma visão de perfil, ela achou que nada havia em sua figura para envergonhá-la. Seu pescoço era curto, mas bem torneado, e os braços, roliços e sedutores. Os seios, elevados pelo espartilho, eram muito bonitos. Ela nunca precisara costurar tiras de seda no forro do corpete, como muitas moças de 16 anos faziam para dar às suas silhuetas as curvas e o preenchimento desejado. Ela ficava contente de ter herdado as mãos claras e delgadas de Ellen, além dos pés pequenos, e bem que gostaria de ter também a altura da mãe, mas a sua própria a satisfazia. Era uma pena que não se pudesse mostrar as pernas, ela pensou, puxando para cima as anáguas e olhando-as com pesar, roliças e bem feitas sob as calçolas. Tinha pernas lindas. Até as meninas da Academia Fayetteville admitiam isso. E quanto à cintura... não havia ninguém em Fayetteville, Jonesboro ou nos três condados que se comparasse a ela, que tivesse uma cintura tão estreita.

A lembrança de sua cintura a trouxe de volta às questões práticas. O vestido de musselina verde tinha 43 centímetros de cintura, e Mammy tinha fechado seu espartilho para o de bombazina, com 45 centímetros. Mammy teria de apertar. Ela abriu a porta, ficou escutando e ouviu os passos pesados da aia no vestíbulo lá embaixo. Gritou com impaciência, sabendo que podia elevar a voz impunemente, pois Ellen estava no fumeiro, medindo a comida do dia para Cookie.

– Argumas pessoa acha que eu sei avoá – resmungou Mammy, arrastando os pés escada acima. Entrou bufando, com a expressão de quem espera uma batalha e lhe dá boas-vindas. Em suas grandes mãos negras, havia uma bandeja onde a comida fumegava, dois grandes inhames cobertos de manteiga, uma pilha de panquecas de trigo-sarraceno com melado e uma grande fatia de presunto nadando em molho. Enxergando o carregamento de Mammy, a expressão de Scarlett mudou de levemente irritada para a de obstinada beligerância. No entusiasmo de experimentar os vestidos, ela se esquecera da regra inflexível de Mammy: antes de ir a uma festa, as meninas O'Hara deviam se empanzinar tanto que não conseguissem comer mais nada.

– Não adianta. Não vou comer. Pode ir levando de volta para a cozinha. – Mammy pôs a bandeja sobre a mesa e botou as mãos nos quadris.

– Vai, sim, sinhazinha! Num quero nem pensar no acontecido do úrtimo churrasco, que eu tava muito doente pra te trazê uma bandeja antes de vosmecê saí. Vosmecê vai comê cada tantim.

– Não vou! Agora venha aqui e aperte mais o espartilho porque já estamos atrasadas. Ouvi a carruagem chegar na frente da casa.

O tom de Mammy tornou-se persuasivo.

– Ara, sinhazinha Scarlett, seja boazim e come só um poquim. A sinhazinha Carreen e a sinhazinha Suellen comeu tudim.

– É claro – disse Scarlett desdenhosamente. – Elas não têm mais energia que um coelho. Mas eu não vou comer! Não me esqueço da vez em que comi uma bandeja inteira e fui para os Calvert, e eles tinham sorvete que haviam comprado em Savannah e eu não consegui comer mais de uma colher. Hoje eu vou aproveitar e comer quanto quiser.

Diante dessa heresia desafiadora, a testa de Mammy se franziu de indignação. Em seu modo de pensar, o que uma mocinha podia ou não fazer era tão diferente quanto branco e preto; não havia conduta intermediária. Suellen e Carreen eram barro em suas mãos poderosas, escutavam solicitamente suas advertências. Mas sempre fora uma luta ensinar a Scarlett que a maioria dos seus impulsos naturais não eram próprios de uma dama. As vitórias de Mammy eram duramente conquistadas e requeriam uma astúcia desconhecida da mente branca.

– Se vosmecê num liga pro jeito como os otro fala dessa famía, eu ligo – ribombou ela. – Num vou ficá por aí com todo mundo na festa dizeno como vosmecê num sabe se comportá. Eu já te disse mais de mil vez que nós sempre pode apontá uma dama, pruquê uma dama come que nem um passarim. E num quero que vosmecê vai pro sinhô Wilkes e come que nem uma trabaiadora do campo, devorano tudo feito um porco.

– Mamãe é uma dama e ela come – contrapôs Scarlett.

– Quando vosmecê fô casada, vosmecê também vai podê comê – retrucou Mammy. – Quando a sinhá Ellen era da sua idade, ela nunca comia nadim quando ia saí e nem sua tia Pauline nem sua tia Eulalie. E todas se casô. As sinhazinha que se empanturra nunca pega marido.

– Não acredito. Naquele churrasco em que você estava doente e eu não comi antes, Ashley Wilkes me disse que *gostava* de ver uma moça com um apetite saudável.

Mammy balançou a cabeça de modo ameaçador.

– O que os cavalero diz e o que eles sente são duas coisa diferente. E num ouvi o sinhô Ashley pedino sua mão pra se casá.

Scarlett franziu a testa, começou a falar asperamente e depois se aprumou. Mammy a pegara e não havia argumento. Vendo a fisionomia renitente no rosto de Scarlett, Mammy pegou a bandeja e, com uma expressão maliciosa, mudou de tática. Enquanto começava a se mexer rumo às escadas, suspirou.

– Bão, tá bão. Eu tava dizeno pra Cookie enquanto ela tava preparando essa bandeja, "a gente pode vê quem é uma dama pelo que ela *num* come", e eu disse pra Cookie "nunca vi nenhuma dama branca que come menos que a sinhazinha Melly Hamilton, dessa úrtima vez que ela tava visitano sinhô Ashley"... qué dizê, a sinhazinha India

Scarlett lhe lançou um olhar de desconfiança, mas o rosto largo de Mammy mantinha uma fisionomia de inocência e de desapontamento por Scarlett não ser a dama que Melanie Hamilton era.

– Deixe aí essa bandeja e venha apertar meu espartilho – disse Scarlett, irritada. – Depois eu tento comer um pouco. Se eu comesse agora, não poderia apertar demais.

Disfarçando seu triunfo, Mammy largou a bandeja.

– O que minha cabritim vai usá?

– Este – respondeu Scarlett, apontando para o volume fofo de musselina verde florida. Instantaneamente Mammy se armou.

– Num vai, não. Num serve pra de manhã. Vosmecê num pode mostrá o colo antes das três hora e esse vestido é decotado e num tem manga. E vosmecê vai ficá com sarda se mostrano do jeito que nasceu e eu num vô perdoá vosmecê ficá sardenta despois de todo o creme de leite que esfreguei nocê o inverno intero, clareano as sarda que vosmecê pegô em Savannah, sentada na praia. Eu devia fazê quexa de vosmecê com a sua mãe.

– Se você falar uma palavra com ela antes de eu estar vestida, não darei nenhuma garfada – disse Scarlett friamente. – Mamãe não vai ter tempo de me mandar trocar de vestido depois que eu estiver pronta.

Mammy suspirou resignada, dando-se por vencida. Entre os dois males, era melhor que Scarlett usasse um vestido vespertino em um churrasco matutino do que devorar a comida feito um porco.

– Segura nalgum canto e num respira – ordenou ela.

Scarlett obedeceu, se esticando e segurando firme em um dos pilares da cama. Mammy puxou bruscamente e, quando a circunferência mínima da cinta de barbatana ficou ainda menor, um olhar de orgulho e carinho tomou conta de seus olhos.

– Num tem ninguém com a cintura da minha cabritim – disse ela, aprovando. – Toda vez que eu puxo a sinhazinha Suellen pra menos de 50 centímetro, ela desmaia.

– Puff! – arfou Scarlett, falando com dificuldade. – Nunca desmaiei na vida.

– Bem, num era mau vosmecê desmaiá vez por otra – aconselhou Mammy. – Vosmecê é tão danada, sinhazinha Scarlett. Era bom lhe dizê, num fica bem vosmecê num desmaiá por causa de cobra e rato e essas coisa. Num quero dizê em casa. mas na frente dos otro. E eu já disse e..

– Ora, vamos logo! Não fale tanto. Vou conseguir um marido. Vai ver se não, mesmo sem gritar ou desmaiar. Santo Deus, mas o espartilho está apertado! Ajude-me a pôr o vestido.

Cuidadosamente, Mammy deixou cair os 10 metros de musselina verde florida sobre as anáguas rodadas e enganchou as costas do justo corpete decotado.

– Vosmecê fica com o xale nos ombro quando sentá no sol e num vá tirá o chapéu quando tivé quente – comandou ela. – Senão, vai chegá em casa marrom que nem a véia sinhá Slattery. Agora vem comê, docim, mas não muito depressa. Num adianta fazê vortá tudo de novo.

Obediente, Scarlett se sentou diante da bandeja, imaginando se poderia pôr alguma comida no estômago e ainda conseguir respirar. Mammy pegou uma toalha grande do lavatório e amarrou-a com cuidado em volta do pescoço de Scarlett, espalhando as dobras brancas em seu colo. Scarlett começou com o presunto, pois gostava de presunto, e o forçou a descer.

– Como eu queria estar casada – disse ela, ressentida enquanto atacava o inhame com aversão. – Estou cansada de ser artificial o tempo todo e de nunca fazer o que quero. Estou cansada de fingir que não como mais que um passarinho, de caminhar quando o que queria era correr e de dizer que estou fraca após uma valsa, quando podia dançar por dois dias e nunca me cansar. Estou cansada de dizer "como você é maravilhoso" a tolos que não têm a metade da inteligência que tenho, e estou cansada de fingir que nada sei, só para que os homens possam me chamar do que quiserem e se sentirem importantes... Não consigo dar outra garfada.

– Exprimenta as panqueca quente – disse Mammy, inexorável.

– Por que uma moça tem que ser tão boba para conseguir um marido?

– Ah, por causa que os cavalero num sabe o que qué. Só acha que sabe o que qué. E fazê o que eles acha que qué, popa as moça um monte de arreliamento e de ficá solterona. E eles acha que qué umas mocinha com apetite de passarim e miolo mole. Um cavalero num se casa com uma dama com mais miolo que ele.

– Você não acha que os homens se surpreendem depois de se casar quando descobrem que suas esposas têm inteligência?

– Bão, daí tá muito tarde. Eles já tá casado. Além disso, os cavalero espera que a muié tenha miolo.

– Um dia eu vou fazer e dizer o que quiser e, se as pessoas não gostarem, não vou ligar.

– Num vai, não – disse Mammy, inflexível. – Não enquanto eu tivé folgo. Come as panqueca, fia. Móia no moio.

– Acho que as moças ianques não precisam agir como tolas. Quando eu fui a Saratoga no ano passado, notei muitas delas agindo como se fossem inteligentes, também na frente dos homens.

Mammy bufou.

– As moça ianque! Sim, sinhazinha. Eu acho que elas fala o que qué, sim, mas num vi muitas sê pedida a mão em Saratoga.

– Mas os ianques devem se casar – argumentou Scarlett. – Eles não brotam da terra, simplesmente. Devem se casar e ter filhos. Existem ianques demais.

– Os home casa com elas por causa do dinhero – disse Mammy firmemente.

Scarlett molhou a panqueca de trigo-sarraceno no molho e pôs na boca. Talvez Mammy tivesse alguma razão. Devia ter, pois Ellen dizia as mesmas coisas, com outras palavras, mais delicadas. Na verdade, as mães de todas as suas conhecidas imprimiam nas filhas a necessidade de parecerem criaturas desamparadas, dependentes, com olhos de corça. Realmente, era preciso muita esperteza para cultivar e manter essa pose. Talvez ela tivesse sido muito impetuosa. Ocasionalmente discutira com Ashley e emitira suas opiniões. Talvez isso e seu gosto saudável por caminhar e cavalgar o tivessem feito se voltar para a frágil Melanie. Talvez, se mudasse de tática... Mas ela sentia que, se Ashley sucumbisse a truques femininos premeditados, nunca conseguiria respeitá-lo como agora. Qualquer homem tolo o bastante para se deixar levar por um sorriso afetado, um desmaio e um "Ah, que maravilhoso você é!" não valia a pena ter. Mas parecia que todos eles gostavam disso.

Se ela usara as táticas erradas com Ashley no passado... bem, isso era passado e estava acabado. Naquele dia usaria artifícios diferentes, os certos. Ela o queria e só tinha algumas horas para agarrá-lo. Se desmaiar ou fingir desmaiar funcionasse, então desmaiaria. Se sorrir, ser coquete ou ter a cabeça oca o atraísse, ela seria ainda mais cabeça oca que Cathleen Calvert. E, se medidas mais ousadas fossem necessárias, ela as tomaria. Aquele era o dia!

Não havia ninguém que dissesse a Scarlett que sua própria personalidade, assustadoramente vital como era, seria mais atraente que qualquer máscara que ela viesse a adotar. Se alguém lhe dissesse, ela ficaria feliz, mas descrente. E a civilização à qual pertencia também teria ficado descrente, pois em nenhuma época, antes ou desde então, a naturalidade feminina fora tão pouco valorizada.

Enquanto a carruagem a levava pela estrada de terra vermelha à fazenda dos Wilkes, Scarlett carregava um sentimento de prazer culpado por nem sua mãe nem Mammy estarem no grupo. Não haveria ninguém no churrasco que, por meio de sobrancelhas delicadamente erguidas ou de um beiço esticado, pudesse interferir no seu plano. Com certeza, Suellen faria seus mexericos no dia seguinte, mas, se tudo corresse como Scarlett esperava, o entusiasmo da família por seu noivado com Ashley ou pela evasão dos dois iria mais que contrabalançar o desprazer. Sim, ela estava bem feliz que Ellen tivesse sido forçada a ficar em casa.

Gerald, preparado pelo conhaque, tinha demitido Jonas Wilkerson naquela manhã e Ellen ficara em Tara para supervisionar a contabilidade da plantação antes que ele partisse. Scarlett fora ao pequeno gabinete, dera um beijo de despedida na mãe, que se sentava diante da escrivaninha com seus escaninhos recheados de papéis. Jonas Wilkerson, de chapéu na mão, estava de pé ao lado dela, o rosto estreito mal conseguindo ocultar a fúria que o possuía por ter sido dispensado de um dos melhores empregos de administrador do condado com tamanha falta de cerimônia. E tudo por causa de um namorinho besta. Ele dissera diversas vezes a Gerald que o bebê de Emmie Slattery podia ter sido gerado tão facilmente por ele como por qualquer outro entre uma dezena de homens – uma ideia com a qual Gerald concordava –, mas que não alterava o caso dele no que se referia a Ellen. Jonas odiava os sulistas. Odiava a fria cortesia com que o tratavam e o desdém que tinham por seu status, tão inadequadamente encoberto pela cortesia. Odiava Ellen O'Hara acima de qualquer outra pessoa, pois ela era a epítome de tudo o que ele odiava nos sulistas.

Mammy, como governanta da fazenda, ficara para ajudar Ellen, e era Dilcey que se sentava ao lado de Toby, com os vestidos das meninas em grandes caixas no colo. Gerald cavalgava ao lado da carruagem, aquecido pelo conhaque e satisfeito consigo mesmo por ter resolvido tão rapidamente a desagradável situação de Wilkerson. Empurrara a responsabilidade para Ellen, e sua decepção por perder o churrasco e a reunião com as amigas não lhe passou pela cabeça, pois era um belo dia de primavera, seus campos estavam lindos, os pássaros cantavam e ele se sentia jovial e brincalhão demais para pensar nos outros. Vez por outra cantarolava "Peg in a Low-backed Car" e outras cançonetas irlandesas ou o lamento mais lúgubre para Robert Emmet, "Ela está distante da terra onde seu jovem herói descansa".

Ele estava contente, agradavelmente animado pela perspectiva de passar o dia vociferando sobre os ianques e a guerra, e orgulhoso de suas três belas filhas em seus luminosos vestidos armados sob as ridículas sombrinhas de renda. Nem pensou sobre a conversa com Scarlett no dia anterior, pois aquilo simplesmente se esvaíra de sua mente. Ele só pensava que ela estava bonita, o que lhe dava grande crédito, e que seus olhos estavam tão verdes quanto as colinas da Irlanda. O último pensamento enalteceu seu conceito de si mesmo, pois trazia certo elo poético, então favoreceu as meninas com a execução em voz bem alta e um tanto desafinada de "The Wearin' o' the Green".

Olhando para ele com o desdém afetuoso que as mães sentem por filhos exibidos, Scarlett sabia que ao entardecer ele estaria muito embriagado. Voltando para casa no escuro, tentaria, como de costume, saltar todas as cercas entre Twelve Oaks e Tara e, ela esperava, pela piedade da Providência e o bom senso do cavalo, acabaria escapando sem quebrar o pescoço. Deixaria a ponte de lado, fazendo a montaria atravessar o rio a nado, chegando em casa ofegante, e Pork, que nessas ocasiões sempre o esperava com um lampião no vestíbulo da frente, o poria no sofá do gabinete para dormir.

Ele destruiria seu novo terno de casimira, o que o faria praguejar horrivelmente pela manhã e dizer a Ellen que o cavalo tinha caído da ponte no escuro, uma mentira palpável que a ninguém enganava, mas que seria aceita por todos e o faria se sentir muito esperto.

"Meu pai é um egoísta irresponsável encantador", pensou Scarlett, tomada por uma onda de afeto por ele. Ela se sentia tão animada e feliz naquela manhã, que incluía o mundo todo em seu afeto, inclusive Gerald. Estava bonita e sabia disso; antes que o dia acabasse, Ashley seria seu; o sol estava agradavelmente quente e a glória da primavera georgiana se espalhava diante de seus olhos. Às margens da estrada, as amoreiras silvestres ocultavam com seu verde delicado as ravinas selvagens cortadas pelas chuvas de inverno, e as grandes pedras de granito se salientando na terra vermelha começavam a ser cobertas por botões de rosas selvagens e cercadas por violetas do mais pálido tom de roxo. Sobre as colinas arborizadas, rio acima, os botões dos cornisos floridos cintilavam, como se a neve ainda permanecesse em meio à paisagem verdejante. As árvores jorravam seus brotos de modo desregrado desde o delicado branco até o rosa escuro e, abaixo delas, onde a luz do sol manchava a palha dos pinheiros, a madressilva formava um tapete multicolorido de escarlate, laranja e rosa. Havia na brisa uma leve fragrância silvestre de arbustos adocicados e o mundo cheirava tão bem que daria para comê-lo.

"Vou me lembrar da beleza deste dia até morrer", pensou Scarlett. "Talvez seja o dia de meu casamento."

E foi com um tinido no coração que ela pensou em como ela e Ashley poderiam estar cavalgando velozmente naquela mesma tarde ou à noite, sob a luz do luar rumo a Jonesboro e um padre. É claro, ela precisaria se casar de novo na presença de um padre de Atlanta, mas isso seria uma preocupação para Gerald e Ellen. Ela se acovardou um pouco ao pensar em como Ellen ficaria branca de desgosto ao saber que sua filha fugira com o noivo de outra moça, mas sabia que a perdoaria quando soubesse de sua felicidade. E Gerald ia resmungar e berrar, mas, apesar de todas as observações que fizera na noite anterior sobre não querer que ela se casasse com Ashley, ficaria sem palavras de tanta satisfação com uma aliança entre sua família e os Wilkes.

"Mas isso é algo com que me preocupar depois de estar casada", pensou ela, livrando-se daqueles pensamentos.

Era impossível sentir outra coisa além de alegria sob aquele sol aconchegante, naquela primavera, com as chaminés de Twelve Oaks começando a aparecer na colina do outro lado do rio.

"Vou morar lá toda a vida e verei cinquenta primaveras como esta, talvez mais, e contarei aos meus filhos e netos sobre a beleza desta primavera, mais adorável que qualquer outra que eles venham a testemunhar." Ela ficou tão feliz com esse último pensamento que cantou junto o último refrão de "The Wearin' o' the Green", com o grito de aprovação de Gerald.

– Não sei por que você está tão feliz hoje – disse Suellen, mal-humorada, pois a ideia de que ela ficaria muito melhor no vestido de baile de seda verde de Scarlett do que sua dona por direito ainda a exasperava. E por que Scarlett era sempre tão egoísta e não emprestava suas roupas e chapéus de sol? E por que a mãe sempre a apoiava, declarando que verde não servia para Suellen? – Você sabe tão bem quanto eu que o noivado de Ashley será anunciado hoje à noite. Papai nos contou hoje de manhã. E eu sei que faz meses que você anda caidinha por ele.

– E é só o que você sabe – disse Scarlett, mostrando a língua para ela e se recusando a perder o bom humor. Que surpresa ficaria a Srta. Sue àquela hora na manhã seguinte!

– Susie, você sabe que não é assim – protestou Carreen, chocada. – É de Brent que Scarlett gosta.

Scarlett pousou os olhos verdes e sorridentes na irmã mais nova, se perguntando como alguém podia ser tão dócil. Toda a família sabia que o coração de 13 anos de Carreen estava fixo em Brent Tarleton, que nunca lhe dedicara um pensamento sequer, exceto como irmã caçula de Scarlett. Na ausência de Ellen, os O'Hara implicavam com ela até levá-la às lágrimas.

– Querida, não ligo a mínima para Brent – declarou Scarlett, feliz de ser generosa. – Nem ele liga a mínima para mim. Ora, ele está esperando que você cresça!

O rostinho redondo de Carreen ficou rosado, enquanto o prazer lutava com a incredulidade.

– Ah, Scarlett, mesmo?

– Scarlett, você ouviu mamãe dizer que Carreen ainda é nova demais para pensar em admiradores, e aí está você pondo ideias na cabeça dela.

– Bem, pode fazer seus mexericos e ver se me importo – retrucou Scarlett. – Você quer segurar a irmãzinha porque sabe que daqui a um ano, mais ou menos, ela vai estar mais bonita que você.

– Comportem-se com essa língua hoje ou desço o chicote em vocês – avisou Gerald. – Agora esperem! Estou ouvindo ruído de rodas? Devem ser os Tarleton ou os Fontaine.

Conforme se aproximavam da estrada que descia a colina coberta de mata, vindo de Mimosa e Fairhill, o som de cascos e rodas de carruagem ficou mais claro e surgiu o alarido de vozes femininas em uma boa disputa soando por trás do biombo de árvores. Gerald, indo à frente, parou o cavalo e sinalizou para que Toby parasse a carruagem na interseção das duas estradas.

– São as Tarleton – anunciou ele às filhas, o rosto corado contente, pois, exceto por Ellen, não havia dama no condado de quem gostasse mais do que a ruiva Sra. Tarleton. – E ela mesma vem segurando as rédeas. Ah, essa é uma mulher que tem mãos para um cavalo! Leve feito uma pena, forte feito um chicote de couro cru e, mesmo assim, bonita o bastante para ser beijada. Que pena nenhuma de vocês ter essa mão – acrescentou ele, lançando um olhar afetuoso, mas reprovador, às meninas. – Carreen tem medo dos pobres animais, Sue tem as mãos que mais parecem um ferro de engomar quando se trata de rédeas, e você, mocinha...

– Bem, eu pelo menos nunca fui derrubada – gritou Scarlett, indignada. – E a Sra. Tarleton leva um tombo a cada caçada.

– E quebra uma clavícula como qualquer homem – disse Gerald. – Sem desmaiar nem fazer estardalhaço. Agora chega, pois aí vem ela.

Ele ficou de pé nos estribos e tirou o chapéu em um movimento circular, enquanto a carruagem dos Tarleton, transbordante de mocinhas em vestidos luminosos, sombrinhas e véus esvoaçantes, ficava à vista, com a Sra. Tarleton na boleia, como Gerald dissera. Com as quatro filhas, a aia delas e os vestidos de baile em longas caixas de papelão lotando a carruagem, não havia espaço para o cocheiro. Além disso, Beatrice Tarleton nunca permitia, por vontade própria, que ninguém, negro ou branco, segurasse as rédeas quando seus braços estivessem fora da tipoia. Delicada, de ossatura miúda, pele tão alva que os cabelos flamejantes pareciam ter puxado toda a cor de seu rosto para sua massa lustrosa de vitalidade, ela era, mesmo assim, dotada de uma exuberante saúde e de uma energia incansável. Dera à luz oito filhos, com cabelos ruivos e tão cheios de vida quanto ela, e os tinha criado com sucesso, assim dizia o condado, pois lhes dedicava o mesmo descaso amoroso e a rígida disciplina que dedicava aos potros que criava. "Controle-os, mas sem lhes romper o ânimo", era o lema da Sra. Tarleton.

Amava os cavalos e esse era seu assunto constante. Ela os entendia e lidava melhor com eles do que qualquer homem no condado. Os potros lotavam suas pastagens como os oito filhos lotavam a casa de formato irregular na colina, e ela se movimentava pela fazenda sendo seguida de perto por potros, filhos, filhas e cães de caça. Ela creditava a seus cavalos, especialmente a sua égua Nellie, a posse de inteligência humana; e, se a lida da casa a mantivesse ocupada além da hora que ela aguardava para a cavalgada diária, ela punha a tigela de açúcar nas mãos de algum negrinho e dizia: "Dê um punhado a Nellie e diga que logo estarei com ela."

Com raras exceções, sempre usava seu traje de montaria, pois, cavalgando ou não, sempre esperava fazê-lo, e, com essa expectativa, se vestia de acordo logo ao levantar. Todas as manhãs, chovesse ou fizesse sol, Nellie era selada e ficava caminhando para cima e para baixo em frente à casa, esperando pela hora em que a Sra. Tarleton pudesse passar uma hora afastada de seus afazeres. Mas Fairhill era uma fazenda difícil de administrar, sendo raro conseguir tempo livre, e com muita frequência Nellie caminhava para cima e para baixo sem ser montada, por horas a fio, enquanto Beatrice Tarleton passava o dia segurando descuidadamente a saia de seu traje, deixando à mostra 15 centímetros de botas.

Hoje, vestida em uma seda preta sem graça sobre saias retas fora de moda, ainda parecia estar em seu traje de montaria, pois o vestido tinha um estilo tão severo quanto o traje, e o pequeno chapéu preto com uma pena da mesma cor pousado sobre os olhos castanhos cordiais, sempre a piscar, era uma réplica do velho chapéu usado para caçar.

Ela acenou com o chicote ao ver Gerald e puxou as rédeas dos dois cavalos castanho-avermelhados, e as quatro mocinhas lá atrás se inclinaram para fora, vociferando seus cumprimentos de tal modo que a parelha empinou alarmada. A um observador casual, pareceria que as Tarleton não viam os O'Hara havia anos em vez de apenas dois dias. Mas tratava-se de uma família sociável que gostava dos vizinhos, especialmente das meninas O'Hara. Ou seja, gostavam de Suellen e de Carreen. Nenhuma mocinha do condado, com exceção da cabeça-oca da Cathleen Calvert, gostava de Scarlett.

No verão, o condado fazia em média um churrasco e um baile por semana, mas para os ruivos Tarleton, com sua enorme capacidade para se divertir, cada churrasco e cada baile eram tão entusiasmantes como o primeiro de suas vidas. Elas formavam um belo e viçoso quarteto, tão comprimido na carruagem que suas saias rodadas e babados se sobrepunham e as sombrinhas se chocavam umas contra as outras acima dos chapéus de abas largas, a copa enfeitada de rosas e amarrada com fitas de veludo preto que caíam balançando. Todos os tons de cabelos ruivos estavam representados sob aqueles chapéus. O de Hetty, vermelho puro; o de Camilla, louro alaranjado; o de Randa, cor de cobre; e o da pequena Betsy, bem laranja.

– É um belo bando, senhora – disse Gerald galante, guiando as rédeas ao lado da carruagem. – Mas ainda precisa muito para que elas superem a mãe.

A Sra. Tarleton revirou os olhos castanho-avermelhados e mordeu o lábio inferior, mostrando apreciação, enquanto as meninas gritavam:

– Mamãe, pare de olhar desse jeito ou contamos a papai!

– Juro, Sr. O'Hara, ela nunca nos dá uma chance quando há um homem bonito como o senhor por perto!

Scarlett riu com os outros daquelas sandices, mas, como sempre, a liberdade com que as Tarleton tratavam a mãe a chocava. Elas agiam como se ela fosse uma delas e não tivesse um dia a mais que 16 anos. Para Scarlett, só a ideia de dizer tais coisas para sua mãe era quase um sacrilégio. E contudo... e contudo, havia algo muito agradável na relação que as Tarleton tinham com a mãe delas, e, por mais que a criticassem, se queixassem e implicassem com ela, a adoravam. Não que – a lealdade de Scarlett se apressou a dizer a si mesma – ela fosse preferir uma mãe como a Sra. Tarleton a Ellen, mas ainda assim seria divertido brincar ruidosamente com a mãe. Ela sabia que mesmo essa ideia era desrespeitosa, e se sentiu envergonhada. Sabia que esses pensamentos perturbadores nunca preocupavam os cérebros sob as madeixas flamejantes da carruagem e, como sempre quando se sentia diferente das vizinhas, uma confusão irritante tomava conta dela.

Por mais rápido que fosse seu cérebro, não era feito para análises, mas meio conscientemente ela percebeu que, por mais que as meninas Tarleton fossem indisciplinadas como potros e insubordinadas como éguas, possuíam uma pertinácia despreocupada que fazia parte de sua herança. Tanto por parte de mãe quanto de pai, elas eram georgianas, georgianas do norte, a uma geração apenas dos pioneiros. Sentiam-se seguras de si mesmas e de seu ambiente. Sabiam instintivamente quem eram, assim como os Wilkes, mesmo que de modos extremamente divergentes, e nelas não havia o tipo de conflito que muitas vezes vociferava no peito de Scarlett, onde o sangue de uma aristocrata litorânea de voz macia se misturava ao de um camponês irlandês astuto e simples. Scarlett queria respeitar e adorar sua mãe como um ídolo e também lhe despentear e implicar com ela. Mas sabia que devia ser de um ou de outro modo. Era a mesma emoção conflitante que a fazia desejar parecer uma dama delicada e de alta estirpe com os rapazes e também uma moça atrevida que não se furtava a alguns beijos.

– Onde está Ellen? – perguntou a Sra. Tarleton.

– Está na função de demitir nosso administrador e ficou em casa para revisar a contabilidade com ele. E quanto ao seu marido e os rapazes?

– Ah, eles foram para Twelve Oaks horas atrás, para experimentar o ponche e ver se estava forte o bastante, acho eu, como se não pudessem fazer isso de agora até amanhã de manhã! Vou pedir a John Wilkes que os deixe passar a noite lá, mesmo que tenha de acomodá-los no estábulo. Cinco homens embriagados é um pouco demais para mim. Até três eu aguento, mas...

Gerald apressou-se a mudar de assunto. Podia sentir suas filhas dando risadinhas atrás dele, se lembrando das condições em que ele chegara em casa do último churrasco dos Wilkes no outono anterior.

– E por que a senhora não está montando hoje, Sra. Tarleton? Com certeza, não parece a mesma sem Nellie. A senhora é um estentor.

– Eu, um estentor, mas que ignorante esse rapaz! – bradou a Sra. Tarleton, imitando o sotaque dele. – O senhor quer dizer um centauro. Estentor era um homem com uma voz feito um gongo de bronze.

– Estentor ou centauro, não importa – respondeu Gerald, sereno com seu engano. – E que é uma voz de bronze que a senhora tem, madame, quando está instigando os caes de caça, ah é.

– Essa é para a senhora, mamãe – disse Hetty. – Eu já disse que a senhora berra como um comanche sempre que vê uma raposa.

– Mas não tão alto quanto você quando a bá lava suas orelhas – retrucou a Sra. Tarleton. – E você tem 16 anos! Bem, quanto a não estar montando, Nellie deu cria bem cedo hoje.

– Foi mesmo?! – exclamou Gerald com verdadeiro interesse, sua paixão irlandesa por cavalos brilhando nos olhos, e Scarlett novamente teve uma sensação de choque ao comparar sua mãe à Sra. Tarleton. Para Ellen, éguas nunca davam cria, nem vacas tinham bezerros. Na verdade, as galinhas quase não botavam ovos. Ellen ignorava completamente esses assuntos. Mas a Sra. Tarleton não tinha tais reticências.

– Uma potranquinha, foi?

– Não, um belo garanhãozinho com pernas de quase 20 centímetros. O senhor precisa ir vê-lo. É um verdadeiro cavalo Tarleton. Tem a pelagem tão ruiva quanto os cachos de Hetty.

– E se parece muito com Hetty também – disse Camilla e logo sumiu dando risadinhas em meio à agitação de saias, calçolas e chapéus, enquanto Hetty, que realmente tinha um rosto alongado, começou a beliscá-la.

– Minhas potranquinhas estão eufóricas hoje – disse a Sra. Tarleton. – Estão pulando de alegria desde cedo, quando soubemos da notícia sobre Ashley e a prima dele de Atlanta. Como é o nome dela? Melanie? Que Deus a abençoe, ela é um docinho, mas nunca consigo me lembrar de sua fisionomia e nem do nome. Nossa cozinheira é casada com o mordomo dos Wilkes e ele passou lá em casa ontem à noite com a notícia de que o noivado seria anunciado hoje à noite, e a nossa Cookie nos contou hoje de manhã. As meninas estão todas animadas com isso, embora eu não consiga entender por quê. Faz anos que todo mundo sabe que Ashley se casaria com ela, quer dizer, se não se casasse com uma de suas primas Burr, de Macon. Assim como Honey Wilkes irá se casar com o irmão de Melanie, Charles. Agora me diga, Sr. O'Hara, será que é ilegal que os Wilkes se casem fora da família? Por que se...

Scarlett não ouviu o resto da conversa, acompanhada por risadas. Por um breve instante, foi como se o sol tivesse se enfiado por trás de uma nuvem fria, deixando o mundo na sombra, roubando a cor das coisas. A folhagem fresca pareceu doentia, o corniso, pálido, e as árvores, tão maravilhosamente rosadas um minuto antes, ficaram desbotadas e sombrias. Scarlett enfiou os dedos no estofado da carruagem e por um instante sua sombrinha oscilou. Uma coisa era saber que Ashley estava noivo, outra era ouvir as pessoas falarem sobre isso de modo tão despreocupado. Então sua coragem retornou com toda a força, e o sol saiu outra vez e a paisagem fulgurou renovada. Ela sabia que Ashley a amava. Isso era certo. E sorriu ao pensar em como a Sra. Tarleton ficaria surpresa quando nenhum noivado fosse anunciado àquela noite... que surpresa se houvesse uma fuga! E ela diria aos vizinhos que Scarlett bancara a sonsa, ali sentada escutando-a falar sobre Melanie quando Ashley lhe pertencia todo o tempo. Ela sorriu consigo mesma, e Hetty, que observava com atenção o efeito das palavras de sua mãe, voltou a se acomodar, intrigada, franzindo levemente o cenho.

– Não me importa o que o senhor diz, Sr. O'Hara – dizia enfaticamente a Sra. Tarleton. – É bem errado esse casamento entre primos. Já é ruim que Ashley se case com a filha dos Hamilton, mas Honey se casar com o insosso do Charles Hamilton...

– Honey nunca vai agarrar outro se não se casar com Charlie – disse Randa, cruel e confiante da própria popularidade. – Nunca teve outro admirador a não ser ele. E ele nunca foi muito atencioso com ela, pelo tempo que já estão namorando. Scarlett, você se lembra de como ele correu atrás de você no Natal passado...

– Não seja ferina, senhorita – disse a mãe dela. – Primos não deveriam se casar entre si, nem de segundo grau. Enfraquece a linhagem. Não é como com os cavalos. Pode-se cruzar uma égua com um irmão ou um reprodutor com a filha e conseguir bons resultados se conhecermos as linhagens de sangue, mas com gente não funciona. Talvez se consiga boas linhagens, mas vai faltar vigor. A gente...

– Agora, madame, vou discutir sobre isso! A senhora pode me apontar gente melhor que os Wilkes? E eles vêm se casando entre si desde que Brian Boru era criança.

– E já passou da hora de pararem com isso, pois está começando a aparecer. Ah, não tanto com Ashley, pois ele é um demônio de bonito, embora até ele... Mas veja aquelas duas meninas Wilkes, coitadinhas, que falta de graça! Ótimas meninas, é claro, mas muito sem graça. E veja a pequena Srta. Melanie. Magra como um palito e tão delicada que um sopro de vento pode carregá-la, e sem qualquer vivacidade. Sem nenhuma noção de si própria. "Não, senhora!", "Sim, senhora!" Ela não tem outra coisa a dizer. Entende aonde quero chegar? Aquela família precisa de sangue novo, um bom sangue vigoroso como minhas cabecinhas ruivas ou a sua Scarlett. Agora, não me entenda mal. Os Wilkes são ótimas pessoas do jeito deles e o senhor sabe o quanto gosto deles todos, mas seja franco! Eles já cruzaram demais entre si, não é? Em uma corrida eles podem se dar bem em uma pista seca, mas, anote minhas palavras, não creio que os Wilkes consigam vencer em uma pista enlameada. Acho que o vigor ficou de fora dos cruzamentos deles, e, quando surgir uma emergência, não creio que consigam superar as adversidades. É gado de clima seco. Dê-me um bom cavalo que possa correr sob qualquer tempo! E o casamento entre parentes os deixou diferentes do resto do pessoal daqui Sempre perdendo tempo com o piano ou com a cabeça enfiada em um livro. Até acredito que Ashley iria preferir ler a caçar! É, eu honestamente acredito nisso, Sr. O'Hara! E olhe só para os ossos deles. Muito delgados. Eles precisam de mães e varões fortes...

– Ah-ah-hum – disse Gerald, súbita e culpadamente percebendo que a conversa, das mais interessantes e inteiramente apropriada para ele, pareceria bem o contrário para Ellen. Na verdade, ele sabia que ela nunca se recuperaria se soubesse que as filhas tinham sido expostas a uma conversa tão franca. Mas a Sra. Tarleton estava, como de costume, surda a todas as outras ideias quando engajada em seu assunto favorito, cruzamentos, fossem de cavalos ou de humanos.

– Eu sei do que estou falando, porque tive uns primos que se casaram e lhe dou minha palavra de que todos os filhos deles vieram com olhos esbugalhados ou parecendo uns sapos, os coitadinhos. E, quando minha família quis me casar com um primo de segundo grau, eu corcoveei como um potro e disse: "Não, mamãe. Para mim, não. Não quero todos os meus filhos com esparavões e pulmoeira." Bem, minha mãe desmaiou quando eu falei sobre esparavões, mas fiquei firme e minha avó me apoiou. Ela também sabia muito sobre cruza de cavalos, sabe, e disse que eu estava certa. E me ajudou a fugir com o Sr. Tarleton. E veja meus filhos! Grandes e saudáveis, nenhum doentio ou nanico, embora Boyd só tenha 1,75 metro. Agora, os Wilkes...

– Sem querer mudar de assunto, senhora – interrompeu Gerald apressadamente, pois percebera a fisionomia confusa de Carreen e a ávida curiosidade no rosto de Suellen, e temia que pudessem fazer perguntas constrangedoras a Ellen, que revelaria o acompanhante inadequado que ele era. Scarlett, ele ficou contente em constatar, parecia estar pensando em outras coisas, como cabia a uma dama.

Hetty Tarleton o resgatou do apuro.

– Deus do Céu, mamãe, vamos logo – suplicou ela, impaciente. – Este sol esta me cozinhando e já consigo ouvir as sardas brotando em meu pescoço.

– Só um minuto, senhora, antes que se vá – disse Gerald. – Mas o que decidiu fazer sobre a venda dos cavalos para a Tropa? A guerra pode estourar a qualquer momento agora e os rapazes querem resolver a questão. É uma tropa do condado de Clayton e queremos cavalos de Clayton para ela. Mas a senhora, obstinada como é, ainda está se recusando a nos vender seus belos animais.

– Talvez não haja guerra alguma – contemporizou a Sra. Tarleton, a mente se desviando totalmente dos estranhos hábitos casamenteiros dos Wilkes.

– Ora, madame, a senhora não pode...

– Mamãe – interrompeu Hetty outra vez –, será que a senhora e o Sr. O'Hara não podem falar sobre cavalos em Twelve Oaks tão bem quanto aqui?

– É isso mesmo, Srta. Hetty – disse Gerald –, e não vou prendê-las mais nem um minuto. Estaremos chegando a Twelve Oaks daqui a pouquinho e todos os homens por lá, velhos e jovens, vão querer saber dos cavalos. Ah, mas me parte o coração ver uma senhora tão fina como sua mãe ser assim sovina com seus animais! Agora, onde está o seu patriotismo, Sra. Tarleton? A Confederação não significa nada para a senhora?

– Mamãe – gritou a pequena Betsy –, Randa está sentada em meu vestido e estou ficando toda amassada.

– Bem, tire Randa de cima de você, Betsy, e aquiete-se. Agora ouça uma coisa, Gerald O'Hara – retrucou ela, os olhos fuzilando-o –, não comece a me jogar a Confederação na cara! Calculo que a Confederação signifique tanto para mim quanto para o senhor, eu com quatro rapazes na Tropa e o senhor sem nenhum. Mas meus rapazes conseguem cuidar de si mesmos, meus cavalos, não. Eu cederia meus cavalos sem cobrar e de bom grado se soubesse que seriam montados por rapazes que eu conheço, cavalheiros acostumados com animais puro-sangue. Não, não hesitaria por um minuto. Mas deixar minhas joias à mercê de caipiras e moradores do brejo, acostumados a montar mulas! Não, senhor! Eu teria pesadelos pensando neles sendo montados com selas de má qualidade, sendo maltratados. O senhor acha que eu deixaria uns tolos ignorantes montarem meus queridos de lábios macios e ver suas bocas destroçadas e espancados até que seus ânimos fossem destruídos? Ora, me dá arrepios agora mesmo só de pensar nisso! Não, Sr. O'Hara, o senhor é muito gentil por querer meus cavalos, mas é melhor ir a Atlanta e comprar alguns pangarés velhos para os seus caipiras. Eles nunca vão saber a diferença.

– Mamãe, será que podemos ir? – perguntou Camilla, aderindo ao coro impaciente. – A senhora sabe que vai acabar lhes dando seus queridos de todo jeito. Quando papai e os rapazes ficarem insistindo que a Confederação precisa deles e coisa e tal, a senhora vai chorar e deixá-los ir.

A Sra. Tarleton sorriu e sacudiu as rédeas.

– Não vou fazer tal coisa – disse ela, tocando os cavalos de leve com o chicote. A carruagem começou a andar rapidamente.

– Esta mulher é ótima – disse Gerald, pondo o chapéu e assumindo o posto ao lado de sua carruagem. – Vamos lá, Toby. Nós ainda vamos cansá-la e conseguir os cavalos. É claro que ela tem razão. Ela tem razão. Se um homem não é um cavalheiro, seu lugar não é em cima de um cavalo, é na infantaria. Mas é uma pena, pois não há filhos de fazendeiros suficientes neste condado para formar uma tropa inteira. O que você diz, mocinha?

Papai, por favor, cavalgue atrás de nós ou na frente. O senhor está levantando tanto pó que estamos nos engasgando – disse Scarlett, sentindo que não podia mais levar uma conversa adiante. Aquilo a distraía de seus pensamentos e ela estava muito ansiosa para organizá-los e deixar o semblante atraente antes de chegarem a Twelve Oaks. Obediente, Gerald fincou as esporas no cavalo e se distanciou em meio a uma nuvem vermelha atrás da carruagem dos Tarleton, onde poderia dar continuidade à conversa hípica.

6

Atravessaram o rio e a carruagem subiu a colina. Antes mesmo que Twelve Oaks ficasse à vista, Scarlett viu uma névoa de fumaça pairando preguiçosamente sobre o alto das árvores e sentiu os apetitosos odores de toras de nogueira em brasa misturados aos de porco e carneiro assando.

As covas do churrasco, que ardiam lentamente desde a noite anterior, agora seriam longos fossos de brasas róseo-avermelhadas, com as carnes girando nos espetos e seus sucos pingando, fazendo o carvão chiar. Scarlett sabia que a fragrância carregada pela leve brisa vinha do arvoredo de grandes carvalhos nos fundos da casa-grande. John Wilkes sempre fazia seus churrascos lá, na leve colina que levava ao jardim de roseiras, um lugar sombreado agradável e muito melhor que, por exemplo, o usado pelos Calvert. A Sra. Calvert não gostava de churrascos, declarando que o cheiro permanecia na casa por dias, de modo que os convidados sufocavam de calor em um lugar plano e descampado a meio quilômetro da casa. Mas John Wilkes, famoso em todo o estado por sua hospitalidade, sabia como receber para um churrasco.

As longas mesas de piquenique sobre os cavaletes, cobertas pelas mais finas toalhas de linho dos Wilkes, sempre ficavam sob a sombra mais densa, com bancos sem encosto de cada lado; e cadeiras, pufes e almofadões da casa eram espalhados pela clareira para aqueles que não apreciavam os bancos. A uma distância, grande o bastante para que a fumaça não incomodasse os convidados, ficavam as longas covas, onde as carnes cozinhavam, e os caldeirões de onde flutuavam os odores suculentos do molho de churrasco e do cozido Brunswick. O Sr. Wilkes sempre tinha pelo menos uma dúzia de negros ocupados, indo e vindo com bandejas para servir os convidados. Atrás dos estábulos, sempre havia outro fosso de churrasco, onde os criados da casa, cocheiros e camareiras dos convidados faziam seu próprio banquete de tortilhas de milho, inhames e tripas de porco, prato tão apreciado pelos negros, e, dependendo da estação, melancias suficientes para se fartar.

Conforme se aproximava o cheiro da carne fresca de porco, Scarlett franziu o nariz em apreciação, esperando sentir algum apetite na hora que estivesse pronto. Do jeito que estava, tão cheia de comida e tão apertada, ela temia que a qualquer momento fosse arrotar. Aquilo seria fatal, pois só homens idosos e damas muito velhas podiam arrotar sem temer a reprovação social.

Eles chegaram ao topo e a casa branca apareceu diante dela com sua perfeita simetria, longas colunas, varandas amplas, telhado reto, bela como uma mulher quando é tão segura de seu encanto que pode ser generosa e graciosa com todos. Scarlett amava Twelve Oaks ainda mais que a Tara, pois ali havia uma beleza imponente, uma dignidade madura que a casa de Gerald não possuía. O largo caminho curvo da entrada estava cheio de cavalos encilhados e carruagens, além de convidados apeando e cumprimentando os amigos. Negros sorridentes, animados como sempre em uma festa, levavam os animais para o pátio do estábulo para serem desarreados e desencilhados. Enxames de crianças, negras e brancas, corriam gritando pelo gramado verdejante, jogando amarelinha, brincando de pegar e apostando o quanto iriam comer. O amplo corredor que ia da frente até os fundos da casa estava apinhado de gente e, enquanto a carruagem das O'Hara parava diante dos degraus da frente, Scarlett viu as moças de saias armadas, luminosas como borboletas, subindo e descendo as escadas para o segundo andar, braços nas cinturas umas das outras, parando para se inclinar no delicado corrimão da balaustrada, rindo e chamando os rapazes no corredor abaixo delas. Pelas longas janelas abertas, viu de relance as mulheres mais velhas sentadas na sala, sossegadas em seda preta enquanto se abanavam com os leques, conversando sobre bebês e doenças, e sobre quem se casara com quem e por quê. O mordomo dos Wilkes, Tom, corria pelos corredores, uma bandeja de prata nas mãos, fazendo mesuras e sorrindo, enquanto oferecia bebidas para os jovens de calças cor de creme e cinza e finas camisas com jabôs de linho.

A ensolarada varanda da frente estava repleta de convidados. Sim, todo o condado estava lá, pensou Scarlett. Os quatro rapazes Tarleton e seu pai estavam encostados nas colunas, os gêmeos, Stuart e Brent, lado a lado, inseparáveis como de costume, Tom e Boyd com o pai, James Tarleton. O Sr. Calvert estava por perto, ao lado da mulher ianque, que mesmo após 15 anos na Geórgia nunca parecia estar em seu lugar. Todos eram muito educados e gentis com ela porque sentiam pena, mas ninguém se esquecia de que ela agravara o erro de nascimento se tornando governanta dos filhos do Sr. Calvert. Os dois rapazes Calvert lá estavam com sua vistosa irmã loura, Cathleen, implicando com o moreno Joe Fontaine e com Sally Munroe, sua bonita noiva. Alex e Tony Fontaine sussurravam nos ouvidos de Dimity Munroe, fazendo-a soltar gargalhadas. Havia famílias de lugares tão distantes como Lovejoy, a 16 quilômetros de distância, de Fayetteville e Jonesboro, algumas até de Atlanta e Macon. A casa dava a impressão de que ia explodir com a multidão, e o balbucio incessante de conversa, risadas e gritinhos femininos agudos subia e descia.

Nos degraus da varanda, estava John Wilkes, cabelos prateados, ereto, irradiando o encanto discreto e a hospitalidade que eram tão calorosos e infalíveis quanto o sol de verão da Geórgia. A seu lado, Honey Wilkes, que tem esta alcunha chamar todo mundo, indiscriminadamente, de doçura, desde o pai até os trabalhadores do campo, se movia irrequieta e ria ao cumprimentar os convidados que chegavam.

O óbvio desejo nervoso de Honey para ser atraente a todos os homens à vista contrastava nitidamente com o porte do pai, e Scarlett teve a ideia de que talvez houvesse alguma verdade no que a Sra. Tarleton dissera. Certamente, os homens Wilkes tinham ficado com a beleza da família. Os cílios espessos e dourados que margeavam os olhos cinzentos de John Wilkes e de Ashley eram escassos e desbotados nos rostos de Honey e de sua irmã, India. Honey tinha a estranha aparência de um coelho sem cílios, e não havia outra palavra para descrever India a não ser comum.

India não estava à vista, mas Scarlett sabia que ela devia estar na cozinha dando as últimas instruções aos criados. "Pobre India", pensou, "passou por tantas dificuldades para manter a casa desde que a mãe morreu, que nunca teve oportunidade de agarrar nenhum admirador além de Stuart Tarleton, e certamente não é culpa minha que ele me ache mais bonita do que ela".

John Wilkes desceu as escadas para oferecer o braço a Scarlett. Ao descer da carruagem, ela viu Suellen sorrir afetada e percebeu que a irmã devia ter localizado Frank Kennedy na multidão.

"Ah, se eu não conseguiria um admirador melhor que aquela velha de culotes", ela pensou desdenhosa, ao pisar no chão e sorrir em agradecimento para John Wilkes.

Frank Kennedy estava correndo para a carruagem a fim de ajudar Suellen, que se empertigava de tal modo que Scarlett sentiu vontade de lhe dar um tapa. Frank Kennedy possuía mais terras que qualquer outro do condado e podia ter um bom coração, mas nada disso contava diante do fato de que ele tinha 40 anos, era insignificante e nervoso e tinha uma barba rala laranja e um jeito de solteirona atarantada. Entretanto, lembrando-se de seu plano, Scarlett sufocou seu desdém e lhe lançou um sorriso vistoso de cumprimento que o fez parar de repente, o braço estendido para Suellen, e arregalar os olhos para Scarlett em um atordoamento de satisfação.

Os olhos de Scarlett procuravam por Ashley na multidão, mesmo enquanto conversava amenidades com John Wilkes, mas ele não estava na varanda. Houve brados de cumprimento de uma dezena de vozes, e Stuart e Brent Tarleton foram até ela. As moças Munroe se apressaram a elogiar seu vestido e logo ela se viu no centro de um círculo de vozes que ficavam cada vez mais altas, no esforço de serem ouvidas acima do alarido. Mas onde estava Ashley? E Melanie e Charles? Ela tentava não ser óbvia enquanto olhava em volta e espiava o grupo risonho no corredor lá dentro.

Enquanto conversava, ria e lançava olhares rápidos para dentro da casa e para o pátio, seus olhos pousaram sobre um estranho, parado sozinho no vestíbulo, olhando para ela de um modo impertinente que lhe despertou uma sensação aguda de prazer feminino por ter atraído um homem, misturada ao constrangimento de que talvez seu vestido estivesse decotado demais. Ele parecia bem velho, pelo menos uns 35 anos. Era alto e de constituição poderosa. Scarlett pensou que nunca vira um homem de ombros tão largos, tão musculoso, quase forte demais para a distinção. Quando seus olhos se cruzaram, ele sorriu, mostrando dentes tão brancos quanto os de um animal sob um bigode preto aparado. Ele era moreno como um pirata e seus olhos, tão ousados e negros como os de qualquer pirata avaliando a fuga precipitada de um galeão ou de uma moça prestes a ser violada. Havia uma fria imprudência em sua fisionomia e um humor cínico na boca quando ele sorria para ela, e Scarlett prendeu o fôlego. Sentiu que devia se sentir insultada com tal olhar e ficou aborrecida consigo mesma por não se sentir assim. Não sabia quem ele podia ser, mas era inegável que havia uma aparência de bom sangue em seu rosto moreno. Isso se exibia no fino nariz aquilino sobre os lábios vermelhos e carnudos, a testa alta e os olhos bem separados.

Ela desviou os olhos dos dele sem retribuir o sorriso e ele se virou quando alguém chamou:

– Rhett! Rhett Butler! Venha cá! Quero apresentá-lo à moça de coração mais duro da Geórgia.

Rhett Butler? O nome era familiar, de alguma forma ligado a algo agradavelmente escandaloso, mas sua cabeça estava com Ashley e ela o tirou do pensamento.

– Preciso ir lá em cima para ajeitar o cabelo – disse ela a Stuart e Brent, que estavam tentando afastá-la da multidão. – Vocês dois esperem por mim e não fujam com nenhuma outra moça, senão vou ficar furiosa.

Ela podia ver que seria difícil lidar com Stuart se ele flertasse com qualquer outra. Ele vinha bebendo e tinha a expressão arrogante de quem procura briga, o que, por experiência, ela sabia que significava problema. Parou no vestíbulo por um instante para falar com conhecidas e cumprimentar India, que vinha chegando dos fundos da casa, o cabelo despenteado e algumas gotas de suor na testa. Pobre India! Já era ruim o bastante ter cabelo e cílios descorados, um queixo saliente que lhe dava uma expressão teimosa, ter passado dos 20 anos e, ainda por cima, ser solteirona. Ela gostaria de saber se India se ressentia muito por ela lhe ter tirado Stuart. Muita gente dizia que ainda estava apaixonada por ele, mas nunca se podia saber o que uma Wilkes estava pensando. Se ela realmente se ressentia, nunca dera sinal disso, tratando Scarlett com a mesma cortesia levemente distante e bondosa que sempre lhe dedicara.

Scarlett falou com ela de modo aprazível e começou a subir as escadas. Em seguida, uma voz tímida chamou seu nome por trás e, virando-se, ela viu Charles Hamilton. Ele era um rapazinho de boa aparência, com abundantes cachos castanhos sobre a testa branca e olhos tão profundamente castanhos, límpidos e gentis quanto os de um cachorro collie. Estava muito bem com calças cor de mostarda e casaco preto, e sua camisa pregueada era coroada com a mais larga e atual das gravatas pretas. Um leve rubor se insinuou pelo seu rosto quando ela se virou, pois ele era tímido com as moças. Como a maioria dos homens tímidos, ele admirava moças posudas, animadas e sempre à vontade, como Scarlett. Ela nunca se dirigira a ele com mais que uma cortesia superficial antes e, portanto, o sorriso radiante de prazer com que o cumprimentou e as duas mãos estendidas para as dele quase lhe tiraram o fôlego.

– Ora, Charles Hamilton, seu bonitão! Aposto que veio de Atlanta até aqui só para partir meu pobre coração!

Charles quase gaguejou de emoção, segurando as pequenas mãos quentes nas dele e olhando para os dançantes olhos verdes. Era assim que as moças falavam com outros rapazes, mas nunca com ele. Ele não sabia por quê, mas as jovens sempre o tratavam como a um irmão mais novo e eram muito gentis, nunca se dando ao trabalho de implicar com ele. Ele sempre quisera que flertassem e brincassem com ele como faziam com rapazes muito menos bonitos e menos dotados das benesses deste mundo. Mas, nas poucas ocasiões em que isso ocorria, ele nunca conseguia pensar em nada para dizer e sofria agonias de constrangimento com seu mutismo. Depois ficava acordado à noite pensando em todas as galanterias encantadoras que podia ter empregado; mas raramente tinha uma segunda chance, pois elas o deixavam sozinho após uma ou duas tentativas.

Mesmo com Honey, com quem havia um silencioso pacto de casamento para quando ele tomasse posse de seus bens no outono seguinte, era acanhado e quieto. Às vezes, tinha a deselegante impressão de que o coquetismo e a pose de Honey não eram crédito seu, pois ela era tão doida por rapazes que ele a imaginava usando esses artifícios com qualquer homem que lhe desse oportunidade. Charles não estava animado com a perspectiva daquele casamento, pois ela não lhe despertava nenhuma das emoções dos romances arrebatados que seus amados livros lhe garantiam serem próprios de um amante. Ele sempre ansiara por ser amado por alguma bela criatura arrojada, cheia de fogo e malícia.

E ali estava Scarlett O'Hara implicando com ele sobre partir seu coração!

Ele tentou pensar em algo para dizer sem conseguir, e silenciosamente a abençoou por ter continuado a tagarelar, salvando-o da necessidade de conversar. Era bom demais para ser verdade.

– Agora, espere bem aqui até eu voltar, pois quero comer churrasco com você. E não saia por aí namoricando com essas outras garotas, porque eu sou muito ciumenta. – Vieram aquelas incríveis palavras dos lábios vermelhos com uma covinha de cada lado; e os cílios negros piscaram recatadamente sobre os olhos verdes.

– Não vou. – Ele finalmente conseguiu expirar, sem sequer sonhar que ela estava achando que ele parecia um bezerro esperando pelo açougueiro.

Dando-lhe um tapinha no braço com o leque fechado, ela se virou para subir as escadas e seus olhos novamente pousaram sobre o homem chamado Rhett Butler, que estava sozinho a poucos passos de Charles. Ele evidentemente ouvira toda a conversa, pois sorriu para ela tão malicioso quanto um gato, outra vez lhe passando os olhos com uma intensidade totalmente destituída da deferência a que ela estava acostumada.

"Pelo manto de Cristo!", disse Scarlett para si mesma, indignada, usando a blasfêmia favorita de Gerald. "Ele dá a impressão de... de saber como eu sou sem a roupa de baixo", e, virando a cabeça, subiu as escadas.

No quarto onde estavam as caixas, ela encontrou Cathleen Calvert se olhando no espelho e mordendo os lábios para deixá-los mais vermelhos. As rosas frescas presas ao cinto combinavam com suas bochechas, e os olhos azuis como a flor do milho dançavam entusiasmados.

– Cathleen – disse Scarlett, tentando elevar o corpete do vestido –, quem é aquele homem detestável lá embaixo, chamado Butler?

– Minha querida, você não sabe? – sussurrou Cathleen alvoroçada, sem tirar a atenção do quarto ao lado, onde Dilcey e a bá das Wilkes conversavam. – Nem consigo imaginar como o Sr. Wilkes está se sentindo por recebê-lo aqui, mas ele estava visitando o Sr. Kennedy em Jonesboro, algo sobre uma compra de algodão e, é lógico, o Sr. Kennedy teve de trazê-lo. Ele não podia simplesmente sair e deixá-lo lá.

– O que há com ele?

– Minha querida, ele não é recebido em lugar algum!

– Não?

– Não.

Scarlett digeriu aquilo em silêncio, pois nunca estivera sob o mesmo teto com alguém que não fosse recebido por ninguém. Era muito excitante.

– Que foi que ele fez?

– Ah, Scarlett, ele tem a pior das reputações. Chama-se Rhett Butler e é de Charleston, e a família dele é uma das melhores de lá, mas nem falam com ele. Caro Rhett me falou dele no verão passado. Ele não se dá com a família dela, mas ela sabe tudo a respeito dele, todo mundo sabe. Ele foi expulso de West Point! Imagine só! E por causa de coisas ruins demais para Caro saber. E depois teve aquele negócio da moça com quem ele não se casou.

– Conte!

– Querida, você não sabe de nada? Caro me contou tudo no verão passado e a mãe dela teria um ataque se sonhasse que Caro sabe disso. Bem, esse Sr. Butler levou uma moça de Charleston para passear de charrete. Eu nunca fiquei sabendo quem ela era, mas tenho minhas desconfianças. Ela não devia ser muito distinta ou não teria saído com ele ao entardecer sem acompanhante. E, minha querida, eles ficaram fora quase toda a noite e acabaram indo para casa a pé, dizendo que o cavalo tinha fugido e despedaçado a charrete, e eles tinham ficado perdidos na mata. E adivinhe...

– Não consigo adivinhar. Conte – disse Scarlett, entusiasmada, esperando pelo pior.

– Ele se recusou a se casar com ela no dia seguinte!

– Ah! – disse Scarlett, suas esperanças frustradas.

– Ele disse que não tinha... hã... feito nada a ela e não via por que deveria se casar. E, é claro, o irmão dela o desafiou e o Sr. Butler disse que preferia morrer a se casar com uma tola idiota. Então eles se bateram em duelo e o Sr. Butler deu um tiro certeiro no irmão da moça, que morreu, e o Sr. Butler teve de ir embora de Charleston e agora ninguém o recebe – concluiu Cathleen em um tom triunfante e bem na hora, pois Dilcey voltava ao quarto a fim de inspecionar a toalete sob sua responsabilidade.

– Ela teve um bebê? – sussurrou Scarlett no ouvido de Cathleen.

Cathleen sacudiu a cabeça com veemência.

– Não, mas ficou arruinada do mesmo jeito – sibilou ela em resposta.

"Bem que eu gostaria que Ashley me comprometesse", pensou Scarlett de repente. Ele seria cavalheiro demais para não se casar comigo. Mas, de alguma forma, sem querer, ela sentiu respeito por Rhett Butler ter se recusado a casar com uma moça tola.

SCARLETT SE SENTOU em um divã alto de jacarandá, sob a sombra de um enorme carvalho nos fundos da casa, babados e franzidos ondulados a sua volta e cinco centímetros de sapatilhas de pelica à mostra – tudo que uma dama podia exibir e ainda continuar sendo uma dama. Tinha um prato nas mãos quase intocado e sete cavalheiros a sua volta. O churrasco chegara ao auge e o ar morno estava cheio de riso e conversa, o estalar da prata na porcelana e os cheiros fortes das carnes assadas e molhos aromáticos. Ocasionalmente, quando uma leve brisa soprava, lufadas de fumaça oriundas dos fossos do churrasco flutuavam sobre a multidão e eram recebidas com reclamações de simulada aflição pelas damas e pelo agito violento dos leques de folhas de palmeira.

A maioria das jovens se sentava com acompanhantes nos longos bancos diante das mesas, mas Scarlett, percebendo que uma moça só tem dois lados e só um homem pode se sentar de cada lado, preferira se sentar à parte, de modo que pudesse reunir em torno de si o maior número possível de rapazes.

Sob o caramanchão, sentavam-se as mulheres casadas, os vestidos escuros como notas de decoro no colorido da jovialidade que as cercava. As matronas, não importando a idade, sempre se agrupavam à parte das moças de olhos brilhantes, dos admiradores e dos risos, pois não havia beldades casadas no sul. Desde vovó Fontaine, que arrotava abertamente com o privilégio de sua idade, até Alice Munroe, de 17 anos, que lutava contra os enjoos de sua primeira gravidez, todas reuniam suas cabeças em torno das infinitas discussões genealógicas e obstetrícias que tornavam aqueles encontros tão agradáveis e instrutivos.

Lançando olhares desdenhosos, Scarlett achava que elas pareciam um bando de gralhas gordas. As mulheres casadas nunca se divertiam. Não lhe ocorria que, se ela se casasse com Ashley, ficaria relegada a caramanchões e salas de visita com tristes matronas vestidas em sedas monótonas, tão sérias e monótonas quanto elas, e não participaria do divertimento e das brincadeiras. Como a maioria das moças, sua imaginação só a levava até o altar, não mais longe. Além disso, agora estava infeliz demais para se perder em abstrações.

Deixou os olhos pousarem no prato e deu uma beliscada em um biscoito mordido com uma elegância e uma total falta de apetite que teriam conquistado a aprovação de Mammy. Por maior que fosse a abundância de admiradores a seu redor, ela nunca estivera tão infeliz na vida. De algum modo que não conseguia entender, seus planos da noite anterior tinham fracassado totalmente no que se referia a Ashley. Ela atraíra outros pretendentes às dezenas, mas não Ashley, e todos os temores da tarde anterior estavam retornando, fazendo seu coração bater em descompasso, e o sangue inflamar e empalidecer suas faces.

Ashley não fizera nenhuma tentativa de participar do círculo à sua volta, de fato ela não conseguira lhe dar uma única palavra a sós desde a chegada, nem sequer falara com ele desde o primeiro cumprimento. Ele tinha se adiantado para lhe dar as boas-vindas quando ela chegara ao jardim dos fundos, mas Melanie estava de braço dado com ele, Melanie que mal lhe chegava ao ombro.

Ela era uma moça miúda, de constituição frágil, que dava a impressão de ser uma criança fantasiada com as enormes saias rodadas da mãe, ilusão reforçada pela expressão tímida, quase assustada, em seus olhos castanhos grandes demais. Tinha uma nuvem de cabelos escuros encaracolados, tão severamente presos sob a rede que nenhum cacho caprichoso conseguia escapar, e essa massa escura com seu longo bico de viúva lhe acentuava o formato de coração do rosto. Muito largo na altura das maçãs, muito pontudo no queixo, era um rosto doce, tímido, mas comum, e ela não tinha truques femininos de fascínio que desviassem a atenção dos observadores da simplicidade de seus traços. Ela parecia – e era – tão simples como a terra, tão boa quanto o pão, tão transparente quanto água de fonte. Mas, apesar da simplicidade das feições e diminuta estatura, havia uma dignidade tranquila em seus movimentos, que era estranhamente comovente e muito mais madura que seus 17 anos.

O vestido de organdi cinza, com a cinta de cetim cor de cereja, disfarçava com seus babados e franzidos o corpo imaturo e infantil, e o chapéu amarelo com longas fitas cor de cereja fazia brilhar sua pele cor de marfim. Os pesados brincos pingentes de ouro caíam entre anéis de cabelo cuidadosamente enredados, balançando próximo aos olhos castanhos, olhos que tinham o brilho passageiro de um lago invernal na floresta quando as folhas marrons cintilam sobre a água parada.

Ela sorrira com tímida simpatia ao cumprimentar Scarlett, dizendo-lhe o quanto era bonito seu vestido verde, e Scarlett ficou na difícil posição de ser cortês em resposta, tão violento era seu desejo de falar a sós com Ashley. Desde então, ele ficara sentado em um banco aos pés de Melanie, à parte dos outros convidados, conversando baixinho com ela, mostrando seu vagaroso sorriso sonolento que Scarlett amava. O que piorava as coisas era que diante do sorriso dele surgira um leve brilho nos olhos de Melanie, de modo que até Scarlett teve de admitir que ela ficara quase bonita. Olhando para Ashley, o rosto simples de Melanie se iluminou como que por um fogo interno, pois, se alguma vez um coração apaixonado se mostrasse em um rosto, estava se mostrando no de Melanie Hamilton naquele momento.

Scarlett tentava manter os olhos desviados dos dois, mas não conseguia, e após cada espiada redobrava a alegria com seus cavalheiros, dizendo coisas ousadas, implicando, atirando a cabeça para trás a cada elogio até seus brincos dançarem. Ela disse "bobagem!" várias vezes, declarou que a verdade não estava com nenhum deles e jurou que nunca acreditaria em nada que qualquer homem lhe dissesse. Mas Ashley não parecia notá-la. Ele só tinha olhos para Melanie e continuava conversando com ela, que o olhava com uma expressão que irradiava o fato de lhe pertencer.

Portanto, Scarlett estava infeliz.

Aos olhos externos, nunca uma moça tivera menos motivo para estar infeliz. Sem dúvida, era a beldade do churrasco, o centro das atenções. O furor que estava causando entre os homens, combinado aos corações inflamados das outras moças, a teria agradado enormemente em qualquer outra ocasião.

Charles Hamilton, estimulado pela atenção, estava firmemente plantado a seu lado, recusando-se a ser desalojado pelos esforços combinados dos gêmeos Tarleton. Ela segurava o leque em uma das mãos e na outra o prato intocado de churrasco, e teimosamente se recusava a encontrar os olhos de Honey, que parecia estar à beira de uma crise de choro. Cade reclinava-se graciosamente à sua esquerda, puxando sua saia para lhe chamar a atenção, e olhava para Stuart de modo exasperado. A atmosfera estava elétrica entre ele e os gêmeos, e já haviam trocado palavras grosseiras. Frank Kennedy andava ao redor como uma galinha em volta do pinto, indo e vindo da sombra do carvalho às mesas, buscando petiscos para tentar Scarlett, como se não houvesse dezenas de criados ali com aquele propósito. Em consequência, o soturno ressentimento de Suellen passara do ponto da dissimulação elegante, e ela olhava para Scarlett com expressão ameaçadora. A pequena Carreen podia ter chorado, pois, apesar das palavras encorajadoras da irmã mais cedo, Brent não fizera mais que dizer "Olá, irmãzinha" e dar um puxão no laço do seu cabelo antes de voltar toda sua atenção para Scarlett. Geralmente ele era tão gentil e a tratava com uma deferência tão descuidada que a fazia se sentir crescida, e Carreen sonhava secretamente com o dia em que pentearia os cabelos para cima e usaria saias longas para recebê-lo como um verdadeiro admirador. E agora parecia que Scarlett o tinha. As garotas Munroe ocultavam sua contrariedade diante da deserção dos morenos Fontaine, mas estavam aborrecidas com o modo como Tony e Alex ficavam em torno do círculo, disputando uma posição próxima a Scarlett no caso de qualquer dos outros se levantar do seu lugar.

Elas telegrafaram sua reprovação da conduta de Scarlett a Hetty Tarleton com um delicado erguer de sobrancelhas. "Assanhada" era a única palavra para Scarlett. Simultaneamente, as três jovens ergueram as sombrinhas de renda, disseram que já estavam satisfeitas, agradeceram e, pondo os dedos levemente nos braços dos homens mais próximos a elas, manifestaram docemente que gostariam de ver o jardim das roseiras, a primavera e a casa de verão. Essa retirada estratégica em boa hora não passou despercebida a nenhuma mulher presente, assim como não foi notada por homem algum.

Scarlett riu ao ver três homens serem carregados da mira de seus encantos para investigar terrenos familiares às moças desde a infância e desviou o olhar rapidamente para ver se Ashley percebera. Mas ele brincava com a ponta da faixa de Melanie e sorria para ela. Seu coração se contorceu de dor. Ela sentiu que poderia enfiar as unhas na pele de marfim de Melanie até lhe tirar sangue e ter prazer ao fazê-lo.

Quando seus olhos se desviavam de Melanie, ela percebeu o olhar fixo de Rhett Butler, que não se misturava com a multidão, mas estava à parte conversando com John Wilkes. Estivera a observá-la e, quando ela o olhou, ele soltou uma boa risada. Scarlett teve a inquietante sensação de que aquele homem infame era o único ali que sabia o que estava por trás de sua alegria esfuziante, e que isso lhe estava rendendo um cínico divertimento. Com prazer, ela podia ter enfiado as unhas nele também.

"Se eu conseguir sobreviver a este churrasco até a tarde," ela pensou, "todas as garotas vão subir para tirar um cochilo e estar descansadas para hoje à noite, e eu vou ficar aqui embaixo e vou conseguir falar com Ashley. Com certeza, ele deve ter notado o quanto sou popular". Ela acalmou o coração com outra esperança: "É claro, ele precisa ser atencioso com Melanie porque, afinal de contas, ela é sua prima e não é nada popular, e, se ele não lhe fizesse companhia, ficaria sozinha."

Ela recobrou a coragem com esse pensamento e redobrou seus esforços na direção de Charles, cujos olhos castanhos fulguravam ansiosos para ela. Era um dia maravilhoso para Charles, um dia de sonho, e ele se apaixonara por Scarlett sem fazer nenhum esforço. Diante daquela nova emoção, Honey recuara para uma névoa obscura. Honey era um pardal de voz esganiçada e Scarlett, um beija-flor reluzente. Ela implicava com ele, favorecendo-o, e lhe fazia perguntas a que ela mesma respondia, de modo que ele parecesse muito esperto sem dizer uma só palavra. Os outros rapazes estavam intrigados e aborrecidos com seu óbvio interesse por ele, pois sabiam que Charles era tímido demais para conseguir encaixar duas palavras, e a educação estava sendo gravemente forçada para ocultar a ira crescente que sentiam. Estavam todos ardendo em fogo lento, e isso seria um triunfo para Scarlett não fosse por Ashley.

Quando a última garfada de porco, frango e carneiro tinha sido dada, Scarlett esperava pela hora em que India se levantaria para sugerir que todas as damas se retirassem para dentro de casa. Já eram 14 horas e o sol estava quente acima de suas cabeças, mas India, exausta com os três dias de preparação para o churrasco, estava contente de permanecer sentada sob o caramanchão, fazendo comentários aos gritos para um cavalheiro surdo de Fayetteville.

Uma sonolência preguiçosa desceu sobre a multidão. Os negros retiravam vagarosamente as longas mesas onde a comida fora servida. Os risos e conversas ficaram menos animados e grupos aqui e ali caíram no silêncio. Todos esperavam que a anfitriã sinalizasse o fim das festividades matutinas. Os leques de folha de palmeira abanavam mais lentamente, e diversos cavalheiros cochilavam devido ao calor e aos estômagos cheios. O churrasco tinha acabado e todos estavam contentes de poder ficar à vontade enquanto o sol estava em seu pico.

Nesse intervalo, entre a festa da manhã e o baile da noite, eles pareciam um grupo plácido e pacífico. Só os rapazes mantinham a energia incansável que assomara toda a multidão pouco antes. Indo de grupo em grupo, com a fala arrastada e vozes baixas, eles eram tão belos quanto garanhões puro-sangue, e igualmente perigosos. A languidez do meio do dia tomara conta da reunião, mas por baixo se ocultavam humores que podiam emergir a alturas assassinas em um segundo e se encolerizar com a mesma rapidez. Homens e mulheres, belos e selvagens, todos um pouco violentos sob seus modos agradáveis e apenas levemente domados.

Passou-se algum tempo e o sol ficou mais forte. Scarlett e outros olharam mais uma vez para India. As conversas estavam morrendo quando, em meio à calmaria, todos ouviram a voz de Gerald se erguer em uma entonação furiosa. Em pé, a pouca distância das mesas do churrasco, ele estava no auge de uma discussão com John Wilkes.

– Pelo manto de Cristo, homem! Rezar por um acordo pacífico com os ianques? Depois de termos atirado nos tratantes no forte Sumter? Pacífico? O sul devia mostrar com armas que não pode ser insultado e que não vai sair da União pela gentileza da União, mas por sua própria força.

"Ah, meu Deus!", pensou Scarlett. "Ele conseguiu! Agora vamos todos ficar aqui sentados até a meia-noite."

Em um instante a sonolência abandonou a multidão preguiçosa e algo elétrico estalou pelo ar. Os homens se ergueram dos bancos e cadeiras, braços gesticulavam, vozes se chocavam pelo direito de serem ouvidas acima das outras. Não houvera conversas sobre política ou guerra iminente durante toda a manhã devido ao pedido do Sr. Wilkes de que não aborrecessem as damas. Mas agora Gerald berrara as palavras "forte Sumter" e todos os homens presentes se esqueceram da advertência do anfitrião.

"É claro que lutaremos...", "ianques ladrões...", "Poderíamos acabar com eles em um mês...", "Ora, um sulista pode acabar com vinte ianques...", "Dar-lhes uma lição que eles não vão facilmente esquecer...", "Pacificamente? Eles não nos deixarão ir em paz...", "Não, vejam como o Sr. Lincoln insultou nossos comissários!", "É, deixou-os esperando por semanas... prometendo que evacuaria Sumter!", "Eles querem guerra, nós os deixaremos cansados de tanta guerra...". E, acima de todas as vozes, a de Gerald ribombava. Só o que Scarlett conseguia ouvir era o grito repetido de "Direitos dos Estados, por Deus!". Gerald se divertia, mas não sua filha.

Secessão, guerra – essas palavras havia muito tinham se tornado tremendamente enfadonhas para Scarlett, de tanto serem repetidas, mas agora ela odiava seu som, pois significava que os homens ficariam ali por horas discutindo uns com os outros, e ela não teria chance de encurralar Ashley. É claro que não haveria guerra alguma, e os homens sabiam disso. Eles só adoravam falar e se ouvir falar.

Charles Hamilton não se levantara com os outros, conseguindo relativa privacidade com Scarlett. Aproximou-se e, com a ousadia nascida do novo amor, sussurrou uma confissão.

– Srta. O'Hara... eu... eu já decidi que, se realmente formos a combate, irei para a Carolina do Sul e entrarei para uma tropa lá. Dizem que o

Sr. Wade Hampton está organizando uma tropa de cavalaria, e logicamente eu gostaria de ir com ele. É uma pessoa esplêndida e era o melhor amigo do meu pai.

Scarlett pensou: "o que devo fazer... dar três vivas?", pois a expressão de Charles mostrava que ele estava revelando a ela os segredos de seu coração. Não conseguiu pensar em nada para dizer, então só ficou olhando para ele, perguntando-se por que os homens eram tão tolos a ponto de achar que as mulheres se interessavam por tais assuntos. Ele interpretou a expressão dela como significativa de uma formidável aprovação e continuou rapidamente, com ousadia:

– Se eu fosse... a senhorita... a senhorita... sentiria, Srta. Scarlett?

– Vou chorar em meu travesseiro todas as noites – disse Scarlett, com a intenção de ser loquaz, mas ele recebeu a declaração pessoalmente e ficou corado de prazer. Ele cautelosamente insinuou sua mão e apertou a dela, que estava oculta entre as dobras do vestido, impressionado com a própria ousadia e com a aquiescência da jovem.

– A senhorita rezaria por mim?

"Que bobo!", pensou Scarlett amargurada, lançando ao redor um olhar sub-reptício na esperança de ser resgatada da conversa.

– Rezaria?

– Ah... sim, é claro, Sr. Hamilton. Três rosários à noite, no mínimo!

Charles deu uma rápida olhada em volta, inspirou, retesou os músculos do abdômen. Eles estavam praticamente sozinhos e talvez ele nunca tivesse outra oportunidade. E, mesmo que Deus lhe enviasse outra dessas ocasiões, ele podia perder a coragem.

– Srta. O'Hara... preciso lhe dizer uma coisa, eu... eu a amo!

– O quê? – disse Scarlett, ausente, tentando ver, através da multidão de homens que discutiam, se Ashley ainda estava sentado conversando aos pés de Melanie.

– Sim! – sussurrou Charles, em um arroubo por ela não ter rido, gritado nem desmaiado, como ele sempre imaginara que as mocinhas fariam nessas circunstâncias. – Eu a amo! A senhorita é a mais... a mais... – Pela primeira vez em sua vida, ele conseguia dar voz ao que sentia. – A moça mais linda que já conheci e a mais generosa e tem os modos mais doces e eu a amo de todo o coração. Não posso esperar que a senhorita ame alguém como eu, mas, minha querida Srta. O'Hara, se puder me dar seu incentivo, farei qualquer coisa neste mundo para fazê-la me amar. Vou...

Charles parou, pois não podia pensar em nada difícil o bastante a realizar que realmente provasse a Scarlett a profundidade de seu sentimento, então disse simplesmente:

– Quero me casar com a senhorita.

Scarlett voltou a aterrissar com um solavanco, ao som da palavra "casar". Ela estava pensando em casamento e em Ashley, e olhou para Charles com uma irritação mal disfarçada. Por que aquele tolo com jeito de bezerro decidira se intrometer com seus sentimentos justamente no dia em que ela estava tão preocupada a ponto de perder a cabeça? Ela olhou para os olhos castanhos que imploravam e não viu nada da beleza do primeiro amor de um rapaz tímido, da adoração de um ideal se tornando realidade ou da alegria impetuosa e da ternura que o varriam como uma chama. Scarlett estava acostumada a pedidos de casamento, de homens muito mais atraentes que Charles Hamilton e homens que tinham mais fineza do que lhe propor casamento em um churrasco quando ela tinha assuntos mais importantes em mente. Ela só viu um rapaz de 20 anos, vermelho como uma beterraba e parecendo muito tolo. Ela queria poder dizer a ele o quanto parecia tolo. Mas, automaticamente, as palavras que Ellen a ensinara a proferir nessas emergências lhe vieram aos lábios e, baixando os olhos, pela força de um longo hábito, ela murmurou:

– Sr. Hamilton, estou consciente da honra que me concede ao querer que eu me torne sua esposa, mas tudo isso é tão repentino que não sei o que dizer.

Aquela era uma forma elegante de satisfazer a vaidade de um homem e ainda mantê-lo preso, e Charles a aceitou como se tal isca fosse nova e ele, o primeiro a engoli-la.

– Eu esperaria para sempre! Eu não iria querê-la a não ser que a senhorita estivesse bem certa. Por favor, Srta. O'Hara, diga-me que posso esperar!

– Hã – disse Scarlett, seus olhos astutos percebendo que Ashley, que não se levantara para participar do assunto da guerra, sorria para Melanie. Se aquele tolo que agarrava sua mão ficasse quieto por um momento, talvez ela conseguisse ouvir o que eles estavam dizendo. Ela precisava ouvir o que diziam. O que teria dito Melanie que levara aquele ar de interesse aos olhos dele?

As palavras de Charles deixavam indistintas as vozes que ela se esforçava em escutar.

– Ah, quieto – ela sussurrou, beliscando a mão dele, sem sequer olhá-lo.

Atordoado, a princípio desconcertado, Charles corou diante da repreensão e então, vendo que os olhos dela estavam fixos em sua irmã, sorriu. Scarlett temia que alguém pudesse ouvir suas palavras. Naturalmente, estava constrangida, tímida e agoniada com a possibilidade de serem entreouvidos. Charles sentiu um arroubo de masculinidade como nunca experimentara, pois aquela era a primeira vez em sua vida que ele deixava uma moça constrangida. A emoção era intoxicante. Ele compôs a fisionomia no que imaginava ser uma expressão despreocupada e cautelosamente retribuiu o beliscão de Scarlett para mostrar que era um homem mundano o bastante para entender e aceitar sua repreensão.

Ela nem sequer sentiu, pois estava conseguindo ouvir claramente a doce voz de Melanie, que era seu principal encanto:

– Sinto que não posso concordar com você sobre as obras do Sr. Thackeray. Ele é um cínico. Sinto que não é o cavalheiro que o Sr. Dickens é.

Que tolice para se dizer a um homem, pensou Scarlett, pronta para rir de alívio. Ora, ela não passa de uma sabichona e todos sabem o que os homens acham de sabichonas... o modo de deixar um homem interessado e manter seu interesse é falando sobre ele e depois gradativamente dirigir a conversa para si mesma... mantendo-a aí. Scarlett teria sentido algum motivo para alarme se Melanie estivesse dizendo: "Que maravilhoso você é!" ou "Como você consegue chegar a essas conclusões? Minha cabecinha explodiria se eu ao menos tentasse pensar sobre isso!". Mas lá estava ela, com um homem a seus pés, conversando com tanta seriedade como se estivesse na igreja. As perspectivas pareceram mais brilhantes para Scarlett, na verdade tão brilhantes que ela virou os olhos radiantes para Charles e sorriu de pura alegria. Arrebatado pela evidência de seu afeto, ele agarrou o leque e começou a abaná-la de modo tão entusiástico que ela ficou despenteada.

– Ashley, você não nos contemplou com sua opinião – disse Jim Tarleton, virando-se do grupo de homens que berrava, e, desculpando-se, Ashley se levantou. Não havia ninguém ali tão bonito, pensou Scarlett, enquanto reparava na graciosidade da postura negligente e no modo como o sol fazia brilhar o cabelo e o bigode dourado de Ashley. Até os homens mais velhos pararam para escutar o que ele tinha a dizer.

– Ora, cavalheiros, se a Geórgia for à luta, eu vou com ela. Por que outro motivo eu teria entrado para a Tropa? – disse ele. Seus olhos cinzentos se abriram e sua sonolência sumiu em uma intensidade que Scarlett nunca vira antes. – Mas, como meu pai, espero que os ianques nos deixem em paz e que não haja combate... – Ele ergueu a mão com um sorriso, enquanto a algazarra de vozes dos rapazes Fontaine e Tarleton começava. – Sim, sim, sei que fomos insultados e enganados... mas, se estivéssemos no lugar dos ianques e eles estivessem tentando deixar a União, como teríamos agido? Do mesmo jeito. Não teríamos gostado.

"Lá vai ele de novo", pensou Scarlett. "Sempre se pondo no lugar dos outros." Para ela, nunca havia nada além de um lado justo em uma discussão. Às vezes, não havia como entender Ashley.

– Não fiquemos com a cabeça tão quente e não façamos guerra. Grande parte da infelicidade do mundo foi causada por guerras. Depois as guerras acabaram e ninguém sabia por que começaram.

Scarlett bufou. A sorte de Ashley era que ele tinha uma reputação de coragem inatacável, caso contrário haveria problemas. Conforme pensava isso, o clamor de vozes discordantes se elevou sobre Ashley, indignadas, ferozes.

Sob o caramanchão, o velho cavalheiro surdo de Fayetteville questionava India:

– De que se trata? O que estão dizendo?

– Guerra – gritou India, botando a mão em concha no ouvido dele. – Eles querem lutar contra os ianques!

– Guerra, é? – gritou ele, tateando em volta em busca da bengala e erguendo-se da cadeira com mais energia do que demonstrara em anos. – Vou contar a eles sobre a guerra. Estive lá. – O Sr. McRae não tinha muitas oportunidades de falar sobre a guerra, pois suas mulheres sempre o mandavam se calar.

Ele foi até o grupo rapidamente, abanando a bengala e gritando e, como não podia ouvir as vozes a sua volta, logo tomou conta do comício.

– Vocês, seus janotas falastrões, me ouçam. Vocês não vão querer lutar. Eu lutei e sei. Fui à Guerra dos Seminole e fui tolo o bastante para ir à Guerra do México também. Nenhum de vocês sabe o que é uma guerra. Vocês acham que se trata de montar um belo cavalo e ter as garotas jogando flores, depois voltar para casa como heróis. Bem, não é assim. Não, senhor! Significa passar fome e pegar sarampo e pneumonia de dormir na umidade. E, se não for sarampo e pneumonia, são as tripas. Sim, senhor, o que uma guerra não faz às tripas de um homem, disenteria e coisas do gênero...

As damas estavam ruborizadas. O Sr. McRae era um lembrete de uma época mais rústica, como a vovó Fontaine, com seus constrangedores arrotos a todo volume, uma época que todos gostariam de esquecer.

– Corra e traga seu avô – sibilou uma das filhas do velho cavalheiro a uma mocinha ali perto. – Devo dizer – sussurrou ela às matronas alvoroçadas ao redor –, ele está piorando a cada dia que passa. Vocês acreditam que hoje de manhã ele disse a Mary... e ela só tem 16 anos: "Agora, senhorita..." – E a voz sumiu em um sussurro enquanto a neta saía para tentar induzir o Sr. McRae a voltar a seu assento na sombra.

De todos os que circulavam pelos grupos sob as árvores, moças sorrindo animadas, homens falando passionalmente, só havia um que parecia calmo. Os olhos de Scarlett se voltaram para Rhett Butler, que estava encostado em uma árvore, as mãos enfiadas nos bolsos das calças. Estava sozinho desde que o Sr. Wilkes o deixara, e não dissera uma palavra enquanto a conversa ficava mais calorosa. Os lábios rubros sob o bigode preto bem aparado curvavam-se para baixo e havia um lampejo de desdém divertido nos olhos negros... um desdém de quem escuta fanfarronices de crianças. "Um sorriso muito desagradável", pensou Scarlett. Ele escutava em silêncio até que Stuart Tarleton, o cabelo ruivo despenteado e os olhos brilhantes, repetiu:

– Ora, podemos acabar com eles em um mês! Cavalheiros sempre lutam melhor que a ralé. Um mês... ora, uma batalha...

– Cavalheiros – disse Rhett Butler, em uma fala arrastada que revelava seu nascimento em Charleston, sem sair de sua posição, encostado na árvore, nem tirar as mãos dos bolsos –, posso dizer uma coisa?

Havia desdém em seus modos, assim como nos olhos, um desdém encoberto por um ar de cortesia que, de algum modo, parodiava a própria educação.

O grupo se virou para ele e lhe concedeu a palavra com a cordialidade sempre devida a um forasteiro.

– Algum dos cavalheiros já pensou que não há uma fábrica de canhões ao sul da Linha Mason-Dixie? Ou quão poucas são as fundições de ferro existentes no sul? Assim como tecelagens de lã, fábricas de algodão ou curtumes? Já pensaram que não teríamos um único navio de guerra e que a esquadra ianque poderia tomar conta dos nossos portos em uma semana, de modo que ficaríamos impedidos de vender nosso algodão para fora? Mas... é claro... os cavalheiros já pensaram nessas coisas.

"Ora, ele quer dizer que os rapazes são um bando de tolos!", pensou Scarlett indignada, o sangue quente lhe subindo às faces.

Evidentemente, não foi só a ela que ocorreu essa ideia, pois vários rapazes estavam se enfurecendo. John Wilkes, de modo natural, mas rápido, voltou para perto do Sr. Butler, como para reforçar a todos os presentes que aquele homem era seu convidado e, além do mais, havia damas ali.

– O problema da maioria de nós, sulistas, é que não viajamos o suficiente ou não lucramos o suficiente com nossas viagens. Ora, claro que todos os cavalheiros aqui são bem viajados. Mas o que viram? Europa, Nova York, Filadélfia e, é claro, as damas estiveram em Saratoga – ele fez uma leve mesura para o grupo sob o caramanchão. – Viram os hotéis, os museus, os bailes e as casas de apostas. E voltaram para casa acreditando que não há lugar como o sul. Quanto a mim, nasci em Charleston, mas passei os últimos anos no norte. – Seus dentes brancos se exibiram em um sorriso, como que se dando conta de que todos os presentes sabiam por que ele já não morava em Charleston e não se importasse. – Vi muitas coisas que vocês não viram. Os milhares de imigrantes que adorariam lutar pelos ianques em troca de comida e de alguns dólares, as fábricas, as fundições, os estaleiros, as minas de ferro e de carvão... coisas que não possuímos. Pois tudo o que temos é algodão, escravos e arrogância. Eles acabariam conosco em um mês.

Houve um silêncio nervoso por um momento. Rhett Butler tirou um fino lenço de linho do bolso do paletó e vagarosamente tirou o pó da manga com leves batidinhas. Em seguida, um burburinho agourento emergiu, e do caramanchão veio um zumbido tão inconfundível quanto o de uma colmeia de abelhas recém-perturbada. Mesmo que ainda sentisse o sangue quente da ira nas faces, algo na mente prática de Scarlett lhe sugeria que havia razão e bom senso no que aquele homem dizia. Ora, ela nunca tinha visto uma fábrica nem conhecia alguém que tivesse visto. Mas, mesmo que fosse verdade, ele não fora cavalheiro ao fazer tal afirmação... e em uma festa, onde todo mundo estava se divertindo.

Stuart Tarleton, abaixando as sobrancelhas, deu um passo adiante, seguido de perto por Brent. É claro, os gêmeos Tarleton eram bem-educados e não fariam uma cena em um churrasco, mesmo tendo sido tremendamente provocados. Ainda assim, todas as damas ficaram agradavelmente ansiosas, pois era tão raro assistirem a uma briga ou discussão. Geralmente ficavam sabendo de tais coisas por terceiros.

– Senhor – disse Stuart gravemente –, o que quer dizer?

Rhett olhou para ele com olhos educados, mas irônicos.

– Quero dizer – respondeu ele – o que Napoleão, talvez você tenha ouvido falar nele, observou certa vez... "Deus está ao lado do batalhão mais forte!" – E, virando-se para John Wilkes, disse com cortesia genuína: – O senhor prometeu me mostrar sua biblioteca. Seria um favor muito grande lhe pedir que o fizesse agora? Sinto ter de voltar a Jonesboro ainda esta tarde, onde alguns negócios me aguardam.

Ele se voltou, encarando o grupo, bateu os calcanhares e fez uma mesura como um mestre da dança, uma mesura graciosa, para um homem tão grande, e tão cheia de impertinência quanto um tapa na cara. Depois, atravessou o gramado com John Wilkes, a cabeça escura erguida, e o som de sua risada desconfortante ecoou para o grupo em volta das mesas.

Houve um silêncio sobressaltado e logo o zumbido recomeçou. India se levantou cansada de seu assento no caramanchão e foi na direção do furioso Stuart Tarleton. Scarlett não conseguiu ouvir o que ela disse, mas seu olhar fixo no rosto abaixado de Stuart deu a Scarlett algo como uma pontada de consciência. Era o mesmo olhar de entrosamento que Melanie possuía quando olhava para Ashley, só Stuart não via. Portanto, India realmente o amava. Scarlett pensou por um instante que, se ela não tivesse flertado de modo tão espalhafatoso com Stuart no comício do ano anterior, ele podia ter se casado com India. Mas então a pontada passou com o pensamento reconfortante de que não era culpa dela se as outras garotas não conseguiam manter seus homens.

Finalmente, Stuart sorriu para India, um sorriso a contragosto, e assentiu. Provavelmente India estava lhe pedindo para não seguir o Sr. Butler e arrumar encrenca. Um tumulto bem-educado começou sob a sombra das árvores conforme os convidados se levantaram, sacudindo migalhas do colo. As mulheres casadas chamaram as amas, e crianças pequenas agarraram suas saias, aprontando-se para ir embora. Grupos de moças começaram a sair, rindo e conversando rumo à casa para trocar mexericos nos quartos do segundo andar e fazer a sesta.

Todas as damas, exceto a Sra. Tarleton, saíram do pátio dos fundos, deixando a sombra dos carvalhos para os homens. Ela foi retida por Gerald, o Sr. Calvert e os outros que queriam uma resposta sobre os cavalos para a Tropa.

Ashley foi até onde Scarlett e Charles estavam, com um sorriso cortês e divertido no rosto.

– Um diabo de arrogante, não é? – observou ele, referindo-se a Butler. – Parece um dos Bórgia.

Scarlett pensou rapidamente, mas não conseguiu se lembrar de nenhuma família no condado ou em Atlanta, nem em Savannah com esse nome.

– Eu não os conheço. Ele é parente deles? Quem são?

Uma fisionomia estranha tomou conta de Charles, incredulidade e vergonha lutando com o amor. O amor triunfou quando ele se deu conta de que era suficiente para uma moça ser doce, gentil e bonita, sem ter uma instrução que estorvasse seus encantos, e respondeu rapidamente:

– Os Bórgia eram italianos.

– Ah – disse Scarlett, perdendo o interesse –, estrangeiros.

Ela deu seu sorriso mais lindo para Ashley, mas por algum motivo ele não estava olhando para ela. Olhava para Charles e havia compreensão e um pouco de pena em seu rosto.

SCARLETT PAROU NO patamar da escadaria e espiou cuidadosamente sobre a balaustrada para o corredor lá embaixo. Estava vazio. Dos quartos do andar acima, chegava um burburinho interminável de vozes baixas, subindo e descendo, pontuadas por risadinhas e comentários, "Ora, você não fez isso!" e "O que foi que ele disse então?". Nas camas e sofás dos seis amplos dormitórios, as moças descansavam, sem seus vestidos, os espartilhos afrouxados, os cabelos soltos para trás. As sestas da tarde eram um costume do interior e nunca eram mais necessárias do que nas festas de longa duração, que se iniciavam cedo de manhã e culminavam com um baile. Por cerca de meia hora, as moças tagarelavam e riam até que as criadas puxassem as persianas e na penumbra aconchegante a conversa ia morrendo em sussurros até finalmente expirar em um silêncio só quebrado pela suave respiração ritmada.

Scarlett certificou-se de que Melanie estivesse deitada com Honey e Hetty Tarleton antes de escapulir pelo corredor e descer as escadas. Da janela do patamar, ela podia ver um grupo de homens sentados sob o caramanchão, bebendo em copos longos, e sabia que ali ficariam até o entardecer. Seus olhos investigaram o grupo, mas Ashley não estava lá. Então ela ficou escutando e ouviu sua voz. Como esperava, ele ainda estava no caminho de entrada se despedindo das matronas e suas crianças.

Com o coraçao na garganta, ela desceu correndo as escadas. E se encontrasse o Sr. Wilkes? Que desculpa poderia dar por estar vagando pela casa quando todas as outras moças estavam tirando seu cochilo embelezador? Bem, ela teria de correr esse risco.

Ao chegar ao último degrau de baixo, ouviu os criados se movimentando na sala de jantar sob as ordens do mordomo, arrastando a mesa e as cadeiras em preparação para a dança. Do outro lado do amplo vestíbulo, estava a porta aberta da biblioteca e ela se apressou a entrar sem fazer ruído. Poderia esperar ali até Ashley acabar seu *adieux* e então chamá-lo quando ele entrasse na casa.

A biblioteca estava em semiescuridão, pois as persianas tinham sido fechadas contra o sol. O cômodo sombrio de paredes altas completamente abarrotadas de livros escuros a deprimia. Não era o lugar que teria escolhido para um encontro como o que esperava que aquele fosse. Grandes quantidades de livros sempre a deprimiam, assim como as pessoas que gostavam de ler grandes quantidades de livros. Quer dizer, todas as pessoas, menos Ashley. Os contornos da pesada mobília surgiam na meia-luz, cadeiras de encostos altos com assentos e braços amplos, feitas para os homens altos que eram os Wilkes; diante delas, cadeiras baixas e macias de veludo com almofadas de veludo para as moças. Do outro lado, diante da lareira, o sofá de dois metros de comprimento, assento favorito de Ashley, erigia seu encosto alto, como um enorme animal adormecido.

Ela fechou a porta, deixando apenas uma fresta, e tentou aquietar o coração. Tentou se lembrar exatamente do que planejara dizer na noite anterior, mas nada lhe voltava à mente. Será que tinha pensado em algo e se esquecera... ou só planejara que Ashley devia lhe dizer algo? Não conseguia se lembrar, e um súbito temor a deixou arrepiada. Se pelo menos seu coração parasse de bater tão forte em seus ouvidos, talvez ela conseguisse pensar no que dizer. Mas o rápido batimento só aumentava quando ela o ouviu em suas últimas despedidas e em seguida caminhando para o vestíbulo.

A única coisa de que conseguia se lembrar era que o amava – tudo nele, desde a altiva cabeça dourada às finas botas escuras, amava seu riso, mesmo quando encoberto em mistério para ela, amava seus silêncios desnorteantes. Ah, se ele simplesmente viesse em sua direção e a tomasse nos braços, de modo a lhe poupar de dizer algo. Ele devia amá-la... "Talvez se eu rezasse..." Ela fechou bem os olhos e começou a murmurar "Ave Maria, cheia de graça..."

– Ora, Scarlett! – disse a voz de Ashley, irrompendo em seus ouvidos e deixando-a em total confusão. Ele estava no vestíbulo olhando para ela pela fresta, um sorriso zombeteiro no rosto.

– De quem você está se escondendo... de Charles ou dos Tarleton?

Ela engoliu em seco. Então ele notara como os homens se apinhavam a sua volta! Como estava indescritivelmente adorável ali parado, com os olhos piscando, sem nenhuma consciência do nervosismo dela. Ela não conseguia falar, mas estendeu a mão e puxou-o para dentro do cômodo. Ele entrou, intrigado, mas interessado. Havia uma tensão nela, um brilho nos olhos que ele jamais vira antes, e mesmo com pouca luz ele podia vislumbrar um leve rubor em suas faces. Automaticamente fechou a porta atrás de si e pegou a mão dela.

– O que foi? – disse, quase em um sussurro.

Ao toque de sua mão, ela começou a tremer. Iria acontecer agora, exatamente como ela sonhara. Milhares de pensamentos sem nexo lhe passaram pela cabeça e ela não conseguiu fisgar nenhum para moldá-lo em palavras. Só tremia e olhava para ele. Por que ele não falava?

– O que foi? – repetiu ele. – Um segredo para me contar?

Subitamente ela reencontrou a fala e, do mesmo modo súbito, todos os anos de ensinamentos de Ellen caíram por terra e o franco sangue irlandês de Gerald falou nos lábios de sua filha.

– É... um segredo. Eu o amo.

Por um instante houve silêncio total, o que dava a impressão de que nenhum dos dois respirava. Então o tremor a abandonou à medida que felicidade e orgulho se fizeram presentes. Por que não fizera aquilo antes? Tão mais simples que todas as manobras próprias das damas que lhe tinham ensinado. E então seus olhos buscaram os dele.

Havia uma aparência consternada, incrédula neles e algo mais... o que era? Sim, Gerald ficara assim no dia em que seu cavalo favorito de caça quebrara a pata e ele tivera que lhe dar um tiro. Por que ela tinha de pensar nisso agora? Que ideia mais tola. E por que Ashley estava com aquela fisionomia estranha e não dizia nada? Então algo como uma máscara bem treinada lhe encobriu o rosto e ele sorriu, galante.

– Não é suficiente que você tenha roubado o coração de todos os outros homens hoje aqui? – disse ele, com aquela velha nota implicante, carinhosa, na voz. – Você quer que seja unânime? Bem, você sabe que sempre teve meu coração. Você o destroçou com os dentes.

Alguma coisa estava errada, completamente errada! Não fora assim que ela planejara. No meio do dilacerante redemoinho de ideias que circulava por sua mente, uma começava a tomar forma. De algum modo, por alguma razão, Ashley estava agindo como se achasse que ela estava flertando com ele. Mas ele sabia que não era isso. Ela sabia que ele sabia.

– Ashley... Ashley... diga-me... você precisa... ah, não brinque comigo agora! Eu tenho o seu coração? Ah, meu querido, eu amo...

A mão dele foi até sua boca rapidamente. A máscara sumira.

– Você não deve dizer essas coisas, Scarlett! Não deve. Não é verdade. Você vai se odiar por dizê-las e vai me odiar por ouvi-las.

Ela desviou o rosto. Uma veloz corrente de calor lhe atravessou.

– Eu jamais poderia odiar você. Estou dizendo que o amo e sei que você deve gostar de mim porque... – Ela parou. Nunca vira tanta infelicidade no rosto de alguém antes. – Ashley, você gosta... gosta, não é?

– Sim – disse ele vagamente. – Gosto.

Se ele tivesse dito que a odiava, ela não estaria mais amedrontada. Ela puxou a manga dele, sem palavras.

– Scarlett – disse ele –, não podemos simplesmente ir embora e esquecer que dissemos essas coisas?

– Não – sussurrou ela. – Não posso. O que quer dizer? Você não quer... se casar comigo?

Ele respondeu:

– Vou me casar com Melanie.

De algum modo, ela se encontrava sentada na cadeira de veludo e Ashley, na almofada a seus pés, segurava suas duas mãos firmemente nas dele. Ele dizia coisas... coisas que não faziam sentido. A cabeça dela estava em branco, vazia de todos os pensamentos que tinham se assomado havia apenas um instante, e as palavras dele não causavam mais impressão do que chuva escorrendo pelo vidro. Elas caíam em ouvidos surdos, palavras velozes, ternas e cheias de piedade, como um pai que fala a um filho magoado.

O som do nome de Melanie ficou preso na consciência dela, que olhava para aqueles olhos de cristal cinza. Ela enxergou ali a antiga distância que sempre a desconcertara... e uma expressão de quem está se odiando.

– Papai vai anunciar o noivado hoje à noite. Vamos nos casar em breve. Eu devia ter contado a você, mas achei que soubesse. Achei que todos soubessem... que soubessem há anos. Nunca me passou pela cabeça que você... Você tem tantos admiradores. Achei que Stuart...

Vida, sentimento e compreensão começavam a retornar a ela.

– Mas você acabou de dizer que gosta de mim.

As mãos quentes dele a machucavam.

– Minha querida, é realmente necessário me fazer dizer coisas que irão magoá-la?

O silêncio o pressionou a continuar.

– Como posso fazer com que você veja essas coisas, minha querida? Você é tão jovem e tão impulsiva que desconhece o significado de um casamento.

– Eu sei que amo você.

– Amor não é o suficiente para fazer um casamento ser bem-sucedido quando duas pessoas são tão diferentes quanto nós dois. Você iria querer tudo de um homem, Scarlett, seu corpo, seu coração, sua alma, seus pensamentos. E, se não tivesse tudo isso, seria infeliz. E eu não poderia lhe dar tudo o que sou. Não poderia dar a ninguém tudo o que sou. E eu não iria querer toda a sua mente e a sua alma. E você ficaria magoada e acabaria me odiando... e com que amargura! Você odiaria os livros que leio e a música que amo, porque me afastariam de você, nem que fosse por um momento. E eu... talvez eu...

– Você a ama?

– Ela se parece comigo, é parte do meu sangue e nós nos entendemos. Scarlett! Scarlett! Será que não consigo fazê-la ver que um casamento não pode ir adiante de qualquer modo pacífico a não ser que as duas pessoas sejam semelhantes?

Outra pessoa dissera o mesmo: "Só quando afins se casam pode haver felicidade." Quem fora? Parecia que tinha escutado aquilo havia um milhão de anos, mas ainda não fazia sentido.

– Mas você disse que gostava de mim.

– Não devia ter dito.

Um fogo lento surgiu em algum canto de seu cérebro e a raiva começou a explodir todo o resto.

– Bem, tendo sido cafajeste o bastante para dizer...

O rosto dele empalideceu.

– Fui um cafajeste em dizer, pois vou me casar com Melanie. Agi errado com você e mais ainda com Melanie. Não deveria ter dito isso, pois sabia que você não entenderia. Como é que eu poderia não gostar de você? Você, que tem toda a paixão pela vida que eu não tenho. Você, que consegue amar e odiar com uma violência que é impossível para mim. Porque você é tão elementar quanto o fogo, o vento e a natureza, e eu...

Ela pensou em Melanie e repentinamente viu seus olhos castanhos tranquilos com o olhar distante, suas pequenas mãos plácidas nas luvas pretas de renda, seus silêncios gentis. Então teve um acesso de raiva, a mesma raiva que levara Gerald a matar e outros ancestrais irlandeses a transgressões que lhes custaram o pescoço. Nada havia nela agora dos Robillard bem-educados, que aguentavam em silêncio qualquer coisa que o mundo pudesse lhes lançar.

– Por que você não diz, seu covarde! Você tem medo de se casar comigo! Prefere viver com aquela idiotinha que não sabe abrir a boca a não ser para dizer "Sim" ou "Não" e criar um bando de fedelhos insípidos como ela. Por que...

– Você não deve dizer essas coisas sobre Melanie!

– Não dou a mínima! Quem é você para me dizer o que não devo fazer? Seu covarde, patife, seu... Você me fez acreditar que ia se casar comigo...

– Seja justa – implorou sua voz –, eu alguma vez...

Ela não queria ser justa, embora soubesse que ele dizia a verdade. Nenhuma vez sequer ele cruzara a fronteira da amizade com ela, e, ao pensar nisso, emergiu uma raiva renovada, a raiva do orgulho ferido e da vaidade feminina. Ela se oferecera para ele e ele a rejeitara. Preferia uma tola sem graça como Melanie a ela. Ah, teria sido muito melhor se ela tivesse seguido os preceitos de Ellen e Mammy e nunca, nunca revelasse que sequer se importava com ele... qualquer coisa seria melhor do que enfrentar aquela vergonha causticante!

Ela se levantou, punhos cerrados, e ele se levantou, pairando sobre ela, a fisionomia tomada pela muda infelicidade daqueles que são forçados a encarar realidades quando as realidades são agonias.

– Vou odiar você até morrer, seu baixo... seu cafajeste... cafajeste... – Qual era a palavra que ela queria? Não conseguia pensar em uma palavra ruim o bastante.

– Scarlett... por favor...

Ele estendeu a mão em sua direção e, então, ela lhe deu um tapa na cara com toda a força que tinha. O ruído estalou como um chicote no cômodo silencioso, e de repente a raiva se fora e seu coração estava desolado.

A marca vermelha de sua mão ficou evidente no rosto pálido e cansado dele. Ele não disse nada, mas levou a mão solta dela aos lábios e a beijou. Em seguida, saiu, antes que ela pudesse falar novamente, fechando a porta atrás de si devagar.

Ela se sentou outra vez de súbito, a reação de raiva amolecendo seus joelhos. Ele se fora e a memória da expressão em seu rosto a acompanharia até a morte.

Ela ouviu o som abafado dos passos dele diminuindo pelo longo corredor e a total enormidade de seus atos a assaltou. Ela o perdera para sempre. Agora ele a odiaria e, cada vez que olhasse para ela, se lembraria de como se jogara para ele, sem que a tivesse encorajado.

"Sou tão afoita quanto Honey Wilkes", ela pensou de repente, lembrando-se de como todo mundo, e ela mais que qualquer outro, ria desdenhosamente da conduta atrevida de Honey. Visualizou os meneios estranhos da moça e ouviu seus risinhos abafados quando se jogava nos braços dos rapazes, e o pensamento estimulou uma nova raiva, raiva de si própria, de Ashley, do mundo. Pois ela odiava a si mesma, e odiava a todos os outros com a fúria do amor frustrado e humilhado dos 16 anos. Apenas um fio de ternura verdadeira se misturava a seu amor, que em grande parte se compunha de vaidade e presunçosa confiança em seus encantos. Agora ela tinha perdido, e maior que a sensação de perda era o medo de ter se tornado motivo de piadas. Será que fora tão óbvia quanto Honey? Estariam todos rindo dela? Ela começou a tremer diante dessa ideia.

Sua mão ficou caída sobre uma mesinha ao lado, dedilhando um vaso mínimo de porcelana, no qual dois querubins sorriam. O cômodo estava tão silencioso que ela quase gritou para quebrar o silêncio. Precisava fazer alguma coisa ou enlouqueceria. Então pegou o vasinho e arremessou-o com força na direção da lareira. Ele passou rente ao encosto alto do sofá e se estilhaçou contra o console de mármore.

– Isto – disse uma voz das profundezas do sofá – já é demais.

Nada nunca a sobressaltara ou assustara tanto, e sua boca ficou seca demais para que pudesse proferir um som. Ela se segurou no encosto da cadeira, os joelhos se dobrando enquanto Rhett Butler se ergueu do sofá, onde estivera deitado, e fez uma mesura de educação exagerada.

– Já é ruim o bastante ter uma sesta vespertina perturbada por uma passagem como a que fui forçado a ouvir, mas por que minha vida deveria ser ameaçada?

Ele era real. Não era um fantasma. Mas, que os santos a protegessem, ele tinha ouvido tudo! Ela arregimentou suas forças para mostrar um semblante de dignidade.

– O senhor devia ter anunciado sua presença.

– Mesmo? – Os dentes brancos cintilaram e os ousados olhos negros riram dela. – Mas foi a senhorita a intrusa. Fui forçado a esperar pelo Sr. Kennedy e, sentindo que devia ser *persona non grata* no pátio dos fundos, achei atencioso retirar minha presença indesejável para cá, onde achei que não seria perturbado. Mas, ai de mim! – Ele deu de ombros e riu baixinho.

Seu mau humor começava a se elevar novamente com o pensamento de que aquele homem grosseiro e impertinente ouvira coisas que agora ela preferia ter morrido a ter dito.

– Bisbilhoteiros... – começou ela, furiosa.

– Bisbilhoteiros costumam ouvir coisas extremamente divertidas e instrutivas – riu ele. – Com uma longa experiência em bisbilhotar, eu...

– Senhor – disse ela –, o senhor não é um cavalheiro!

– Uma observação pertinente – respondeu ele com leveza. – E a senhorita não é uma dama. – Ele parecia achá-la muito divertida, pois riu outra vez. – Ninguém pode continuar sendo uma dama depois de dizer e fazer o que acabei de entreouvir. Contudo, as damas raramente me encantam. Sempre sei o que estão pensando, mas elas nunca têm a coragem ou a falta de modos para dizer o que pensam. E isso, com o tempo, se torna um tédio. Mas a senhorita, minha querida Srta. O'Hara, é uma moça de ânimo raro, muito admirável, e tiro meu chapéu. Não consigo entender que encantos têm o elegante Sr. Wilkes para atrair uma moça com sua natureza tempestuosa. Ele devia agradecer a Deus de joelhos por uma moça com a sua... como foi mesmo que ele disse?... "paixão pela vida", mas sendo um infeliz de pouco ânimo...

– O senhor não serviria para limpar as botas dele! – gritou ela, irada.

– E a senhorita iria odiá-lo para sempre! – Ele se afundou no sofá e ela o ouviu rir.

Se pudesse tê-lo matado, o teria feito. Em vez disso, saiu da biblioteca com o máximo de dignidade que conseguiu reunir e bateu a pesada porta atrás de si.

Ela subiu as escadas tão rapidamente que, quando chegou ao patamar, achou que fosse perder os sentidos. Parou, agarrando-se no corrimão; o coração, martelando de raiva, ofensa e esforço, parecia que ia sair pelo corpete. Tentou respirar profundamente, mas Mammy apertara demais o espartilho. Se ela desmaiasse e fosse encontrada ali, no patamar, o que pensariam? Ah, pensariam tudo. Ashley e aquele vilão do Butler, além de todas aquelas moças nojentas que eram tão invejosas! Pela primeira vez na vida, desejou ter o hábito de carregar sais aromáticos, como as outras, mas nunca possuíra sequer um frasco. Sempre se orgulhara de jamais ficar tonta. Ela simplesmente não podia se permitir um desmaio naquele momento!

Gradativamente, a sensação de mal-estar começou a ceder. Em um minuto estaria se sentindo bem e entraria bem quieta no pequeno vestiário, junto ao quarto de India, afrouxaria o espartilho e se deitaria em uma das camas ao lado das moças adormecidas. Ela tentou aquietar o coração e recompor a fisionomia, pois sabia que devia estar parecendo uma louca. Se qualquer das moças estivesse acordada, ficariam sabendo que havia algo de errado. E ninguém deveria saber de nada do que acontecera.

Pela ampla janela do patamar, ela podia ver os homens ainda descansando nas cadeiras sob as árvores e na sombra do caramanchão. Como os invejava! Que maravilha ser homem e nunca ter de passar pelas infelicidades que acabara de enfrentar. Enquanto os observava, tonta e com os olhos ardendo, ela ouviu os golpes rápidos de cascos de cavalo no caminho de entrada, o cascalho se espalhando e o som de uma voz agitada fazendo perguntas a um dos negros. O cascalho voou de novo e um homem a cavalo atravessou sua visão galopando pelo gramado em direção ao grupo preguiçoso sob as árvores.

Algum convidado tardio, mas por que ele cavalgava pelo gramado que era o orgulho de India? Não conseguiu reconhecê-lo, mas, quando ele apeou e agarrou o braço de John Wilkes, ela pôde ver que havia agitação em seus traços. O grupo se aglomerou a sua volta, copos e leques de palmeira abandonados nas mesas e no chão. Apesar da distância, ela conseguia ouvir a algazarra das vozes, questionando, chamando, conseguia sentir a tensão exaltada dos homens. Então, acima dos sons confusos, elevou-se a voz de Stuart Tarleton, em um grito exultante, "Iaahuu!", como se estivesse em um campo de caça. E, sem saber, estava ouvindo pela primeira vez o grito dos Rebeldes.

Enquanto observava, os quatro Tarleton, seguidos pelos rapazes Fontaine, se afastaram do grupo e foram na direção do estábulo, gritando enquanto corriam:

– Jeems! Ei, Jeems! Encilhe os cavalos!

"A casa de alguém deve ter pegado fogo", pensou Scarlett. Mas, com ou sem incêndio, ela precisava voltar ao quarto antes que fosse descoberta.

Seu coração já batia mais tranquilo, e ela subiu as escadas na ponta dos pés até o corredor silencioso. A casa estava tomada por uma morna sonolência, parecendo dormir com a facilidade das moças, até a noite, quando irromperia em sua plena beleza, com música e chamas de velas. Cuidadosamente, ela abriu a porta do vestiário e entrou. Sua mão ainda segurava a maçaneta atrás dela, quando lhe chegou aos ouvidos a voz de Honey Wilkes, baixinha, quase em um sussurro, pela fresta da porta em frente que levava para o quarto.

– Acho que ninguém teria conseguido ser mais assanhada do que Scarlett foi hoje.

Scarlett sentiu seu coração iniciar sua louca disparada outra vez e inconscientemente fechou a mão sobre ele, como se pudesse subjugá-lo. "Bisbilhoteiros costumam ouvir coisas extremamente instrutivas", zombou uma memória. Será que devia sair de novo? Ou mostrar sua presença e constranger Honey como ela merecia? Mas a voz seguinte a fez parar. Um time de mulas não teria conseguido arrastá-la dali depois que ouviu a voz de Melanie.

– Ah, Honey, não! Não seja maldosa. Ela é apenas bem-humorada e vivaz. Acho-a encantadora.

"Ah", pensou Scarlett, enfiando as unhas no corpete, "ter essa criaturinha palerma para me defender!".

Aquilo era mais difícil de aguentar do que a malevolência franca de Honey.

Scarlett nunca confiara ou acreditara em mulher alguma, com exceção de sua mãe, se não tivesse motivos egoístas para tanto. Melanie sabia que tinha segurado Ashley, então podia muito bem demonstrar tal espírito cristão. Scarlett sentia que aquela era a maneira de Melanie exibir sua conquista e, ao mesmo tempo, ainda levar crédito por sua doçura. Scarlett usara o mesmo truque muitas vezes ao comentar sobre outras moças com os homens, e nunca deixara de convencer os tolos de sua ingenuidade e seu altruísmo.

– Bem, senhorita – disse Honey acidamente, a voz se elevando –, você deve ser cega.

– Psiu, Honey – sibilou a voz de Sally Munroe. – Vão ouvi-la por toda a casa.

Honey baixou a voz, mas continuou:

– Bem, vocês viram como ela estava flertando com todos os homens que conseguia agarrar, inclusive o Sr. Kennedy, que é admirador da irmã dela. Nunca vi coisa igual. E ela certamente estava encorajando Charles. – Honey deu uma risadinha tímida. – E vocês sabem, Charles e eu...

– Vocês estão mesmo? – sussurraram vozes animadas.

– Bem, não digam a ninguém, meninas... ainda não!

Houve mais risadinhas e as molas da cama rangeram enquanto alguém abraçava Honey. Melanie murmurou algo sobre estar feliz de que Honey seria sua cunhada.

– Bem, eu não ficaria feliz de ter Scarlett como cunhada, pois não há ninguém mais assanhada que ela – falou a voz ressentida de Hetty Tarleton. – Mas ela está praticamente noiva de Stuart. Brent diz que não, mas, é claro, Brent também é doido por ela.

– Se querem saber – disse Honey com uma misteriosa importância –, só existe uma pessoa com quem ela se importa: Ashley!

Conforme os sussurros se elevavam de modo violento, questionando, interrompendo, Scarlett se sentiu esfriando de medo e humilhação. Honey era uma tola, uma idiota, uma simplória em relação aos homens, mas tinha um instinto feminino sobre outras mulheres que Scarlett subestimara. A aflição e o orgulho ferido que sofrera na biblioteca com Ashley e Rhett Butler eram meras alfinetadas se comparados àquilo. Podia-se confiar que os homens ficassem de bico calado, mesmo homens como o Sr. Butler, mas, com Honey Wilkes abrindo a boca como um perdigueiro no campo, todo o condado ficaria sabendo antes das 18 horas. E, no dia anterior, Gerald dissera que não admitiria o condado rindo de sua filha. E como todos ririam agora! Uma transpiração fria iniciada nas axilas começou a descer-lhe pelas costelas.

A voz de Melanie, medida e tranquila, em um leve tom de repreensão, elevou-se acima das outras.

– Honey, você sabe que não é verdade. E isso é tão indelicado.

– É sim, Melly, e, se não estivesse sempre tão ocupada procurando pelo bem em pessoas que não têm nenhum, você veria. E fico contente de que seja assim. Bem feito para ela. Tudo o que Scarlett O'Hara sempre fez foi arrumar problemas e tentar tomar os admiradores das outras garotas. Você sabe muito bem que ela tirou Stuart de India mesmo sem querê-lo. E hoje tentou agarrar o Sr. Kennedy, Ashley e Charles...

"Preciso ir para casa!", pensou Scarlett. "Preciso ir para casa!"

Quisera ela poder ser transportada para Tara e para a segurança em um passe de mágica. Se pudesse estar com Ellen, se pudesse apenas vê-la, segurar sua saia, chorar e derramar toda a história em seu colo. Se tivesse de escutar outra palavra, entraria naquele quarto, arrancaria o cabelo ralo de Honey aos punhados e cuspiria em Melanie Hamilton só para mostrar o que achava dela. Mas, por ora, já se comportara com vulgaridade suficiente, agira como os brancos ordinários agiriam... e aí estava todo o seu problema.

Comprimindo as saias com as mãos, para que não fizessem ruído, ela recuou tão furtivamente quanto um animal. "Casa", ela pensou, enquanto se apressava pelo corredor, passando por portas fechadas e quartos silenciosos, "preciso ir para casa".

Ela já estava na varanda da frente quando um novo pensamento lhe veio à cabeça abruptamente... não podia ir para casa! Não podia fugir! Teria de ver tudo, aguentar a maledicência das moças, a própria humilhação e seu coração partido. Fugir só lhes daria mais munição.

Bateu com o punho cerrado na grande coluna branca ao seu lado e desejou ser Sansão para poder derrubar toda Twelve Oaks, destruindo cada pessoa ali dentro. Ela os faria se arrepender. Mostraria a eles. Não sabia exatamente como, mas mostraria a eles de algum modo. Ela os magoaria mais do que eles a tinham magoado.

Por um instante, Ashley não era Ashley. Ele não era o rapaz alto e lento que ela amava, mas parte dos Wilkes, de Twelve Oaks, do condado... e ela os odiava a todos porque tinham rido dela. A vaidade era mais forte que o amor aos 16 anos, e agora não havia espaço para nada mais em seu coração atormentado do que ódio.

"Não vou para casa", pensou. "Vou ficar aqui e fazer com que se arrependam. E nunca vou contar a mamãe." Ela se preparou para entrar, subir outra vez as escadas e entrar em outro quarto.

Ao se virar, viu Charles entrando na casa pela outra extremidade do longo corredor. Ao vê-la, ele se apressou em sua direção. Estava descabelado e com o rosto eufórico quase da cor do gerânio.

– Sabe o que aconteceu? – gritou ele, antes mesmo de chegar até ela. – Já soube? Paul Wilson acabou de chegar de Jonesboro com a notícia!

Ele parou, sem fôlego, ao se aproximar dela. Ela o olhou sem dizer nada.

– O Sr. Lincoln convocou os homens, os soldados... quero dizer, voluntários... 75 mil!

O Sr. Lincoln de novo! Será que os homens nunca pensavam em nada que realmente importasse? Ali estava aquele tolo esperando que ela se empolgasse com as travessuras do Sr. Lincoln quando seu coração estava partido e sua reputação, praticamente arruinada.

Charles a encarou. O rosto dela estava branco como papel e os olhos, resplandecentes como esmeraldas. Ele nunca vira tamanho ardor no rosto de uma moça, tanta intensidade nos olhos de alguém.

– Sou tão desajeitado – disse ele. – Devia ter lhe contado de modo mais suave. Esqueço-me de quanto as damas são delicadas. Perdoe-me se a aborreci. Não vai desmaiar, vai? Quer que eu pegue um copo de água?

– Não – disse ela, e arranjou um sorriso torto.

– Que tal irmos nos sentar no banco? – perguntou ele, dando-lhe o braço.

Ela concordou e ele ajudou-a a descer as escadas da frente com todo o cuidado, levando-a pelo gramado até o banco de ferro sob o maior carvalho do pátio. "Que frágeis e ternas são as mulheres", pensou ele, "que a mera menção à guerra e às durezas as faz desmaiar". A ideia o fez se sentir muito másculo, e ele foi duplamente gentil ao fazê-la se sentar. Ela estava muito estranha, e havia uma beleza agreste em seu rosto alvo que fez o coração dele bater mais forte. Seria por ter ficado aflita com a ideia de que ele poderia ir à guerra? Não, seria muita pretensão achar isso. Mas por que ela olhava para ele de modo tão estranho? E por que suas mãos tremiam ao manusear seu lenço de renda? E seus densos cílios negros... estavam piscando como os das jovens dos romances que ele lera, piscando de timidez e amor.

Ele pigarreou três vezes para falar e não conseguiu. Desviou o rosto porque os olhos verdes dela fixavam os seus de tal forma que pareciam não vê-lo.

"Ele tem muito dinheiro", ela estava pensando rapidamente, conforme uma ideia e um plano se desenhavam em sua mente. "Não tem pais para me incomodar e mora em Atlanta. Se eu me casasse com ele imediatamente, mostraria a Ashley que não me importei nem um pouco... que só estava flertando com ele. E simplesmente mataria Honey. Ela nunca, nunca mais conseguiria outro admirador, e todo mundo morreria de rir dela. E magoaria Melanie, porque ela ama tanto Charles. E magoaria Stu e Brent..." Ela não sabia muito bem por que queria magoá-los, exceto pelo fato de eles terem irmãs traiçoeiras. "E todos se arrependeriam quando eu voltasse aqui para visitá-los em uma bela carruagem e com um monte de roupas bonitas e uma casa só minha. E nunca, nunca ririam de mim."

– É claro que isso significa ir lutar – disse Charles, após diversas tentativas mais constrangedoras –, mas não se agaste, Srta. Scarlett, em um mês a guerra acabará e nós os faremos uivar. Sim, senhor! Eu não perderia essa por nada. Sinto que não vai haver baile hoje à noite, pois a Tropa vai se encontrar em Jonesboro. Os Tarleton saíram para espalhar a notícia. Sei que as damas não vão gostar.

– Ah – disse ela, por falta de coisa melhor, mas foi suficiente.

A serenidade começava a voltar e sua mente estava se recobrando. Uma camada de gelo encobriu todas as suas emoções e ela achou que nunca mais sentiria nada caloroso outra vez. Por que não ficar com aquele rapaz ruborizado e bonito? Ele era tão bom quanto qualquer outro e ela não se importava. Não, ela nunca mais poderia se importar com nada, nem que vivesse até os 90 anos.

– Só não consigo decidir se vou com a Legião da Carolina do Sul do Sr. Wade Hampton ou com a Guarda do Pórtico da Cidade de Atlanta.

– Ah – disse ela outra vez. Os olhares se encontraram novamente, e os cílios dela o atormentaram.

– A senhorita esperaria por mim, Srta. Scarlett? Se... Seria divino saber que a senhorita estaria esperando por mim até acabarmos com eles. – Ele ficou sem fôlego esperando pelas palavras dela, olhando o modo como seus lábios se curvavam para cima nos cantos, notando pela primeira vez as sombras nesses cantos e imaginando como seria beijá-los. A mão dela, com a palma úmida, deslizou para a dele.

– Eu não gostaria de esperar – disse ela com os olhos velados.

Ali sentado, segurando sua mão, ele estava boquiaberto. Observando-o por debaixo dos cílios, Scarlett achou que ele definitivamente parecia um sapo fisgado. Ele gaguejou várias vezes, fechou e abriu a boca, e novamente ficou vermelho como um gerânio.

– Será possível que me ame?

Ela não disse nada, baixando os olhos para o próprio colo, e Charles foi lançado a novos estados de êxtase e constrangimento. Talvez um homem não devesse fazer tal pergunta a uma moça. Talvez não lhe fosse adequado respondê-la. Nunca tendo tido a coragem de se colocar em tal situação antes, Charles estava perdido, não sabendo como agir. Ele queria gritar, cantar, beijá-la e sair pulando pelo gramado, depois correr contando a todos, negros e brancos, que ela o amava. Mas limitou-se a apertar sua mão até lhe enfiar os anéis na carne.

– Nós nos casaremos em breve, Srta. Scarlett.

– Hum – disse ela, ajeitando uma dobra do vestido.

– Que tal fazermos um casamento duplo com Mel...

– Não – interrompeu ela, os olhos lampejando para ele ameaçadoramente. Charles soube que cometera outro engano. É claro, uma moça queria seu próprio casamento... não a glória compartilhada. Que gentileza a dela fazer vista grossa a seus disparates. Quem dera estivesse escuro, e as sombras lhe dessem a coragem para beijar a mão dela e dizer as coisas que gostaria.

– Quando devo falar com seu pai?

– Quanto antes, melhor – disse ela, esperando que ele talvez soltasse a pressão que lhe esmagava os anéis antes que ela precisasse pedir que o fizesse.

Em um salto ele se pôs de pé e por um instante ela achou que ele fosse fazer alguma loucura antes que a dignidade o controlasse. Ele olhou para ela radiante, todo o seu simples e puro coração em seus olhos. Nunca alguém a olhara assim antes e nenhum homem jamais voltaria a fazê-lo, mas, em sua total indiferença, ela só pensou que ele parecia um bezerro.

– Vou agora mesmo procurar seu pai – disse, a fisionomia radiante – Não posso esperar. A senhorita me dá licença... querida? – O termo afetuoso saiu com dificuldade, mas, depois de dito uma vez, ele o repetiu com prazer.

– Sim – disse ela –, vou esperar aqui. Está fresco e agradável aqui.

Ele saiu pelo gramado, desaparecendo no canto da casa, e ela ficou sozinha sob o farfalhar do carvalho.

Uma sucessão de homens montados a cavalo saía do estábulo, os criados negros cavalgando com dificuldade atrás dos patrões. Os rapazes Munroe passaram em disparada abanando os chapéus, os Fontaine e os Calvert desceram a estrada gritando. Os quatro Tarleton cruzaram o gramado perto dela e Brent gritou:

– Mamãe vai nos dar os cavalos! Iaahuu!

Levantando capim, eles se foram, deixando-a só outra vez.

As altas colunas da casa branca se erigiam a sua frente, parecendo se afastar dela com digna indiferença. Agora nunca viria a ser sua casa. Ashley nunca a carregaria pelo vão da porta como sua noiva. "Ah, Ashley, Ashley! O que fui fazer?" Lá no fundo, sob camadas de orgulho ferido e fria praticidade, algo se agitava dolorosamente. Uma emoção adulta nascia, mais forte que sua vaidade ou que seu determinado egoísmo. Ela amava Ashley e sabia que o amava, e nunca se importara tanto com isso quanto naquele instante em que viu Charles desaparecer pela curva do caminho de cascalho.

7

Em duas semanas, Scarlett se tornara esposa e após dois meses estava viúva. Ficou logo liberta dos laços que assumira com tanta pressa e sem muito pensar, mas nunca voltou a conhecer a liberdade descuidada dos dias de solteira. A viuvez tinha se seguido rapidamente ao casamento, mas, para sua consternação, logo veio a maternidade.

Nos anos que se seguiram, quando pensava naqueles últimos dias de abril de 1861, Scarlett nunca conseguia se lembrar bem dos detalhes. O tempo e os acontecimentos ficaram condensados, embaralhados como em um pesadelo que não possuía realidade nem razão. Até o dia de sua morte, haveria pontos em branco daqueles tempos em sua memória. Especialmente vagas eram as lembranças da época entre sua aceitação de Charles e o casamento. Duas semanas! Um noivado tão curto teria sido impossível em tempos de paz. Nesse caso, haveria o decoroso intervalo de um ano ou de pelo menos seis meses. Mas o sul fora incendiado pela guerra, os acontecimentos rugiram com uma velocidade estonteante, como carregados por um vento poderoso, e o lento andamento dos velhos tempos estava perdido. Ellen torcera as mãos e aconselhara o adiamento, para que Scarlett pudesse pensar melhor no assunto. Mas Scarlett fizera cara feia e ouvido mouco às súplicas. Casar ela iria! E rapidamente, também. Em duas semanas.

Sabendo que o casamento de Ashley fora transferido do outono para o primeiro de maio, de modo que ele pudesse partir com a Tropa assim que fosse convocado, Scarlett marcou seu casamento para o dia anterior. Ellen protestou, mas Charles apelou com uma eloquência recém-descoberta, pois desejava partir sem demora para a Carolina do Sul, onde entraria para a Legião de Wade Hampton, e Gerald tomou o partido dos dois jovens. Ele estava mobilizado pela febre da guerra e satisfeito por Scarlett ter arrumado tão bom partido, e quem era ele para se interpor no caminho do jovem amor quando havia uma guerra? Ellen, perturbada, acabou cedendo, como outras mães por todo o sul estavam fazendo. Seu mundo tranquilo tinha sido virado de pernas para o ar e seus apelos, orações e conselhos nada valiam contra as poderosas forças que os varriam.

O sul foi intoxicado pelo entusiasmo e agitação. Todos sabiam que bastaria uma batalha para acabar a guerra e todos os jovens correram a se alistar antes que ela pudesse acabar... Apressaram-se a se casar com suas namoradas antes de partir para a Virgínia a fim de acabar com os ianques em um só golpe. Houve dezenas de casamentos de guerra no condado e havia pouco tempo para o pesar da partida, pois todos estavam muito ocupados ou empolgados para pensamentos solenes ou lágrimas. As damas faziam fardas, tricotavam meias e enrolavam ataduras, e os homens treinavam e praticavam tiro. Trens carregados de tropas passavam por Jonesboro diariamente a caminho de Atlanta e de Virgínia. Alguns destacamentos estavam alegremente uniformizados com as cores escarlate, azul-claro e verde de seletas companhias de milícia social; alguns pequenos grupos usavam quepes tecidos em casa ou de pele de guaxinim; outros, desuniformizados, usavam casimira e linho fino; todos semitreinados, semiarmados, impetuosos em seu alvoroço, berravam como se a caminho de um piquenique. A visão desses homens deixou os rapazes do condado em pânico, temerosos de que a guerra acabasse antes que pudessem chegar à Virgínia, e as preparações para a partida da Tropa foram aceleradas.

Em meio a esse tumulto, os preparativos para o casamento de Scarlett avançaram e, antes que ela se desse conta, estava dentro do vestido e usando o véu de noiva de Ellen, descendo as largas escadas de Tara de braço dado com o pai, para encarar uma casa lotada de convidados. Depois ela lembraria, como se tivesse sido um sonho, as centenas de velas flamejando nas paredes; a fisionomia de sua mãe, carinhosa, um pouco aturdida, os lábios se movendo em uma oração silenciosa pela felicidade da filha; Gerald corado de conhaque e orgulho por um casamento que oferecia não apenas fortuna, mas um nome antigo e tradicional; e Ashley, parado ao pé da escadaria de braço dado com Melanie.

Quando ela viu sua fisionomia, pensou: "Isso não pode ser real. Não pode ser. É um pesadelo. Vou acordar e descobrir que foi tudo um pesadelo. Não posso pensar nisso agora ou vou começar a gritar diante de todas essas pessoas. Não posso pensar agora. Pensarei mais tarde, quando puder aguentar... quando não estiver vendo os olhos dele."

Tudo foi como em um sonho, a passagem pelo corredor de pessoas sorridentes, o rosto escarlate de Charles, a voz gaguejante dele e suas próprias respostas, tão alarmantemente claras, tão frias. E as congratulações depois, os beijos, os brindes, as danças... tudo, tudo como em um sonho. Até a sensação do beijo de Ashley em seu rosto, até o leve sussurro de Melanie: "Agora somos verdadeiras irmãs", era tudo irreal. Até a agitação causada pelo desmaio da emotiva e avantajada tia de Charles, a Srta. Pittypat Hamilton, teve o tom de um pesadelo.

Mas, quando a dança e os brindes finalmente terminaram e o alvorecer chegava, quando todos os convidados de Atlanta que conseguiram ser acomodados em Tara e na casa do administrador tinham ido dormir em camas, sofás e colchões de palha no chão, e todos os vizinhos tinham ido para casa descansar em preparação para o casamento em Twelve Oaks no dia seguinte, então o transe onírico se estilhaçou como cristal diante da realidade. A realidade era o corado Charles, emergindo do quarto de vestir em seu camisão de dormir, evitando o olhar desnorteado que ela lhe lançou sobre o lençol puxado até em cima.

É claro que ela sabia que pessoas casadas ocupavam a mesma cama, mas nunca tinha pensado nisso antes. Parecia muito natural no caso de sua mãe e seu pai, mas nunca se aplicara a ela. Agora, pela primeira vez desde o churrasco, ela percebia o que causara a si mesma. A ideia daquele rapaz estranho, com quem ela não queria de fato ter se casado, deitar-se com ela, quando seu coração estava se dilacerando em uma agonia de arrependimento pelo ato impulsivo e na angústia de perder Ashley para sempre, era demais para suportar. Enquanto ele se aproximava hesitante, ela falou em um sussurro rouco:

– Se chegar perto de mim, eu vou gritar bem alto. Eu grito! Grito... bem alto! Afaste-se de mim! Não se atreva a me tocar!

Entao Charles Hamilton passou sua noite de núpcias em uma poltrona no canto, não muito infeliz, pois entendeu, ou pensou entender, o recato e a delicadeza de sua noiva. Ele estava disposto a esperar até que seus temores se dissipassem, para só então... só então... Ele suspirava ao se virar buscando uma posição confortável, pois estava indo para a guerra muito em breve.

Um pesadelo pior que seu próprio casamento foi o de Ashley. Scarlett estava no salão de Twelve Oaks, usando seu vestido verde-maçã do "segundo dia" em meio ao resplendor de centenas de velas, acotovelando-se com a mesma multidão da noite anterior, e viu o rostinho simples de Melanie Hamilton irradiando beleza ao se tornar Melanie Wilkes. Agora, Ashley estava perdido para sempre. Seu Ashley. Não, não mais seu Ashley agora. Teria sido algum dia? Estava tudo tão confuso em sua mente e ela estava tão cansada e atônita... Ele dissera que a amava, mas o que os tinha separado? Ah, se conseguisse se lembrar. Ela silenciara as línguas mexeriqueiras do condado casando-se com Charles, mas o que importava isso agora? Tinha parecido tão importante, mas agora parecia não ter importância alguma. Só o que importava era Ashley. Agora ele se fora e ela estava casada com um homem que não só não amava, mas por quem tinha verdadeiro desprezo.

Ah, como se arrependia de tudo. Ela sempre ouvira falar de gente que atirava, mas o tiro saía pela culatra, mas até então não passara de figura de linguagem. Agora ela realmente sabia o que isso significava. E mesclado ao seu desejo frenético de se ver livre de Charles e voltar para a segurança de Tara, solteira de novo, havia a consciência de que ela só podia culpar a si mesma. Ellen tentara impedi-la e ela não a tinha escutado.

Então, foi em um atordoamento que ela dançou durante a noite do casamento de Ashley, falou mecanicamente, sorriu e, por mais irrelevante que fosse, pensou na estupidez das pessoas que a imaginavam uma noiva feliz, sem conseguir enxergar que seu coração estava partido. Bem, graças a Deus, não conseguiam enxergar!

Naquela noite, depois de Mammy tê-la ajudado a se despir para ir embora, Charles surgiu timidamente do quarto de vestir, imaginando se teria de passar uma segunda noite na poltrona de tecido de crina, e ela teve um acesso de choro. Chorava tanto que Charles deitou-se na cama ao seu lado para tentar confortá-la; chorou sem palavras até que já não houvesse mais lágrimas e, por fim, deitou a cabeça no ombro dele, soluçando.

Se não houvesse uma guerra, teria havido uma semana de visitas pelo condado, com bailes e churrascos em homenagem aos dois casais recém-casados antes que eles partissem para Saratoga ou White Sulphur em lua de mel. Se não houvesse uma guerra, Scarlett teria tido vestidos de terceiro, quarto e quinto dia para usar nas festas dos Fontaine, dos Calvert e dos Tarleton em sua homenagem. Mas agora não haveria festas nem viagens de lua de mel. Uma semana após o casamento, Charles partiu para se aliar ao coronel Wade Hampton e, duas semanas depois, Ashley e a Tropa também se foram, deixando todo o condado consternado.

Naquelas duas semanas, Scarlett nunca esteve com Ashley a sós, nunca teve uma conversa em particular com ele. Nem mesmo no terrível momento de sua partida, quando ele passou por Tara a caminho do trem, ela conseguiu lhe falar a sós. Melanie, de chapéu de sol e xale, tranquila na recém-adquirida dignidade matronal, estava agarrada ao braço dele, e toda a criadagem de Tara, negros e brancos, apareceram para se despedir de Ashley indo para a guerra.

– Você deve beijar Scarlett, Ashley – disse Melanie –, ela é minha irmã agora. – E Ashley se inclinou e tocou seu rosto com lábios frios, o rosto teso. Scarlett mal pôde sentir a alegria daquele beijo, de tão infeliz que ficou seu coração por ter sido Melly a sugeri-lo. Melanie sufocou-a com um abraço ao partir.

– Você irá a Atlanta me visitar e a tia Pittypat, não é? Ah, querida, queremos muito recebê-la! Queremos conhecer melhor a esposa de Charles.

Passaram-se cinco semanas durante as quais chegaram cartas tímidas, extasiadas, carinhosas de Charles na Carolina do Sul, falando de seu amor, de seus planos para o futuro quando a guerra acabasse, de seu desejo de se tornar um herói por amor a ela e de sua veneração pelo seu comandante, Wade Hampton. Na sétima semana, chegou um telegrama do próprio coronel Hampton e em seguida uma carta, uma gentil e exaltada carta de condolências. Charles estava morto. O coronel teria telegrafado antes, mas Charles, achando que seu mal fosse menor, não queria preocupar a família. O infeliz rapaz não só fora traído no amor que julgava ter conquistado, mas também em suas elevadas esperanças de honra e glória nos campos de batalha. Morrera, de modo ignominioso e rápido, de pneumonia, seguida de sarampo, sem nunca ter chegado mais perto dos ianques do que o acampamento da Carolina do Sul.

No tempo devido, o filho de Charles nasceu, e, como era moda dar o nome dos oficiais comandantes dos pais aos meninos, ele foi batizado Wade Hampton Hamilton. Scarlett tinha chorado de desespero ao saber que estava grávida e preferira estar morta. Mas carregou o filho até o termo da gravidez com um mínimo de desconforto, o deu à luz com pouco sofrimento e se recuperou tão rapidamente que Mammy lhe disse em particular que isso não era nada nobre – damas deviam sofrer mais. Ela sentia pouco afeto pela criança, ocultando o fato como podia. Não a desejara, ressentia-se de sua chegada e, agora que estava ali, não lhe parecia possível que fosse dela, uma parte dela.

Embora se recuperasse fisicamente do nascimento de Wade em um tempo desgraçadamente curto, sentia-se atordoada e doente. Seu ânimo decaiu, apesar dos esforços de toda a fazenda para reavivá-lo. Ellen circulava com a testa franzida, preocupada, e Gerald praguejava com mais frequência do que de costume, trazendo-lhe presentes inúteis de Jonesboro. Até mesmo o Dr. Fontaine admitia estar intrigado, depois que seu tônico de enxofre, melado e ervas não surtiu efeito para reanimá-la. Ele disse a Ellen que era uma decepção amorosa que deixava Scarlett sucessivamente irritada e apática. Mas, se quisesse, Scarlett poderia ter-lhes dito que era um problema bem diferente e muito mais complexo. Ela não disse a eles que era o absoluto tédio, o atordoamento de ser mãe e, sobretudo, a ausência de Ashley que a faziam parecer tão deprimida.

Seu tédio era agudo e sempre presente. O condado estivera desprovido de qualquer entretenimento ou vida social desde que a tropa partira para a guerra. Todos os homens interessantes tinham ido embora – os quatro Tarleton, os dois Calvert, os Fontaine, os Munroe e todos de Jonesboro, Fayetteville e Lovejoy que fossem jovens e atraentes. Só ficaram os velhos, os aleijados e as mulheres, que passavam o tempo tricotando e costurando, cultivando mais algodão e milho, criando mais porcos, carneiros e gado para o exército. Nunca havia um homem de verdade à vista, a não ser quando o batalhão de suprimentos, sob o comando do admirador de meia-idade de Suellen, Frank Kennedy, passava todos os meses para recolher mantimentos. Os homens do batalhão não eram muito empolgantes e a cena dos tímidos galanteios de Frank a aborrecia a ponto de ela ter dificuldade de ser educada com ele. Esperava que ele e Suellen resolvessem aquilo logo!

Mesmo que o batalhão de suprimentos fosse mais interessante, não teria ajudado em nada sua situação. Ela era uma viúva e seu coração estava no túmulo. Pelo menos era o que todos achavam, e esperavam que agisse de acordo. Isso a irritava, pois, por mais que tentasse, a única coisa que se lembrava de Charles era da fisionomia de bezerro à beira da morte quando ela lhe dissera que se casaria com ele. E até mesmo essa imagem estava sumindo. Mas ela era uma viúva e precisava observar o próprio comportamento. Não eram para ela os prazeres das moças solteiras. Ela tinha de ser séria e distante. Ellen deixara isso bem claro depois de flagrá-la sendo empurrada no balanço do jardim pelo tenente de Frank e dobrando-se de rir. Profundamente aflita, Ellen lhe dissera como era fácil uma viúva se tornar alvo de fofocas. A conduta de uma viúva devia ser duas vezes mais circunspecta que a de uma matrona.

"E só Deus sabe", pensou Scarlett, escutando obedientemente a voz suave da mãe, "se as matronas nunca se divertem, as viúvas então bem podiam estar mortas".

Uma viúva tinha de usar horríveis vestidos pretos sem sequer um debruado para avivá-los, sem flor, laço ou renda, nem mesmo joias, exceto broches de ônix, próprios do luto, ou colares feitos com o cabelo do falecido. E o véu de crepe preto de seu chapéu de sol tinha de ir até os joelhos, só podendo ser encurtado à altura dos ombros após três anos de viuvez. As viúvas nunca podiam conversar animadamente nem rir alto. Mesmo ao sorrir, devia ser um sorriso triste, trágico. Além disso, o mais terrível de tudo, não podiam demonstrar qualquer interesse na companhia de um homem. E, se acontecesse de um cavalheiro ser tão descortês a ponto de cortejá-la, ela devia congelá-lo com uma referência digna, mas bem escolhida ao marido morto. Ah, sim, pensou Scarlett lugubremente, algumas viúvas acabam se casando outra vez, quando estão velhas e acabadas. Embora só Deus saiba como conseguem, com os vizinhos observando. E então geralmente é com algum viúvo desesperado com uma enorme fazenda e uma dezena de filhos.

O casamento já fora ruim o bastante, mas ter enviuvado... ah, então a vida acabara para sempre! Que imbecis eram as pessoas quando falavam do consolo que o pequeno Wade Hampton devia ser para ela, agora que Charles se fora. Que imbecilidade a deles dizer que agora ela tinha uma razão para viver! Todos falavam do quanto era encantador ter essa lembrança póstuma do seu amor e, naturalmente, ela não os desiludia. Mas isso estava longe de ser verdade. Pouco se interessava por Wade e às vezes era difícil lembrar que ele realmente era dela.

Todas as manhãs ela acordava e, por um momento de sonolência, era Scarlett O'Hara outra vez e o sol brilhava sobre a magnólia do lado de fora de sua janela, os tordos cantavam e o doce aroma do bacon fritando chegava de mansinho às suas narinas. Ela era despreocupada e jovem novamente. Então ouvia o impaciente choro de fome e sempre... sempre havia um momento de espanto em que ela pensava: "Ah, tem um bebê na casa!" Mas se lembrava de que era o seu bebê. Era tudo muito desnorteante.

E Ashley! Mais do que tudo, Ashley! Pela primeira vez na vida, ela odiava Tara, odiava a longa estrada vermelha que descia a colina até o rio, odiava os campos vermelhos com os brotos verdes de algodão. Cada pedaço de terra, cada árvore e riacho, cada alameda e caminho de cascalho a faziam se lembrar dele. Ele pertencia a outra mulher e fora para a guerra, mas seu fantasma ainda assombrava as estradas no crepúsculo, ainda sorria para ela com seus olhos cinzentos de mormaço nas sombras da varanda. Ela nunca ouvia o som de cascos de cavalo subindo a estrada do rio de Twelve Oaks sem pensar por um doce momento – Ashley!

Agora ela odiava Twelve Oaks, a mesma que um dia amara. Apesar do ódio, ela era atraída para lá, de modo que pudesse ouvir John Wilkes e as moças falarem dele... ouvi-los lendo suas cartas da Virgínia. Elas a magoavam, mas precisava ouvi-las. Não gostava da empertigada India, nem da tola e tagarela Honey, e sabia que não gostavam dela igualmente, mas não podia ficar distante. E cada vez que chegava em casa de Twelve Oaks, deitava-se na cama de mau humor e se recusava a jantar.

Era essa recusa por comida que preocupava Ellen e Mammy mais do que qualquer outra coisa. Mammy levava bandejas tentadoras para cima, insinuando que, agora que era viúva, ela podia comer o quanto quisesse, mas Scarlett não tinha apetite.

Quando o Dr. Fontaine contou a Ellen que uma decepção amorosa muitas vezes levava a um declínio e as mulheres definhavam até o túmulo, ela ficou lívida, pois era esse o temor que carregava no coração.

– Não há nada que se possa fazer, doutor?

– Uma mudança de ares será a melhor coisa do mundo para ela – disse o médico, bastante ansioso para se livrar de uma paciente insatisfatória.

Então, sem entusiasmo, Scarlett partiu com o filho, primeiro para visitar seus parentes O'Hara e Robillard, em Savannah, e depois as irmãs de Ellen, Pauline e Eulalie, em Charleston. Mas voltou para Tara um mês antes do que a mãe esperava, sem explicação para seu retorno. Tinham sido gentis em Savannah, mas James, Andrew e as esposas eram velhos e se contentavam em se sentar tranquilamente e ter conversas enfadonhas sobre o passado. Foi o mesmo com os Robillard, e Scarlett achou Charleston terrível.

Tia Pauline e seu marido, um velhinho dono de uma cortesia frágil, formal, e com o ar ausente de alguém que vive no passado, moravam em uma fazenda perto de um rio, muito mais isolada que Tara. Seus vizinhos mais próximos estavam a 30 quilômetros de distância por estradas escuras que passavam por matas intocadas de pântanos de ciprestes e carvalhos. Os carvalhos, com suas cortinas ondulantes de musgo cinza, deixavam Scarlett arrepiada e sempre traziam a sua mente as histórias que Gerald contava sobre os fantasmas irlandeses vagando tremeluzentes pelas névoas cinzentas. Nada havia a fazer senão tricotar o dia inteiro e à noite escutar tio Carey ler em voz alta as benéficas obras do Sr. Bulwer-Lytton.

Eulalie, escondida atrás dos jardins murados em uma grande casa do bairro de Battery em Charleston, não era mais divertida. Acostumada às amplas vistas de colinas ondulantes, Scarlett sentiu-se em uma prisão. Havia mais vida social lá do que com tia Pauline, mas Scarlett não gostava dos visitantes, com sua pose, tradições e ênfase na família. Ela sabia muito bem que todos achavam que ela era filha de uma má associação e não entendiam como uma Robillard pudera se casar com um irlandês recém-chegado. Scarlett sentia que tia Eulalie se desculpava por ela pelas costas. Isso a deixava de mau humor, pois ela não ligava mais para famílias do que seu pai. Orgulhava-se de Gerald e do que ele realizara sem ajuda de ninguém, contando apenas com sua astuta cabeça irlandesa.

E o povo de Charleston se exibia tanto por causa do forte Sumter! Deus do Céu, será que não percebiam que, se não tivessem sido tolos o bastante para dar o primeiro tiro que dera início à guerra, outros tolos o teriam feito? Acostumada à fala vivaz das terras altas da Geórgia, as vozes arrastadas e monótonas da planície pareciam afetá-la. Ela achava que iria gritar da próxima vez que ouvisse alguém dizendo "paamas" em vez de "palmas" ou "maa" e "paa" em vez de "mãe" e "pai". Aquilo a irritava tanto que durante uma visita formal ela imitou o sotaque de Gerald para aflição da tia. Depois, voltou para Tara. Melhor ser atormentada pelas memórias de Ashley do que pelo sotaque de Charleston.

Ocupada dia e noite, tentando aumentar a produtividade de Tara para auxiliar a Confederação, Ellen ficou apavorada quando sua filha mais velha chegou de Charleston magra, pálida e com a língua afiada. Ela mesma experimentara uma desilusão amorosa e uma noite após a outra, deitada ao lado de Gerald, que só roncava, tentara pensar em um modo de mitigar o sofrimento de Scarlett. A tia de Charles, a Srta. Pittypat Hamilton, havia lhe escrito diversas vezes, insistindo que ela permitisse a ida de Scarlett a Atlanta para uma longa visita e, pela primeira vez, Ellen considerava seriamente o convite.

Ela e Melanie estavam sozinhas em uma casa enorme "e sem proteção masculina", escrevia a Srta. Pittypat, "agora que o querido Charlie se foi. Claro, há meu irmão Henry, mas ele não compartilha seu domicílio conosco. Mas talvez Scarlett tenha lhe falado de Henry. A consideração me proíbe de colocar algo mais no papel referente a ele. Melly e eu nos sentiríamos tão mais confortáveis e seguras se Scarlett estivesse conosco. Três mulheres solitárias é melhor do que duas. E talvez a querida Scarlett pudesse encontrar algum conforto para sua dor, como Melly está fazendo, no auxílio a nossos bravos rapazes no hospital. Além disso, é claro, Melly e eu queremos muito ver o querido bebê...".

Portanto, o baú de Scarlett foi novamente carregado com suas roupas de luto e lá foi ela para Atlanta com Wade Hampton e sua babá Prissy, uma cabeça cheia de advertências de Ellen e Mammy em relação a sua conduta e 100 dólares de notas confederadas dadas por Gerald. Ela não fazia questão de ir para Atlanta. Achava tia Pitty a mais tola das velhas, e a ideia de viver sob o mesmo teto com a mulher de Ashley era abominável. Mas o condado com suas memórias era insuportável, e qualquer mudança era bem-vinda.

Parte II

8

No trem que a transportava para o norte naquela manhã de maio de 1862, Scarlett pensava que Atlanta não podia ser tão entediante quanto Charleston e Savannah tinham sido, e, apesar de não gostar da Srta. Pittypat nem de Melanie, estava curiosa para ver o que acontecera na cidade desde sua última visita, no inverno anterior ao início da guerra.

Atlanta sempre a interessara mais do que qualquer outra cidade porque, quando era criança, Gerald contara que ela e Atlanta tinham exatamente a mesma idade. Quando cresceu, descobriu que Gerald tinha alterado um pouco a verdade, como era seu costume quando uma pequena alteração melhorasse a história, mas Atlanta era apenas nove anos mais velha que ela e isso ainda deixava o lugar incrivelmente jovem em comparação a qualquer outra cidade de que ouvira falar. Savannah e Charleston tinham a dignidade de seus anos, uma estando bem encaminhada em seu segundo século e a outra, entrando em seu terceiro, e a seus jovens olhos elas sempre se pareceram com avós envelhecidas, placidamente abanando seus leques sob o sol. Mas Atlanta pertencia a sua própria geração, crua com as asperezas da juventude e tão voluntariosa e impetuosa quanto ela própria.

A história que Gerald lhe contara se baseava no fato de que ela e Atlanta tinham sido batizadas no mesmo ano. Nos nove anos anteriores ao nascimento de Scarlett, a cidade se chamara primeiro Terminus e depois Marthasville, e não foi no ano do nascimento de Scarlett que se tornou Atlanta.

Quando Gerald se mudou para o norte da Geórgia, não havia Atlanta, nem sequer a imagem de uma aldeia, e a natureza selvagem se espalhava pelo local. Mas, no ano seguinte, em 1836, o Estado autorizara a construção de uma ferrovia de norte a oeste atravessando o território que os Cherokees tinham acabado de ceder. O destino da rodovia proposta, Tennessee, era claro e definido, mas seu ponto inicial na Geórgia estava um tanto incerto até que, um ano depois, um engenheiro enfiou um marco na terra vermelha para marcar a extremidade sul da linha e iniciava-se Atlanta, nascida Terminus.

Na época não havia ferrovias no norte da Geórgia e muito poucas em outros lugares. Mas, durante os anos que antecederam o casamento de Gerald com Ellen, a pequena povoação, 40 quilômetros ao norte de Tara, foi lentamente se transformando em uma aldeia, e os trilhos, lentamente empurrados para o norte. Então a época da construção de ferrovias realmente começou. Da velha cidade de Augusta, uma segunda ferrovia se estendeu para o oeste, cruzando o estado para se ligar à nova via para o Tennessee. Da velha cidade de Savannah, construíram uma terceira ferrovia, primeiro até Macon, no coração da Geórgia, e depois até o norte, passando pelo condado de Gerald até Atlanta, a fim de fazer ligação com as duas outras vias e dar ao porto de Savannah uma passagem para o oeste. A partir do mesmo ponto de junção, a jovem Atlanta, construíram uma quarta ferrovia rumando para o sudeste, até Montgomery e Mobile.

Nascida de uma ferrovia, Atlanta crescia conforme cresciam suas ferrovias. Com as quatro linhas completas, a cidade agora estava ligada ao oeste, ao sul, ao litoral e, através de Augusta, ao norte e leste. Tornando-se o entroncamento das viagens de norte a sul e de leste a oeste, a pequena aldeia ganhou vida.

Em um espaço de tempo pouco mais longo que os 17 anos de Scarlett, Atlanta passara de um único marco fincado na terra a uma pequena cidade próspera de 10 mil habitantes que era o centro das atenções de todo o estado. As cidades mais antigas, mais tranquilas, se acostumaram a estimar a nova cidade movimentada com a sensação de uma galinha que chocara um patinho. Por que seria o lugar tão diferente dos outros da Geórgia? Por que crescera tão rapidamente? Afinal de contas, pensavam, ele nada tinha que o recomendasse, a não ser suas ferrovias e um bando de gente atrevida.

O povo que se estabeleceu na cidade e a chamou sucessivamente de Terminus, Marthasville e Atlanta era um povo atrevido. Pessoas inquietas, cheias de energia, oriundas de regiões mais antigas da Geórgia e de estados mais distantes foram atraídas para essa cidade que se espalhou em torno do entroncamento das ferrovias. Elas chegaram entusiasmadas. Construíram suas lojas pelas cinco ruas de lama vermelha que se entrecruzavam perto da estação. Construíram suas boas casas nas ruas Whitehall e Washington e ao longo dos terrenos elevados onde incontáveis gerações de índios de mocassim tinham aberto um caminho chamado Trilha dos Pessegueiros. Orgulhavam-se do lugar, de seu desenvolvimento e de si mesmos por fazê-lo crescer. Que as cidades mais antigas chamassem Atlanta do que quisessem. Atlanta não se importava. Scarlett sempre gostara de Atlanta exatamente pelos mesmos motivos que faziam Savannah, Augusta e Macon condená-la. Como ela própria, a cidade era uma mistura do velho e do novo na Geórgia, onde o velho costumava ficar em segundo lugar em seus conflitos com o novo voluntarioso e cheio de vigor. Além disso, havia algo pessoal, empolgante em uma cidade que nascera – ou pelo menos fora batizada – no mesmo ano que ela.

A NOITE ANTERIOR fora tempestuosa, chovera muito, mas quando Scarlett chegou a Atlanta havia um sol forte, bravamente tentando secar as ruas que pareciam córregos de lama vermelha. No espaço descampado em volta da estação, o solo fora cortado e revirado pelo constante fluxo de tráfego que ia e vinha até parecer um enorme chiqueiro de porcos, e aqui e ali os veículos tinham lama até o eixo de suas rodas. Uma fila incessante de carroções e ambulâncias do exército carregando e descarregando suprimentos e feridos dos trens piorava ainda mais a lama e a confusão ao se mover penosamente, cocheiros praguejando, mulas arfando e pingos de lama voando a metros de distância.

Scarlett parou no degrau mais baixo do trem, uma bonita figura pálida em seu vestido preto de luto, o véu de crepe esvoaçando quase até os tornozelos. Ela hesitava, sem querer sujar as sapatilhas e a bainha, olhando em torno entre o emaranhado de carroções, charretes e carruagens à procura da Srta. Pittypat. Nem sinal daquela mulher gorducha de faces rosadas, mas, enquanto Scarlett procurava ansiosa, um velho negro de carapinha branca e ar de digna autoridade se salientou, veio em sua direção pela lama, o chapéu na mão.

– Vosmecê é a sinhá Scarlett, num é? Eu sô o Peter, cochero da sinhá Pitty. Num pisa na lama – ordenou ele gravemente, enquanto Scarlett agarrava as saias se preparando para descer. – A sinhá é que nem que a sinhá Pitty e ela é que nem criança pra moiá os pé. Deixa que eu carrego vosmecê.

Ele pegou Scarlett com facilidade, apesar da aparente fragilidade e da velhice. Em seguida, observando Prissy parada na plataforma do trem, o bebê no colo, ele parou:

– Esse é o fio dela que vosmecê cuida? Sinhá Scarlett, ela é muito nova pra tá segurano o fio único do sinhô Charles! Mas isso nós cuida despois. Vosmecê, menina, me segue e num vai dexá esse menino caí.

Scarlett se submeteu docilmente a ser carregada até a carruagem e também ao modo peremptório com que tio Peter a criticou e a Prissy. Enquanto avançavam pela lama com Prissy lutando para caminhar, fazendo beiço atrás deles, ela se lembrou do que Charles dissera sobre tio Peter.

"Ele passou por todas as campanhas do México com o pai, cuidou dele quando ele foi ferido – de fato, salvou sua vida. Tio Peter praticamente criou Melanie e a mim, pois éramos muito pequenos quando o pai e a mãe morreram. Tia Pitty teve uma desavença com o irmão dela, tio Henry, naquela época, então veio morar conosco e tomar conta de nós. Ela é a alma mais desamparada que existe – parece uma dócil criança crescida, e tio Peter a trata desse modo. Para salvar a própria vida, ela não seria capaz de tomar qualquer decisão, então tio Peter toma por ela. Foi ele quem decidiu que eu devia ter uma mesada maior ao completar 15 anos e insistiu que eu fosse para Harvard em meu último ano, quando tio Henry queria que eu me formasse na universidade. E foi ele quem decidiu quando Melly tinha idade suficiente para prender o cabelo e ir às festas. Ele diz a tia Pitty quando está frio ou úmido demais para ela fazer visitas e quando deveria usar o xale... Ele é o negro velho mais esperto que já conheci e também o mais dedicado. O único problema com ele é que possui nós três, corpo e alma, e sabe disso."

As palavras de Charles se confirmaram quando Peter subiu na boleia e pegou o chicote.

– Sinhá Pitty tá arreliada pruquê num veio lhe recebê. Ficô cum medo de vosmecê num entendê, mas eu disse que ela e a sinhá Melly só ia se sujá de lama e estragá os vestido novo e que eu expricava pra vosmecê. Sinhá Scarlett, é mió pegá essa criança. Essa neguinha vai dexá ela caí.

Scarlett olhou para Prissy e suspirou. Prissy não era a mais adequada das babás. Sua recente promoção de negrinha esquálida de saias curtas e trancinhas espetadas para a dignidade dos longos vestidos de chita e turbantes brancos engomados foi um caso inebriante. Ela nunca teria chegado a essa eminência tão cedo na vida se não tivesse sido pelas exigências da guerra e as necessidades do Batalhão de Suprimentos em relação a Tara, que impossibilitaram Ellen de abrir mão de Mammy, Dilcey ou mesmo Rosa ou Teena. Prissy nunca se afastara mais que 2 quilômetros de Tara ou Twelve Oaks, e a viagem de trem mais sua promoção à babá eram quase mais do que o cérebro em seu pequeno crânio podia suportar. A viagem de 30 quilômetros de Jonesboro a Atlanta a tinha deixado tão ansiosa que Scarlett fora forçada a segurar o bebê todo o tempo. Agora, a visão de tantos prédios e pessoas completava o atordoamento de Prissy. Ela se virava de um lado para outro, apontava, pulava e assim sacudia o bebê, que berrava de infelicidade.

Scarlett sentia falta dos velhos braços gordos de Mammy. Bastava Mammy pôr as mãos em um bebê, que ele parava de chorar. Mas Mammy estava em Tara e não havia nada que Scarlett pudesse fazer. Era inútil tirar o pequeno Wade dos braços de Prissy. Ele berrava tão alto com ela quanto com Prissy. Além disso, ele iria puxar os laços do chapéu de sol e, sem dúvida, amarrotaria seu vestido. Então ela fingiu não ter ouvido a sugestão de tio Peter.

"Talvez eu acabe aprendendo a cuidar de bebês", ela pensou irritada, conforme a carruagem dava solavancos e balançava saindo do lamaçal que cercava a estação, "mas nunca vou gostar de perder tempo com eles". E, conforme o rosto de Wade foi ficando roxo de tanto berrar, ela falou contrariada:

– Dê a ele a chupeta de açúcar que está em seu bolso, Priss. Qualquer coisa que o faça ficar quieto. Eu sei que ele está com fome, mas não posso fazer nada agora.

Prissy apresentou a chupeta de açúcar, que Mammy lhe dera de manhã, e os gritos do bebê cessaram. Com a tranquilidade restaurada e as novas paisagens diante de seus olhos, Scarlett começou a se animar um pouco. Quando tio Peter finalmente manobrou a carruagem para fora dos buracos enlameados, entrando na rua dos Pessegueiros, ela sentiu a primeira onda de interesse que lhe acometia em meses. Como a cidade tinha crescido! Não fazia muito mais de um ano que estivera ali, e parecia impossível que a pequena Atlanta que conhecia tivesse mudado tanto.

No último ano, ela estivera tão absorta com os próprios infortúnios, tão entediada por cada menção à guerra, que não sabia da transformação que Atlanta sofrera desde o minuto em que o combate se iniciara. As mesmas ferrovias que tinham feito da cidade um cruzamento comercial em tempo de paz eram agora de importância estratégica vital em tempo de guerra. Distante das linhas de batalha, a cidade e suas ferrovias proporcionavam o elo entre os dois exércitos da Confederação, o exército da

Virgínia, do Tennessee e do oeste. Da mesma forma, Atlanta ligava os exércitos ao extremo sul, de onde retiravam os suprimentos. Agora, em reação às necessidades da guerra, Atlanta se tornara um centro manufatureiro, uma base hospitalar e um dos principais depósitos do sul para a arrecadação de suprimentos para os exércitos em campo.

Scarlett olhou em volta procurando a pequena cidade de que se lembrava. Sumira. A cidade que ela via agora se assemelhava a um bebê que tivesse crescido da noite para o dia, transformando-se em um gigante movimentado.

Atlanta estava zumbindo como uma colmeia, orgulhosamente consciente de sua importância para a Confederação, e o trabalho avançava dia e noite com o intuito de transformar uma região rural em uma área industrial. Antes da guerra, havia poucas fábricas de algodão, tecelagens, arsenais e máquinas ao sul de Maryland – um fato de que todos os sulistas se orgulhavam. O sul produzia estadistas e soldados, fazendeiros e médicos, advogados e poetas, mas certamente não engenheiros e mecânicos. Deixem os ianques adotarem essas vocações tão baixas. Mas agora as canhoneiras ianques fechavam os portos Confederados, apenas um ou outro navio furava o bloqueio, deixando passar produtos vindos da Europa, e o sul tentava desesperadamente fabricar seus próprios materiais bélicos. O norte conseguia pedir a cooperação de todo o mundo para o envio de suprimentos e soldados, milhares de irlandeses e alemães entravam para o exército da União, atraídos pela generosa recompensa monetária oferecida pelo norte. O sul só podia depender de si mesmo.

Em Atlanta, havia fábricas de máquinas lentamente produzindo maquinaria que fabricasse material bélico – lentamente porque havia poucas máquinas no sul que servissem de modelo e praticamente cada roda e engrenagem tinham que ser feitas a partir de desenhos que chegavam da Inglaterra pelos navios que furavam o bloqueio. Agora havia rostos estranhos nas ruas de Atlanta, e cidadãos que um ano antes teriam ficado alertas ao som até de um sotaque do oeste já não prestavam atenção aos idiomas estrangeiros de europeus que tinham furado o bloqueio para construir máquinas e entregar munição aos Confederados. Homens habilidosos aqueles, sem os quais a Confederação teria ficado em maus lençóis para fabricar pistolas, rifles, canhões e pólvora.

Era quase o pulsar do coração da cidade que podia ser sentido à medida que a faina seguia dia e noite, bombeando os materiais bélicos pelas artérias ferroviárias para as duas frentes de batalha. Os trens rugiam entrando e saindo da cidade a toda hora. A fuligem das fábricas recém-construídas caía sobre as casas brancas. À noite, as fornalhas fulguravam e os martelos tiniam até muito depois da hora de dormir. Onde havia terrenos vazios um ano antes, agora havia fábricas entregando arreios, selas e calçados, fábricas de material bélico manufaturando rifles e canhões, oficinas de laminação e fundições produzindo trilhos e vagões de carga para substituir os destruídos pelos ianques, além de uma variedade de indústrias fabricando esporas, rédeas, fivelas, barracas, botões, pistolas e espadas. As fundições já começavam a sentir a falta de ferro, pois pouco ou nenhum conseguia atravessar o bloqueio, e as minas do Alabama estavam praticamente ociosas com os mineiros na frente de batalha. Não havia cercas, coretos, portões ou mesmo estátuas de ferro nos gramados de Atlanta, pois todos tinham bem cedo encontrado seu destino nos caldeirões das oficinas de laminação.

Ali, ao longo da rua dos Pessegueiros e proximidades, ficavam os quartéis-generais de vários departamentos do Exército, cada repartição apinhada de homens fardados: a de suprimentos, o corpo de comunicações, o serviço de correios, o transporte ferroviário, a delegacia da polícia militar. Na periferia da cidade, ficavam grandes estábulos, onde cavalos e mulas de reserva aguardavam, e ao longo das ruas transversais ficavam os hospitais. Conforme tio Peter lhe contava sobre esses prédios, Scarlett teve a impressão de que Atlanta era uma cidade de enfermos, pois havia hospitais gerais, hospitais de doenças contagiosas, hospitais para convalescentes sem conta. E todos os dias os trens abaixo de Five Points descarregavam mais doentes e mais feridos.

A pequena cidade se fora, e a face da cidade em crescimento vertiginoso era animada com uma energia e alvoroço incessantes. A visão de tanto movimento deixou Scarlett, recém-chegada do lazer e da quietude rural, quase sem fôlego, mas ela gostava disso. Havia uma atmosfera palpitante no lugar que a reanimou. Era como se ela realmente conseguisse sentir o pulso constantemente acelerado do coração da cidade batendo em uníssono com o seu próprio.

Conforme iam andando pelos buracos de lama da rua principal, ela observava com interesse todos os novos prédios e os novos rostos. As calçadas estavam apinhadas de homens uniformizados, exibindo insígnias de todos os postos e ramos de serviço; a rua estreita estava congestionada de veículos – carruagens, charretes, ambulâncias, carroções cobertos do exército com cocheiros profanos que praguejavam enquanto as mulas faziam grande esforço para vencer os sulcos de barro; mensageiros vestidos de cinza salpicando lama pelas ruas iam de um quartel-general a outro, carregando ordens e despachos telegráficos; convalescentes que mancavam em muletas, geralmente com uma dama solícita apoiando cada cotovelo; cornetas, tambores e ordens soavam dos campos de treinamento onde os recrutas estavam se transformando em soldados; e, com o coração na garganta, Scarlett viu pela primeira vez as fardas ianques, quando tio Peter apontou com o chicote para um destacamento de fardas azuis de aparência desalentada sendo guiado à estação por um pelotão de Confederados com baionetas apontadas a embarcá-los para o campo de prisioneiros.

"Ah", pensou Scarlett, com a primeira sensação de verdadeiro prazer desde o dia do churrasco, "vou gostar daqui! É tão animado e estimulante!".

A cidade era ainda mais animada do que ela percebia, pois havia novos bares às dezenas. Seguindo o exército, prostitutas lotavam a cidade, e os bordéis floresciam, para a consternação dos religiosos. Todos os hotéis, pensões e casas particulares estavam abarrotados de hóspedes que tinham chegado para ficar perto de parentes feridos nos grandes hospitais de Atlanta. Havia festas, bailes e quermesses todas as semanas, e casamentos de guerra sem conta, com os noivos de licença vestidos em cinza-claro com galões dourados, e as noivas usando ornamentos que haviam atravessado o bloqueio, fileiras de espadas cruzadas, brindes com champanhe europeu e despedidas chorosas. À noite, as escuras ruas arborizadas ressoavam com as danças, e dos salões vinha o som de pianos e sopranos se misturando às vozes dos soldados convidados, com a agradável melancolia de "The Bugles Sang Truce" e "Your Letter Came, but Came Too Late" – lamentos que traziam lágrimas emocionadas a olhos gentis que nunca tinham conhecido o pesar verdadeiro.

Conforme avançavam pela rua enlameada, Scarlett transbordava de perguntas e Peter respondia a elas, apontando aqui e acolá com o chicote, orgulhoso por exibir seu conhecimento.

– Aquele é o arsená. Sim, sinhá, eles guarda arma e coisa assim. Não, sinhá, num é loja, é as repartição do broqueio. Ah, sinhá Scarlett, num sabe que é as repartição do broqueio? É as repartição onde os estrangero compra nosso argodão confederado e embarca em Charleston e Wilmington e embarca de vorta pra nós pórvora. Não, sinhá, num tô bem certo que tipo de estrangero que é. Sinhá Pitty, ela diz que são ingreis, mas ninguém consegue entendê uma palavra do que eles fala. Sim, sinhá, essa fumaça e a fulige tá estragano as cortina de seda da sinhá Pitty. É da fundição e da oficina de laminação. E o baruio que elas faz de noite! Num dexa ninguém drumi. Não, sinhá, num posso pará pra vosmecê olhá por aí. Prometi pra sinhá Pitty que levava vosmecê direto pra casa... Sinhá Scarlett, faz sua cortesia. Lá tá a sinhá Merriwether e a sinhá Elsing fazeno mesura pra vosmecê.

Scarlett se lembrava vagamente de duas senhoras com aqueles nomes que tinham ido de Atlanta a Tara a fim de assistir ao seu casamento, e se lembrava de que eram as melhores amigas da Srta. Pittypat. Então ela se virou rapidamente para onde tio Peter apontara e fez um aceno de cabeça. As duas estavam sentadas em uma carruagem encostada diante de um armazém. O proprietário e dois funcionários estavam na calçada com os braços cheios de fardos, lhes mostrando tecidos de algodão. A Sra. Merriwether era uma mulher alta e forte, que estava com o corpete tão apertado que seu busto se projetava como a proa de um navio. O cabelo grisalho era alongado por uma falsa franja ondulada orgulhosamente castanha que não se importava em combinar com o resto do cabelo. Ela tinha um rosto redondo e corado, no qual se combinavam a astúcia bem-intencionada e o hábito do comando. A Sra. Elsing era mais jovem, uma mulher magra e frágil que fora uma beldade e ainda trazia em si um frescor desbotado, um imperioso ar exigente.

Essas duas senhoras, juntamente a uma terceira, a Sra. Whiting, eram os pilares de Atlanta. Dirigiam as três igrejas a que pertenciam, o clérigo, os corais e os paroquianos. Organizavam quermesses e presidiam círculos de costura, serviam de acompanhantes em bailes e piqueniques, sabiam quem formaria bons casais e quem não, quem bebia secretamente, quem esperava bebês e para quando. Eram autoridades na genealogia de todos que eram alguém na Geórgia, Carolina do Sul e Virgínia, e não ocupavam as cabeças com os outros estados, pois acreditavam que ninguém importante jamais viria de outros estados, além desses três. Elas sabiam o que era um comportamento decoroso e o que não era, e nunca deixavam de tornar suas opiniões conhecidas – a Sra.

Merriwether em altos brados, a Sra. Elsing em uma elegante fala arrastada e a Sra. Whiting em um sussurro aflito que mostrava o quanto detestava falar dessas coisas. Essas três damas não se gostavam nem confiavam umas nas outras, de modo tão cordial quanto o Primeiro Triunvirato de Roma, e sua íntima aliança se dava provavelmente pelo mesmo motivo.

– Falei a Pitty que precisava de você em meu hospital – chamou a Sra. Merriwether, sorrindo. – Não vá prometer à Sra. Meade nem à Sra. Whiting!

– Não se preocupe – disse Scarlett, sem fazer a menor ideia do que a Sra. Merriwether falava, mas sentindo o calor do aconchego de ser bem-vinda e procurada. – Espero vê-la em breve.

A carruagem avançava com dificuldade, parando por um momento para permitir que duas damas com cestas carregadas de ataduras escolhessem algumas pedras como passagem precária e atravessassem a rua inclinada. No mesmo instante, o olhar de Scarlett foi fisgado por uma figura na calçada com um vestido espalhafatosamente colorido – espalhafatoso demais para usar na rua –, coberta por um xale de Paisley com franjas que chegavam aos calcanhares. Quando ela se virou, Scarlett viu uma bela mulher alta com uma cara atrevida e um cabelo ruivo, vermelho demais para ser verdadeiro. Era a primeira vez que via uma mulher que com certeza "fizera algo no cabelo", e ficou olhando fascinada.

– Tio Peter, quem é aquela? – sussurrou ela.

– Num sei.

– Sabe, sim. Dá para notar. Quem é?

– O nome dela é Belle Watling – disse tio Peter, o lábio inferior começando a se pronunciar.

Scarlett logo percebeu que ele não precedera o nome com "Srta." ou "Sra.".

– Quem é ela?

– Sinhá Scarlett – disse Peter soturnamente, deitando o chicote no cavalo assustado –, sinhá Pitty num vai gostá de vosmecê perguntano o que num é da sua conta. Tem um monte de gente que num interessa nessa cidade, então num tem pruque falá disso.

"Deus do Céu!", pensou Scarlett, reprimida ao silêncio. "Aquela mulher não deve prestar!"

Ela nunca tinha visto uma mulher que não prestasse antes e, virando a cabeça, ficou olhando para ela até que se perdesse na multidão.

As lojas e os novos prédios de guerra estavam mais separados agora, com terrenos vazios entre si. Finalmente, a área comercial ficou para trás e as residências começaram a aparecer. Scarlett as observou como a velhas amigas; a casa dos Leyden, digna e imponente; a dos Bonnell, com pequenas colunas brancas e persianas verdes; a casa taciturna de tijolos aparentes e estilo georgiano da família McLure, atrás de sua cerca viva quadrada. O progresso da carruagem era mais lento ali, pois das varandas, jardins e calçadas, as senhoras a chamavam. Algumas ela conhecia pouco, de outras se lembrava vagamente, mas a maioria não conhecia em absoluto. Certamente Pittypat anunciara sua chegada. O pequeno Wade teve de ser segurado no alto repetidamente, para que as senhoras que tinham se aventurado até a lama pudessem fazer suas exclamações sobre ele. Todas lhe diziam que ela devia entrar para seus círculos de tricô e costura e para os comitês hospitalares delas e de ninguém mais, e ela, imprudentemente, prometeu a torto e a direito.

Assim que passaram por uma casa de formato irregular de tábuas de madeira verde, uma menininha negra de pé nos degraus da frente gritou "Ela chegou" e o Dr. Meade, sua mulher e o pequeno Phil, de 13 anos, surgiram, gritando seus cumprimentos. Scarlett se lembrou de que eles também tinham estado em seu casamento. A Sra. Meade subiu na caixa da própria carruagem e esticou o pescoço para ver o bebê, mas o médico, desconsiderando a lama, foi até o lado da carruagem de Scarlett. Ele era alto e magro, tinha uma barba pontuda grisalha e as roupas lhe caíam como se um furacão as tivesse soprado ali. Atlanta o considerava a raiz de toda a força e sabedoria, não sendo estranho que ele tivesse absorvido algo dessa crença. Mas, apesar de todo o seu hábito de fazer declarações oraculares e dos modos levemente pomposos, era o mais gentil dos homens que a cidade possuía.

Depois de apertar a mão dela e acariciar a barriga de Wade, cumprimentando-o, o médico anunciou que tia Pittypat lhe jurara que Scarlett não ficaria em nenhum outro hospital e comitê de enrolar ataduras que não os da Sra. Meade.

– Ah, minha nossa, mas já prometi a centenas de senhoras! – disse Scarlett.

– À Sra. Merriwether, certamente! – bradou a Sra. Meade, indignada. – Que mulher! Ela deve esperar por todos os trens.

– Eu prometi porque não fazia ideia do que se tratava – confessou Scarlett. – Afinal, o que são comitês hospitalares?

Tanto o médico quanto sua mulher pareceram levemente chocados com a ignorância de Scarlett.

– Mas, é claro, você esteve enterrada no interior e não podia saber – desculpou-a a Sra. Meade. – Temos comitês de enfermagem para diferentes hospitais e dias diversos. Atendemos os homens, ajudamos os médicos, fazemos ataduras e roupas, e, quando os homens têm alta dos hospitais, os levamos para nossas casas a fim de que convalesçam até que estejam em condições de voltar ao exército. E cuidamos das esposas e famílias de alguns dos feridos que são miseráveis... sim, pior que miseráveis. O Dr. Meade está no hospital do Instituto, onde funciona o meu comitê, e todos dizem que ele é maravilhoso e...

– Calma, calma, Sra. Meade – disse o médico carinhoso. – Não fique se gabando à minha custa. É o mínimo que posso fazer, visto que a senhora não me deixa entrar para o exército.

– Eu não deixo?! – bradou ela, indignada. – Eu? A cidade não o deixaria, e o senhor sabe. Ora, Scarlett, quando o pessoal ficou sabendo que ele pretendia ir para a Virgínia como cirurgião do exército, todas as damas assinaram uma petição implorando que ficasse. É claro que a cidade não poderia ficar sem o senhor.

– Ora, ora, Sra. Meade – disse o médico, obviamente deleitando-se com o elogio. – Talvez ter rapazes na frente de batalha seja suficiente por enquanto.

– E eu vou no ano que vem! – bradou o pequeno Phil, dando pulos de entusiasmo. – Como tocador de tambor. Estou aprendendo a tocar agora. Quer ouvir? Vou lá correndo pegar meu tambor.

– Agora, não – disse a Sra. Meade, puxando-o para si, um súbito olhar de tensão lhe abatendo. – No ano que vem, não, querido. Talvez no seguinte.

– Mas aí a guerra vai ter acabado! – falou ele, birrento, afastando-se dela. – E a senhora prometeu!

Os olhos dos pais se encontraram sobre a cabeça do menino e Scarlett percebeu. Darcy Meade estava na Virgínia e eles estavam mais apegados ao menino que ficara.

Tio Peter pigarreou.

– A sinhá Pitty tava arreliada quando eu saí de casa e, se eu num chego lá em seguida, ela vai esfalecê.

– Até logo. Irei lá hoje à tarde – disse a Sra. Meade. – E diga a Pitty que, se você não ficar em meu comitê, ela vai ficar ainda mais "arreliada".

A carruagem derrapou e saiu deslizando pela rua enlameada, Scarlett se recostou nas almofadas e sorriu. Fazia meses que não se sentia tão bem. Atlanta era ótima, com suas multidões, sua pressa e o efervescente impulso subjacente, muito melhor que a fazenda isolada de Charleston, onde o bramido dos jacarés rompia o silêncio da noite; melhor que a própria Charleston, sonhadora por trás de seus jardins murados; melhor que Savannah, com suas largas avenidas orladas de palmeiras e o rio lamacento que a margeia. Sim, e temporariamente até melhor que Tara, por mais querida que Tara fosse.

Havia algo de eletrizante naquela cidade, com suas estreitas ruas enlameadas entre as colinas de terra vermelha, algo cru e rústico que atraía a crueza e a falta de refinamento subjacente à camada de verniz que Ellen e Mammy lhe haviam proporcionado. Ela sentiu que era ali o seu lugar, não em velhas cidades planas, serenas e silenciosas, margeando águas amareladas.

As casas ficavam cada vez mais esparsas e, inclinando-se para fora, Scarlett viu os tijolos expostos e o telhado de ardósia da casa da Srta. Pittypat. Era quase a última casa ao norte da cidade. Depois dela, a estrada dos Pessegueiros se estreitava e suas curvas se perdiam de vista sob grandes árvores que iam dar em uma mata fechada. A caprichada cerca de madeira fora recém-pintada de branco e o pátio que ela circundava destacava-se pelo amarelo dos últimos junquilhos da estação. Nos degraus da entrada, estavam duas mulheres de preto e, atrás delas, uma mulata gorda com as mãos sob o avental e os dentes alvos arreganhados em um sorriso. A rechonchuda Srta. Pittypat estava em um vaivém inquieto sobre os pés mínimos, uma das mãos comprimida em seu copioso busto para aquietar o coração palpitante. Scarlett viu Melanie a seu lado e, com um acesso de desgosto, percebeu que a mosca na sopa de Atlanta seria aquela insignificante pessoinha de luto, com os abundantes cachos negros subjugados a uma homogeneidade matronal, um sorriso carinhoso de boas-vindas e felicidade no rosto em formato de coração.

Quando um sulista se dava ao trabalho de carregar um baú e viajar 30 quilômetros para fazer uma visita, esta raramente durava menos de um mês, geralmente muito mais. Os sulistas eram hóspedes tão entusiastas quanto bons anfitriões, e nada havia de incomum em parentes irem para passar as festas de Natal e permanecerem até julho. Muitas vezes, quando os recém-casados faziam sua série costumeira de visitas de lua de mel, acabavam se detendo em alguma casa agradável até o nascimento do segundo filho. Era frequente que tias e tios idosos fossem para um almoço dominical e permanecessem até serem enterrados, anos depois. Os hóspedes não apresentavam qualquer problema, pois as casas eram grandes, os criados, numerosos e a alimentação de várias bocas extras, uma questão de menor importância naquela terra abundante. Pessoas de todas as faixas etárias e de qualquer sexo faziam visitas: casais em lua de mel, jovens mães mostrando seus bebês, convalescentes, os privados de posses, moças cujos pais estavam ansiosos para afastá-las dos perigos de uniões desaconselháveis, moças que tinham chegado à idade perigosa sem ficarem noivas e, esperava-se, encontrariam bons partidos em outros lugares, sob a orientação de parentes. Os hóspedes emprestavam animação e variedade à lenta vida sulista e eram sempre bem-vindos.

Portanto, Scarlett chegara a Atlanta sem ter ideia de quando retornaria. Se a visita se mostrasse tão tediosa quanto as de Savannah e Charleston, ela voltaria para casa em um mês. Se fosse agradável, ficaria indefinidamente. Mas mal chegara e tia Pitty e Melanie começaram a fazer uma campanha para induzi-la a fazer da casa sua residência permanente. Expuseram todos os argumentos possíveis. Elas a queriam lá por ela mesma, porque a amavam. Sentiam-se solitárias e muitas vezes assustadas à noite naquela casa enorme, e ela era tão valente que lhes dava coragem. Era tão encantadora que as animava em seu pesar. Agora que Charles estava morto, o lugar dela e do filho era com os familiares dele. Além disso, metade da casa agora lhe pertencia por parte do testamento de Charles. Por último, a Confederação necessitava de cada par de mãos para costurar, tricotar, enrolar ataduras e atender os feridos. O tio de Charles, Henry Hamilton, que vivia só no hotel Atlanta, perto da estação, também falou seriamente com ela sobre esse assunto. Tio Henry era um velho cavalheiro de baixa estatura e barriga protuberante, rosto rosado, longos cabelos grisalhos e emaranhados e total impaciência com os acanhamentos e gabolices femininas. Era por esse último motivo que ele mal falava com sua irmã, a Srta. Pittypat. Desde a infância, eles tiveram temperamentos exatamente opostos e a desavença continuara com as objeções que ele fazia ao modo como ela criava Charles – "Fazendo do filho de um soldado um maricas!" Anos antes, ele a insultara a tal ponto que agora a Srta. Pitty nunca falava com ele, salvo sob sussurros vigiados e com tanta reticência que um estranho teria achado que o velho e honesto advogado era um assassino, no mínimo. O insulto ocorrera em um dia em que Pitty queria retirar 500 dólares de seus bens, dos quais ele era fiduciário, para investir em uma mina de ouro inexistente. Ele se recusara a permiti-lo e declarara irritado que ela não tinha mais juízo que um percevejo e, além disso, lhe dava nos nervos ficar com ela por mais de cinco minutos. Desde aquele dia, ela só o via formalmente, uma vez por mês, quando tio Peter a levava a seu escritório para pegar o dinheiro da manutenção doméstica. Após essas breves visitas, Pitty sempre se recolhia em sua cama com lágrimas e sais aromáticos. Melanie e Charles, que se davam muito bem com o tio, frequentemente se ofereciam para aliviá-la daquela provação, mas Pitty sempre enrijecia a boca infantil e recusava. Henry era sua cruz e ela precisava aguentá-lo. A partir disso, Charles e Melanie só podiam deduzir que ela tirava grande prazer dessa ocasional exaltação, a única de sua vida protegida.

Tio Henry gostou imediatamente de Scarlett, pois, disse ele, podia ver que, apesar de todas as tolas afetações, ela tinha algum juízo. Ele era o fiduciário não só dos bens de Pitty e Melanie, mas também dos deixados por Charles para Scarlett. Foi com agradável surpresa que Scarlett ficou sabendo que era agora uma jovem próspera, pois Charles não só lhe deixara metade da casa de tia Pitty, mas fazendas e propriedades na cidade. E as lojas e depósitos ao longo da ferrovia perto da estação, que faziam parte de sua herança, tinham triplicado de valor desde o início da guerra. Foi quando tio Henry lhe prestava contas de suas propriedades que levantou a questão de sua residência permanente em Atlanta.

– Quando Wade Hampton chegar à maioridade, vai ser um jovem rico – disse ele. – Do modo como Atlanta está crescendo, suas propriedades terão dez vezes o valor em vinte anos, e é certo que o menino seja criado onde estão seus bens, de modo que possa aprender a tomar conta deles. Sim, e dos de Pitty e Melanie também. Ele será o único Hamilton homem remanescente, pois não ficarei aqui para sempre.

Quanto a tio Peter, era fato consumado que Scarlett viera para ficar. Era-lhe inconcebível que o único filho de Charles fosse criado em um lugar onde ele não pudesse supervisionar sua criação. Diante de todos esses argumentos, Scarlett sorriu, mas nada disse, não querendo se comprometer antes de saber se gostaria de Atlanta e da associação com os parentes do marido falecido. Sabia também que precisaria convencer

Ellen e Gerald. Além disso, agora que estava distante de Tara, sentia enorme falta de lá, sentia saudades dos campos vermelhos, dos brotos verdes do algodão e dos suaves silêncios do crepúsculo. Pela primeira vez, ela vagamente percebia o que Gerald queria dizer ao falar que o amor pela terra estava em seu sangue.

Então ela educadamente se esquivou, naquele momento, de dar uma resposta definitiva sobre a duração de sua visita e penetrou com facilidade na vida da casa de tijolos vermelhos no final da tranquila rua dos Pessegueiros.

Morando com gente do mesmo sangue de Charles, vendo o domicílio de onde ele vinha, agora Scarlett conseguia entender um pouco melhor o rapaz que a tornara esposa, viúva e mãe em uma sucessão tão rápida. Era fácil perceber por que ele era tão tímido, tão pouco sofisticado, tão idealista. Se Charles tivesse herdado qualquer das qualidades severas, destemidas, coléricas do soldado que fora seu pai, elas tinham sido apagadas na infância pela atmosfera feminina em que se criara. Fora dedicado à infantil Pitty e mais próximo a Melanie do que os irmãos costumam ser, e era impossível encontrar duas mulheres mais meigas e etéreas.

Tia Pittypat fora batizada Sarah Jane Hamilton sessenta anos antes, mas desde o passado longínquo em que seu apaixonado pai lhe pusera esse apelido, por causa do som de seus pezinhos delicados e inquietos, ninguém mais a chamara de outra coisa. Nos anos que se seguiram àquele segundo batizado, ocorreram-lhe muitas mudanças que deixaram incongruente o apelido mimoso. Tudo o que agora restava da criança que saía correndo velozmente eram os pés de mínimo tamanho, inadequados a seu peso, e uma tendência a tagarelar a esmo e alegremente. Era robusta, de faces rosadas e cabelo grisalho, e sempre estava um tanto ofegante devido ao espartilho muito apertado. Era incapaz de andar mais de uma quadra com os pezinhos que enfiava em sapatilhas pequenas demais. Ela tinha um coração que palpitava diante de qualquer emoção e sem constrangimento o mimava, desmaiando diante de qualquer provocação. Todos sabiam que seus desfalecimentos geralmente não passavam de fingimentos próprios das damas, mas a amavam o bastante para não dizê-lo. Todos a amavam, mimavam como a uma criança e se recusavam a levá-la a sério, todos menos seu irmão Henry.

A coisa que mais adorava fazer neste mundo era mexericar, ainda mais do que os prazeres da mesa, e ficava tagarelando por horas sobre a vida dos outros de um modo gentilmente inofensivo. Não tinha memória para nomes, datas nem lugares, e geralmente confundia os protagonistas dos dramas de Atlanta, o que a ninguém confundia, pois ninguém era tolo de levar a sério suas palavras. Ninguém jamais lhe contava algo realmente chocante ou escandaloso, pois sua condição de solteirona devia ser protegida, mesmo que ela tivesse 60 anos, e os amigos conspiravam gentilmente para conservá-la uma velha criança, protegida e mimada.

Melanie assemelhava-se à tia de muitas formas. Possuía a timidez, os rubores súbitos, o recato, mas tinha bom senso – "Até certo ponto, admito", pensava Scarlett de má vontade. Como tia Pitty, Melanie tinha a fisionomia de uma criança protegida, que nunca conhecera nada além de simplicidade e gentileza, verdade e amor, uma criança que nunca se debruçara sobre a aspereza ou o mal e não os reconheceria se os visse. Como sempre fora feliz, queria que todos a sua volta o fossem ou, pelo menos, que ficassem contentes consigo mesmos. Com essa finalidade, sempre via o melhor em todos e fazia gentis comentários. Não havia criado burro o bastante para que nele não descobrisse algum traço redentor de lealdade e bom coração, nenhuma moça tão feia e desagradável em quem não conseguisse descobrir alguma graça de forma ou nobreza de caráter, e nenhum homem era tão sem valor ou maçante que ela não o visse à luz do que poderia se tornar, em vez do que realmente era.

Por causa dessas qualidades sinceras e espontâneas, vindas de um coração generoso, todos se reuniam a sua volta, pois quem pode resistir ao encanto de alguém que descobre nos outros qualidades maravilhosas, impensáveis até mesmo pela própria pessoa? Ela tinha mais amigas que qualquer outra moça na cidade e mais amigos também, embora tivesse poucos pretendentes, pois lhe faltavam a intenção e o egoísmo para prender os corações masculinos em sua armadilha.

O que Melanie fazia não era diferente do que todas as moças sulistas eram ensinadas a fazer – deixar os que a rodeavam à vontade e satisfeitos consigo próprios. Era essa feliz conspiração feminina que tornava a sociedade sulista tão agradável. As mulheres sabiam que uma terra onde os homens estavam contentes, onde ninguém os contradizia e os mantinha seguros na posse de uma vaidade intocada, deveria ser um lugar agradável para as mulheres viverem. Portanto, do berço ao túmulo, elas se esforçavam para deixar os homens satisfeitos consigo mesmos, e os homens satisfeitos retribuíam prodigamente com galanteria e adoração.

Na verdade, os homens davam de boa vontade às mulheres tudo o que houvesse no mundo, menos o crédito de possuírem inteligência. Scarlett exercia os mesmos encantos que Melanie, mas com um estudado talento artístico e habilidade consumada. A diferença entre as duas moças estava no fato de que Melanie dizia palavras bondosas e elogiosas por um desejo de deixar as pessoas felizes, mesmo que só temporariamente, e Scarlett só o fazia em proveito próprio.

Charles não recebera das duas que mais amava nenhuma influência enrijecedora, nada aprendera da aspereza ou da realidade, e a casa onde se tornara adulto era tão delicada quanto um ninho de pássaro. Era uma casa muito tranquila, à moda antiga e cortês em comparação a Tara. Para Scarlett, faltavam a ela os aromas masculinos do conhaque, do tabaco e do óleo de Macassar para cabelo, vozes roucas e xingamentos ocasionais, armas, costeletas, selas e arreios, e cães de caça sob os pés. Ela sentia falta das discussões que eram sempre ouvidas em Tara, quando Ellen dava as costas e Mammy discutia com Pork; Rosa e Teena se altercavam; ela mesma tinha brigas ásperas com Suellen, e Gerald fazia ameaças a altos brados. Não era de surpreender que Charles tivesse sido um maricas, oriundo de uma casa como aquela. Ali o alvoroço nunca entrava, as vozes nunca se elevavam, todos acatavam gentilmente as opiniões alheias e, por fim, o negro grisalho autocrata da cozinha manejava as coisas como queria. Scarlett, que esperava uma rédea mais solta quando escapou à supervisão de Mammy, descobriu com pesar que os padrões de conduta de uma dama para tio Peter eram ainda mais restritivos que os de Mammy, especialmente para a viúva do sinhozinho Charles.

Em tal domicílio, Scarlett se recuperou e, quase antes de se dar conta, seu ânimo voltara ao normal. Ela só tinha 17 anos, uma saúde e uma energia soberbas, e a família de Charles fez de tudo para deixá-la feliz. Se não tinham sido completamente bem-sucedidos, não era culpa deles, pois ninguém podia tirar de seu coração a dor que latejava sempre que o nome de Ashley era mencionado. E Melanie o mencionava com muita frequência. Mas Melanie e Pitty eram incansáveis no planejamento de coisas que abrandassem o pesar que pensavam acometê-la. Puseram a própria dor em segundo plano para distraí-la. Elas se preocupavam com sua alimentação e com as horas de sesta, e providenciavam passeios de carruagem. Não apenas a admiravam de modo extravagante, seu ânimo elevado, seu porte, as mãos e pés tão pequenos e a pele alva, como também o declaravam a todo instante, acariciando-a, dando-lhe beijos e abraços para enfatizar as palavras amorosas.

Scarlett não ligava para as carícias, mas deleitava-se com os elogios. Ninguém em Tara jamais lhe dissera tantas coisas encantadoras. Na verdade, Mammy passava o tempo todo esvaziando sua presunção. O pequeno Wade já não era um estorvo, pois a família, branca e negra, além dos vizinhos, o idolatrava, e havia uma rivalidade incessante a disputar o colo que ele ocuparia. Melanie era especialmente louca por ele. Mesmo em seus piores acessos de choro, dizia que o achava adorável, acrescentando: "Ah! Minha querida preciosidade! Só queria que você fosse meu!"

Às vezes Scarlett achava difícil dissimular os sentimentos, pois ainda considerava tia Pitty a mais tola das velhas, e suas imprecisões e tagarelice a irritavam de modo intolerável. Sua antipatia por Melanie era uma antipatia ciumenta que crescia com o passar dos dias, e às vezes ela tinha de sair abruptamente da sala, quando Melanie, irradiando orgulho amoroso, falava de Ashley ou lia suas cartas em voz alta. Mesmo assim, a vida seguia o mais feliz possível dentro das circunstâncias. Atlanta era mais interessante que Savannah, Charleston ou Tara, e oferecia tantas ocupações diferentes relativas à guerra que ela tinha pouco tempo para pensar ou ficar desanimada. Mas, às vezes, depois de soprar a vela e deitar a cabeça no travesseiro, suspirava, pensando: "Se ao menos Ashley não estivesse casado! Se ao menos eu não tivesse de atender naquele hospital empesteado! Ah, se ao menos eu pudesse ter um admirador!"

Ela imediatamente odiara servir de enfermeira, mas não havia como escapar, pois estava nos comitês da Sra. Meade e da Sra. Merriwether. Isso significava quatro manhãs semanais no hospital sufocante, fedorento, com o cabelo preso em uma toalha e um avental quente que a cobria do pescoço aos pés. Todas as matronas de Atlanta, velhas e jovens, serviam como enfermeiras e o faziam com um entusiasmo que para Scarlett beirava o fanatismo. Elas contavam como certo que ela estivesse imbuída do fervor patriótico e teriam ficado chocadas com quanto era mínimo seu interesse pela guerra. Exceto pelo tormento constante de que Ashley pudesse morrer, a guerra não a interessava nem um pouco, e servia de enfermeira porque não sabia como se esquivar.

Certamente, nada havia de romântico no serviço de enfermeira. Para ela, significava gemidos, delírios, morte e odores. Os hospitais estavam cheios de homens sujos, barbados, infectados, que cheiravam muito mal e tinham em seu corpo ferimentos horrorosos o bastante para revirar qualquer estômago cristão. Os hospitais fediam a gangrena, o odor assaltando suas narinas muito antes que ela chegasse à porta, um odor que ficava em suas mãos, no cabelo e assombrava-lhe os sonhos. Moscas e mosquitos rondavam em nuvens, zumbindo sobre as enfermarias, atormentando os homens, levando-os a praguejar e soluçar baixinho; e Scarlett, coçando suas próprias mordidas de mosquitos, abanava os leques de folhas de palmeira até ficar com os ombros doendo e desejar que os homens estivessem mortos.

Melanie, contudo, não parecia se importar com os cheiros, ferimentos ou a nudez, o que Scarlett achava estranho, naquela que era a mais receosa e recatada das mulheres. Às vezes, ao segurar as bacias e instrumentos enquanto o Dr. Meade cortava a carne gangrenada, Melanie ficava muito pálida. Certa vez, após uma dessas operações, Scarlett a encontrou no compartimento da roupa de cama, vomitando silenciosamente em uma toalha. Mas, enquanto estivesse em uma posição em que o ferido pudesse vê-la, ela era gentil, solidária e alegre, e os homens nos hospitais a chamavam de anjo de misericórdia. Scarlett também teria gostado daquele título, mas ele envolvia tocar em homens cheios de piolhos, descer os dedos pelas gargantas de pacientes inconscientes para ver se não estavam se engasgando com pedaços de tabaco, fazer curativos em cotos e fisgar varejeiras em carne infeccionada. Não, ela não gostava de assistir enfermos!

Talvez tivesse sido suportável se lhe fosse permitido usar seus encantos com os homens convalescentes, pois muitos deles eram atraentes e bem-nascidos, mas isso ela não podia fazer em sua condição de viúva. As solteiras da cidade, a quem não era permitido servir de enfermeira por temor de que se deparassem com cenas impróprias a olhos virgens, ficavam encarregadas das enfermarias de convalescentes. Sem o empecilho do casamento ou da viuvez, elas faziam vastas incursões aos convalescentes, e até mesmo as moças menos bonitas, observou Scarlett tristemente, não encontravam dificuldades para ficar noivas.

Com a exceção dos desesperadamente doentes e gravemente feridos, o mundo de Scarlett era totalmente feminino, e isso a aborrecia, pois ela não gostava nem confiava no próprio sexo e, o que era pior, sempre se entediava com ele. Mas três tardes por semana ela tinha de frequentar os círculos de costura e enrolamento de ataduras das amigas de Melanie. As moças, que tinham conhecido Charles, eram muito gentis e atenciosas com ela nesses encontros, especialmente Fanny Elsing e Maybelle Merriwether, filhas das rainhas da cidade. Mas elas a tratavam de modo deferente, como se ela estivesse velha e acabada, e a constante conversa sobre danças e admiradores a deixava invejosa dos prazeres delas e ressentida de que sua viuvez a excluísse dessas atividades. Ora, ela era três vezes mais bonita do que Fanny e Maybelle! Ah, como a vida era injusta! Injustiça todos acharem que seu coração estava no túmulo quando estava longe de lá! Estava na Virgínia, com Ashley!

Mas, apesar desses desconfortos, Atlanta a agradava. E sua visita foi se prolongando com o passar das semanas.

9

Scarlett debruçou-se na janela de seu quarto naquela manhã de pleno verão e, desconsolada, ficou olhando os carroções e carruagens cheios de moças, soldados e damas de companhia passando alegremente pela rua dos Pessegueiros rumo à mata. Iam em busca de decorações para a quermesse que se realizaria naquela noite em benefício dos hospitais. Sob o arco de árvores, a estrada vermelha se mesclava de sombras e reflexos solares, e os muitos cascos faziam subir pequenas nuvens de poeira. Um dos carroções, à frente dos outros, levava quatro negros fortes carregando machados para cortar os ramos e derrubar as trepadeiras, e a traseira desse carroção estava lotada de volumes cobertos po guardanapos, cestas de piquenique e uma dúzia de melancias. Dois dos rapazes negros tinham um banjo e uma harmônica e entoavam uma versão animada de "If You Want to Have a Good Time, Jine the Cavalry". Atrás deles, vinha o desfile alegre, as moças em vestidos de algodão florido, com xales leves, chapéus de sol, luvas para lhes proteger a pele e pequenas sombrinhas; as senhoras mais velhas, sorrindo plácidas em meio às risadas; gritos e brincadeiras entre uma carruagem e outra; convalescentes dos hospitais enfiados entre gorduchas acompanhantes e moças delgadas, que os enchiam de atenção e cuidados; oficiais a cavalo, a passo de tartaruga, que iam ao lado das rodas das carruagens que rangiam, esporas tinindo, galões dourados brilhando, sombrinhas balouçando, leques silvando, os negros cantando. Todos estavam subindo a rua dos Pessegueiros para catar ramos, fazer um piquenique e comer melancias. "Todos", pensou Scarlett, mal-humorada, "menos eu".

Todos acenaram, chamando por ela enquanto passavam, e ela tentou responder de boa vontade, mas foi difícil. Uma dorzinha difícil se iniciara em seu coração e estava subindo lentamente por sua garganta, onde se transformaria em um nó, e o nó logo se transformaria em lágrimas. Estavam todos indo ao piquenique, menos ela. E todos iriam à quermesse e ao baile daquela noite, menos ela. Quer dizer, todos, menos ela, Pittypat, Melly e os outros desafortunados da cidade que estavam de luto. Mas Melly e Pittypat não pareciam se importar. Nem sequer lhes ocorrera desejar ir. Ocorrera a Scarlett. E ela desejava muito ir.

Simplesmente não era justo. Ela trabalhara duas vezes mais do que qualquer moça da cidade, aprontando as coisas para a quermesse. Tinha tricotado meias, toucas de bebês, mantas, cachecóis, fizera metros e metros de frocos de renda, pintara bacias e xícaras de porcelana. E bordara a bandeira dos Confederados em meia dúzia de capas de almofada. (Com certeza, as estrelas ficaram um pouco tortas, algumas quase redondas, e outras tinham seis ou até sete pontas, mas o efeito era bom.) No dia anterior, trabalhara até a exaustão no velho depósito empoeirado de um arsenal, cobrindo as barracas alinhadas nas paredes com tecido amarelo, rosa e verde. Sob a supervisão do Comitê Hospitalar das Senhoras, aquilo fora trabalho duro, sem nenhuma graça. Nunca tinha graça estar perto da Sra. Merriwether, da Sra. Elsing e da Sra. Whiting, mandando nela como se fosse uma de suas negras. E ter de escutá-las se gabando de quanto suas filhas eram populares. E, pior de tudo, ficara com duas bolhas nos dedos, ajudando Pittypat e a cozinheira a fazer bolos em camadas para a rifa.

E agora, tendo trabalhado como uma escrava do campo, ela tinha de se recolher decorosamente quando a diversão estava só começando. Ah, não era justo que ela tivesse um marido morto, um bebê gritando no quarto ao lado e ficasse de fora de tudo o que era bom. Pouco mais de um ano antes, ela estava dançando e usando roupas coloridas em vez daquele luto preto, e estava praticamente noiva de três rapazes. Ela só tinha 17 anos e havia muita dança ainda para seus pés. Ah, não era justo! A vida estava passando por ela, por uma sombreada estrada quente de verão, vida de fardas cinza e esporas tilintando, vestidos de organdi floridos e banjos tocando. Ela tentou não sorrir nem acenar com excesso de entusiasmo para os homens que conhecia melhor, os que atendera no hospital, mas era difícil subjugar suas covinhas, difícil dar a impressão de que seu coração estava no túmulo, quando não estava.

Suas mesuras e acenos foram abruptamente interrompidos quando Pittypat entrou no quarto, ofegante como sempre, devido à subida das escadas, e a puxou da janela sem qualquer cerimônia.

– Você perdeu a cabeça, doçura, acenando para os homens da janela de seu quarto? Devo dizer, Scarlett, estou chocada! O que diria sua mãe?

– Bem, eles não sabiam que era meu quarto.

– Mas devem ter desconfiado de que era seu quarto, e isso é tão mau quanto. Doçura, você não pode fazer coisas assim. Todos vão comentar e dizer que é uma assanhada... e, de qualquer jeito, a Sra. Merriwether sabe que é o seu quarto.

– E suponho que vá contar para todos os rapazes, a velha ferina.

– Doçura, cale-se! Dolly Merriwether é minha melhor amiga.

– Bem, ela não deixa de ser ferina mesmo assim... Ah, perdoe-me, tia, não chore! Esqueci que era a janela do meu quarto. Nunca mais faço isso... Eu... eu só queria vê-los passar. Eu queria ir.

– Doçura!

– Bem, eu queria. Estou muito cansada de ficar em casa.

– Scarlett, me prometa que não vai dizer coisas desse tipo. As pessoas falariam. Diriam que você está faltando com o devido respeito ao querido Charlie...

– Ah, tia, não chore!

– Ah, agora eu a fiz chorar também – soluçou Pittypat, satisfeita, buscando um lenço no bolso da saia.

A dorzinha difícil por fim atingira a garganta de Scarlett e ela chorou bem alto... Não, como Pittypat pensou, pelo pobre Charlie, mas porque os últimos sons das rodas e do riso estavam sumindo. Melanie veio farfalhando de seu quarto, cenho franzido de preocupação, uma escova nas mãos, o cabelo preto, geralmente arrumado, livre de sua rede, caindo em torno do rosto em um amontoado de cachinhos e ondas.

– Querida! O que houve?

– Charlie! – soluçou Pittypat, entregando-se completamente ao prazer de sua dor e enterrando a cabeça no ombro de Melly.

– Ah – disse Melly, um tremor no lábio pela menção do nome do irmão –, seja corajosa, querida. Não chore. Ah, Scarlett!

Scarlett tinha se jogado na cama e chorava a plenos pulmões, chorava por sua juventude perdida e pelos prazeres que lhe eram negados, chorava com a indignação e o desespero de uma criança que antes conseguia qualquer coisa que quisesse bastando chorar, e agora sabe que chorar já não ajuda. Com a cabeça enterrada no travesseiro, ela chorava e batia os pés.

– Eu bem que podia estar morta – soluçava passionalmente. Diante de tal exibição de pesar, as lágrimas fáceis de Pittypat cessaram e Melly voou para a cabeceira a confortar sua cunhada.

– Querida, não chore! Pense em quanto Charlie a amava e deixe que isso a conforte! Tente pensar em seu filhinho querido.

A indignação de Scarlett por ser mal compreendida se misturou à desesperada sensação de ser excluída de tudo, lhe estrangulando qualquer possibilidade de fala. Ainda bem, pois, se ela tivesse conseguido proferir qualquer coisa, teria berrado algumas verdades expressas com as palavras francas de Gerald. Melanie dava tapinhas em seu ombro e Pittypat andava na ponta dos pés pelo quarto fechando as cortinas.

– Não faça isso! – gritou Scarlett, erguendo o rosto vermelho e inchado do travesseiro. – Não estou morta de todo para que a senhora puxe as cortinas... embora pudesse estar. Ah, saiam daqui e me deixem sozinha!

Ela afundou o rosto no travesseiro de novo e, após uma conferência sussurrada, as duas que se debruçavam sobre ela saíram na ponta dos pés. Ela ouviu Melanie dizendo a Pittypat em voz baixa enquanto desciam as escadas:

– Tia Pitty, por favor, não fale de Charlie com ela. A senhora sabe como sempre a afeta. Coitadinha, ela fica com aquela fisionomia estranha e eu sei que está tentando conter o choro. Não devemos dificultar as coisas para ela.

Scarlett chutou a colcha em um acesso impotente de raiva, tentando pensar em algo bem mau para dizer.

– Pelo manto de Cristo! – falou, enfim, e se sentiu um pouco aliviada. Como é que, só tendo 18 anos, Melanie podia se contentar em ficar em casa, nunca se divertir e usar luto pelo irmão? Melanie parecia não saber, ou não se importar, que a vida passasse com esporas tilintando.

"Mas ela é tão sem graça", pensou Scarlett, socando o travesseiro. "E nunca foi popular como eu, que não sente falta das coisas que eu sinto.

E... e, além disso, ela tem Ashley e eu... eu não tenho ninguém!" E com renovado desgosto, teve outro acesso de choro.

Ela ficou no quarto, abatida, até tarde, e nem a visão do grupo retornando do piquenique com carroções lotados de ramos de pinheiro, trepadeiras e samambaias a reanimou. Todos pareciam alegremente cansados ao acenar novamente para ela, que retribuiu os cumprimentos tristemente. A vida era um caso perdido e certamente não valia mais a pena. A libertação chegou da forma menos esperada quando, durante a sesta após o almoço, a Sra. Merriwether e a Sra. Elsing chegaram. Espantadas de receberem visitas àquela hora, Melanie, Scarlett e tia Pittypat se levantaram, rapidamente fecharam os corpetes, arrumaram os cabelos e desceram para o salão.

– Os filhos da Sra. Bonnell estão com sarampo – disse a Sra. Merriwether de maneira abrupta, mostrando claramente que responsabilizava a própria Sra. Bonnell por permitir que tal coisa acontecesse.

– E as meninas McLure foram chamadas à Virgínia – disse a Sra. Elsing com seu fio de voz, abanando-se languidamente com o leque, como se nem isso nem qualquer outra coisa importasse muito. – Dallas McLure está ferido!

– Que horror! – falaram as anfitriãs em coro. – O coitado do Dallas está...

– Não. Só pegou o ombro – disse a Sra. Merriwether sem demora. – Mas não podia ter acontecido em uma hora pior. As meninas estão indo ao norte a fim de trazê-lo para casa. Mas, que os céus nos protejam, não temos tempo de ficar aqui conversando. Precisamos nos apressar até o Arsenal e terminar a decoração. Pitty, precisamos que você e Melly assumam os lugares da Sra. Bonnell e das meninas McLure hoje à noite.

– Ah, Dolly, mas não podemos ir.

– Não diga "não posso" para mim, Pittypat Hamilton – disse a Sra. Merriwether vigorosamente. – Precisamos que você supervisione os negros com os refrescos. Era isso que a Sra. Bonnell ia fazer. E Melly, você precisa ficar na barraca das meninas McLure.

– Oh, nós simplesmente não podemos... com o pobre do Charlie morto há apenas...

– Entendo como você se sente, mas não há sacrifício grande demais pela Causa – interrompeu a Sra. Elsing em uma voz tranquila que acomodou a questão.

– Ah, nós adoraríamos ajudar, mas... por que não conseguem algumas moças bonitas para ficar nas barracas?

A Sra. Merriwether bufou como uma trombeta.

– Não sei o que se passa com as jovens hoje em dia. Elas não têm senso de responsabilidade. Todas as moças que já não assumiram barracas arrumaram mais desculpas do que se pode imaginar. Ah, elas não me enganam! Só não querem ficar impedidas de ter o caminho livre para os oficiais, só isso. E ficam com medo de que seus novos vestidos não apareçam atrás dos balcões das barracas. Como eu queria que aquele sujeito que fura o bloqueio... como é mesmo o nome dele?

– Capitão Butler – supriu a Sra. Elsing.

– É, queria que ele trouxesse mais suprimentos hospitalares e menos crinolinas e renda. Se eu estivesse procurando um vestido para usar hoje, teria visto vinte dos que ele conseguiu passar. Capitão Butler... nem posso ouvir o nome. Agora, Pitty, não tenho tempo para desculpas. Você precisa vir. Todos vão entender. Ninguém vai vê-la na sala de trás de todo modo e Melly nao vai ficar evidente. A barraca das pobres meninas McLure é bem no final e não é muito bonita, então ninguém vai percebê-la.

– Acho que deveríamos ir – disse Scarlett, tentando controlar sua animação e manter a fisionomia séria e simples. – É o mínimo que se pode fazer pelo hospital.

Nenhuma das senhoras visitantes tinha sequer mencionado seu nome e elas se viraram, olhando-a fixamente. Mesmo em um momento tão crítico, não haviam sonhado em pedir a uma mulher na condição de viúva havia cerca de um ano que aparecesse em uma função social. Scarlett encarou o olhar delas com uma expressão infantil de olhos arregalados.

– Acho que deveríamos ir e ajudar para que seja um sucesso, todas nós. Acho que devo ficar na barraca com Melly porque... bem, acho que ficaria melhor que nós duas estivéssemos lá em vez de uma só. Você não acha, Melly?

– Bem – começou Melly, impotente. A ideia de aparecer em público em uma reunião social enquanto estava de luto era tão inusitada que ela se sentia confusa.

– Scarlett tem razão – disse a Sra. Merriwether, observando sinais de enfraquecimento. Ela se levantou e ajeitou as saias. – Você duas... todas vocês devem ir. Agora, Pitty, não me venha com suas desculpas de novo. Só pense em quanto o hospital precisa de dinheiro para comprar novas camas e remédios. E sei que Charlie gostaria de que vocês ajudassem a Causa pela qual ele morreu.

– Bem – disse Pittypat, desamparada como sempre na presença de uma personalidade mais forte –, se você acha que as pessoas vão entender...

"É BOM DEMAIS para ser verdade! É bom demais para ser verdade!", cantava o coração alegre de Scarlett ao entrar sem maiores obstruções na barraca cortinada de rosa e amarelo que teria sido das meninas McLure. Na verdade, ela estava em uma festa! Após um ano de reclusão, após ser obrigada a usar o véu e manter baixo o tom de voz, e de quase ir à loucura de tédio, ela realmente estava em uma festa, a maior festa que Atlanta já vira. E ela podia ver as pessoas, as luzes e ouvir música, e ver com seus próprios olhos as adoráveis rendas, vestidos e enfeites que o famoso capitão Butler tinha contrabandeado em sua última viagem.

Ela se sentou em um dos banquinhos atrás do balcão da barraca e ficou observando o longo corredor que, até aquela tarde, tinha sido um salão de treinamento vazio e feio. Como as senhoras deviam ter trabalhado para deixá-lo em seu presente estado de beleza. Estava encantador. Todas as velas e castiçais de Atlanta deviam estar ali naquela noite, ela pensou, alguns prateados com uma dúzia de braços, outros de porcelana com estatuetas encantadoras lhes servindo de base, antigos suportes de bronze, eretos e dignos, carregados de velas de todos os tamanhos e cores, cheirando a frutas silvestres, localizados sobre a estante de armas que percorria o comprimento do salão, sobre as longas mesas adornadas de flores, nos balcões das barracas e até no peitoris das janelas abertas onde a correnteza do ar quente de verão só as ajudava a se inflamar.

No centro do salão, o lustre enorme e feio que pendia do teto por correntes enferrujadas fora completamente transformado pela hera e pelas trepadeiras enroladas, que já estavam murchando com o calor. As paredes tinham sido forradas com ramos de pinheiro, que exalavam um aroma fresco e transformavam os cantos do salão nos belos caramanchões que acolheriam as damas de companhia e as senhoras idosas. Em toda parte, havia longas e graciosas cordas de hera e trepadeira, como guirlandas nas paredes, como cortinas nas janelas, e ornamentando as barracas coloridas. Por todo o lugar, em meio aos ramos verdes, fulguravam as estrelas brancas da confederação sobre o fundo vermelho e azul das bandeiras.

O estrado onde ficariam os músicos fora arranjado de modo artístico e ficava totalmente oculto pela forração de ramos e bandeiras estreladas. Scarlett sabia que todos os vasos e barris de plantas da cidade estavam ali: begônias, gerânios, hortênsias, espirradeiras, orelhas-de-elefante e até mesmo as quatro preciosas seringueiras da Sra. Elsing marcavam presença, recebendo postos de honra nos quatro cantos.

Na extremidade oposta ao palco, as damas tinham se superado. Pendurados nas paredes, estavam os grandes retratos do presidente Davis e do "Pequeno Alec" Stephens, da Geórgia, vice-presidente da Confederação. Acima deles, uma enorme bandeira e, abaixo, sobre longas mesas, o resultado da pilhagem dos jardins da cidade: avencas, canteiros de rosas vermelhas, amarelas e brancas, orgulhosas palmas de gladíolos dourados, um tapete de capuchinhas de cores variadas, mimos-de-vênus empinados exibindo cabeças castanhas e creme acima das outras flores. Entre elas, as velas ardiam serenas como fogos de altar. Os dois rostos dos retratos olhavam para a cena, dois rostos tão diferentes quanto é possível em dois homens no comando de um empreendimento tão importante: Davis tinha as faces planas e os olhos frios de um asceta, os finos lábios resolutamente cerrados; Stephens, ardentes olhos escuros nas órbitas fundas, tinha uma fisionomia em que se estampava o sofrimento de doença e dor, que ele derrotara com humor e ânimo – dois rostos muito amados.

As velhas senhoras do comitê, em cujas mãos estava a responsabilidade de toda a quermesse, entraram com a importância de navios totalmente equipados, incitando as matronas atrasadas e as mocinhas sorridentes para suas barracas, antes de se precipitarem porta adentro da sala dos fundos onde preparariam os refrescos. Tia Pitty as seguia ofegante.

Foi com dificuldade que os músicos negros, sorrindo, os rostos gordos já luzidios de suor, subiram ao palco e começaram a afinar seus instrumentos com ares antecipados de importância. O velho Levi, cocheiro da Sra. Merriwether, regente da orquestra em todas as quermesses, bailes e casamentos desde que Atlanta se chamava Marthasville, rangeu o arco pedindo atenção. Pouca gente tinha chegado, além das senhoras organizadoras da quermesse, mas todos os olhos se voltaram para ele. Em seguida, as rabecas, violas, acordeons, banjos e nós dos dedos iniciaram uma lenta execução de "Lorena" – muito lenta para dançar. A dança teria início mais tarde, quando as barracas tivessem se esvaziado de suas prendas. Scarlett sentiu o coração se acelerar com a doce melancolia da valsa que lhe chegava aos ouvidos:

Os anos passam devagar, Lorena!
A neve está na relva outra vez.
O sol está distante no céu, Lorena...

Um-dois-três, um-dois-três, vai-balança-três, gira-dois-três. Que linda valsa! Ela esticou um pouco as mãos, fechou os olhos e se balançou ao triste ritmo melancólico. Havia algo na trágica melodia e no amor perdido de Lorena que combinava com sua própria ansiedade e lhe deu um nó à garganta.

Então, como que atraídos pela valsa, os sons entraram flutuando da rua mal iluminada pelo luar, o pisotear dos cascos dos cavalos, o som das rodas das carruagens, as risadas na brisa tépida e a indolente aspereza das vozes negras que discutiam, procurando lugar para amarrar os cavalos. Pelas escadas, em certa confusão e alegria despreocupada, ouvia-se a mescla das vozes frescas das moças e das notas baixas de seus acompanhantes, os cumprimentos joviais e os gritinhos de animação conforme elas reconheciam amigas de quem se haviam separado poucas horas antes.

Subitamente o salão explodiu de vida. Ficou cheio de mocinhas, mocinhas que flutuavam em vestidos luminosos feito borboletas, com suas enormes saias rodadas, as calçolas de renda espiando por baixo; pequenos ombros alvos desnudos e leves esboços de seios apareciam acima de babados. Os xales de renda pendiam descuidadamente dos braços. Leques de lantejoulas ou pintados, leques de penugem de cisne ou de penas de pavão balançavam, atados aos pulsos por fitinhas de veludo. Havia moças de cabelos escuros alisados sobre as orelhas e penteados em coques tão pesados que suas cabeças se inclinavam para trás, dando-lhes um ar altivo; havia moças cheias de cachos dourados presos à nuca, com brincos pingentes de ouro que dançavam com os cachos. Rendas e sedas, debruns e fitas que tinham atravessado o bloqueio eram, portanto, mais preciosos e usados com mais altivez por isso, ornamentos ostentados com um acréscimo de orgulho, uma afronta a mais aos ianques.

Nem todas as flores da cidade se exibiam em tributo aos líderes da Confederação. Os botões menores, mais perfumados, enfeitavam as moças. Pequenas rosas enfiadas atrás de orelhas rosadas, jasmins e botões de rosas em guirlandas sobre cascatas de cachos, flores decorosamente enfiadas nas faixas de cetim, flores que antes do fim da noite encontrariam seu caminho nos bolsos das fardas cinza como valiosos suvenires.

Havia tantas fardas na multidão, tantos homens uniformizados conhecidos de Scarlett, homens que ela conhecera nos catres do hospital, nas ruas, no campo de treinamento. Essas fardas resplandeciam com seus botões e galões dourados nos punhos e golas; as listras vermelhas, amarelas e azuis nas calças, de acordo com as diferentes categorias de serviço, combinavam perfeitamente com o cinza. Scarlett acompanhava o ir e vir das faixas douradas, dos sabres reluzentes, do bater de botas lustradas, das esporas que sacudiam e tilintavam.

"Que belos homens", pensava Scarlett, o coração se ufanando de orgulho enquanto eles a cumprimentavam, acenavam para os amigos, se inclinavam sobre as mãos das senhoras idosas. Pareciam tão jovens, mesmo com os vastos bigodes louros e barbas pretas e castanhas, tão belos, tão despreocupados, com os braços em tipoias, com ataduras assustadoramente brancas lhes atravessando os rostos bronzeados. Alguns deles estavam de muletas, e como ficavam orgulhosas as moças que solicitamente diminuíam o passo ao ritmo de um pé só de seus acompanhantes! Entre as fardas havia uma de colorido tão vistoso que empanava os ornamentos reluzentes das moças e se salientava na multidão como um pássaro tropical – um zuavo da Louisiana, de calças bufantes listradas de azul e branco, polainas cor de creme e uma túnica vermelha. Parecendo um macaquinho moreno e sorridente, com o braço em uma tipoia de seda preta, ele era o admirador especial de Maybelle Merriwether, René Picard. Todo o hospital devia estar lá, pelo menos todos os que podiam andar e os homens em licença ordinária ou por moléstia; todos os funcionários da ferrovia, dos correios, dos hospitais e dos batalhões de suprimentos entre Atlanta e Macon. Que satisfação a das senhoras! O hospital arrecadaria uma quantia enorme de dinheiro àquela noite.

Houve um rufar de tambores na rua lá embaixo, o som de passos pesados, os gritos de reverência dos cocheiros. Uma corneta tocou e uma voz grave gritou a ordem de dispersar. Em um instante, a Guarda Nacional e a unidade da milícia em seus uniformes reluzentes sacudiram as escadas estreitas e entraram, abarrotando o salão, fazendo mesuras, saudando, apertando mãos. Havia garotos na Guarda Nacional, orgulhosos de fazer parte da guerra, prometendo a si mesmos que àquela hora no ano seguinte estariam na Virgínia, se por acaso a guerra durasse tanto; homens de barba branca, lamentando não serem mais jovens, orgulhosos de marchar em fardas que refletiam a glória dos filhos que estavam na frente de batalha. Na milícia, havia muitos homens de meia-idade e outros mais velhos, mas havia alguns poucos em idade de servir que não pareciam tão vivazes quanto os mais idosos ou mais jovens. Indagava-se, à boca pequena, por que não estavam combatendo ao lado de Lee.

Como se acomodariam todos no salão? Minutos antes, parecera um lugar tão grande e agora estava lotado, quente, preenchido pelos odores de uma noite de verão, que sabiam a sachê, água-de-colônia, cremes de cabelo e velas aromáticas ardendo, e se uniam ao perfume das flores, levemente empoeiradas conforme muitos pés circulavam pelo velho piso de treinamento. A algazarra e o alarido das vozes quase impossibilitavam a audição de qualquer coisa, e, como quem sente a alegria e empolgação da ocasião, o velho Levi interrompeu "Lorena" em meio a um compasso. Ao toque da batuta, a orquestra irrompeu com a vivaz "Bonnie Blue Flag".*

Centenas de vozes acompanharam, cantando, gritando como uma saudação. O corneteiro da Guarda Nacional, subindo ao palco, reforçou a banda assim que o refrão começou e as notas agudas do metal se elevaram de modo sensacional acima das vozes, fazendo os braços nus se arrepiarem e um frio de emoções profundas subir pelas espinhas:

Hurra! Hurra! Pelos direitos do sul!
Hurra pela Bela Bandeira Azul
A que tem uma só estrela!

Partiram para a segunda estrofe e Scarlett, cantando com os outros, ouviu o meigo tom soprano de Melanie surgindo atrás dela, cristalino e

*Música inspirada na *bonnie blue flag*, bandeira azul com uma estrela branca que, embora não tenha sido adotada oficialmente, foi bastante popular entre os Confederados. (*N. do E.*)

sincero, tão emocionante quanto as notas do corneteiro. Virando-se, ela viu que Melly estava de pé com as mãos cruzadas sobre o peito e finas lágrimas lhe escorriam pelas faces. Ela sorriu para Scarlett, de modo estranho, quando a música acabou, fazendo um trejeito de desculpas enquanto procurava pelo lenço.

– Estou tão feliz – sussurrou ela –, e tão orgulhosa dos soldados, que não pude conter as lágrimas.

Passou-lhe pelos olhos um lampejo profundo, quase fanático, que por um momento acendeu seu rosto comum, deixando-o lindo.

A mesma fisionomia estava no rosto de todas as mulheres quando a música acabou, lágrimas de orgulho nas faces, rosadas ou enrugadas, sorrisos nos lábios e um brilho ardente nos olhos ao se voltarem para seus homens, namoradas aos amados, mães a filhos, esposas a maridos. Elas estavam todas belas, com a beleza ofuscante que transfigura até a mais comum das mulheres quando ela se sente absolutamente protegida e amada e retribui com mil vezes mais intensidade o amor recebido.

Elas amavam seus homens, acreditavam neles, confiavam neles até o último suspiro. De que modo a desgraça poderia atingir aquelas mulheres, quando aqueles homens, formando fileiras cinzentas insuperáveis, se interpunham entre elas e os ianques? Teriam existido homens como eles desde a primeira aurora do mundo, tão heroicos, destemidos, galantes e ternos? O que uma Causa tão justa e correta como a delas podia obter, senão uma vitória esmagadora? Uma Causa que elas amavam tanto quanto amavam seus homens, uma Causa à qual elas serviam com as mãos e os corações, que ocupava suas conversas, pensamentos e sonhos – uma Causa pela qual sacrificariam esses mesmos homens se preciso fosse e suportariam a perda com o mesmo orgulho com que eles empunhavam suas bandeiras na batalha.

Seus corações chegaram ao clímax da dedicação e do orgulho, a Confederação chegara ao clímax, pois a vitória final estava próxima. Os triunfos de Stonewall Jackson no Vale e a derrota dos ianques na Batalha dos Sete Dias perto de Richmond demonstravam isso claramente. Como poderia ser diferente com líderes como Lee e Jackson? Mais uma vitória e os ianques estariam de joelhos, implorando pela paz, e os homens estariam cavalgando para casa e haveria beijos e risos. Mais uma vitória e a guerra chegaria ao fim!

É claro, havia cadeiras vazias e bebês que nunca veriam o rosto dos pais, assim como túmulos sem epitáfios pelos remotos riachos da Virgínia e nas montanhas isoladas do Tennessee, mas seria esse um preço caro demais a pagar por tal Causa? Não era fácil conseguir seda para as damas, assim como chá e açúcar, mas isso era motivo de piada. Além do mais, os atravessadores do bloqueio estavam trazendo exatamente esses itens bem debaixo do nariz desgostoso dos ianques, o que tornava sua posse muitas vezes mais emocionante. Em breve, Raphael Semmes e a Marinha Confederada dariam um jeito naquelas canhoneiras ianques e os portos estariam escancarados. Com as tecelagens inglesas ociosas por falta do algodão sulista, a Inglaterra estava vindo para ajudar a Confederação a vencer a guerra. Naturalmente, a aristocracia britânica era solidária à Confederação, assim como uma aristocracia é com outra, contra uma raça de adoradores de dinheiro, como eram os ianques.

Portanto, as mulheres farfalhavam suas sedas, riam e, olhando para seus homens com os corações transbordantes de orgulho, sabiam que o amor ficava mais arrebatado em face do perigo, e a morte era mais suave pela estranha exaltação que a acompanhava.

No início, ao olhar para a multidão, o coração de Scarlett ficara aos saltos com a inusitada empolgação de estar em uma festa, mas, à medida que viu, sem compreender de todo, a fisionomia cheia de coragem e nobreza nos rostos a sua volta, sua alegria começou a evaporar. Todas as mulheres presentes resplandeciam com uma emoção que ela não sentia. Aquilo a deixava aturdida e a deprimia, a ponto de não ver mais o salão tão bonito, nem as moças tão vistosas. E o intenso ardor de devoção à Causa que ainda brilhava em cada fisionomia lhe parecia... ora, parecia apenas tolice!

Num súbito lampejo de autoconhecimento que a fez ficar boquiaberta de espanto, Scarlett se deu conta de que não compartilhava com aquelas mulheres o orgulho arrebatado, o desejo de sacrificarem a si mesmas e a tudo o que possuíam pela Causa. Antes que o horror a fizesse ponderar: "Não... não! Não posso pensar essas coisas! Elas são erradas. pecaminosas!", soube que a Causa não significava coisa alguma para ela e que estava cansada de aguentar os outros falarem dela com aquele olhar fanático. A Causa não lhe parecia sagrada. A guerra não parecia uma coisa santa, mas um inconveniente que matava os homens de maneira insensata, custava dinheiro e dificultava a obtenção de produtos luxuosos. Ela percebeu que estava cansada do infinito tricotar e enrolar ataduras, de tirar os alinhavos que lhe estragavam as cutículas das unhas. E, ah, estava mais do que farta do hospital! Cansada, entediada e enjoada dos odores nojentos de gangrena e dos gemidos incessantes, assustada com a expressão que a morte iminente imprimia aos rostos encovados.

Conforme aqueles pensamentos traidores e blasfemos lhe assaltavam a mente, ela olhou furtivamente em torno, temerosa de que alguém pudesse lê-los claramente em sua fisionomia. Ah, por que não podia se sentir como as outras mulheres? Elas eram sinceras e se entregavam com toda a devoção à Causa. Tudo o que faziam e diziam realmente tinha significado para elas. E se alguém chegasse a suspeitar que ela... Não, ninguém jamais ficaria sabendo! Ela devia continuar fingindo o entusiasmo e o orgulho que não sentia pela Causa, desempenhando seu papel da viúva de um oficial confederado que aguenta bravamente seu pesar, cujo coração está no túmulo, que sente nada significar a morte do marido se tiver ajudado no triunfo da Causa.

Ah, por que ela era tão diferente daquelas mulheres apaixonadas? Ela jamais conseguiria amar qualquer coisa ou pessoa de modo tão abnegado como elas. Que sensação de solidão aquilo dava, e ela nunca fora solitária antes, nem em corpo nem em espírito. A princípio, tentou sufocar os pensamentos, mas a firme honestidade consigo mesma que havia na base de sua natureza não permitiria. Então, enquanto a quermesse continuava, enquanto ela e Melanie atendiam os fregueses que chegavam à barraca, sua mente se ocupava, tentando justificar-se para si mesma, uma tarefa que raramente considerava difícil.

As outras mulheres eram simplesmente tolas e histéricas com sua conversa de patriotismo e a Causa, e os homens eram quase tão bobos quanto elas com a conversa de questões vitais e Direitos dos Estados. Só ela, Scarlett O'Hara Hamilton, possuía o bom senso realista irlandês. Ela não ia bancar a ridícula pela Causa, mas também não seria boba de admitir seus verdadeiros sentimentos. Era realista o bastante para ser prática com a situação, e ninguém nunca saberia o que pensava. Que surpresos ficariam os presentes naquela quermesse se soubessem o que ela realmente estava pensando! Seria chocante se de repente subisse ao palco e declarasse que a guerra devia ser interrompida para que todos pudessem ir para casa, cuidar do seu algodão e possibilitar o retorno das festas, dos admiradores e de muito vestidos verde-claros.

A justificativa a reanimou por um instante, mas ainda era com aversão que ela olhava em volta. Como dissera a Sra. Merriwether, a barraca das

McLure era pouco atraente e havia longos intervalos sem que ninguém aparecesse naquele canto, e Scarlett nada tinha a fazer, a não ser observar com inveja a multidão alegre. Melanie sentiu seu mau humor, mas, creditando-o à saudade de Charlie, nem tentou puxar conversa. Ela se ocupava arrumando os artigos da barraca de modo mais atraente enquanto Scarlett ficava sentada olhando à sua volta de modo taciturno. Até mesmo as flores sob os retratos do Sr. Davis e do Sr. Stephens a desagradavam.

"Parece um altar", ela torceu o nariz. "E o modo como todos veem esses dois, até parece que são o Pai e o Filho!" Depois, atingida por um súbito temor pela irreverência, começou sem demora a persignar-se como modo de se desculpar, mas se deu conta a tempo.

"Ora, é verdade", argumentou com sua consciência. "Todo mundo os trata como se fossem santos e não passam de homens de carne e osso, e muito feios por sinal."

Claro, o Sr. Stephens não tinha culpa de sua aparência, pois fora inválido durante toda a vida, mas o Sr. Davis... Ela olhou para o rosto de camafeu, honesto e altivo. O que mais a incomodava era seu cavanhaque. Os homens deviam ser escanhoados, usar bigode ou barbas inteiras.

"Parece que ele só pode ter aquele filete de pelos", ela pensou, sem perceber em seu rosto a fria e firme inteligência que conduzia uma nova nação.

Não, ela não estava feliz. A princípio, sentira-se radiante pelo prazer de estar em uma multidão. Agora, a simples presença não era suficiente. Ela estava na quermesse, mas não fazia parte dela. Ninguém prestava atenção nela, a única mulher jovem descasada que estava sem um admirador. E durante toda a vida ela apreciara o centro do palco. Não era justo! Tinha 17 anos e seus pés estavam acariciando o chão, querendo saltar e dançar. Tinha 17 anos, um marido que jazia no cemitério de Oakland e um bebê no berço na casa de tia Pittypat, e todos achavam que ela devia estar contente com seu quinhão. Seu colo era mais alvo, sua cintura mais estreita e os pés menores do que os de qualquer moça presente, mas, por tudo que aos outros importava, ela podia muito bem estar deitada ao lado de Charles com "Amada esposa de" entalhado acima.

Ela não era uma moça que podia dançar e flertar e não era uma esposa que podia se sentar com outras esposas e criticar as moças que dançavam e flertavam. E não tinha idade suficiente para ser viúva. As viúvas deviam ser velhas... tão velhas que não quisessem dançar, flertar e ser admiradas. Ah, não era justo que ela devesse sentar-se ali toda empertigada e representar o ápice da viuvez digna e adequada quando tinha apenas 17 anos. Não era justo que devesse manter a voz baixa, assim como os olhos, quando os homens, alguns até atraentes, vinham à barraca.

Não havia moça em Atlanta que não tivesse, pelo menos, três admiradores. Mesmo as mais insignificantes se comportavam como beldades... e, ah, o pior de tudo, elas usavam vestidos tão, mas tão lindos!

E ali estava ela, parecendo um corvo em um tafetá abafado até os pulsos e abotoado até o queixo, sem sequer uma alusão a renda ou debrum, nem uma joia, exceto o broche de ônix de Ellen, próprio do luto, observando moças desalinhadas de braços dados com homens de boa aparência. Tudo porque Charles Hamilton tivera sarampo. Nem sequer morrera no galante ardor da batalha para que ela pudesse se gabar dele.

Revoltada, apoiou os cotovelos no balcão e ficou olhando a aglomeração de pessoas, zombando das frequentes advertências feitas por Mammy sobre apoiar-se nos cotovelos, algo que os deixava feios e enrugados. O que importava se ficassem feios? Seria improvável que ela tivesse oportunidade de mostrá-los outra vez. Olhava avidamente para os vestidos flutuantes: sedas amarelo-manteiga feito aquarelas com guirlandas de botões de rosa; cetins cor-de-rosa com 18 babados debruados com fitinhas pretas de veludo; tafetás azul-bebê com dez metros de saias espumantes com rendas em cascata; colos expostos; flores sedutoras. Maybelle Merriwether dirigiu-se à barraca vizinha de braço dado com o zuavo, usando um vestido de musselina cor de maçã verde tão rodado que reduzia sua cintura a nada. Era guarnecido de renda cor de creme que viera de Charleston no último furo ao bloqueio, e Maybelle o ostentava com grande insolência, como se tivesse sido ela, e não o famoso capitão Butler, a passar pelo bloqueio.

"Como eu ficaria bem naquele vestido", pensou Scarlett, uma inveja incontida em seu coração. "A cintura dela é tão larga quanto a de uma vaca. Aquele verde é a minha cor e faria meus olhos... Por que as louras tentavam usar aquela cor? A pele dela parece tão verde quanto queijo velho. E pensar que nunca mais vou usar essa cor, nem quando sair do luto. Não, nem mesmo se eu conseguisse me casar outra vez. Aí vou ter de usar cinzas, castanhos e lilases horrorosos de velha."

Por um breve momento ela refletiu sobre a injustiça daquilo tudo. Como era curto o tempo para se divertir, para usar roupas bonitas, para dançar e flertar! Somente alguns anos, pouquíssimos anos! Depois vinham o casamento, as roupas sem graça, os bebês, que arruinavam a cintura, e, durante as danças, os lugares afastados junto a outras matronas sóbrias, que só podiam se levantar para dançar com o marido ou com cavalheiros idosos que lhes pisavam os pés. Caso não se fizessem essas coisas, as outras matronas falavam, a reputação ficava arruinada e a família caía em desgraça. Passar toda a breve juventude aprendendo como ser atraente e como conquistar os homens e depois só utilizar esse conhecimento por um ou dois anos parecia um terrível desperdício. Ao refletir sobre seu treinamento nas mãos de Ellen e Mammy, ela concluiu que tinha sido completo e de boa qualidade, porque sempre colhera resultados. Havia regras estabelecidas a ser seguidas e bastava isso para que os esforços fossem coroados de sucesso.

Com as senhoras mais velhas, era preciso demonstrar meiguice e ingenuidade, parecer o mais simplória possível, pois as senhoras mais velhas eram astuciosas e observavam as moças com uma inveja ferina, prontas para saltar sobre qualquer indiscrição de fala ou de olhar. Com os senhores, uma moça podia ser animada e insolente, quase, mas não propriamente, coquete, de modo a atiçar a vaidade dos velhos tolos. Isso fazia com que se sentissem audazes e joviais. Eles beliscavam-lhe a bochecha e a chamavam de atrevida e, é claro, a moça sempre enrubesceria nessas ocasiões; caso contrário, eles a beliscariam com mais prazer que o adequado e depois diriam aos filhos que era assanhada.

Com meninas e jovens casadas, era preciso se derramar em doçura, beijando-as a cada vez que as encontrasse, mesmo que fosse dez vezes ao dia. E abraçá-las pela cintura, incentivando-as a fazer o mesmo, não importando quanto se desgostasse daquilo. Admirar seus vestidos ou bebês indiscriminadamente, implicar com os admiradores e elogiar os maridos, dando risadinhas recatadas a negar os próprios encantos se comparados aos delas. E, acima de tudo, nunca dizer o que realmente se pensava sobre nada, assim como as outras também não o faziam.

Os maridos das outras mulheres eram deixados escrupulosamente de lado, mesmo que fossem admiradores descartados do passado, e não importava quanto fossem tentadoramente atraentes. Se uma moça fosse gentil demais com um jovem marido alheio, suas esposas diriam que ela era uma assanhada, ganhando assim má reputação, o que a impediria de conseguir um admirador.

Mas com os jovens solteiros... bem, isso era outro assunto! Podia-se rir baixinho deles, e, quando eles viessem voando para saber o porquê do riso, podia-se recusar a dizer e rir ainda mais, mantendo-os em volta indefinidamente para tentar descobrir. Podia-se prometer, com os olhos, uma série de coisas interessantes que levariam um homem a fazer muitas manobras para ficar a sós com a moça. E, tendo conseguido isso, era permitido ficar muito, muito magoada, ou muito, muito brava quando ele tentasse um beijo. Podia-se fazê-lo pedir desculpas por ser desprezível e perdoá-lo tão docilmente que ele ficaria em volta tentando roubar outro beijo. Às vezes, mas não sempre, podia-se deixar que nos beijassem. (Ellen e Mammy não lhe haviam ensinado isso, mas ela aprendera que era eficaz.) Depois a moça chorava, declarando que não sabia o que acontecera e que ele nunca mais a respeitaria. Então ele tinha que secar seus olhos, e geralmente falava em casamento, simplesmente para mostrar quanto nos respeitava. E então havia... Ah, havia tantas coisas que se podia fazer com os solteiros, e ela sabia de todas. A nuance do olhar oblíquo, o meio sorriso por trás do leque, o balançar dos quadris para que as saias oscilassem como um sino, as lágrimas, as risadas, as lisonjas, a meiga solidariedade. Ah, todos os truques que nunca deixavam de funcionar, exceto com Ashley.

Não, não parecia certo aprender todos esses ótimos truques, usá-los tão brevemente e depois guardá-los para sempre. Como seria bom nunca se casar, mas continuar sendo encantadora, usando vestidos verde-claros e ser eternamente cortejada por homens bonitos. Mas, caso se mantivesse esse comportamento por tempo demasiado, acabava-se sendo solteirona como India Wilkes, e todos diriam "coitadinha" daquele detestável modo presunçoso. Não, afinal era melhor se casar e manter o respeito, mesmo se nunca mais houvesse diversão.

Ah, sua vida estava uma confusão! Por que tinha sido tão tola de se casar com Charles entre tantos outros e encerrar a vida aos 16?

Seu devaneio indignado e desesperançoso foi interrompido quando a multidão começou a recuar, encostando-se nas paredes, as senhoras segurando as crinolinas com cuidado para que nenhum contato descuidado as virasse para cima, exibindo uma porção maior das calçolas que a apropriada. Scarlett ficou na ponta dos pés e viu o capitão da milícia subindo no estrado da orquestra. Ele gritou as ordens e metade da Companhia entrou em fila. Por alguns minutos, fizeram rápidas manobras, que deixaram suas testas suadas e provocaram aplausos na plateia. Scarlett cumpriu sua obrigação batendo palmas com os outros, enquanto os soldados avançaram rumo às barracas de ponche e limonada após serem dispensados. Ela se virou para Melanie, sentindo que devia começar logo sua encenação sobre a Causa.

– Eles foram ótimos, não é? – disse.

Melanie arrumava os tricôs no balcão.

– Muitos deles estariam bem melhores fardados de cinza e na Virgínia – disse ela, sem se preocupar em baixar a voz.

Muitas das mães orgulhosas de membros da milícia estavam por perto e entreouviram a observação. A Sra. Guinan ficou rubra e logo empalideceu, pois seu Willie, de 25 anos, estava na companhia.

Scarlett ficou horrorizada com tais palavras vindas justamente de Melly.

– Ora, Melly!

– Você sabe que é verdade, Scarlett. Não digo os meninos nem os senhores idosos, mas uma porção dos membros da milícia está perfeitamente apta a empunhar um rifle, e é isso o que devia estar fazendo neste minuto.

– Mas... mas... – começou Scarlett, que nunca pensara no assunto antes. – Alguém tem que ficar em casa para... – O que era mesmo que Willie Guinan lhe dissera para desculpar sua presença em Atlanta? – Alguém tem que ficar em casa para proteger o estado de invasões.

– Ninguém está nos invadindo, e nem vai invadir – disse Melly friamente, olhando em direção a um grupo da milícia. – E a melhor maneira de impedir os invasores é ir para a Virgínia e derrotá-los lá. E quanto a essa conversa sobre a milícia ficar aqui para impedir a insurgência dos negros... ora, é a coisa mais tola que já ouvi. Por que nossa gente iria se insurgir? Não passa de uma boa desculpa para os covardes. Aposto que conseguiríamos derrotar os ianques em um mês se todas as milícias de todos os estados fossem para a Virgínia. É isso!

– Ora, Melly! – retrucou Scarlett outra vez, olhando para ela.

Os meigos olhos escuros de Melanie brilhavam de raiva.

– Meu marido não teve medo de ir, nem o seu. E eu preferia que os dois estivessem mortos a vê-los em casa... Ah, querida, me perdoe. Falei sem pensar e fui cruel!

Ela afagou o braço de Scarlett em sinal de desculpas, e Scarlett ficou olhando para ela. Mas não era no falecido Charles que pensava. Era em Ashley. Imagine se ele também morresse? Virou-se rapidamente e sorriu de modo automático para o Dr. Meade, que chegava à barraca.

– Bem, meninas – cumprimentou-as –, foi louvável de sua parte terem vindo. Imagino o sacrifício que fizeram para vir aqui esta noite. Mas é tudo pela Causa. Vou lhes contar um segredo. Tenho uma surpresa para levantar fundos para o hospital, mas temo que algumas senhoras se choquem.

Ele pausou e riu à socapa enquanto afagava o cavanhaque grisalho.

– Ah, é? O quê? Conte!

– Pensando bem, acho que vou deixá-las imaginando também. Mas vocês precisam tomar meu partido se os paroquianos quiserem me expulsar da cidade por fazer isso. Mas é pelo hospital. Vocês verão. Nunca se fez nada parecido antes.

Ele saiu todo pomposo rumo a um grupo de damas de companhia em um canto, e, assim que as duas se viraram uma para a outra querendo discutir as possibilidades do segredo, dois senhores idosos chegaram à barraca, declarando em altos brados que queriam 16 quilômetros de renda. Bem, afinal de contas, dois cavalheiros idosos era melhor que cavalheiro nenhum, pensou Scarlett, medindo a renda e recatadamente deixando que lhe afagassem o queixo. Os valentes senhores rumaram para a barraca da limonada e outros tomaram o lugar deles no balcão. A barraca delas não era tão visitada como as outras, onde a sonora risada de Maybelle Merriwether e as risadinhas de Fanny Elsing soavam, com a pronta reação das moças Whiting. Melly era tão séria quanto uma vendedora de loja ao vender coisas inúteis para homens que não haveriam de lhes encontrar destino, e Scarlett tomava sua conduta como modelo.

Na maioria das barracas, aglomerava-se uma multidão, menos na delas, com as moças conversando e os homens comprando. Os poucos que vinham até elas comentavam que tinham frequentado a universidade com Ashley e sobre o ótimo soldado que ele era. Ou então falavam em tom respeitoso sobre Charles e a grande perda que sua morte representara para Atlanta.

Quando o ritmo animado de "Johnny Booker, he'p dis Nigger!" começou a tocar, Scarlett achou que ia gritar. Ela queria dançar. Queria dançar. Olhar fixo no salão, marcando o compasso com o pé, seus olhos verdes fulgurando de tanta ânsia mal piscavam. Do outro lado da pista de dança, um homem recém-chegado, parado no vão da porta, enxergou-os, surpreso pelo reconhecimento, e focou os olhos oblíquos na rebelde fisionomia amuada. Então riu para si mesmo ao reconhecer o convite que qualquer homem conseguiria ler.

Vestindo um terno de casimira preta, sua altura excedia a dos oficiais perto dele, os ombros eram largos e o corpo ia se afunilando até uma cintura estreita e pés absurdamente pequenos em botas de verniz. O terno escuro sério, com uma fina camisa pregueada e as calças elegantemente presas sob os pés, formava um estranho contraste com seu físico e fisionomia, pois ele estava arrumado e usava as roupas de um dândi em um corpo atlético, que com sua graça impassível representava um perigo latente. Seu cabelo era preto como o azeviche e o bigode era curto e bem aparado, de aparência quase estrangeira se comparado aos vistosos bigodes caídos dos oficiais de cavalaria ali presentes. Ele parecia, e era, um homem de apetites vigorosos e despudorados. Tinha um ar de absoluta confiança, de insolência desconcertante, e havia um vislumbre de malícia em seus olhos ousados enquanto olhava para Scarlett, até ela finalmente sentir seu olhar e encará-lo.

Em algum ponto de sua cabeça, houve sinal de reconhecimento, mas naquele momento ela não conseguiu se lembrar de quem ele era. Mas era o primeiro homem em meses que lhe demonstrara interesse, e ela lhe lançou um sorriso alegre. Fez uma pequena mesura quando ele se curvou e então, enquanto ele se endireitava e começava a ir em sua direção com um andar peculiar que lembrava o dos índios, ela levou a mão à boca, apavorada, pois agora sabia quem era.

Estupefata, ela ficou paralisada enquanto ele abria caminho entre a multidão. Ela se virou como uma cega, tentando escapar para a sala dos refrescos, mas a saia se enganchou em um prego da barraca. Ela puxou furiosamente, rasgando-a, e em um piscar de olhos ele estava a seu lado.

– Permita-me – disse ele, curvando-se para soltar o babado. – Não esperava que fosse se lembrar de mim, Srta. O'Hara.

Sua voz soou estranhamente agradável aos ouvidos dela. A voz grave de um cavalheiro, bem modulada e revestida pela fala arrastada dos charlestonianos.

Ela olhou para cima implorando, o rosto rubro de vergonha por seu último encontro, e encontrou os olhos mais negros que já vira, dançando com um prazer impiedoso. Entre todas as pessoas do mundo que poderiam aparecer ali, justamente essa criatura terrível, testemunha daquela cena com Ashley que ainda lhe causava pesadelos; esse miserável odioso que arruinava a reputação das moças e não era recebido pelas pessoas de bem; esse homem desprezível que lhe dissera, e com razão, que ela não era uma dama.

Ao som daquela voz, Melanie se virou e, pela primeira vez em sua vida, Scarlett agradeceu a Deus pela existência da cunhada.

– Ora... é... é o Sr. Rhett Butler, não é? – disse Melanie com um leve sorriso, estendendo a mão. – Eu o conheci...

– Na auspiciosa ocasião do anúncio de seu noivado – concluiu ele, inclinando-se sobre a mão dela. – Gentileza sua lembrar-se de mim.

– E o que faz aqui, tão distante de Charleston, Sr. Butler?

– Um enfadonho assunto de negócios, Sra. Wilkes. Estarei indo e vindo de sua cidade de agora em diante. Terei não só que trazer as mercadorias, mas também tratar de sua distribuição.

– Trazer as... – começou Melly, o cenho se franzindo para logo abrir um sorriso maravilhado. – Ora, o senhor... o senhor deve ser o famoso capitão Butler, de quem se ouve tanto falar... o atravessador do bloqueio. Ora, todas as moças aqui estão usando vestidos que o senhor trouxe. Scarlett, você não está emocionada... o que há, querida? Está passando mal? Sente-se aqui.

Scarlett afundou-se no banco, a respiração tão acelerada que ela temeu arrebentar os cordões do espartilho. Ah, que situação terrível! Ela nunca imaginara reencontrar aquele homem. Solicitamente, ele pegou o leque preto sobre o balcão e começou a abaná-la, com uma solicitude exagerada, o rosto sério, mas os olhos ainda dançantes.

– Está bastante abafado aqui – disse ele. – Não é de admirar que a Srta. Scarlett esteja se sentindo mal. Posso levá-la até uma janela?

– Não – disse Scarlett, de modo tão grosseiro que Melly a encarou.

– Ela já não é Srta. O'Hara – disse Melly. – É Sra. Hamilton. Agora é minha cunhada – completou, lançando a Scarlett um olhar carinhoso. Scarlett achou que fosse sufocar diante da expressão no rosto moreno de pirata do capitão Butler.

– Tenho certeza de que isso é uma grande vantagem para duas senhoras tão encantadoras – disse ele, fazendo uma ligeira mesura. Era o tipo de observação que todos os homens faziam, mas, dita por ele, pareceu-lhe querer dizer exatamente o oposto.

– Imagino que seus maridos estejam aqui hoje, nesta alegre ocasião. Seria um prazer renovar as relações.

– Meu marido está na Virgínia – disse Melly erguendo ligeiramente a cabeça com orgulho. – Mas Charles... – sua voz se embargou.

– Ele morreu no acampamento – disse Scarlett sem rodeios, praticamente cuspindo as palavras. Será que aquela criatura não iria embora? Melly olhou para ela, atônita, e o capitão fez um gesto de autocensura.

– Minhas caras senhoras... como pude! Precisam me perdoar. Mas permitam que um estranho lhes ofereça o conforto de dizer que morrer pela própria nação é viver eternamente.

Melanie sorriu para ele com os olhos embaçados pelas lágrimas enquanto Scarlett sentiu a embriaguez da ira e um ódio impotente lhe corroendo as entranhas. Outra vez, ele fazia um comentário gentil, o tipo de elogio que qualquer cavalheiro faria nessas circunstâncias, mas sem acreditar em uma palavra sequer. Ele debochava dela. Sabia que ela nunca amara Charles. E Melly era tola o bastante para não perceber. Ah, por favor, meu Deus, não permita que ninguém perceba, pensou ela em um sobressalto de pavor. Será que ele diria o que sabia? Era evidente que não era um cavalheiro, e a atitude dos homens que não são cavalheiros é sempre imprevisível. Não havia critérios pelos quais julgá-los. Ela olhou para ele e viu que os cantos de sua boca estavam caídos em simulada condolência, mesmo enquanto ele abanava o leque. Algo em seu olhar lhe provocou de tal forma a antipatia que ela arrancou bruscamente o leque da mão dele.

– Estou bem – disse ela asperamente. – Não há necessidade de me despentear.

– Scarlett, querida! Capitão Butler, queira desculpá-la. Ela... ela fica fora de si quando ouve o nome do pobre Charles... e talvez, afinal de contas, nós não devêssemos ter vindo aqui hoje. Ainda estamos de luto, sabe, e isso representa um esforço para ela... toda essa alegria e música, coitadinha.

– Eu entendo perfeitamente – disse ele com seriedade forçada, mas, ao se virar para Melanie e lançar-lhe um olhar penetrante que chegou ao fundo dos dóceis olhos preocupados da moça, sua expressão mudou e em seu rosto moreno se estampou o relutante respeito e a admiração.

– Creio que é uma jovem corajosa, Sra. Wilkes.

"Nenhuma palavra a meu respeito!", pensava Scarlett indignada enquanto Melly sorria confusa e respondia:

– Ah, que nada, capitão Butler! O comitê do hospital só precisou que ficássemos nesta barraca porque no último minuto... Uma fronha? Temos uma linda aqui com a bandeira.

Ela se voltou para três cavalarianos que apareceram no balcão. Por um momento, Melanie pensou em quanto o capitão Butler era simpático. Depois desejou que houvesse algo mais compacto que o pano de saco pintado que separava sua saia do cuspidor que ficava logo adiante da barraca, pois a mira dos cavaleiros com seus esguichos marrons de tabaco não era tão certeira quanto com suas espingardas. Em seguida, esqueceu-se do capitão, de Scarlett e do cuspidor à medida que mais fregueses iam se amontoando à volta.

Scarlett, sentada em silêncio no banco, abanando-se, não ousava olhar para cima, desejando que o capitão Butler retornasse ao convés de seu navio, onde era seu lugar.

– Faz tempo que seu marido faleceu?

– Ah, sim, bastante tempo. Quase um ano.

– Um éon, com certeza.

Scarlett não sabia o significado de éon, mas não havia dúvida quanto ao tom implicante na voz de Butler, então ficou calada.

– Fazia tempo que estavam casados? Perdoe minha pergunta, mas fiquei afastado desta região por muito tempo.

– Dois meses – disse Scarlett a contragosto.

– Nada menos que uma tragédia – continuou sua voz agradável.

"Ah, ele que vá se danar", ela pensou furiosa. "Se fosse qualquer outro homem no mundo, eu simplesmente assumiria um ar glacial e ele iria embora. Mas ele sabe sobre Ashley e sabe que eu não amava Charlie. Estou de mãos atadas." Fixando os olhos no leque em seu colo, ela ficou quieta

– E esta é sua primeira aparição social?

– Sei que parece estranho – explicou ela rapidamente –, mas as McLure, que eram responsáveis por esta barraca, tiveram que viajar e não havia mais ninguém, então Melanie e eu...

– Não há sacrifício grande o bastante pela Causa.

Ora, fora aquilo o que a Sra. Elsing dissera, mas quando dito por ela não soava do mesmo modo. Palavras indignadas lhe chegaram aos lábios, mas ela as sufocou. Afinal de contas, não estava ali pela Causa, mas por estar farta de ficar sentada em casa.

– Sempre achei – disse ele, refletindo – que esse sistema de luto, de confinar as mulheres por trás de véus de crepe pelo resto de seus dias, proibindo-as de aproveitar a vida, é tão bárbaro quanto o sati hindu.

– Cetim?

Ele riu e ela corou da própria ignorância. Odiava gente que usava palavras desconhecidas.

– Na Índia, quando os homens morrem, são cremados em vez de serem enterrados, e as esposas sempre sobem na pira funeral e são queimadas com eles.

– Que horror! Por que fazem isso? A polícia não faz nada?

– É claro que não. Uma viúva que não se incendiasse seria excluída da sociedade. Todas as matronas hindus falariam dela por não se comportar como uma dama bem-nascida... exatamente como aquelas dignas matronas lá do canto falariam da senhora, caso aparecesse aqui hoje de vestido vermelho e liderasse a dança escocesa. Pessoalmente, acho que o sati é muito mais piedoso que nosso encantador hábito sulista de sepultar vivas as viúvas!

– Como ousa dizer que estou sepultada viva?

– É incrível como as mulheres se agarram às correntes que as prendem! A senhora acha que o costume hindu é bárbaro... mas teria tido a coragem de aparecer aqui se a Confederação não a requisitasse?

Discussões dessa ordem sempre eram confusas para Scarlett. Com ele, era duplamente confuso, pois ela tinha uma vaga ideia de que ele estava certo. Mas agora era hora de calar-lhe a boca.

– É claro que eu não teria vindo. Teria sido... bem, desrespeitoso a... daria a impressão de que eu não amav...

Seus olhos esperavam pelas palavras dela, uma diversão cínica estampada neles, e ela não conseguiu continuar. Ele sabia que ela não amara Charlie, e não a deixaria fingir os sentimentos bem-educados que deveria expressar. Que coisa mais terrível ter que se relacionar com um homem que não era um cavalheiro. Um cavalheiro sempre parecia acreditar em uma dama, mesmo quando sabia que ela estava mentindo. Era o cavalheirismo sulista. Um cavalheiro sempre obedecia às regras e dizia as palavras certas, facilitando a vida de uma dama, mas aquele homem não parecia ligar para as regras, e era evidente que gostava de falar de coisas sobre as quais ninguém falava.

– Estou aguardando ansiosamente.

– Acho o senhor terrível – disse ela, baixando os olhos.

Ele se debruçou para o outro lado do balcão, deixando a boca perto do ouvido dela, e sussurrou em uma ótima imitação dos vilões dos palcos que poucas vezes apareciam no Athenaeum Hall:

– Não tema, bela dama! Seu segredo culpado está seguro comigo!

– Ah – murmurou ela furiosa –, como pode me dizer tais coisas?

– Só tive a intenção de tranquilizá-la. O que queria que eu dissesse? "Seja minha, linda mulher, ou revelarei tudo?"

A contragosto, ela encontrou seus olhos e viu que estavam tão provocantes quanto os de um menino. De repente, ela riu. Afinal, era uma situação muito tola. Ele também riu, e tão alto que diversas acompanhantes lá no canto olharam em sua direção. Observando que a viúva de Charles Hamilton parecia estar se divertindo com um total estranho, as cabeças se juntaram a censurar.

HOUVE UM RUFAR de tambores e muitas vozes fizeram "SShhhh!" enquanto o Dr. Meade subia no estrado e abria os braços pedindo silêncio.

– Devemos todos agradecer às encantadoras damas, cujo esforço infatigável e patriótico fez desta quermesse não só um sucesso pecuniário – começou ele –, como também transformou este tosco depósito em um pavilhão adorável, um verdadeiro jardim para os botões que vejo em torno.

Todos aplaudiram em aprovação.

– As damas deram o melhor de si, não só seu tempo, mas também seu trabalho, e esses belos objetos nas barracas têm dupla beleza, produzidos como foram pelas mãos delicadas de nossas encantadoras mulheres sulistas.

Houve mais gritos de aprovação. Rhett Butler, encostado displicentemente no balcão ao lado de Scarlett, sussurrou:

– Bode imponente, não é?

Estarrecida, a princípio horrorizada, com essa lesa-majestade contra o mais amado dos cidadãos de Atlanta, ela o mirou com olhar de censura. Mas o médico realmente parecia um bode, com seu cavanhaque grisalho balançando, e foi difícil reprimir uma risadinha.

– Mas isso não é suficiente. As caridosas senhoras do comitê hospitalar, cujas mãos frescas aliviaram o sofrimento de muitas testas e resgataram das garras da morte nossos bravos homens, feridos na mais corajosa de todas as causas, sabem de nossas necessidades. Não vou enumerá-las. Precisamos de mais dinheiro para comprar suprimentos médicos da Inglaterra e temos aqui conosco hoje à noite o intrépido capitão que com tanto sucesso tem furado o bloqueio há um ano e que o fará novamente para nos trazer os remédios necessários. Capitão Rhett Butler!

Embora pego de surpresa, o capitão fez uma elegante mesura... elegante demais, pensou Scarlett, tentando analisá-la. Era quase como se exagerasse a cortesia devido ao enorme desdém que tinha por todos os presentes. Houve uma grande salva de palmas enquanto ele se curvava, e os pescoços das damas do canto se esticaram. Então era com ele que a viúva do pobre Charles Hamilton estava se comportando mal! E mal fazia um ano que Charlie falecera!

– Precisamos de mais ouro, e é isso o que estou lhes pedindo – continuou o médico. – Peço-lhes um sacrifício, mas tão menor que os sacrifícios que nossos galhardos homens de cinza estão fazendo, que parecerá ridiculamente pequeno. Senhoras, quero suas joias. *Eu* quero suas joias? Não, é a Confederação que as requisita, e sei que ninguém as reterá. Que lindo é o brilho de uma pedra preciosa em um pulso adorável! Como cintilam os broches de ouro no peito de nossas mulheres patrióticas! Mas como é mais belo o sacrifício de todas as joias e pedras preciosas da terra. O ouro será derretido, e as pedras, vendidas, o dinheiro será usado para comprar remédios e outros suprimentos médicos. Senhoras, dois de nossos garbosos feridos vão passar com cestas entre vocês e... – Mas o resto do discurso se perdeu em uma tempestade de aplausos e tumulto de vozes de encorajamento.

O primeiro pensamento de Scarlett foi de profunda gratidão pelo fato de o luto proibi-la de usar seus preciosos brincos, a pesada corrente de ouro que fora da avó Robillard, os braceletes de ouro e esmalte preto e o broche de granada. Ela viu o pequeno zuavo, com uma cesta sobre o braço são, fazendo a volta a seu lado, e ficou observando as mulheres, velhas e jovens, rindo, ansiosas, arrancando os braceletes, reclamando de dor fingida ao tirar os brincos da carne perfurada, ajudando umas às outras a abrir o fecho dos colares, a desprender os broches do peito. Espalhou-se o ruído do tilintar do metal e gritinhos de "Espere... espere. Agora já abri. Tome!" Maybelle Merriwether tirava o adorável par de braceletes de cima e de baixo do cotovelo. Fanny Elsing, dizendo, "Mamãe, posso?", tirava de seus cachos o ornamento de pérolas e ouro que estava na família havia gerações. A cada oferta que caía na cesta, havia aplausos e gritos entusiasmados.

O homenzinho sorridente aproximava-se da barraca delas agora, a cesta pesada no braço, e ao passar por Rhett Butler, uma bela cigarreira de ouro foi jogada descuidadamente na cesta. Quando ele se dirigiu a Scarlett e descansou a cesta no balcão, ela fez que não, estendendo as mãos para mostrar que nada tinha a dar. Era constrangedor ser a única pessoa presente que não daria nada. Então viu o lampejo brilhante de sua aliança de casamento.

Em um confuso momento, ela tentou se lembrar da fisionomia de Charles... como era quando ele a deslizara em seu dedo. Mas a memória estava enevoada, enevoada por uma súbita sensação de irritação que a memória dele sempre lhe causava. Charles... ele era a razão para que sua vida estivesse acabada, a razão para que agora ela fosse uma velha.

Com um puxão resoluto, ela tentou tirar o anel, mas ele emperrou. O zuavo estava se dirigindo a Melanie.

– Espere! – disse Scarlett. – Tenho algo para você! – O anel saiu e, antes de jogá-lo na cesta, aumentando a pilha de correntes, relógios, anéis, alfinetes de gravata e braceletes, ela encontrou o olhar de Rhett Butler. Os lábios traziam um ligeiro sorriso. Desafiadora, ela jogou a aliança no topo da pilha.

– Oh, minha querida! – sussurrou Melly, segurando seu braço, os olhos ardendo de amor e orgulho. – Sua menina corajosa! Espere... por favor, espere, tenente Picard! Eu também tenho algo para lhe dar!

Ela estava puxando a própria aliança, aquela que Scarlett sabia jamais ter saído de seu dedo desde que Ashley a pusera ali. Scarlett sabia como ninguém quanto ela significava para Melly. Saiu com dificuldade e, por um breve momento, ficou fechada na pequena palma da mão. Depois foi delicadamente colocada sobre a pilha de joias. As duas ficaram olhando para o zuavo, que se dirigia a um grupo de senhoras idosas no canto. Scarlett, desafiadora, Melanie, com um olhar mais de pena que lacrimoso. Nenhuma das expressões escapou ao homem que estava ao lado.

– Se você não tivesse tido a coragem de fazer isso, eu também nunca teria – disse Melly, abraçando Scarlett pela cintura. Por um momento, Scarlett desejou empurrá-la e gritar "Por Deus!", como Gerald fazia quando ficava irritado, mas percebeu o olhar de Rhett Butler e conseguiu dar um sorriso azedo. Era irritante o modo como Melly sempre interpretava mal seus motivos... mas talvez isso fosse preferível a tê-la desconfiando da verdade.

– Que belo gesto – disse Rhett Butler suavemente. – São sacrifícios como os seus que encorajam nossos bravos rapazes de cinza.

Foi com dificuldade que ela refreou as palavras apimentadas que lhe vieram aos lábios. Havia escárnio em tudo o que ele dizia, ali encostado na barraca. Ela o detestava de todo o coração, mas havia algo de estimulante nele, algo de aconchegante, vital e elétrico. Tudo o que ela tinha de irlandês se acendia com a provocação de seus olhos negros. Decidiu que baixaria um pouco a crista daquele homem. O conhecimento que tinha de seu segredo lhe dava uma vantagem exasperadora sobre ela, então ela teria, de algum modo, que mudar aquilo, colocando-o em desvantagem. Reprimiu o impulso de dizer exatamente o que pensava sobre ele. O açúcar sempre captura mais moscas que o vinagre, como dizia Mammy, e ela ia capturar e subjugar aquela mosca, de modo que ele nunca mais pudesse tê-la à sua mercê.

– Obrigada! – disse ela com jeito meigo, deliberadamente interpretando a troça de forma equivocada. – Um elogio desses vindo de um homem tão famoso como o capitão Butler é uma honra.

Ele jogou a cabeça para trás e soltou uma gargalhada... ganiu, foi o que Scarlett pensou, fula de raiva, as faces corando de novo.

– Por que não diz o que realmente pensa? – exigiu ele, baixando a voz para que, em meio ao ruído e animação do recolhimento das joias, só chegasse aos ouvidos dela. – Por que não diz que sou um maldito cafajeste, que não sou um cavalheiro, e que é melhor eu sair daqui ou você vai chamar um desses galhardos rapazes de cinza a fim de me pôr para fora?

Já estava na ponta da língua uma resposta azeda, mas, em um ato heroico de autocontrole, ela conseguiu dizer:

– Ora, capitão Butler! Como pode! Como se todos não soubessem quanto o senhor é famoso e corajoso e que... que...

– Estou decepcionado com você – disse ele.

– Decepcionado?

– Sim. Na ocasião daquele nosso primeiro encontro memorável, pensei comigo mesmo que afinal eu conhecera uma moça que não só era bela, mas também tinha coragem. E agora vejo que é apenas bela.

– Está querendo me chamar de covarde? – disse ela, arrepiando-se como uma galinha.

– Exatamente. Não tem coragem de dizer o que realmente está pensando. Quando a conheci, pensei: "Eis uma moça em um milhão. Não é como essas outras tolinhas que acreditam em tudo o que suas mães lhes dizem e encenam de acordo, não importando o que sentem. Ocultam todos os seus sentimentos, desejos e pequenas decepções amorosas por trás de palavras meigas." Pensei: "A Srta. O'Hara é uma moça de caráter raro. Ela sabe o que quer e não se importa de ser franca... nem de jogar vasos."

– Ah – disse ela, a raiva lhe subindo à cabeça –, então vou ser bastante franca neste mesmo minuto. Se o senhor tivesse tido alguma educação, nunca teria vindo até aqui falar comigo. Saberia que eu não queria vê-lo novamente! Mas o senhor não é um cavalheiro! Não passa de uma criatura desprezível sem berço! E acha que, porque seus barquinhos conseguem furar o bloqueio dos ianques, tem o direito de vir aqui zombar de homens que são corajosos e mulheres que estão sacrificando tudo pela Causa...

– Calma, calma... – implorou ele com um sorriso. – Começou muito bem e disse o que pensava, mas não me venha falar da Causa. Estou farto de ouvir falar nisso e aposto que a senhora também...

– Ora, como é que... – começou ela, pega de surpresa, e depois se deteve, apressada, fervendo de raiva consigo mesma por cair na armadilha dele.

– Antes que me avistasse, fiquei lá na porta observando-a – disse ele. – E observei as outras moças. Todas elas pareciam ter os rostos saídos do mesmo molde. O seu não. Seu rosto é de fácil leitura. Sua atenção não estava voltada para seu negócio, e arrisco dizer que não estava pensando sobre a Causa nem sobre o hospital. Estava claro em toda a sua fisionomia que queria dançar, se divertir, e não podia. Então era transparente sua raiva. Diga a verdade. Não estou certo?

– Nada mais tenho a lhe dizer, capitão Butler – disse ela do modo mais formal que conseguiu, tentando se cobrir com os trapos de dignidade que lhe restavam. – Seu convencimento por ser o grande atravessador do bloqueio não lhe dá o direito de ofender as mulheres.

– O grande atravessador do bloqueio! Isso é uma piada. Conceda-me só mais um momento de seu precioso tempo antes de me lançar à obscuridade. Não gostaria que uma pequena patriota tão encantadora ficasse com a impressão errada sobre minha contribuição à Causa Confederada.

– Não me interessa ouvi-lo se vangloriar.

– Furar o bloqueio para mim é um negócio, e estou ganhando dinheiro com isso. Quando deixar de ganhar dinheiro, eu paro. O que acha disso?

– Acho que é um patife mercenário... bem como os ianques.

– Exatamente – sorriu ele. – E os ianques me ajudam a levantar esse dinheiro. Sim, porque no mês passado aportei bem em Nova York e peguei minha carga.

– O quê? – exclamou Scarlett, interessada e empolgada, apesar de tudo. – Eles não o bombardearam?

– Minha pobre inocente! Claro que não. Há muitos patriotas da União que não têm escrúpulos de ganhar dinheiro vendendo mercadorias para a Confederação. Levo meu navio até Nova York, compro das firmas ianques, em segredo, é claro, e vou embora. E, quando isso fica perigoso, vou a Nassau, onde esses mesmos patriotas da União levaram pólvora, cartuchos e saias de crinolina para mim. É mais conveniente que ir à Inglaterra. Às vezes, fica um pouco difícil passar as mercadorias para Charleston ou Wilmington... mas a senhora ficaria surpresa se soubesse aonde um pouco de ouro pode nos levar.

– Ah, eu sabia que os ianques eram vis, mas não sabia...

– Por que criticar os ianques por ganhar um dinheiro honesto vendendo para fora da União? Daqui a cem anos, não vai fazer diferença. O resultado será o mesmo. Eles sabem que a Confederação vai acabar sendo derrotada, então por que não iriam lucrar com isso?

– Derrotados... nós?

– É claro.

– Faça-me o favor de se afastar... ou será necessário que eu chame a carruagem e vá para casa para me ver livre do senhor?

– Uma pequena rebelde de cabeça quente – disse ele, com outro sorriso repentino.

Ele fez uma mesura e saiu andando, deixando-a com o peito arfante de raiva e indignação. Havia uma decepção lhe ardendo por dentro que ela não conseguia analisar muito bem, a decepção de uma criança que vê suas ilusões desmoronarem. Como ele ousava tirar o glamour dos atravessadores do bloqueio! E como pudera dizer que a Confederação seria derrotada? Deveria ser fuzilado por isso... fuzilado como traidor. Ela olhou para os rostos familiares no salão, tão confiantes no sucesso, tão corajosos, tão dedicados, e, sem saber como, sentiu um aperto no coração. Derrotados? Essas pessoas... Ora, é claro que não! A própria ideia era impossível, desleal.

– Sobre o que vocês dois cochichavam? – perguntou Melanie, virando-se para Scarlett logo que os fregueses se foram. – Não pude deixar de perceber que a Sra. Merriwether a estava observando todo o tempo e, querida, sabe como ela fala.

– Ah, o homem é impossível... um grosseirão sem berço – disse Scarlett. – E, quanto à velha senhora Merriwether, deixe-a falar. Estou farta de agir como uma tola só porque ela quer.

– Scarlett! – falou Melanie, escandalizada.

– Ssh-ssh – exclamou Scarlett. – O Dr. Meade vai fazer outro anúncio.

As pessoas se aquietavam outra vez enquanto a voz do médico se elevava, a princípio em agradecimento às damas que de tão boa vontade tinham cedido suas joias.

– E agora, senhoras e senhores, vou propor uma surpresa... uma inovação que talvez choque alguns dos presentes, mas peço que se lembrem de que tudo isto é pelo hospital e em benefício de nossos rapazes que estão lá.

Todos se aproximaram, curiosos, tentando adivinhar que proposta chocante o tranquilo doutor faria.

– O baile está para começar, e a primeira dança será, é claro, uma escocesa, seguida por uma valsa. As seguintes, as polcas, os xotes, as mazurcas, serão precedidas por uma curta escocesa. Como bem conheço a gentil disputa para liderar as escocesas... – O médico secou a testa e lançou um olhar inquisidor para o canto, onde sua mulher se sentava com as damas de companhia. – Senhores, quem quiser liderar uma escocesa com a dama de sua escolha precisará barganhar por ela. Serei o leiloeiro, e o lucro irá para o hospital.

Leques pararam em meio ao abano, e um burburinho animado se espalhou pelo salão. O canto das damas de companhia ficou tumultuado, e a Sra. Meade, ansiosa para prestar solidariedade ao marido em uma atitude que ela reprovava de coração, ficou em desvantagem. As Sras. Elsing, Merriwether e Whiting ficaram rubras de indignação. Mas, subitamente, a Guarda Nacional deu um viva, que foi seguido pelos outros convidados fardados. As jovens bateram palmas e pularam empolgadas.

– Você não acha que é... é um pouco como um leilão de escravos? – sussurrou Melanie, olhando incerta para o controvertido doutor, que até então considerara perfeito.

Scarlett ficou calada, mas seus olhos brilharam e seu coração se apertou com uma leve dor. Que bom seria se não fosse viúva. Que bom seria se fosse Scarlett O'Hara de novo, lá, na pista de dança, usando um vestido verde-maçã, com esvoaçantes fitas verde-escuras de veludo presas no peito e angélicas nos cabelos negros... ela lideraria aquela escocesa. Ah, sem dúvida! Haveria uma dezena de homens batalhando por ela e pagando ao doutor. Ah, ficar ali sentada contra a vontade e assistir a Fanny ou Maybelle liderar a primeira escocesa como a beldade de Atlanta!

Elevou-se acima do tumulto a voz do pequeno zuavo, deixando óbvio seu sotaque crioulo.

– Se me derem liceennça... vinte dóolares pela Srta. Maybelle Merriwether.

Maybelle, corada, deixou cair a cabeça no ombro de Fanny e as duas esconderam o rosto no pescoço uma da outra, rindo enquanto outras vozes começavam a dizer outros nomes, outras somas de dinheiro. Ignorando completamente os sussurros indignados do Comitê Hospitalar das Senhoras lá no canto, o Dr. Meade começava novamente a sorrir.

A princípio, a Sra. Merriwether tinha declarado categoricamente e a altos brados que sua Maybelle nunca tomaria parte em tal evento, mas, à medida que o nome da filha ia sendo chamado mais que o das outras e a quantia do lance chegava a 75 dólares, seus protestos foram definhando. Cotovelos apoiados no balcão, o olhar de Scarlett fulminava a risonha multidão alvoroçada que se amontoava em torno do tablado, as mãos cheias de notas de dinheiro confederado.

Agora todas iam dançar, menos ela e as mulheres mais velhas. Agora todos iam se divertir, menos ela. Então, viu Rhett Butler diante do tablado e, antes que conseguisse recompor a fisionomia, ele captou seu olhar, um canto da boca caiu e uma sobrancelha se ergueu. Ela levantou o queixo e se virou para então ouvir o próprio nome sendo chamado – chamado por uma inconfundível voz charlestoniana que soou acima da algazarra dos outros nomes.

– Sra. Charles Hamilton... 150 dólares... em ouro.

À menção da soma e do nome, um súbito silêncio caiu sobre o salão. Scarlett ficou tão atônita que nem conseguiu se mover. Continuou sentada, com o queixo apoiado nas mãos, os olhos arregalados de assombro. Todos se viraram para ela, que viu o médico se abaixando no tablado a sussurrar algo para Rhett Butler. Provavelmente lhe dizendo que ela estava de luto e que seria impossível comparecer à pista de dança, ao que Rhett deu de ombros de modo displicente.

– Talvez alguma outra de nossas beldades? – perguntou o médico.

– Não – disse Rhett claramente, passando os olhos pela multidão. – A Sra. Hamilton.

– Estou lhe dizendo que é impossível – disse o médico. – A Sra. Hamilton não...

Scarlett ouviu uma voz que, a princípio, não reconheceu como a própria.

– Irei, sim.

Ela se ergueu de súbito, o coração batendo tanto que teve medo de não conseguir ficar de pé, batendo com a emoção de voltar a ser o centro das atenções, de ser a moça mais cobiçada ali presente e, o melhor de tudo, diante da perspectiva de dançar outra vez.

– Ah, não me importo! Não me importa o que digam – sussurrou, enquanto uma doce loucura a levava de roldão. Jogou a cabeça para trás, saiu da barraca e, abrindo o leque de seda,preta, fez soar os saltos como castanholas. Em uma fração de segundo, ela viu o rosto incrédulo de Melanie, a fisionomia das damas de companhia, o olhar petulante das moças e a aprovação entusiástica dos soldados.

Logo estava na pista de dança e Rhett Butler avançava em sua direção pelo corredor humano que se formou, aquele sorriso insuportável de escárnio em seu rosto. Mas ela não ligava... não ligaria nem que fosse o próprio Abe Lincoln! Ia dançar outra vez. Ia liderar a escocesa. Ela fez uma ligeira mesura com um sorriso fascinante e ele se curvou, uma mão sobre o peito de babados. Levi, horrorizado, rapidamente salvou a situação, gritando:

– Escolham seus pares para iniciar a escocesa!

E a orquestra atacou os compassos da melhor de todas as escocesas, "Dixie".

– COMO OUSA me expor desse jeito, capitão Butler?

– Mas, minha querida Sra. Hamilton, era tão óbvio que queria se expor!

– Como pôde chamar meu nome diante de todos?

– Você poderia ter recusado.

– Mas... eu devo isso à Causa... eu... eu não podia pensar em mim mesma quando o senhor estava oferecendo tanto ouro. Pare de rir, estão todos olhando para nós.

– Vão olhar para nós de qualquer modo. Não me venha com essa tolice de Causa. Você queria dançar e eu lhe dei a oportunidade. Esta marcha marca o último número da escocesa, não é?

– É... de fato, preciso parar e me sentar agora.

– Por quê? Pisei em seu pé?

– Não... mas vão falar de mim.

– Você realmente se importa... do fundo do coração?

– Bem...

– Não está cometendo nenhum crime, está? Por que não dança a valsa comigo?

– Mas se minha mãe...

– Ainda presa à barra da saia da mãe.

– Ah, o senhor tem um modo detestável de fazer as virtudes parecerem imbecis.

– Mas as virtudes são imbecis. O falatório dessa gente a incomoda?

– Não... mas... bem, não vamos falar nisso. Ainda bem que a valsa está começando. As escocesas sempre me deixam sem fôlego.

– Não se esquive de minha pergunta. Importa-se com o que as outras mulheres dizem?

– Ah, se me põe assim contra a parede... não! Mas uma moça deve se importar. Esta noite, no entanto, não me importo.

– Bravo! Agora começa a pensar por si mesma. É o início da sabedoria.

– Ah, mas...

– Quando for tão falada quanto eu, perceberá quão pouco importa. Pense só, não há uma única casa em Charleston onde me recebam. Nem mesmo minha contribuição a nossa justa e santa Causa anula a interdição.

– Que terrível.

– Ah, de jeito algum. Até perder a reputação, não percebemos o peso que ela tinha, nem o que a liberdade realmente significa.

– O senhor realmente fala de um modo escandaloso!

– Escandaloso e verdadeiro. Basta ter coragem suficiente... ou dinheiro... e pode-se viver sem uma reputação.

– O dinheiro não pode comprar tudo.

– Alguém deve lhe ter dito isso. Jamais teria pensado em tal chavão por si própria. O que é que o dinheiro não compra?

– Ah, bem, não sei... não compra felicidade nem amor, por exemplo.

– Geralmente, sim. E, quando não consegue, pode comprar alguns dos mais notáveis substitutos.

– E o senhor tem tanto dinheiro assim, capitão Butler?

– Que pergunta mal-educada, Sra. Hamilton. Estou surpreso. Mas, sim. Para um jovem deserdado em tão tenra idade sem um centavo sequer, eu me saí muito bem. E tenho certeza de que completarei um milhão como atravessador do bloqueio.

– Ah, não!

– Ah, sim! O que a maioria das pessoas parece não perceber é que se pode ganhar tanto dinheiro com os destroços de uma civilização como com sua construção.

– E o que tudo isso significa?

– Sua família, a minha e todos os que estão aqui hoje fizeram suas fortunas transformando a terra inóspita em uma civilização. Isso é a construção de um império. Há muito dinheiro na construção de um império. Mas há mais na ruína.

– De que império está falando?

– Este império em que vivemos... o sul... a Confederação... o Reino do Algodão... está se rachando bem debaixo de nossos pés. Só os mais tolos não veem e não tiram vantagem da situação criada pelo colapso. Estou fazendo minha fortuna com os destroços.

– Então realmente acha que seremos derrotados?

– Acho. Por que ser um avestruz?

– Ah, minha nossa, que tédio falar dessas coisas. Nunca diz coisas bonitas, capitão Butler?

– Será que lhe agradaria se eu dissesse que seus olhos são como dois aquários cheios da mais límpida água verde e que, quando os peixes dourados nadam no topo, como estão fazendo agora, você fica diabolicamente encantadora?

– Ah, não gosto disso... Esta música não é maravilhosa? Eu poderia valsar eternamente! Não sabia que sentira tanta falta!

– É a dançarina mais linda que já tive nos braços.

– Capitão Butler, o senhor não deve me segurar com tanta força. Todos estão olhando.

– Se não houvesse ninguém olhando, se importaria?

– Capitão Butler, o senhor está fora de si.

– Nem por um minuto. Como poderia, com você em meus braços?... Que música é essa? É nova?

– Sim. Não é divina? É algo que capturamos dos ianques.

– Como se chama?

– "When This Cruel War Is Over."

– Como é a letra? Cante-a para mim.

Lembra-te, meu amado,
De nosso último encontro?
Quando ajoelhado a meus pés
Declaraste-me teu amor?
Ah, que brioso estavas
Em tua farda cinza
Ao me fazer jurar pela nação
Nunca partir teu coração.
Choro, triste e sozinha,
Suspiros, lágrimas em vão!
Quando findar esta guerra cruel,
Reze para nos encontrarmos outra vez.

– É claro que era "farda azul", mas mudamos para "cinza". Ah, o senhor valsa tão bem, capitão Butler. A maioria dos homens altos não valsa assim. E pensar que vão se passar muitos anos até que eu possa dançar outra vez.

– Vai levar só alguns minutos. Vou dar um lance em seu nome para a próxima escocesa... para a outra, e a seguinte.

– Oh, não. Eu não poderia! O senhor não deve! Minha reputação ficará arruinada.

– Já está em frangalhos, então o que importa outra dança? Talvez eu dê uma chance aos outros rapazes depois de ter dançado cinco ou seis, mas quero ficar com a última.

– Ah, que seja. Sei que é loucura, mas não me importo! Não ligo a mínima para o que dizem. Estou tão farta de ficar em casa. Vou dançar e dançar...

– E não usar preto. Odeio o crepe do luto.

– Oh, não posso tirar o luto... Capitão Butler, o senhor não deve me apertar tanto. Vou me zangar se o fizer.

– Você fica linda quando está zangada. Vou apertá-la ainda mais... assim... só para ver se vai ficar realmente zangada. Não faz ideia de quanto parecia encantadora naquele dia em Twelve Oaks quando estava furiosa jogando coisas na parede.

– Ah, por favor... será que pode esquecer isso?

– Nunca, é uma de minhas mais preciosas memórias... uma beldade sulista delicadamente criada com sua impulsividade irlandesa... Você é bastante irlandesa, sabia?

– Minha nossa, a música acabou e lá vem tia Pittypat saindo da sala dos fundos. Tenho certeza de que a Sra. Merriwether foi contar a ela. Ah, meu Deus, vamos até a janela olhar lá para fora. Não quero que ela me pegue agora. Está com os olhos esbugalhados querendo me comer viva.

10

Na manhã seguinte, enquanto comiam waffles, Pittypat estava lacrimosa, Melanie, calada, e Scarlett, desafiadora.

– Não me importa que falem. Aposto que levantei mais dinheiro para o hospital que qualquer das outras moças lá... mais que toda aquela quinquilharia que vendemos.

– Oh, meu Deus, o que importa o dinheiro? – lastimava Pittypat, esfregando as mãos. – Eu não podia crer no que meus olhos viam, e não faz ainda um ano que o pobrezinho do Charlie faleceu... E aquele detestável capitão Butler, deixando-a tão exposta. Ele é uma péssima, péssima pessoa, Scarlett. A prima da Sra. Whiting, a Sra. Coleman, cujo marido é de Charleston, falou-me sobre ele. É a ovelha negra de uma família adorável... ah, como pôde sair dos Butler alguém assim? Em Charleston, ninguém o recebe, pois ele tem a mais leviana das reputações. Houve algo com uma moça... coisa de tal ordem que a Sra. Coleman nem sabe o que foi...

– Ah, não posso acreditar que ele seja tão mau assim – disse Melly gentilmente. – Pareceu-me um perfeito cavalheiro, e, quando se pensa em sua bravura, furando o bloqueio...

– Não é bravura alguma – disse Scarlett, perversa, derramando meia jarra de melado sobre os waffles. – Só o faz por dinheiro. Foi o que me disse. Ele não dá a mínima importância à Confederação e diz que seremos derrotados. Mas dança divinamente.

Sua audiência ficou muda de horror.

– Estou farta de ficar em casa, e não vou mais ficar. Se todo mundo falou de mim ontem à noite, minha reputação já está arruinada, e não vai importar o que mais disserem.

Não lhe ocorreu que essa ideia era de Rhett Butler. Era muito oportuna e condizia perfeitamente com o que ela estava pensando.

– Oh! O que sua mãe dirá quando souber? O que pensará de mim?

Um calafrio de culpa assaltou Scarlett à ideia da consternação de Ellen, viesse ela a saber da conduta escandalosa da filha. Mas criou coragem ao pensar nos 40 quilômetros que separavam Atlanta de Tara. Certamente, a Srta. Pitty não contaria a Ellen, pois aquilo lhe poria em uma péssima posição como guardiã. E se Pitty não desse com a língua nos dentes, ela estava a salvo.

– Acho – disse Pitty –, sim, acho que devo escrever a Henry sobre isso... por mais que deteste fazê-lo... mas ele é nosso único parente do sexo masculino, para que procure o capitão Butler e o censure... ah, meu Deus, se pelo menos Charlie estivesse vivo... Você nunca, nunca mais deve falar com aquele homem, Scarlett.

Melanie ficara sentada em silêncio, as mãos no colo, seus waffles esfriando no prato. Levantou-se e abraçou Scarlett por trás.

– Querida – disse ela –, não se preocupe. Eu entendo e foi muito corajoso o que fez ontem à noite. Vai ajudar muito o hospital. E, se alguém ousar dizer qualquer coisa a seu respeito, eu cuido deles... Tia Pitty, não chore. Tem sido difícil para Scarlett ficar trancada em casa. Ela ainda é uma criança. Seus dedos brincavam com os cabelos negros de Scarlett. – E talvez fosse melhor para todas nós se fôssemos a algumas festas ocasionalmente. Talvez tenhamos sido muito egoístas, ficando aqui com nosso pesar. Uma época de guerra não é como outras épocas. Quando penso em todos os soldados nesta cidade que estão longe de casa, sem amigos para visitar à noite... e os que estão no hospital, já recuperados para sair da cama, mas não o bastante para voltar ao exército... Ora, temos sido egoístas. Deveríamos ter três convalescentes em nossa casa agora mesmo, como todo mundo, e trazer alguns rapazes para almoçar todos os domingos. Pronto, Scarlett, não se preocupe. As pessoas não falarão quando entenderem. Sabemos que você amava Charlie.

Scarlett estava longe de estar preocupada, e as mãos delicadas de Melanie em seus cabelos a irritavam. Ela tinha vontade de puxar a cabeça e dizer: "Ah! Que bobagem!", pois ainda acalentava a lembrança de como a Guarda Nacional, a milícia e os soldados do hospital haviam disputado suas danças na noite anterior. Ah, entre todas as pessoas do mundo, não era Melly que ela queria como defensora. Ela podia se defender, obrigada, e se as velhas megeras quisessem tumulto... bem, ela podia muito bem ficar sem as velhas megeras. Havia uma enorme quantidade de belos oficiais no mundo para se preocupar com o que as velhas diziam.

Pittypat enxugava os olhos em face das reconfortantes palavras de Melanie, quando Prissy entrou com uma volumosa carta.

– Pra vosmecê, sinhá Melly. Um neguinho trouxe.

– Para mim? – disse Melly, imaginando o que seria enquanto abria o envelope.

Ocupada com seus waffles, Scarlett nada notou até ouvir o acesso de choro de Melly e, olhando para cima, viu a mão de tia Pittypat ir para o coração.

– Ashley morreu! – gritou Pittypat, jogando a cabeça para trás e deixando os braços caírem.

– Ah, meu Deus! – gritou Scarlett, o sangue gelando.

– Não! Não! – exclamou Melanie. – Rápido! Os sais, Scarlett! Pronto, pronto, querida, está se sentindo melhor? Respire fundo. Não, não é Ashley. Sinto muito tê-las assustado. Estava chorando de felicidade. – E então ela abriu a palma da mão, levando um objeto aos lábios. – Estou tão feliz. – E teve outro acesso de choro.

Scarlett olhou de relance e viu que era uma larga aliança de ouro.

– Leia – disse Melly, apontando para a carta no chão. – Ah, que doce, como ele é gentil!

Aturdida, Scarlett pegou a folha de papel e viu escrito em uma letra preta e firme: "A Confederação pode precisar da vida de seus homens, mas ainda não exige o sangue do coração de suas mulheres. Aceite, prezada senhora, esta prova de minha reverência por sua coragem, e não pense que seu sacrifício foi em vão, pois este anel obteve dez vezes mais o seu valor. Capitão Rhett Butler."

Melanie pôs a aliança no dedo, olhando-a cheia de carinho.

– Não disse que ele era um cavalheiro? – falou, virando-se para Pittypat, o sorriso radiante em meio às lágrimas que lhe escorriam pelas bochechas. – Ninguém além de um cavalheiro refinado e atencioso teria pensado em como me partiu o coração... Vou enviar minha corrente de ouro no lugar. Tia Pittypat, a senhora precisa escrever-lhe um bilhete, convidando-o para o almoço de domingo, de modo que eu possa agradecer a ele.

No entusiasmo, nenhuma das duas pareceu notar que o capitão Butler não devolvera a aliança de Scarlett. Mas ela notou, aborrecida. E sabia que não fora o refinamento do capitão Butler que inspirara um gesto tão galante, mas sim sua intenção de ser convidado à casa de Pittypat, e sabia muito bem como conseguir o convite.

"FIQUEI PROFUNDAMENTE perturbada ao saber de sua recente conduta", dizia a carta de Ellen, e Scarlett, que a lia à mesa, franziu a testa. Com certeza, as más notícias corriam depressa. Em Charleston e Savannah, ela ouvira com frequência que o povo de Atlanta fazia mais mexericos e se metia mais na vida dos outros que qualquer outro do sul. Agora ela acreditava. A quermesse acontecera na noite de segunda-feira, e ainda era quinta. Qual das velhas megeras tinha se encarregado de escrever a Ellen? Por um momento, ela desconfiou de Pittypat, mas logo abandonou a ideia. Pobre Pittypat, andava tremendo dentro dos sapatinhos, com medo de levar a culpa pela atitude leviana de Scarlett, e seria a última a colocar Ellen a par de sua própria inadequação como guardiã. Devia ter sido a Sra. Merriwether.

"Custa-me crer que você pôde perder o controle de tal forma e esquecer-se da criação que teve. Vou ignorar a impropriedade de sua aparição pública durante o luto, percebendo seu caloroso desejo de ajudar o hospital. Mas dançar, e com um homem como o capitão Butler? Ouvi falar muito dele (e quem não ouviu?), e Pauline me escreveu, justamente na semana passada, que é um homem de má reputação e nem sequer a própria família o recebe em Charleston, com a exceção, é claro, de sua desolada mãe. Ele é um mau-caráter de tal calibre que se aproveitou de sua juventude e inocência para expô-la e desmoralizá-la publicamente e a sua família. Como pôde a Sra. Pittypat negligenciar de tal maneira a responsabilidade que tem com você?"

Scarlett olhou para a tia do outro lado da mesa. A velha reconhecera a letra de Ellen, e sua boquinha gorda estava enrugada de um modo amedrontado, como um bebê que aguarda uma repreensão e espera repeli-la com lágrimas.

"Estou decepcionada com você por ter esquecido tão rapidamente a criação que lhe foi dada. Pensei em chamá-la imediatamente para casa, mas deixarei isso a cargo de seu pai. Ele chegará a Atlanta na sexta-feira para falar com o capitão Butler e para acompanhá-la de volta. Receio que, apesar de meus apelos, ele será severo com você. Espero que tenha sido apenas a juventude e a irreflexão a incitar uma conduta tão leviana. Ninguém pode querer servir a nossa Causa mais que eu, e gostaria que minhas filhas sentissem o mesmo, mas daí a desmoralizar..."

A carta continuava no mesmo tom, mas Scarlett não terminou de ler. Pela primeira vez, estava assustada. Agora não se sentia afoita nem desafiadora. Sentia-se tão infantil e culpada como quando jogara um biscoito amanteigado em Suellen aos 10 anos de idade. Pensar em sua doce mãe censurando-a tão duramente e no pai indo a Atlanta para tomar satisfações com o capitão Butler despertou-lhe a medida da gravidade do caso. Gerald seria severo. Dessa vez, ela sabia que não poderia se safar do castigo sentando-se no joelho dele, sendo meiga e atrevida.

– Não... não são más notícias, são? – falou Pittypat com voz trêmula.

– Papai está vindo amanhã e vai me matar – respondeu Scarlett dolorosamente.

– Prissy, traga-me os sais – agitou-se Pittypat, empurrando a cadeira para trás, deixando a refeição pela metade. – Sinto que vou desmaiar.

– Tão no borso da sua saia – disse Prissy, que rondava por trás de Scarlett, adorando drama. Era sempre empolgante ver o sinhô Gerald irritado, contanto que a irritação não tivesse por alvo sua cabeça encarapinhada. Pitty remexeu no bolso e levou o frasco ao nariz.

– Vocês devem me apoiar e não me deixar a sós com ele nem por um minuto – suplicou Scarlett. – Ele gosta tanto de vocês duas que, se estiverem comigo, não vai poder fazer estardalhaço.

– Não vou poder – disse Pittypat baixinho, levantando-se. – Eu... estou me sentindo mal. Preciso me deitar. Vou ficar o dia inteiro de cama amanhã. Vocês devem apresentar-lhe minhas desculpas.

"Covarde!", pensou Scarlett, fuzilando-a com o olhar.

Melly reafirmou seu apoio, embora pálida e receosa diante da perspectiva de encarar o Sr. O'Hara enfurecido.

– Eu... eu a ajudarei a explicar que tudo foi feito pelo hospital. É claro que ele vai compreender.

– Não vai, não – disse Scarlett –, e, ah, eu morro se tiver que voltar a Tara desonrada, como mamãe ameaçou!

– Ah, você não pode ir para casa – implorou Pittypat, tendo um acesso de choro. – Se isso acontecesse, eu seria forçada... sim, forçada a pedir a Henry que viesse morar aqui, e vocês sabem que seria simplesmente impossível conviver com Henry. Fico tão nervosa sozinha com Melly à noite, com tantos forasteiros na cidade. Você é tão corajosa que não me importo de ficar sem um homem!

– Ah, ele não pode levá-la para Tara! – disse Melly, dando a impressão de que também ia cair no choro em um instante. – Esta é sua casa agora. O que faríamos sem você?

"Você ficaria feliz de ficar sem mim se soubesse o que realmente penso a seu respeito", pensou Scarlett, irritada, desejando que houvesse outra pessoa que não Melanie para ajudá-la a aplacar a ira de Gerald. Era revoltante ser defendida por alguém de quem se desgostava tanto.

– Talvez devêssemos cancelar nosso convite ao capitão Butler... – começou Pittypat.

– Ah, não podemos! Seria uma total falta de educação! – suplicou Melly, aflita.

– Ajudem-me a ir para a cama. Vou passar mal – gemeu Pittypat. – Ah, Scarlett, como você foi me arranjar isso?

Pittypat estava de cama quando Gerald chegou à tarde do dia seguinte. Através da porta fechada, ela lhe enviou diversos pedidos de desculpas, deixando as duas moças assustadas a presidir a mesa do jantar. Gerald estava agourentamente silencioso, embora tivesse beijado Scarlett e beliscado a bochecha de Melanie de modo simpático, chamando-a de "prima Melly". Scarlett teria preferido berros ameaçadores e acusações. Fiel a sua promessa, Melanie ficou ao lado de Scarlett como uma sombra, e Gerald era cavalheiro demais para repreender a filha na frente dela. Scarlett teve de admitir que Melanie soube como levar as coisas, agindo como se não estivesse ciente de qualquer problema, e conseguindo manter a conversa com Gerald depois de servido o jantar.

– Gostaria de saber tudo sobre o condado – disse ela, sorrindo. – India e Honey são péssimas correspondentes, e sei que o senhor sabe de tudo o que se passa por lá. Conte-nos sobre o casamento de Joe Fontaine.

Animado pela lisonja, Gerald contou que o casamento fora tranquilo, "não como o de vocês", pois Joe só tinha uns poucos dias de licença. Sally, a menina dos Munroe, estava muito bonita. Não, ele não conseguia se lembrar de como estava vestida, mas tinha ouvido falar que não tivera um vestido de "segundo dia".

– Não?! – exclamaram as moças escandalizadas.

– Claro, pois não teve um segundo dia – explicou Gerald, dando uma gargalhada, antes de se lembrar de que, talvez, tais observações não fossem apropriadas para ouvidos femininos. Scarlett se reanimou com a gargalhada, abençoando o tato de Melanie.

– Joe voltou à Virgínia no dia seguinte – acrescentou Gerald rapidamente. – Não houve visitações nem bailes subsequentes. Os gêmeos Tarleton estão em casa.

– Soubemos disso. Eles já se recuperaram?

– Os ferimentos não foram graves. Stuart levou um tiro no joelho, e Brent, no ombro. Vocês souberam também que eles foram citados por bravura?

– É mesmo? Conte!

– Aqueles dois são malucos. Creio que devem ter algum sangue irlandês – disse Gerald, complacente. – Esqueço o que fizeram, mas Brent agora é tenente.

Scarlett ficou satisfeita por receber notícias das proezas dos dois, satisfeita como se fosse a proprietária dos gêmeos. Depois de um homem ter sido seu admirador, ela nunca perdia a convicção de que ele lhe pertencia, e todas as façanhas deles lhe davam prestígio.

– E tenho uma notícia que vocês não devem saber – disse Gerald. – Dizem que Stu está novamente cortejando em Twelve Oaks.

– Honey ou India? – perguntou Melly, entusiasmada, enquanto Scarlett ficou com o olhar parado, quase indignada.

– Ah, a Srta. India, com certeza. Ela não o tinha agarrado até essa minha espevitada piscar para ele?

– Ah! – exclamou Melly, um tanto constrangida diante da franqueza de Gerald.

– E mais que isso, o jovem Brent anda rondando Tara agora.

Scarlett não conseguiu dizer palavra. A deserção de seus admiradores era quase insultante. Especialmente ao se lembrar do modo como os gêmeos tinham reagido quando ela dissera que se casaria com Charles. Stuart até ameaçara dar um tiro em Charles ou em Scarlett ou em si mesmo, ou em todos os três. Tinha sido empolgante.

– Suellen? – perguntou Melly, abrindo um sorriso de alegria. – Mas eu achava que o Sr. Kennedy...

– Ah, ele? – disse Gerald. – Frank Kennedy ainda ronda por lá, com medo da própria sombra, e em breve vou perguntar sobre suas intenções, se ele não o fizer. Não, é minha caçula.

– Carreen?

– Ela não passa de uma criança – disse Scarlett, recuperando a fala.

– Ela tem um ano a menos do que você tinha ao se casar, senhorita – retrucou Gerald. – É de má vontade que concede o antigo admirador a sua irmã?

Melly corou, desacostumada com tal franqueza, e fez sinal a Peter para trazer a torta de batata-doce. Freneticamente, ela percorria a mente em busca de algum outro assunto que não fosse tão pessoal, mas que distraísse o Sr. O'Hara do propósito de sua viagem. Não conseguiu pensar em nada, mas, uma vez tendo começado a falar, Gerald não precisava de outro estímulo que não uma audiência. Comentou a roubalheira do Batalhão de Suprimentos, que mensalmente aumentava suas exigências, a estupidez de Jefferson Davis, e a patifaria dos irlandeses, que estavam sendo seduzidos para o exército ianque por gratificação financeira.

Quando o vinho do Porto foi posto na mesa e as duas moças se levantaram para deixá-lo sozinho, Gerald, com o cenho franzido, piscou um olho severo para a filha e ordenou sua presença a sós por alguns minutos. Scarlett lançou um olhar desesperado para Melly, que torceu o lenço, impotente, e se retirou, fechando devagar as portas de correr.

– Agora vamos lá, mocinha! – proclamou Gerald, servindo-se um cálice de Porto. – Que belo modo de agir! É outro marido que está tentando agarrar, mal enviuvou?

– Não fale tão alto, papai, os criados...

– Com certeza já sabem, assim como todo mundo sabe de nossa desmoralização. E sua pobre mãe, tendo que levar esse peso para a cama, e eu sem poder erguer a cabeça. Que vergonha! Não, mocinha, nem pense em me vir com suas lágrimas desta vez – apressou-se ele a dizer, com certo pânico na voz assim que as pálpebras de Scarlett começaram a piscar, e sua boca, a se contorcer. – Eu bem a conheço. Estaria flertando no velório do próprio marido. Não chore. Pronto, nada mais vou dizer por hoje, pois devo me encontrar com esse capitão Butler, que fez tão pouco caso da reputação de minha filha. Mas pela manhã... Vamos, não chore. De nada vai lhe adiantar, de nada. Estou resolvido a levá-la de volta para Tara amanhã, antes que nos desgrace a todos novamente. Não chore, boneca. Veja o que lhe trouxe! Não é um belo presente? Está vendo, olhe. Como foi me arrumar um problema desses, fazendo-me vir até aqui, o homem ocupado que sou? Não chore!

Melanie e Pittypat já tinham se recolhido fazia tempo, mas Scarlett ficou acordada na escuridão acolhedora, o coração pesado e amedrontado dentro do peito. Deixar Atlanta agora que a vida estava recém-recomeçando, ir para casa e enfrentar Ellen! Ela preferia morrer a encarar a mãe. Quisera estar morta naquele mesmo minuto, então todos se arrependeriam de ter sido tão odiosos. Sem sossego, ela se virava no travesseiro quente até que um ruído distante na rua silenciosa alcançou seus ouvidos. Era um ruído estranhamente familiar, mesmo distante como estava. Ela saiu de mansinho da cama e foi até a janela. Sob o céu pontilhado de estrelas, a rua com seu arco arborizado estava muito escura. O ruído foi se aproximando, o som de rodas, os passos de cascos de cavalo e vozes. Então ela sorriu, pois conforme uma voz enrolada pelo sotaque e pelo uísque lhe chegava aos ouvidos, aumentava o som de "Peg in a Low-backed Car", que ela conhecia. Podia não estar em Jonesboro nem em dia de feira, mas Gerald estava chegando em casa nas mesmas condições.

Ela viu o vulto de uma charrete parando em frente à casa e figuras indistintas descendo. Alguém estava com ele. Os dois pararam no portão, ela ouviu o estalo do trinco e a voz de Gerald soou claramente.

– Agora vou lhe mostrar "Lament for Robert Emmet". Esta canção você precisa saber, meu caro... vou lhe ensinar.

– Gostaria de aprender – retrucou o acompanhante, um sinal de riso reprimido em sua fala arrastada. – Mas não agora, Sr. O'Hara.

"Oh, meu Deus, é aquele detestável Butler!", pensou Scarlett, a princípio aborrecida, mas, em seguida, esperançosa. Pelo menos não tinham dado tiros. E deviam ter chegado a um acordo para virem juntos para casa àquela hora e naquelas condições.

– Cantar eu vou e ouvir você vai, ou acabo lhe dando um tiro pelo Orange que é.

– Orange, não... charlestoniano.

– Não é muito melhor. É pior. Tenho duas cunhadas em Charleston e sei bem.

"Será que ele vai contar para toda a vizinhança?", pensou Scarlett, tomada de pânico, procurando o roupão. Mas o que faria? Não podia descer àquela hora da madrugada e puxar o pai para dentro.

Sem mais delongas, Gerald, apoiado no portão, jogou a cabeça para trás e começou "Lament" com uma voz grave. Scarlett descansou os cotovelos no parapeito da janela e ficou escutando, sorrindo mesmo sem querer. Seria uma bela canção se, pelo menos, seu pai conseguisse cantar sem desafinar. Era uma de suas canções favoritas e, por um instante, ela seguiu a delicada melancolia daqueles versos, que assim começavam:

Ela está distante da terra onde seu jovem herói descansa
E os amores em volta dela cantam.

A canção continuou e ela ouviu uma agitação no quarto de Pittypat e Melanie. Coitadas, certamente ficariam aborrecidas. Não estavam acostumadas a machos puro-sangue como Gerald. Quando a canção acabou, duas formas se mesclaram em uma só, seguiram pelo caminho e subiram os degraus da entrada. Uma batida discreta soou na porta.

"Acho que sou eu quem deve descer", pensou Scarlett. "Afinal, ele é meu pai, e a pobre Pitty preferiria morrer a fazer isso." Além do mais, não queria que os criados vissem Gerald naquelas condições. E se Peter tentasse botá-lo na cama, ele poderia ficar incontrolável. Pork era o único que sabia lidar com ele.

Ela fechou o roupão até o pescoço, acendeu a vela de cabeceira e correu pelas escadas escuras até o vestíbulo. Deixando a vela no pedestal, abriu a porta e, sob a luz oscilante, viu Rhett Butler, sem uma única prega da camisa desarrumada, amparando o corpo pesado e atarracado de seu pai. Era evidente que "Lament" fora seu canto do cisne, pois Gerald estava pendurado no braço do acompanhante. Seu chapéu ficara pelo caminho, as longas melenas brancas estavam despenteadas, a gravata, pendurada em uma das orelhas, e havia manchas de bebida no peito da camisa.

– Seu pai, creio eu! – disse o capitão Butler, os olhos divertidos no rosto trigueiro. Em um relance, ele pareceu enxergar através de seu roupão.

– Traga-o para dentro – disse ela secamente, constrangida com a indumentária e enfurecida com Gerald, por colocá-la em posição ridícula diante daquele homem.

Rhett o impeliu adiante.

– Quer que a ajude a levá-lo para cima? Não vai conseguir sozinha. Ele é bem pesado.

Ela ficou boquiaberta diante da audácia da proposta. Imagine só o que Pittypat e Melly, encolhidas em suas camas, pensariam se o capitão Butler fosse até lá em cima!

– Virgem Santíssima, não! Aqui na sala, naquele canapé.

– De pé, você disse?

– Eu lhe agradeço se puder manter a compostura. Aqui. Agora deite-o.

– Devo tirar-lhe as botas?

– Não. Ele já dormiu com elas antes.

Teve vontade de morder a língua por aquele deslize, pois ele riu baixinho enquanto cruzava as pernas de Gerald.

– Por favor, queira retirar-se agora.

Ele foi para o vestíbulo sombrio e pegou o chapéu que deixara cair no vão da porta.

– Vejo-a no almoço de domingo – disse, e saiu, fechando a porta sem fazer ruído.

Scarlett se levantou às 5h30, antes que os criados chegassem do pátio dos fundos para preparar o café da manhã e, pé ante pé, desceu ao silencioso térreo. Gerald estava acordado, sentado no sofá, as mãos segurando a cabeça inchada como se quisesse esmagá-la entre as palmas. Ele olhou para cima furtivamente quando ela entrou. A dor de mover os olhos foi demais e ele gemeu.

– Que dia!

– Foi muito bonito o que o senhor fez, papai – sussurrou ela, furiosa. – Chegar em casa em uma hora dessas e acordar toda a vizinhança com sua cantoria.

– Eu cantei?

– Cantou? Despertou a todos com "Lament".

– Não me lembro.

– Os vizinhos vão se lembrar para sempre, assim como a Srta. Pittypat e Melanie.

– Nossa Senhora das Dores – gemeu Gerald, molhando os lábios secos com uma língua grossa. – Pouco me lembro do que aconteceu depois de iniciado o jogo.

– Jogo?

– Aquele rapazola, Butler, ficou se exibindo, dizendo que era o melhor jogador de pôquer do...

– Quanto você perdeu?

– Ora, eu ganhei, é lógico. Um ou dois copos me ajudam no jogo.

– Olhe em sua carteira.

Como se cada movimento representasse uma agonia, Gerald tirou a carteira do casaco e a abriu. Estava vazia, e ele olhou para ela em total perplexidade.

– Quinhentos dólares – disse ele –, e era para comprar mercadorias dos navios atravessadores para a Sra. O'Hara, e agora nem sobrou para comprar a passagem de volta a Tara.

Indignada, Scarlett olhou para a carteira vazia, e uma ideia se formou em sua cabeça e cresceu rapidamente.

– Não vou mais erguer a cabeça nesta cidade – começou ela. – O senhor nos desmoralizou a todos.

– Veja como fala, mocinha. Não consegue ver que minha cabeça está estourando?

– Chegar em casa bêbado com um homem como o capitão Butler e cantando em voz alta para todos ouvirem. Depois, perder todo esse dinheiro.

– O sujeito é muito esperto com as cartas para ser um cavalheiro. Ele...

– O que mamãe vai dizer quando souber?

Apreensivo, ele olhou para cima em uma súbita angústia.

– Você não diria uma palavra para aborrecer sua mãe, diria?

Scarlett limitou-se a um muxoxo.

– Pense em como isso a magoaria, e ela é tão delicada...

– E pensar, papai, que ontem mesmo o senhor disse que eu tinha desmoralizado a família! Eu, com uma mera dança para levantar dinheiro para os soldados. Ah, tenho vontade de gritar.

– Não faça isso – implorou Gerald. – Seria mais do que minha pobre cabeça poderia aguentar, e com certeza já está estourando agora.

– E você, dizer que eu...

– Agora, mocinha, agora, boneca, não se magoe com o que seu velho pai disse, sem nem querer dizer e sem entender nada! Claro, você é uma moça boa e bem-intencionada, tenho certeza.

– E querendo me levar para casa desmoralizada.

– Ah, querida, eu não faria isso. Foi só para implicar com você. Não vá falar nada do dinheiro para sua mãe, que já está perturbada por causa das despesas.

– Não – disse Scarlett francamente. – Não falarei se o senhor me deixar ficar aqui, e se disser a mamãe que tudo não passou de um mexerico das velhas megeras.

Gerald olhou pesarosamente para a filha.

– Isso é pura chantagem.

– E ontem foi puro escândalo.

– Bem – começou ele persuasivo –, vamos esquecer tudo. E você acha que uma dama tão fina como a Srta. Pittypat teria algum conhaque em casa? A melhor maneira de curar uma ressaca...

Na ponta dos pés, Scarlett atravessou o vestíbulo e foi até a sala de jantar pegar a garrafa de conhaque que ela e Melly particularmente chamavam de "garrafa antidesmaio", porque Pittypat sempre dava um gole quando seu coração palpitante a fazia desmaiar... ou parecer desmaiar. O triunfo estava escrito em seu rosto, sem qualquer traço de vergonha pelo tratamento pouco filial a Gerald. Agora Ellen seria tranquilizada com mentiras se qualquer outro bode desocupado lhe escrevesse. Agora poderia ficar em Atlanta. Agora poderia fazer praticamente o que quisesse, sendo Pittypat o jarro frágil que era. Ela abriu o armário e ficou por um instante com a garrafa e o copo junto ao peito.

Avistou um longo panorama de piqueniques às margens das águas borbulhantes do riacho dos Pessegueiros e churrascos na montanha Stone, recepções e bailes, tardes dançantes, passeios de charrete e jantares nas noites de domingo. Ela estaria lá, bem no centro dos acontecimentos, bem no meio de uma multidão de homens. E os homens se apaixonam com tanta facilidade depois que se faz alguma coisa por eles no hospital. Ela não se importaria tanto de trabalhar no hospital agora. Era tão fácil provocar os homens quando eles estavam acamados. Caíam nas mãos de uma moça esperta assim como os pêssegos de Tara quando se sacudiam as árvores levemente.

Ela foi até o pai com a bebida revigorante, agradecendo aos céus que a famosa resistência de O'Hara não tivesse conseguido sobreviver à rodada da noite anterior, e subitamente se perguntou se Rhett Butler não tivera algo a ver com aquilo.

11

Em uma tarde da semana seguinte, Scarlett chegou do hospital fatigada e indignada. Estava cansada por ter ficado de pé a manhã inteira, e irritada por ter sido bruscamente repreendida pela Sra. Merriwether por estar sentada na cama de um soldado enquanto lhe fazia um curativo no braço ferido. Tia Pitty e Melanie, com os melhores de seus chapéus de sol, estavam na varanda com Wade e Prissy, prontas para seu giro semanal de visitas. Scarlett pediu que a desculpassem por não acompanhá-las e subiu para seu quarto.

Quando o último som das rodas da carruagem sumiu e ficou claro que a família estava seguramente fora de vista, ela entrou furtivamente no quarto de Melanie e trancou a porta. Era um quarto pequeno, bem-arrumado e simples. Estava silencioso e aquecido pelos raios oblíquos do sol das 16 horas. O piso era encerado, ostentando apenas uns poucos tapetes coloridos. As paredes brancas eram nuas, exceto por um pequeno altar que Melanie arranjara em um canto.

Ali, sob a bandeira confederada, estava pendurado o sabre dourado que seu pai usara na Guerra do México, o mesmo que Charles levara para a guerra. Estavam também o cinturão e a pistola de Charles, com a arma no coldre. Entre o sabre e a pistola, havia um daguerreótipo do próprio Charles, muito empertigado e orgulhoso em sua farda cinza, os grandes olhos castanhos reluzentes com um sorriso tímido nos lábios.

Scarlett nem sequer olhou para o retrato e, sem hesitar, atravessou o quarto direto à caixa de jacarandá sobre a mesa ao lado da cama estreita. Dali ela tirou um maço de cartas atadas por uma fita azul, endereçadas a Melanie com a letra de Ashley. No topo estava a carta que chegara naquela manhã, e foi esta que ela abriu.

Quando começara a ler essas cartas secretamente, Scarlett ficara tão atormentada pela consciência e com tanto medo de ser descoberta que mal conseguia abrir os envelopes devido à tremedeira. Agora seu senso de honra, que jamais fora muito escrupuloso, se embotara pela repetição do delito, e até o medo de ser descoberta diminuíra. Ocasionalmente, ela pensava com um aperto no coração: "O que mamãe diria se soubesse?"

Ela sabia que Ellen a preferiria morta a vê-la culpada de tal desonra. A princípio isso preocupava Scarlett, pois ela ainda queria ser como sua mãe em todos os aspectos. Mas a tentação de ler as cartas era grande demais, e ela havia deixado de pensar em Ellen. Tornara-se adepta de afastar os pensamentos desagradáveis. Tinha aprendido a pensar: "Não vou pensar nesse ou naquele aborrecimento agora. Pensarei nisso amanhã." Geralmente, quando o amanhã chegava, o pensamento não lhe ocorria ou ficava tão atenuado pelo atraso que já não parecia tão problemático. Portanto, a questão das cartas de Ashley não lhe pesava muito na consciência.

Melanie era sempre muito generosa com as cartas, lendo partes delas em voz alta para tia Pitty e Scarlett. Mas eram as partes não lidas que atormentavam Scarlett, que a levavam à leitura sub-reptícia da correspondência da cunhada. Precisava saber se Ashley passara a amar sua mulher desde o casamento. Precisava saber se pretendia amá-la. Será que lhe dirigia palavras de ternura? Que sentimentos expressava, e com que ardor?

Ela abriu a carta com cuidado.

A letra pequena e parelha de Ashley saltava a seus olhos enquanto ela lia: "Minha prezada mulher", e ela respirava aliviada. Ele ainda não estava chamando Melanie de "Meu amor" ou "Querida".

"Minha prezada mulher: Escreve-me dizendo-se alarmada por eu estar ocultando meus verdadeiros pensamentos, e me pergunta o que está ocupando minha mente nesses dias..."

"Mãe de Deus!", pensou Scarlett, em um pânico de culpa. "Ocultando seus verdadeiros pensamentos." "Terá Melly lido a mente dele? Ou a minha? Terá suspeitado que ele e eu..."

Suas mãos tremiam de medo enquanto ela aproximava a carta dos olhos, mas, ao ler o parágrafo seguinte, relaxou.

"Cara mulher, se ocultei algo é porque não quero pôr nenhum fardo sobre seus ombros, aumentar suas preocupações por minha segurança física com minhas perturbações mentais. Mas nada posso lhe ocultar, pois me conhece bem. Não se alarme. Não fui ferido. Não fiquei doente. Tenho o suficiente para comer e, às vezes, uma cama na qual dormir. Não há nada mais que um soldado possa pedir. Mas, Melanie, pensamentos perturbadores afligem meu coração e vou abri-lo para você.

Nestas noites de verão, fico deitado acordado, horas depois de terem todos adormecido, olho para as estrelas e me pergunto: 'O que você está fazendo aqui, Ashley Wilkes? Por que está lutando?'

Certamente, não é por honra e glória. A guerra é um negócio sujo, e não gosto de sujeira. Não sou um soldado e não tenho desejo de buscar uma reputação empolgante, nem mesmo a que se conquista na boca de um canhão. Sim, eis-me aqui na guerra... eu, a quem Deus deu como missão nada além de ser um estudioso homem do campo. Pois, Melanie, as cornetas não me agitam o sangue nem os tambores me instigam os pés, e vejo com demasiada clareza que fomos traídos, traídos por nossos egos sulistas, crendo que um de nós poderia abater uma dúzia de ianques, crendo que o Rei Algodão poderia dominar o mundo. Traídos também por palavras e frases de efeito, preconceitos e rancores vindos das bocas dos mais aquinhoados, daqueles homens que respeitamos e reverenciamos... 'Rei Algodão, Escravatura, Direitos de Estados, Malditos ianques.'

Então, quando me deito e olho para as estrelas me perguntando 'Por que você está lutando?', penso nos Direitos de Estados, no algodão, nos negros e nos ianques que fomos ensinados a odiar, e sei que não estou lutando por nenhuma dessas razões. Em vez disso, vejo Twelve Oaks e me lembro da lua se inclinando pelas colunas brancas, da aparência etérea das magnólias se abrindo sob o luar e das rosas trepadeiras fazendo sombra na varanda mesmo nos dias mais quentes. E vejo minha mãe costurando, como ela fazia quando eu era menino. E ouço os negros chegando dos campos ao entardecer, cansados e cantando, prontos para o jantar, e o som do sarilho quando descem o balde no poço de água fresca. E há a longa vista que desce a estrada até o rio, atravessando os campos de algodão, e a bruma surgindo das terras baixas no crepúsculo. E é por isso que estou aqui, eu, que não tenho amor pela morte e pela infelicidade, nem pela glória, assim como a ninguém odeio. Talvez seja isso o que chamam de patriotismo, amor por nossa casa e nossa terra Mas, Melanie, vai além disso. Pois isso que mencionei nada é além de um símbolo daquilo por que arrisco a vida, símbolo do tipo de vida que amo. Pois estou lutando pelo passado, por uma época que amo tanto, mas que, receio, acabou para sempre, não importa o resultado desta guerra. Pois, vencendo ou perdendo, perdemos do mesmo modo.

Se vencermos e tivermos o Reino do Algodão de nossos sonhos, ainda assim teremos perdido, pois nos tornaremos outras pessoas, e os velhos hábitos tranquilos se acabarão. O mundo estará à nossa porta suplicando por algodão, e poderemos impor nosso próprio preço. Então, receio, ficaremos como os ianques, de cujas atividades financeiras, consumistas e mercantilistas agora escarnecemos. E se perdermos, Melanie, se perdermos!

Não temo o perigo, a captura, os ferimentos, nem mesmo a morte, se ela tiver de vir. O que realmente me amedronta é que, quando esta guerra acabar, nunca mais consigamos voltar aos velhos tempos. E meu lugar é lá, nesses velhos tempos. Não tenho lugar neste presente louco de matança e temo que não vá me adaptar a qualquer futuro, por mais que tente. Nem você, minha cara, pois nós dois temos o mesmo sangue. Não sei o que o futuro vai trazer, mas ele não será tão belo nem nos satisfará tanto quanto o passado.

Aqui, deitado, olho para os rapazes que dormem por perto e cogito se os gêmeos, Alex ou Cade têm esses mesmos pensamentos. Imagino se sabem que estão lutando por uma Causa que se perdeu no minuto em que o primeiro tiro foi disparado, pois nossa Causa é, de fato, nosso estilo de vida, e isso acabou para sempre. Mas acho que eles não pensam nessas coisas e têm sorte.

Quando a pedi em casamento, não tinha pensado nisso. Tinha pensado na vida se passando em Twelve Oaks como sempre se passou, pacificamente, sem dificuldades, imutável. Somos parecidos, Melanie, amamos as mesmas coisas tranquilas, e eu enxerguei diante de nós uma grande extensão de anos rotineiros durante os quais fôssemos ler, ouvir música e sonhar. Mas não isto! Nunca isto! Que algo assim pudesse acontecer a todos nós, esta destruição da vida antiga, esta carnificina sangrenta, este ódio! Melanie, nada vale isso... Direitos de Estados, escravos ou o algodão. Nada vale o que está nos acontecendo agora e o que pode acontecer, pois, se os ianques nos vencem, o futuro será de um horror inacreditável. E, minha cara, eles ainda podem vencer.

Eu não deveria escrever estas palavras, nem sequer deveria pensá-las. Mas você me perguntou o que ia por meu coração, e o que há aqui é medo da derrota. Lembra-se de que no dia do churrasco, no dia em que nosso noivado foi anunciado, um homem chamado Butler, um charlestoniano pelo sotaque, quase provocou uma briga por causa de suas observações sobre a ignorância dos sulistas? Lembra-se de como os gêmeos queriam dar-lhe um tiro por ele ter dito que tínhamos poucas fundições e fábricas, tecelagens e navios, arsenais e oficinas mecânicas? Lembra-se de como ele disse que a esquadra ianque poderia fechar nossos portos de tal forma que nem conseguiríamos embarcar o algodão? Ele estava certo. Estamos lutando contra os rifles novos dos ianques com mosquetes da Guerra Revolucionária, e em breve o bloqueio será tamanho que nem sequer suprimentos médicos conseguirão passar. Devíamos ter prestado atenção a cínicos como Butler, que sabiam o que diziam, em vez de ouvir o que os estadistas achavam... e falavam. Ele disse, com razão, que o sul não tinha nada com que combater além de algodão e arrogância. Nosso algodão está sem valia, e o que ele chamava de arrogância foi só o que restou. Mas digo que arrogância combina com coragem. Se..."

Scarlett dobrou cuidadosamente a carta sem acabar de ler e devolveu-a ao envelope, por demais entediada para ler o resto. Além disso, o tom da carta a deixara vagamente deprimida com seu tolo discurso de derrota. Afinal, não era para saber das ideias intrigantes e pouco interessantes de Ashley que ela lia a correspondência de Melanie. Já escutara aquilo o bastante quando eles se sentavam na varanda de Tara em tempos passados.

Só desejava saber se ele escrevia cartas apaixonadas à mulher. Até agora, não. Lera todas as cartas daquela caixa e nada havia em nenhuma delas que um irmão não pudesse ter escrito a uma irmã. Eram afetuosas, bem-humoradas, discursivas, mas não eram cartas de um amante. Ela mesma já recebera muitas cartas inflamadas e sabia reconhecer um autêntico sinal de paixão quando o via. E esse sinal faltava. Como sempre, após suas leituras secretas, uma sensação de presunçosa satisfação a envolvia, pois se certificava de que Ashley ainda a amava. E, debochada, sempre se perguntava como Melanie não percebia que o marido só a amava como amiga. Era evidente que Melanie não sentia essa lacuna nas mensagens dele, mas era porque nunca recebera cartas de amor de outro homem para poder comparar com as de Ashley.

"Ele escreve cartas tão sem sentido...", pensou Scarlett. "Se um dia meu marido me escrevesse tais disparates, certamente se veria comigo! Ora, até Charlie escrevia cartas melhores que essas."

Ela dedilhou a ponta das cartas, olhando para as datas, lembrando-se do conteúdo de cada uma. Não havia passagens descritivas do acampamento e dos ataques como as que Darcy Meade escrevia aos pais, ou o coitado do Dallas McLure escrevera para as irmãs solteironas, as Srtas. Faith e Hope. Os Meade e os McLure liam com orgulho essas cartas por toda a vizinhança, e muitas vezes Scarlett sentira uma vergonha secreta de que Melanie não tivesse esse tipo de carta de Ashley para ler em voz alta nos círculos de costura.

Era como se, ao escrever para Melanie, Ashley tentasse ignorar a guerra e procurasse desenhar em torno deles dois um círculo mágico de atemporalidade, deixando de fora tudo o que ocorrera desde que o forte Sumter se tornara a notícia do momento. Era quase como se ele quisesse acreditar que não havia guerra alguma. Escrevia sobre livros que ele e Melanie tinham lido, e sobre canções que gostavam de cantar, dos velhos amigos que conheciam e dos lugares que ele conhecera em seu *Grand Tour*. Transcorria em todas as cartas uma saudade intensa de estar de volta a casa em Twelve Oaks, e eram várias as páginas nas quais escrevia sobre as caçadas, os longos passeios a cavalo pelos caminhos silenciosos da floresta sob a geada das noites estreladas de outono, os churrascos, as peixadas, a tranquilidade das noites enluaradas e o encanto sereno da velha casa.

Ela pensou nas palavras da carta que acabara de ler: "Não isto! Nunca isto!", e pareciam o grito de uma alma atormentada enfrentando algo que não conseguia enfrentar e, contudo, devia. O que a intrigou foi que, se ele não temia os ferimentos nem a morte, o que temia, então? Nada analítica, ficou tentando desvendar aquela ideia complexa.

"A guerra o perturba e ele... ele não gosta de coisas que o perturbem... Eu, por exemplo... Ele me amava, mas tinha medo de se casar comigo porque... tinha medo! Eu perturbaria seu modo de pensar e de viver. Não, não era bem disso que Ashley tinha medo. Ele não é covarde. Não pode ser, pois foi citado em despachos e quando o coronel Sloan escreveu aquela carta a Melly sobre sua brava conduta ao liderar o ataque. Uma vez tendo se decidido sobre algo, ninguém era mais corajoso e mais determinado, mas... Ele vive ensimesmado em vez de viver no mundo exterior, e odeia vir para o mundo exterior e... Ah, não sei o que é! Se tivesse entendido exatamente isso sobre ele anos atrás, ele teria se casado comigo."

Ela ficou por um momento segurando as cartas junto ao peito, pensando em Ashley com saudades. Seus sentimentos por ele nunca tinham mudado desde o dia em que ela se apaixonara. Eram os mesmos sentimentos que a tinham deixado muda naquele dia, aos 14 anos, quando, parada na varanda de Tara, ela o vira chegar a cavalo, sorridente, o cabelo prateado brilhando sob o sol da manhã. Seu amor ainda era a adoração de uma menina por um homem que não compreendia, um homem que possuía todas as qualidades que lhe faltavam, mas que ela admirava. Ele ainda era o sonho do Príncipe Encantado de uma menina, e seu sonho nada mais pedia do que o reconhecimento de seu amor, não ia além da esperança de um beijo.

Após ler as cartas, ela teve certeza do amor dele por ela, mesmo que tivesse se casado com Melanie, e essa certeza era quase tudo o que desejava. Ela ainda era aquela jovem intocada. Se Charles, com seu modo desajeitado e suas intimidades constrangidas, tivesse lhe tocado qualquer das profundas veias de sentimento apaixonado, seus sonhos com Ashley não se limitariam só a um beijo. Mas aquelas poucas noites enluaradas com Charles não haviam atingido suas emoções nem a amadurecido. Charles não tinha despertado qualquer ideia do que a paixão poderia ser, nem a ternura ou a verdadeira intimidade de corpo ou de espírito.

Tudo o que a paixão significava para ela era uma servidão à inexplicável insanidade masculina, não compartilhada pelas mulheres, um processo doloroso e constrangedor que inevitavelmente levava ao ainda mais doloroso processo do parto. Não deveria lhe surpreender que o matrimônio fosse assim. Antes do casamento, Ellen tinha lhe dado pistas de que isso era algo que as mulheres deviam suportar com dignidade e bravura, e os comentários sussurrados de outras matronas desde sua viuvez o confirmavam. Scarlett ficava contente de ter se livrado da paixão e do matrimônio.

Livrara-se do casamento, mas não do amor, pois seu amor por Ashley era algo diferente, nada tendo a ver com paixão ou casamento, era algo sagrado e lindo, de tirar o fôlego, um sentimento que crescera furtivamente durante os longos dias de silêncios forçados, alimentando-se de repetidas memórias e esperanças.

Ao amarrar cuidadosamente a fita em volta do maço, ela suspirou, indagando-se pela milésima vez o que havia em Ashley que ela não entendia. Tentou pensar no assunto de modo a chegar a uma conclusão satisfatória, mas, como sempre, a conclusão escapava à sua mente pouco complexa. Recolocou as cartas na caixa e fechou a tampa. Depois franziu a testa, pois o pensamento retornou à última parte da carta que acabara de ler, à menção feita ao capitão Butler. Era estranho que Ashley estivesse impressionado com algo que aquele patife dissera um ano atrás. Inegavelmente, o capitão Butler era um patife, por mais que dançasse daquele modo divino. Ninguém, a não ser um patife, diria as coisas que ele dissera sobre a Confederação na quermesse. Atravessando o quarto, olhou-se no espelho e tocou os cabelos bem penteados em sinal de aprovação.

Ficou animada, como sempre ficava à vista de sua pele alva e dos oblíquos olhos verdes, e sorriu para provocar as covinhas. Em seguida, afastou o capitão Butler de seus pensamentos ao ver alegremente seu reflexo, lembrando-se de como Ashley sempre apreciara suas covinhas. Nenhuma agonia de consciência por amar o marido de outra mulher nem por ler a correspondência dela lhe perturbava o prazer de sua juventude, encanto e renovada segurança no amor de Ashley por ela.

Abriu a porta e desceu a sombria escada caracol com o coração leve. A meio caminho, começou a cantar "When This Cruel War Is Over".

12

A guerra continuou, na maior parte com sucesso, mas as pessoas pararam de dizer "Mais uma vitória e a guerra acaba", assim como pararam de dizer que os ianques eram covardes. Agora era óbvio a todos que os ianques nada tinham de covardes e que seria preciso mais que uma vitória para derrotá-los. Entretanto, havia as vitórias confederadas no Tennessee conquistadas pelo general Morgan e pelo general Forrest, e o triunfo da Segunda Batalha de Bull Run, exibidas como escalpos ianques a serem observados com mórbida satisfação. Mas o preço pago por esses escalpos era alto. Os hospitais e as residências de Atlanta estavam superlotados de doentes e feridos, e cada vez mais mulheres apareciam de luto. As monótonas fileiras de túmulos dos soldados no cemitério de Oakland se alongavam todos os dias.

O dinheiro confederado diminuíra assustadoramente, e o preço dos alimentos e das vestimentas subira de acordo. O batalhão de suprimentos do exército estava impondo arrecadações tão pesadas de alimentos que as mesas de Atlanta começavam a sofrer. A farinha de trigo estava tão escassa e cara que as broas de milho se tornaram a norma em vez de biscoitos, pãezinhos e waffles. Os açougues quase não tinham carne de gado e muito pouco carneiro, que custava tão caro que só os ricos podiam comprar. Mas ainda havia muita carne de porco e de galinha, assim como verduras.

O bloqueio ianque nos portos Confederados ficara mais severo, e artigos de luxo como chá, café, sedas, espartilhos, colônias, revistas de moda e livros eram escassos e preciosos. Até mesmo os mais baratos artigos de algodão tinham chegado a um preço exorbitante, e as damas, de mau grado, estavam repetindo os vestidos da estação anterior. Os teares, que havia anos juntavam pó, foram trazidos dos sótãos, e em qualquer salão se encontravam tecidos feitos em casa. Todos, soldados, civis, mulheres, crianças e negros, começaram a usar esses panos. O cinza, cor da farda confederada, praticamente desapareceu, e o tecido de tom amanteigado feito em casa tomou seu lugar.

Os hospitais já estavam preocupados com a escassez de quinino, calomelano, ópio, clorofórmio e iodo. Ataduras de linho e de algodão passaram a ser preciosas demais para serem jogadas fora depois de usadas, e todas as senhoras que serviam nos hospitais levavam para casa cestas cheias de tiras ensanguentadas para lavar e passar a ferro, sendo depois devolvidas para o uso de outros sofredores.

Mas para Scarlett, recém-saída da crisálida da viuvez, tudo o que a guerra significava era uma época de algazarra e empolgação. Nem mesmo as pequenas privações de vestimentas e alimentos a aborreciam, tão feliz estava por ter voltado ao mundo.

Quando pensava no tédio do ano anterior, com os dias passando, um igual ao outro, a vida parecia ter se acelerado a uma velocidade incrível. Cada dia nascia para uma aventura emocionante, um dia em que ela conheceria homens novos que pediriam para visitá-la, falariam de quanto era bonita e do privilégio que era lutar e, talvez, morrer por ela. Ela podia amar, e realmente amava, Ashley até o último suspiro, mas isso não a impedia de seduzir outros homens a lhe pedir em casamento.

A guerra onipresente como pano de fundo emprestava uma agradável informalidade às relações sociais, uma informalidade que os mais velhos viam com alarme. As mães testemunhavam forasteiros visitando suas filhas, homens que chegavam sem cartas de referência e cujos antecedentes eram desconhecidos. Horrorizadas, as mães encontravam suas filhas de mãos dadas com esses homens. A Sra. Merriwether, que nunca beijara o marido até se passar a cerimônia de casamento, mal pôde crer em seus olhos ao flagrar Maybelle beijando o pequeno zuavo, René Picard, e ficou ainda mais consternada quando a filha recusou-se a sentir vergonha por isso. Mesmo o fato de René imediatamente pedi-la em casamento não melhorou as coisas. A Sra. Merriwether sentia que o sul estava se dirigindo para um completo colapso moral, e o dizia com frequência. Outras mães concordavam veementemente com ela e culpavam a guerra.

Mas os homens, com a expectativa de morrer em uma semana ou um mês, não podiam esperar um ano antes de suplicar a possibilidade de chamar uma moça pelo primeiro nome, com "Srta." o precedendo, é claro. Nem poderiam passar pelo longo e formal processo de cortejar, prescrito pelas boas maneiras antes da guerra. A probabilidade era que propusessem casamento em três ou quatro meses. E as moças, que bem sabiam que uma dama sempre devia recusar um cavalheiro nas três primeiras propostas, apressaram-se em aceitar na primeira vez.

A informalidade tornava a guerra algo divertido para Scarlett. Exceto pelo negócio sujo de servir de enfermeira e do tédio de enrolar ataduras, ela não se importava se a guerra durasse para sempre. Na verdade, podia aguentar o hospital com imparcialidade agora, pois se tornara um perfeito campo de caça. Os feridos desamparados sucumbiam a seus encantos sem esforço. Bastava trocar-lhes os curativos, lavar-lhes o rosto, afofar os travesseiros e abaná-los para que se apaixonassem. Aquilo era o paraíso depois do pavoroso ano anterior!

Scarlett retornara ao ponto no qual estava antes de se casar com Charles, e era como se nunca o houvesse desposado, como se nunca tivesse sentido o choque de sua morte, nunca tivesse dado à luz Wade. Guerra, casamento e maternidade tinham passado por ela sem tocar em qualquer corda profunda, ela não se modificara. Tinha um filho, mas os outros cuidavam tão bem dele naquela casa de tijolos vermelhos que ela podia quase esquecê-lo. Em sua mente e seu coração, ela era Scarlett O'Hara novamente, a beldade do condado. Suas ideias e atividades eram as mesmas dos velhos tempos, mas seu campo de ação se alargara imensamente. Sem ligar para a censura das amigas de tia Pitty, ela se comportava como antes do casamento, frequentava festas, dançava, ia cavalgar com os soldados, flertava, fazia tudo o que fizera quando mocinha, exceto deixar o luto. Isso ela sabia que seria a gota-d'água que entornaria o copo de Pittypat e de Melanie. Era uma viúva tão encantadora como fora quando mais nova, agradável quando fazia as coisas a seu modo, prestativa se isso não a desacomodasse, vaidosa de sua aparência e popularidade.

Agora estava feliz, poucas semanas depois de estar infeliz, feliz com seus admiradores e as confirmações de seu encanto, tão feliz quanto era possível estar tendo Ashley casado com Melanie e em meio ao perigo. Mas, de algum modo, estando distante, era mais fácil conviver com a ideia de que Ashley pertencia a outra. Com as centenas de quilômetros que separavam Atlanta da Virgínia, às vezes ele lhe parecia tanto dela quanto de Melanie.

Assim, os meses do outono de 1862 se passaram rapidamente com o serviço de enfermagem, as danças, os passeios e o enrolar de ataduras tomando todo o tempo que ela não passava em curtas viagens a Tara. Essas visitas eram decepcionantes, pois tinha poucas oportunidades para as longas conversas que sonhava em ter com a mãe quando estava em Atlanta. Não havia tempo de sentar ao lado de Ellen enquanto ela costurava, de sentir o suave cheiro de limão e verbena quando suas saias farfalhavam, de sentir as mãos macias dela em seu rosto em um carinho gentil.

Agora Ellen estava magra e preocupada, de pé desde cedo até bem depois de toda a fazenda estar recolhida. As exigências do batalhão de suprimentos aumentavam a cada mês, e lhe competia a tarefa de fazer Tara produzir. Até Gerald estava ocupado, pela primeira vez em muitos anos, pois não conseguira um administrador para tomar o lugar de Jonas Wilkerson, de modo que ele próprio percorria seus hectares de terra. Com Ellen ocupada demais para mais que um beijo de boa-noite e Gerald nos campos o dia inteiro, Scarlett achou Tara um tédio. Até mesmo suas irmãs estavam absorvidas pelos próprios interesses. Suellen tinha chegado a um "entendimento" com Frank Kennedy e cantava "When This Cruel War Is Over" com uma intenção maliciosa que Scarlett achava quase insuportável, e Carreen estava envolvida demais em seus sonhos com Brent Tarleton para ser uma companhia interessante.

Embora Scarlett sempre fosse para Tara com alegria, nunca se entristecia quando as inevitáveis cartas de Pitty e Melanie chegavam, suplicando sua volta. Ellen sempre suspirava nessas ocasiões, entristecida pela ideia de que sua filha mais velha e o único neto fossem deixá-la.

– Mas não posso ser egoísta e mantê-la aqui, quando precisam de você para servir em Atlanta – dizia ela. – Só... só, minha querida, parece que nunca tenho tempo de conversar com você e sentir que ainda é a minha menina antes que vá embora.

– Sempre vou ser sua menina – dizia Scarlett, enterrando o rosto no peito de Ellen, sua culpa surgindo acusatória. Não dizia à mãe que eram as danças e os admiradores que a levavam de volta a Atlanta e não o serviço à Confederação. Nessa época, havia muitas coisas que ocultava da mãe. Sobretudo, mantinha em segredo o fato de Rhett Butler visitar a casa de tia Pittypat com frequência.

DURANTE OS MESES que se seguiram à quermesse, Rhett as visitava sempre que estava na cidade, levando Scarlett para passeios em sua carruagem, acompanhando-a às danças e às quermesses e aguardando-a na saída do hospital para levá-la em casa. Ela perdera o medo de que ele viesse a trair seu segredo, mas lá no fundo a assombrava a inquietante lembrança de que ele a vira em seu pior estado e sabia a verdade sobre Ashley. Era isso que controlava sua língua quando ele a aborrecia, o que acontecia com frequência.

Ele tinha 30 e poucos anos, sendo o admirador mais velho que tivera, e ela ficava impotente como uma criança para controlá-lo e lidar com ele do modo que lidava com os admiradores de sua idade. Ele sempre dava a impressão de que nada jamais o surpreendia ou divertia e, quando a deixava irritada a ponto de não conseguir falar, ela sentia que o divertia mais que qualquer outra coisa no mundo. Muitas vezes ela explodia em um acesso de raiva com a isca experiente que ele lhe lançava, pois tinha o temperamento irlandês de Gerald e a doçura enganadora dos traços que herdara de Ellen. Até então, nunca se preocupara em controlar o próprio temperamento, a não ser na presença de Ellen. Agora era doloroso ter que reprimir as palavras por medo daquele sorriso debochado. Se pelo menos ele também ficasse irritado de vez em quando, ela não se sentiria em tamanha desvantagem.

Após suas discussões com ele, das quais raramente saía vitoriosa, jurava que ele era intolerável, mal-educado, não era um cavalheiro e que cortaria relações. Porém, mais cedo ou mais tarde, ele retornava a Atlanta e, a pretexto de visitar tia Pitty, com exagerada galanteria presenteava Scarlett com uma caixa de bombons trazidos de Nassau. Reservava um assento a seu lado em um sarau ou a tirava para dançar, e ela geralmente se divertia tanto com sua afável imprudência que acabava rindo e fazendo vista grossa para suas iniquidades passadas até ocorrer a próxima.

Apesar de todas as qualidades exasperantes, ela passou a aguardar com certa ansiedade por suas visitas. Ele tinha algo fascinante que ela não sabia bem o que era, algo diferente de todos os homens que conhecera. Havia algo de tirar o fôlego na graça de seu corpo atlético, de tal modo que sua entrada em qualquer lugar chamava a atenção. Algo na impertinência e afável escárnio de seus olhos escuros a desafiava a subjugá-lo.

"É quase como se eu estivesse apaixonada por ele!", pensava, aturdida. "Mas não estou, e simplesmente não consigo entender."

Mas a sensação de fascínio persistia. Quando ele vinha visitá-las, sua total masculinidade fazia a casa bem-educada e feminina de tia Pitty parecer pequena, pálida e meio antiquada. Scarlett não era a única a reagir de modo estranho e contrário à sua presença; ele deixava tia Pitty em um grande alvoroço.

Embora soubesse que Ellen reprovaria suas visitas à filha, e soubesse também que o decreto de Charleston banindo-o da sociedade educada não devia ser desconsiderado, Pitty não conseguia resistir aos elaborados elogios e beija-mãos mais que uma mosca consegue resistir a um pote de mel. Além disso, ele geralmente lhe trazia algum presentinho de Nassau, que garantia ter adquirido especialmente para ela, atravessando o bloqueio e arriscando a própria vida... conjuntos de alfinetes e agulhas, botões, carretéis de linha de seda e grampos de cabelo. Atualmente era quase impossível obter esses luxos... as mulheres estavam usando grampos de madeira entalhados à mão e forravam caroços de algodão para servir de botões... e faltava a Pitty a energia moral para recusá-los. Ademais, ela tinha uma paixão infantil por pacotes-surpresa, não conseguindo resistir à abertura de presentes. E, uma vez abertos, sentia que não podia recusá-los. Então, aceitando seus presentes, ela não conseguia reunir coragem para dizer-lhe que sua reputação tornava inapropriada uma visita a três mulheres sós, que não possuíam um protetor. Tia Pitty sempre sentia que necessitava de um protetor quando Rhett Butler estava na casa.

– Não sei o que ele tem – suspirava ela, indefesa. – Mas... bem, eu realmente acho que seria um homem bom e muito atraente se pudesse sentir que... bem, que no fundo de seu coração ele respeita as mulheres.

Desde a devolução de sua aliança, Melanie sentira que Rhett era um cavalheiro de raro refinamento e delicadeza, e ficou chocada com essa observação. Ele era infalivelmente cortês com ela, embora sua presença a deixasse um pouco tímida, em grande parte porque era assim que se sentia com qualquer homem que não conhecesse desde a infância. Secretamente, sentia muita pena dele, o que o teria divertido, caso viesse a saber. Ela tinha certeza de que alguma dor romântica malograra sua vida, tornando-o duro e amargo, e sentia que era do amor de uma boa mulher que ele precisava. Em toda a sua vida passada dentro de uma redoma, ela nunca vira o mal, nem sequer conseguia admitir sua existência, e, quando os mexeriqueiros sussurraram coisas sobre Rhett e a moça em Charleston, ela ficou chocada, sem conseguir acreditar. E, em vez de jogá-la contra ele, aquilo só a tornou timidamente mais indulgente em relação a Rhett Butler, indignada com o que considerou uma tremenda injustiça que lhe faziam.

Silenciosamente, Scarlett concordava com tia Pitty. Ela também sentia que ele não tinha respeito pelas mulheres, exceto, talvez, por Melanie. Ainda se sentia nua a cada vez que os olhos dele percorriam sua silhueta. Não que ele dissesse qualquer coisa. Nesse caso, ela poderia tê-lo censurado com palavras fortes. Era o modo ousado com que seus olhos perscrutavam todas as mulheres, com aquele desagradável ar de insolência, como se todas fossem sua propriedade e ele pudesse desfrutá-las quando bem lhe aprouvesse. Somente com Melanie não havia esse olhar. Nunca a encarava com o jeito frio de avaliação, não havia nenhum escárnio em seus olhos e, quando conversavam, existia uma nota especial em sua voz, cortês, respeitosa, ansiosa para ser útil.

– Não entendo por que a trata melhor que a mim – disse Scarlett, insolente, certa tarde em que Melanie e Pitty se retiraram para fazer a sesta e ela ficara a sós com ele.

Por uma hora, ela observara Rhett segurando a meada que Melanie enrolava para tricotar, e percebera sua expressão absolutamente insondável enquanto Melanie falava com orgulho sobre Ashley e detalhava sua promoção. Scarlett sabia que Rhett não dava a mínima importância para Ashley, muito menos para sua promoção a major. Contudo, ele fez as réplicas adequadas e murmurou as coisas corretas sobre a bravura de Ashley.

"Não posso sequer citar o nome de Ashley", ela pensou, irritada, "que ele ergue a sobrancelha e sorri aquele detestável sorriso de quem sabe tudo!"

– Sou muito mais bonita que ela – continuou – e não sei por que a trata com mais gentileza.

– Será que me concede a honra de estar com ciúmes?

– Ah, não se iluda!

– Outra esperança arruinada. Se trato melhor a Sra. Wilkes, é porque ela merece. É uma das poucas pessoas boas, sinceras e abnegadas que já conheci. Mas talvez você não tenha percebido essas qualidades. Além disso, apesar de tão jovem, é uma das raras grandes damas que já tive o privilégio de conhecer.

– Está querendo dizer que não me considera uma grande dama também?

– Acho que tínhamos concordado na ocasião de nosso primeiro encontro que você não é, absolutamente, uma dama.

– Ah, vai começar a ser desagradável e mal-educado e novamente trazer aquilo à baila... Como pode se agarrar àquela irritação infantil e usá-la contra mim? Isso foi há tanto tempo, e eu amadureci desde então, e já teria me esquecido de tudo se você não estivesse sempre tocando na mesma tecla.

– Não acho que tenha sido uma irritação infantil, e não creio que tenha mudado. Você é tão capaz agora como era naquela época de jogar vasos na parede se as coisas não estiverem a seu gosto. Mas atualmente as coisas estão andando a seu gosto. Então, não há necessidade de quebrar quinquilharias.

– Ah... você é... eu queria ser um homem! Ia chamá-lo para ir lá fora e...

– E morreria. Consigo atirar em uma moeda a uma distância de 45 metros. É melhor ficar com suas próprias armas... covinhas, vasos e similares.

– Você é um patife!

– Espera que eu me irrite com isso? Sinto decepcioná-la. Não consegue me irritar me chamando de nomes que são verdadeiros. Eu certamente sou um patife, e por que não? Estamos em um país livre e qualquer homem pode ser um patife se assim escolher. São só os hipócritas como você, minha cara, com as mesmas trevas no coração, mas tentando escondê-las, que se irritam quando são chamados por seus nomes reais.

Ela ficou impotente diante do calmo sorriso e das observações em tom arrastado, pois nunca encontrara antes alguém que fosse tão completamente impenetrável. Suas armas de desprezo, frieza e insultos se embotavam em suas mãos, pois nada que pudesse dizer o envergonharia. Sabia por experiência que o mentiroso era o mais ardoroso a defender sua veracidade; o covarde, sua coragem; o mal-educado, suas maneiras; e o canalha, sua honra. Mas isso não funcionava com Rhett. Ele admitia tudo, ria e a desafiava a dizer mais.

Durante esses meses, ele se foi e voltou, chegando sem ser anunciado e partindo sem dizer adeus. Scarlett nunca descobriu exatamente que negócio o levava a Atlanta, pois poucos outros atravessadores achavam necessário afastar-se tanto do litoral. Eles descarregavam suas mercadorias em Wilmington ou Charleston, onde enxames de mercadores e especuladores de todo o sul os encontravam para os leilões dos produtos atravessados. Seria um prazer saber que ele fazia essas viagens para vê-la, mas até mesmo sua incomum vaidade se recusava a acreditar nisso. Se, pelo menos uma vez, lhe tivesse declarado amor, parecesse ciumento dos homens que a cercavam, se tivesse tentado segurar sua mão ou lhe pedido uma foto ou um lenço como lembrança, ela teria pensado, triunfante, que o enredara com seus encantos. Mas ele permanecia irritantemente desprovido dos sinais do amor e, pior de tudo, todas as suas manobras para deixá-lo de joelhos pareciam ser invisíveis aos olhos dele.

Sempre que ele chegava à cidade, havia um alvoroço feminino. Ele não só trazia a aura do atravessador arrojado, como também havia o excitante elemento do pecaminoso e do proibido. Sua reputação era péssima! E, sempre que as matronas de Atlanta se reuniam para mexericar, ela piorava, o que só colaborava para deixá-lo mais glamouroso aos olhos das jovens. Como a maioria delas era bastante ingênua, ouvira uma vaga alusão a ele ser "muito licencioso com as mulheres"... e o que exatamente um homem fazia para ser "licencioso", elas não sabiam. Tinham ouvido também que nenhuma garota estava segura com ele. Com tal reputação, era estranho que nunca tivesse sequer beijado a mão de uma moça solteira desde que aparecera em Atlanta. Mas isso só servia para deixá-lo mais misterioso e interessante.

Exceto pelos heróis militares, ele era o homem de quem mais se falava em Atlanta. Todos sabiam em detalhes como fora expulso de West Point por causa de bebedeira e "alguma coisa com mulheres". Aquele terrível escândalo relativo à jovem de Charleston, quando depois de comprometê-la ainda matara seu irmão, era de domínio público. A correspondência com amigos de Charleston acrescentara a informação de que seu pai, um cavalheiro encantador, possuidor de uma vontade de ferro e de uma vareta de espingarda no lugar da espinha dorsal, o expulsara de casa sem nenhum centavo quando ele tinha 20 anos e até riscara seu nome da Bíblia da família. Depois disso, ele vagara pela Califórnia durante a corrida do ouro de 1849 e dali partira para a América do Sul e para Cuba, e os relatórios de suas atividades nesses lugares não eram muito recomendáveis. Rixas por causa de mulheres, vários tiroteios, venda de armas para os revolucionários na América Central e, pior de tudo, jogatina profissional, tudo isso havia em sua carreira, como Atlanta tomara conhecimento.

Era rara a família na Geórgia que não possuísse, para seu pesar, pelo menos um membro ou parente do sexo masculino que jogasse, perdesse dinheiro, casas, terras ou escravos. Mas isso era diferente. Um homem podia jogar até chegar à miséria e ainda continuar sendo um cavalheiro, mas um jogador profissional nunca poderia ser nada além de um proscrito.

Não fosse pelas condições contrárias impostas pela guerra e por seus serviços ao governo confederado, Rhett Butler nunca teria sido recebido em Atlanta. Agora, porém, até mesmo os mais conservadores sentiam que o patriotismo exigia que fossem mais condescendentes. Os mais sentimentais inclinavam-se a pensar que a ovelha negra dos Butler se arrependera do modo desregrado de ser e estava fazendo uma tentativa de expiar seus pecados. Então as senhoras se sentiam na obrigação de exceder seus limites, especialmente tratando-se de um atravessador tão intrépido. Agora todos já sabiam que o destino da Confederação dependia tanto da habilidade dos barcos atravessadores de enganar a esquadra ianque quanto dos soldados na frente de batalha.

Corriam rumores de que o capitão Butler era um dos melhores práticos do sul, audacioso e desprovido de medo. Criado em Charleston, ele conhecia cada enseada, angra, banco de areia e rocha nas proximidades do porto da Carolina, estando igualmente em casa nas águas em torno de Wilmington. Nunca perdera um barco nem fora forçado a despejar uma carga. No início da guerra, ele surgira do obscurantismo com dinheiro suficiente para comprar um barco veloz e, agora, quando os produtos atravessados lucravam duzentos por cento em cada carga, ele estava com quatro barcos. Tinha bons práticos e pagava bem. Eles saíam de Charleston ou de Wilmington em noites escuras, levando algodão para Nassau, Inglaterra e Canadá. As tecelagens inglesas estavam ociosas e os trabalhadores passavam fome. Qualquer atravessador que conseguisse levar a melhor sobre a esquadra ianque podia ditar seu próprio preço em Liverpool. Os barcos de Rhett eram singularmente sortudos ao levar o algodão da Confederação e trazer os materiais bélicos de que o sul necessitava com desespero. Sim, as senhoras sentiam que podiam perdoar e esquecer muitas coisas em favor de um homem tão bravo.

Era uma figura vistosa, dessas que as pessoas se viram para olhar. Gastava dinheiro sem ressalvas, montava um garanhão preto e usava roupas de alto estilo e qualidade. Só isso já era suficiente para atrair a atenção, pois as fardas dos soldados estavam encardidas e gastas agora, e os civis, mesmo quando se apresentavam com o melhor que tinham, mostravam habilidosos remendos e cerzidos. Scarlett achava nunca ter visto calças tão elegantes como as que ele usava, de xadrez castanho. Os coletes eram indescritíveis de tão bonitos, especialmente o de seda branco com mínimos botões de rosa bordados. E ele usava esses trajes com um ar ainda mais elegante, como se inconsciente de sua glória.

Havia poucas senhoras que conseguiam resistir a seus encantos quando ele decidia se empenhar por elas. Finalmente, até a Sra. Merriwether relaxou e convidou-o para o almoço dominical.

Maybelle Merriwether estava para se casar com o pequeno zuavo quando ele tivesse sua próxima licença, e chorava toda vez que pensava nisso, pois seu sonho era se casar em um vestido branco de cetim, e não havia tal tecido na Confederação. Nem pegar um vestido emprestado poderia, pois todos os vestidos de casamento dos anos idos tinham se destinado a fazer bandeiras de batalha. Foi inútil a patriótica Sra. Merriwether repreender a filha e mostrar que o tecido feito em casa era o traje adequado para uma noiva confederada. Maybelle queria cetim. Estava disposta, e até orgulhosa, a abrir mão de grampos de cabelo, botões, sapatos bonitos, doces e chá por amor à Causa, mas queria um vestido de cetim para o casamento.

Rhett, sabendo disso por intermédio de Melanie, trouxe da Inglaterra muitos metros de um cintilante cetim branco e um véu de renda, oferecendo-os como presente de casamento. Ele fez a coisa de tal modo que era impensável sequer mencionar o pagamento pela mercadoria, e Maybelle ficou tão feliz que quase o beijou. A Sra. Merriwether sabia que era altamente inadequado receber um presente tão valioso – ainda mais se tratando de vestimenta –, mas não conseguiu pensar em um modo de recusar quando Rhett lhe disse, na mais floreada das linguagens, que nada era suficiente para adornar a noiva de um de nossos bravos heróis. Então a Sra. Merriwether o convidou para almoçar, sentindo que essa concessão mais que pagava pelo presente.

Ele não só trouxera o cetim, como também pôde dar excelentes ideias de como fazer o vestido de noiva. As crinolinas em Paris estavam mais largas naquela estação, e as saias, mais curtas. Já não eram franzidas, mas presas ao recorte com festões, mostrando anáguas debruadas por baixo. Disse também que não vira calçolas sob os vestidos nas ruas, então imaginava que estavam fora de moda. Mais tarde, a Sra. Merriwether contou à Sra. Elsing que, se tivesse lhe dado qualquer incentivo, ele teria revelado exatamente que tipo de ceroulas que estava sendo usado pelas parisienses.

Fosse ele menos obviamente masculino, sua capacidade de se lembrar dos detalhes dos vestidos, chapéus de sol e penteados teria lhe dado fama de afeminado. As senhoras sempre se sentiam um pouco vexadas quando o assediavam com perguntas sobre estilos, mas mesmo assim o faziam. Estavam muito isoladas do mundo da moda, como marinheiros náufragos, pois poucas revistas sobre o assunto atravessavam o bloqueio. Pelo que lhes era possível saber, as damas francesas podiam estar raspando a cabeça e usando barretes de guaxinim; portanto, a memória de Rhett para os adornos era um ótimo substituto para a *Godey's Lady's Book*. Ele tinha muita facilidade de observar os detalhes tão prezados aos corações femininos e, após cada viagem ao exterior, podia ser encontrado no centro de um grupo de senhoras contando que os chapéus de sol estavam menores naquele ano e eram usados mais em cima, cobrindo a maior parte da cabeça; que estavam sendo enfeitados com plumas, e não flores; que a imperatriz da França abandonara o coque na nuca para a noite e que amontoava os cabelos quase no topo da cabeça, mostrando as orelhas; e que os vestidos de noite estavam escandalosamente decotados outra vez.

DURANTE MESES, ELE foi a figura mais popular e romântica que a cidade conheceu, apesar da reputação anterior, apesar dos leves rumores de que, além de atravessador do bloqueio, ele também estava envolvido com a especulação de gêneros alimentícios. Seus desafetos diziam que, após cada uma de suas viagens a Atlanta, havia uma alta nos preços. Apesar desses comentários à boca pequena, ele poderia ter mantido sua popularidade se achasse que valia a pena. Em vez disso, dava a impressão de que, após privar da companhia dos graves e patrióticos cidadãos, de ganhar seu respeito e obter seu apreço forçado, algo de perverso em sua natureza o fizera se desviar desse caminho para afrontá-los, mostrando que sua conduta não passara de uma farsa e que esta já não o entretinha.

Era como se ele nutrisse um desdém impessoal pela gente e por tudo o mais que pertencia ao sul, particularmente pela Confederação, sem se dar ao trabalho de dissimular esse sentimento. Foram suas observações sobre a Confederação que fizeram Atlanta encará-lo primeiramente com perplexidade, depois com frieza e, finalmente, com fúria incontida. Mesmo antes da passagem de 1862 para 1863, os homens acenavam para ele com estudada frieza, e as mulheres começavam a puxar as filhas para junto de si quando ele aparecia em uma reunião.

Ele parecia se comprazer não só em afrontar as sinceras e ardorosas lealdades de Atlanta, como também em se apresentar sob a pior luz possível. Quando pessoas bem-intencionadas o elogiavam por sua bravura em furar o bloqueio, ele displicentemente retrucava que sempre sentia medo diante do perigo, assim como os bravos rapazes na frente de batalha. Todos sabiam que nunca houvera um soldado confederado covarde e achavam essa afirmação especialmente irritante. Ele sempre se referia aos soldados como "nossos bravos rapazes" ou "nossos heróis de cinza", e o fazia de modo a soar como um grande insulto. Quando as jovens ousadas, esperando um flerte, lhe agradeciam por ser um dos heróis que lutavam por elas, ele fazia uma mesura e declarava que não era o caso, pois faria o mesmo pelas ianques se a mesma quantia de dinheiro estivesse em jogo.

Desde seu primeiro encontro com Scarlett em Atlanta na noite da quermesse, ele lhe falara desse modo, mas agora havia uma fina nota velada de troça em suas conversas com todos. Ao ser elogiado por seus serviços à Confederação, ele infalivelmente retrucava que furar o bloqueio era um simples negócio. Chegava a dizer que, se conseguisse levantar tanto dinheiro com os contratos do governo, certamente abandonaria os riscos de atravessar o bloqueio e, como outros, passaria a vender tecidos de má qualidade, açúcar com areia, farinha estragada e couro podre para a Confederação.

A maioria de suas observações era irrefutável, o que as tornava ainda piores. Já houvera alguns escândalos envolvendo os detentores de contratos do governo. Cartas enviadas por homens na frente de batalha traziam constantes reclamações de calçados que se gastavam em uma semana, pólvora que não acendia, arreios que se arrebentavam ao menor esforço, carne podre e farinha cheia de brocas. O povo de Atlanta queria acreditar que os homens que vendiam tal mercadoria ao governo deviam ser os contratados do Alabama, da Virgínia ou do Tennessee, não da Geórgia. Pois esses contratados georgianos não incluíam os homens das melhores famílias? Não eram eles os primeiros a contribuir para os fundos do hospital e a auxiliar os órfãos dos soldados? Não eram eles os primeiros a saudar o "Dixie" e os mais exaltados caçadores, pelo menos na oratória, do sangue ianque? A onda de fúria contra aqueles que lucravam com os contratos do governo ainda não se insuflara, e as palavras de Rhett eram tomadas como mera evidência de seu mau caráter.

Ele não só afrontava a cidade com insinuações de corrupção por parte de homens que ocupavam altos cargos, como manchava a coragem dos combatentes e se comprazia em induzir os dignos cidadãos a situações embaraçosas. Não conseguia resistir à tentação de alfinetar os presunçosos, os hipócritas e o patriotismo exibicionista dos que o cercavam, assim como um menino não resiste à travessura de furar um balão. Com destreza, ele humilhava os pomposos e expunha os ignorantes e fanáticos. Usando táticas sutis, fazia as vítimas se abrirem devido a seu aparente interesse cortês e, no fim, elas nunca tinham muita certeza do que acontecera até ficarem expostas como fanfarronas, pretensiosas e ligeiramente ridículas.

Durante os meses em que a cidade o aceitou, Scarlett não tinha ilusões a seu respeito. Ela sabia que seus elaborados galanteios e discursos rebuscados eram todos da boca para fora. Sabia que ele estava desempenhando o papel do atravessador arrojado e patriótico só porque aquilo o divertia. Às vezes ele se parecia com os rapazes do condado com quem fora criada, os terríveis gêmeos Tarleton com sua obsessão por pregar peças, os diabólicos Fontaine, implicantes, travessos, os Calvert, que passavam a noite inteira planejando uma brincadeira de mau gosto. Mas havia uma diferença, pois, abaixo da aparente leveza de Rhett, havia uma malícia, algo quase sinistro em sua cortês brutalidade.

Embora estivesse totalmente ciente de sua insinceridade, ela o preferia em seu papel de atravessador romântico. Uma das razões era porque isso facilitava sua própria situação de relacionar-se com ele. Portanto, ficou muitíssimo aborrecida quando ele deixou cair a máscara e iniciou uma campanha aparentemente deliberada para alienar a boa vontade de Atlanta. Aquilo a aborrecia porque parecia uma tolice e também porque algumas das ásperas críticas a ele dirigidas respingavam nela.

Foi no sarau beneficente da Sra. Elsing em prol dos convalescentes que Rhett assinou seu mandado final ao ostracismo. Naquela tarde, a casa dos Elsing estava lotada de soldados em licença e de homens do hospital, membros da Guarda Nacional, da unidade miliciana, matronas, viúvas e moças. Todos os assentos da casa estavam ocupados, e até a longa escada caracol estava repleta de convidados. A grande tigela de vidro que o mordomo dos Elsing segurava à porta já fora esvaziada duas vezes de sua carga de moedas de prata. Só isso já bastava para transformar o evento em um sucesso, pois agora um dólar de prata valia 60 dólares em notas confederadas.

Todas as moças com alguma pretensão artística tinham cantado ou tocado piano e os quadros vivos haviam arrancado aplausos entusiasmados. Scarlett estava muito satisfeita consigo mesma, pois não só ela e Melanie tinham se apresentado em dueto cantando o emocionante "When the Dew Is on the Blossom", seguido no bis pelo mais animado "Oh, Lawd, Ladies, Don't Mind Stephen!", como também ela fora escolhida para representar o Espírito da Confederação no último quadro vivo.

Estava encantadora, vestindo uma modesta túnica grega de algodão cru debruada de vermelho e azul, segurando as Estrelas e Listras em uma das mãos e, na outra, estendendo o sabre dourado que pertencera a Charlie e a seu pai ao capitão Carey Ashburn ajoelhado.

Quando acabou o quadro vivo, ela não se conteve em procurar os olhos de Rhett para ver se ele apreciara a bela figura por ela composta. Exasperada, viu que ele estava em um debate, e que provavelmente nem prestara atenção. Pelas fisionomias do grupo que o cercava, Scarlett podia ver que estavam furiosos com o que ele dizia.

Ela abriu caminho até eles e, em um daqueles silêncios esporádicos que às vezes ocorrem em uma reunião, ouviu Willie Guinan, da milícia, dizer claramente:

– Devo entender, senhor, que está dizendo que a Causa pela qual nossos heróis estão morrendo não é sagrada?

– Se o senhor fosse atropelado por um trem, sua morte não tornaria a companhia ferroviária sagrada, não é? – indagou Rhett, sua voz soando como se ele estivesse humildemente buscando uma informação.

– Senhor – disse Willie, a voz trêmula –, se não estivéssemos sob este teto...

– Tremo ao pensar no que poderia acontecer – disse Rhett –, pois, é claro, sua bravura é muito conhecida.

Willie enrubesceu e todas as conversas cessaram. Todos ficaram constrangidos. Willie era forte e saudável, em idade de servir, e mesmo assim não estava na frente de batalha. Claro, era filho único e, afinal.

alguém devia ficar na milícia para proteger o estado. Mas houve algumas risadinhas abafadas por parte dos oficiais convalescentes quando Rhett falou em bravura.

"Ah, por que ele não fica calado", pensou Scarlett, indignada. "Está estragando a festa!"

A fisionomia do Dr. Meade anunciava tempestade.

– Talvez nada seja sagrado para você, meu jovem – disse ele com a entonação que sempre usava ao fazer discursos. – Mas há muitas coisas sagradas para os patrióticos homens e mulheres do sul. E livrar nossa terra do usurpador é uma, os Direitos de Estados são outra e...

Rhett parecia indiferente, e havia um tom sedoso, quase entediado em sua voz.

– Todas as guerras são sagradas – disse ele – para aqueles que precisam combatê-las. Se as pessoas que iniciam as guerras não as sacralizassem, quem seria tolo de lutar? Mas não importa quais sejam os apelos de arregimentação que os oradores fazem aos idiotas que lutam, não importa quais sejam os nobres propósitos que designam às guerras, nunca há outro motivo para a guerra. E este é o dinheiro. Na realidade, todas as guerras são disputas financeiras. Mas são tão poucos os que o percebem. Os ouvidos da maioria estão cheios do som de cornetas, tambores e das belas palavras dos que ficam em casa. Às vezes o apelo de arregimentação é "Salvem o túmulo de Cristo dos pagãos!". Outras vezes é "Abaixo o papismo!" ou "Liberdade!" ou então "Algodão, escravatura e Direitos de Estados!".

"Mas o que o papa tem a ver com isso, por misericórdia?", pensou Scarlett. "Ou o túmulo de Cristo?"

Mas, quando ela se apressava em direção ao grupo exasperado, viu Rhett curvar-se em uma saudação elegante e ir saindo rumo à porta em meio ao aglomerado de pessoas. Ela saiu em seu encalço, mas a Sra. Elsing a puxou pela saia, detendo-a.

– Deixe-o ir – disse ela em uma voz clara que ressoou por toda a sala tensamente silenciosa. – Deixe-o ir. Ele é um traidor, um especulador! É uma víbora que acalentamos em nosso seio!

Rhett, parado no vestíbulo, chapéu na mão, ouviu, como era a intenção e, voltando-se, passou os olhos pela sala por um instante. Lançou um olhar evidente para o busto reto da Sra. Elsing, sorriu e, com outra saudação, foi embora.

A Sra. Merriwether foi para casa de carona na carruagem de tia Pitty e, mal as quatro senhoras se acomodaram, ela explodiu.

– Pronto, Pittypat Hamilton! Espero que esteja satisfeita!

– Com o quê? – perguntou Pitty, apreensiva.

– Com a conduta daquele miserável Butler que você tem abrigado.

Pittypat se alvoroçou, ficando aborrecida demais para se lembrar de que a Sra. Merriwether também tinha recebido Rhett Butler em diversas ocasiões. Scarlett e Melanie pensaram nisso, mas, ensinadas a ser educadas com os mais velhos, abstiveram-se de fazer comentários. Em vez disso, baixaram os olhos para as mãos enluvadas.

– Ele nos ofendeu a todos, e também à Confederação – disse a Sra. Merriwether e os seios robustos palpitavam sob o acabamento cintilante da passamanaria. – Dizer que estávamos lutando por dinheiro! Dizer que nossos líderes nos mentiram! Ele deveria ser preso. Deveria mesmo. Vou falar com o Dr. Meade a respeito. Quisera que o Sr. Merriwether estivesse vivo, ele cuidaria do sujeito! Agora, Pitty Hamilton, ouça o que estou dizendo. Nunca mais deixe aquele patife entrar em sua casa de novo!

– Ah – murmurou Pitty, indefesa, com a aparência de quem preferia estar morta. Ela olhou suplicante para as duas moças, que mantinham os olhos baixos e, depois, esperançosa, na direção das costas eretas de tio Peter. Ela sabia que ele estava atento a cada palavra pronunciada e esperava que fosse se virar e dar um aparte na conversa, como muitas vezes fazia. Esperava que ele fosse dizer: "Agora, sinhá Dolly, deixa a sinhá Pitty em paz", mas Peter não se mexeu. Ele censurava Rhett Butler de modo veemente, e a pobre Pitty sabia. Ela suspirou e disse:

– Bem, Dolly, se você acha...

– Acho, sim – retrucou a Sra. Merriwether com firmeza. – Para começar, não sei o que deu em você para recebê-lo. Após esta tarde, não haverá uma casa decente na cidade onde ele será bem-vindo. Faça-me o favor de ter juízo e proíba-o de ir à sua.

Ela lançou um olhar fulminante às moças.

– Espero que vocês duas estejam anotando minhas palavras – continuou ela –, pois, em parte, a culpa é de vocês por serem tão gentis com ele. Digam-lhe educadamente, mas com firmeza, que sua presença e seu discurso desleal não são bem-vindos na casa de vocês.

A essa altura, Scarlett estava fervendo, pronta para empinar como um cavalo ao toque de uma mão estranha e rude em suas rédeas, mas teve medo de falar. Não podia se arriscar a fazer a Sra. Merriwether escrever outra carta à sua mãe.

'Sua vaca velha!', ela pensou, o rosto corado de fúria reprimida. "Que paraíso seria lhe dizer exatamente o que penso de você e de seus modos autoritários!"

– Nunca pensei que fosse viver o bastante para ouvir tais palavras desleais sobre nossa Causa – continuou a Sra. Merriwether, a essa altura exaltada pela ira justificada. – Qualquer homem que não considere nossa Causa justa e sagrada deveria ser enforcado! Não quero saber de vocês duas nem sequer falando com ele novamente... Pelo amor de Deus, Melly, o que há com você?

Melanie estava lívida e de olhos arregalados.

– Eu continuarei falando com ele – disse ela em voz baixa. – Não serei grosseira com ele. Não o proibirei de entrar em casa.

O fôlego da Sra. Merriwether saiu-lhe dos pulmões de modo explosivo, como se ela tivesse levado um soco. A boca gorda de tia Pitty se abriu e tio Peter se virou para olhar.

"Ora, por que não tive a iniciativa de dizer isso?", pensou Scarlett, a inveja se mesclando à admiração. "Como foi que essa coelhinha conseguiu reunir coragem para enfrentar a velha Merriwether?"

As mãos de Melanie tremiam, mas ela continuou, apressada, como se temesse lhe faltar a coragem caso se demorasse.

– Não serei grosseira com ele pelo que ele disse, porque... bem, foi grosseiro da parte dele dizê-lo em voz alta... muito pouco recomendável... mas é.. é o que Ashley pensa. E não posso barrar a entrada de casa a um homem que pensa o mesmo que meu marido. Seria injusto.

A Sra. Merriwether recuperara o fôlego e voltou a atacar.

– Melly Hamilton, nunca ouvi tal mentira em toda a minha vida! Nunca houve um Wilkes covarde...

– Nunca disse que Ashley era covarde – disse Melanie, os olhos começando a brilhar. – Eu disse que ele pensa o mesmo que o capitão Butler, só o expressa com outras palavras. E não sai por aí dizendo isso em saraus, espero. Mas me escreveu a respeito.

A consciência culpada de Scarlett se agitava enquanto tentava se lembrar do que Ashley podia ter escrito que levava Melanie a fazer tal afirmação, mas a maioria das cartas lhe escapava da mente assim que acabava a leitura. Achava que Melanie tinha simplesmente perdido o juízo.

– Ashley me escreveu dizendo que não deveríamos estar combatendo os ianques. E que fomos iludidos a fazê-lo por estadistas e oradores a balbuciar frases de efeito e preconceitos – disse Melly rapidamente. – Ele disse que nada neste mundo valia o que esta guerra irá fazer conosco. Disse que não há nada de glorioso... era só infelicidade e sujeira.

"Ah! Aquela carta", pensou Scarlett. "Era a isso que ele se referia?"

– Não acredito – disse a Sra. Merriwether com firmeza. – Você entendeu mal o que ele quis dizer.

– Nunca entendo Ashley mal – respondeu Melanie baixinho, embora seus lábios tremessem. – Eu o entendo perfeitamente. Ele quis dizer exatamente o que o capitão Butler disse, só não o fez de modo grosseiro.

– Você devia se envergonhar de estar comparando um homem do calibre de Ashley Wilkes a um canalha como o capitão Butler! Suponho que também ache que a Causa não representa nada!

– Eu... eu não sei o que pensar – começou Melanie, incerta, o ardor a abandonando e o pânico diante da própria franqueza tomando conta dela. – Eu... eu morreria pela Causa, como Ashley também. Mas... quero dizer... quero dizer, deixo que os homens pensem nisso, pois eles são mais inteligentes.

– Nunca ouvi coisa igual – bufou a Sra. Merriwether. – Pare, tio Peter, está passando da minha casa!

Tio Peter, preocupado com a conversa ali atrás, tinha passado da casa dos Merriwether e fez o cavalo retroceder. A Sra. Merriwether apeou, as fitas do chapéu de sol balançando como velas de barco em uma tempestade.

– Você vai se arrepender – disse ela.

Tio Peter chicoteou o cavalo.

– Vosmecês sinhazinha devia se envergonhá de deixá sinhá Pitty arreliada – ralhou.

– Não estou arreliada – retrucou Pitty, surpreendentemente, pois muito menos tensão que aquela a levava a acessos de desmaio. – Melly, meu bem, sei que só fez aquilo para me defender e, na verdade, fiquei contente por ver alguém fazer a Dolly baixar a crista. Ela é muito autoritária. Como teve coragem? Mas acha que devia ter dito aquilo sobre Ashley?

– Mas é verdade – respondeu Melanie, começando a chorar baixinho. – E não me envergonho por ele pensar assim. Mesmo achando que a guerra é toda errada, está disposto a lutar e a morrer do mesmo jeito, e isso exige muito mais coragem do que lutar por algo que se acha correto.

– Por Deus, sinhá Melly, num chora aqui na rua dos Pessegueiro – gemeu tio Peter, apressando o passo do cavalo. – Os pessoá vai falá que é um escândalo. Espera inté nós chegá em casa.

Scarlett não disse nada. Nem sequer apertou a mão que Melanie pusera na sua buscando conforto. Ela só lera as cartas de Ashley com um único propósito, assegurar-se de que ele ainda a amava. Agora Melanie dera novo significado a passagens da carta que Scarlett mal vira. Ela ficou chateada ao perceber que alguém tão perfeito quanto Ashley pudesse ter qualquer ideia em comum com um condenado como Rhett Butler. Pensou: "Os dois veem a verdade dessa guerra, mas Ashley está disposto a morrer por ela, e Rhett, não. Acho que isso mostra o bom senso de Rhett." Parou um momento, horrorizada de que pudesse ter tal ideia sobre Ashley. "Os dois veem a mesma verdade desagradável, mas Rhett prefere encará-la e encolerizar as pessoas falando nisso, enquanto Ashley mal consegue encará-la."

Era desnorteante.

13

Incitado pela Sra. Merriwether, o Dr. Meade tomou uma atitude em forma de carta ao jornal, na qual não mencionou o nome de Rhett, embora o deixasse óbvio. O editor, sentindo o impacto social da carta, publicou-a na segunda página, por si só uma inovação surpreendente, pois as duas primeiras páginas do jornal eram sempre dedicadas a anúncios de escravos, mulas, arados, caixões, casas para vender ou alugar, curas para doenças específicas, drogas abortíferas e tônicos para a virilidade perdida.

A carta do médico foi a primeira de um coro de indignação que começava a ser ouvido por todo o sul contra especuladores, exploradores e servidores contratados pelo governo. As condições em Wilmington, o principal porto para o furo do bloqueio, agora que o porto de Charleston estava praticamente fechado pelas canhoneiras ianques, tomaram proporções de um escândalo escancarado. Os especuladores enxameavam Wilmington e, tendo dinheiro em mão, compravam cargas inteiras de mercadorias, retendo-as à espera de uma alta de preços. A alta sempre chegava, pois, com a crescente escassez de víveres, os preços saltavam a cada mês. A população civil tinha que se abster ou comprar os produtos no preço dos especuladores. Os pobres e aqueles de circunstância remediada sofriam privações cada vez maiores. Com o aumento dos preços, a moeda confederada afundou e, com sua rápida queda, aumentou uma paixão cega por produtos luxuosos. Os atravessadores eram encarregados de trazer artigos de primeira necessidade, deixando os produtos de luxo em segundo plano, mas agora eram os produtos caros que enchiam seus barcos, excluindo as necessidades vitais da Confederação. Freneticamente, as pessoas adquiriam essas mercadorias luxuosas com o dinheiro de que dispunham na hora, temendo que no dia seguinte os preços subissem e o dinheiro se desvalorizasse.

Para piorar as coisas, só havia uma linha férrea de Wilmington a Richmond e, enquanto milhares de barris de farinha e caixas de bacon apodreciam ao lado das estações por falta de transporte, especuladores com vinhos, tafetás e café sempre pareciam conseguir levar seus produtos a Richmond dois dias após terem chegado em Wilmington.

O rumor que circulava à boca pequena agora estava sendo abertamente discutido, de que Rhett Butler não só dirigia seus quatro barcos e vendia as cargas a preços sem precedentes, como também comprava as cargas de outros barcos e as retinha, aguardando a alta de preços. Diziam que ele encabeçava um conluio de valor superior a um milhão de dólares, tendo Wilmington como matriz, com o propósito de comprar as mercadorias atravessadas nas docas. Havia dezenas de armazéns naquela cidade e em Richmond e, segundo o boato, estavam lotados de artigos alimentícios e de vestuário que eram retidos no aguardo de uma alta de preços. Soldados e civis já sentiam o aperto, e os boatos contra ele e seus colegas especuladores eram amargos.

"Há muitos homens corajosos e patrióticos na esquadra de atravessadores do serviço naval da Confederação", dizia o final da carta do médico, "homens abnegados que estão arriscando a própria vida e toda a sua fortuna pela sobrevivência da Confederação. Esses estão gravados nos corações de todos os sulistas leais, e ninguém lhes concede de má vontade o escasso retorno monetário que lhes possa advir pelos riscos assumidos. São cavalheiros abnegados e nós os respeitamos. Desses homens, nada digo.

Mas há outros, canalhas, que se dissimulam sob o manto do atravessador para o ganho egoísta, e eu evoco a justa cólera e a vingança de um povo sob ataque, lutando na mais justa das Causas, contra esses abutres humanos que trazem cetins e rendas quando nossos homens estão morrendo por falta de quinino, que carregam suas embarcações com chá e vinho quando nossos heróis se contorcem pela necessidade de morfina. Execro esses vampiros que estão sugando o sangue dos homens seguidores de Robert Lee... esses homens que tornam o próprio nome de atravessador fétido às narinas de todos os patriotas. Como podemos tolerar esses abutres em nosso meio com suas botas lustrosas quando nossos rapazes vão descalços para a batalha? Como aturá-los com sua champanhe e patês de Estrasburgo quando nossos soldados tremem ao redor das fogueiras dos acampamentos roendo bacon mofado? Convoco todos os leais Confederados a bani-los."

Atlanta leu, entendeu a mensagem do oráculo e todos os leais Confederados apressaram-se a banir Rhett.

De todas as casas que o recebiam no outono de 1862, a da Srta. Pittypat era praticamente a única onde ele podia entrar em 1863. E, se não fosse por Melanie, talvez nem ali fosse recebido. Tia Pitty sempre ficava desarvorada quando ele estava na cidade. Sabia muito bem o que as amigas comentavam sobre a permissão que dava às suas visitas, mas ainda não tinha coragem de dizer a ele que não era bem-vindo. Cada vez que ele chegava a Atlanta, ela franzia a boca gorda e dizia às moças que atenderia a porta e o proibiria de entrar. E, cada vez que ele vinha, um pacotinho na mão e um elogio sobre seu encanto e beleza nos lábios a desarmavam.

– Simplesmente, não sei o que fazer – resmungava. – Ele olha para mim e eu... eu fico morta de medo do que faria se eu lhe proibisse a entrada. Sua reputação é tão ruim... Vocês acham que ele poderia me agredir... ou... ou... Minha nossa, se pelo menos Charlie estivesse vivo! Scarlett, você precisa lhe dizer para não vir mais nos visitar... diga-lhe de modo educado. Ah, nossa! Eu realmente acho que você o incita, e toda a cidade está falando e, se sua mãe chegar a descobrir, o que dirá a mim? Melly, você não pode ser tão gentil com ele. Seja fria e distante, e ele vai entender. Ah, Melly, você acha que devo escrever uma bilhete a Henry e pedir que ele fale com o capitão Butler?

– Não, não acho – disse Melanie. – E não serei grosseira com ele. Penso que as pessoas estão agindo como galinhas sem cabeça em relação ao capitão Butler. Tenho certeza de que ele não pode ser todas as coisas ruins que o Dr. Meade e a Sra. Merriwether estão dizendo. Ele não iria reter os alimentos de pessoas que passam fome. Ora, ele até me deu 100 dólares para os órfãos. Tenho certeza de que é tão leal e patriota quanto qualquer um de nós, e só é orgulhoso demais para se defender. A senhora sabe quanto os homens são obstinados quando se empertigam.

Tia Pitty nada sabia sobre os homens, empertigados ou não, e só o que conseguia fazer era abanar as mãozinhas gordas, impotente. Quanto a Scarlett, ela havia muito se acostumara ao hábito de Melanie de ver o bem em todos. Melanie era uma tola, mas nada havia que se pudesse fazer a respeito.

Scarlett sabia que Rhett não estava sendo patriótico e, embora preferisse morrer a confessar, não se importava nem um pouco. Os presentinhos que lhe trazia de Nassau, pequenas sobras que uma dama podia aceitar sem problemas, eram o que mais lhe importava. Com os preços nas alturas do jeito que estavam, onde mais ela conseguiria agulhas, bombons e grampos de cabelo se proibisse sua entrada? Não, era mais fácil transferir a responsabilidade para tia Pitty, que, afinal de contas, era a dona da casa, guardiã e árbitro da moral. Scarlett sabia que a cidade mexericava sobre as visitas de Rhett e sobre ela também, mas sabia também que, aos olhos de Atlanta, Melanie Wilkes nada fazia de errado, e, se ela defendia Rhett, suas visitas mantinham um toque de respeitabilidade.

Entretanto, a vida seria mais prazerosa se Rhett se retratasse de suas heresias. Ela não teria que passar pelo constrangimento de vê-lo ser abertamente ignorado quando passavam juntos pela rua dos Pessegueiros.

– Mesmo que pense essas coisas, por que as diz? – repreendeu-o. – Se só pensasse o que bem quer, mas ficasse de boca fechada, tudo seria muito melhor.

– Esse é o seu sistema, não é, minha hipócrita de olhos verdes? Scarlett, Scarlett! Eu esperava uma conduta mais corajosa de sua parte. Achava que os irlandeses dissessem o que pensam e os outros que se danassem. Diga-me sinceramente, às vezes não fica a ponto de explodir por ficar de boca calada?

– Bem... sim – confessou Scarlett, relutante. – Realmente, morro de tédio quando eles ficam falando da Causa da manhã à noite. Mas, por Deus, Rhett Butler, se eu admitisse, ninguém falaria comigo e nenhum rapaz dançaria comigo.

– Ah, claro, precisamos ter com quem dançar a todo custo. Bem, admiro seu controle, mas não consigo imitá-lo. Nem posso me esconder sob o manto do romance e do patriotismo, não importa quanto seja conveniente. Há muitos patriotas idiotas furando o bloqueio que estão arriscando cada centavo que têm e vão sair pobres desta guerra. Não preciso engrossar esse número para abrilhantar o registro de patriotismo nem a lista dos pobres. Deixe que fiquem com os louros. Eles os merecem, estou sendo sincero, e, além disso, os louros da glória serão tudo o que vão ter daqui a cerca de um ano.

– Acho-o abominável por insinuar tais coisas quando sabe muito bem que a Inglaterra e a França estão vindo para nos defender a qualquer momento e...

– Ora, Scarlett! Você lendo o jornal! Estou admirado. Mas não faça mais isso. Confunde o cérebro feminino. Se quiser saber, estive na Inglaterra há menos de um mês e vou lhe contar. A Inglaterra nunca ajudará a Confederação. Nunca aposta no oprimido. É por isso que é a Inglaterra. Além disso, a holandesa gorda que está no trono é uma alma temente a Deus e não aprova a escravatura. É capaz de deixar os empregados ingleses das tecelagens passarem fome por falta do nosso algodão, mas jamais dará uma bofetada pela escravatura. E, quanto à França, aquela pálida imitação de Napoleão está ocupada demais instalando os franceses no México para se preocupar conosco. Na verdade, ele é grato por esta guerra, pois nos mantém ocupados demais para expulsar suas tropas do México... Não, Scarlett, a ideia de uma ajuda do exterior é só uma invenção do jornal para manter elevada a moral sulista. A Confederação está condenada. Como um camelo, sobrevive de suas corcovas que, por maiores que sejam, se esgotam. Vou me dar mais seis meses para furar o bloqueio e depois chega. Depois disso, será arriscado demais. Então venderei meus barcos a algum inglês tolo que ache possível passar com eles. Ganhei muito dinheiro, que está em bancos ingleses e em ouro. Nada desses papéis sem valor para mim.

Como sempre quando falava, ele parecia totalmente plausível. Outras pessoas podiam chamar suas afirmações de traição, mas para Scarlett elas sempre soavam sensatas e verdadeiras. Ela sabia que aquilo era extremamente errado, sabia que deveria ficar chocada e furiosa. Na verdade, não ficava, mas podia fingir. Assim, sentia-se mais respeitável e feminina.

– Acho que o Dr. Meade tem razão no que escreveu a seu respeito, capitão Butler. O único modo de se redimir é alistando-se após vender seus barcos. Você frequentou West Point e...

– Você fala como um pregador batista fazendo seu discurso de arregimentação. Digamos que eu não queira me redimir? Por que deveria lutar para manter o sistema que me desterra? Eu devia ter prazer de vê-lo esmagado.

– Nunca ouvi falar de nenhum sistema – disse ela, zangada.

– Não? E mesmo assim faz parte dele, como eu fazia, e aposto que não gosta mais dele que eu. Ora, por que eu sou a ovelha negra da família Butler? Por esse motivo e nenhum outro... não me moldei a Charleston, e nem poderia. E Charleston é o sul, só que intensificado. Será que você se dá conta do tédio que é aquilo? São tantas as coisas que a pessoa precisa fazer porque sempre foram feitas... Tantas coisas, bastante inofensivas, que a pessoa não pode fazer pela mesma razão... Tantas coisas que me aborreciam por sua falta de sentido... Não me casar com a moça, de quem provavelmente ouviu falar, foi meramente a gota-d'água. Por que eu me casaria com uma tola entediante só porque um acidente me impediu de deixá-la em casa antes do anoitecer? E por que deixaria seu irmão alucinado atirar em mim e me matar quando eu sabia atirar melhor? Se tivesse sido um cavalheiro, é claro, teria deixado que ele me matasse, e isso teria limpado a mancha no brasão dos Butler. Mas... eu gosto de viver. Então é isso que tenho feito, e tenho me divertido... Quando penso em meu irmão, morando entre as vacas sagradas de Charleston e sendo o mais reverente possível com elas, e me lembro de sua mulher enfadonha, dos bailes de Santa Cecília e de seus intermináveis campos de arroz, percebo as compensações de ter rompido com o sistema. Scarlett, nosso sistema sulista de vida é tão antiquado quanto o sistema feudal da Idade Média. O incrível é ter durado tanto tempo. Tinha que acabar, e está acabando agora. E mesmo assim você espera que eu ouça oradores como o Dr. Meade a me dizer que nossa Causa é justa e sagrada? E que fique empolgado com o rufar dos tambores a ponto de agarrar meu mosquetão e correr para a Virgínia a fim de derramar meu sangue pelo Sr. Robert? Que tipo de tolo acha que eu sou? Beijar o açoite que me castigou não faz meu gênero. Agora o sul e eu estamos empatados. O sul me jogou lá fora para passar fome uma vez. Não passei, e estou ganhando dinheiro com a agonia mortal do sul para compensar por meu direito nato perdido.

– Acho que você é vil e mercenário – disse Scarlett, mas sua observação foi automática. Não prestara atenção à maior parte do que ele dissera, como sempre fazia com qualquer conversa que não fosse pessoal. Mas parte daquilo fazia sentido. Havia tantas tolices na vida das pessoas de bem. Precisar fingir que seu coração estava no túmulo quando não estava. E como todos tinham ficado chocados quando ela dançara na quermesse. E a fúria no modo como as pessoas erguiam a sobrancelha toda vez que ela fazia ou dizia qualquer coisa um pouco diferente do que as outras moças faziam ou diziam. Mas, ainda assim, ela se chocava por ouvi-lo atacar as tradições que mais a aborreciam. Ela convivera por tempo demais com pessoas que dissimulavam com educação para não se sentirem perturbadas ao ouvir os próprios pensamentos postos em palavras.

– Mercenário? Não, só enxergo longe. Embora, talvez, isso seja apenas um sinônimo para mercenário. Pelo menos, as pessoas que não enxergam tão longe como eu pensarão assim. Qualquer leal confederado que tivesse mil dólares em 1861 poderia ter feito o que fiz, mas poucos eram mercenários o bastante para tirar proveito de suas oportunidades! Por exemplo, logo depois da queda do forte Sumter e antes da instalação do bloqueio, comprei milhares de fardos de algodão a um preço baixíssimo e os levei para a Inglaterra. Ainda estão lá em armazéns em Liverpool. Nunca os vendi. Estou retendo a carga até as tecelagens inglesas ficarem sem algodão, e então eles vão me pagar qualquer preço. Não vou me admirar se conseguir um dólar por cada meio quilo.

– Vai conseguir um dólar por meio quilo quando elefantes pousarem em árvores!

– Acho que consigo. O algodão já está a 75 centavos o meio quilo. Quando esta guerra acabar, serei um homem rico, Scarlett, porque enxerguei longe... Ah, perdão: porque fui mercenário. Eu já lhe disse uma vez que há dois modos de se ganhar muito dinheiro: um é na construção de um país e outro, na destruição. Dinheiro lento na construção, dinheiro rápido na derrocada. Lembre-se de minhas palavras. Talvez lhe sejam úteis algum dia.

– Muito aprecio um bom conselho – disse Scarlett, reunindo todo o sarcasmo que podia –, mas não preciso do seu. Acha que meu pai é pobre? Ele tem todo o dinheiro de que preciso e, além disso, tenho as propriedades de Charles.

– Imagino que os aristocratas pensavam praticamente a mesma coisa até o exato momento de subir ao carroção que os levaria à guilhotina.

Frequentemente, Rhett apontava a Scarlett a incoerência de ela usar o preto do luto, visto que estava participando de todas as atividades sociais. Ele gostava de cores claras, e os vestidos de funeral e o véu pendurado do chapéu de sol até os calcanhares o divertiam e desagradavam ao mesmo tempo. Mas ela se mantinha fiel aos tediosos vestidos pretos e ao véu, sabendo que, se os trocasse por cores sem esperar mais vários anos, a cidade iria mexericar ainda mais do que já fazia. E, além disso, como poderia explicar à mãe?

Rhett disse francamente que o véu lhe dava o aspecto de um corvo, e que os vestidos pretos lhe acrescentavam dez anos à idade. Essa declaração nada cavalheiresca a fez voar ao espelho para ver se realmente parecia ter 28 anos em vez de 18.

– Eu achava que você tinha mais brio do que tentar se parecer com a Sra. Merriwether – troçava ele. – E mais bom gosto do que usar esse véu para anunciar um pesar que, tenho certeza, nunca sentiu. Vou fazer uma aposta com você. Em dois meses, eu tiro o chapéu e o véu de sua cabeça e os substituo por uma criação parisiense.

– De forma alguma, e basta dessa discussão – disse Scarlett, aborrecida pela referência feita a Charles. Rhett, que se preparava para partir rumo a Wilmington e dali para outra viagem ao exterior, foi embora com um sorriso.

Em uma clara manhã de verão, algumas semanas mais tarde, ele reapareceu com uma bela caixa de chapéu na mão e, depois de saber que estava a sós com Scarlett na casa, abriu-a. Embrulhado em várias folhas de papel de seda estava um chapéu de sol, uma criação que a fez exclamar: "Ah, que coisa linda!" enquanto estendia a mão para pegá-lo. Ávida por ver, mais ainda que por usar coisas novas, parecia o mais belo chapéu que já vira. Era de tafetá verde-escuro, forrado com seda de um tom claro de jade. As fitas que o amarravam embaixo do queixo eram tão largas quanto sua mão e também verde-claras. E, aninhada à aba, havia uma exuberante pluma verde de avestruz.

– Experimente – disse Rhett sorrindo.

Ela atravessou voando a sala até o espelho e colocou-o, puxando a cabeça para trás para mostrar os brincos e amarrando a fita sob o queixo.

– Que tal estou? – perguntou ela, fazendo piruetas e jogando a cabeça para trás, a pluma a dançar. Mas sabia que estava bonita mesmo antes de ver a confirmação nos olhos dele. Estava muito graciosa, e o verde do forro dava brilho a seus olhos verde-esmeralda.

– Ah, Rhett, de quem é este chapéu? Eu compro. Dou-lhe todos os centavos que tenho por ele.

– É seu – disse ele. – Quem mais poderia usar esse tom de verde? Acha que me lembrei direito da cor de seus olhos?

– Mandou mesmo fazê-lo só para mim?

– Sim, e veja na caixa, "Rue de la Paix", se é que isso significa alguma coisa para você.

Não significava coisa alguma para ela, que sorria diante do próprio reflexo no espelho. Naquele exato momento, nada lhe importava a não ser que estava absolutamente encantadora com o primeiro chapéu bonito que colocava na cabeça em dois anos. O que ela não poderia fazer com aquele chapéu! Então seu sorriso se esvaneceu.

– O que foi? Não gostou?

– É um sonho, mas... Ah, odeio ter que cobrir esse lindo verde com o crepe e tingir a pluma de preto.

Rapidamente, ele estava ao lado dela e seus dedos hábeis desamarraram o enorme laço sob seu queixo. Em um instante, o chapéu estava de volta na caixa.

– O que está fazendo? Tinha dito que era meu.

– Mas não para transformá-lo em um chapéu de luto. Vou encontrar outra dama encantadora de olhos verdes que aprecie meu gosto.

– Ah, não faça isso! Eu morrerei se não ficar com ele! Ah, por favor, Rhett, não seja mesquinho! Deixe-me ficar com ele.

– E transformá-lo em um horror como seus outros chapéus? Não.

Ela se agarrou à caixa. Aquela doçura que a fizera parecer tão jovem e encantadora ser dada para outra moça? Ah, nunca! Por um instante, ela pensou em como Pitty e Melanie ficariam horrorizadas. Pensou em Ellen e no que ela diria e teve um calafrio. Mas a vaidade foi mais forte.

– Não mudo nada. Prometo. Deixe-me ficar com ele.

Ele lhe entregou a caixa com um sorriso levemente mordaz e ficou a observá-la enquanto ela o colocou novamente e se envaideceu.

– Quanto custa? – perguntou de repente, a fisionomia se abatendo. – Só tenho 50 dólares, mas no mês que vem...

– Custaria cerca de 2 mil dólares em dinheiro confederado – disse ele com um sorriso diante de sua expressão acabrunhada.

– Ah, minha nossa... Bem, digamos que eu lhe dê 50 agora e depois quando eu...

– Não quero dinheiro algum – disse ele. – É um presente.

Scarlett ficou boquiaberta. Os presentes masculinos obedeciam a uma regra bastante delimitada, cuidadosamente estabelecida.

"Doces e flores, querida", Ellen sempre dizia, "e talvez um livro de poesias, um álbum ou um vidrinho de água de cheiro são as únicas coisas que uma dama pode aceitar de um homem. Jamais, jamais um presente caro, nem sequer de seu noivo. E nunca uma joia ou uma peça de vestuário, nem mesmo luvas ou lenços. Caso você aceite tais presentes, os homens saberão que não é uma dama e tentarão tomar liberdades."

"Minha nossa", pensou Scarlett, olhando primeiro para si mesma no espelho e depois para a fisionomia ilegível de Rhett. "Eu simplesmente não posso dizer a ele que não vou aceitar. É lindo demais. Eu quase... quase preferia que ele tomasse uma liberdade, se fosse bem pequena." Em seguida, ficou horrorizada consigo mesma por ter tal pensamento e corou.

– Eu... eu vou lhe dar os 50 dólares...

– Se me der, vou jogá-los na sarjeta. Ou, ainda melhor, vou encomendar missas por sua alma. Tenho certeza de que bem precisa...

Ela não pôde conter o riso, e o reflexo risonho sob a aba verde a fez decidir de imediato.

– O que está pretendendo comigo?

– Estou lhe tentando com finos presentes até que seus ideais infantis se desgastem e você fique à minha mercê – disse ele. – "Só aceite doces e flores dos cavalheiros, queridinha" – imitou ele, fazendo-a dar uma gargalhada.

– Você é um miserável esperto e desalmado, Rhett Butler, e sabe muito bem que este chapéu de sol é bonito demais para ser recusado.

Os olhos dele debochavam dela, mesmo quando elogiavam sua beleza.

– É claro que você pode dizer à Srta. Pitty que me deu uma amostra de tafetá e seda verde, fez um desenho do chapéu e eu lhe extorqui 50 dólares por ele.

– Não. Vou dizer 100 dólares, e ela vai contar a todo mundo na cidade, e vão ficar verdes de inveja, falando de minha extravagância. Mas Rhett, não deve mais me trazer nada tão caro. É uma extrema gentileza de sua parte, mas eu não poderia aceitar mais nada.

– Mesmo? Bem, vou lhe trazer presentes enquanto isso me der prazer e enquanto vir coisas que salientem seus encantos. Vou lhe trazer uma seda verde-escura para fazer um vestido que combine com o chapéu. E estou lhe avisando que não sou gentil. Estou lhe tentando com chapéus e pulseiras e levando-a para uma armadilha. Não se esqueça de que nunca faço algo sem um motivo, e nunca dou nada sem esperar algo em troca. Sempre sou pago.

Seus olhos negros buscaram o rosto dela, detendo-se em seus lábios. Scarlett baixou os olhos, nervosa. Agora, ele tentaria tomar liberdades, bem como Ellen previra. Ele iria beijá-la ou tentar beijá-la e, alvoroçada, ela não conseguia decidir como devia reagir. Caso se recusasse, ele poderia arrancar o chapéu de sua cabeça e dá-lo a alguma outra moça. Por outro lado, se ela permitisse um beijo recatado, ele poderia lhe trazer outros presentes adoráveis na esperança de ganhar outro. Os homens davam muita importância a essa história de beijos, só Deus sabia por quê. E, muitas vezes, depois de um beijo eles se apaixonavam de tal modo que tornavam-se ridículos, bastando que a jovem fosse esperta e recusasse outros beijos depois do primeiro. Seria tão empolgante fazer Rhett Butler se apaixonar por ela, admiti-lo e implorar por um beijo ou um sorriso. Sim, ela o deixaria beijá-la.

Mas ele não fez qualquer movimento nesse sentido. Ela lhe lançou um olhar oblíquo por baixo dos cílios e murmurou encorajadora:

– Quer dizer que sempre é pago? E o que espera conseguir de mim?

– Isso vamos ver.

– Bem, se acha que vou me casar com você para pagar por um chapéu de sol, não vou – disse ela com ar provocante, movendo a cabeça graciosamente para balançar a pluma.

Seus dentes brancos brilharam sob o pequeno bigode.

– Senhora, não seja pretensiosa, não quero me casar com você ou com qualquer outra. Não sou homem que se case.

– Não diga! – exclamou ela, espantada e agora decidida de que ele devia tomar alguma liberdade. – Eu também não pretendo beijá-lo.

– Então por que sua boca está fazendo esse biquinho ridículo?

– Ah! – exclamou enquanto se olhava rapidamente no espelho, vendo seus lábios vermelhos realmente em pose para um beijo. – Ah! – exclamou outra vez, perdendo a compostura e batendo com o pé no chão. – Você é o homem mais horrendo que já encontrei, e não me importo se nunca mais o vir!

– Se realmente sentisse isso, teria pisado no chapéu. Deus, mas está furiosa, o que lhe cai bem, como provavelmente sabe. Vamos, Scarlett, pise no chapéu para mostrar o que acha de mim e de meus presentes.

– Não se atreva a tocar neste chapéu – disse ela, segurando-o pela copa e recuando. Perseguindo-a, rindo baixinho, ele tomou as mãos dela nas suas.

– Ah, Scarlett, você é tão jovem que me comove – disse ele –, e vou beijá-la, como você parece esperar que eu faça. – E, se inclinando displicentemente, seu bigode só roçou o rosto dela. – Agora, acha que deve me dar um tapa só para cumprir as normas?

Os lábios insurgentes, ela olhou dentro dos olhos dele e viu tanta diversão nas profundezas escuras que teve um acesso de riso. Que provocador ele era, e que exasperante! Se não queria se casar com ela e nem beijá-la, o que queria então? Se não estava apaixonado por ela, por que ia visitá-la com tanta frequência e lhe levava presentes?

– Assim é melhor – disse ele. – Scarlett, eu sou uma má influência para você e, se tiver juízo, me mandará pastar... se conseguir. É muito difícil livrar-se de mim. Mas não lhe faço bem.

– Não?

– Não percebe? Desde que a encontrei na quermesse, sua conduta tem sido chocante, e a culpa é, em grande parte, minha. Quem a levou a dançar? Quem a forçou a reconhecer que não achava nossa gloriosa Causa nem gloriosa nem sagrada? Quem a incitou a admitir que achava tolos os homens que morriam por princípios ocos? Quem a ajudou a dar motivos de sobra para os mexericos das velhas? Quem a está tirando do luto com muitos anos de antecedência? E quem, para acabar com isso, a fez cair em uma armadilha e aceitar um presente que nenhuma dama pode aceitar e continuar sendo uma dama?

– Não seja presunçoso, capitão Butler. Nada fiz de tão escandaloso e, de qualquer maneira, teria feito tudo o que mencionou sem sua ajuda.

– Duvido – disse ele, e sua fisionomia ficou subitamente quieta e sombria. – Você ainda seria a viúva de coração partido de Charles Hamilton, afamada pela caridade distribuída aos feridos. Finalmente, no entanto...

Mas ela não escutava, pois se olhava no espelho de novo, pensando que usaria o chapéu de sol para ir ao hospital naquela tarde mesmo e levaria flores para os oficiais convalescentes.

Não lhe ocorreu a verdade presente nas últimas palavras dele. Ela não percebia que Rhett lhe abrira a prisão de sua viuvez, deixando-a livre para reinar sobre as moças não casadas, quando seus dias de beldade deveriam há muito ter ficado para trás. Não percebia também que sob sua influência ela se distanciara muito dos ensinamentos de Ellen. A mudança fora gradual, o desprezo a uma pequena convenção parecendo não ligar-se a outro, e nenhum deles parecendo estar ligado a Rhett. Ela não percebia que, com o incentivo dele, desconsiderara as imposições mais severas de sua mãe no que se referia às normas de conduta, esquecera a difícil lição de ser uma dama.

Ela só percebia que o chapéu era o mais lindo que já tivera, que não lhe custara um centavo e que Rhett devia estar apaixonado por ela, admitisse ou não. E, certamente, ela pretendia achar um modo de fazê-lo admitir.

NO DIA SEGUINTE, Scarlett estava diante do espelho com um pente na mão e a boca cheia de grampos, tentando um novo penteado que Maybelle, recém-chegada de uma visita ao marido em Richmond, dissera que era a coqueluche na capital. Chamava-se "Gatos, Ratos e Camundongos" e não era nada fácil. O cabelo era repartido no meio e arrumado em três rolos de tamanhos gradativos de cada lado da cabeça, ficando o maior mais próximo ao repartido, sendo este o gato. O gato e o rato eram fáceis de fixar, mas o camundongo sempre escapava do grampo. Contudo, ela estava decidida a conseguir, pois Rhett estava chegando para jantar e sempre percebia qualquer inovação no vestir ou no pentear.

Quando lutava com seus bastos, obstinados cachos, a transpiração pontilhando sua testa, ela ouviu passos apressados no vestíbulo e percebeu que Melanic chegara do hospital. Quando a ouviu voar escada acima de dois em dois degraus, parou, o grampo no ar, percebendo que devia haver algo errado, pois Melanie sempre se movimentava tão decorosamente quanto uma rainha. Ela foi até a porta, abriu-a, e Melanie correu para dentro, o rosto corado e amedrontado, parecendo uma criança culpada.

Havia lágrimas em seu rosto, o chapéu de sol estava pendurado no pescoço pelas fitas e a crinolina balançava muito. Ela apertava algo na mão, e o cheiro forte de perfume barato entrou no quarto com ela.

– Ah, Scarlett – exclamou, fechando a porta e caindo na cama. – A tia já chegou? Não? Ah, graças a Deus! Estou tão aflita que poderia morrer! Quase desmaiei e, Scarlett, tio Peter está ameaçando contar para tia Pitty!

– Contar o quê?

– Que eu estava falando com aquela... com a Srta... Sra... – Melanie abanou o rosto afogueado com o lenço. – Aquela mulher de cabelo ruivo chamada Belle Watling!

Belle Watling era a ruiva que ela vira no dia em que chegara a Atlanta, e atualmente a mulher de pior reputação da cidade. Muitas prostitutas haviam ido para Atlanta, no rastro dos soldados, mas Belle se destacava do resto por causa do cabelo flamejante e dos vestidos vistosos e modernos que usava. Ela raramente era vista na rua dos Pessegueiros ou em qualquer outro bairro elegante, mas, quando resolvia aparecer, as mulheres respeitáveis apressavam-se a cruzar a rua para se afastar dela. E Melanie havia conversado com ela. Não era de admirar que tio Peter estivesse ultrajado.

– Eu morro se tia Pitty descobrir! Você sabe que ela vai gritar e espalhar para todo mundo na cidade e eu vou cair em desgraça – soluçou Melanie. – E não foi culpa minha. Eu... eu não consegui escapar dela. Teria sido uma total grosseria. Scarlett, eu... eu senti pena dela. Acha que sou má por me sentir assim?

Scarlett não estava interessada na ética da questão. Como a maioria das jovens inocentes e bem-criadas, ela tinha uma curiosidade devoradora sobre prostitutas.

– O que ela queria? Como é que ela fala?

– Ah, ela fala errado, mas pude ver que a coitada estava tentando ser elegante. Saí do hospital e o tio Peter não estava esperando por mim com a carruagem, então pensei que devia vir a pé para casa. Quando passei pelo pátio dos Emerson, lá estava ela se escondendo atrás da cerca viva! Ah, graças a Deus que os Emerson estão em Macon! E ela disse: "Por favor, Sra. Wilkes, pode falar um minuto comigo?" Não sei como ela sabia meu nome. Eu sabia que devia sair dali correndo, mas... bem, Scarlett, ela parecia tão triste e... bem, meio suplicante. Usava vestido e chapéu pretos, estava sem pintura e parecia bastante decente, com exceção do cabelo vermelho. E, antes que eu pudesse responder, ela disse: "Sei que não devia falar com a senhora, mas tentei falar com aquela velha pavoa, a Sra. Elsing, e ela me enxotou do hospital."

– Ela a chamou mesmo de pavoa? – perguntou Scarlett, satisfeita e entretida.

– Ah, não ria. Não é engraçado. Parece que a Srta... essa mulher, queria contribuir de alguma forma com o hospital... você pode imaginar? Ela se ofereceu para trabalhar como enfermeira todas as manhãs e, é claro, a Sra. Elsing deve ter ficado à morte com essa ideia e a mandou embora do hospital. E então ela disse: "Eu também quero fazer algo. Eu não sou uma confederada do mesmo jeito que a senhora?" Scarlett, fiquei imediatamente comovida por ela querer ajudar. Se quer ajudar a Causa, não deve ser de todo má. Acha que estou errada em pensar assim?

– Pelo amor de Deus, Melly, quem se importa se você está errada? O que mais que ela disse?

– Ela disse que tinha ficado observando as senhoras que andavam pelo hospital e achou que eu tinha... uma... uma expressão bondosa, e então me abordou. Ela tinha dinheiro e queria que eu o pegasse e usasse em prol do hospital, sem dizer a vivalma de onde viera. Disse que a Sra. Elsing não iria querer usá-lo se soubesse que tipo de dinheiro era. Que tipo de dinheiro! Foi quando eu achei que fosse desmaiar! Eu estava tão perturbada e ansiosa para sair dali que só disse: "Ah, sim, claro, que gentileza a sua!" ou qualquer bobagem assim, e ela sorriu e disse: "Isso é bem cristão da sua parte" e enfiou esse lenço sujo em minha mão. Argh, consegue sentir o perfume?

Melanie segurava um lenço masculino, manchado e muito perfumado, onde havia algumas moedas amarradas.

– Ela estava agradecendo e dizendo algo sobre levar algum dinheiro todas as semanas e nesse momento o tio Peter apareceu e me viu! – Melly caiu no choro e deitou a cabeça no travesseiro. – E, quando ele viu com quem eu estava falando, ele... Scarlett, ele *gritou* comigo! Nunca ninguém jamais tinha gritado comigo em toda a minha vida. Ele disse: "Vem já e sobe nessa carruage nesse minuto!" É claro que subi, e durante todo o caminho para casa ele ficou me benzendo, sem me deixar explicar, e disse que ia contar à tia Pitty. Scarlett, vá até lá embaixo e lhe suplique que nada diga. A tia vai morrer se souber que eu ao menos olhei para aquela mulher. Você vai?

– Vou, sim. Mas vamos ver quanto dinheiro tem aí. Parece pesado.

Ela desamarrou o lenço e um punhado de moedas de ouro rolou pela cama.

– Scarlett, há 50 dólares aqui! Em ouro! – exclamou Melanie, impressionada, enquanto contava as peças brilhantes. – Diga, você acha certo usar esse tipo... bem, de dinheiro ganho... hã... desse modo em prol dos rapazes? Não acha que Deus vai entender que ela quis ajudar e não vai se importar que seja dinheiro sujo? Quando penso nas tantas coisas de que o hospital precisa...

Mas Scarlett não estava escutando. Ela olhava para o lenço manchado e se enchia de humilhação e fúria. Havia um monograma no canto com as iniciais "R.K.B.". Na gaveta da sua cômoda, havia um lenço exatamente como aquele, que Rhett Butler lhe emprestara no dia anterior para enrolar os galhos de algumas flores silvestres que eles tinham colhido. Ela planejara devolvê-lo quando ele fosse jantar à noite.

Então Rhett se associara àquela vil criatura Watling e lhe dera dinheiro. Era dali que vinha a contribuição para o hospital. O ouro do bloqueio. E pensar que Rhett tivera o descaramento de olhar nos olhos de uma mulher decente depois de estar com aquela criatura! E pensar que ela podia ter acreditado que ele estava apaixonado por ela! Isso provava que não estava.

As mulheres perdidas e tudo o que as envolvia eram para ela assuntos misteriosos e revoltantes. Ela sabia que os homens patrocinavam essas mulheres com propósitos que nenhuma dama devia mencionar... ou, se os mencionasse, era por meio de sussurros e modos indiretos ou usando eufemismos. Sempre achara que só homens vulgares procurassem essas mulheres. Antes daquele momento, nunca lhe ocorrera que homens de trato, homens que encontrava em casas finas e com quem dançava pudessem fazer tais coisas. Aquilo lhe abriu todo um novo campo de ideias, que a horrorizou. Talvez todos os homens fizessem isso! Já era ruim que forçassem as esposas a passar por desempenhos tão indecentes, mas que realmente procurassem mulheres inferiores e pagassem por tal favor! Ah, os homens eram vis, e Rhett Butler, o pior de todos!

Ela ia pegar aquele lenço e jogar na cara dele, mostrar-lhe a porta, e nunca, nunca mais falaria com ele outra vez. Mas não, é claro que não podia fazer isso. Jamais poderia deixá-lo saber que ela sequer percebia a existência de tais mulheres, muito menos que sabia que ele as procurava. Uma dama jamais poderia fazê-lo.

"Ah", pensou furiosa, "se pelo menos eu não fosse uma dama, o que não diria àquele verme!"

Apertando o lenço na mão, ela desceu até a cozinha procurando por tio Peter. Ao passar pelo fogão, jogou o lenço nas chamas e, com uma raiva impotente, ficou observando enquanto queimava.

14

Na chegada do verão de 1863, a esperança estava em alta nos corações sulistas. Apesar das privações e das dificuldades, apesar da especulação com os gêneros alimentícios e de provações semelhantes, apesar dos óbitos, da doença e do sofrimento que agora deixavam sua marca em praticamente todas as famílias, o sul estava novamente dizendo "Mais uma vitória e a guerra acaba", dizendo-o com ainda mais segurança do que no verão anterior. Os ianques comprovavam não se dobrarem com facilidade, mas começavam a se dobrar.

O Natal de 1862 fora feliz para Atlanta e para todo o sul. A Confederação conquistara uma vitória espetacular em Fredericksburg e foram milhares os ianques mortos e feridos. Houve um regozijo geral naquele período das festas, regozijo e agradecimento pela virada da maré. O exército de farda castanha se compunha agora de guerreiros experientes, seus generais tinham provado seu brio e todos sabiam que, quando a campanha recomeçasse na primavera, os ianques seriam definitivamente esmagados.

A primavera chegou e a luta recomeçou. Em maio, a Confederação obteve outra grande vitória em Chancellorsville. O sul urrava de ufanismo.

Mais perto de casa, a investida de uma cavalaria da União se transformara em um triunfo confederado. O pessoal ainda ria e dava tapinhas nas costas uns dos outros: "Sim, senhor! Quando o velho Nathan Bedford Forrest os puser para correr, é melhor que obedeçam." No fim de abril, o coronel Streight, acompanhado de 1.800 cavalarianos ianques, atacou a Geórgia de surpresa, tendo por alvo Rome, cerca de 100 quilômetros ao norte de Atlanta. Eles tinham o ambicioso plano de cortar a vitalmente importante ferrovia entre Atlanta e o Tennessee e depois se dirigir a Atlanta para destruir as fábricas e os suprimentos bélicos concentrados naquela cidade-chave da Confederação.

Foi uma tacada ousada e muito teria custado ao sul se não fosse por Forrest. Com um terço do número de homens... mas que homens e que cavaleiros!... ele começou a persegui-los, cercou-os antes mesmo que chegassem a Rome, os acossou dia e noite até finalmente capturar a força inteira!

A notícia chegou a Atlanta quase ao mesmo tempo que a notícia da vitória em Chancellorsville, e a cidade exultou de alegria. A vitória podia ser mais importante, mas a captura dos cavaleiros de Streight deixara os ianques em uma posição ridícula.

– Não, senhor, é melhor não brincar com o velho Forrest – dizia Atlanta em regozijo enquanto a história era contada e recontada.

A onda de sorte da Confederação se desencadeava com força e plenitude agora, levando as pessoas ao júbilo. Era verdade que os ianques sob o comando de Grant estavam sitiando Vicksburg desde meados de maio. Era verdade que o sul sofrera uma perda incomparável quando Stonewall Jackson fora fatalmente ferido em Chancellorsville. Era verdade que a Geórgia perdera um de seus filhos mais bravos e brilhantes quando o general T.R.R. Cobb morrera em Fredericksburg. Mas os ianques já não podiam aguentar derrotas como as de Fredericksburg e Chancellorsville. Eles teriam que se entregar e, então, essa guerra cruel acabaria.

Chegaram os primeiros dias de julho e com eles o boato, mais tarde confirmado por despachos, de que Lee marchava para a Pensilvânia. Lee no território inimigo! Lee forçando a batalha! Essa seria a última luta da guerra!

Atlanta não se continha de tanta empolgação, prazer e uma sede ardente de vingança. Agora os ianques saberiam o que significava realizar uma guerra em seu próprio território. Agora saberiam o que significava ter os campos férteis desnudados, cavalos e gado roubados, casas incendiadas, velhos e meninos levados para a prisão e mulheres e crianças expostas à fome.

Todos sabiam o que os ianques tinham feito no Missouri, no Kentucky, no Tennessee e na Virgínia. Até as crianças sabiam recitar com ódio e medo os horrores infligidos pelos ianques ao território conquistado. Atlanta já estava repleta de refugiados do leste do Tennessee e soubera em primeira mão dos sofrimentos por que tinham passado. Naquela região, os simpatizantes Confederados estavam em minoria, e a mão da guerra caíra com força sobre eles, assim como em todos os estados de fronteira, vizinho passando informações contra vizinho e irmão matando irmão. Os refugiados imploravam para ver a Pensilvânia se transformar em chamas, e até na fisionomia das damas mais gentis viam-se expressões de prazer impiedoso.

Mas, quando chegou a notícia de que Lee dera ordens para que nenhuma propriedade particular da Pensilvânia fosse tocada, declarara que o saque seria punido com a morte e que o exército pagaria por cada artigo requisitado, foi necessário reunir toda a reverência amealhada pelo general para salvar sua popularidade. Não liberar os rapazes nas ricas lojas daquele próspero estado? O que o general Lee estava pensando? E nossos rapazes tão famintos e necessitando de calçados, roupas e cavalos!

Um bilhete escrito às pressas por Darcy Meade para o médico, a única informação de primeira mão que Atlanta recebeu durante aqueles dias de julho, foi passado de mão em mão, provocando uma escalada de revolta.

"Pai, poderia me conseguir um par de botas? Já faz duas semanas que estou andando descalço e não vejo perspectivas de conseguir outro par. Se eu não tivesse pés tão grandes poderia pegá-las dos ianques mortos, como fazem os outros rapazes, mas ainda não encontrei nenhum ianque que tivesse os pés desse tamanho. Se conseguir, não envie pelo correio. Alguém as roubaria pelo caminho e eu não iria culpá-lo. Ponha Phil no trem com as botas. Eu lhe escreverei em breve informando nosso paradeiro. Ainda não sei qual será, exceto que estamos marchando para o norte. Estamos em Maryland agora, e todos dizem que iremos até a Pensilvânia...

Pai, eu achava que daríamos aos ianques um gostinho de seu próprio veneno, mas o general diz 'não' e, pessoalmente, não quero morrer só pelo prazer de incendiar alguma casa ianque. Pai, hoje marchamos pelo maior campo de milho que já vi. Aí em casa não existe milharal como esse. Bem, devo admitir que pilhamos um pouco daquele milho, pois estávamos todos com muita fome e o que o general não souber não há de magoá-lo. Mas o milho estava verde e não nos fez nenhum bem. Todos estão com disenteria, de todo modo, e o milho só piorou as coisas. É mais fácil ir em frente com uma perna ferida do que com disenteria. Pai, veja se consegue as botas para mim. Sou capitão agora, e um capitão precisa ter botas, mesmo que não tenha uma farda nova nem uma dragona."

Mas o exército estava na Pensilvânia, e era isso o que interessava. Mais uma vitória e a guerra acabaria, e então Darcy Meade poderia ter todas as botas que quisesse e os rapazes iriam para casa marchando e todos seriam felizes de novo. Os olhos da Sra. Meade ficaram marejados quando ela imaginou seu filho soldado em casa outra vez; enfim, em casa para ficar.

No dia 3 de julho, caiu um súbito silêncio no telégrafo que vinha do norte, um silêncio que continuou até o meio-dia do dia 4, quando relatórios fragmentados e truncados começaram a pingar nos quartéis de Atlanta. Houvera um grande embate na Pensilvânia, próximo a uma cidadezinha, Gettysburg, uma batalha de enormes proporções com todo o exército de Lee reunido. As notícias eram imprecisas, chegavam aos poucos, pois a luta se dera em território inimigo e os relatórios primeiro passavam por Maryland, dali para Richmond e depois para Atlanta.

O suspense crescia e o início do pavor foi lentamente se espalhando pela cidade. Nada era pior do que não saber o que estava acontecendo.

As famílias que tinham filhos em combate rezavam fervorosamente para que seus rapazes não estivessem na Pensilvânia, mas aqueles que sabiam que os seus estavam no mesmo regimento de Darcy Meade cerravam os dentes e diziam ser uma honra para eles estar na batalha definitiva contra os ianques.

Na casa de tia Pitty, as três mulheres entreolhavam-se, sem conseguir ocultar o receio que sentiam. Ashley estava no regimento de Darcy.

No dia 5, chegaram marés maléficas, não do norte, mas do oeste. Vicksburg caíra; caíra após um longo e amargo cerco, e praticamente todo o rio Mississippi, de St. Louis a Nova Orleans, estava nas mãos dos ianques. A Confederação fora dividida em duas. Em qualquer outro momento, a notícia do desastre teria levado medo e lamentações a Atlanta. Mas agora eles só podiam dar pouca atenção a Vicksburg. Estavam voltados para Lee na Pensilvânia, impondo a batalha. A derrota de Vicksburg não seria uma catástrofe se Lee vencesse no leste. Lá estavam Filadélfia, Nova York, Washington. Sua captura paralisaria o norte e mais que anularia a derrota no Mississippi.

As horas se arrastavam e a sombra negra da calamidade pairava sobre a cidade, obscurecendo o sol quente até as pessoas olharem para cima assombradas, como que incrédulas de que o céu estivesse claro e azul em vez de escuro e carregado de nuvens passageiras. Em toda parte, as mulheres se agrupavam, reunidas nas varandas, nas calçadas, até no meio da rua, dizendo que a falta de notícias significava falta de más ocorrências, tentando confortar umas às outras, tentando mostrar uma aparência de coragem. Mas rumores obscuros de que Lee fora morto, a batalha, perdida, e de que uma enorme lista de baixas estaria a caminho escapavam pelas ruas silenciosas como morcegos em disparada. Embora não quisessem crer, bairros inteiros, dominados pelo pânico, correram ao centro, aos jornais, aos quartéis, implorando por notícias, quaisquer que fossem, mesmo ruins.

Formaram-se multidões na estação, esperando por notícias dos trens que chegavam, na agência dos telégrafos, diante das portas trancadas dos jornais. Eram multidões estranhamente imóveis, que foram aumentando silenciosamente. Não havia conversas. Ocasionalmente, a voz trêmula de algum velho a implorar por notícias, em vez de incitar o balbucio, só intensificava a quietude conforme ouviam: "Ainda não chegou nenhuma notícia do norte, exceto que houve luta." O número de mulheres a pé e em carruagens foi ficando cada vez maior, e o calor dos corpos aglomerados e o pó subindo dos pés inquietos eram sufocantes. As mulheres não falavam, mas suas fisionomias pálidas suplicavam com uma eloquência muda que era mais alta que lamentos.

Difícil haver uma casa na cidade que não tivesse enviado um filho, um irmão, um pai, um amado, um marido a essa batalha. Todos esperavam ouvir a notícia de que a morte chegara às suas casas. Esperavam a morte. Não esperavam a derrota. Essa ideia rejeitavam. Seus homens podiam estar morrendo, agora mesmo, nas campinas crestadas pelo sol das colinas da Pensilvânia. Agora mesmo, as tropas sulistas podiam estar caindo como os grãos em face de uma tempestade de granizo, mas a Causa pela qual lutavam jamais poderia cair. Podiam estar morrendo aos milhares, mas como pitaias, milhares de homens recém-chegados, de cinza e castanho, com o grito rebelde nos lábios, brotariam da terra para tomar seus lugares. Ninguém sabia de onde viriam esses homens. Sabiam apenas, com a mesma certeza com que sabiam que havia um Deus justo e cioso no Céu, que Lee era milagroso e o Exército da Virgínia, invencível.

SCARLETT, MELANIE e a Srta. Pittypat sentavam-se em frente à sede do *Daily Examiner* na carruagem com o teto arriado, protegidas pelas sombrinhas. As mãos de Scarlett tremiam, de modo que a sombrinha balançava sobre sua cabeça. Pitty estava tão alvoroçada que seu nariz se agitava na cara redonda como o de um coelho, mas Melanie estava imóvel, parecendo ter sido entalhada em pedra, os olhos escuros ficando cada vez maiores com a passagem do tempo. Em duas horas, ela só fez uma única observação, ao pegar o frasco de sais em sua bolsa, alcançando-o à tia, sendo esta a primeira vez em toda a vida que lhe dirigia a palavra de modo diverso da mais terna afeição.

– Tome, titia, e use se acha que vai desmaiar. Mas vou logo avisando, se desmaiar terá que desmaiar sozinha e deixar que tio Peter a leve para casa, pois não saio daqui até saber sobre... até saber. E também não vou deixar que Scarlett me abandone.

Scarlett não tinha nenhuma intenção de ir embora, nenhuma intenção de ficar em um lugar onde não pudesse receber as primeiras notícias de Ashley. Nem que tia Pitty morresse, ela sairia dali. Em alguma parte, Ashley estava lutando, talvez morrendo, e a sede do jornal era o único lugar onde poderia ficar sabendo da verdade.

Ela olhou por entre a multidão, avistando amigos e vizinhos, a Sra. Meade com o chapéu de sol enviesado, de braço dado com o filho de 15 anos, Phil; as Srtas. McLure tentando cobrir os dentes salientes com os lábios trêmulos; a Sra. Elsing, ereta feito uma mãe espartana, só traía o tumulto interno pelos cachos grisalhos que escapavam do coque na nuca; e Fanny Elsing, pálida como um fantasma. (Certamente, Fanny não estaria tão preocupada com o irmão Hugh. Será que ela teria um admirador na frente de batalha do qual ninguém suspeitava?) A Sra. Merriwether sentava-se em sua carruagem acariciando a mão de Maybelle. Maybelle estava tão grávida que era uma desgraça aparecer em público, mesmo com o xale cuidadosamente encobrindo-a. Por que estaria tão preocupada? Ninguém soubera que as tropas da Louisiana estivessem na Pensilvânia. Era provável que seu pequeno zuavo cabeludo estivesse a salvo em Richmond naquele instante.

Houve um movimento pela margem da multidão, e os que estavam a pé abriram caminho para que Rhett Butler fosse cuidadosamente avançando seu cavalo em direção à carruagem de tia Pitty. Scarlett pensou: "Ele tem mesmo coragem de se meter aqui, nesta hora, quando não precisaria muito para que esta turba o fizesse em pedacinhos só por ele não estar fardado." Conforme ele se aproximava, ela achou que poderia ser a primeira a estraçalhá-lo. Como ousava aparecer montado naquele belo cavalo, usando botas lustradas e em um belo terno de linho branco, tão reluzente e bem alimentado, fumando um charuto caro, quando Ashley e todos os outros rapazes lutavam contra os ianques, descalços, sufocando no calor, famintos, as barrigas corroídas pela doença?

Olhares amargos foram lançados enquanto ele passava devagar pela multidão. Velhos resmungaram e a Sra. Merriwether, que nada temia, ergueu-se de leve em sua carruagem e disse claramente: "Especulador!", em um tom que tornou a palavra o mais obsceno e virulento dos epítetos. Ele não prestou atenção a ninguém, tirou o chapéu para Melly e tia Pitty e, indo para o lado de Scarlett, inclinou-se e sussurrou:

– Não acha que esta seria a hora para o Dr. Meade fazer seu famoso discurso sobre a vitória que pousa como uma águia altaneira em nossos estandartes?

Os nervos tensos pela incerteza, ela se virou rapidamente para ele como uma gata enraivecida, palavras fortes borbulhando em seus lábios, mas interrompidas por um gesto dele.

– Vim aqui para lhes comunicar, senhoras – disse ele em voz alta –, que estive no quartel e as primeiras listas de baixas estão chegando.

A essas palavras, elevou-se um murmúrio entre os que estavam por perto, e a multidão começou a se movimentar, pronta para se virar e correr à rua Whitehall rumo ao quartel.

– Parem – exclamou ele, erguendo-se na sela e levantando a mão. – As listas foram enviadas para os dois jornais e estão sendo impressas agora. Fiquem onde estão!

– Ah, capitão Butler – exclamou Melly, virando-se para ele com lágrimas nos olhos –, que gentileza a sua vir nos contar! Quando serão divulgadas?

– Devem sair a qualquer minuto, senhora. Faz meia hora que chegaram os relatórios. O major encarregado não quis divulgar nada até que a impressão estivesse pronta, receando que a multidão pudesse destruir os escritórios na tentativa de conseguir notícias. Ah! Vejam!

A janela lateral da sede do jornal se abriu e uma mão se estendeu, com um maço de longas e estreitas provas de galé, marcadas pela tinta fresca com os nomes impressos bem próximos. A turba brigou por elas, rasgando as tiras de papel pela metade, aqueles que as obtinham tentando recuar no meio do povo para poder ler, aqueles mais atrás empurrando e gritando: "Deixem-me passar!"

– Segure as rédeas – disse ele secamente, apeando e jogando os arreios para tio Peter. Elas viram seus ombros largos se sobressaindo entre a multidão, enquanto ele seguia empurrando com força. Logo estava de volta, com meia dúzia de papéis na mão. Entregou um para Melanie e distribuiu os outros entre as senhoras nas carruagens próximas, as Srtas. McLure, a Sra. Meade, a Sra. Merriwether e a Sra. Elsing.

– Vamos logo com isso, Melly – exclamou Scarlett, o coração lhe saindo pela boca, ficando exasperada ao ver a tremedeira das mãos de Melly que nem lhe permitia ler.

– Tome – sussurrou Melly, e Scarlett pegou a lista de sua mão. O W. Onde estava o W? Ah, lá estava, embaixo e todos manchados.

– White – lia ela, a voz trêmula – Wilkens... Winn... Zebulon... Oh, Melly, ele não está! Ele não está! Ah, graças a Deus, titia! Melly, pegue os sais! Segure-a, Melly.

Melly, chorando abertamente de alegria, segurou a cabeça da Srta. Pitty, que caía, e manteve o frasco de sais sob seu nariz. Scarlett apoiou a velha e gorda senhora pelo outro lado, o coração cantando de felicidade. Ashley estava vivo. Nem sequer ferido estava. Que bondade de Deus, deixá-lo a salvo! Que...

Ela ouviu um suave gemido e, olhando para o lado, viu Fanny Elsing deitar a cabeça no peito da mãe, a lista das baixas caíra no chão da carruagem, os lábios finos da Sra. Elsing tremerem enquanto segurava a filha nos braços e dizia baixinho ao cocheiro: "Para casa. Rápido." Scarlett deu uma rápida olhada na lista. O nome de Hugh Elsing não constava. Fanny devia ter um admirador, que morrera. A multidão abriu caminho, em um silêncio solidário, para a carruagem dos Elsing, e atrás dela seguiu a pequena charrete das McLure puxada por um pônei. Quem dirigia era a Srta. Faith, o semblante petrificado e, uma vez na vida, os dentes cobertos pelos lábios. A Srta. Hope, a morte estampada em seu rosto, sentava-se ereta ao lado, segurando a saia da irmã com o punho bem fechado. Elas pareciam mulheres muito velhas. Seu jovem irmão, Dallas, era o querido das solteironas e o único parente que tinham no mundo. Dallas se fora.

– Melly! Melly! – exclamou Maybelle, a voz cheia de alegria. – René está a salvo! E Ashley também! Ah, graças a Deus! – O xale lhe escorregara dos ombros e seu estado era bastante óbvio, mas, pelo menos dessa vez, nem ela nem a Sra. Merriwether estavam se importando. – Ah, Sra. Meade! René... – Sua voz mudou rapidamente. – Melly, veja!... Sra. Meade, por favor! Darcy não...?

A Sra. Meade olhava para baixo e não ergueu o rosto quando ouviu seu nome, mas a fisionomia do pequeno Phil a seu lado era um livro aberto que todos podiam ler.

– Calma, calma, mãe – dizia ele, impotente. A Sra. Meade olhou para cima, encontrando os olhos de Melanie.

– Ele não vai mais precisar daquelas botas – disse ela.

– Ah, minha querida! – exclamou Melly, começando a soluçar enquanto empurrava tia Pitty para o ombro de Scarlett e saltava da carruagem, dirigindo-se para a da mulher do doutor.

– Mãe, a senhora ainda tem a mim – disse Phil, em um desesperado esforço de consolar a mulher lívida a seu lado. – E é só me deixar, eu vou lá e mato todos os ianq...

A Sra. Meade agarrou o braço dele como se nunca fosse deixá-lo ir.

– Não! – saiu sua voz estrangulada e parecendo se engasgar.

– Phil Meade, não diga uma coisa dessas! – sussurrou Melanie, subindo na carruagem ao lado da Sra. Meade e abraçando-a. – Você acha que vai ajudar sua mãe indo até lá para levar um tiro também? Nunca ouvi tamanha tolice. Leve-nos para casa, rápido!

Ela se virou para Scarlett enquanto Phil pegava as rédeas.

– Assim que você deixar titia em casa, vá até a Sra. Meade. Capitão Butler, poderia ir até o hospital falar com o doutor?

A carruagem saiu em meio à multidão que se dispersava. Algumas das mulheres choravam de alegria, mas a maioria estava muito atônita para se dar conta do forte golpe que as abatera. Scarlett inclinou a cabeça sobre as listas borradas, lendo rapidamente à procura de nomes conhecidos. Agora que Ashley estava a salvo, ela podia pensar em outras pessoas. Ah, que longa era a lista! Ah, que longa! Quão grande era o número de mortos de Atlanta, de toda a Geórgia.

Deus do céu! "Calvert... Raiford, tenente." Raif! Ela, então, se lembrou do dia, muito tempo atrás, quando eles tinham fugido juntos, mas decidiram voltar para casa ao anoitecer porque estavam com fome e com medo do escuro.

"Fontaine – Joseph K., soldado." O pequeno Joe, tão mal-humorado! E Sally que mal tivera o bebê!

"Munroe – LaFayette, capitão." E Lafe estava noivo de Cathleen Calvert. Pobre Cathleen! Sua perda fora dupla, um irmão e um namorado. Mas a de Sally fora maior, um irmão e um marido.

Ah, aquilo era terrível demais. Ela estava quase com medo de ir adiante. Tia Pitty arfava e suspirava em seu ombro e, sem muita cerimônia, Scarlett a empurrou para o canto da carruagem, continuando a ler.

Não, com certeza... não podiam constar três nomes "Tarleton" naquela lista. Talvez... talvez, com a pressa, o tipógrafo tivesse repetido o nome por engano. Mas não. Ali estavam. "Tarleton – Brenton, tenente." "Tarleton – Stuart, cabo." "Tarleton – Thomas, soldado." E Boyd, morto no primeiro ano da guerra, fora enterrado Deus sabe onde na Virgínia. Todos os rapazes Tarleton tinham morrido. Tom e os gêmeos preguiçosos de pernas compridas, com seu amor pelos mexericos e suas brincadeiras absurdas, e Boyd que tinha a graça de um mestre da dança e a língua afiada de uma vespa.

Ela não conseguia mais ler. Não queria saber se qualquer outro daqueles rapazes com quem se criara, dançara, flertara e beijara estava naquela lista. Ela queria poder chorar, fazer qualquer coisa que soltasse aqueles dedos de ferro que se fincavam em sua garganta.

– Sinto muito, Scarlett – disse Rhett. Ela olhou para ele. Tinha se esquecido de que ele ainda estava ali. – Muitos dos seus amigos?

Ela fez que sim e se esforçou para falar.

– Praticamente de todas as famílias do condado... e todos... todos os Tarleton.

O semblante dele estava quieto, quase sombrio, e não havia sinal de troça em seus olhos.

– E ainda não acabou – disse ele. – Estas são só as primeiras listas, e estão incompletas. Haverá uma mais extensa amanhã. – Ele baixou a voz para que os outros nas carruagens mais próximas não ouvissem. – Scarlett, o general Lee deve ter perdido a batalha. Ouvi dizer no quartel que ele recuou para Maryland.

Ela ergueu os olhos amedrontados para ele, mas seu medo não provinha da derrota de Lee. Listas de baixas mais longas amanhã! Amanhã. Ela não pensara no amanhã, tão alegre tinha ficado a princípio pelo nome de Ashley não constar daquela lista. Amanhã. Ora, naquele mesmo instante ele podia estar morto, e ela só ficaria sabendo amanhã ou talvez dali a uma semana.

– Ah, Rhett, por que têm de haver guerras? Teria sido tão melhor que os ianques pagassem pelos negros... ou mesmo que os entregássemos a eles sem cobrar nada do que acontecer isso.

– Não são os negros, Scarlett. Eles são apenas a desculpa. Sempre haverá guerras porque os homens adoram guerras. As mulheres não, mas os homens sim... mais ainda do que adoram as mulheres.

Sua boca se torceu em seu velho sorriso, e a seriedade sumiu de sua fisionomia. Ele ergueu o chapéu-panamá de abas largas.

– Até logo. Vou procurar o Dr. Meade. Imagino que nesta hora ele nem vá perceber a ironia de ser eu a levar-lhe a notícia da morte do filho. Mas, depois, é provável que vá odiar pensar que um especulador levou a notícia da morte de um herói.

SCARLETT DEU UM grogue quente a tia Pitty e levou-a para a cama, deixou Prissy e Cookie atendendo-a e foi até a casa dos Meade. A Sra. Meade estava no andar de cima com Phil, aguardando o retorno do marido, e Melanie sentava-se na sala, conversando baixinho com um grupo de vizinhos solidários. Estava ocupada com agulha e linha, consertando um vestido de luto que a Sra. Elsing emprestara à Sra. Meade. A casa já recendia ao cheiro acre das roupas fervendo na tintura preta, pois, na cozinha, a cozinheira aos soluços mexia toαos os vestidos da Sra. Meade em uma enorme panela.

– Como ela está? – perguntou Scarlett baixinho.

– Nenhuma lágrima – disse Melanie. – É terrível quando as mulheres não conseguem chorar. Não sei como os homens suportam as coisas sem chorar. Creio que é por serem mais fortes e corajosos que as mulheres. Ela está dizendo que vai à Pensilvânia sozinha a fim de trazê-lo para casa. O doutor não pode abandonar o hospital.

– Será terrível para ela. Por que Phil não vai?

– Ela tem medo de que ele se aliste no exército se ela tirar os olhos dele. Você sabe, ele é grande para a idade e agora eles estão aceitando 16 anos.

Um a um os vizinhos foram se retirando, relutantes de estar presentes quando o doutor chegasse, e deixaram Scarlett e Melanie sozinhas, costurando na sala. Melanie parecia triste, mas tranquila, embora as lágrimas caíssem no pano que segurava. Era evidente que não tinha pensado na possibilidade de a batalha ainda estar sendo travada e Ashley estar morto naquele instante. Com o coração em pânico, Scarlett não sabia se contava a Melanie o que Rhett lhe dissera, para ficar com o dúbio consolo de sua infelicidade, ou se guardava aquilo consigo. Finalmente, decidiu ficar calada. Era melhor que Melanie não a visse tão preocupada com Ashley. Ela agradecia a Deus por todos, Melly e Pitty inclusive, estarem tão absorvidos com suas preocupações naquela manna para perceberem sua conduta.

Após um intervalo de trabalho silencioso, elas ouviram ruídos lá fora e, espiando pelas cortinas, viram o Dr. Meade apear do cavalo. Seus ombros estavam vergados, e a cabeça se curvara até que a barba grisalha se espalhasse como um leque no peito. Ele entrou devagar em casa e, largando o chapéu e a maleta, beijou as moças em silêncio. Depois, com jeito cansado, subiu as escadas. Em seguida, Phil desceu, longas pernas e braços, desajeitado. Com os olhos, as duas moças o convidaram para juntar-se a elas, mas ele foi até a varanda, sentou-se no último degrau e deixou a cabeça cair entre as mãos.

Melly suspirou.

– Ele está zangado por não o deixarem ir lutar contra os ianques. Quinze anos! Ah, Scarlett, seria maravilhoso ter um filho como esse!

– E mandá-lo para a morte certa? – disse Scarlett secamente, pensando em Darcy.

– Seria melhor ter um filho, mesmo que ele viesse a morrer, do que nunca ter um – disse Melanie, engolindo em seco. – Você não pode entender, Scarlett, porque tem o pequeno Wade, mas eu... Ah, Scarlett, quero tanto um bebê! Sei que deve estar me achando horrível por dizer isso justo agora, mas é verdade, e só o que todas as mulheres desejam, você sabe disso.

Scarlett se conteve para não torcer o nariz.

– Se for da vontade de Deus, que Ashley deva... ser levado, acho que eu conseguiria aguentar, embora preferisse morrer se ele morresse. Mas Deus me daria forças para suportar. O que eu não suportaria era tê-lo morto sem um filho seu para me consolar. Ah, Scarlett, que sorte a sua. Embora tenha perdido Charlie, ficou com um filho dele. E, se Ashley se for, não terei nada. Scarlett, perdoe-me, mas já senti tanto ciúme de você...

– Ciúme... de mim? – exclamou Scarlett, atingida pela culpa.

– Por você ter um filho e eu não. Eu até já fingi que Wade era meu, porque é terrível não ter um filho.

– Bobagem! – disse Scarlett aliviada. Ela olhou de relance para a silhueta frágil de faces coradas curvada sobre a costura. Melanie podia desejar filhos, mas certamente não tinha o porte para dá-los à luz. Era pouco mais alta que uma criança de 12 anos, tinha quadris estreitos como os de uma menina, e seios praticamente inexistentes. Scarlett se repugnava só de pensar em Melanie tendo um filho. Trazia-lhe muitos pensamentos que não conseguia tolerar. Se Melanie viesse a ter um filho de Ashley, seria como se algo que pertencesse a Scarlett lhe fosse tirado.

– Por favor, perdoe-me de dizer isso sobre Wade. Sabe como o amo. Não ficou zangada comigo, não é?

– Não seja boba – disse Scarlett secamente. – E vá até a varanda fazer algo por Phil. Ele está chorando.

15

Tendo que recuar para a Virgínia, o exército passou o inverno no distrito de Rapidan. Um exército fatigado, exaurido desde a derrota em Gettysburg e, com a aproximação da época de Natal, Ashley foi para casa de licença. Encontrando-o pela primeira vez em dois anos, Scarlett temia a violência de seus sentimentos. Ao vê-lo se casar com Melanie no salão de Twelve Oaks, ela achara que nunca mais o amaria com maior intensidade inconsolável do que estava amando naquele momento. Mas agora sabia que seus sentimentos naquela noite longínqua eram os de uma criança mimada impedida de ter um brinquedo. Agora suas emoções estavam mais aguçadas pelos longos devaneios, ampliadas pela repressão que fora forçada a impor à própria língua.

Esse Ashley Wilkes em sua farda desbotada e remendada, cabelo alvejado pelo sol dos verões, era um homem diferente do rapaz despreocupado de olhos de mormaço que ela amara com desespero antes da guerra. E era mil vezes mais arrebatador. Agora estava bronzeado e magro, quando antes era claro e delgado, e o longo bigode dourado caindo nos cantos da boca, estilo cavalariano, foi o último toque para que ele se tornasse o perfeito retrato de um soldado.

Carregava o porte ereto dos militares em sua farda velha, a pistola dentro do coldre gasto, a surrada bainha da espada batendo nas botas de cano alto, as esporas embaciadas – o major Ashley Wilkes, dos Estados Confederados da América. O hábito do comando o caracterizava agora, um ar sereno de autoconfiança e de autoridade, rugas impiedosas começando a surgir nos cantos da boca. Havia algo novo e estranho na postura dos ombros e no brilho frio de seus olhos. Onde outrora ele fora ocioso e indolente, agora era alerta como um gato à caça, tendo a prontidão daqueles com os nervos perpetuamente tesos, como as cordas de um violino. Havia uma expressão cansada, assombrada, em seus olhos, e a pele queimada de sol se esticava sobre os finos ossos de seu rosto – seu belo Ashley de sempre, mas tão diferente.

Scarlett fizera planos de passar o Natal em Tara, mas, depois da chegada do telegrama de Ashley, nenhum poder terreno, nem mesmo uma ordem expressa da decepcionada Ellen, conseguiria arrastá-la de Atlanta. Se Ashley tivesse planejado ir a Twelve Oaks, ela teria corrido para Tara a fim de ficar próxima a ele, mas ele escrevera à família para que se reunissem em Atlanta. O Sr. Wilkes, Honey e India já estavam na cidade. Ir para Tara e deixar de vê-lo após dois longos anos? Perder o som da voz que fazia disparar seu coração, perder seus olhos dizendo que não a esquecera? Nunca! Nem por todas as mães do mundo.

Quatro dias antes do Natal, Ashley chegou em casa com um grupo de rapazes do condado, também de licença, um grupo tristemente reduzido desde Gettysburg. Cade Calvert estava entre eles, um Cade magro e desolado, que tossia sem cessar, dois dos Munroe, animadíssimos com sua primeira licença desde 1861, além de Alex e Tony Fontaine, totalmente embriagados, tempestuosos e brigões. O grupo tinha duas horas de espera entre os trens e, como se impunha aos membros sóbrios da turma impedir os Fontaine de brigar um com o outro ou com estranhos na estação, Ashley levou todos à casa de tia Pittypat.

– Era de pensar que eles tivessem brigado o suficiente na Virgínia – disse Cade, amargo, enquanto observava os dois se eriçando como galos de briga para ver quem seria o primeiro a beijar a alvoroçada e lisonjeada tia Pitty. – Mas não. Estão bebendo e provocando brigas desde que chegamos a Richmond. A polícia militar os levou e, se não fosse pela capacidade de persuasão de Ashley, teriam passado o Natal na cadeia.

Mas Scarlett mal ouvia o que ele dizia, de tão arrebatada por estar na mesma sala que Ashley outra vez. Como podia ter achado durante aqueles dois anos que outros homens eram gentis, belos ou interessantes? Como podia ter aguentado ouvi-los lhe falar de amor quando Ashley estava no mundo? Ele estava em casa novamente, separado dela apenas pela largura do tapete da sala, e lhe exigiu toda a força que possuía não se derramar em lágrimas de felicidade toda vez que olhava para ele no sofá com Melly de um lado, India do outro e Honey apoiada em seu ombro. Se ao menos ela pudesse sentar-se a seu lado, dar o braço a ele...! Se pelo menos pudesse lhe bater na manga de vez em quando para ter certeza de que ele realmente estava lá, segurar sua mão e usar seu lenço para enxugar as lágrimas de alegria. Pois Melanie estava fazendo tudo isso, sem qualquer vergonha. Alegre demais para ser tímida e reservada, segurava o braço do marido, adorando-o abertamente com olhos, sorrisos e lágrimas. E Scarlett estava feliz demais para se ressentir com isso, contente demais para sentir ciúmes. Enfim, Ashley estava em casa!

De vez em quando, ela punha a mão na bochecha, onde ele a beijara, e sentia de novo a emoção de seus lábios e sorria para ele. É claro que ele não a beijara primeiro. Melly se arremessara em seus braços, chorando desbragadamente, apertando-o como se nunca mais fosse soltar. Depois, India e Honey o abraçaram, quase o arrancando dos braços de Melanie. Então ele beijara o pai, com um digno abraço afetuoso que mostrava o sentimento forte e calmo que os unia. Em seguida, tia Pitty, que saltitava ansiosa sobre os incríveis pezinhos. Finalmente, tinha se virado para ela, cercado por todos os rapazes que reclamavam seus beijos, e disse: "Ah, Scarlett! Como está linda!", e beijou-a na bochecha.

Com esse beijo, tudo o que ela pretendera dizer para dar as boas-vindas ganhou asas. Só horas mais tarde, se lembrou de que ele não a beijara nos lábios. Então ela cogitou febrilmente se ele o teria feito se ela o tivesse encontrado sozinho, inclinando seu corpo esguio sobre o dela, puxando-a para a ponta dos pés, abraçando-a por um longo, longo tempo. E, como ficava feliz por pensar assim, ela acreditou que ele iria. Mas haveria tempo para tudo, uma semana inteira! Certamente, ela conseguiria manobrar para ficar a sós com ele e dizer: "Lembra-se das cavalgadas que costumávamos fazer por nossos caminhos secretos?" "Lembra-se de como estava a lua naquela noite em que sentávamos nos degraus de Tara e você recitou aquele poema?" (Deus do Céu! Como era mesmo o nome do poema?) "Lembra-se daquela tarde em que eu torci o tornozelo e, quando a noite caiu, você me carregou nos braços até em casa?"

Ah, havia tantas coisas que ela iria prefaciar com "Lembra-se?". Tantas memórias queridas que lhe trariam de volta aqueles dias adoráveis em que eles percorriam o condado como crianças despreocupadas, tantas coisas que seriam lembradas sobre o período anterior à entrada de Melanie Hamilton em cena. E, enquanto falavam, talvez ela pudesse ler em seus olhos alguma chispa de emoção, alguma pista de que por trás da barreira da afeição marital por Melanie ele ainda gostava dela, tão apaixonadamente como naquele dia do churrasco quando a verdade viera à tona. Não lhe ocorreu planejar exatamente o que fariam se Ashley lhe declarasse claramente seu amor. Seria suficiente saber que ele de fato gostava dela... Sim, ela podia esperar, podia deixar que Melanie tivesse seu momento de felicidade apertando seu braço e chorando. Sua vez chegaria. Afinal, o que uma moça como Melanie sabia do amor?

– Querido, você parece um maltrapilho – disse Melanie ao acabar o rebuliço inicial da chegada. – Quem foi que consertou sua farda, e por que usaram remendos azuis?

– Achei que eu estava bastante vistoso – disse Ashley, apreciando a própria aparência. – Apenas me compare com aqueles esfarrapados ali e vai me valorizar mais. Foi Mose quem remendou a farda e acho que ele fez um bom trabalho, se considerarmos que nunca tinha usado agulha e linha antes da guerra. Quanto ao tecido azul, se for para escolher entre ficar com furos nas calças ou remendá-las com pedaços da farda de um ianque capturado... bem, não há muita escolha. E, quanto a parecer um maltrapilho, você deveria agradecer aos astros por seu marido não ter vindo para casa descalço. Semana passada minhas botas ficaram imprestáveis e eu teria chegado aqui com sacos amarrados aos pés se não tivéssemos tido a sorte de acertar dois patrulheiros ianques. As botas de um deles me serviram perfeitamente.

Ele esticou as longas pernas com as botas de cano alto, todas riscadas, para que admirassem.

– E as botas do outro patrulheiro não me serviram – disse Cade. – Dois números menores, e estão me matando neste exato segundo. Mas quero chegar em casa com classe de qualquer jeito.

– E o porco egoísta não quer dar as botas para nenhum de nós – disse Tony. – E elas serviriam perfeitamente em nossos pequenos, aristocráticos pés Fontaine. Pelo fogo do inferno, estou envergonhado de encarar mamãe com estes sapatos grosseiros. Antes da guerra, ela não teria deixado um de nossos negros usá-los.

– Não se preocupe – disse Alex, olhando para as botas de Cade. – Vamos arrancá-las dele no trem a caminho de casa. Não me importo de encarar mamãe, mas mald... quero dizer, não pretendo deixar que Dimity Munroe veja meus dedos de fora.

– Ora, as botas são minhas. Eu pedi primeiro – disse Tony, começando a olhar mal-humorado para o irmão, e Melanie, temendo a possibilidade de uma das famosas discussões dos Fontaine, se interpôs para apaziguá-los.

– Eu estava com uma barba inteira para mostrar para vocês, meninas – disse Ashley pesaroso, esfregando o rosto, onde ainda se viam talhos meio cicatrizados feitos por uma lâmina cega. – Era uma bela barba e posso afirmar que nem Jeb Stuart ou Nathan Bedford Forrest tinham uma mais bonita. Mas, quando chegamos a Richmond, esses dois patifes – continuou ele, apontando para os Fontaine – decidiram que, como estavam raspando a barba deles, a minha também devia cair. Eles me seguraram à força e me barbearam, e nem sei como minha cabeça também não veio abaixo com a barba. Foi só com a intervenção de Evan e Cade que meu bigode foi salvo.

– Víboras, Sra. Wilkes! A senhora devia me agradecer. Nem sequer o teria reconhecido e não o deixaria entrar – disse Alex. – Só fizemos isso para agradecer por ele ter convencido a polícia militar a não nos pôr na cadeia. Basta que a senhora mande e lhe tiramos o bigode agora mesmo.

– Ah, não, obrigada! – disse Melanie apressada, agarrando Ashley amedrontada, pois os dois homenzinhos trigueiros pareciam capazes de qualquer violência. – Acho que ele está adorável assim.

– Isso é o amor – disseram os Fontaine, assentindo firmemente um para o outro.

Quando Ashley saiu para levar os rapazes à estação na carruagem de tia Pitty, Melanie segurou o braço de Scarlett.

– A farda dele não está pavorosa? Meu casaco não vai ser uma boa surpresa? Ah, pena que não tenho tecido suficiente para fazer calças também!

Aquele casaco para Ashley era um assunto doloroso para Scarlett, pois queria ardentemente que ela, e não Melanie, o estivesse dando como presente de Natal. Lã cinza para fardas era agora quase literalmente mais cara que rubis, e Ashley estava usando o conhecido tecido feito em casa. Até mesmo o algodão cru andava escasso, e muitos soldados estavam usando fardas de ianques capturados, que tinham ficado marrom-escuras com a tintura de nogueira. Mas Melanie, em um raro golpe de sorte, se apossara de uma casimira para fazer um casaco, um tanto curto, mas um casaco mesmo assim. Ela cuidara de um rapaz de Charleston no hospital e, quando ele morrera, ela cortara uma mecha do cabelo para enviar à mãe, com o escasso conteúdo de seus bolsos e um reconfortante relato de suas últimas horas, que não mencionava o tormento que o acompanhara à morte. Uma correspondência se desenvolvera entre elas e, sabendo que Melanie tinha um marido na frente, a mãe lhe enviara o corte de tecido cinza e os botões de latão que comprara para o filho morto. Era um belo corte de tecido, grosso e quente, com um lustro opaco, sem dúvida mercadoria que atravessara o bloqueio e, é claro, muito caro. Estava no momento nas mãos do alfaiate, e Melanie o apressava para que ficasse pronto até a manhã de Natal. Scarlett teria dado qualquer coisa para conseguir o resto da farda, mas simplesmente não se encontravam os materiais necessários em Atlanta.

Ela tinha um presente de Natal para Ashley, mas que empalidecia diante da glória que era o casaco cinza de Melanie. Era um pequeno costureiro de flanela, contendo todo o precioso conjunto de agulhas que Rhett lhe trouxera de Nassau, três de seus lenços de linho, obtidos da mesma fonte, dois carretéis de linha e uma pequena tesoura. Mas ela queria lhe dar algo mais pessoal, algo que uma esposa pudesse dar a um marido, uma camisa, um par de luvas, um chapéu. Ah, sim, tinha que ser um chapéu. Aquele boné pilhado de copa chata que Ashley usava estava ridículo. Scarlett sempre os detestara. Imagine se Stonewall Jackson tivesse usado um desses em vez de um chapéu de aba larga? Eles não davam uma aparência elegante. Mas os únicos chapéus que se poderiam obter em Atlanta eram chapéus malfeitos de lã, ainda mais desleixados que os bonés pilhados.

Quando pensava em chapéus, ela pensava em Rhett Butler. Ele tinha tantos chapéus, largos panamás para o verão, cartolas para situações formais, chapéus de caça, chapéus desabados castanhos, pretos e azuis. Que necessidade tinha ele de tantos, quando seu querido Ashley cavalgava na chuva com água pingando em sua gola por trás do boné?

"Vou fazer Rhett me dar aquele preto novo de feltro", decidiu. "E eu ponho uma fita cinza em volta da copa, costuro as insígnias de Ashley e vai ficar lindo."

Ela parou e pensou que podia ser difícil conseguir o chapéu sem explicar nada. Simplesmente não podia contar a Rhett que o queria para Ashley. Ele ergueria as sobrancelhas daquele modo detestável como sempre fazia quando ela mencionava o nome de Ashley e, como se não fosse nada, se recusaria a lhe dar o chapéu. Bem, ela inventaria alguma história triste sobre um soldado no hospital que precisava dele e Rhett nunca saberia da verdade.

Durante toda aquela tarde, ela tentou ficar a sós com Ashley, nem que fosse por alguns minutos, mas Melanie estava constantemente a seu lado, além de India e Honey, os olhos pálidos sem cílios, que o seguiam pela casa. Nem mesmo John Wilkes, visivelmente orgulhoso do filho, tinha uma oportunidade para uma conversa tranquila com ele.

Foi o mesmo durante o jantar, quando todos o cumularam de perguntas sobre a guerra. A guerra! Quem se importava com a guerra? Scarlett achava que Ashley também não ligava muito para aquele assunto. Ele falava bastante, ria bastante, dominando a conversa de um modo como ela jamais o vira fazer antes, mas não parecia dizer muito. Ele contava piadas e histórias engraçadas sobre amigos, falava alegremente sobre os acampamentos, fazendo pouco da fome e das longas marchas sob a chuva, descreveu em detalhes como estava o general Lee ao chegar da retirada de Gettysburg e perguntar: "Cavalheiros, os senhores pertencem às tropas da Geórgia? Bem, não podemos seguir em frente sem vocês, georgianos!"

Scarlett teve a impressão de que ele falava febrilmente para impedi-los de fazer perguntas a que não queria responder. Quando ela viu seus olhos vacilarem e caírem diante de um olhar prolongado e preocupado do pai, surgiu um leve nervosismo em relação ao que Ashley ocultava no coração. Mas logo passou, pois não havia espaço em sua mente para nada que não fosse uma alegria radiante e um desejo impetuoso de ficar a sós com ele.

A alegria durou até todos os que estavam reunidos em torno da lareira começarem a bocejar e o Sr. Wilkes e as moças se despedirem, indo para o hotel. Depois, enquanto Ashley, Melanie, Pittypat e Scarlett subiam as escadas, iluminada por tio Peter, um calafrio lhe baixou o ânimo. Até aquele momento em que estavam no corredor de cima, Ashley tinha sido dela, só dela, mesmo que não tivessem conseguido trocar uma palavra a sós durante toda a tarde. Mas, agora, quando ela deu boa-noite, viu que as bochechas de Melanie estavam coradas e que ela tremia. Os olhos dela estavam voltados para o chão e, embora parecesse tomada de alguma emoção amedrontadora, parecia timidamente feliz. Melanie nem sequer olhou para cima quando Ashley abriu a porta do quarto, mas correu para dentro. Ashley deu um abrupto boa-noite e também não olhou nos olhos de Scarlett.

A porta se fechou atrás deles, deixando Scarlett boquiaberta e desolada. Ashley já não lhe pertencia. Pertencia a Melanie. E, enquanto Melanie vivesse, poderia entrar nos quartos com Ashley e fechar a porta... deixando o mundo lá fora.

Agora Ashley partia, voltava à Virgínia, voltava às longas marchas debaixo de chuva com neve, aos pobres acampamentos, às dores e sofrimentos e ao risco de ter toda a beleza de sua cabeça dourada e esbelto corpo brioso estourados em um instante, como uma formiga embaixo de um salto descuidado. A semana passada, com sua brilhante beleza onírica, suas horas cheias de felicidade, tinha terminado.

A semana passara velozmente, como um sonho, um sonho aromático como o cheiro dos galhos de pinheiro das árvores de Natal, luminosa com as pequenas velas e o ouropel feito em casa, um sonho no qual os minutos voavam com a rapidez das batidas do coração. Uma semana de tirar o fôlego em que algo dentro de Scarlett a impulsionou em uma combinação de prazer e dor a reunir e abarrotar cada minuto com incidentes a relembrar depois que ele se fosse, acontecimentos que ela poderia analisar com folga nos longos meses que se seguiriam, extraindo deles cada bocado de consolo – dançar, cantar, rir, buscar e levar coisas para Ashley, adivinhar seus desejos, sorrir quando ele sorria, calar-se quando ele falava, segui-lo com os olhos, de modo que cada traço de seu corpo ereto, cada movimento de suas sobrancelhas, cada gesto de sua boca ficasse impresso de modo indelével em sua mente – pois uma semana passa com muita rapidez, e a guerra continua para sempre. Sentada no divã da sala, segurando seu presente de despedida no colo, Scarlett aguardava enquanto ele se despedia de Melanie, rezando para que estivesse sozinho quando descesse as escadas e que Deus lhe concedesse alguns minutos a sós com ele. Seus ouvidos faziam força para ouvir os sons lá em cima, mas a casa estava estranhamente silenciosa, a tal ponto que até sua respiração parecia alta. Tia Pittypat chorava em seu travesseiro, no quarto, pois Ashley já se despedira dela meia hora antes. Nenhum som do murmúrio de vozes nem de lágrimas vinha de trás da porta fechada do quarto de Melanie. Scarlett tinha a impressão de que fazia horas que ele estava dentro daquele quarto, e se ressentia amarguradamente por cada minuto que gastava se despedindo da mulher, pois os minutos corriam rapidamente, e o tempo de que ele dispunha era muito curto. Ela pensou em todas as coisas que pretendera dizer a ele durante a semana, mas não tivera oportunidade, e agora sabia que talvez nunca tivesse.

Coisas tolas, pequenas, como: "Ashley, você vai tomar cuidado, não é?" "Por favor, não fique com os pés molhados. Você se resfria com facilidade." "Não deixe de pôr um jornal no peito, por baixo da camisa. Protege muito bem do vento." Mas havia outras coisas, coisas mais importantes que queria lhe dizer, coisas muito mais importantes que queria ouvir, coisas que quisera ler em seus olhos, mesmo que ele não as dissesse.

Tantas coisas a dizer e agora não havia mais tempo! Mesmo os últimos minutos que restavam podiam lhes ser tomados se Melanie o seguisse até a porta, até a carruagem. Por que ela não criara a oportunidade durante a semana? Mas Melanie estava sempre ao lado dele, os olhos o acariciando com adoração, sempre havia amigos, vizinhos e parentes na casa e, da manhã à noite, Ashley nunca ficava sozinho. Então, à noite, a porta do quarto se fechava e ele ficava a sós com Melanie. Nenhuma vez, durante aqueles últimos dias, ele se revelara a Scarlett, com um olhar, uma palavra, nada além da afeição que um irmão pode demonstrar por sua irmã ou amiga, uma amiga de toda a vida. Ela não podia deixá-lo partir, talvez para sempre, sem saber se ainda a amava. Então, mesmo que ele morresse, ela poderia acalentar o conforto de seu amor secreto pelo resto de seus dias.

Depois do que lhe pareceu uma espera eterna, ela ouviu o ruído de suas botas no quarto acima, a porta se abrindo e fechando. Ouviu-o descendo as escadas. Sozinho! Graças a Deus! Melanie devia estar sofrendo muito pela partida, incapaz de sair do quarto. Agora ela o teria só para si por alguns poucos preciosos minutos.

Ele desceu os degraus lentamente, as esporas tilintando, e ela podia ouvir os tapinhas de sua espada nas botas de cano alto. Quando chegou à sala, seus olhos estavam sombrios. Ele tentava sorrir, mas seu semblante estava lívido e contraído como o de um homem que sangra de um ferimento interno. Ela se levantou assim que ele entrou, pensando com orgulho de proprietária que ele era o soldado mais lindo que já vira. Seu longo coldre e o cinturão cintilavam devido ao polimento diligente que tio Peter lhes dera. O casaco novo não se ajustava muito bem, pois com a pressa o alfaiate deixara algumas costuras tortas. O lustro de novo do casaco cinza não combinava com as calças castanhas remendadas e surradas nem com as botas riscadas, mas, mesmo que ele estivesse dentro de uma armadura de prata, não pareceria um cavaleiro mais luminoso para ela.

– Ashley – suplicou ela abruptamente –, posso ir até o trem com você?

– Por favor, não. Papai e as meninas estarão lá. E, de todo modo, prefiro me lembrar de você se despedindo de mim aqui do que tiritando de frio na estação. São tão importantes as memórias...

Ela abandonou seu plano instantaneamente. Se India e Honey, que a detestavam tanto, estariam na despedida, ela não teria oportunidade para lhe falar em particular.

– Então não vou – disse ela. – Veja, Ashley, tenho outro presente para você.

Um pouco acanhada, agora que chegara o momento de lhe entregar aquilo, ela desembrulhou o pacote. Era uma longa faixa amarela, feita de seda chinesa e debruada nas extremidades com uma franja pesada. Rhett Butler lhe trouxera um xale amarelo de Havana vários meses atrás, um xale vistosamente bordado com pássaros e flores em magenta e azul. Durante a semana, ela desfizera pacientemente todo o bordado e cortara o quadrado de seda, costurando-o no comprimento de uma faixa.

– Scarlett, é lindo! Você mesma fez? Então vai ter muito mais valor para mim. Ponha-o em mim, querida. Os rapazes vão ficar verdes de inveja quando me virem na glória de meu casaco novo e com a faixa.

Ela enrolou sua cintura esbelta, acima do cinturão, e amarrou-a com um bonito nó. Melanie podia ter-lhe dado o casaco novo, mas a faixa era presente dela, sua própria recompensa secreta para ele usar na batalha, algo que o faria lembrar-se dela a cada vez que olhasse. Ela recuou, olhando-o orgulhosa, pensando que nem mesmo Jeb Stuart com suas belas faixa e pluma estaria com aparência tão elegante como o cavaleiro dela.

– É linda – repetiu ele, tocando a franja –, mas sei que você cortou um vestido ou um xale para fazê-la. Não devia ter feito isso, Scarlett. Está muito difícil conseguir coisas bonitas atualmente.

– Ah, Ashley, eu...

Ela começara a dizer: "Eu cortaria meu coração para você usar, se você quisesse", mas acabou dizendo:

– Eu faria qualquer coisa por você!

– Faria? – perguntou ele e parte do ar sombrio abandonou sua fisionomia. – Então há algo que você poderia fazer por mim, Scarlett, algo que me deixará mais tranquilo enquanto eu estiver fora.

– O que é? – perguntou ela, contente, pronta para prometer qualquer prodígio.

– Scarlett, você cuidaria de Melanie para mim?

– Cuidar de Melly?

Seu coração se apertou de desapontamento. Então era esse seu último pedido a ela, quando ela queria tanto prometer algo lindo, algo espetacular? Então, a raiva a sobressaltou. Aquele momento era seu momento com Ashley, só seu. Embora Melanie estivesse ausente, sua sombra pálida se interpunha entre eles. Como é que ele podia trazer o nome dela àquele momento de despedida? Como podia lhe pedir tal coisa?

Ele não percebeu a decepção na fisionomia dela. Como outrora, seus olhos a varavam e iam além dela, olhando para alguma outra coisa, mas não ela.

– Sim, cuide dela, tome conta dela. Ela é muito frágil e não percebe. Vai se esgotar servindo de enfermeira e costurando. E é tão gentil e tímida. Exceto por tia Pitty, tio Henry e você, ela não tem nenhum parente próximo no mundo, a não ser pelos Burr em Macon, que são primos de terceiro grau. E tia Pitty... Scarlett, você sabe que ela é como uma criança. E tio Henry é um homem de idade. Melanie adora você, não só porque você era esposa de Charlie, mas porque... bem, porque você é você, e ela a ama como a uma irmã. Scarlett, tenho pesadelos ao pensar no que aconteceria se eu morresse e ela não tivesse ninguém a quem recorrer. Promete?

Ela nem escutou seu último pedido, tão apavorada ficou com aquelas palavras agourentas, "se eu morresse".

Ela lera as listas das baixas todos os dias, sempre com o coração na boca, sabendo que o mundo se acabaria se algo acontecesse a ele. Mas, toda vez, ela tinha uma sensação de que, mesmo que todo o Exército Confederado fosse dizimado, Ashley seria poupado. E agora ele falara as palavras atemorizantes! Ela se arrepiou toda e ficou molhada de suor, um temor supersticioso que não conseguia combater com a razão. Ela era irlandesa bastante para acreditar em um sexto sentido, especialmente quando envolvia premonições de morte, e viu nos grandes olhos cinzentos de Ashley uma profunda tristeza, que só podia interpretar como a de um homem que já sentira o dedo frio no ombro, que já ouvira o chamado da morte.

– Você não deve dizer isso! Nem sequer pensar. Traz azar falar da morte! Ah, faça uma oração, rápido!

– Faça por mim e acenda algumas velas também – disse ele, sorrindo diante da urgência temerosa em sua voz.

Mas ela não conseguiu responder, tão aflita que estava pelas imagens desenhadas em sua mente. Ashley morto nos campos nevados da Virgínia, tão longe dela. Ele continuou falando, e havia um tom em sua voz, uma tristeza, uma resignação, que aumentaram seu medo, eliminando todos os vestígios de raiva e desapontamento.

– É por isso que lhe peço, Scarlett. Não posso saber o que vai me acontecer ou a qualquer um de nós. Mas, quando o fim chegar, vou estar muito longe daqui, mesmo que ainda esteja vivo, longe demais para olhar por Melanie.

– O... o fim?

– O fim da guerra... e o fim do mundo.

– Mas, Ashley, é claro que você não pode achar que os ianques vão nos vencer, não é? Durante toda a semana, você falou de quanto é forte o general Lee...

– Toda esta semana eu falei mentiras, como todos os homens falam quando estão de licença. Por que eu assustaria Melanie e tia Pitty antes da hora? Sim, Scarlett, acho que os ianques nos têm nas mãos. Gettysburg foi o começo do fim. O pessoal por aqui ainda não sabe. Não conseguem perceber nossa situação, mas... Scarlett, alguns de meus homens estão descalços agora, e a neve está alta na Virgínia. E, quando vejo os pobres pés gelados, embrulhados em trapos e sacos velhos, vejo as marcas de sangue que deixam na neve, sabendo que tenho um par de botas... bem, sinto que devia entregá-las e ficar descalço também.

– Ah, Ashley, prometa que não vai tirar as botas!

– Quando vejo coisas desse tipo e depois olho para os ianques... vejo o fim de tudo. Ora, Scarlett, os ianques estão comprando soldados da Europa aos milhares! A maioria dos prisioneiros que temos capturado ultimamente nem sabe falar inglês. São alemães, poloneses e irlandeses que só falam gaélico. Mas, quando perdemos um homem, ele não tem substituição. Quando nossos calçados se acabam, não há mais calçados. Estamos acabados, Scarlett. E não podemos lutar contra o mundo todo.

Ela pensou, desvairada: "Deixe que toda a Confederação se esmigalhe em poeira. Deixe que o mundo se acabe, mas você não pode morrer! Eu não poderia viver se você estivesse morto!"

– Espero que você não repita o que eu disse, Scarlett. Não quero alarmar os outros. E, minha querida, eu não a teria alarmado dizendo essas coisas se não tivesse que lhe explicar por que estou pedindo que cuide de Melanie. Ela é tão frágil e fraca, e você é tão forte, Scarlett... Será um consolo para mim saber que vocês estão juntas se algo vier a me acontecer. Você me promete, não é?

– Ah, claro! – exclamou ela, pois, naquele instante, vendo a morte a rondá-lo, teria prometido qualquer coisa. – Ashley! Ashley! Não posso deixá-lo ir embora! Simplesmente não consigo ter coragem!

– Precisa ter – disse ele, e sua voz mudou abruptamente. Ficou grave, profunda, e suas palavras saíram rapidamente como que apressadas por uma urgência interna. – Você precisa ter coragem. Pois, caso contrário, como eu aguentaria?

Seus olhos buscaram o rosto dele rapidamente e com alegria, imaginando se ele não queria dizer que deixá-la lhe partia o coração, assim como estava partindo o dela. O semblante dele estava tenso como quando descera da despedida com Melanie, mas ela nada conseguiu ler em seus olhos. Ele se inclinou, pegou seu rosto entre as mãos e beijou sua testa de leve.

– Scarlett! Scarlett! Você é tão linda e forte... Tão linda, não apenas seu rosto doce, mas tudo em você, seu corpo, sua mente e sua alma.

– Ah, Ashley! – sussurrou ela alegremente, eletrizada com suas palavras e seu toque. – Ninguém mais além de você jamais...

– Gosto de pensar que talvez eu a conheça melhor que a maioria das pessoas e que consigo ver belas coisas enterradas bem no fundo que os outros estão muito desatentos e muito apressados para notar.

Ele parou de falar e as mãos largaram seu rosto, mas os olhos continuavam pousados nos dela. Ela esperou um momento, sem fôlego, para que ele continuasse, na ponta dos pés para ouvi-lo dizer as três palavras mágicas. Mas não vieram. Ela analisou o rosto dele freneticamente, os lábios trêmulos, pois viu que ele terminara de falar.

Esse segundo malogro de suas esperanças foi mais que seu coração conseguia aguentar e ela deixou escapar um "Ah!" em um suspiro infantil, sentou-se com as lágrimas ardendo nos olhos. Então ouviu um som agourento no caminho de entrada, um som que chegava pela janela anunciando com maior prontidão ainda a iminência da partida de Ashley. Nem um pagão que ouvisse o marulhar das águas agitadas pelo barco de Caronte teria se sentido tão desolado. Tio Peter, agasalhando-se com uma coberta, trazia a carruagem para levar Ashley à estação.

Ashley deu um meigo "Adeus", pegou da mesa o chapéu de feltro que ela conseguira "surrupiar" de Rhett e saiu para o vestíbulo escuro. Com a mão na maçaneta da porta, ele se virou e olhou para ela, um longo e desesperado olhar, como se quisesse levar consigo cada detalhe de seu rosto, de sua forma. Através de uma névoa de lágrimas, ela olhava para o rosto dele acompanhada de uma dor que lhe estrangulava a garganta, sabendo que ele estava partindo, afastando-se dos cuidados, afastando-se do refúgio seguro dessa casa, saindo de sua vida, talvez para sempre, sem dizer as palavras que ela aguardava com tanta ânsia. O tempo passava como uma roda de moinho e agora era tarde demais. Ela correu tropeçando pela sala até o vestíbulo e agarrou a ponta da faixa.

– Beije-me – sussurrou. – Um beijo de despedida.

Tomando-a suavemente pela cintura, ele inclinou a cabeça sobre seu rosto. Ao primeiro toque de seus lábios nos dela, ela o enlaçou pelo pescoço de modo frenético. Por um instante fugazmente imensurável, ele a apertou contra si. Em seguida, ela sentiu todos os seus músculos se retesarem. Ele deixou o chapéu cair e rapidamente lhe tirou as mãos do pescoço.

– Não, Scarlett, não – disse em voz baixa, segurando os pulsos dela em um aperto que doeu.

– Eu o amo – disse ela, engasgada. – Sempre amei. Nunca amei mais ninguém. Só me casei com Charlie para... para tentar magoá-lo.

Ah, Ashley, eu o amo tanto que caminharia cada passo até a Virgínia para ficar perto de você! E cozinharia para você, engraxaria suas botas, encilharia seu cavalo... Ashley, diga que me ama! Isso me sustentará pelo resto da vida!

Ele se curvou para pegar o chapéu e ela teve um vislumbre de seu rosto. Era a fisionomia mais infeliz que já vira, uma fisionomia da qual toda a indiferença escapara. Ali estava escrito seu amor por ela e a alegria por ela amá-lo, mas contra isso estavam a vergonha e o desespero.

– Adeus – disse ele, a voz rouca.

A porta se abriu e uma lufada de vento frio varreu a casa, agitando as cortinas. Scarlett teve um calafrio enquanto o observava se dirigir à carruagem, a espada cintilando sob a luz fraca do sol invernal, a franja da faixa dançando vistosamente.

16

Janeiro e fevereiro de 1864 passaram, plenos de chuvas frias e ventos impetuosos, nublados por uma constante atmosfera sombria e depressiva. Além das derrotas de Gettysburg e Vicksburg, o centro da linha sulista cedera. Após muita luta, praticamente todo o Tennessee se achava em poder das tropas da União. Mas, mesmo com essa perda se acumulando às outras, o ânimo sulista não desmoronava. Uma determinação verdadeira, inquebrantável, tomara o lugar das esperanças corajosas, mas as pessoas ainda viam uma estrela brilhando por trás das nuvens. Um dos motivos era a rechaçada sofrida pelos ianques em setembro ao tentarem seguir com suas vitórias no Tennessee, avançando para a Geórgia.

Pela primeira vez desde o início da guerra, houvera graves combates em solo da Geórgia, no canto mais a noroeste do estado, em Chickamauga. Os ianques tinham tomado Chattanooga e depois marchado pelos desfiladeiros, entrando na Geórgia, mas tiveram que recuar com sérias perdas.

Atlanta e suas ferrovias desempenharam um importante papel na grande vitória de Chickamauga para o sul. As unidades do general Longstreet tinham corrido à cena de batalha pelas ferrovias que iam da Virgínia a Atlanta e dali rumo ao norte até o Tennessee. Os trilhos foram liberados ao longo de toda a rota de milhares de quilômetros, e todas as linhas do sudeste foram montadas para o movimento.

Atlanta observara a passagem de um trem após outro, hora após hora, vagões de passageiros, vagões de carga, vagões-plataforma, cheios de homens gritando. Iam sem comer nem dormir, sem seus cavalos, ambulâncias nem trens de suprimentos e sem esperar pelo descanso, saltando dos trens para a batalha. E os ianques foram expulsos da Geórgia de volta ao Tennessee.

Foi a maior façanha da guerra, e Atlanta assumia com orgulho e satisfação a ideia de que suas ferrovias tinham possibilitado a vitória.

Mas fora necessária a notícia entusiasmante de Chickamauga para fortalecer o moral de todos inverno adentro. Ninguém mais negava que os ianques eram bons lutadores e que, afinal, tinham bons generais. Grant era um açougueiro que não se importava com quantos homens fossem mortos por uma vitória, mas esta ele teria. Sheridan era um nome que trazia pavor aos corações sulistas. E depois havia um homem, Sherman, que era mencionado com crescente frequência. Emergira para a proeminência na campanha do Tennessee e do oeste, e crescia sua reputação de combatente determinado e impiedoso.

Nenhum deles, é claro, se comparava ao general Lee. A fé no general e no exército ainda era sólida. A confiança na vitória final nunca esmoreceu. Mas a guerra estava se estendendo demais. Havia tantos mortos, tantos feridos, e mutilados para sempre, tantas viúvas, tantos órfãos... E ainda tinham uma longa e árdua luta pela frente, que significava mais mortos, mais feridos, mais viúvas e órfãos.

Piorando as coisas, uma vaga desconfiança dos ocupantes de altos cargos começou a se insinuar entre a população civil. Muitos jornais eram francos em suas denúncias do próprio presidente Davis e no modo como ele prosseguia com a guerra. Havia desavenças dentro do gabinete confederado, discordâncias entre o presidente Davis e seus generais. A moeda se desvalorizava velozmente. Calçados e vestes para o exército eram escassos, os suprimentos bélicos e medicamentos, ainda mais. As ferrovias precisavam de novos vagões para substituir os velhos, e de novos trilhos de ferro para substituir os destruídos pelos ianques. Nos campos, os generais suplicavam por novas tropas, havendo cada vez menos disponíveis. Pior de tudo, alguns dos governadores dos estados, o governador Brown da Geórgia entre eles, estavam se recusando a enviar as tropas da milícia estadual com suas armas para fora de suas fronteiras.

Havia milhares de homens aptos nessas tropas, que o exército cobiçava ardentemente, mas o governo os solicitava em vão.

Com a nova desvalorização da moeda, os preços subiam outra vez. As carnes de gado, de porco e a manteiga custavam 70 dólares o quilo, o barril de farinha de trigo estava a 1.400 dólares, o chá, a mil dólares o quilo. O vestuário de inverno, quando disponível, tinha subido a preços tão proibitivos que as damas de Atlanta forravam seus velhos vestidos com trapos, reforçando-os com jornal para se proteger do vento. O preço dos calçados variava entre 200 e 800 dólares o par, dependendo de serem feitos de "papelão" ou couro legítimo. Agora as damas usavam perneiras feitas com seus velhos xales de lã e retalhos de tapetes. As solas eram de madeira.

A verdade era que o norte mantinha o sul em um estado praticamente de sítio, embora muitos ainda não se dessem conta. As canhoneiras ianques apertavam o bloqueio nos portos e muito poucos barcos conseguiam atravessá-lo.

O sul sempre sobrevivera da venda do algodão e da compra das mercadorias que não produzia, mas agora via-se na contingência de não poder vender nem comprar. Gerald O'Hara armazenara a safra de três anos em Tara, no paiol junto à descaroçadora de algodão, mas pouco lhe adiantou. Em Liverpool, renderia 150 mil dólares, mas não havia esperança de levar a carga até lá. De homem abastado, Gerald passara a se perguntar como alimentaria a família e os negros durante o inverno.

A maioria dos plantadores de algodão estava na mesma situação por todo o sul. Com o bloqueio se fechando cada vez mais, não havia como obter o dinheiro pelas colheitas, levando-as a seu mercado na Inglaterra, nem como trazer os gêneros de primeira necessidade que esse mesmo dinheiro rendia no passado. Travando guerra com o norte industrial, o sul agrícola agora necessitava de coisas que jamais pensara em comprar nos tempos de paz.

Era a situação ideal para os especuladores e caçadores de lucros, e os homens não deixavam de tirar vantagem. Conforme os gêneros alimentícios e as vestimentas ficavam mais escassos e os preços aumentavam sem parar, o clamor público contra os especuladores ficou mais loquaz e malévolo. Naqueles primeiros dias de 1864, não se abria nenhum jornal que não trouxesse editoriais sarcásticos a denunciar os especuladores como abutres e sanguessugas, conclamando o governo a usar mão forte e pôr fim àquilo. O governo fazia o melhor que podia, mas os esforços não davam em nada, pois o governo estava assolado por diversos fatores.

Ninguém era alvo de sentimentos mais amargos que Rhett Butler. Ele vendera seus barcos quando o bloqueio tinha ficado perigoso demais, e agora estava abertamente comprometido com a especulação de gêneros alimentícios. Os boatos a seu respeito, que chegavam de Richmond e Wilmington, faziam corar de vergonha os que o tinham recebido.

Apesar de todas essas provações e atribulações, a população de 10 mil habitantes de Atlanta tinha duplicado durante a guerra. Até mesmo o bloqueio aumentara o prestígio da cidade. Desde tempos imemoriais, as cidades do litoral haviam dominado o sul, comercialmente e em outros aspectos. Mas agora, com os portos fechados e muitas das cidades portuárias capturadas ou sitiadas, a salvação do sul dependia de seus próprios elementos. Se o sul ganhasse a guerra, o que iria contar era o interior, e seu centro agora era Atlanta. As pessoas da cidade estavam sofrendo dificuldades, privações, doença e morte tão gravemente como o resto da Confederação; mas Atlanta, como cidade, mais ganhara que perdera com a guerra. Sendo o coração da Confederação, Atlanta ainda batia plenamente e com força, as ferrovias, que eram suas artérias, pulsavam com o fluxo interminável de homens, munições e suprimentos.

EM OUTROS TEMPOS, Scarlett teria se amargurado com seus vestidos surrados e calçados remendados, mas agora não ligava, pois a única pessoa que importava não estava lá para vê-la. Naqueles dois meses, ela andava feliz, mais do que estivera em anos. Pois não tinha sentido o coração acelerado de Ashley quando pusera os braços em volta de seu pescoço? Não percebera aquele ar desesperado em seu semblante, que era uma confissão mais aberta que quaisquer palavras? Ele a amava. Agora tinha certeza, e essa convicção era tão prazerosa que ela até conseguia ser mais atenciosa com Melanie. Agora podia ter pena de Melanie, pena com um leve desdém por sua cegueira e sua burrice.

"Quando a guerra acabar!", pensava. "Quando acabar... então..."

Às vezes pensava com uma pontada de medo: "Então o quê?" Mas tirava a ideia da cabeça. Quando a guerra acabasse, as coisas iam se acomodar de algum jeito. Se Ashley a amasse, ele simplesmente não poderia continuar vivendo com Melanie.

O problema é que o divórcio era impensável, e Ellen e Gerald, católicos fervorosos, nunca lhe permitiriam se casar com um homem divorciado.

Isso significaria deixar a Igreja! Scarlett examinou a questão e decidiu que, tendo que escolher entre a Igreja e Ashley, escolheria Ashley. Ah, mas seria um escândalo! Os divorciados eram banidos não só pela Igreja, mas pela sociedade. Nenhuma pessoa divorciada era recebida. No entanto, até isso ela ousaria por Ashley. Sacrificaria qualquer coisa por ele.

Quando a guerra acabasse, tudo daria certo de algum modo. Se Ashley a amasse tanto, ele daria um jeito. Ela faria com que ele desse um jeito. E, a cada dia que passava, ela ficava mais certa da devoção que ele lhe dedicava, mais certa de que ele arranjaria as coisas de modo satisfatório quando os ianques fossem finalmente derrotados. É claro que ele dissera que estavam nas mãos dos ianques. Scarlett achou que aquilo era pura tolice. Ele estava cansado e triste quando o dissera. Mas ela não ligava muito se os ianques vencessem. O que importava era que a guerra acabasse logo e que Ashley voltasse para casa. Então, quando as nevascas de março mantinham todos dentro de casa, a hedionda bomba caiu. Com os olhos brilhando de alegria, a cabeça se abaixando rapidamente, de orgulho constrangido, Melanie lhe disse que teria um bebê.

– O Dr. Meade diz que será para o fim de agosto ou setembro – disse ela. – Eu achava... mas não tinha certeza até hoje. Ah, Scarlett, não é maravilhoso? Eu invejava tanto seu Wade e queria tanto um bebê. E tinha tanto medo de que talvez jamais viesse a ter um, e agora, querida, quero uma dúzia!

Quando Melanie lhe contou, Scarlett estava penteando os cabelos, preparando-se para se deitar, e parou com o pente no ar.

– Meu Deus! – disse ela e, por um instante, não se deu conta. Então, a porta fechada do quarto de Melanie de súbito lhe saltou à mente e uma dor mortal lhe transpassou inteira, uma dor tão feroz como se Ashley fosse seu marido e lhe tivesse sido infiel. Um bebê. O bebê de Ashley. Oh, como pudera, quando era a ela que amava e não a Melanie?

– Sei que você está surpresa – continuou Melanie, ofegante –, não é maravilhoso? Ah, Scarlett, nem sei como escrever a Ashley! Não seria tão constrangedor se eu pudesse contar a ele ou... ou... bem, não dizer nada e só deixar que ele notasse aos poucos, sabe como é...

– Meu Deus! – repetiu Scarlett, quase chorando enquanto largava o pente e se apoiava no tampo de mármore da penteadeira.

– Querida, não fique assim! Sabe que ter um bebê não é tão mau. Você mesma disse. E não precisa se preocupar comigo, embora seja doce de sua parte ficar assim perturbada. É verdade que o Dr. Meade disse que sou... sou – disse ela corando – bem estreita, mas que talvez não tenha qualquer problema e... Scarlett, você escreveu para Charlie quando descobriu sobre Wade ou foi sua mãe, ou o Sr. O'Hara? Ah, se pelo menos eu tivesse uma mãe para fazer isso! É que não sei como...

– Pare! – fez Scarlett bruscamente. – Quieta!

– Ah, Scarlett, sou tão burra! Desculpe. Creio que todas as pessoas felizes são egoístas. Por um momento, eu me esqueci de Charlie.

– Quieta! – disse Scarlett outra vez, lutando para controlar a fisionomia e aquietar as emoções. Melanie nunca, jamais poderia perceber ou desconfiar de seus sentimentos.

Melanie, a mais diplomática das mulheres, estava com lágrimas nos olhos por causa da própria crueldade. Como podia ter trazido de volta a Scarlett as terríveis memórias do nascimento de Wade meses depois da morte de Charlie? Como podia ter sido tão desatenta?

– Deixe-me ajudá-la a tirar o vestido, querida – disse ela humildemente. – E lhe farei um cafuné.

– Deixe-me sozinha – disse Scarlett, o rosto petrificado. E Melanie, tendo um acesso de choro em autocondenação, saiu do quarto, deixando Scarlett ir para a cama sem chorar, com o orgulho ferido, tendo por companhia desilusão e ciúme.

Ela achou que não poderia continuar morando na mesma casa com a mulher que carregava o filho de Ashley, achou que voltaria para Tara, onde era seu lugar. Não via como conseguiria olhar para Melanie de novo sem ter seu segredo estampado no rosto. Na manhã seguinte, ela se levantou com a fixa intenção de guardar suas coisas no baú logo após o café. Mas, quando estavam na mesa, Scarlett, quieta e abatida, Pitty, desnorteada, e Melanie sentindo-se infeliz, chegou um telegrama.

Era para Melanie, do criado de Ashley, Mose.

"Já procurei por todo lugar e não consigo achá-lo. Devo ir para casa?"

Ninguém sabia o que aquilo significava, mas as três mulheres se entreolharam, apavoradas, e Scarlett esqueceu-se de todas as ideias de ir para casa. Sem acabar o café, elas foram até o centro para telegrafar ao coronel de Ashley, mas, assim que entraram na agência, chegava um telegrama dele.

"Sinto dizer que o major Wilkes está desaparecido desde que saiu em uma patrulha há três dias. Nós a manteremos informada."

Foi uma terrível volta para casa, com tia Pitty chorando em seu lenço, Melanie sentada ereta e lívida e Scarlett, atordoada, reclinada no canto da carruagem. Chegando em casa, Scarlett correu escada acima até o quarto e, agarrada ao rosário, caiu de joelhos e tentou rezar. Mas as orações não vinham. Ela foi tomada de um medo abismal, de certa forma reconhecendo que Deus lhe virava a cara por seu pecado. Ela amara um homem casado e tentara tirá-lo de sua esposa, e agora Deus a punia, matando-o. Queria rezar, mas não conseguia voltar os olhos para o Céu. Queria chorar, mas as lágrimas não vinham. Pareciam inundar seu peito e eram lágrimas que queimavam, mas não emergiam.

A porta se abriu e Melanie entrou. Seu rosto parecia um papel branco cortado em forma de coração, emoldurado pelo cabelo preto, e os olhos estavam arregalados, como os de uma criança perdida no escuro.

– Scarlett – disse ela estendendo as mãos –, você precisa me perdoar pelo que eu disse ontem, pois você é... tudo o que tenho agora. Ah, Scarlett, sei que meu querido está morto!

De algum modo, ela fora parar nos braços de Scarlett, seu peito plano arfando com soluços, e de algum modo as duas acabaram deitadas na cama, abraçadas, e Scarlett chorava também, chorava com o rosto colado ao de Melanie, as lágrimas de uma molhando o rosto da outra. Chorar doía muito, mas menos do que não conseguir chorar. "Ashley está morto... morto", ela pensou, "e eu o matei por amá-lo!". Os soluços se renovaram e Melanie apertou o abraço em torno de seu pescoço, de algum modo sentindo-se consolada.

– Pelo menos – sussurrou –, pelo menos... tenho o bebê dele.

"E eu", pensou Scarlett, muito pesarosa agora para qualquer coisa tão pequena como ciúmes, "eu não tenho nada... nada... nada, além da lembrança de sua fisionomia quando ele me disse adeus".

Os primeiros relatórios diziam "Desaparecido – acredita-se morto" e assim aparecia na lista de baixas. Melanie telegrafou uma dezena de vezes ao coronel Sloan e finalmente chegou uma carta, cheia de solidariedade, explicando que Ashley e um esquadrão tinham saído em uma expedição de patrulha e não tinham retornado. Houve relatórios de um ligeiro conflito dentro das linhas ianques e Mose, tomado pelo pesar, arriscara a própria vida procurando pelo corpo de Ashley, sem nada encontrar. Melanie, estranhamente calma agora, telegrafou, enviando-lhe dinheiro e instruções para voltar para casa.

Quando "Desaparecido – acredita-se capturado" apareceu nas listas de baixas, alegria e esperança reanimaram o triste domicílio. Melanie quase não saía da agência de telégrafos e ia ao encontro de cada trem esperando por cartas. Ela andava se sentindo mal, a gravidez se fazendo sentir de várias maneiras desagradáveis, mas se recusava a obedecer às ordens do Dr. Meade para ficar em repouso. Uma energia febril se apossara dela, não lhe permitindo ficar quieta; e, à noite, muito depois de Scarlett ter ido para a cama, conseguia ouvi-la caminhando no quarto ao lado.

Uma tarde, ela chegou com tio Peter amedrontado dirigindo a carruagem e Rhett Butler apoiando-a. Ela desmaiara na agência dos telégrafos, e Rhett, que estava passando, observou o alvoroço e acompanhou-a até em casa. Ele a carregou escada acima até seu quarto e, enquanto os habitantes alarmados corriam de cá para lá pegando tijolos quentes, cobertores e uísque, ele a acomodou nos travesseiros da cama.

– Sra. Wilkes – perguntou ele abruptamente –, está esperando um bebê, não é?

Se Melanie não estivesse tão fraca, sentindo-se tão mal, com o coração tão apertado, teria tido um colapso com aquela pergunta. Até mesmo com as amigas ela ficava constrangida diante de qualquer menção a seu estado, e as consultas ao Dr. Meade eram experiências agonizantes. E era impensável que um homem, especialmente Rhett Butler, fizesse tal pergunta. Mas, deitada naquela cama, fraca e desamparada, ela só assentiu. Após ter feito que sim, não lhe pareceu tão pavoroso, pois ele demonstrou muita gentileza e preocupação.

– Então a senhora precisa cuidar melhor de si mesma. Toda essa correria e essa preocupação não vão lhe ajudar, e podem ser prejudiciais ao bebê. Se a senhora me permitir, vou usar alguma influência que tenho em Washington para saber do destino do Sr. Wilkes. Se ele tiver sido feito prisioneiro, constará das listas federais e, se não tiver... bem, não há nada pior que a incerteza. Mas preciso que me prometa. Cuide de si ou, juro por Deus, não tomarei nenhuma providência.

– Ah, o senhor é tão gentil – exclamou Melanie. – Como é que as pessoas podem falar essas coisas pavorosas a seu respeito? – Em seguida, ciente de sua falta de tato e também apavorada por ter comentado seu estado com um homem, ela começou a chorar baixinho. Voando pelas escadas, com um tijolo quente embrulhado em uma flanela, Scarlett encontrou Rhett acariciando-lhe a mão.

Ele cumpriu o prometido. Elas nunca souberam que fios tinha mexido. Temiam perguntar, sabendo que podia envolver a admissão de suas íntimas afiliações aos ianques. Passou-se um mês antes que ele tivesse qualquer notícia, notícia que as levou às alturas quando a ouviram, mas depois criou uma ansiedade corrosiva em seus corações.

Ashley não estava morto! Fora ferido e feito prisioneiro. Os registros diziam que ele estava em Rock Island, um campo de prisioneiros em Illinois. A primeira alegria só as fez pensar que ele estava vivo, mas, quando a calma começou a voltar, elas se entreolharam e disseram "Rock Island!" com o mesmo tom com que teriam dito "No Inferno!". Pois, assim como Andersonville, era um nome que amedrontava o norte, Rock Island trazia o terror ao coração de qualquer sulista que tivesse um parente preso lá.

Quando Lincoln se recusou a trocar prisioneiros, acreditando que isso apressaria o fim da guerra, pois sobrecarregaria a Confederação com a alimentação e a guarda dos prisioneiros da União, havia milhares de casacos azuis em Andersonville, na Geórgia. Os Confederados tinham escassez de ração, e praticamente não lhes sobraram medicamentos nem ataduras para seus próprios doentes e feridos. Tinham pouco para compartilhar com os prisioneiros, que recebiam a mesma alimentação dos soldados no campo, carne gorda de porco e ervilhas secas, e com esse tipo de comida os ianques morriam como moscas, às vezes uma centena em um dia. Inflamado pelos relatórios, o norte recorreu a um tratamento mais duro com os prisioneiros Confederados, e não havia lugar onde as condições fossem piores do que em Rock Island. A comida era escassa, um cobertor era usado por três homens e a devastação provocada pela varíola, pela pneumonia e pelo tifo batizara o lugar de Casa da Peste. Três quartos dos homens que iam para lá não saíam vivos.

E Ashley estava naquele lugar terrível! Ashley estava vivo, mas ferido e em Rock Island. A neve devia estar alta em Illinois quando o levaram para lá. Será que tinha morrido devido ao ferimento desde que Rhett trouxera a notícia? Teria contraído varíola? Estaria delirando com pneumonia sem um cobertor para se cobrir?

– Ah, capitão Butler, não há um jeito... O senhor não pode usar de sua influência para que ele seja trocado? – implorou Melanie.

– O Sr. Lincoln, misericordioso e justo, que chorou gordas lágrimas pelos cinco rapazes da Sra. Bixby, não tem nenhuma para derramar pelos milhares de ianques que estão morrendo em Andersonville – disse Rhett, contorcendo a boca. – Ele não liga se todos morrerem. A ordem foi dada. Nada de trocas. Eu... eu não tinha lhe dito antes, Sra. Wilkes, mas seu marido teve oportunidade de sair, e se recusou.

– Ah, não! – exclamou Melanie, sem conseguir acreditar.

– Sim. Os ianques estão recrutando homens para fazer serviço de fronteira contra os índios, os recrutam entre os prisioneiros Confederados. Qualquer prisioneiro que preste juramento de lealdade e se aliste para o serviço indígena por dois anos é libertado e enviado para o oeste. O Sr. Wilkes se recusou.

– Ah, como pôde? – exclamou Scarlett. – Por que ele não prestou juramento e depois desertou e veio para casa assim que saísse da cadeia?

Melanie se virou para ela furiosa.

– Como você pode sugerir que ele fizesse tal coisa? Trair sua própria Confederação, prestando esse vil juramento, e depois trair sua palavra aos ianques! Eu gostaria muito mais de ficar sabendo que ele tinha morrido em Rock Island do que prestado esse juramento. Ficaria orgulhosa dele se morresse na cadeia. Mas, se ele fizesse *aquilo*, eu nunca mais o olharia. Nunca! É claro que ele se recusou.

Quando Scarlett levou Rhett até a porta, ela lhe perguntou indignada:

– Se fosse você, não se alistaria com os ianques para não morrer naquele lugar e depois desertaria?

– É claro – disse Rhett, os dentes aparecendo por baixo do bigode.

– Então por que Ashley não fez isso?

– Ele é um cavalheiro – disse Rhett, e Scarlett ficou se perguntando como era possível transmitir tal cinismo e desdém com aquela única palavra meritória.

Parte III

17

Quando chegou maio de 1864, um mês quente e seco que fazia as flores murcharem ainda em botão, os ianques sob o comando do general Sherman estavam novamente na Geórgia, acima de Dalton, cerca de 160 quilômetros a noroeste de Atlanta. Corriam rumores de que haveria combates ferozes por lá, perto dos limites entre a Geórgia e o Tennessee. Os ianques estavam se reunindo para atacar a ferrovia Oeste-Atlântico, a linha que ligava Atlanta ao Tennessee e ao oeste, a mesma que as tropas sulistas tinham usado no outono anterior para a vitória de Chickamauga.

Atlanta, porém, pouco se preocupava com a perspectiva de um combate perto de Dalton. O lugar onde os ianques se concentravam ficava poucos quilômetros a sudeste do campo de batalha de Chickamauga. Eles tinham sido obrigados a recuar uma vez ao tentar atravessar os desfiladeiros da região e seriam obrigados a fazer o mesmo agora.

Atlanta, assim como toda a Geórgia, sabia que o estado era importante demais para a Confederação, e o general Joe Johnston não deixaria os ianques permanecerem dentro de seus limites por muito tempo. O Velho Joe e seu exército não permitiriam que um ianque sequer chegasse ao sul de Dalton, pois muita coisa dependia do funcionamento tranquilo da Geórgia. O estado intocado era um vasto celeiro, oficina mecânica e armazém para a Confederação. Fabricava grande parte da pólvora e dos armamentos usados pelo exército, e produzia a maior parte do algodão e dos produtos de lã. Entre Atlanta e Dalton ficava Rome, com sua fundição de canhões e outras indústrias, além de Etowah e Allatoona, com a maior metalúrgica ao sul de Richmond. E em Atlanta ficavam não só fábricas de pistolas e selas, barracas e munição, mas também as mais extensas oficinas de laminação do sul, as agências das principais ferrovias e os enormes hospitais. Além disso, era em Atlanta o entroncamento das quatro ferrovias, das quais dependia a vida da Confederação.

Portanto, ninguém estava muito preocupado. Afinal, Dalton ficava distante, próxima à linha férrea do Tennessee, onde aconteciam combates havia três anos e as pessoas estavam acostumadas à ideia de que aquele estado era um campo de batalha longínquo, quase tão distante quanto a Virgínia ou o rio Mississippi. Além do mais, o Velho Joe e seus homens estavam entre os ianques e Atlanta, e todos sabiam que, ao lado do próprio general Lee, não havia maior general que Johnston, agora que Stonewall Jackson estava morto.

Em um quente entardecer de maio, na varanda da casa de tia Pitty, o Dr. Meade resumiu o ponto de vista dos civis sobre a questão quando disse que Atlanta nada tinha a temer, pois o general Johnston estava nas montanhas como um baluarte de ferro. A plateia o ouviu com emoções variadas, pois todos que se balançavam em silêncio nas cadeiras sob o crepúsculo, observando os primeiros vaga-lumes da estação a mover-se magicamente pelo anoitecer, tinham sérias preocupações em mente. A Sra. Meade, a mão pousada no braço de Phil, esperava que o doutor estivesse certo. Se a guerra se aproximasse, ela sabia que Phil seria convocado. Estava com 16 anos agora e era membro da Guarda Nacional. Fanny Elsing, pálida e com olhar ausente desde Gettysburg, tentava afastar a imagem torturante que lhe abrira uma fenda na mente cansada esses últimos meses – o tenente Dallas McLure morrendo em uma carroça de bois aos trancos, sob a chuva, na longa e terrível retirada para Maryland.

O braço inutilizado do capitão Carey Ashburn doía novamente e, além disso, ele estava deprimido por constatar que Scarlett não se mostrava receptiva à sua corte. Era essa a situação desde a notícia da captura de Ashley Wilkes, embora ele não conseguisse perceber a ligação entre os dois acontecimentos. Scarlett e Melanie pensavam em Ashley, como sempre faziam enquanto tarefas urgentes ou a necessidade de manter uma conversa não as distraía. Scarlett pensava, amargurada, com grande sofrimento: "Ele deve ter morrido, caso contrário saberíamos." Melanie, constantemente resistindo à onda de medo, por horas intermináveis dizia a si mesma: "Ele não pode ter morrido. Eu saberia... sentiria se ele estivesse morto." Rhett Butler reclinava-se nas sombras, as longas pernas vestidas nas botas elegantes, cruzadas displicentemente, o rosto moreno inexpressivo. Em seus braços, Wade dormia contente, segurando um ossinho da sorte bem descarnado. Scarlett sempre deixava Wade ficar até mais tarde quando Rhett vinha visitar, porque o menino tímido gostava dele, e Rhett, por mais estranho que fosse, dava a impressão de gostar de Wade. Geralmente, a presença da criança aborrecia Scarlett, mas ele sempre se comportava bem nos braços de Rhett. Quanto à tia Pitty, estava aflita tentando reprimir um arroto, pois o galo que tinham comido no jantar era uma velha ave de carne dura.

Naquela manhã, tia Pitty chegara à pesarosa decisão de que seria melhor matar o patriarca antes que ele morresse de velho e de saudade de seu harém, havia muito consumido. Por dias ele andava curvado pelo galinheiro vazio, muito desolado para cocoricar. Depois que tio Peter torceu o pescoço do galo, tia Pitty ficou com a consciência pesada ao pensar em comê-lo com a família, quando tantas de suas amigas não provavam galinha havia semanas, então sugerira companhia para o jantar. Melanie, agora no quinto mês, não saía nem recebia convidados havia semanas, e ficou estarrecida com a ideia. Mas tia Pitty, pelo menos dessa vez, foi firme. Seria egoísmo comerem o galo sozinhas, e se Melanie simplesmente pusesse a saia um pouco mais para cima ninguém notaria nada e, de qualquer modo, seu busto era muito achatado mesmo.

– Ah, mas titia, não quero receber as pessoas quando Ashley...

– Não é como se Ashley tivesse... fosse falecido – disse tia Pitty, a voz trêmula, pois no fundo tinha certeza de que ele morrera. – Ele está tão vivo quanto você e vai lhe fazer bem ter companhia. Vou convidar Fanny Elsing também. A Sra. Elsing me pediu que tentasse fazer algo para animá-la e fazê-la ver gente...

– Ah, mas titia, é cruel forçá-la quando o pobre Dallas acabou de morrer...

– Ora, Melly, vou acabar chorando de desgosto se você discutir comigo. Creio que sou sua tia e sei o que faço. Quero dar uma recepção.

Então tia Pitty deu sua recepção, e no último minuto chegou um convidado inesperado e indesejado. Exatamente quando o aroma do galo assado preenchia a casa, Rhett Butler, retornando de uma de suas misteriosas viagens, bateu à porta com uma grande caixa de bombons embrulhada em papel rendado embaixo do braço e uma boca cheia de dúbios elogios a ela. Nada havia a fazer se não convidá-lo a ficar, embora tia Pitty soubesse como o Dr. e a Sra. Meade se sentiam em relação a ele e como Fanny estava amargurada com qualquer homem sem farda. Nem os Meade nem os Elsing teriam lhe dirigido a palavra na rua, mas na casa de uma amiga eles teriam, é claro, de ser bem-educados. Além disso, agora ele estava, mais firmemente que nunca, sob a proteção da frágil

Melanie. Após sua intervenção para lhe conseguir notícias de Ashley, ela anunciara publicamente que sua casa estava aberta para ele enquanto ele vivesse, não importando o que diziam.

As apreensões de tia Pitty se aquietaram quando ela percebeu que Rhett estava no melhor de seu comportamento. Dedicou-se a Fanny com tamanha deferência solidária que ela até sorriu para ele, e a refeição correu bem. Foi um banquete principesco. Carey Ashburn levara um pouco de chá, que encontrara no saquinho de fumo de um ianque capturado a caminho de Andersonville, e todos tomaram uma xícara, com leve sabor de tabaco. Cada um ganhou um naco do velho galo, uma quantidade razoável de farofa de fubá temperada com cebolas, uma tigela de ervilhas secas e bastante arroz e molho, este um tanto ralo, pois não havia farinha de trigo para engrossá-lo. A sobremesa foi uma torta de batata-doce, seguida pelos bombons de Rhett, e, quando ele ofereceu aos cavalheiros verdadeiros charutos de Havana para que fumassem com seus copos de vinho de amora, todos concordaram que realmente fora um pródigo banquete.

Ao se reunirem com as damas na varanda, a conversa se voltou para a guerra. Era sempre assim agora, qualquer conversa sobre qualquer assunto levava à guerra ou de volta à guerra... às vezes triste, outras alegre, mas sempre sobre a guerra. Romances e casamentos de guerra, mortes nos hospitais e no campo, incidentes no campo de batalha e marchas, bravura, covardia, humor, tristeza, privação e esperança. Sempre, sempre a esperança. A esperança firme, inabalável, apesar das derrotas do verão anterior.

Quando o capitão Ashburn anunciou que tinha pedido e lhe fora concedida a transferência de Atlanta para o exército em Dalton, as damas lhe beijaram o braço rijo com os olhos e acobertaram sua emoção de orgulho, dizendo-lhe que não podia ir, pois quem ficaria para cortejá-las.

O jovem Carey pareceu confuso e satisfeito de ouvir tais afirmações de matronas reconhecidas e solteironas como a Sra. Meade e Melanie, tia Pitty e Fanny, esperando que Scarlett o dissesse de verdade.

– Ora, ele voltará em um piscar de olhos – disse o doutor, jogando um braço sobre o ombro de Carey. – Haverá uma pequena escaramuça e os ianques vão fugir de volta para o Tennessee. E quando chegarem lá o general Forrest tomará conta deles. As senhoras não precisam se alarmar com a proximidade dos ianques, pois o general Johnston e seu exército estão lá nas montanhas como um baluarte de ferro. Isso, um baluarte de ferro – repetiu ele, apreciando a própria expressão. – Sherman nunca vai passar. Jamais desalojará o Velho Joe.

As senhoras sorriram com aprovação, pois o mais ligeiro de seus pronunciamentos era considerado como verdade indiscutível. Afinal, os homens entendiam muito mais desses assuntos que as mulheres, e se ele dizia que o general Johnston era um baluarte de ferro, devia mesmo ser. Só Rhett falou. Ficara quieto desde o jantar e sentara-se à sombra escutando a conversa sobre a guerra com a boca torcida, segurando a criança adormecida em seu ombro.

– Correm rumores de que Sherman está com mais de 100 mil homens, agora que obteve reforços.

O doutor respondeu secamente. Desde a chegada, ficara sob considerável tensão ao ver que um dos convivas para o jantar era aquele homem que tanto detestava. Só o respeito devido à Srta. Pittypat e sua presença sob seu teto o impediram de demonstrar seus sentimentos de maneira mais evidente.

– Bem, senhor... – retrucou ele.

– Creio que o capitão Ashburn acabou de dizer que o general Johnston tem apenas 40 mil, contando com os desertores que se encorajaram a voltar ao pavilhão após a última vitória.

– Senhor – disse a Sra. Meade indignada –, não há desertores no exército da Confederação.

– Queira me perdoar – disse Rhett com humildade debochada –, referi-me aos milhares de homens em licença que se esqueceram de voltar a seus regimentos e àqueles que já curaram seus ferimentos há seis meses, mas permanecem em casa, cuidando de suas coisas ou dando conta da aragem de primavera.

Os olhos dele brilharam e a Sra. Meade mordeu o lábio com raiva. Scarlett teve vontade de rir com a derrota dela, pois Rhett a atingira justamente. Havia centenas de homens se esquivando nos grotões e nas montanhas, desafiando a polícia militar a carregá-los de volta ao exército. Declaravam que era uma "guerra de homens ricos e uma luta dos pobres" e que já estavam fartos daquilo. Porém, mais numeroso que esse grupo era o dos homens que, embora considerados desertores nas listas da companhia, não tinham intenção de desertar permanentemente. Eram aqueles que tinham aguardado três anos por licenças e, enquanto esperavam, recebiam de casa cartas mal escritas: "Estamos pasando fome." "Não vai ter colheita essi ano, não tem ninguém pra lavrar as terras. Estamos pasando fome." "O batalhão de suprimentos levou os filhotes de porco e não recebemos dinheiro de você faz meses. Estamos cumendo ervilha seca."

O coro constante não parava de aumentar: "Estamos pasando fome, sua mulher, seus filhos, seus pais. Quando é que vai acabar? Quando é que você vem para casa? Estamos famintos, famintos." Quando as licenças do exército, que rapidamente definhava, eram negadas, esses soldados iam para casa sem elas, para arar a terra e plantar suas safras, consertar as casas e construir as cercas. Quando os oficiais de arregimentação, entendendo a situação, viam uma batalha difícil pela frente, escreviam a eles pedindo que voltassem às suas companhias e prometendo que nenhuma pergunta lhes seria feita. Geralmente esses homens voltavam, ao perceber que a fome em casa ficaria afastada por mais alguns meses. "Lavradores afastados" não eram considerados desertores, mas mesmo assim enfraqueciam o exército.

O Dr. Meade apressou-se a preencher o silêncio desconfortável, a voz fria:

– Capitão Butler, a diferença numérica entre nossas tropas e as dos ianques nunca importou. Um confederado vale por uma dúzia de ianques.

As senhoras assentiram. Todos sabiam disso.

– Isso era verdadeiro no primeiro ano da guerra – disse Rhett. – Talvez ainda seja, desde que o soldado confederado tenha balas para sua arma, os pés calçados e o estômago cheio. Não é, capitão Ashburn?

Sua voz ainda era suave e sublinhada por uma enganosa humildade. Carey Ashburn parecia descontente, pois era óbvio que ele também tinha intenso desprezo por Rhett. Gostaria muito de tomar o partido do doutor, mas não podia mentir. O motivo para ter pedido uma transferência para a frente de batalha, apesar do braço inútil, era a percepção da gravidade da situação, coisa que a população civil não via. Havia muitos outros homens, pisando sobre cotos de madeira, cegos de um olho, com dedos perdidos, sem um braço, que estavam furtivamente sendo transferidos de funções burocráticas, de tarefas hospitalares, dos correios e do serviço ferroviário novamente para suas antigas unidades de combate. Sabiam que o Velho Joe precisava de cada homem.

Ele ficou quieto e o Dr. Meade bradou, perdendo a paciência:

– Nossos homens lutaram descalços e sem comida antes, e venceram. E vão lutar outra vez, e vencerão! Digo-lhe, o general Johnston não pode ser deslocado! A solidez da montanha sempre foi o refúgio e a fortaleza dos povos invadidos desde os tempos mais remotos. Pense em... pense nas Termópilas.

Scarlett pensou bem, mas as Termópilas nada significavam para ela.

– Eles morreram até o último homem nas Termópilas, não foi, doutor? – perguntou Rhett, e seus lábios se franziram pelo riso reprimido.

– Está tentando me ofender, jovem?

– Doutor! Por favor! Não me entenda mal! Só quis saber. Minha memória acerca da história antiga é fraca.

– Se necessário for, nosso exército perderá até o último homem antes de permitir o avanço dos ianques na Geórgia – rebateu o doutor com aspereza. – Mas não será assim. Em uma única escaramuça eles serão expulsos da Geórgia.

Ao perceber que a conversa estava atingindo águas profundas e tempestuosas, tia Pittypat levantou-se rapidamente e pediu a Scarlett que os obsequiasse com uma seleção ao piano e uma canção. Ela sabia muito bem que haveria problema se convidasse Rhett para jantar. Sempre havia problemas quando ele estava presente, mesmo que não entendesse bem como ele dava início ao conflito. Minha nossa! O que Scarlett vira naquele homem? E como a querida Melly podia defendê-lo?

Enquanto Scarlett, obediente, ia até a sala, caiu um silêncio sobre a varanda, um silêncio que pulsava de ressentimento em relação a Rhett. Como era possível alguém não acreditar de corpo e alma na invencibilidade do general Johnston e de seus homens? A crença era uma tarefa sagrada. E aqueles que eram tão traidores a ponto de não crer deviam, pelo menos, manter a boca calada.

Scarlett entoou alguns acordes e sua voz flutuou até lá fora, doce e triste, com a letra de uma canção popular:

Em uma ala de paredes caiadas
Onde jazem mortos e moribundos
Feridos por baionetas, cartuchos e balas
Nasceu um dia o amor de alguém.

O amor de alguém! Tão jovem e tão bravo!
Ainda tendo no rosto pálido e gentil
A ser em breve oculto pelo pó do túmulo
A luz remanescente da graça juvenil.

– Foscos e úmidos seus cachos dourados – lamentou o imperfeito soprano de Scarlett, e Fanny se levantou e disse em uma voz fraca e estrangulada:

– Cante outra coisa!

Surpresa e constrangida, Scarlett silenciou o piano subitamente. Em seguida, iniciou os primeiros compassos de "Jacket of Gray", interrompendo com uma nota desafinada ao lembrar quanto essa canção também era desoladora. O piano novamente silenciou, Scarlett totalmente desprovida de ideias. Todas as canções tinham a ver com morte, partidas e pesar.

Rhett levantou-se prontamente, deixou Wade no colo de Fanny e foi até a sala.

– Toque "My Old Kentucky Home" – sugeriu ele.

Agradecida, Scarlett mergulhou na canção. Sua voz foi acompanhada pelo excelente baixo de Rhett, e quando eles passaram à segunda estrofe, os que estavam na varanda respiraram com mais facilidade, embora Deus soubesse que aquela também não era a mais alegre das canções.

Só mais uns dias carregando esse grande fardo!
Não importa se nunca ficar leve!
Só mais uns dias, cambaleando pela estrada!
Depois, meu velho Kentucky, boa noite!

A PREVISÃO DO Dr. Meade estava certa, até certo ponto. Johnston realmente resistiu como um baluarte de ferro nas montanhas acima de Dalton, a 160 quilômetros de distância. Resistiu com tal firmeza e contestou tão amargamente o desejo de Sherman de atravessar o vale até Atlanta que finalmente os ianques recuaram e se reuniram em conselho. Não conseguindo romper as fileiras de cinza pelo ataque direto, sob a cobertura noturna, eles marcharam pelos desfiladeiros em um semicírculo, esperando chegar até a retaguarda de Johnston e cortar a ferrovia atrás dele em Resaca, cerca de 25 quilômetros abaixo de Dalton.

Tendo aquelas duas preciosas linhas férreas em perigo, os Confederados deixaram suas trincheiras de defesa desesperada e fizeram uma marcha forçada até Resaca, sob a luz das estrelas, pelo caminho mais curto da estrada. Quando os ianques saíram dos morros em grande número, as tropas sulistas os esperavam, entrincheiradas atrás de barricadas, baterias instaladas, baionetas brilhando, como tinham estado em Dalton.

Quando os feridos de Dalton trouxeram suas narrativas truncadas sobre a retirada do Velho Joe para Resaca, Atlanta ficou surpresa e um pouco perturbada. Foi como se uma pequena nuvem escura tivesse aparecido no noroeste, a primeira nuvem de um temporal de verão. O que estava pensando o general, deixando os ianques penetrar 28 quilômetros no território da Geórgia? As montanhas eram fortalezas naturais, como dissera o Dr. Meade. Por que o Velho Joe não os detivera lá?

Johnston lutou desesperadamente em Resaca e repeliu os ianques mais uma vez, mas Sherman, empregando o mesmo movimento pelos flancos, lançou seu vasto exército em outro semicírculo, atravessou o rio Oostanaula e novamente chegou à ferrovia pela retaguarda confederada. Mais uma vez, as fileiras de cinza foram convocadas a se retirar rapidamente de suas trincheiras vermelhas para defender a ferrovia e, exaustos pela falta de sono, esgotados de marchar e lutar, famintos, sempre famintos, eles fizeram outra rápida marcha vale abaixo. Chegaram à cidadezinha de Calhoun, quase 10 quilômetros abaixo de Resaca, antes dos ianques, se entrincheiraram e estavam novamente prontos para o ataque quando os ianques chegaram. O ataque aconteceu, houve combates ferozes, obrigando os ianques a recuar. Exaustos, os Confederados deitaram as armas e rezaram por uma pausa e repouso. Que não aconteceu. Inexorável, Sherman avançava, passo a passo, dirigindo bem seu exército em uma grande curva, forçando um novo recuo para defender a ferrovia na retaguarda.

Os Confederados marchavam como sonâmbulos, a maioria cansada demais para pensar. Mas, quando conseguiam pensar, confiavam no Velho Joe. Sabiam que estavam recuando, mas que não tinham sido derrotados. Só não havia homens suficientes para manter as trincheiras e derrotar os movimentos em flanco de Sherman.

A ferrovia ainda lhes pertencia. Aquela esguia linha de ferro serpenteando no vale ensolarado até Atlanta. Os homens se deitavam para dormir onde pudessem enxergar as linhas cintilando levemente sob a luz das estrelas. Deitavam-se para morrer e a última visão que seus olhos confusos encontravam era a dos trilhos brilhando sob o sol impiedoso, o calor tremeluzindo em sua extensão.

À medida que retrocediam pelo vale, um exército de refugiados ia recuando antes deles. Fazendeiros e caipiras, ricos e pobres, brancos e negros, mulheres e crianças, velhos, moribundos, aleijados, feridos, mulheres em gestação avançada lotavam a estrada para Atlanta em trens, a pé, a cavalo, em carruagens e carroções empilhados de baús e artigos domésticos. Oito quilômetros à frente do exército em recuo seguiam os refugiados, parando em Resaca, Calhoun, Kingston, esperando saber que os ianques tinham sido obrigados a recuar e que poderiam voltar para casa. Mas não havia retração naquela estrada ensolarada. As tropas cinzentas passaram por mansões vazias, fazendas abandonadas, cabanas solitárias com as portas entreabertas. Ali e acolá restava uma mulher com alguns escravos amedrontados, que vinham até a estrada para dar vivas aos soldados, levar baldes de água fresca para os homens sedentos, atar os ferimentos e enterrar os mortos em seus próprios campos-santos. Mas, em sua maior parte, o vale ensolarado estava abandonado e desolado e só as plantações desassistidas permaneciam nos campos secos.

Novamente atacado de flanco em Calhoun, Johnston recuou para Adairsville, onde se desenrolou sério conflito, depois para Cassville e para o sul de Cartersville. Agora o inimigo já avançara quase 90 quilômetros de Dalton. Em New Hope Church, 24 quilômetros ao longo do caminho em ardente combate, as fileiras cinzentas se prepararam para uma determinada resistência. As fileiras azuis continuavam avançando, implacáveis, como uma serpente monstruosa, espiralando, retrocedendo suas extensões lesionadas, mas sempre atacando outra vez. A luta em New Hope Church foi desesperada, 11 dias de combate incessante, sendo cada ataque ianque sangrentamente repudiado. Depois, novamente atacado de flanco, Johnston recuou suas fileiras minguadas mais alguns quilômetros.

As baixas confederadas em New Hope Church foram enormes. Os feridos inundaram Atlanta em trens lotados e a cidade ficou estarrecida. Nunca, nem mesmo após a batalha de Chickamauga, a cidade vira tantos feridos. Os hospitais ficaram superlotados e os feridos deitavam-se no chão de lojas vazias e sobre fardos de algodão nos depósitos. Todos os hotéis, pensões e residências particulares estavam cheios de sofredores. Tia Pitty teve sua porção, embora protestasse que era muito inadequado receber homens estranhos em casa com Melanie em estado delicado em que imagens horrendas poderiam provocar um nascimento prematuro. Mas Melanie elevou um pouco a saia para ocultar a silhueta que engrossava e os feridos invadiram a casa de tijolos. Houve um incessante cozinhar, erguer, virar, abanar, horas infinitas lavando, enrolando ataduras e fazendo curativos, e noites quentes que não acabavam, insones pelo balbuciar delirante dos homens no quarto ao lado. Até que a cidade engasgada já não podia tomar conta de mais ninguém, e o excesso de feridos foi enviado para os hospitais de Macon e Augusta.

Com esse remanso de feridos trazendo relatórios conflitantes e o aumento de refugiados assustados congestionando a cidade já lotada, Atlanta estava em comoção. A pequena nuvem no horizonte tinha rapidamente se transformado em uma grande nuvem soturna de tempestade, e era como se ela soprasse uma brisa gelada.

Ninguém perdera a fé na invencibilidade das tropas, mas todos, pelo menos os civis, perderam a fé no general. New Hope Church ficava a apenas 56 quilômetros de Atlanta! Em três semanas, o general deixara os ianques empurrá-los mais de 100 quilômetros! Por que não os tinha retido em vez de recuar incessantemente? Ele era um tolo, mais que um tolo. Os homens de barbas grisalhas da Guarda Nacional e membros da milícia estadual, seguros em Atlanta, insistiam que eles poderiam ter dirigido melhor a campanha e desenhavam mapas nas toalhas de mesa para provar suas alegações. Com suas fileiras definhando e sendo forçado a recuar, o general, desesperado, pediu ao governador Brown esses homens, mas as tropas estaduais sentiam-se razoavelmente seguras. Afinal, o governador se opusera ao pedido feito por Jeff Davis para obtê-los. Por que cederia ao general Johnston?

Lutar e recuar! Lutar e recuar! Por 112 quilômetros e 25 dias os Confederados tinham lutado quase diariamente. New Hope Church já ficara para trás das tropas cinzentas, uma memória em uma louca névoa de memórias semelhantes, calor, pó, fome, esgotamento, a caminhada pesada pelas estradas sulcadas de barro vermelho, o salpicar da lama, recuar, entrincheirar, lutar – recuar, entrincheirar, lutar. New Hope Church foi um pesadelo de outro mundo, assim como Big Shanty, onde lutaram contra os ianques como demônios. Mas lutavam contra os ianques até que os campos estivessem azuis de morte para em seguida verem mais ianques, novinhos em folha; sempre havia aquela sinistra curva das fileiras azuis a sudeste rumo à retaguarda confederada, rumo à ferrovia, e rumo a Atlanta!

De Big Shanty, as fileiras exaustas, insones, recuaram pela estrada até a montanha Kennesaw, perto da cidadezinha de Marietta, onde espalharam suas fileiras em uma curva de 16 quilômetros. Nas laterais mais íngremes, cavaram suas trincheiras e, nos picos, posicionaram suas baterias. Homens praguejando e suando carregaram as armas pesadas pelas colinas escarpadas, pois as mulas não conseguiam subir as encostas. Os mensageiros e feridos que chegavam a Atlanta traziam relatórios tranquilizadores ao amedrontado povo da cidade. As altitudes de Kennesaw eram intransponíveis, assim como a montanha Pine e a montanha Lost lá perto, que também estavam fortificadas. Os ianques não conseguiriam desalojar os homens do Velho Joe, e seria difícil atacá-los de flanco agora, pois as baterias nos picos da montanha comandavam todas as estradas por muitos quilômetros. Atlanta respirou mais aliviada, mas...

Mas a montanha Kennesaw ficava a apenas 35 quilômetros de distância!

No dia em que chegavam os primeiros feridos da montanha Kennesaw, a carruagem da Sra. Merriwether estava diante na casa de tia Pitty na inaudita hora das 7 da manhã e tio Levi mandou o recado para que Scarlett se vestisse imediatamente e fosse para o hospital. Fanny Elsing e as meninas Bonnell, despertadas cedo de seu sono, bocejavam no assento traseiro e a bá dos Elsing sentava-se mal-humorada na boleia, com uma cesta de ataduras recém-lavadas no colo. Lá se foi Scarlett, a contragosto, pois dançara até o amanhecer na festa da Guarda Nacional e os pés lhe doíam. Em silêncio, praguejou contra a eficiente e infatigável Sra. Merriwether, os feridos e toda a Confederação Sulista enquanto Prissy abotoava seu vestido de morim mais velho e surrado, que usava para o trabalho hospitalar. Depois de engolir a infusão amarga de milho torrado e batata-doce seca que substituía o café, ela saiu para juntar-se às moças.

Estava farta de todo aquele trabalho de enfermeira. Diria à Sra. Merriwether que Ellen escrevera lhe pedindo que fosse fazer uma visita. Isso não lhe adiantou muito, pois a valorosa matrona, mangas arregaçadas, a robusta silhueta enfiada em um grande avental, lançou-lhe um olhar arguto e disse:

– Não me faça ouvir essas tolices, Scarlett Hamilton. Escreverei à sua mãe hoje mesmo, dizendo-lhe o quanto necessitamos de você aqui, e estou certa de que ela entenderá e a deixará ficar. Agora, ponha seu avental e corra até o Dr. Meade. Ele precisa de alguém que o ajude a fazer os curativos.

"Ah, meu Deus", pensou Scarlett com enfado, "esse é o problema, mamãe vai me fazer ficar aqui e vou morrer se tiver que continuar sentindo este fedor! Queria ser uma velha para poder mandar nos outros em vez de ser mandada... e mandar megeras como a Sra. Merriwether para Halifax!".

Sim, ela estava farta do hospital, do fedor, dos piolhos, dos corpos doloridos e sujos. Se a princípio houvera novidade e romance, já tinham acabado fazia um ano. Além disso, esses homens feridos da retirada não eram tão atraentes como tinham sido os primeiros. Não demonstravam o mais leve interesse por ela e tinham muito pouco a dizer além de "Como vai indo a luta? O que o Velho Joe está fazendo agora? Homem inteligente e poderoso, o Velho Joe". Ela não achava o Velho Joe um homem inteligente e poderoso. Tudo o que fizera fora deixar os ianques avançar 140 quilômetros na Geórgia. Não, de fato não eram nada atraentes. Além disso, muitos estavam morrendo, rapidamente, em silêncio, tendo lhes sobrado pouca energia para combater septicemia, gangrena, tifo e pneumonia, que haviam se instalado antes que conseguissem chegar a Atlanta e a um médico.

O dia estava quente e as moscas entravam pelas janelas abertas em enxames, gordas moscas preguiçosas que perturbavam os homens de um modo que nem a dor fazia. A onda de cheiros e dores a envolvia de modo crescente. A transpiração lhe empapava o vestido recém-engomado enquanto ela seguia o Dr. Meade com uma bacia na mão.

Ah, que enjoo sentia de ficar ao lado do médico, tentando não vomitar quando a faca brilhante cortava a carne pútrida! Ah, e o horror de ouvir os gritos que vinham da sala de operações, onde ocorriam as amputações! E a terrível sensação de pena impotente diante das fisionomias tensas, lívidas, de homens mutilados esperando pelo médico, que lhe diria as pavorosas palavras: "Sinto muito, meu rapaz, mas esta mão vai ter que ser cortada. Sim, sim, eu sei; mas veja só essas camadas vermelhas. Temos que tirá-las."

A escassez de clorofórmio era tal que só era usado para as piores amputações, e ópio era uma preciosidade, sendo usado apenas para facilitar a morte, não para aliviar a dor dos vivos. Quinino e iodo tinham acabado. Sim, Scarlett estava farta de tudo aquilo e, naquela manhã, desejava poder, como Melanie, oferecer uma gravidez como desculpa. Atualmente, essa era praticamente a única desculpa socialmente aceita para não servir de enfermeira.

Ao meio-dia, ela tirou o avental e escapou do hospital enquanto a Sra. Merriwether estava ocupada escrevendo uma carta para um montanhês desengonçado e analfabeto. Scarlett sentia que não podia mais aguentar. Aquilo era uma imposição, e ela sabia que quando os feridos chegassem, no trem do meio-dia, haveria trabalho suficiente para ela se ocupar até o anoitecer e, provavelmente, sem comer nada.

Seguiu apressada pelas duas quadras até a rua dos Pessegueiros, respirando o ar não pestilento tão fundo quanto o espartilho apertado lhe permitia. Estava parada na esquina, incerta do que faria a seguir, envergonhada de voltar para a casa de tia Pitty, mas decidida a não voltar ao hospital, quando Rhett Butler passou.

– Você está parecendo a filha do trapeiro – observou ele, os olhos captando o vestido lilás remendado, marcado pelo suor e manchado de água que respingara da bacia. Scarlett ficou furiosa de constrangimento e indignação. Por que ele tinha que estar sempre observando as vestimentas femininas e era tão grosseiro de comentar sua presente desarrumação?

– Não quero ouvir uma palavra sua. Saia daí, ajude-me a subir e me leve para algum lugar onde ninguém me veja. Não volto para aquele hospital nem que me enforquem! Minha nossa, não fui eu que comecei esta guerra e não vejo nenhum motivo para morrer trabalhando e...

– Uma traidora de Nossa Gloriosa Causa!

– O roto falando do esfarrapado. Ajude-me a subir. Não me importa onde estava indo. Vai me levar para passear agora.

Ele saltou da carruagem e subitamente ela pensou no quanto era bom ver um homem inteiro, sem a falta de um membro ou de um olho, nem pálido de dor ou amarelo de malária e que parecia bem alimentado e saudável. Estava muito bem-vestido também. O casaco e as calças eram do mesmo tecido e lhe serviam perfeitamente, em vez de ficarem pregueados ou tolhendo os movimentos, de tão apertados. E eram novos, não surrados, sem mostrar a pele nua e suja ou as pernas cabeludas. Ele possuía a aparência de quem não tinha com que se preocupar neste mundo, enquanto os outros homens carregavam fisionomias pesadas, preocupadas, assustadoras. Seu rosto moreno era afável, e a boca, lábios vermelhos, era bem talhada como a de uma mulher, claramente sensual, sorria com displicência enquanto ele a erguia para subir na carruagem.

Os músculos do seu grande corpo se desenharam por baixo das roupas bem cortadas quando ele se sentou ao lado dela e, como sempre, a sensação de sua energia física a atingiu como um golpe. Ela observou a vitalidade dos ombros fortes com um fascínio que era perturbador e um tanto assustador. O corpo dele parecia tão rijo e resistente quanto sua mente aguçada. Sua força era muito tranquila e graciosa, preguiçosa como a de uma pantera se espreguiçando ao sol, alerta como uma pantera pronta para saltar e atacar.

– Sua pequena impostora – disse ele, impulsionando o cavalo. – Dança a noite inteira com os soldados, lhes dá rosas e fitas, diz que morreria pela Causa e, quando é hora de fazer alguns curativos e catar uns piolhos, vai logo levantando acampamento.

– Será que você poderia falar de outra coisa e andar mais rápido? Era só o que me faltava vovô Merriwether sair na porta da loja, me ver e contar para a velha... quero dizer, a Sra. Merriwether.

Ele deu um toque na égua com o chicote e ela saiu trotando animada, cruzando Five Points e os trilhos da ferrovia que cortava a cidade em duas. O trem que trazia os feridos já chegara, e os carregadores de padiolas trabalhavam agilmente sob o sol escaldante, transferindo os feridos para as ambulâncias e carroções da artilharia. Scarlett não teve nenhum escrúpulo de consciência ao observá-los, mas só uma sensação de alívio de ter escapado.

– Estou simplesmente farta daquele velho hospital – disse, arrumando as saias e apertando mais o chapéu de sol sob o queixo. – E todos os dias chegam mais e mais feridos. A culpa é do general Johnston. Se ele simplesmente tivesse enfrentado os ianques em Dalton, eles...

– Mas ele enfrentou os ianques, sua pequena ignorante. Se ele tivesse ficado lá parado, Sherman o teria atacado pelos lados e esmagado entre as duas alas de seu exército. E teria perdido a ferrovia, e é por ela que Johnston está lutando.

– Ah, bem – disse Scarlett, para quem estratégia militar nada significava. – Mesmo assim, é culpa dele. Ele deveria ter feito alguma coisa, e acho que devia ser retirado do cargo. Por que não os detém em vez de ficar recuando?

– Você é como todo mundo, gritando "Cortem-lhe a cabeça" porque ele não pode fazer o impossível. Era Jesus, o Salvador, em Dalton, e agora é Judas, o Traidor, na montanha Kennesaw, tudo em seis semanas. Mesmo assim, basta ele fazer os ianques recuar 30 quilômetros e será Jesus de novo. Minha pequena, Sherman tem o dobro dos homens que Johnston, e pode se dar o luxo de perder dois para cada um de nossos bravos moleques. Johnston não pode perder um único homem. Ele precisa de reforços urgentemente, e o que está conseguindo? "Os animaizinhos de estimação de Joe Brown." Que ajuda darão!

– A milícia vai mesmo ser chamada? A Guarda Nacional também? Eu não sabia. Como sabe?

– Correu um boato a esse respeito. Chegou no trem de Milledgeville hoje de manhã. A milícia e a Guarda Nacional serão enviadas para reforçar o general Johnston. É, os queridinhos do governador Brown vão finalmente sentir o cheiro da pólvora, e desconfio que muitos deles ficarão surpresos. Com certeza, não esperavam entrar em ação. O governador tinha lhes prometido que isso não aconteceria. Achavam que estavam à prova de bombas porque o governador tinha enfrentado até Jeff Davis e se recusado a enviá-los para a Virgínia. Dissera que eles eram necessários para a defesa do estado. Quem iria jamais imaginar que a guerra viesse para seu próprio pátio dos fundos e que eles realmente teriam que defender o estado?

– Ah, como pode rir assim, seu homem cruel! Pense nos mais velhos e nos meninos da Guarda Nacional! Ora, o pequeno Phil Meade terá que ir, assim como vovô Merriwether e tio Henry Hamilton.

– Não estou me referindo aos meninos nem aos veteranos da Guerra do México. Falo de jovens bravos como Willie Guinan, que se pavoneiam nas belas fardas, agitando as espadas...

– E de você!

– Minha cara, isso não me atingiu nem um pouquinho! Não uso farda nem agito espada, e o destino da Confederação nada significa para mim. Além disso, nem morto me pegariam para a Guarda Nacional ou para qualquer outro exército. Tudo o que precisava ver sobre as coisas militares, vi em West Point, e isso foi suficiente pelo resto de minha vida... Bem, desejo sorte ao Velho Joe. O general Lee não pode lhe enviar nenhum auxílio, pois os ianques o mantêm ocupado na Virgínia. Então, o único reforço que Johnston pode conseguir são as tropas estaduais da Geórgia. Ele merecia coisa melhor, pois é um grande estrategista. Sempre consegue assumir os postos antes dos ianques. Mas terá que continuar recuando se quiser proteger a ferrovia; e anote o que eu digo: quando eles o empurrarem montanha abaixo, para a planície aqui em volta, ele será derrotado.

– Em volta daqui? – exclamou Scarlett. – Sabe muito bem que os ianques nunca chegarão tão longe!

– Kennesaw está a apenas trinta e poucos quilômetros de distância, e aposto com você...

– Rhett, olhe só adiante! Essa multidão de homens! Não são soldados. Mas que diabos...? Ora, são negros.

Uma grande nuvem de pó vermelho subia na rua, e da nuvem vinha o som das passadas de muitos pés e uma centena ou mais de vozes negras, graves, soltas, cantando um hino. Rhett parou a carruagem no meio-fio e Scarlett olhou curiosa para os homens suados, pás e picaretas nos ombros, arrebanhados por um oficial e um pelotão de homens com a insígnia da corporação de engenharia.

– Mas que diabos...? – começou ela de novo.

Então seus olhos enfocaram um negro que vinha cantando na primeira fila. Devia ter 1,95 metro, um gigante, negro como o ébano, andando com a agilidade graciosa de um animal poderoso, a dentadura branca cintilando enquanto ele liderava o grupo em "Go Down, Moses". Certamente não havia outro homem na Terra tão alto e com voz tão retumbante como aquele, a não ser Big Sam, o capataz de Tara. Mas o que ele estaria fazendo ali, tão longe de casa, especialmente agora que não havia administrador na fazenda e ele era o braço direito de Gerald?

Quando ela se levantou para ver melhor, o gigante avistou-a, e seu rosto negro se abriu em um sorriso de alegre reconhecimento. Ele parou, largou a pá e foi se dirigindo a ela, falando aos negros mais próximos:

– Deus todo-poderoso! É a sinhazinha Scarlett! Ei, vosmecês, Elia! Postlo! Profeta! É a sinhazinha Scarlett!

Houve confusão nas fileiras. A multidão parou, incerta, rindo, e Big Sam, seguido por três outros negros grandes, atravessou a rua, indo até a carruagem, seguido de perto pelo oficial aborrecido, a gritar:

– Voltem às fileiras, camaradas! Voltem, estou dizendo ou eu... Ora, é a Sra. Hamilton. Bom dia, senhora, e para o senhor também. O que está tentando, incitar amotinação e insubordinação? Só Deus sabe os problemas que já tive com essa rapaziada hoje de manhã.

– Ah, capitão Randall, não ralhe com eles! É gente nossa. Este é Big Sam, nosso capataz, e Elias, Apóstolo e Profeta, de Tara. É claro que tinham que falar comigo. Como estão, rapazes?

Ela apertou a mão de todos, sua pequena e alva mão sumindo entre as enormes garras negras, e os quatro saltitavam de satisfação com o encontro, cheios de orgulho de exibir aos companheiros a bela jovem senhora que tinham.

– O que estão fazendo tão longe de Tara? Fugiram, na certa. Não sabem que os capitães do mato vão pegá-los com certeza?

Eles soltaram uma gargalhada com o gracejo.

– Fugi? – retrucou Big Sam. – Nós num fugiu, sinhá. Eles foi lá e escolheu nós pruquê somo os maió e mais forte de Tara. – Os dentes se mostraram, orgulhosos. – Eles especiarmente me quis pruquê eu sei cantá tão bem. É sinhá, sinhô Frank Kennedy chegô lá e pego nós.

– Mas por quê, Big Sam?

– Meu Deus do céu, sinhazinha Scarlett! Num tá sabeno? Nós vamo cavá as vala pros cavalero branco se escondê quando chegá os ianque.

O capitão Randall e os ocupantes da carruagem reprimiram o riso diante dessa ingênua explicação das trincheiras.

– Craro que o sinhô Gerald quase teve um ataque quando eles me pegô, e disse que num podia ficá sem eu pra mó de cuidá da fazenda. Mas a sinhá Ellen disse: "Leva ele, sinhô Kennedy. A Confederação precisa do Big Sam mais que nós." E ela me deu um dólar e me disse para fazê o que os cavalero branco me diz pra fazê. Entonce, nós tá aqui.

– O que significa tudo isso, capitão Randall?

– Ah, é muito simples. Temos que reforçar as fortificações de Atlanta com mais quilômetros de trincheiras, e o general não pode dispensar nenhum homem em combate para isso. Então, estamos fazendo um alistamento compulsório dos homens mais fortes do campo para esse trabalho.

– Mas...

Um leve temor começou a pulsar no peito de Scarlett. Mais quilômetros de trincheiras! Por que precisariam de mais? Naquele último ano, uma série de barricadas de terra com posição para as baterias fora construída a um quilômetro e meio do centro ao redor de Atlanta. A cidade estava completamente cercada por trincheiras. Mais trincheiras agora!

– Mas por que precisamos ficar mais fortificados do que já estamos? Não vamos precisar de mais do que já temos. Com certeza, o general não vai deixar...

– Nossas atuais fortificações só ficam a um quilômetro e meio do centro – disse o capitão Randall secamente. – E isso é muito próximo para garantir conforto... ou segurança. As novas ficarão mais distantes. Veja bem, um novo recuo pode trazer nossos homens até Atlanta.

Ele imediatamente se arrependeu do último comentário, pois os olhos dela se arregalaram de medo.

– Mas, é claro, não haverá outro recuo – acrescentou ele rapidamente. – As fileiras posicionadas na montanha Kennesaw são intransponíveis. As baterias estão assentadas em todos os lados da montanha, em uma posição em que dominam as estradas, então é impossível os ianques passarem.

Mas Scarlett percebeu-o baixando os olhos diante do olhar seguro, penetrante que Rhett lhe lançou, e ficou amedrontada. Lembrou-se de seu comentário: "Quando os ianques o empurrarem montanha abaixo, para a planície, ele será derrotado."

– Ah, capitão, o senhor acha...

– Ora, é claro que não! Não se preocupe nem por um minuto. O Velho Joe só quer tomar precauções. É o único motivo para estarmos cavando mais trincheiras... Agora preciso ir. Foi um prazer conversar com a senhora... Despeçam-se de sua senhora, rapazes, e vamos indo.

– Até logo, rapazes. Agora, se vocês ficarem doentes ou se ferirem ou estiverem em alguma encrenca, me procurem. Eu moro no final da rua dos Pessegueiros, quase na última casa no final da cidade. Esperem um segundo... – Ela remexeu na bolsa. – Ah, nossa, não tenho nenhum centavo. Rhett, dê-me algum dinheiro. Tome, Big Sam, compre fumo para você e para os rapazes. Comportem-se e façam o que o capitão Randall disser.

A fila dispersa se realinhou, a poeira subiu outra vez em uma nuvem vermelha conforme eles seguiam adiante e Big Sam recomeçou a cantar:

"Siga adiaantee, Moisés! Seeempre adiaantee, nas teeerra egiipsss!
E dizzz proo vééio Faaaroo
Dexááá meu poovo iiii!"

– Rhett, o capitão Randall estava mentindo, como todos os homens fazem, tentando ocultar a verdade de nós, mulheres, com medo que possamos desmaiar. Ou não estava? Ah, Rhett, se não houvesse perigo, por que estariam cavando essas trincheiras? O exército está com tanta falta de homens que precisa usar os negros?

Rhett bateu com as rédeas na égua.

– O exército está à míngua de tanta falta de homens. Por que outro motivo chamaria a Guarda Nacional? E quanto às trincheiras, bem, as fortificações têm sua valia no caso de um cerco. O general está se preparando para fazer sua resistência final aqui.

– Um cerco! Ah, vire o cavalo. Vou para casa, vou voltar para Tara agora mesmo.

– O que a aflige?

– Um cerco! Pelo amor de Deus, um cerco! Já ouvi falar em cercos! Meu pai esteve em um, ou talvez tenha sido o pai dele e papai me contou...

– Que cerco?

– O cerco de Drogheda, quando Cromwell derrotou os irlandeses e eles ficaram sem ter o que comer, e papai contou que eles morriam de fome e caíam pelas ruas até acabarem comendo todos os gatos e ratos e coisas como baratas. E ele disse que comeram uns aos outros também, antes de se renderem, embora eu nunca soubesse se acreditava ou não. E quando Cromwell tomou a cidade, todas as mulheres foram... Um cerco! Mãe de Deus!

– Você é a jovem mais barbaramente ignorante que eu já vi. Drogheda foi em mil, seiscentos e pouco, e o Sr. O'Hara não podia estar vivo. Além disso, Sherman não é Cromwell.

– Não, mas é pior. Dizem...

– E quanto às iguarias exóticas que os irlandeses comeram durante o cerco... pessoalmente eu preferiria comer um rato sucuiento do que algumas provisões que andam servindo ultimamente no hotel. Acho que terei de voltar a Richmond. A comida lá é boa, basta ter dinheiro para pagar por ela. – Seus olhos debocharam do medo estampado nos olhos de Scarlett.

Aborrecida por ter mostrado sua apreensão, ela exclamou:

– Não sei por que ficou por aqui todo esse tempo! Só pensa em seu conforto, em comer e... e coisas assim.

– Não conheço melhor maneira de passar o tempo do que comendo e hã... coisas assim – disse ele. – E quanto ao motivo para eu ficar aqui... bem, já li bastante sobre cercos, cidades sitiadas e coisas do gênero, mas nunca vi um. Então acho que vou ficar para observar. Não vou me ferir, pois não sou combatente, e gostaria de ter a experiência. Nunca despreze novas experiências, Scarlett. Enriquecem a mente.

– Minha mente é rica o bastante.

– Isso só você pode saber, mas eu diria... Não, isso seria pouco educado. E talvez eu esteja aqui para resgatá-la quando estivermos sitiados. Nunca resgatei uma donzela em perigo. Essa também seria uma nova experiência.

Ela sabia que era pura provocação, mas sentiu certa seriedade por trás daquelas palavras. Jogou a cabeça para trás, em um gesto de impaciência.

– Não vou precisar que me resgate. Posso cuidar de mim mesma, obrigada.

– Não diga isso, Scarlett! Pense, se preferir, mas nunca, nunca o diga a um homem. Esse é o mal das moças ianques. Elas seriam as mais encantadoras se não estivessem sempre dizendo que podem cuidar de si mesmas, obrigada. Geralmente dizem a verdade, que Deus as guarde. Assim os homens vão deixar que cuidem de si mesmas.

– Como você fala... – disse ela friamente, pois não havia pior ofensa do que ser comparada a uma ianque. – Creio que está mentindo sobre a possibilidade de um cerco. Bem sabe que os ianques nunca vão chegar a Atlanta.

– Aposto que estarão aqui dentro de um mês. Aposto uma caixa de bombons contra... – Seus olhos escuros rumaram para os lábios dela. – Contra um beijo.

Por um último e breve momento, o medo de uma invasão ianque apertou seu coração, mas à palavra "beijo" ela esqueceu aquilo. Agora estava em terreno conhecido e muito mais interessante do que operações militares. Com dificuldade, ela conteve um sorriso de alegria. Desde o dia em que tinha lhe dado o chapéu de sol, Rhett não fizera nenhuma investida que pudesse ser interpretada como a de um apaixonado. Era difícil induzi-lo a uma conversa pessoal, por mais que ela tentasse, mas agora, sem que procurasse, ele estava falando em beijá-la.

– Não faço questão dessas conversas pessoais – disse ela friamente, e tentou franzir a testa. – Além disso, eu preferiria beijar um porco.

– Gosto não se discute e sempre ouvi dizer que os irlandeses têm um fraco pelos porcos, chegando a acomodá-los sob suas camas. Mas, Scarlett, você está precisando muito beijar. É esse seu problema. Todos os seus admiradores a têm respeitado demais, só Deus sabe a razão, ou então andam com tanto medo de você que não conseguem tratá-la como merece. O resultado é essa sua insuportável arrogância. Você devia ser beijada, e por alguém que saiba fazê-lo.

A conversa não estava tomando o rumo que ela queria. Nunca tomava quando estava com ele. Era sempre um duelo que ela perdia.

– E imagino que você se considere a pessoa indicada – disse ela com sarcasmo, reprimindo o mau humor com certa dificuldade.

– Com certeza, se eu quisesse me dar o trabalho – disse ele, displicente. – Dizem que beijo muito bem.

– Ah! – começou ela, indignada diante da desfeita a seus encantos. – Ora, você... – Mas seus olhos baixaram em uma súbita confusão.

Ele sorria, mas pelas profundezas escuras de seus olhos passou um breve lampejo, como uma chama espontânea na natureza.

– É claro, você deve ter se perguntado por que nunca tentei dar continuidade àquele casto beijinho que lhe dei no dia em que levei o chapéu...

– Eu nunca...

– Então você não é uma moça decente, Scarlett, sinto muito. Todas as moças realmente decentes estranham quando os homens não tentam beijá-las. Elas sabem que não deveriam querer, e sabem que devem agir como que ofendidas se eles o fazem, mas, de todo modo, elas desejam que os homens tentem... Bem, minha cara, tome coragem! Algum dia tentarei beijá-la, e você vai gostar. Mas não agora. Então, peço que não fique impaciente demais.

Ela sabia que ele estava implicando, mas, como sempre, suas provocações a enlouqueciam. Sempre havia muita verdade nas coisas que ele dizia. Bem, com essa estava tudo acabado com ele. Se algum dia ele fizesse a grosseria de tomar liberdades, ela lhe mostraria.

– Poderia fazer a gentileza de dar a volta no cavalo, capitão Butler? Desejo retornar ao hospital.

– Tem certeza, minha angélica enfermeira? Quer dizer que piolhos e águas servidas são preferíveis à minha conversa? Bem, longe de mim privar Nossa Gloriosa Causa de um par de mãos laboriosas. – Ele virou a cabeça do cavalo e eles começaram a voltar para Five Points.

– Quanto ao motivo para eu não ter feito outras investidas – continuou ele suavemente, como se ela não tivesse sinalizado que a conversa chegara ao fim. – Estou esperando que você cresça um pouco mais. Entenda, não seria muito divertido beijá-la agora, e sou bastante egoísta com meus prazeres. Nunca me interessei em beijar crianças.

Ele conteve uma risadinha enquanto via de esguelha o peito dela arfando de muda raiva.

– Também porque – continuou afável – estou esperando que a memória do honorável Ashley Wilkes se extinga.

À menção do nome de Ashley, ela foi tomada de uma súbita dor, lágrimas quentes lhe picaram as pálpebras. Extinguir? A memória de Ashley jamais se extinguiria, nem que ele estivesse morto há mil anos. Ela pensou em Ashley, ferido, morrendo em uma longínqua prisão ianque, sem cobertores, sem ninguém que o amasse para segurar-lhe a mão, e se encheu de ódio pelo homem bem alimentado a seu lado, o deboche sob a voz arrastada.

Ela estava zangada demais para falar, e eles seguiram em silêncio por algum tempo.

– Agora entendo praticamente tudo sobre você e Ashley – continuou Rhett. – Comecei com sua deselegante cena em Twelve Oaks e, desde então, ficando de olhos bem abertos, colhi muitas coisas. Quais? Ah, que você ainda mantém uma romântica paixão de colegial por ele, que é recíproca, à medida que sua natureza honrada o permite. Que a Sra. Wilkes nada sabe e que vocês lhe pregaram uma bela peça. Entendo tudo, exceto uma coisa, que desperta minha curiosidade. O honorável Ashley alguma vez arriscou sua alma imortal beijando-a?

A resposta foi um silêncio pétreo e um desvio de cabeça.

– Ah, então ele realmente a beijou. Suponho que tenha sido quando esteve aqui de licença. E agora, que ele provavelmente está morto, você alimenta essa memória no coração. Mas tenho certeza de que irá superar isso, e quando tiver esquecido o beijo dele...

Ela virou-se, furiosa.

– Vá para... Halifax – disse ela, tensa, os olhos verdes como fendas de raiva. – E deixe-me sair desta carruagem antes que eu pule sobre as rodas. E nunca mais quero falar com você.

Ele parou a carruagem, mas, antes que pudesse descer para ajudá-la, ela saltou. A crinolina prendeu na roda e por um instante o povo em Five Points teve a visão da anágua e das calçolas de Scarlett. Então Rhett se debruçou e rapidamente a liberou. Ela saiu precipitadamente sem dizer uma palavra, sem sequer olhar para trás, e ele riu baixinho, dando rédeas ao cavalo.

18

Pela primeira vez desde o início da guerra, Atlanta ouvia o som da batalha. Às primeiras horas da manhã, antes do despertar dos ruídos da cidade, podia-se ouvir, longínquo, o canhão na montanha Kennesaw. Um surdo ribombar que podia ser confundido com uma trovoada de verão. Às vezes era tão forte que se sobrepunha ao movimento do tráfego do meio-dia. O povo tentava não escutá-lo, tentava conversar, rir, seguir em frente com seus afazeres, como se os ianques não estivessem lá, a apenas 32 quilômetros de distância, mas os ouvidos eram sempre forçados a escutar. A cidade carregava um semblante preocupado, pois não importava o que lhes ocupasse as mãos, todos escutavam sem cessar seus corações aos saltos uma centena de vezes por dia. Estaria o ribombar mais alto? Ou era só a imaginação? Será que o general Johnston os deteria dessa vez? Será?

O pânico estava à flor da pele. Os nervos, que ficavam mais tensos a cada dia da resistência, começaram a atingir seu ponto de ruptura. Não se falava em temores. Era tabu, mas a tensão nervosa se expressava em ruidosas críticas ao general. O sentimento público era febril. Sherman estava bem às portas de Atlanta. Outro recuo traria os Confederados para dentro da cidade.

Queremos um general que não recue! Queremos um homem que resista e lute! Com o ribombar dos canhões em seus ouvidos, a milícia estadual, os "animaizinhos de estimação de Joe Brown" e a Guarda Nacional saíram de Atlanta marchando para defender as pontes e barcas do rio Chattahoochee na retaguarda de Johnston. Era um dia cinzento, encoberto, e, quando eles passavam por Five Points, saindo da estrada de Marietta, começou a cair uma chuva fina. A cidade toda se reunira para vê-los partir e aglomerados sob os toldos de madeira das lojas da rua dos Pessegueiros, tentavam animá-los.

Scarlett e Maybelle Merriwether Picard tiveram permissão para deixar o hospital e assistir à partida dos homens porque tio Henry Hamilton e vovô Merriwether estavam na Guarda Nacional. Elas estavam com a Sra. Meade, comprimidas no meio da multidão, na ponta dos pés para ver melhor. Embora dominada pelo desejo universal sulista de só acreditar nas coisas mais agradáveis e tranquilizadoras sobre o progresso da luta, Scarlett teve um calafrio ao observar as fileiras heterogêneas passando. Sem dúvida, a situação devia estar desesperadora para que chamassem aquele grupo de anciãos e meninos ao combate. Com certeza, havia jovens aptos entre as fileiras, enfeitados com suas fardas das unidades formadas pela sociedade seleta, as penas tremulando, as faixas dançando. Mas havia muitos velhos e meninos, imagem que fez seu coração se contrair de pena e medo. Havia barbas grisalhas mais velhas que as de seu pai tentando acertar o passo de modo vivaz sob a chuva fina ao ritmo dos pífanos e tambores da unidade. Vovô Merriwether, protegendo-se da chuva com o melhor xale xadrez da Sra. Merriwether sobre os ombros, estava na primeira fileira, e saudou as moças com um largo sorriso. Elas abanaram os lenços e gritaram alegres despedidas; mas Maybelle, segurando o braço de Scarlett, sussurrou:

– Ah, coitadinho! Vai bastar uma boa tempestade para acabar com ele! O lumbago...

Tio Henry Hamilton marchava atrás da fileira de vovô Merriwether, a gola do sobretudo preto virada para cima a tapar-lhe as orelhas, duas pistolas da guerra mexicana no cinto e uma maleta na mão. Ao lado, marchava seu camareiro negro, quase tão velho quanto ele próprio, com um guarda-chuva aberto protegendo a ambos. Ombro a ombro com os idosos, vinham os meninos, nenhum deles parecendo ter mais de 16 anos. Muitos tinham fugido da escola para ingressar no exército e se agrupavam aqui e ali com seus uniformes de cadetes das academias militares, as penas pretas de galo em seus justos quepes cinza molhados da chuva, os tirantes de lona branca atravessados nos peitos ensopados. Entre eles, ia Phil Meade, orgulhosamente levando o sabre e as pistolas do irmão morto, o chapéu audaciosamente preso para cima em um lado. A Sra. Meade fez força para sorrir e acenar até ele ter passado e depois encostou a cabeça atrás do ombro de Scarlett por um momento, como se tivesse perdido as forças.

Muitos homens nem sequer estavam armados, pois a Confederação não possuía rifles nem munição para lhes ceder. Esperavam se equipar com o armamento de ianques mortos e capturados. Muitos levavam facas nas botas e, nas mãos, carregavam lanças com setas de ferro conhecidas como "lúcios de Joe Brown". Os sortudos tinham mosquetes de pederneira pendurados nos ombros e polvorinhos nos cintos.

Johnston perdera cerca de 10 mil homens em sua resistência. Necessitava de mais 10 mil. E isso, pensou Scarlett amedrontada, é o que ele está conseguindo!

Com o passar da artilharia, respingando lama na multidão que observava, um negro em uma mula, ao lado de um canhão, chamou sua atenção. Era um negro jovem de fisionomia séria e, ao vê-lo, Scarlett gritou:

– É Mose! Mose do Ashley! O que estará fazendo aqui? – Ela abriu caminho, foi até o meio-fio e chamou: – Mose! Espere!

Vendo-a, o rapaz puxou as rédeas, sorriu encantado e fez menção de desmontar. Um sargento encharcado, cavalgando atrás dele, chamou:

– Fique nessa mula, rapaz, ou acendo uma fogueira embaixo de você! Temos que chegar à montanha uma hora dessas.

Sem saber o que fazer, Mose olhou para o sargento, depois para Scarlett, e ela, caminhando pela lama, próxima às rodas que passavam, segurou a correia do estribo.

– Ah, só um minuto, sargento! Não precisa descer, Mose. Mas o que está fazendo aqui?

– Tô vortano pra guerra, sinhá Scarlett. Agora com o véio sinhô John ao invés do sinhozinho Ashley.

– O Sr. Wilkes! – Scarlett ficou atônita. O Sr. Wilkes tinha quase 70 anos. – Onde ele está?

– Lá atrás, com o úrtimo canhão, sinhá Scarlett. Lá atrás!

– Desculpe-me, senhora. Vamos indo, rapaz!

Scarlett ficou parada um instante, os tornozelos enfiados na lama enquanto as armas seguiam em frente. "Oh, não", pensou. "Não pode ser. Ele é velho demais. E não é maior apreciador da guerra que Ashley era!" Recuou alguns passos até o meio-fio e ficou examinando cada rosto que passava. Então, conforme se aproximava o último canhão e a carreta de artilharia guinchando, ela o viu, esguio, ereto, o longo cabelo prateado molhado, cavalgando tranquilamente uma pequena égua, que se desviava dos buracos enlameados com o mesmo capricho que uma mulher em um vestido de cetim. Ora... aquela égua era Nellie! A Nellie da Sra. Tarleton! O amado tesouro de Beatrice Tarleton!

Quando a viu parada no meio da lama, o Sr. Wilkes puxou as rédeas com um sorriso de prazer e, desmontando, foi em sua direção.

– Eu esperava visitá-la, Scarlett. Seu pessoal me encarregou de dar muitos recados. Mas não houve tempo. Acabamos de chegar, hoje de manhã, e, como vê, já estão nos apressando a partir.

– Ah, Sr. Wilkes – exclamou ela, desesperada, segurando a mão dele –, não vá! Por que precisa ir?

– Ah, então acha que estou velho demais! – sorriu ele, e era o sorriso de Ashley em um rosto mais velho. – Talvez esteja velho demais para marchar, mas não para cavalgar e atirar. E a Sra. Tarleton foi gentil de me emprestar Nellie, portanto, estou em uma excelente montaria. Espero que nada aconteça a Nellie, pois, se algo lhe acontecesse, eu não poderia voltar para casa e encarar a Sra. Tarleton. Nellie é o último cavalo que lhe sobrou. – Ele ria agora, desviando os temores dela. – Sua mãe, seu pai e as meninas estão bem e lhe mandam lembranças saudosas. Seu pai quase veio conosco!

– Ah, não, papai não! – exclamou Scarlett aterrorizada. – Papai não vai para a guerra, não é?

– Não, mas estava pretendendo. É claro que não pode caminhar muito por causa do joelho, mas queria vir montado conosco. Sua mãe concordou, contanto que ele conseguisse saltar a cerca do pasto, pois ela disse que o exército exigiria manobras perigosas. Seu pai achou que isso fosse ser fácil, mas, acredite se quiser, quando o cavalo chegou à cerca, empacou e lá se foi seu pai sobre a cabeça do animal! Foi uma sorte ele não ter quebrado o pescoço! Mas você sabe como ele é obstinado. Montou e tentou de novo. Bem, Scarlett, ele tentou três vezes antes que a Sra. O'Hara e Pork o levassem para a cama. Ficou muito atacado com isso, jurando que sua mãe "sussurrara ao ouvido do cavalo". Ele simplesmente não está apto, Scarlett. Não fique constrangida. Afinal, alguém tem que ficar em casa e cultivar a terra para o exército.

Scarlett não sentia nenhum constrangimento, só uma grande sensação de alívio.

– Mandei India e Honey para Macon. Vão ficar com os Burr, e o Sr. O'Hara ficou cuidando de Twelve Oaks, além de Tara... Preciso ir, minha querida. Deixe-me dar um beijo nesse lindo rosto.

Scarlett virou os lábios para o rosto dele e sentiu um aperto na garganta. Gostava de verdade do Sr. Wilkes. Certa vez, fazia muito tempo, tivera a esperança de ser sua nora.

– E você precisa mandar esse beijo para Pittypat e esse para Melanie – disse ele, beijando-a de leve duas vezes mais. – E como está Melanie?

– Está bem.

– Ah! – Os olhos dele a fixaram, mas atravessando-a, olhando além dela como Ashley fazia, remotos olhos cor de cinza, olhando para um outro mundo. – Eu gostaria de poder ver meu primeiro neto. Adeus, minha querida.

Ele saltou sobre Nelly e partiu a meio-galope, chapéu na mão, cabelo prateado sob a chuva. Scarlett já estava com Maybelle e a Sra. Meade novamente quando o significado de suas últimas palavras ficou claro. Então, em um terror supersticioso ela fez o sinal da cruz e tentou rezar. Ele falara de morte, assim como Ashley tinha feito, e agora Ashley... Ninguém jamais deveria falar na morte! Mencioná-la era tentar a Providência. Voltando em silêncio para o hospital com as outras duas mulheres, Scarlett rezava: "Ele também, não, Deus. Não ele e Ashley!"

A resistência entre Dalton e a montanha Kennesaw durara do início de maio até meados de junho. Passando os tórridos dias de chuvas de junho, sem que Sherman conseguisse desalojar os Confederados das escorregadias e íngremes encostas, a esperança novamente ergueu a cabeça. Todos ficavam mais animados e falavam mais gentilmente sobre o general Johnston. Conforme os dias úmidos de junho passavam para os mais úmidos ainda de julho e os Confederados, lutando desesperadamente nas altitudes entrincheiradas, ainda mantinham Sherman acuado, uma alegria descontrolada tomava conta de Atlanta. A esperança subiu à cabeça do povo como champanhe. Urra! Urra! Estamos dominando a situação. Houve um surto de festas e bailes. Sempre que agrupamentos de homens em combate estavam na cidade para passar a noite, as pessoas lhes ofereciam jantares, e depois havia bailes. As moças, excedendo em dez o número de homens, os valorizavam, querendo a todo custo dançar com eles.

Atlanta estava lotada de visitantes, refugiados, famílias de homens feridos nos hospitais, esposas e mães de soldados em combate na montanha, que desejavam estar perto deles para o caso de ferimentos. Além disso, bandos de beldades do interior, onde todos os homens remanescentes tinham menos de 16 anos ou mais de 60, tinham aterrissado na cidade. Tia Pitty reprovava totalmente estas últimas, pois sentia que só tinham ido para Atlanta com o intuito de caçar um marido, e essa falta de vergonha a fazia questionar o ponto a que chegara o mundo. Scarlett também as reprovava. Não ligava para a sôfrega competição imposta pelas mocinhas de 16 anos, cujas faces frescas e sorrisos brilhantes faziam os rapazes esquecer os vestidos virados ao avesso e os calçados remendados. Afinal, suas roupas eram mais bonitas e mais novas que as da maioria, graças aos tecidos que Rhett Butler lhe trouxera de sua última viagem de navio, mas tinha que levar em conta que estava com 19 anos, e continuava a envelhecer, e os homens tinham a mania de procurar jovens tolinhas.

Uma viúva com um filho estava em desvantagem diante dessas belas assanhadas, pensou. Mas, naqueles dias de entusiasmo, sua viuvez e maternidade lhe pesavam menos que nunca. Entre o serviço no hospital durante o dia e as festas à noite, ela quase nunca via Wade. Às vezes, passava um bom tempo esquecida de que tinha um filho.

Nas noites úmidas e quentes de verão, as casas de Atlanta ficavam abertas para os soldados, os defensores da cidade. As amplas casas da rua Washington e da rua dos Pessegueiros resplandeciam iluminadas enquanto os combatentes enlameados das trincheiras eram entretidos. O som do banjo e do violino, do arrastar de pés dançantes e das risadas viajava longe pelo ar noturno. As pessoas se agrupavam em torno dos pianos e as vozes cantavam a letra triste de "Your Letter Came but Came Too Late", enquanto galanteadores esfarrapados olhavam significativamente para as moças, que riam por trás dos leques de cauda de peru, implorando que não esperassem até que fosse tarde demais. Se pudesse, nenhuma das moças esperaria. Com a onda de alegria histérica e entusiasmo que dominava a cidade, elas se apressavam ao matrimônio. Houve muitos casamentos naquele mês enquanto Johnston detinha o inimigo na montanha Kennesaw, casamentos em que a noiva aparecia corada de alegria com alguns artigos de luxo tomados apressadamente emprestados das amigas, e o noivo batia a espada nos joelhos remendados. Tanto entusiasmo, tantas festas, tantas emoções! Urra! Johnston está detendo os ianques a 32 quilômetros daqui!

Sim, as fileiras ao redor da montanha Kennesaw eram intransponíveis. Após 25 dias de combate até o general Sherman estava convencido disso, pois suas perdas eram enormes. Em vez de continuar o ataque direto, ele dirigiu seu exército em um amplo círculo outra vez e tentou se posicionar entre os Confederados e Atlanta. Novamente, a estratégia funcionou. Johnston foi forçado a abandonar as alturas que tão bem dominara, para proteger a retaguarda. Perdera um terço dos homens nesse combate, e os restantes avançavam exaustos sob a chuva pelo campo rumo ao rio Chattahoochee. Os Confederados já não podiam esperar reforços, ao passo que a ferrovia, agora dominada pelos ianques, do Tennessee para o sul até a linha de batalha, diariamente trazia novas tropas e suprimentos para Sherman. Então as fileiras de cinza recuaram pelos campos lamacentos, rumo a Atlanta.

Com a perda da posição supostamente intransponível, uma nova onda de terror varreu a cidade. Por 25 dias de arrebatamento e alegria todos tinham garantido a todos os outros que não havia possibilidade de aquilo acontecer. E agora acontecera! Mas certamente o general deteria os ianques na outra margem do rio. Embora Deus soubesse que o rio ficava bem perto, a apenas 11 quilômetros!

Mas Sherman os atacou de flanco mais uma vez, atravessando o rio acima deles, e as fileiras de cinza, esgotadas, foram forçadas a atravessar as águas barrentas e se jogar novamente entre os invasores e Atlanta. Às pressas, cavaram valas rasas ao norte da cidade, no vale do riacho Peachtree. Atlanta estava em agonia e pânico.

Lutar e recuar! Lutar e recuar! E a cada recuo os ianques se aproximavam mais da cidade. O riacho Peachtree ficava a apenas 8 quilômetros! O que o general estava pensando?

Os brados de "Queremos um homem que resista e lute!" chegaram a Richmond. Richmond sabia que se Atlanta caísse a guerra estava perdida, e depois da travessia do Chattahoochee o general Johnston foi deposto do comando. O general Hood, um de seus comandantes de unidade, assumiu o exército, e a cidade respirou um pouco aliviada. Hood não recuaria. Não aquele homem alto do Kentucky, com sua barba densa e olhar chispante! Tinha a reputação de um buldogue. Ele faria os ianques recuarem do riacho, sim, recuariam até atravessar o rio, seguindo estrada acima cada passo de volta a Dalton. Mas o exército suplicava: "Devolvam-nos o Velho Joe!", pois tinham estado com o Velho Joe durante todo o caminho extenuante desde Dalton, e sabiam, de um modo que os civis não podiam saber, as dificuldades que enfrentavam.

Sherman não esperou que Hood se preparasse para atacar. No dia seguinte à troca de comando o general ianque atacou rapidamente a cidadezinha de Decatur, a menos de 10 quilômetros de Atlanta, capturou e cortou a linha férrea lá. Essa era a ferrovia que ligava Atlanta a Augusta, Charleston, Wilmington e Virgínia. Sherman aplicara um golpe paralisante à Confederação. Chegara a hora de agir! Atlanta bradava por ação!

Então, em uma tarde escaldante de julho, Atlanta teve seu desejo realizado. O general Hood fez mais que resistir e lutar. Ele atacou os ianques ferozmente no riacho Peachtree, lançando seus homens entrincheirados contra as fileiras azuis, nas quais os homens de Sherman estavam em dobro.

Assustados, rezando para que o ataque de Hood fizesse os ianques recuar, todos escutavam o troar dos canhões e os estampidos de milhares de rifles que, embora a 8 quilômetros do centro da cidade, tinham um volume tão alto que pareciam estar quase na quadra ao lado. Conseguiam ouvir o movimento das baterias, ver a fumaça que se formava como nuvens baixas acima das árvores, mas durante horas ninguém soube do andamento da batalha.

As primeiras notícias chegaram ao final da tarde, mas eram incertas, contraditórias, assustadoras, trazidas pelos feridos nas primeiras horas da batalha. Esses homens começaram a aparecer sozinhos e agrupados, os menos gravemente feridos apoiando os que mancavam e cambaleavam. Logo, uma corrente contínua se instalou, seguindo seu caminho doloroso para a cidade rumo aos hospitais, os rostos pretos como os dos negros por causa de pólvora, poeira e suor, os ferimentos expostos, o sangue secando e as moscas enxameando ao redor deles.

A casa de tia Pitty era uma das primeiras que eles alcançavam em seu esforço para chegar ao norte da cidade e, um após outro, passavam cambaleando pelo portão e caíam na grama implorando:

– Água!

Durante toda aquela tarde escaldante tia Pitty e a família, negra e branca, ficaram sob o sol com baldes de água e ataduras, servindo água, fazendo curativos até acabarem as ataduras e até os lençóis e toalhas cortados se exaurirem. Tia Pitty chegou a esquecer totalmente que a visão de sangue sempre a fazia desmaiar e ficou na função até que seus pezinhos calçando sapatos pequenos demais já não a sustentassem. Até Melanie, agora bem volumosa, esqueceu o recato e trabalhou sem parar lado a lado com Prissy, Cookie e Scarlett, o semblante tão tenso como o de qualquer dos feridos. Quando ela finalmente desmaiou, não havia lugar onde deitá-la a não ser a mesa da cozinha, pois todas as camas, cadeiras e sofás da casa estavam ocupadas pelos feridos.

Esquecido em meio ao tumulto, o pequeno Wade, agachado atrás da balaustrada da varanda, espiava o gramado como um coelhinho assustado dentro da gaiola, os olhos arregalados de pavor, chupando o polegar e tendo soluços. Ao vê-lo, Scarlett gritou asperamente:

– Vá brincar no pátio de trás, Wade Hamilton! – Mas ele sentia-se apavorado e fascinado demais diante daquela cena para obedecer.

O gramado estava cheio de homens prostrados, muito enfraquecidos pelos ferimentos para se mexerem. Estes, tio Peter colocou dentro da carruagem e levou para o hospital, fazendo várias viagens até o velho cavalo ficar espumando. As Sras. Meade e Merriwether enviaram suas carruagens, e estas também saíram, molas arqueando sob o peso dos feridos.

Mais tarde, no longo e quente crepúsculo estival, desceram as ambulâncias do campo de batalha e carroções do batalhão de suprimentos, cobertos pela lona enlameada. Em seguida, reboques agrícolas, carroças de boi e até carruagens particulares dirigidas pelo corpo médico militar. Passavam pela casa de tia Pitty, aos solavancos sobre a estrada esburacada, lotadas de feridos e moribundos, pingando sangue na poeira vermelha. À vista das mulheres com baldes e canecas, os veículos paravam e o coro se elevava em brados e sussurros:

– Água!

Scarlett segurava as cabeças oscilantes para que lábios ressecados conseguissem beber, derramava baldes de água sobre corpos empoeirados, febris, e nas feridas abertas para que os homens tivessem um breve momento de alívio. Na ponta dos pés, ela entregava as canecas para os cocheiros das ambulâncias e a cada um perguntava, com o coração a lhe sair pela boca:

– Quais são as notícias? Quais são as notícias?

Todos lhe vinham com a mesma resposta:

– Não se sabe ao certo, senhora. É muito cedo para dizer.

A noite chegou abafada. O ar estava parado e os nós de pinho que os negros seguravam acesos esquentavam ainda mais. O pó entupia as narinas de Scarlett e ressecava seus lábios. Seu vestido de morim lilás, tão limpo e engomado naquela manhã, trazia vestígios de sangue, sujeira e suor. Então era isso que Ashley quisera dizer quando escreveu que a guerra não era glória, mas sujeira e infelicidade.

O cansaço lançava uma sombra irreal, de pesadelo, sobre toda a cena. Não podia ser real... ou, se fosse, então o mundo enlouquecera. Caso contrário, por que ela estaria ali, no pacífico jardim de tia Pitty, em meio ao tremeluzir das luzes, jogando água nos rapazes moribundos? Pois muitos deles eram seus admiradores e tentavam sorrir ao vê-la. Havia tantos homens sacolejando por aquela estrada escura e poeirenta que ela conhecia tão bem, tantos homens morrendo ali, diante dos olhos dela, mosquitos se apinhando em seus rostos ensanguentados, homens com quem ela dançara e rira, para quem tocara música e cantara, a quem provocara, confortara e amara... um pouco.

Ela encontrou Carey Ashburn no fundo de uma camada de feridos em uma carroça de bois, quase morrendo com um ferimento de bala na cabeça. Mas não poderia desembaraçá-lo sem perturbar outros seis feridos, então deixou-o ir para o hospital. Depois ficou sabendo que ele morrera antes mesmo que um médico pudesse vê-lo e fora enterrado em algum lugar, ninguém sabia exatamente onde. Muitos homens tinham sido enterrados naquele mês, em covas rasas, cavadas às pressas no cemitério de Oakland. Melanie ficara muito triste por não terem conseguido uma mecha do cabelo de Carey para enviar à mãe dele no Alabama.

À medida que a noite quente passava, as costas doíam e os joelhos vergavam de exaustão, Scarlett e Pitty continuavam a gritar para os homens que passavam:

– Quais são as notícias? Quais são as notícias?

E, após longas horas arrastadas, elas tiveram a resposta, uma resposta que as fez se entreolharem, lívidas.

– Estamos recuando.

– Tivemos que recuar.

– Eles têm mais homens que nós, aos milhares.

– Os ianques interceptaram a cavalaria de Wheeler perto de Decatur. Precisamos levar reforço.

– Nossos rapazes estarão todos aqui na cidade em breve.

Scarlett e Pitty seguraram-se uma nos braços da outra.

– Os... os ianques estão vindo?

– Sim, senhora, estão vindo, com certeza, mas não vão muito longe.

– Não se aflija, senhora, eles não vão conseguir tomar Atlanta.

– Não, senhora, temos milhares de quilômetros de trincheiras ao redor da cidade.

– Eu mesmo ouvi o Velho Joe dizendo: "Posso defender Atlanta para sempre."

– Mas não estamos com o Velho Joe. Estamos com...

– Cale a boca, seu bobo! Quer assustar as senhoras?

– Os ianques nunca vão tomar este lugar, madame.

– Por que as senhoras não vão para Macon ou para algum lugar mais seguro? Não têm parentes por lá?

– Os ianques não vão tomar Atlanta, mas de todo jeito não vai ser muito saudável para as senhoras enquanto eles estiverem tentando.

– Vai haver muitos bombardeios.

Sob uma chuva morna no dia seguinte, o exército derrotado chegou a Atlanta aos milhares, esgotados pela fome e pela fadiga, exauridos por 76 dias de batalha e retirada, os cavalos feito espantalhos famintos, os canhões e as carretas de munição atrelados com uma miscelânea de cordas e tiras de couro. Mas eles não chegaram como uma turba desordenada, totalmente desbaratada. Vinham marchando enfileirados, elegantes apesar dos trapos, as bandeiras vermelhas e rasgadas de batalha erguidas sob a chuva. Tinham aprendido a recuar com o Velho Joe, que tornara o recuo uma façanha estratégica tão importante quanto o avanço. As colunas barbadas, maltrapilhas, desciam a rua dos Pessegueiros ao som de "Maryland! My Maryland!", e todos saíram à rua para saudá-los. Na vitória ou na derrota, eram seus rapazes.

A milícia estadual que saíra havia tão pouco tempo, resplandecente em suas novas fardas, mal podia ser distinguida das tropas antigas, de tão suja e desarrumada que estava. No olhar uma nova expressão. Os três anos de desculpas, de explicações para não estarem na frente de combate, tinham agora ficado para trás. Tinham trocado a segurança de trás das fileiras pelas dificuldades da batalha. Muitos tinham trocado a vida fácil pela morte. Agora eram veteranos de um breve tempo de serviço e tinham saldado bem sua dívida. Procuravam na multidão pelos rostos dos amigos e os encaravam orgulhosos, desafiadores. Agora podiam erguer a cabeça.

Os velhos e meninos da Guarda Nacional passaram marchando, os de barba grisalha quase cansados demais para levantar os pés, os meninos exibindo a fisionomia de crianças cansadas, confrontados cedo demais com problemas adultos. Scarlett localizou Phil Meade e mal o reconheceu, de tão preto que estava seu rosto de pólvora e fuligem, tão teso pelo esforço e cansaço. Tio Henry vinha mancando, sem chapéu sob a chuva, a cabeça saindo pelo buraco de um pedaço de encerado velho. Vovô Merriwether veio em uma carreta de munição, os pés descalços atados com tiras de cobertor. Por mais que procurasse, ela não viu John Wilkes.

Mas os veteranos de Johnston seguiam em frente com o passo incansável, displicente, que os levara por três anos, e ainda tinham energia para sorrir e acenar para as moças bonitas e dar gritos de troça para os homens sem farda. Estavam a caminho das trincheiras que cercavam a cidade – não eram valas rasas apressadamente cavadas, estas, mas barricadas altas, reforçadas por sacos de areia e com aduelas pontudas de madeira fincadas no alto. As trincheiras cercavam a cidade quilômetro após quilômetro, talhos vermelhos encimados por montes de terra vermelha, esperando pelos homens que as ocupariam.

A multidão dava vivas às tropas como o fariam na vitória. O medo estava em todos os corações, mas, agora que sabiam a verdade, agora que o pior acontecera, agora que a guerra estava em seu quintal, uma mudança tomou conta da cidade. Nada de pânico, nada de histeria. Qualquer coisa que estivesse em seus corações não se expressava nas fisionomias. Todos pareciam animados, mesmo que o ânimo fosse forçado. Todos tentavam mostrar para as tropas expressões corajosas, confiantes. Todos repetiam o que o Velho Joe dissera logo antes de ser substituído no comando: "Posso defender Atlanta para sempre."

Agora que Hood tivera que recuar, muitos desejavam, juntamente com os soldados, a volta do Velho Joe, mas se abstinham de falar e se encorajavam com seu comentário: "Posso defender Atlanta para sempre!"

As táticas cautelosas do general Johnston não faziam o estilo de Hood. Ele atacou os ianques a leste e a oeste. Sherman cercava a cidade como um lutador que busca um espaço desprotegido no corpo do adversário, e Hood não ficou atrás das trincheiras esperando pelo ataque dos ianques. Saiu ousadamente ao encontro deles, em um ataque brutal. No espaço de poucos dias se desenrolaram as batalhas de Atlanta e Ezra Church, e as duas foram confrontos de grande porte, fazendo a do riacho Peachtree parecer uma escaramuça.

Mas os ianques sempre voltavam para outra luta. Tinham sofrido sérias perdas, mas podiam arcar com elas. E nesse meio-tempo suas baterias lançavam balas de canhão em Atlanta, matando pessoas em suas casas, arrancando tetos de prédios, abrindo grandes crateras nas ruas. O povo da cidade se protegia como melhor podia em porões, buracos e túneis rasos cavados nos atalhos da ferrovia. Atlanta estava sitiada.

Onze dias após ter assumido o comando, o general Hood perdera quase tantos homens quanto Johnston perdera em 74 dias de batalha e recuo, e Atlanta estava encurralada por três lados.

Toda a extensão da ferrovia que ligava Atlanta ao Tennessee agora estava em poder de Sherman. Seu exército controlava a ferrovia leste e ele cortara o ramal sudeste, que levava ao Alabama. A única linha ainda aberta era a sul, que levava a Macon e Savannah. Atlanta estava lotada de soldados, assoberbada de feridos, apinhada de refugiados, e essa única linha era insuficiente para as necessidades gritantes da cidade assolada. Mas, enquanto essa ferrovia estivesse defendida, Atlanta poderia resistir.

Scarlett ficou apavorada ao perceber a importância que essa linha assumira, a ferocidade com que Sherman lutaria para tomá-la, o desespero com que Hood lutaria para defendê-la. Pois era a linha que levava ao condado, através de Jonesboro. E Tara só ficava a 8 quilômetros de Jonesboro! Tara parecia um porto seguro em comparação ao inferno gritante de Atlanta, mas só ficava a 8 quilômetros de Jonesboro!

Scarlett e muitas outras senhoras sentaram-se nos telhados planos das lojas, à sombra de suas pequenas sombrinhas, observando a luta no dia da batalha de Atlanta. Mas, quando as balas de canhão começaram a cair nas ruas, elas fugiram para os porões, iniciando-se naquela mesma noite o êxodo de mulheres, crianças e idosos da cidade. O destino era Macon, e muitos dos que pegaram o trem aquela noite já tinham se refugiado cinco ou seis vezes, conforme Johnston recuava de Dalton. Agora viajavam com menos bagagem do que quando tinham chegado a Atlanta. A maioria só carregava uma maleta e um escasso almoço embrulhado em um lenço. Aqui e ali, criados amedrontados carregavam jarras, talheres de prata e um ou dois retratos de família que tinham sido salvos na primeira fuga.

As Sras. Merriwether e Elsing recusaram-se a partir. Precisavam delas no hospital e, além disso, disseram com orgulho, não tinham medo. Nenhum ianque as arrancaria de suas casas. Mas Maybelle com seu bebê e Fanny Elsing foram para Macon. Pela primeira vez em sua vida matrimonial a Sra. Meade recusou-se terminantemente a obedecer à ordem de partida que lhe dera o marido, pensando em sua segurança. O doutor precisava dela. Além do mais, Phil estava nas trincheiras e ela queria estar por perto no caso de...

Mas a Sra. Whiting foi embora, assim como muitas outras senhoras do círculo de Scarlett. Tia Pitty, que fora a primeira a censurar o Velho Joe pela política de recuo, foi uma das primeiras a arrumar os baús. Tinha nervos delicados, disse ela, e não tolerava os estrondos. Temia desmaiar com uma explosão e não conseguir chegar ao porão. Não, ela não estava com medo, sua boca infantil tentava dizer de modo marcial, mas falhava. Ela iria para Macon, ficar com a prima, a velha Sra. Burr, e as meninas deviam ir com ela.

Scarlett não queria ir para Macon. Mesmo temerosa como estava das balas de canhão, preferia ficar em Atlanta a ir para Macon, pois detestava sinceramente a Sra. Burr. Anos antes, a Sra. Burr dissera que ela era "leviana" após flagrá-la beijando seu filho Willie em uma das festas na casa dos Wilkes.

– Não – ela disse a tia Pitty. – Vou para Tara e Melly pode ir para Macon com a senhora.

Diante disso, Melanie começou a chorar, amedrontada e desapontada. Quando tia Pitty saiu para chamar o Dr. Meade, Melanie pegou a mão de Scarlett, suplicante:

– Querida, não vá para Tara, não me deixe! Eu me sentiria muito só sem você. Ah, Scarlett, eu simplesmente morreria se você não estivesse comigo na hora de o bebê nascer! Sim... sim, eu sei que tenho tia Pitty, e ela é um amor. Mas, afinal, ela nunca teve um bebê, e às vezes me deixa tão nervosa que tenho vontade de gritar. Não me abandone, querida. Você tem sido como uma irmã para mim e, além disso – disse ela com um leve sorriso –, você prometeu a Ashley que cuidaria de mim. Ele me disse que lhe pediria.

Scarlett olhou para ela, espantada. Como é que Melly podia gostar tanto dela quando ela mal conseguia disfarçar que não gostava de Melly? Como podia ser tão burra e não perceber seu amor secreto por Ashley? Ela se traíra centenas de vezes durante aqueles meses de tormento, esperando por notícias dele. Mas Melanie nada via, a Melanie que nada conseguia ver, além do lado bom daqueles que amava... Sim, ela prometera a Ashley que cuidaria de Melanie. "Ah, Ashley! Ashley! Deve fazer meses que você está morto! E agora estou presa pela promessa que lhe fiz!"

– Bem – disse ela secamente –, eu realmente prometi isso a ele, e não recuo em minhas promessas. Mas não irei para Macon ficar com aquela megera que é a velha Burr. Eu lhe arrancaria os olhos nos primeiros cinco minutos. Vou para Tara, e você pode ir comigo. Mamãe adoraria recebê-la.

– Ah, eu gostaria de ir! Sua mãe é um amor. Mas você sabe que titia é capaz de morrer se não estiver comigo quando o bebê nascer, e eu sei que ela não iria para Tara. É muito perto da luta, e titia quer estar a salvo.

O Dr. Meade, que chegara sem fôlego, esperando ver Melanie no mínimo em trabalho de parto prematuro, a julgar pelo chamado alarmado de tia Pitty, ficou indignado, e foi o que disse. E, depois de saber o motivo para o mal-estar, ele deixou a questão acertada, sem espaço para discussão.

– Está fora de questão ir para Macon, dona Melly. Não responderei por você, caso se mude. Os trens estão lotados, incertos, e os passageiros podem ser deixados no meio do mato a qualquer momento se os trens forem necessários para os feridos, para as tropas ou para carregar suprimentos. Em seu estado...

– Mas e se eu fosse para Tara com Scarlett...

– Já lhe disse que não pode sair daqui. O trem para Tara é o mesmo que vai para Macon, e prevalecem as mesmas condições. Além disso, ninguém sabe onde os ianques estão agora, mas estão por toda parte, em todos os lugares. Seu trem pode até ser capturado. E, mesmo que chegasse a salvo em Jonesboro, haveria um trecho de 8 quilômetros por uma estrada esburacada até chegar a Tara. Não é viagem para uma mulher em estado delicado. Além disso, não há nenhum médico no condado desde que o Dr. Fontaine foi para o exército.

– Mas há parteiras...

– Eu disse médico – respondeu ele bruscamente e, inconscientemente, os olhos dele fixaram-se em sua frágil estrutura. – Não posso permitir que você saia daqui. Pode ser perigoso. Não quer ter o bebê no trem ou em uma charrete, quer?

A franqueza do médico reduziu as senhoras a rubores de constrangimento e silêncio.

– Deve permanecer aqui onde posso observá-la e deve ficar de repouso. Nada de ficar correndo para cima e para baixo nos porões. Não, nem mesmo que entre uma bomba pela janela. Afinal, não há tanto perigo aqui. Vamos expulsar os ianques logo, logo... Agora, Srta. Pitty, vá para Macon e deixe as jovens aqui.

– Desacompanhadas? – exclamou ela, horrorizada.

– Elas são casadas – disse o doutor, pondo-a à prova. – E a Sra. Meade está a duas casas de distância. E, de qualquer forma, elas não irão receber visitas masculinas com dona Melly neste estado. Por Deus, Srta. Pitty, estamos em guerra! Não podemos pensar nos costumes agora. Precisamos pensar na Sra. Melly.

Saiu da sala e aguardou na varanda até Scarlett ir ter com ele.

– Vou lhe falar francamente, Sra. Scarlett – começou ele, acariciando a barba grisalha. – Você parece ser uma jovem de bom-senso, portanto me poupe de seus rubores. Não quero ouvir mais falar sobre a Sra. Melly sair daqui. Duvido que ela aguentasse a viagem. Ela terá uma hora difícil, mesmo nas melhores circunstâncias... tem quadris muito estreitos, como sabe, e é provável que venha a necessitar de fórceps no parto, então não quero nenhuma negra ignorante cuidando dela. Mulheres como ela jamais deveriam ter filhos, mas... De qualquer modo, arrume o baú da Srta. Pitty e mande-a para Macon. Ela está tão amedrontada que vai preocupar a Sra. Melly, e isso não vai lhe fazer nenhum bem. E agora – disse ele, olhando-a fixamente –, não quero saber de você indo para casa também. Fique aqui com a Sra. Melly até a chegada do bebê. Não está com medo, não é?

– Ah, não – mentiu Scarlett, resoluta.

– Que moça corajosa! A Sra. Meade lhe fará qualquer companhia de que necessite e posso mandar a velha Betsy para cozinhar para vocês, caso a Srta. Pitty queira levar os criados com ela. Não será por muito tempo. O bebê deve chegar daqui a umas cinco semanas, mas nunca se pode saber com o primeiro filho, e todo esse bombardeio acontecendo. Pode chegar a qualquer momento.

Então tia Pitty foi para Macon, em uma inundação de lágrimas, levando junto tio Peter e Cookie. A carruagem e o cavalo ela doou ao hospital em um acesso de patriotismo, do qual logo se arrependeu, lhe trazendo mais lágrimas ainda. Scarlett e Melanie ficaram sozinhas com Wade e Prissy, em uma casa que ficou muito mais silenciosa, apesar de os canhões continuarem a troar.

19

Naqueles primeiros dias do cerco, em que os ianques conseguiram enfraquecer as defesas da cidade em alguns pontos, Scarlett estava tão amedrontada com o detonar dos canhões que a única coisa que fazia era se agachar, impotente, com as mãos nos ouvidos, esperando a qualquer momento explodir para a eternidade. Quando ouviu os gritos agudos que anunciavam a chegada deles, ela correu para o quarto de Melanie e se enfiou na cama junto dela, as duas se agarraram e gritavam "Ah! Ah!" enquanto enterravam as cabeças nos travesseiros. Prissy e Wade dispararam para o porão e ficaram agachados na escuridão cheia de teias de aranha. Prissy berrando quanto podia e Wade soluçando e chorando.

Sufocando sob os travesseiros de penas enquanto a morte gritava lá fora, Scarlett amaldiçoou Melanie em silêncio por impedi-la de se refugiar nas regiões mais seguras abaixo das escadas. Mas o doutor proibira Melanie de andar, e Scarlett tinha de ficar com ela. Ao terror de ser explodida em pedaços somava-se o verdadeiro pavor de que o bebê de Melanie chegasse a qualquer momento. Scarlett ficava banhada de suor sempre que pensava nisso. O que faria se o bebê começasse a nascer? Sabia que preferiria deixar Melanie morrer a sair pelas ruas à caça do médico quando as balas caíam como chuvas de abril. E sabia que Prissy podia apanhar até morrer, mas também não se aventuraria. O que faria se o bebê chegasse?

Ela discutia essas questões com Prissy aos sussurros uma noite, enquanto preparavam a bandeja do jantar de Melanie, e Prissy, para sua surpresa, acalmou seus temores.

– Sinhá Scarlett, se nós num consegui o dotô quando chegá a hora da sinhá Melanie, num se apoquente. Eu sei fazê. Sei tudo sobre parto. Minha mãe num é partera? Num me criô pra sê partera também? Deixa comigo.

Scarlett respirou mais aliviada, sabendo que havia mãos experientes por perto, mas mesmo assim queria logo se ver livre daquela provação. Louca para estar distante do bombardeio, em uma ânsia desesperada de ir para casa, para a tranquila Tara, rezava todas as noites para que o bebê chegasse no dia seguinte e ela pudesse se ver livre da promessa e ir embora de Atlanta. Tara parecia tão segura, tão distante de toda aquela infelicidade.

Scarlett sentia falta de casa e da mãe como nunca sentira falta de nada em toda a sua vida. Ela só queria estar perto de Ellen, pois então não teria medo, não importava o que acontecesse. Todas as noites, após um dia de bombardeios ensurdecedores, ela ia se deitar decidida a dizer a Melanie na manhã seguinte que não aguentaria ficar em Atlanta mais um dia, que teria de ir para casa, e que Melanie teria que ir para a casa da Sra. Meade. Mas assim que deitava a cabeça no travesseiro sempre surgia a lembrança do rosto de Ashley, de sua fisionomia como estava quando ela o vira pela última vez, como se carregasse uma dor interna com um leve sorriso nos lábios: "Você tomará conta de Melanie, não é? Você é tão forte... Prometa." E ela prometera. Em algum lugar, Ashley estava morto. Onde quer que fosse, estaria observando-a, fazendo-a cumprir aquela promessa. Vivo ou morto, ela não podia desapontá-lo, não importava quanto custasse. Então ficou, um dia após o outro.

Em resposta às cartas de Ellen, suplicando que ela fosse para casa, Scarlett escrevia minimizando os perigos do cerco, explicando a situação difícil de Melanie e prometendo ir assim que o bebê nascesse. Ellen, sensível aos laços de família, fossem sanguíneos ou criados pelo casamento, escreveu de volta concordando, relutantemente, que ela devia ficar, mas exigindo que Wade e Prissy fossem para casa de imediato. Essa sugestão teve total aprovação de Prissy, que agora estava reduzida ao idiotismo do bater de dentes a qualquer som inesperado. Ela passava tanto tempo agachada no porão que as moças teriam passado fome não fosse a impassível velha Betsy da Sra. Meade.

Scarlett estava tão ansiosa quanto sua mãe para que Wade saísse de Atlanta, não só pela segurança da criança, mas porque o medo constante do menino a irritava. Wade estava mudo de terror com os bombardeios, e até mesmo durante os períodos de calmaria ele ficava agarrado às saias de Scarlett, apavorado demais para chorar. Ele tinha medo de se deitar à noite, tinha medo do escuro, medo de dormir e os ianques virem pegá-lo. O som de suas lamúrias nervosas durante a noite remoía insuportavelmente os nervos dela. Em segredo, estava com tanto medo quanto ele, mas se irritava de ser lembrada disso a todo minuto pela fisionomia tensa do menino. Sim, Tara era o lugar certo para Wade. Prissy devia levá-lo para lá e retornar em seguida para estar presente quando o bebê nascesse.

Mas, antes que Scarlett pudesse encaminhar os dois na jornada rumo ao lar, chegaram as notícias de que os ianques dirigiam-se para o sul e havia conflitos ao longo da ferrovia entre Atlanta e Jonesboro. Imagine se os ianques capturassem o trem no qual viajavam Wade e Prissy... Scarlett e Melanie empalideceram com aquela ideia, pois todos sabiam que as atrocidades que os ianques cometiam com crianças pequenas eram ainda maiores do que com mulheres. Então ela ficou com medo de mandá-lo para casa e ele permaneceu em Atlanta, um fantasminha assustado e quieto, tateando em volta desesperado atrás da mãe, com medo de soltar sua saia por um minuto que fosse.

O cerco continuou durante os dias quentes de julho. Dias retumbantes seguindo-se a noites de imobilidade soturna, agourenta, e a cidade começou a se adaptar. Era como se, tendo acontecido o pior, as pessoas já não tivessem o que temer. A vida podia seguir, e seguia, quase como de hábito. Eles sabiam que estavam sobre um vulcão, mas, até que ele entrasse em erupção, nada havia a fazer. Então, por que se preocupar? E era provável que isso nem viesse a acontecer. Vejam só como o general Hood está mantendo os ianques fora da cidade! E vejam como a cavalaria está protegendo a ferrovia rumo a Macon! Sherman nunca se apossará dela!

Mas, apesar da aparente despreocupação diante das bombas que caíam e das rações reduzidas, por mais que ignorassem os ianques, a menos de um quilômetro de distância; e, apesar de toda a ilimitada confiança das fileiras esfarrapadas dos homens de cinza nas trincheiras, pulsava sob a pele de Atlanta uma indomável incerteza sobre o que traria o dia seguinte. Suspense, medo, pesar, fome e o tormento da subida e descida da esperança estavam deixando aquela pele cada vez mais fina.

Aos poucos, Scarlett extraiu coragem do semblante das amigas e dos ajustes misericordiosos feitos pela natureza quando o que não tem remédio remediado fica. Com certeza, ela ainda se sobressaltava ao som das explosões, mas já não saía correndo para gritar e enterrar a cabeça embaixo do travesseiro de Melanie. Agora conseguia engolir em seco e dizer baixinho:

– Essa chegou perto, não é?

Estava menos assustada também porque a vida assumira a característica de um sonho, um sonho terrível demais para ser verdadeiro. Parecia impossível que ela, Scarlett O'Hara, estivesse metida em tal apuro, com o perigo da morte à espreita a cada hora, a cada minuto. Era impossível que o tranquilo teor da vida pudesse ter mudado tão completamente de uma hora para outra.

Era irreal, até grotesco, que os céus matinais que surgiam tão ternamente azuis pudessem ser profanados pela fumaça dos canhões, que pairava sobre a cidade como nuvens baixas de trovoadas; que as tardes quentes envoltas pela doçura penetrante da madressilva e das rosas trepadeiras pudessem ser tão amedrontadoras quando as bombas berravam nas ruas, explodindo como se fossem os estampidos do fim, lançando lascas de ferro a quilômetros de distância, estraçalhando pessoas e animais.

As tranquilas e preguiçosas sestas já não tinham lugar, pois, embora o clamor da batalha pudesse se acalmar de tempos em tempos, a rua dos Pessegueiros estava movimentada e barulhenta a qualquer hora. Canhões e ambulâncias passavam ruidosamente, feridos vinham tropeçando das trincheiras, regimentos passavam em marcha acelerada, enviados das valas de um lado da cidade para defender as barricadas mais pressionadas no outro, e mensageiros se precipitavam rumo ao quartel como se o destino da Confederação estivesse em suas mãos.

As noites quentes traziam um pouco de tranquilidade, mas esta tinha um tom sinistro. Quando a noite era silenciosa, era totalmente silenciosa... como se os sapos, gafanhotos e tordos estivessem amedrontados demais para elevar suas vozes no coro habitual das noites de verão. De vez em quando, o silêncio era quebrado pelo tiroteio dos mosquetões na última fileira de defesa.

Geralmente, durante a madrugada, quando os lampiões estavam apagados, com Melanie adormecida e um silêncio mortal pressionando a cidade, Scarlett, deitada insone, ouvia o trinco do portão se abrir e batidinhas urgentes na porta da frente.

Soldados sem rosto, parados no escuro diante da porta, lhe falavam em diversas vozes. Às vezes era uma voz instruída que saía da escuridão: "Senhora, peço-lhe as mais humildes desculpas por perturbá-la, mas poderia conseguir água para mim e para o cavalo?" Às vezes era o som gutural da voz de um montanhês, em outras, o modo anasalado de falar da região de Wiregrass, no extremo sul, e ocasionalmente o cantar arrastado do litoral que lhe tocava o coração, lembrando-lhe da voz de Ellen.

– Senhorita, tô com companheiro aqui que tava pretendendo levá pro hospitá, mas parece que ele num vai durá tanto. Dá para você ficá com ele aí?

– Dama, eu com certeza comeria alguma coisa. Ficaria feliz com uma broa de milho, se não fosse lhe fazer falta.

– Madame, perdoe minha intromissão, mas... será que eu poderia passar a noite em sua varanda? Vi as rosas e senti o cheiro da madressilva e foi como se estivesse em casa, então tomei coragem...

Não, essas noites não eram reais! Eram um pesadelo, e os homens faziam parte desse pesadelo, homens sem corpos ou rostos, apenas vozes cansadas que lhe falavam do calor da escuridão. Pegar água, servir comida, colocar travesseiros na varanda, fazer curativos, segurar as cabeças sujas dos moribundos. Não, isso não podia estar lhe acontecendo.

Certa vez, no final de julho, foi tio Henry Hamilton quem veio dar batidinhas na porta durante a noite. Tio Henry estava sem o guarda-chuva e a maleta agora, assim como também deixara a barriga para trás. A pele do rosto rechonchudo e corado caía em dobras como as bochechas de buldogue, e seu longo cabelo branco estava indescritivelmente sujo. Ele estava quase descalço, cheio de piolhos e faminto, mas o temperamento irascível continuava imperturbável.

Apesar do comentário: "É uma guerra tola quando gente velha como eu precisa participar", as moças tiveram impressão de que tio Henry estava se divertindo. Necessitavam dele, assim como necessitavam dos jovens, e ele estava fazendo o serviço de um jovem. Além do mais, disse a elas em regozijo, ele conseguia acompanhá-los, algo de que vovô Merriwether era incapaz. O lumbago do vovô o atrapalhava muito, e o capitão queria dispensá-lo. Mas vovô se recusava. Disse francamente que preferia os xingamentos e as grosserias do capitão aos mimos da nora e suas incessantes exigências para que ele parasse de mascar fumo e lavasse a barba todos os dias.

A visita de tio Henry foi breve, pois ele tinha uma licença de apenas quatro horas e precisava de metade dela para a longa caminhada de ida e volta às barreiras.

– Meninas, ficarei sem vê-las por algum tempo – anunciou ao se sentar no quarto de Melanie, mergulhando luxuosamente os pés cheios de bolhas na tina de água fria que Scarlett pusera diante dele. – Nossa companhia está partindo pela manhã.

– Para onde? – perguntou Melanie assustada, agarrando o braço dele.

– Não me segure – disse tio Henry irritado. – Estou cheio de piolhos. A guerra seria um piquenique se não fosse pelos piolhos e pela disenteria. Aonde estou indo? Bem, não me disseram, mas faço ideia. Devemos marchar para o sul, a caminho de Jonesboro, pela manhã, a não ser que eu esteja muito enganado.

– Ah, por que Jonesboro?

– Porque vai haver um grande combate por lá, mocinha. Os ianques vão tomar aquela ferrovia se conseguirem. E se o fizerem, adeus Atlanta!

– Oh, tio Henry, o senhor acha que eles vão conseguir?

– Ora, meninas! Não! Como poderiam se vou estar lá? – Ele riu das expressões assustadas e depois, sério outra vez: – Será uma dura batalha, meninas. Precisamos vencer. É claro que sabem que os ianques se apoderaram de todas as linhas férreas, exceto a que vai para Macon, mas não é só isso que eles têm. Talvez não saibam, mas eles estão controlando todas as estradas também, cada passagem de carroça e caminho de montaria, exceto a estrada McDonough. É como se Atlanta fosse uma bolsa e as tiras da bolsa fossem Jonesboro. Se os ianques conseguirem se apoderar da ferrovia lá, poderão puxar as tiras e nos dominar, como a um gambá dentro do saco. Portanto, não pretendemos deixá-los pegar a ferrovia... Então, posso ficar afastado por algum tempo, meninas, e só vim para me despedir e ter certeza de que Scarlett ainda estava com você, Melly.

– É claro que ela está comigo – disse Melanie, amorosa. – Não se preocupe conosco, tio Henry, e, por favor, cuide-se.

Tio Henry secou os pés no tapete e gemeu ao calçar os sapatos gastos.

– Preciso ir – disse. – Tenho 8 quilômetros de caminhada pela frente. Scarlett, você poderia arrumar algum lanche para eu levar? Qualquer coisa que tiver.

Depois de dar um beijo de despedida em Melanie, ele desceu à cozinha, onde Scarlett embrulhava uma broa de milho e algumas maçãs em um guardanapo.

– Tio Henry... é... é mesmo tão sério?

– Sério? Senhor Todo-poderoso, claro que é! Não seja boba. Estamos na última trincheira.

– O senhor acha que eles chegarão a Tara?

– Ora – começou tio Henry, irritado com a mente feminina que só pensava em coisas pessoais quando questões de grande amplitude estavam envolvidas. Depois, vendo sua fisionomia assustada, triste, ele se enterneceu. – É claro que não. Tara fica a 8 quilômetros da ferrovia, e é a ferrovia que os ianques querem. Você parece ter a cabeça de um besouro, mocinha. – Então ele falou abruptamente: – Não fiz toda essa caminhada só para me despedir de vocês. Vim para dar uma má notícia a Melly, mas, quando subi para isso, simplesmente não consegui. Então vou deixar para você esta tarefa.

– Ashley não... o senhor não soube que... que ele... morreu?

– Ora, como eu poderia saber de Ashley enfiado lá naquela trincheira, sentado na lama? – perguntou o velho cavalheiro. – Não. É o pai dele. John Wilkes morreu.

Scarlett sentou-se, o lanche meio embrulhado na mão.

– Vim contar a Melly... mas não consegui. Você deve fazer isso. E dê isso a ela.

Ele puxou dos bolsos um pesado relógio de ouro, uma miniatura da falecida Sra. Wilkes e um par de abotoaduras. Ao olhar o relógio que vira nas mãos de John Wilkes milhares de vezes, Scarlett se deu conta de que o pai de Ashley realmente estava morto. Ficou atônita demais para chorar ou falar. Tio Henry, inquieto, tossiu e não olhou para ela, temendo vislumbrar uma lágrima que o aborreceria.

– Ele foi um homem corajoso, Scarlett. Diga isso a Melly. Diga-lhe que escreva às filhas dele... E um bom soldado para a idade que tinha.

Uma bala de canhão o pegou. Caiu bem nele e no cavalo. Arrebentou a perna do cavalo... eu mesmo lhe dei o tiro de misericórdia, pobre criatura. Era uma boa égua. Seria melhor escrever à Sra. Tarleton sobre isso também. Ela fazia o maior alvoroço por causa daquela égua. Embrulhe meu lanche, filha. Preciso ir. Vamos lá, querida, não sofra tanto. Que melhor maneira tem um homem de morrer senão fazendo o serviço de um jovem?

– Oh, ele não deveria ter morrido! Jamais deveria ter ido para a guerra. Deveria ter ficado vivo para ver o neto crescer e ter morrido pacificamente na cama. Ah, por que ele foi? Não acreditava na secessão e odiava a guerra e...

– Muitos entre nós pensam o mesmo, mas e daí? – Tio Henry assoou o nariz, mal-humorado. – Acha que gosto de servir de alvo para os atiradores ianques na minha idade? Mas um cavalheiro não tem escolha hoje em dia. Dê-me um beijo de despedida, meu bem, e não se preocupe comigo. Vou sair dessa guerra a salvo.

Scarlett o beijou, ouviu-o descendo os degraus da frente para o escuro e depois o trinco do portão. Ficou parada por um minuto, olhando para as recordações em sua mão. Depois subiu as escadas para contar a Melanie.

No fim de julho, chegou a notícia indesejada, prevista por tio Henry, de que os ianques tinham novamente manobrado com sucesso rumo a Jonesboro. Haviam cortado a ferrovia 6 quilômetros e meio abaixo da cidade, mas sido rechaçados pela cavalaria confederada, e a unidade de engenharia, suando sob o sol escaldante, consertara a linha.

Scarlett estava em uma ansiedade frenética. Esperou por três dias, o medo crescente no coração. Então chegou uma carta tranquilizadora de Gerald. O inimigo não chegara a Tara. Eles tinham ouvido o som da luta, mas não tinham visto nenhum ianque.

A carta de Gerald era tão cheia de gabolices e fanfarras sobre a expulsão dos ianques da ferrovia que daria para pensar que ele realizara a façanha pessoalmente, e sozinho. Ele escrevera três páginas sobre a bravura das tropas e depois, no final da carta, mencionava que Carreen estava doente. Segundo a Sra. O'Hara, era tifo. Ela não estava muito mal e Scarlett não precisava se preocupar, mas sob condição alguma devia voltar para casa agora, mesmo que a ferrovia ficasse segura. Agora a Sra.

O'Hara estava muito contente de que Scarlett e Wade não tivessem ido quando o cerco começou. Ela mandava dizer que Scarlett devia ir à igreja, rezar alguns rosários pela recuperação de Carreen.

Com isso, a consciência de Scarlett se abateu, pois fazia meses que não ia à igreja. Houvera um tempo em que ela teria considerado essa omissão um pecado mortal, mas agora, não sabia bem por quê, a ausência à igreja já não lhe parecia tão pecaminosa como antes. Mas obedeceu à mãe e, indo até o quarto, pôs-se de joelhos e balbuciou um rosário apressado. Ao se levantar, não estava tão reconfortada como costumava ficar após as orações. Fazia algum tempo que não sentia a atenção de Deus sobre ela, sobre os confederados nem o sul, apesar das milhares de orações que eram feitas diariamente.

Naquela noite, ela se sentou na varanda com a carta de Gerald junto ao peito, onde podia tocá-la de vez em quando e trazer Tara e Ellen mais para perto de si. O lampião na janela da sala lançava estranhas sombras douradas na varanda escura, oculta pela trepadeira, e o emaranhado amarelo de rosas e madressilvas a envolvia em uma combinação de fragrâncias. A noite estava totalmente silenciosa e imóvel. Nem mesmo o tiro de um rifle soava desde o pôr do sol, e o mundo parecia longínquo. Scarlett se balançava, sozinha, infeliz desde que lera as notícias de Tara, desejando que alguém, qualquer pessoa, nem que fosse a Sra. Merriwether, estivesse com ela. Mas a Sra. Merriwether estava de plantão no hospital, a Sra. Meade estava em casa fazendo um banquete para Phil, que chegara das linhas de combate, e Melanie dormia. Nem a esperança de um visitante ocasional havia. Nessa última semana, os visitantes tinham chegado a zero, pois cada homem que pudesse andar estava nas trincheiras ou perseguindo os ianques pelo interior perto de Jonesboro.

Raras vezes ficara tão sozinha, e isso não lhe agradava. Quando estava sozinha, tinha que pensar e, atualmente, os pensamentos não eram muito agradáveis. Como todo mundo, ela adquirira o hábito de pensar no passado, nos mortos.

Na quietude de Atlanta naquela noite, ela conseguiu facilmente fechar os olhos e imaginar que estava de volta à quietude rural de Tara e que a vida era como sempre fora. Mas sabia que a vida no condado nunca mais seria a mesma. Pensou nos quatro Tarleton – os gêmeos ruivos e Tom e Boyd –, e uma tristeza visceral lhe apertou a garganta. Afinal, Stu ou Brent podia ter sido seu marido. Mas agora, quando a guerra acabasse e ela voltasse a morar em Tara, nunca mais ouviria a gritaria desbragada dos dois subindo em disparada a alameda de cedros. E Raiford Calvert, que dançava tão divinamente, nunca mais a escolheria como par. E os Munroe e o pequeno Joe Fontaine e...

– Ah, Ashley! – disse ela soluçando, botando a cabeça entre as mãos. – Nunca vou me acostumar com sua partida!

Ela ouviu o estalo do portão e apressadamente ergueu a cabeça e passou as mãos nos olhos molhados. Levantou-se e viu que era Rhett Butler vindo pelo caminho, trazendo seu enorme panamá na mão. Nunca mais o vira depois daquele dia em que saltara precipitadamente de sua carruagem em Five Points. Na ocasião, ela expressara o desejo de nunca mais lhe pôr os olhos. Mas agora ficava tão contente de ter com quem conversar, alguém que lhe desviasse o pensamento de Ashley, que se apressou em afastar aquela ideia da cabeça. Era evidente que ele se esquecera do contratempo, ou fingia ter esquecido, pois chegou ao degrau superior sem mencionar a última divergência.

– Então não se refugiou em Macon! Soube que a Srta. Pitty tinha ido e, claro, achei que você também tivesse ido. Então, quando vi luz aqui, vim investigar. Por que ficou?

– Para fazer companhia a Melanie. Sabe, ela... bem, ela não pode se refugiar agora.

– Que lástima! – disse ele, e sob a luz do lampião ela viu que ele franzia o cenho. – Está me dizendo que a Sra. Wilkes ainda está aqui? Nunca ouvi tal idiotice. É muito perigoso no estado dela.

Scarlett ficou quieta, constrangida, pois o estado de Melanie não era assunto que pudesse discutir com um homem. Ficou constrangida também por Rhett saber que era perigoso para Melanie. Tal conhecimento não era adequado a um homem solteiro.

– Também é muito descortês de sua parte não pensar que eu também posso ser ferida – disse ela asperamente.

Seus olhos piscaram, divertidos.

– Eu a defenderia dos ianques a qualquer momento.

– Não estou certa de que isso seja um elogio – disse ela incerta.

– Não é – respondeu ele. – Quando vai parar de procurar um elogio na mais ligeira declaração de um homem?

– Quando estiver em meu leito de morte – retrucou e sorriu, pensando que sempre haveria homens para elogiá-la, mesmo que Rhett nunca o fizesse.

– Vaidade, vaidade – disse ele. – Pelo menos você é franca a esse respeito.

Ele abriu o estojo de charutos, tirou um, levou ao nariz para sentir-lhe o aroma. Riscou um fósforo, encostou-se em uma pilastra, flexionou uma perna e ficou fumando em silêncio. Scarlett voltou a se balançar na cadeira e eles foram envolvidos pela silenciosa escuridão no calor da noite. O tordo que se aninhava no emaranhado de rosas e madressilvas despertou do sono e soltou uma tímida nota. Em seguida, como se pensasse melhor na questão, silenciou novamente.

No silêncio da varanda, Rhett riu de repente, uma risada baixa, suave.

– Então você ficou com a Sra. Wilkes! Esta é a situação mais estranha com que já me deparei!

– Não vejo nada de estranho nisso – respondeu ela, desconfortável, ficando logo em alerta.

– Não? Mas então é por falta de ponto de vista impessoal. Já faz algum tempo que tenho a impressão de que você mal suporta a Sra. Wilkes. Você a considera tola, burra, e suas noções patrióticas a aborrecem. Raramente perde a oportunidade de fazer algum comentário depreciativo sobre ela, então é natural que me pareça estranho que tenha tido uma atitude altruísta e ficado aqui com ela durante esse bombardeio. Ora, por que fez isso?

– Porque ela é irmã de Charlie... e como uma irmã para mim – respondeu Scarlett com o máximo de dignidade possível, embora suas faces começassem a esquentar.

– Você quer dizer porque ela é a viúva de Ashley Wilkes.

Scarlett se levantou rapidamente, lutando contra a própria raiva.

– Eu estava a ponto de perdoá-lo por sua última conduta grosseira, mas desisti. Jamais teria lhe permitido chegar a esta varanda se não estivesse me sentindo tão triste e...

– Sente-se e baixe a plumagem – disse ele, mudando de tom e, aproximando-se, pegou sua mão fazendo-a sentar-se de novo. – Por que está triste?

– Ah, recebi uma carta de Tara hoje. Os ianques estão perto de casa e minha irmã caçula está com tifo e... e... então, agora, mesmo que pudesse ir para casa, como gostaria, minha mãe não deixaria com medo de que eu também pegasse. Ah, e eu queria tanto ir para casa!

– Bem, não chore por causa disso – disse ele, mas sua voz estava mais gentil. – Aqui em Atlanta você está muito mais segura, mesmo que os ianques venham, do que estaria em Tara. Os ianques não a atingiriam, mas o tifo, sim.

– Os ianques não me atingiriam? Como pode dizer uma mentira dessas?

– Minha cara mocinha, os ianques não são demônios. Não têm chifres e patas, como você parece acreditar. Eles se parecem bastante com os sulistas... exceto que são mais mal-educados, é claro, e têm um sotaque terrível.

– Ora, os ianques iriam...

– Estuprá-la? Acho que não. Embora, é claro, iriam querer.

– Se você começar a falar desse modo desprezível, eu entro – exclamou ela, grata que as sombras ocultassem suas faces cor de carmim.

– Seja franca. Não era isso que estava pensando?

– Ah, é claro que não.

– Ah, era sim! Não adianta ficar com raiva de mim por ler seus pensamentos. É isso que pensam todas as nossas damas sulistas delicadamente criadas. É o que lhes passa constantemente pela cabeça. Aposto que até senhoras mais velhas, como a Sra. Merriwether...

Scarlett engoliu em seco, lembrando-se de que a reunião de duas ou mais matronas, nesses dias de provação, sempre trazia sussurros de tais acontecimentos, na Virgínia, no Tennessee ou na Louisiana, nunca perto de casa. Os ianques estupravam as mulheres, atravessavam o estômago das crianças com suas baionetas e queimavam casas com idosos sob seus tetos. Todos sabiam que essas coisas eram verdadeiras, mesmo que não fossem anunciadas pelas esquinas. E se Rhett tivesse alguma decência, perceberia que eram verdadeiras e não falaria sobre o assunto. E também não era nada que provocasse riso.

Ela podia ouvi-lo rindo à socapa. Às vezes era detestável. De fato, era detestável na maior parte do tempo. Era detestável que um homem soubesse o que as mulheres pensavam e falasse a respeito. Fazia com que uma moça se sentisse despida. Além disso, nenhum homem aprendia essas coisas com mulheres decentes. Ela estava indignada que ele tivesse lido sua mente. Gostava de se acreditar misteriosa para os homens, mas sabia que para Rhett era tão transparente como o vidro.

– Falando sobre essas coisas – continuou ele –, você tem um protetor ou uma guardiã em casa? A admirável Sra. Merriwether ou a Sra. Meade? Elas sempre me olham como se soubessem que não estou aqui com bons propósitos.

– A Sra. Meade costuma passar aqui à noite – respondeu Scarlett, feliz com a mudança de assunto. – Mas hoje não pôde. Phil, o menino dela, está em casa.

– Que sorte – disse ele suavemente – encontrá-la sozinha.

Algo na voz dele fez seu coração bater agradavelmente mais rápido, e ela se sentiu corar. Várias vezes ouvira aquele tom na voz dos homens, e sabia que era presságio de uma declaração de amor. Ah, que divertido! Se dissesse que a amava, como ela o atormentaria, e então ficaria quite com todos os comentários sarcásticos que ele fizera nos últimos três anos. Ela o faria se arrastar por ela, compensando até aquela terrível humilhação do dia em que ele a testemunhara dando um tapa em Ashley. E depois lhe diria docemente que só poderia ser uma irmã para ele e se recolheria com todas as honras da guerra. Ela riu nervosa de prazer antecipado.

– Não ria – disse ele e, tomando sua mão, pressionou os lábios na palma. Ao toque de sua boca quente, ela sentiu algo vital, elétrico, vindo dele, algo que lhe acariciou todo o corpo arrebatado. Seus lábios foram até o pulso e ela sabia que ele devia estar sentindo a palpitação acelerada de seu coração, e tentou puxar a mão. Ela não esperava por isso... essa onda traiçoeira de calor e sensações que a fez desejar correr as mãos pelos cabelos dele, sentir seus lábios em sua boca.

Ela não estava apaixonada por ele, disse para si mesma, confusa. Era apaixonada por Ashley. Mas como explicar essa sensação que fazia suas mãos tremer e lhe dava um frio no estômago?

Ele riu baixinho.

– Não puxe. Não vou machucá-la.

– Me machucar? Não tenho medo de você, Rhett Butler, nem de qualquer outro homem! – exclamou ela, furiosa, com voz trêmula como as mãos.

– Sentimento admirável, mas, por favor, baixe a voz. A Sra. Wilkes pode ouvi-la. Suplico-lhe que se controle. – Ele parecia se divertir com a fúria dela. – Scarlett, você gosta de mim, não é?

Isso se assemelhava mais ao que ela estava esperando.

– Bem, às vezes – respondeu ela, cautelosa. – Quando não age feito um verme.

Ele riu outra vez e segurou a palma da mão dela em sua face rija.

– Acho que gosta de mim porque eu sou um verme. Você conheceu tão poucos da minha espécie em sua vida dentro de uma redoma que é exatamente esse diferencial que a encanta.

Não era essa a rota que ela previra, e novamente tentou puxar a mão, sem sucesso.

– Não é verdade! Gosto de homens gentis... homens que se possa confiar que serão sempre cavalheiros.

– Você quer dizer homens de quem sempre possa se aproveitar. Meramente uma questão de definição, mas não importa.

Ele lhe beijou a palma da mão novamente e mais uma vez a pele da nuca de Scarlatt ficou eriçada de emoção.

– Mas você gosta de mim. Acha que poderia me amar, Scarlett?

"Ah!", pensou ela, triunfante. "Agora o peguei!", e respondeu com estudada frieza:

– Na verdade, não. Bem... a não ser que reveja consideravelmente seus modos.

– E não tenho nenhuma intenção de fazer isso. Então não poderia me amar? É isso o que eu esperava. Pois, embora goste imensamente de você, não a amo, e seria realmente trágico para você sofrer duas vezes de amor não correspondido, não é, querida? Posso lhe chamar de "querida", Sra. Hamilton? Consinta ou não vou lhe chamar de "querida", mas precisamos observar as conveniências.

– Você não me ama?

– Na verdade, não. Você esperava que sim?

– Não seja tão presunçoso!

– Você esperava! Ai de mim, malograr suas esperanças! Eu devia amá-la, pois você é encantadora e talentosa de muitas maneiras inúteis. Mas muitas damas têm encanto e dons, e são tão inúteis quanto você. Não, eu não a amo. Mas gosto muitíssimo de você... pela elasticidade de sua consciência, pelo egoísmo que raramente se dá o incômodo de ocultar e pela praticidade sagaz que, acho, herdou de um ancestral camponês irlandês não muito remoto.

Camponês! Ora, ele a estava ofendendo! Ela ficou silenciosamente atabalhoada.

– Não me interrompa – pediu ele, apertando-lhe a mão. – Gosto de você porque tenho essas mesmas qualidades, e as semelhanças geram o gostar. Percebo que você ainda guarda a memória do divino e sonso Sr. Wilkes, que provavelmente deve estar em seu túmulo nesses últimos seis meses. Mas deve haver lugar em seu coração para mim também. Scarlett, por favor, pare de se contorcer! Estou lhe fazendo uma declaração. Eu a quis desde a primeira vez que a vi, no vestíbulo de Twelve Oaks, a enfeitiçar o pobre do Charlie Hamilton. Eu a quero mais do que jamais quis uma mulher... e esperei mais por você do que jamais esperei por qualquer mulher.

Ela ficou sem ar, surpresa com aquelas últimas palavras. Apesar de todas as suas ofensas, ele realmente a amava e era simplesmente tão teimoso que não queria se abrir francamente e colocar isso em palavras por medo de que ela fosse rir. Bem, ela iria lhe mostrar, e agora mesmo.

– Você está me pedindo em casamento?

Ele soltou sua mão e riu tão alto que ela se encolheu de volta na cadeira.

– Deus do céu, não! Já não lhe falei que não sou do tipo que se casa?

– Mas... mas... o que...

Ele se levantou, mão no coração, e fez uma mesura exagerada.

– Querida – disse ele baixinho –, estou elogiando sua inteligência ao pedir-lhe que seja minha amante sem ter que seduzi-la.

Amante!

Ela gritava a palavra mentalmente, gritava que tinha sido vilmente ofendida. Mas naquele primeiro momento de sobressalto não se sentiu insultada. Só sentiu uma onda furiosa de indignação por ele a considerar tão tola. Ele devia pensar que ela era uma idiota se lhe fazia tal proposta em vez do pedido de matrimônio que ela esperava. Raiva, vaidade ferida e decepção levaram sua mente a uma grande agitação e, antes que pudesse sequer pensar nos elementos morais com que devia repreendê-lo, ela deixou escapar as primeiras palavras que lhe vieram aos lábios...

– Amante! Que vantagem eu tiraria disso a não ser um monte de moleques?

E logo ela ficou de queixo caído, horrorizada ao se dar conta do que dissera. Ele riu até se engasgar, espiando-a nas sombras enquanto ela se sentava muda, com o lenço pressionando a boca.

– É por isso que gosto de você! É a única mulher franca que conheço, a única mulher que olha para o lado prático das coisas, sem anuviar o assunto com tagarelices sobre pecado e moralidade. Qualquer outra mulher teria desmaiado primeiro e depois me mostrado a porta da rua.

Scarlett se levantou, o rosto vermelho de vergonha. Como podia ter dito tal coisa? Como podia ela, a filha de Ellen, com sua criação, ter ficado lá sentada ouvindo palavras tão degradantes e depois retrucar de modo tão desavergonhado? Ela devia ter gritado. Devia ter desmaiado. Devia ter se virado friamente em silêncio e saído da varanda. Agora era tarde demais!

– Eu vou lhe mostrar a porta da rua – gritou, sem se importar se Melanie ou os Meade a ouvissem. – Saia daqui! Como ousa me dizer essas coisas! O que fiz para encorajá-lo... para deixá-lo supor... Saia daqui e nunca mais volte. Desta vez estou falando sério. Nunca mais volte aqui com seus conjuntos de grampos e fitas sem valor, achando que vou perdoá-lo. Eu... eu vou contar a papai, e ele vai matá-lo!

Ele pegou o chapéu, fez uma mesura, e ela viu que seus dentes apareciam por baixo do bigode em um sorriso. Ele não estava envergonhado, divertia-se com o que ela dissera e a olhava com atento interesse.

Ah, ele era detestável! Ela se virou rapidamente e entrou em casa. Agarrou a porta para batê-la, mas o gancho que a mantinha aberta era muito pesado. Ela fez força, ofegante.

– Posso ajudá-la? – perguntou ele.

Sentindo que ia estourar uma veia se ficasse ali mais um minuto, ela correu para as escadas. E quando chegou lá em cima, ouviu-o cortesmente fechar a porta para ela.

20

Quando chegavam ao fim os ruidosos e quentes dias de agosto, o bombardeio cessou abruptamente. A quietude que caiu sobre a cidade foi assustadora. Os vizinhos que se encontravam na rua entreolhavam-se, incertos, inquietos quanto ao que viria. A quietude, após os dias fragorosos, não trazia calma aos nervos, mas, se possível, os deixava ainda mais tensos. Ninguém sabia por que as baterias ianques tinham silenciado;

não havia notícias das tropas, a não ser que tinham se retirado em grande número das trincheiras ao redor da cidade e marchado para o sul a fim de defender a ferrovia. Ninguém sabia onde se encontrava a luta e como estava a batalha, se houvesse uma.

Atualmente, as únicas notícias eram as que passavam de boca em boca. Com falta de papel, tinta e homens, os jornais tinham suspendido suas publicações após o início do cerco, e os boatos mais desvairados surgiam do nada e varriam a cidade. Agora, na quietude aflitiva, multidões se apinhavam no quartel do general Hood exigindo informações; multidões se reuniam na agência dos telégrafos e na estação esperando por notícias, boas notícias, pois todos esperavam que o silêncio do canhão de Sherman significasse que os ianques tinham se retirado e que os Confederados os estivessem perseguindo pela estrada de volta a Dalton. Mas as notícias não chegavam. Os fios do telégrafo estavam mudos, nenhum trem chegava pela única linha restante e o serviço de correios estava interrompido.

O outono surgia furtivamente, com seu calor poeirento, irrespirável, deixando engasgada a cidade subitamente silenciosa, acrescentando seu peso seco, abafado, aos corações cansados e ansiosos. Mesmo aflitíssima para receber notícias de Tara, Scarlett tentava exibir uma fisionomia corajosa, mas tinha a impressão de que decorrera uma eternidade desde o início do cerco, como se, até começar essa sinistra quietude, sempre tivesse vivido com o som dos canhões nos ouvidos. Contudo, o cerco só começara havia trinta dias. Trinta dias de cerco! A cidade rodeada pelas trincheiras de barro vermelho, o monótono troar dos canhões que nunca descansavam, as longas filas de ambulâncias e carroças de boi pingando sangue pelas ruas poeirentas rumo aos hospitais, as brigadas sobrecarregadas a arrastar os homens que mal esfriavam, jogando-os como troncos de árvore em fileiras sem-fim de covas rasas. Apenas trinta dias!

E fazia só quatro meses que os ianques se locomoviam para o sul desde Dalton! "Só quatro meses!", Scarlett pensou, recordando aquele dia longínquo, como se tivesse ocorrido em outra vida. Ah, não! Não podia fazer só quatro meses. Fora há uma vida.

Quatro meses antes, Dalton, Resaca e a montanha Kennesaw não passavam, para ela, de nomes de lugares ao longo da ferrovia. Agora eram nomes de batalhas, batalhas travadas com desespero e em vão enquanto Johnston recuava rumo a Atlanta. O riacho Peachtree, Decatur, Ezra

Church e o riacho Utoy já não eram nomes nem lugares prazerosos. Ela nunca mais pensaria neles como vilarejos tranquilos, cheios de amigos acolhedores, como lugares verdejantes onde fazia piqueniques com belos oficiais às margens de córregos em lento movimento. Esses nomes também significavam batalhas, e a relva macia onde ela se sentara estava cortada pelas pesadas rodas dos canhões, pisada por pés desesperados quando baioneta encontrava baioneta e achatada onde os corpos caíam em agonia... E agora os córregos preguiçosos estavam vermelhos de um modo como o barro da Geórgia jamais os deixaria. Diziam que o riacho Peachtree ficara encarnado após a travessia dos ianques. Riacho Peachtree, Decatur, Ezra Church, riacho Utoy. Nunca mais seriam nomes de lugares, mas sim nomes de túmulos onde amigos jaziam, nomes de vegetação rasteira e matas densas onde corpos apodreciam insepultos, nomes dos quatro lados de Atlanta, onde Sherman tentara forçar a entrada de seu exército e os homens de Hood obstinadamente os obrigaram a recuar.

Por fim, a cidade aflita recebia notícias do sul, e eram alarmantes, especialmente para Scarlett. O general Sherman estava novamente pondo à prova o quarto lado da cidade, mais uma vez atacando a ferrovia em Jonesboro. Um grande número de ianques estava naquele quarto lado da cidade agora, não apenas unidades de escaramuça ou destacamentos de cavalaria, mas as forças ianques em massa. E milhares de tropas confederadas tinham sido retiradas das fileiras próximas à cidade para se lançar contra eles. Isso explicava o súbito silêncio.

"Por que Jonesboro?", pensou Scarlett, o terror lhe atacando o coração ao pensar na proximidade de Tara. "Por que estão sempre atacando Jonesboro? Por que não descobrem algum outro lugar onde atacar a ferrovia?"

Ela não recebia notícias de Tara havia uma semana, e a última breve carta de Gerald aumentara suas preocupações. O estado de Carreen tinha piorado e ela estava muito, muito mal. Agora podiam se passar muitos dias até a restauração dos correios, muitos dias até poder saber se Carreen estava viva ou morta. Ah, se pelo menos ela tivesse ido para casa no início do cerco, com Melanie ou sem Melanie!

Houvera luta em Jonesboro, isso Atlanta sabia, mas de como tinha sido a batalha ninguém tinha notícias, e os rumores mais insanos torturavam a cidade. Finalmente, chegou um mensageiro de Jonesboro com a notícia tranquilizadora de que os ianques tinham sido obrigados a recuar. Mas antes tinham dado uma batida em Jonesboro, queimado a estação, cortado os fios do telégrafo e desviado quase 5 quilômetros de trilhos e só então recuado. As unidades de engenharia estavam trabalhando incessantemente no conserto da linha férrea, mas levaria algum tempo, porque os ianques haviam arrancado os dormentes e ateado fogo a eles, deitando os trilhos por cima até ficarem incandescentes, e então os torceram em volta dos postes do telégrafo, até ficarem parecendo gigantescos saca-rolhas. Atualmente estava muito difícil substituir trilhos de ferro, substituir qualquer coisa de ferro.

Não, os ianques não tinham chegado a Tara. O mesmo mensageiro que trouxera os despachos para o general Hood garantiu isso a Scarlett. Ele encontrara Gerald em Jonesboro após a batalha, pouco antes de partir para Atlanta, e Gerald lhe suplicara que levasse uma carta para ela.

Mas o que estaria o pai fazendo em Jonesboro? O jovem mensageiro ficou sem graça ao responder. Gerald estava à procura de um médico do exército para levá-lo a Tara.

Parada na varanda sob o sol, Scarlett agradeceu o rapaz pelo incômodo, sentindo os joelhos enfraquecerem. Carreen devia estar morrendo para que os talentos médicos de Ellen não dessem conta do recado e para que Gerald precisasse sair à busca de um médico! Enquanto o mensageiro se afastava seguido de um redemoinho de poeira vermelha, Scarlett abriu a carta de Gerald com dedos trêmulos. A falta de papel na Confederação era tal que Gerald escrevia nas entrelinhas da última carta dela, dificultando a leitura.

"Querida filha, sua mãe e as duas meninas estão com tifo. Estão muito doentes, mas devemos esperar pelo melhor. Quando sua mãe ficou acamada, ela me pediu que lhe escrevesse para que, sob condição alguma, você venha para casa e se exponha e a Wade à moléstia. Ela lhe manda seu carinho e pede que reze por ela."

"Reze por ela!", Scarlett disparou escada acima até seu quarto e, caindo de joelhos junto à cama, rezou como nunca rezara antes. Nada de rosários formais agora, mas as mesmas palavras repetidas sem cessar: "Mãe de Deus, não permita que ela morra! Serei muito boa se não a deixares morrer! Por favor, não permita que ela morra!"

Durante a semana seguinte, Scarlett vagou pela casa como um

animal ferido, esperando por notícias, sobressaltando-se ao som das patas dos animais e correndo pelas escadas escuras quando os soldados batiam na porta à noite, mas não havia notícias de Tara. Em vez de 40 quilômetros de estrada poeirenta, era a vastidão de um continente que a separava de casa.

Os correios continuavam interrompidos, ninguém sabia onde estavam os Confederados ou o que os ianques pretendiam. Ninguém sabia nada, exceto que milhares de soldados, de cinza e de azul, estavam em algum lugar entre Atlanta e Jonesboro. Nenhuma palavra de Tara havia uma semana.

Scarlett vira casos suficientes de tifo no hospital de Atlanta para saber o que uma semana representava para aquela doença pavorosa. Ellen estava mal, talvez à morte, e ali estava Scarlett, impotente, em Atlanta, com uma mulher grávida nas mãos e dois exércitos a separando de casa. Ellen estava mal... talvez à morte. Mas Ellen não podia estar doente. Nunca ficara doente. A ideia era incrível e abalava toda a estrutura de segurança da vida de Scarlett. Todos ficavam doentes, mas Ellen, nunca. Ellen cuidava dos enfermos e lhes restituía a saúde. Ela não podia estar doente. Scarlett queria estar em casa. Ela queria Tara com o desejo desesperado de uma criança assustada, louca pelo único refúgio que já conhecera.

Sua casa! A casa branca com cortinas brancas esvoaçantes nas janelas, os trevos no gramado com abelhas a se ocupar deles, o garotinho negro nos degraus da frente espantando os patos e perus dos canteiros de flores, os serenos campos de terra vermelha e os quilômetros intermináveis do algodão embranquecendo sob o sol! Sua casa!

Se ao menos ela tivesse ido para casa no início do cerco, quando todos estavam se refugiando! Poderia ter levado Melanie junto sem que corressem perigo.

"Ah! Maldita Melanie!", ela pensou milhares de vezes. "Por que não foi para Macon com tia Pitty? É lá o lugar dela, com seus parentes, não comigo. Não somos do mesmo sangue. Por que se agarra tanto a mim? Se tivesse ido para Macon, eu poderia ter ido para casa ficar com mamãe. Mesmo agora eu arriscaria ir para casa, apesar dos ianques, não fosse por causa desse bebê. Talvez o general Hood me fornecesse um acompanhante. É um bom homem o general Hood, e sei que podia fazê-lo me conseguir um acompanhante e uma bandeira de trégua para me fazer passar pelas fileiras. Mas tenho que esperar por esse bebê!... Ah, mãe! Mãe! Não morra!... Por que esse bebê não chega logo? Vou falar com o Dr. Meade hoje e ver se não há um modo de apressar o bebê para eu poder ir para casa... se conseguir um acompanhante. O Dr. Meade disse que ela teria uma hora difícil. Meu Deus! Imagine se ela morrer! Melanie morta. Melanie morta. E Ashley... Não, não devo pensar nisso, não é bom. Mas Ashley... Não, não devo pensar nisso porque, de qualquer modo, é provável que ele esteja mesmo morto. Mas ele me fez prometer que cuidaria dela. Mas... se eu não cuidasse dela e ela morresse e Ashley ainda estivesse vivo... Não, não devo pensar nisso. É pecado. E prometi a Deus que seria boa se Ele não permitir que mamãe morra. Ah, tomara que o bebê chegue logo! Se ao menos eu pudesse sair daqui... ir para casa... ir para qualquer lugar que não fosse aqui."

Mesmo que um dia a tivesse amado, Scarlett agora detestava a visão da cidade agourentamente quieta. Atlanta já não era a cidade alegre, o lugar desesperadamente alegre que ela amara. Estava tenebrosa, como uma cidade tomada pela peste, tão quieta, tão aterradoramente quieta após o alarido do cerco... O ruído e o perigo do bombardeio eram pelo menos estimulantes. O silêncio que se seguira só trazia horror. A cidade parecia assombrada, assombrada por medo, incerteza e memórias. O semblante das pessoas parecia atormentado, e os poucos soldados que Scarlett encontrava tinham a aparência exausta de corredores se forçando na última volta de uma corrida já perdida.

Chegou o último dia de agosto e, com ele, rumores convincentes de que a luta mais feroz desde a batalha de Atlanta estava sendo travada. Em algum lugar ao sul. Esperando por notícias do resultado da batalha, Atlanta parou até de tentar rir e brincar. Agora todos sabiam o que os soldados já sabiam duas semanas antes... que Atlanta estava na última trincheira, que se a ferrovia de Macon caísse, Atlanta cairia também.

Na manhã de 1º de setembro, Scarlett acordou com uma sensação sufocante de pavor, pavor que ela levara consigo para a cama na noite anterior. Pensou, entorpecida pelo sono: "Por que eu estava preocupada quando me deitei ontem à noite? Ah, sim, a luta. Houve uma batalha, em algum lugar, ontem! Ah, quem será que venceu?" Sentou-se apressadamente, esfregando os olhos, e o coração preocupado retomou a carga do dia anterior.

O ar estava pesado já àquela hora da manhã. Fazia calor, com a promessa abrasadora de um meio-dia de céu luminoso e sol impiedoso. A estrada lá fora estava silenciosa. Nenhum rangido de carroção passando. Nenhuma tropa levantando a poeira vermelha com os pés em marcha. Nenhum som das vozes preguiçosas dos negros nas cozinhas vizinhas, nenhum ruído agradável anunciava o preparo do café, pois todos os vizinhos próximos, exceto as Sras. Meade e Merriwether, tinham se refugiado em Macon. E mesmo da casa delas não vinha som algum. Ao longo da rua, mais abaixo, o centro comercial estava vazio, e muitas lojas e escritórios tinham fechado suas portas e garantido a segurança com tábuas pregadas do lado de fora, enquanto seus ocupantes estavam em algum lugar no campo, de rifle na mão.

A imobilidade que a cumprimentava parecia ainda mais sinistra naquela manhã do que em qualquer outra da semana estranhamente quieta que a precedera. Ela se levantou apressada, sem os habituais aconchegos e espreguiçamentos preliminares, e foi à janela, esperando ver algum vizinho, alguma visão animadora. Mas a estrada estava vazia. Percebeu como as folhas das árvores ainda estavam verde-escuras, mas com uma camada grossa de poeira vermelha, e como as flores do jardim pareciam murchas e tristes, sem cuidados.

Enquanto estava ali parada, olhando pela janela, chegou-lhe aos ouvidos um som distante, fraco e soturno como as primeiras trovoadas de uma tempestade a caminho.

"Chuva", ela pensou no primeiro instante, e sua mente criada no campo acrescentou, "com certeza é necessária". Mas em uma fração de segundo: "Chuva? Não! Não é a chuva! Canhão!"

O coração disparado, ela se inclinou para fora da janela, a mão em concha no ouvido para o troar longínquo, tentando descobrir de que direção vinha. Mas o estrondo surdo estava tão distante que por um momento ela não conseguia saber. "Que seja de Marietta, Senhor!", ela rezou. "Ou de Decatur. Ou do riacho Peachtree. Mas não do sul! Não do sul!" Ela segurou o parapeito da janela com mais força, aguçou os ouvidos e o bombardeio longínquo pareceu mais alto. E vinha do sul.

Um canhão ao sul! Onde ficava Jonesboro e Tara... e Ellen.

Talvez os ianques estivessem em Tara naquele exato minuto! Escutou de novo, mas o sangue que lhe pulsava nos ouvidos confundia o som do tiroteio distante. Não, eles ainda não poderiam ter chegado a Jonesboro.

Se estivessem tão longe, o som seria mais fraco, mais indistinto. Mas deviam estar a pelo menos 16 quilômetros de distância de Jonesboro, provavelmente próximos da pequena colônia de Rough and Ready. Mas Jonesboro ficava a escassos 16 quilômetros dali.

Canhões ao sul podiam estar anunciando a proximidade da queda de Atlanta. Mas, para Scarlett, só interessada na segurança da mãe, a luta ao sul só significava luta próxima a Tara. Ela andava de cá para lá esfregando as mãos, e pela primeira vez pensou em todas as implicações de uma derrota do exército de cinza. Foi a ideia dos milhares de homens de Sherman tão perto de Tara que a fez perceber todo o horror da guerra, de um modo que o som das armas estilhaçando vidraças durante o cerco, as privações de alimentos e roupas, as filas incessantes de homens morrendo não tinham feito. O exército de Sherman a poucos quilômetros de Tara! E, mesmo que os ianques fossem derrotados, eles podiam recuar pela estrada que levava a Tara. E Gerald não poderia fugir com três mulheres doentes.

Ah, se ao menos ela estivesse lá agora, com ou sem ianques. Ela andava descalça pelo quarto, a camisola grudando nas pernas, e quanto mais andava, mais forte era o pressentimento. Ela queria estar em casa. Queria estar perto de Ellen.

Ouviu o ruído de pratos lá embaixo, mostrando que Prissy preparava o café da manhã, mas nenhum sinal da Betsy da Sra. Meade. Surgiu a vozinha aguda e melancólica de Prissy. "Só mais uns dia pra carrega esse peso..." A canção irritava Scarlett, suas tristes implicações a assustavam. Vestindo um roupão, saiu no corredor e, indo até as escadas dos fundos, gritou:

– Pare com essa cantoria, Prissy!

Ouviu um tristonho "Sim, sinhá", e respirou fundo, sentindo-se subitamente envergonhada de si mesma.

– Onde está Betsy?

– Num sei. Ela num veio.

Scarlett foi até o quarto de Melanie e abriu uma fresta da porta, espiando o interior ensolarado. Melanie estava deitada, de camisola, os olhos fechados com olheiras escuras, o rosto em forma de coração estava inchado e o corpo, delgado, horrível e disforme. Scarlett, maldosamente, desejou muito que Ashley a visse agora. Ela parecia pior que qualquer mulher grávida que Scarlett já vira. Enquanto a observava, Melanie abriu os olhos e um sorriso meigo lhe iluminou a fisionomia.

– Entre – convidou ela, virando-se, desajeitada, de lado. – Estou acordada desde o nascer do sol, pensando, e, Scarlett, queria lhe pedir uma coisa.

Ela entrou no quarto e se sentou na cama, onde o sol brilhava.

Melanie estendeu o braço e segurou a mão de Scarlett em um gesto gentil de confidência.

– Querida – disse –, sinto muito sobre o canhão. Está na direção de Jonesboro, não é?

Scarlett fez um muxoxo, o coração começando a bater mais forte ao pensar nisso.

– Sei quanto está preocupada. Sei que teria ido para casa semana passada ao saber de sua mãe se não fosse por mim. Não teria?

– Teria – disse Scarlett, descortês.

– Scarlett, querida. Você tem sido tão boa comigo. Nem uma irmã teria sido mais querida e corajosa. Amo você por isso. Sinto tanto estar atrapalhando.

Scarlett olhava para ela. Amava-a, é mesmo? A tola!

– E, Scarlett, andei pensando muito e quero lhe pedir um enorme favor. – Ela apertou mais ainda a mão de Scarlett. – Se eu morrer, você fica com meu bebê?

Os olhos de Melanie estavam arregalados e brilhantes, mostrando sua premência.

– Fica?

Scarlett puxou a mão, ficando encharcada de suor pelo medo que a acometeu. O medo deixou sua voz mais áspera ao falar.

– Ah, Melly, não seja tão medrosa. Você não vai morrer. Toda mulher acha que vai morrer antes de ter o primeiro bebê. Foi assim comigo.

– Não, não foi. Você nunca teve medo de nada. Só está dizendo isso para me animar. Não estou com medo de morrer, mas tenho tanto medo de deixar o bebê, se Ashley estiver... Scarlett, prometa que vai ficar com o bebê se eu morrer. Aí não terei medo. Tia Pitty está muito velha para criar uma criança e Honey e India são uns amores, mas... eu gostaria que você tomasse conta de meu bebê. Prometa, Scarlett. E se for um menino, crie-o como Ashley, e se for uma menina... querida, eu gostaria que fosse como você.

– Pelo manto de Cristo! – exclamou Scarlett, pulando da cama. – As coisas já não estão ruins o bastante para você ficar pensando em morrer?

– Sinto muito, querida. Mas prometa. Acho que vai ser hoje. Tenho certeza de que vai ser hoje. Por favor, prometa-me.

– Ah, está bem, eu prometo – disse Scarlett, olhando para ela, confusa.

Seria Melanie tão tola que realmente não soubesse o quanto ela gostava de Ashley? Ou sabia de tudo e sentia que, por causa de seu amor, Scarlett cuidaria bem do filho de Ashley? Scarlett teve um exaltado impulso de fazer perguntas, que morreram em seus lábios quando Melanie tomou sua mão, segurando-a por um instante na própria face. A tranquilidade retornara a seus olhos.

– Por que acha que será hoje, Melly?

– Estou sentindo dores desde cedo... mas não muito fortes.

– Está? Bem, por que não me chamou? Vou mandar Prissy atrás do Dr. Meade.

– Não, ainda não, Scarlett. Você sabe o quanto ele é ocupado. Só mande avisar que precisaremos dele alguma hora hoje. Mande o recado para a Sra. Meade e peça-lhe que venha ficar comigo. Ela vai saber quando realmente for necessário chamá-lo.

– Oh, deixe de ser tão abnegada. Você sabe que precisa de um médico tanto quanto qualquer outro no hospital. Vou mandar chamá-lo imediatamente.

– Não, por favor. Às vezes pode levar o dia inteiro para se ter um bebê, e eu simplesmente não poderia fazer o doutor sentar aqui por horas quando todos aqueles coitados precisam tanto dele. Peça apenas que a Sra. Meade venha. Ela vai saber.

– Ah, está bem – disse Scarlett.

21

Depois de mandar subir a bandeja com o desjejum de Melanie, Scarlett despachou Prissy até a Sra. Meade e sentou-se com Wade para tomar seu café. Como nunca, estava sem apetite. A apreensão com a proximidade da hora de Melanie e a tensão inconsciente provocada pelo troar do canhão mal a deixaram comer. Seu coração estava muito estranho, batia regularmente por vários minutos e, de repente, ficava forte e acelerado, quase lhe provocando vômito. A canjica pesada ficou atravessada na garganta e nunca antes a mistura de milho torrado moído com inhame seco, que passava por café, lhe fora tão repugnante. Sem açúcar, nem creme, era amargo feito fel, pois o xarope de sorgo usado para adoçar não melhorava muito o sabor. Após um gole, ela afastou a xícara. Se por um único motivo odiasse os ianques, seria pela privação de café verdadeiro com açúcar e creme bem grosso.

Wade estava mais quieto que de costume e nem sequer reclamou da canjica, que detestava, como fazia todas as manhãs. Comeu em silêncio as colheres cheias que ela lhe dava na boca, seguidas de goles ruidosos de água. Seus suaves olhos castanhos seguiam todos os seus movimentos, grandes e redondos como moedas, traziam um atordoamento infantil como se os temores mal disfarçados da mãe lhe fossem transmitidos. Quando ele acabou, ela o mandou para o pátio dos fundos brincar e, com grande alívio observou seu caminhar vacilante pelo gramado falhado até a casinha de brinquedos.

Ergueu-se e ficou parada, indecisa, aos pés da escadaria. Devia subir e sentar-se com Melanie, distraí-la da provação que a aguardava, mas não estava com vontade. De todos os dias do mundo, Melanie tinha que escolher logo aquele para ter o bebê! E ainda falava em morrer!

Ela se sentou no primeiro degrau e tentou se apaziguar, novamente imaginando como tinha sido a batalha do dia anterior, imaginando em que pé andaria a luta. Que estranho haver uma grande batalha a poucos quilômetros de distância e nada se saber a respeito! Que estranha a quietude nessa extremidade deserta da cidade em oposição ao dia da luta no riacho Peachtree! A casa de tia Pitty era uma das últimas do lado norte de Atlanta, e com a luta acontecendo em algum lugar do extremo sul, não havia reforços passando em marcha acelerada, nem ambulâncias ou filas de feridos cambaleando de volta. Ela imaginou se essas cenas estavam se repetindo no lado sul da cidade e agradeceu a Deus por não estar lá. Se pelo menos não tivessem todos, exceto pelos Meade e Merriwether, ido embora dessa extremidade norte da rua dos Pessegueiros! Ela estava se sentindo desamparada e sozinha. Queria que tio Peter estivesse ali para ir até o quartel saber das notícias. Não fosse por Melanie, ela iria naquele instante ao centro para descobrir por conta própria, mas não podia sair até a chegada da Sra. Meade. Por que ela não chegava? E onde estava Prissy?

Levantou-se e foi até a varanda, impaciente, para ver se as duas não estavam vindo. Mas a casa dos Meade ficava recuada e ela não conseguia ver ninguém. Depois de um tempo, apareceu Prissy, sozinha, caminhando devagar como se tivesse o dia inteiro pela frente, balançando as saias de um lado para outro e olhando por cima do ombro para ver o efeito.

– Você está tão lenta quanto o melado em janeiro – falou Scarlett asperamente quando Prissy abriu o portão. – O que disse a Sra. Meade? Ela vai demorar para vir?

– Ela num tava lá – disse Prissy.

– Onde ela está? Quando vai chegar em casa?

– Vão – respondeu Prissy, arrastando as palavras prazerosamente para dar mais peso a seu recado. – A cunzinhera deles falô que a sinhá Meade se levantô cedo de manhã pruquê o sinhozinho Phil levô um tiro, e a sinhá Meade pegô a carruage e o véio Talo e a Betsy e eles foi buscá ele pra vi para casa. A cunzinhera falô que ele tá bem ferido e que a sinhá Meade num vai tá pensano em vim aqui.

Scarlett olhou para ela e teve um impulso de sacudi-la. Os negros sempre ficavam muito orgulhosos de ser os arautos das ondas maléficas.

– Bem, não fique aí parada feito uma sonsa. Vá até a Sra. Merriwether e peça que ela venha até aqui ou que mande a bá dela. Agora, vá depressa.

– Eles num tão lá, sinhá Scarlett. Eu fui lá pra passá o tempo com a bá quando tava vino. Eles saiu. Casa toda fechada. Acho que tá tudo no hospitá.

– Então foi lá que você se meteu para demorar tanto! Sempre que eu lhe mandar a algum lugar, vá onde eu digo e não pare para "passar tempo" algum com ninguém. Vá...

Ela parou para pensar. Quem sobrara na cidade entre seus amigos que poderia ajudar? A Sra. Elsing. Claro, a Sra. Elsing não gostava nem um pouco dela, mas sempre fora afeiçoada a Melanie.

– Vá até a Sra. Elsing, explique tudo direitinho e peça que ela faça o favor de vir aqui. E, Prissy, preste atenção. O bebê da sinhá Melly está para chegar e ela pode precisar de você a qualquer minuto. Agora se apresse e volte logo.

– Tá bem, sinhá – disse Prissy e, virando-se, tomou o caminho a passo de lesma.

– Apresse-se, sua molengona!

– Tá bem, sinhá.

Prissy apressou infinitesimalmente o passo e Scarlett entrou de novo em casa. Outra vez hesitou em subir para ver Melanie. Teria que explicar por que a Sra. Meade não podia vir, e a notícia de que Phil Meade estava gravemente ferido iria aborrecê-la. Bem, ela lhe diria qualquer mentira.

Entrando no quarto de Melanie, viu que a bandeja do café estava intocada. Melanie estava deitada de lado, o rosto lívido.

– A Sra. Meade está no hospital – disse Scarlett. – Mas a Sra. Elsing está vindo. Você está se sentindo mal?

– Não muito – mentiu Melanie. – Scarlett, quanto tempo Wade levou para nascer?

– Muito pouco – respondeu Scarlett com um ânimo que estava longe de sentir. – Eu estava no pátio e mal tive tempo de entrar em casa. Mammy disse que foi vergonhoso, como com as negras.

– Espero que eu seja como uma negra também – disse Melanie, tentando um sorriso, que logo sumiu conforme a dor lhe contraía o rosto.

Scarlett olhou para os quadris estreitos de Melanie, não muito otimista, mas disse, tranquilizadora:

– Não é tão ruim assim.

– Ah, eu sei que não. Só acho que sou meio covarde. A... a Sra. Elsing está vindo logo?

– Está, sim – disse Scarlett. – Vou até lá embaixo pegar água fresca para passar uma esponja em você. Está muito quente hoje.

Ela levou o máximo de tempo possível para pegar a água, correndo até a porta da frente a cada dois minutos para ver se Prissy estava vindo. Sem sinal da negrinha, ela voltou para cima, lavou o corpo suado de Melanie e penteou seu longo cabelo escuro.

Passada uma hora, ouviu uma ginga de passos vindo pela rua e, olhando pela janela, viu Prissy voltando lentamente, balançando-se como antes e jogando a cabeça para trás com tal afetação que parecia ter uma grande plateia interessada.

"Hora dessas eu chicoteio essa fedelha", pensou Scarlett furiosa, correndo escada abaixo para encontrá-la.

– A sinhá Elsing tá trabaiano no hospitá. A cunzinhera deles falô que chegô um bando de sordado ferido no trem de cedo. Ela tá fazeno uma sopa para levá lá. Ela falô...

– Esqueça o que ela disse – interrompeu Scarlett, seu coração afundando. – Vista um avental limpo porque quero que você vá até o hospital. Vou lhe dar um bilhete para entregar ao Dr. Meade, e se ele não estiver lá, entregue ao Dr. Jones ou a qualquer outro médico. E se você não for depressa desta vez, eu arranco seu couro viva.

– Tá bão, sinhá.

– E peça notícias da luta a qualquer dos cavalheiros, passe pela estação e pergunte aos engenheiros que trouxeram os feridos. Pergunte se estão lutando em Jonesboro ou perto de lá.

– Meu Deus do céu, sinhá Scarlett! – exclamou Prissy, mostrando um súbito temor. – Os ianque num tão em Tara, tão?

– Não sei. Estou lhe pedindo para perguntar.

– Meu Deus do céu, sinhá Scarlett! Que que eles vai fazê com a mãe?

Prissy começou a gritar de repente, o barulho se somando à aflição de Scarlett.

– Pare de gritar. A sinhá Melly vai ouvir você. Agora vá trocar de avental. Rápido.

Forçada a se apressar, Prissy correu para os fundos da casa enquanto Scarlett rascunhava um breve recado em um pedaço de papel da última carta de Gerald, o único da casa. Ao dobrá-lo, para que seu recado ficasse em evidência, ela viu as palavras de Gerald: "Sua mãe... tifo... sob condição alguma... venha para casa agora..." Quase caiu no choro. Se não fosse por Melanie, ela começaria a se arrumar para ir naquele mesmo instante, mesmo que tivesse de andar cada passo do caminho.

Prissy saiu rapidamente, o bilhete na mão fechada, e Scarlett voltou para cima, tentando pensar em alguma mentira que explicasse a ausência da Sra. Elsing. Mas Melanie não fez perguntas. Ao vê-la deitada de costas, o semblante tranquilo e doce, Scarlett se acalmou por algum tempo.

Sentou-se, tentando falar de coisas inconsequentes, mas o pensamento em Tara e em uma possível derrota para os ianques a afligia cruelmente. Pensou em Ellen morrendo e nos ianques indo para Atlanta, incendiando tudo, matando a todos. Em meio a isso, o monótono ribombar longínquo persistia, penetrando-lhe os ouvidos como ondas de temor, até ela não conseguir mais falar e ficar olhando pela janela a rua imóvel e quente e as folhas empoeiradas penduradas nas árvores sem se mexer. Melanie também estava quieta, mas de vez em quando seu rosto tranquilo se contorcia de dor.

Após cada dor das contrações, ela dizia: "Não doeu tanto de fato", e Scarlett sabia que estava mentindo. Ela preferiria um grito a plenos pulmões àquela resistência silenciosa. Sabia que deveria sentir pena de Melanie, mas por alguma razão não conseguia reunir uma faísca de solidariedade. Sua cabeça estava ocupada demais com a própria angústia. Em certo momento, ela olhou fixamente para o rosto contorcido e se perguntou por que tinha de ser justo ela, entre todas as pessoas do mundo, a estar ali com Melanie naquela hora... ela, que nada tinha em comum com Melanie, que a odiava, que teria ficado contente de vê-la morta. Bem, talvez seu desejo se cumprisse ainda antes que o dia findasse. Um temor supersticioso tomou conta dela com esse pensamento. Dava azar desejar a morte de alguém, quase tanto quanto amaldiçoar. O feitiço virava contra o feiticeiro, dizia Mammy Apressadamente, se pôs a rezar para que Melanie não morresse e se lançou em uma febril conversa sem sentido, mal sabendo o que dizia. Até que Melanie segurou-lhe o pulso com a mão quente.

– Não se preocupe em falar, querida Sei quanto está preocupada. Sinto tanto por estar criando todo esse problema.

Scarlett voltou ao silêncio, mas não conseguia parar quieta. O que faria se nem Prissy nem o médico chegassem a tempo? Foi até a janela e olhou ao longo da rua, voltou e sentou-se de novo. Depois se levantou e olhou pela janela do outro lado do quarto.

Passou-se uma hora, depois outra. Chegou o meio-dia, o sol estava alto e quente, nenhuma brisa mexia as folhas empoeiradas. As dores de Melanie aumentavam. O cabelo comprido estava empapado de suor e a camisola grudava em alguns pontos do corpo. Silenciosamente, Scarlett passava a esponja em seu rosto, tomada pelo medo. Deus do céu, e se o bebê chegasse antes do médico? O que ela faria? Ela não entendia nada de nascimentos. Era justamente essa emergência que temia havia semanas. Estava contando com Prissy no caso de não haver um médico para lidar com a situação. Prissy entendia do assunto. Dissera-o várias vezes. Mas onde estava ela? Por que não vinha? Por que o médico não chegava? Foi até a janela e olhou de novo. Prestou atenção e de repente se perguntou se era sua imaginação ou se o som do canhão a distância tinha cessado. Se estivesse mais distante, significaria que a luta estava mais próxima de Jonesboro e isso significaria...

Enfim ela avistou Prissy subindo a rua em um passo apressado e se inclinou para fora da janela. Olhando para cima, Prissy a viu e abriu a boca para gritar. Vendo o pânico escrito no rostinho negro e temendo que ela pudesse alarmar Melanie berrando notícias maléficas, Scarlett apressou-se a pôr o dedo nos lábios e saiu da janela.

– Vou pegar uma água mais fresca para você – disse, observando as olheiras profundas de Melanie e tentando sorrir. Saiu apressadamente do quarto, fechando a porta com cuidado.

Prissy estava sentada no primeiro degrau da escadaria, ofegante.

– Tão lutano em Jonesboro, sinhá Scarlett! Tão dizeno que os nosso cavalero tá perdeno. Ah, meu Deus, sinhá Scarlett! O que vai acontecê com a mãe e o Pork? Ah, meu Deus, sinhá Scarlett! O que vai acontecê pra nós se os ianque chegá aqui? Ah, meu Deu...

Scarlett calou a boca carnuda com a mão.

– Pelo amor de Deus, cale-se!

Sim, o que aconteceria com elas se os ianques chegassem... o que aconteceria com Tara? Ela afastou o pensamento com firmeza e se concentrou na emergência mais premente. Se pensasse nessas coisas, começaria a gritar como Prissy.

– Onde está o Dr. Meade? Quando ele vem?

– Eu num vi ele, sinhá Scarlett.

– O quê?

– Pois é, sinhá, ele num tá no hospitá. Sinhá Merriwether e sinhá Elsing tamém num tá lá. Um home, ele me disse que o dotô foi no garpão dos trem vê os sordado ferido que acabô de chegá de Jonesboro, mas, sinhá Scarlett, eu tava me pelano de medo de ir no garpão... os pessoá tá morreno lá. Eu tenho medo dos pessoá morreno...

– E os outros médicos?

– Sinhá Scarlett, meu Deus, eu mar pude consegui um pra lê seu biete. Eles tão tudo andano pelo hospitá como se tudo tava doido. Um dotô disse pra mim. "Sai daqui! Num vem me incomodá com bebê quando tamo cheio de home morreno aqui. Pega uma muié pra ajudá." Entonce eu fui pra cá e pra lá a perguntá as notícia como vosmecê mandô fazê e eles falô da luta em Jonesboro e eu...

– Então o Dr. Meade está na estação?

– Tá, sinhá. El...

– Pois preste bem atenção ao que vou dizer. Vou buscar o Dr. Meade e quero que você fique com a sinhá Melanie e faça tudo o que ela disser. E se sussurrar qualquer coisa sobre o paradeiro da luta, eu vendo você para o sul, tão certo como dois e dois são quatro. E também não diga a ela que os outros médicos não quiseram vir. Entendeu?

– Tá bão, sinhá.

– Seque os olhos, pegue uma jarra de água fresca e suba. Lave-a com a esponja. Diga a ela que fui atrás do Dr. Meade.

– A hora dela chegô, sinhá Scarlett?

– Não sei. Acho que sim, mas não sei. Você é que devia saber. Vá lá para cima.

Scarlett pegou seu largo chapéu de sol de palha no aparador e o colocou na cabeça. Olhou-se no espelho e automaticamente ajeitou algumas mechas soltas de cabelo, mas não via o próprio reflexo. Uma onda fria de medo que se iniciara na boca do estômago agora se espalhava, chegando a seus dedos, as faces sentindo seu toque frio, embora o resto do corpo transpirasse muito. Ela saiu apressada da casa para o calor. O reflexo do sol cegava, o calor era intenso na rua dos Pessegueiros e suas têmporas começaram a pulsar. Ouvia as vozes subindo e descendo, aos brados, lá adiante. Ao avistar a casa dos Leyden, começou a ficar ofegante, pois o espartilho estava bem apertado, mas não diminuiu o passo. O fragor se elevou.

Da casa dos Leyden até Five Points a rua fervilhava, o movimento de um formigueiro recém-destruído. Negros corriam para cima e para baixo da rua, as fisionomias em pânico; nas varandas, crianças brancas choravam sem assistência. A rua estava lotada de carroções do exército, de ambulâncias cheias de feridos e de carruagens com valises e mobília em altas pilhas. Homens a cavalo saíam precipitadamente das ruas transversais entrando de modo desordenado na rua dos Pessegueiros em direção ao quartel de Hood. Em frente à casa dos Bonnell, o velho Amos estava parado segurando a cabeça do cavalo da carruagem e cumprimentou Scarlett revirando os olhos.

– Inda num tá indo embora, sinhá Scarlett? Nós tá indo agorim. A véia sinhá tá arrumano as mala dela.

– Indo? Aonde?

– Só Deus sabe, sinhá. Pra quarqué lugá. Os ianque tão chegano!

Ela continuou sem nem se despedir. Os ianques estavam chegando! Na altura da capela Wesley, parou um pouco para tomar fôlego e esperar que as marteladas do coração cessassem. Se não se acalmasse, com certeza desmaiaria. Enquanto estava parada, apoiando-se em um poste de luz, ela viu um oficial montado vindo de Five Points e, em um impulso, correu até a rua abanando para ele.

– Ah, pare! Por favor, pare!

Ele puxou as rédeas tão subitamente que o cavalo empinou. Havia linhas duras de fadiga e premência em seu semblante, mas o chapéu cinza esfarrapado saiu de sua cabeça em um gesto largo.

– Senhora?

– Diga-me, é verdade? Os ianques estão vindo?

– Receio que sim.

– É mesmo?

– Sim, senhora. Faz meia hora que chegou ao quartel um despacho da luta em Jonesboro.

– Em Jonesboro? Tem certeza?

– Tenho. De nada adianta dizer mentiras bonitas, senhora. A mensagem era do general Hardee e dizia: "Perdi a batalha e estou em total recuo."

– Ah, meu Deus!

O rosto moreno do homem cansado olhou para baixo sem emoção. Ele reuniu as rédeas e pôs o chapéu.

– Ah, senhor, por favor, só um minuto. O que devemos fazer?

– Senhora, não sei. O exército logo deixará Atlanta.

– Estão indo embora e nos deixando para os ianques?

– Receio que sim.

Sob o toque das esporas, o cavalo se foi como se tivesse molas, deixando Scarlett parada no meio da rua com a poeira vermelha acumulada nos tornozelos.

Os ianques estavam chegando. O exército, partindo. Os ianques estavam chegando. O que devia fazer? Para onde devia correr? E havia Melanie naquela cama esperando a chegada do bebê. Ah, por que as mulheres tinham bebês? Não fosse por Melanie, ela podia pegar Wade e Prissy e se esconder no mato, onde os ianques nunca os encontrariam.

Mas não podia levar Melanie para o mato. Não agora. Ah, se pelo menos ela tivesse tido o bebê antes, nem que tivesse sido no dia anterior, talvez pudessem conseguir pegar uma ambulância e escondê-la em algum lugar. Mas agora... ela precisava encontrar o Dr. Meade e fazê-lo ir para casa com ela. Talvez ele pudesse apressar o bebê.

Segurando as saias, ela saiu correndo rua abaixo, o ritmo dos pés marcado pela frase "Os ianques estão chegando! Os ianques estão chegando!". Five Points estava lotado de gente correndo de um lado para outro sem ver nada, engarrafado de carroções, ambulâncias, carroças de boi, carruagens carregadas de feridos. Ouviu-se um ruído estrondoso, como uma onda quebrando, do meio da multidão.

Então um incrível espetáculo incongruente se apresentou a seus olhos. Montes de mulheres chegavam da direção da linha férrea carregando presuntos nos ombros. Crianças pequenas corriam ao lado delas, cambaleando sob baldes de melado. Meninos arrastavam sacos de milho e batatas. Um velho seguia com dificuldade carregando um barril de farinha em um carrinho de mão. Homens, mulheres e crianças, negros e brancos, corriam com fisionomias tensas, arrastando pacotes, sacos, caixas de comida, mais comida do que ela tinha visto em um ano. De repente, a multidão abriu caminho para uma carruagem adernada, e por ali passou a frágil e elegante Sra. Elsing, de pé na frente de sua carruagem, rédeas em uma das mãos, chicote na outra. Ela tinha a cabeça descoberta, o rosto lívido, e os longos cabelos grisalhos desprendiam-se em ondas por suas costas enquanto chicoteava o cavalo com fúria. Sacudindo no banco de trás ia sua bá negra, Melissy, segurando uma costela gordurosa de bacon com uma das mãos, enquanto com a outra e os dois pés tentava segurar as caixas e os sacos empilhados à sua volta. Um saco de ervilhas secas tinha estourado e as ervilhas se espalhavam pela rua. Scarlett gritou para ela, mas o tumulto da multidão sufocou sua voz e a carruagem passou a toda velocidade.

Por um momento ela não conseguiu entender o que tudo aquilo significava, mas logo, lembrando-se de que os depósitos de suprimentos ficavam perto da linha férrea, deu-se conta de que o exército tinha aberto suas portas, deixando o povo salvar o que pudesse antes da chegada dos ianques.

Abrindo caminho rapidamente entre a multidão, ela passou pela turba histérica que se comprimia na clareira de Five Points e seguiu, com a maior rapidez possível, pela quadra que levava à estação. Através do emaranhado de ambulâncias e nuvens de poeira ela conseguiu ver médicos e carregadores de padiolas se inclinando, erguendo, correndo. Se Deus quisesse, logo encontraria o Dr. Meade. Ao dobrar a esquina do hotel Atlanta e ver a estação e os trilhos, ela parou, estarrecida.

Deitados sob o sol impiedoso, ombro a ombro, cabeças abaixo de pés, havia centenas de homens feridos, sobre os trilhos, nas calçadas, esticados em filas sem-fim sob o abrigo dos vagões. Alguns estavam imóveis, mas muitos se contorciam sob o calor do sol, gemendo. Em todo lugar, enxames de moscas pairavam sobre os homens, rastejando e zumbindo em seus rostos, em todo lugar havia sangue, ataduras sujas, gritos praguejantes de dor ao serem erguidos nas padiolas. O cheiro de suor, sangue, corpos sujos e excremento subiu com as ondas de calor até o fedor deixá-la enjoada. Os responsáveis pelas ambulâncias corriam daqui para ali entre os homens prostrados e frequentemente pisavam em um ferido, de tão próximas que eram as fileiras, e os que tinham sido pisados olhavam para cima, impassíveis, esperando sua vez.

Ela se encolheu, tapando a boca com a mão, sentindo que ia vomitar. Não podia continuar. Já vira homens feridos no hospital e no gramado de tia Pitty após a luta do riacho, mas nada como aquilo. Nunca tinha visto nada como aqueles corpos fedendo, sangrando, fervendo sob o sol inclemente. Era um inferno de dores, cheiros, ruídos e pressa... pressa... pressa! Os ianques estão chegando! Os ianques estão chegando!

Abraçou os próprios ombros e seguiu em frente, aguçando o olhar entre as figuras de pé para distinguir o Dr. Meade. Mas logo viu que não podia ficar procurando por ele, pois, se não tomasse cuidado, pisaria em algum soldado. Ergueu as saias e tentou seguir até um agrupamento de homens que dirigiam os carregadores de padiolas.

Enquanto caminhava, mãos febris puxavam sua saia e vozes suplicavam: "Senhora... água! Por favor, senhora, água! Pelo amor de Deus, água!"

A transpiração lhe corria pelo rosto e ela puxava as saias das mãos que as agarravam. Se chegasse a pisar em um desses homens, ia gritar e desmaiar. Pulou sobre homens mortos, sobre homens com olhos parados com as mãos segurando a barriga onde o sangue seco grudara aos ferimentos o uniforme rasgado, sobre homens cujas barbas estavam duras de sangue e de cujas mandíbulas fraturadas vinham sons que deviam querer dizer: "Água, água!"

Se não encontrasse logo o Dr. Meade, ia começar a gritar histericamente. Olhou na direção dos homens sob o abrigo dos vagões e gritou tão alto quanto podia:

– O Dr. Meade! O Dr. Meade está aí?

Um homem se destacou do grupo e olhou em sua direção. Era o doutor. Ele estava sem casaco e tinha as mangas da camisa arregaçadas até em cima. Sua camisa e sua calça estavam vermelhas como as de um açougueiro, e até a ponta de sua barba grisalha estava manchada de sangue. Sua fisionomia era a de um homem embriagado pelo cansaço, raiva impotente e piedade ardorosa. Estava cinzento e empoeirado, e o suor abrira longos filetes em seu rosto.

– Graças a Deus você está aqui. Preciso de todas as mãos disponíveis.

Por um instante ela olhou para ele, atordoada, deixando as saias cair, consternada. Elas caíram sobre o rosto de um homem ferido que, fraco, tentou virar a cabeça para escapar às dobras sufocantes. O que o doutor queria dizer? O pó levantado pela ambulância deixou-a engasgada, e o cheiro de podridão era como um líquido fétido em suas narinas.

– Apresse-se, menina! Venha aqui.

Agarrando as saias, ela foi até ele o mais rapidamente possível, passando pelas fileiras de corpos. Pôs a mão em seu braço e percebeu que ele tremia de cansaço, mas no rosto não havia fraqueza.

– Ah, doutor! – exclamou ela. – O senhor precisa vir. Melanie está tendo o bebê.

Ele olhou-a como se suas palavras não tivessem sido registradas. Um homem deitado aos pés dela, a cabeça apoiada no cantil, sorriu solidário diante do que ela dizia.

– Eles vão ajudar – disse ele, animado.

Ela nem sequer olhou para baixo, mas sacudiu o braço do doutor.

– É Melanie. O bebê. Doutor, o senhor tem que vir. Ela... o... – Não era hora para delicadezas, mas era difícil pronunciar as palavras com os ouvidos de centenas de homens estranhos a escutar. – As dores estão piorando. Por favor, doutor!

– Um bebê? Meu Deus! – retumbou o doutor, e seu rosto subitamente se contorceu de ódio e raiva, uma raiva que não se dirigia a ela ou a ninguém mais, exceto a um mundo onde essas coisas podiam acontecer.

– Está louca? Não posso deixar estes homens. Estão morrendo às centenas. Não posso deixá-los por um bebê. Consiga alguma mulher que a ajude. Pegue minha mulher.

Ela abriu a boca para dizer por que a Sra. Meade não podia ir, mas logo a fechou. Ele não sabia que o próprio filho estava ferido! Ela gostaria de saber se ele ainda ficaria ali caso soubesse, e algo lhe disse que, mesmo se Phil estivesse morrendo, ele não sairia de seu posto, atendendo a muitos em vez de a um só.

– Não, o senhor precisa vir, doutor. Lembra-se do que disse, que ela teria uma hora difícil...? – Seria realmente ela, Scarlett, ali, dizendo aquelas coisas terrivelmente indelicadas, bem alto, em meio àquele inferno de calor e gemidos? – Ela vai morrer se o senhor não vier!

Ele puxou o braço asperamente e falou como se mal a tivesse escutado, mal soubesse a que ela se referia.

– Morrer? Sim, todos vão morrer... todos esses homens. Sem ataduras, sem unguentos, sem quinino nem clorofórmio. Ah, Deus, alguma morfina! Só um pouco de morfina para os que estão em pior estado. Só um pouco de clorofórmio. Malditos ianques! Malditos ianques!

– Que vão pro inferno, doutor – disse o homem no chão, os dentes aparecendo entre a barba.

Scarlett começou a tremer e seus olhos ficaram marejados de medo. O doutor não iria com ela. Melanie ia morrer, e ela tinha desejado isso. O médico não iria.

– Em nome de Deus, doutor! Por favor!

O Dr. Meade mordeu o lábio, suas mandíbulas se contraíram e a fisionomia se tranquilizou novamente.

– Menina, vou tentar. Não posso prometer. Mas vou tentar. Quando atendermos esses homens. Os ianques estão vindo e as tropas estão indo embora da cidade. Não sei o que vão fazer com os feridos. Não há trens. A linha de Macon foi capturada... Mas vou tentar. Agora, vá. Não me incomode. Não há muito segredo no nascimento de um bebê. É só amarrar o cordão...

Ele se virou quando um ordenança lhe tocou o braço, começando a disparar ordens e apontar para esse e aquele ferido. O homem a seus pés olhou para Scarlett com compaixão. Ela se virou, pois o médico a tinha esquecido.

Caminhou entre os feridos e de volta à rua dos Pessegueiros. O médico não iria. Ela teria que resolver sozinha. Ainda bem que Prissy entendia tudo de partos. Sua cabeça doía por causa do calor, e ela sentia o corpete molhado de suor, grudado ao corpo. Sua mente estava entorpecida, assim como as pernas, entorpecidas como em um pesadelo quando tentava correr e não conseguia. Pensou na longa caminhada de volta até a casa e lhe pareceu interminável.

Então o refrão "Os ianques estão chegando!" começou a ressoar novamente em sua cabeça. O coração começou a bater forte e vida nova chegou a seus membros. Ela se apressou em meio à multidão em Five Points, agora tão lotado que não havia espaço na calçada estreita, forçando-a a caminhar pela rua. Longas filas de soldados passavam, cobertos de pó, esgotados. Parecia haver milhares deles, barbados, sujos, as armas penduradas nos ombros, andando apressados a passo cadenciado. O canhão passou, os cocheiros esfolando as mulas magras com relhos de couro cru. Os carroções de suprimentos, lonas rasgadas, balançavam sobre os sulcos cavados no barro. A cavalaria que levantava o pó sufocante parecia não ter fim. Ela nunca tinha visto tantos soldados reunidos. Recuo! Recuo! O exército estava indo embora.

As fileiras apressadas a empurravam para a calçada lotada e ela sentia o cheiro forte de uísque de milho barato. Perto da rua Decatur havia mulheres na turba, usando roupas vistosas, cujos adornos brilhantes e rostos pintados davam à cena um tom desconexo de festa. A maioria estava embriagada, e os soldados, em cujos braços elas se penduravam, mais ainda. Ela avistou rapidamente uma cabeça de cachos vermelhos e viu aquela criatura, Belle Watling, ouviu seu riso agudo e embriagado enquanto se segurava em um soldado de um só braço, que cambaleava, caminhando em zigue-zague.

Depois de empurrar e dar encontrões nas pessoas por toda uma quadra, passando de Five Points a multidão começou a diminuir e, agarrando as saias, ela começou a correr de novo. Chegando à capela Wesley, estava sem fôlego, tonta e enjoada. O espartilho lhe cortava as costelas. Sentou-se nos degraus da igreja e enterrou a cabeça nas mãos até poder respirar melhor. Só o que queria era respirar fundo e que seu coração parasse de bater tão forte e de dar saltos. Se pelo menos ela pudesse contar com alguém nesse hospício.

Ora, nunca precisara fazer nada para si mesma em toda a vida. Sempre houvera alguém para fazer as coisas, para cuidar dela, abrigá-la, protegê-la e mimá-la. Era incrível que pudesse estar em tal apuro. Nenhum amigo, nenhum vizinho que a ajudasse. Sempre houvera amigos, vizinhos, as mãos competentes de escravos dispostos. E agora, nessa hora de grande necessidade, não havia ninguém. Era incrível que pudesse estar tão completamente sozinha, amedrontada e longe de casa.

Sua casa! Se pelo menos estivesse em casa, com ianques ou sem ianques. Em casa, mesmo que Ellen estivesse doente. Ela morria de saudades do rosto doce de Ellen, dos braços fortes de Mammy à sua volta.

Levantando-se um pouco tonta, ela começou a caminhar outra vez. Quando chegou ao ponto de onde podia avistar a casa, viu Wade se balançando no portão da frente. Quando a viu, seu rosto se franziu e ele começou a chorar, segurando um dedo imundo machucado.

– Dói – soluçava. – Dói!

– Quietinho! Cale-se! Cale-se! Ou bato em você. Vá lá para os fundos fazer bolinhos de barro e não saia de lá.

– Wade quer comer – soluçou, pondo o dedo machucado na boca.

– Não me importo. Vá lá para os fundos e...

Olhando para cima, ela viu Prissy se debruçando na janela, medo e preocupação estampados em seu rosto, mas em um instante se foram com o alívio de ver sua senhora. Scarlett fez sinal para que ela descesse e entrou em casa. Como estava fresco no vestíbulo... Ela desatou o chapéu de sol, jogando-o na mesa, e dobrou o braço, levando-o à testa molhada. Ouviu a porta lá em cima se abrir e um gemido fraco, provocado pelas profundezas da agonia. Prissy desceu as escadas de três em três degraus.

– O dotô vem?

– Não. Não pode vir.

– Meu Deus, sinhá Scarlett! A sinhá Melly tá mar!

– O doutor não pode vir. Ninguém pode vir. Você vai ter que fazer o parto, e eu vou ajudar.

Prissy ficou de boca aberta e sua língua se movia sem que ela conseguisse dizer palavra. Ela olhava para Scarlett de lado, arrastava os pés e torcia o corpo magro.

– Não fique me olhando com essa cara de idiota! – exclamou Scarlett, furiosa diante de sua expressão abobalhada. – Qual é o problema?

Prissy voltou de lado para as escadas.

– Por Deus, sinhá Scarlett... – Medo e vergonha estampados nos olhos que se reviravam.

– O quê?

– Meu Deus do céu, sinhá Scarlett! Nós precisa de um dotô. Eu... eu... sinhá Scarlett, eu num sei nada de botá bebê no mundo. A mãe nunca me dexava chegá nem perto das muié que tava tendo bebê.

Todo o ar saiu dos pulmões de Scarlett em uma única arfada antes que ela ficasse possessa de raiva. Prissy tentou passar por ela, se abaixou para fugir, mas Scarlett a agarrou.

– Sua negra mentirosa... o que está dizendo? Você tinha me dito que sabia tudo sobre nascimento de bebês. Qual é a verdade? Diga! – Ela a sacudiu até a cabeça encarapinhada ficar balançando sozinha.

– Eu tava mentino, sinhá Scarlett! Num sei como foi que eu disse uma mentira dessa. Só vi um bebê nascê e a mãe quase me arrebentô por tê oiado.

Scarlett a encarava com olhar feroz e Prissy se encolheu, tentando se soltar. Por um momento sua mente se recusava a aceitar a verdade, mas, quando finalmente percebeu que Prissy não sabia mais sobre partos que ela própria, teve um acesso de cólera. Nunca batera em um escravo em toda a sua vida, mas deu um tapa no rosto da negrinha com toda a força de seu braço cansado. Prissy gritou a todo volume, mais de medo que de dor, e começou a pular, tentando escapar do aperto da mão de Scarlett.

Quando ela gritou, os gemidos do segundo andar cessaram e, em seguida, a voz de Melanie, fraca e trêmula, chamou:

– Scarlett? É você? Por favor, venha cá! Por favor!

Scarlett largou o braço de Prissy e a fedelha desceu as escadas chorando. Por um momento Scarlett ficou parada, olhando para cima, escutando o gemido baixinho que recomeçara. Enquanto estava lá imóvel, pareceu que uma junta de bois lhe caíra sobre os ombros, atrelada a uma carga pesada, uma carga que ela sentiria assim que desse um passo.

Tentou se lembrar de tudo o que Mammy e Ellen tinham feito no nascimento de Wade, mas o piedoso embotamento das dores do parto deixava a maior parte enevoada. Relembrando-se de algumas coisas, falou rapidamente com Prissy, com voz autoritária.

– Faça fogo e ferva uma chaleira de água. E traga para cima todas as toalhas que puder encontrar e aquele rolo de barbante. E pegue a tesoura. Não me venha dizer que não consegue encontrar. Pegue-a e rápido. Agora se apresse.

Ela pôs Prissy de pé e mandou-a para a cozinha com um empurrão. Depois ajeitou os ombros e subiu as escadas. Seria difícil dizer a Melanie que ela e Prissy iriam ajudá-la no parto.

22

Nunca mais haveria uma tarde tão longa como aquela. Nem tão quente. Nem tão cheia de moscas preguiçosas e insolentes. Elas pairavam sobre Melanie, apesar do leque que Scarlett mantinha em constante movimento. Seu braço doía de abanar a larga folha de palmeira. Todos os seus esforços pareciam inúteis, pois, enquanto ela as espantava do rosto úmido de Melanie, elas rastejavam por suas pernas e pés pegajosos, fazendo-a enxotá-las fracamente e exclamar:

– Por favor! Nos pés!

O quarto estava na penumbra, pois Scarlett tinha baixado as persianas para diminuir o calor e a luminosidade. Pontos de luz penetravam por furinhos na persiana e pelas beiras. O quarto parecia um forno, e as roupas suadas de Scarlett nunca secavam; ao contrário, ficavam cada vez mais empapadas e grudentas com o passar das horas. Prissy estava agachada em um canto, suando também, e cheirava tão mal que Scarlett a teria mandado sair do quarto se não tivesse medo de que a menina fugisse ao ficar fora de vista. Melanie encontrava-se sobre um lençol escuro de suor e molhado nos pontos onde Scarlett derramara água. Ela não parava de se mexer, de um lado para outro, direita, esquerda e de costas outra vez.

Às vezes tentava se sentar, mas caía de novo de costas e voltava a se contorcer. A princípio, tentara se controlar e não gritar, mordendo os lábios até ficarem em carne viva, até Scarlett, cujos nervos estavam em carne viva, como os lábios de Melly, dizer secamente:

– Melly, pelo amor de Deus, não tente ser corajosa. Grite se tem vontade. Ninguém vai ouvir, a não ser nós.

Melanie passou a tarde gemendo, por coragem ou não, e às vezes gritava. Nessas horas, Scarlett segurava a cabeça com as mãos, tapava os ouvidos, contorcia o corpo e desejava estar morta. Qualquer coisa era preferível a servir de testemunha impotente para tamanha dor. Qualquer coisa era melhor do que ficar ali presa esperando por um bebê que levava tanto tempo para chegar. Esperando, quando tudo o que sabia era que os ianques estavam em Five Points.

Como queria ter prestado mais atenção às conversas sussurradas das matronas sobre o assunto de nascimento. Se ao menos tivesse feito isso!

Se ao menos tivesse sido mais interessada nesses assuntos, ela saberia se Melanie estava demorando muito ou não. Tinha uma vaga lembrança de uma das histórias de tia Pitty sobre uma amiga que ficara em trabalho de parto por dois dias e morrera sem ter o bebê. Imagine se Melanie continuasse naquele estado por dois dias! Mas Melanie era delicada demais. Não aguentaria dois dias com toda aquela dor. Morreria se o bebê não viesse logo. E como ela iria encarar Ashley, se ainda estivesse vivo, e lhe dizer que Melanie morrera... depois de ter lhe prometido que cuidaria dela?

No início, Melanie queria segurar a mão de Scarlett quando a dor era forte, mas a apertava tanto que quase lhe quebrava os ossos. Depois de uma hora, as mãos de Scarlett estavam tão inchadas e machucadas que mal conseguia dobrá-las. Então ela amarrou duas toalhas compridas, atou-as no pé da cama e deixou a extremidade com o nó nas mãos de Melanie, que a segurava como se fosse uma corda salva-vidas, esticando, puxando com toda a força, soltando, rasgando-a. Durante toda a tarde, sua voz parecia a de um animal morrendo em uma armadilha. Ocasionalmente ela largava a toalha e esfregava as mãos debilmente e olhava para Scarlett com enormes olhos de dor.

– Fale comigo. Por favor, fale comigo – sussurrava ela, e Scarlett balbuciava algo até Melanie se agarrar novamente ao nó e começar a se contorcer.

O quarto obscuro girava com o calor, a dor e o zumbido das moscas, e o tempo passava com tamanha lentidão que Scarlett mal se lembrava da manhã. Era como se estivesse naquele lugar quente, escuro e suado por toda a vida. Cada vez que Melanie gritava, ela tinha vontade de gritar junto, e só mordendo o lábio com força conseguia controlar a histeria.

Uma vez Wade subiu as escadas na ponta dos pés e ficou do lado de fora da porta, choramingando.

– Wade com fome!

Scarlett começou a ir até a porta, mas Melanie sussurrou:

– Não me deixe. Por favor. Só consigo aguentar quando você está aqui.

Então Scarlett mandou Prissy lá embaixo esquentar a canjica do desjejum e dar a ele. Ela mesma sentia que nunca mais comeria depois dessa tarde.

O relógio sobre o console havia parado e ela não tinha como saber as horas, mas, quando o calor diminuiu no quarto e os pontinhos de luz enfraqueceram, ela abriu a persiana. Surpresa, viu que já era tarde e o sol, uma bola carmim, estava bem baixo no horizonte. Ela imaginara que o tempo ficaria fervendo para sempre.

Queria muito saber o que estava se passando no centro. Será que todas as tropas já tinham partido? Será que os ianques haviam chegado? Os confederados marchariam sem uma luta sequer? Então se lembrou, com um frio no estômago, de como eram poucos os confederados e da quantidade de homens que Sherman tinha, e de como estavam bem alimentados. Sherman! O nome do próprio Satã não a deixava tão assustada. Mas agora não havia tempo para pensar nisso, pois Melanie pedia água, uma toalha fria para a cabeça, que a abanassem, que tirassem as moscas de seu rosto.

Quando anoiteceu e Prissy, apressada como um fantasma negro, acendeu o lampião, Melanie ficou mais fraca. Começou a chamar por Ashley, repetidamente, como se delirasse, até aquilo deixar Scarlett com um desejo incontrolável de sufocá-la com um travesseiro. Talvez o doutor acabasse vindo! Quisera que viesse logo! A esperança aparecendo, ela se virou para Prissy e mandou que corresse até a casa dos Meade e visse se ele ou a Sra. Meade estava lá.

– E se ele não estiver lá, pergunte à Sra. Meade ou à cozinheira o que fazer. Peça que venha!

Prissy saiu ruidosamente e Scarlett a observou correr pela rua, andando mais depressa do que ela jamais sonhara que a menina imprestável conseguiria. Após um tempo prolongado, ela voltou, sozinha.

– O dotô num teve em casa o dia todo. Arguma coisa levô ele com os sordado. Sinhá Scarlett, o sinhozinho Phil esfaleceu.

– Morreu?

– É, sinhá – disse Prissy, desdobrando-se em importância. – Talbot, o cochero deles me disse. Ele levô um tiro...

– Deixe isso para lá...

– Num vi a sinhá Meade. A cunzinhera diz que a sinhá Meade tá lavano ele e arrumano para enterrá ele antes dos ianque chegá. A cunzinhera diz que se a dô ficá muito ruim pra pô uma faca debaxo da cama da sinhá Melly que corta a dô no meio.

A vontade de Scarlett foi de bater nela outra vez por essa útil informação, mas Melanie abriu bem os olhos e sussurrou:

– Querida... os ianques estão vindo?

– Não – disse Scarlett com firmeza. – Prissy é uma mentirosa.

– É, sinhá, sô mermo – concordou Prissy fervorosamente.

– Estão vindo – sussurrou Melanie sem se deixar enganar, e enterrou o rosto no travesseiro. Sua voz saiu abafada.

– Coitadinho do meu bebê. Coitadinho do meu bebe. – E após um longo intervalo: – Ah, Scarlett, você não deve ficar aqui. Precisa ir embora e levar Wade.

O que Melanie disse era exatamente o que Scarlett vinha pensando, mas ouvir aquilo posto em palavras a enfurecia e envergonhava como se sua covardia secreta estivesse escrita em seu rosto.

– Não seja tola. Não tenho medo. Sabe que não vou deixá-la.

– Bem que poderia. Eu vou morrer. – E ela começou a gemer novamente.

SCARLETT DESCEU AS escadas escuras lentamente, como uma velha tateando o caminho, apoiando-se no corrimão para não cair. Suas pernas estavam pesadas como chumbo, trêmulas de cansaço e tensão, e ela chegou a sentir frio por causa do suor pegajoso que lhe empapava o corpo. Fraca, foi até a varanda e caiu sentada no degrau de cima. Encostou-se em uma pilastra e com uma mão trêmula desabotoou o corpete até o busto. A noite era uma escuridão quente e ela ficou ali olhando, entorpecida como um boi.

Estava tudo acabado. Melanie não tinha morrido e o bebezinho, um menino, que fizera ruídos estridentes como um filhote de gato, recebia o primeiro banho das mãos de Prissy. Melanie dormia. Como podia dormir depois daquele pesadelo de dores e gritos e da ajuda daquelas parteiras ignorantes, que mais machucavam que ajudavam? Como é que não estava morta? Scarlett sabia que ela mesma teria morrido com tais cuidados. Mas, quando acabou, Melanie tinha até sussurrado, tão fraquinho que ela teve que chegar bem perto para ouvir: "Obrigada." Em seguida, caíra no sono. Como podia? Scarlett se esquecera de que também caíra no sono depois de Wade nascer. Esquecera-se de tudo. Sua mente era um vácuo; não houvera uma vida antes desse dia interminável nem haveria dali em diante... só uma noite incrivelmente quente, só o som de sua respiração cansada, só o suor pingando frio das axilas até a cintura, dos quadris aos joelhos, pegajoso, grudento, esfriando.

Ela sentiu a própria respiração passar de sua uniformidade audível a um soluçar espasmódico, mas os olhos estavam secos e ardiam como se nunca mais fossem se encher de lágrimas. Lentamente, com esforço, ela puxou as saias pesadas até as coxas. Sentia calor, frio e estava pegajosa, tudo ao mesmo tempo. Então a sensação do ar noturno nas pernas era refrescante. Pensou vagamente no que tia Pitty diria se a visse estatelada ali na varanda com as saias para cima e as calçolas aparecendo, mas não se importava. Não se importava com nada. O tempo tinha parado. Podia ter passado do crepúsculo ou podia ser meia-noite. Ela não sabia, e não se importava.

Ouviu os sons de pés se movendo lá em cima e pensou "Maldita seja Prissy", antes que seus olhos se fechassem e ela caísse no sono. Após um escuro intervalo de duração indeterminada, Prissy estava a seu lado, falando toda contente.

– Nós fez tudo direitim, sinhá Scarlett. Acho que nem a mãe ia fazê mió.

Na penumbra, Scarlett olhou ferozmente para ela, cansada demais para se zangar, repreender, cansada demais para enumerar todas as trapalhadas de Prissy... Sua afirmação presunçosa de ter uma experiência que não possuía, seu medo, seu jeito desastrado, sua atroz ineficiência na hora da emergência, perdendo a tesoura, derramando a bacia de água na cama, deixando o bebê recém-nascido cair. E agora ela se exibia por ter sido ótima.

E os ianques querem libertar os negros. Bem, então que abram os braços para êles.

Ela ficou encostada na pilastra em silêncio, e Prissy, ciente de seu mau humor, saiu na ponta dos pés da varanda. Depois de um longo intervalo em que sua respiração finalmente se aquietou e a mente se acalmou, Scarlett ouviu o som de vozes chegando de cima da estrada, os passos de muitos pés chegando do norte. Ela se sentou lentamente, puxando as saias para baixo, embora soubesse que ninguém a veria no escuro. Quando passaram, ombro a ombro, pela casa, um número indeterminado, como sombras, ela os chamou.

– Ah, por favor!

Uma sombra se separou do grupo e veio até o portão.

– Vocês estão indo embora? Estão nos deixando?

A sombra pareceu tirar o chapéu e uma voz calma saiu da escuridão.

– Sim, senhora. É isso o que estamos fazendo. Somos os últimos homens das trincheiras, a quase 2 quilômetros daqui.

– Você está... o exército está realmente se retirando?

– Sim, senhora. Sabe, os ianques estão chegando.

Os ianques estão chegando! Ela tinha se esquecido. Subitamente, sentiu um aperto na garganta e ela não conseguiu dizer mais nada. A sombra saiu, misturou-se às outras sombras e os pés continuaram marchando na escuridão. "Os ianques estão chegando! Os ianques estão chegando!", era o que dizia o ritmo dos pés, era isso o que o batimento de seu coração subitamente dizia. Os ianques estão chegando!

– Os ianque tão chegano! – berrou Prissy, se encolhendo junto a Scarlett. – Ah, sinhá Scarlett, eles vai matá nós tudo! Vai enfiá as baioneta na barriga da gente! Eles vai...

– Ah, cale-se! – Já era terrível bastante pensar nessas coisas sem ouvi-las pronunciadas em palavras trêmulas. Um novo medo se apossou dela. O que devia fazer? Como poderia escapar? A quem poderia pedir ajuda? Todos os amigos a tinham abandonado.

De repente, pensou em Rhett Butler, e o medo se dissipou. Por que não se lembrara dele de manhã, quando tinha se desesperado como uma galinha sem cabeça? Ela o odiava, mas ele era forte, esperto e não tinha medo dos ianques. E ainda estava na cidade. É claro que estava furiosa com ele, que lhe dissera coisas imperdoáveis no último encontro. Mas em uma hora dessas ela podia relevar tais coisas. Além disso, ele também tinha um cavalo e uma carruagem. Ah, como não pensara nele antes! Ele poderia levá-las embora daquele lugar condenado, para longe dos ianques, para algum lugar, qualquer lugar.

Ela se virou para Prissy e falou com extrema premência.

– Você sabe onde mora o capitão Butler, no hotel Atlanta?

– Sei sim, mas...

– Bem, vá até lá correndo o mais rápido que puder e diga-lhe que preciso dele. Diga que venha rapidamente e que traga sua carruagem ou uma ambulância, se conseguir. Conte a ele sobre o bebê. Diga que quero que ele nos tire daqui. Agora, vá. Depressa!

Ela se sentou ereta e deu um empurrão em Prissy para apressá-la.

– Meu Deus do céu, sinhá Scarlett! Eu me pelo de medo de saí por aí correno sozinha no escuro! E se os ianque me pega?

– Se você correr depressa vai conseguir se juntar àqueles soldados, e eles não vão deixar os ianques pegarem você. Depressa!

– Tô com medo! Imagina se o capitão Butler num tá lá no hoté?

– Então você pergunta onde ele está. Não tem nenhuma iniciativa? Se não estiver no hotel, vá aos bares da rua Decatur e pergunte por ele. Vá à casa de Belle Watling. Cace-o. Sua tola, não vê que, se não for logo procurá-lo, os ianques com certeza vão nos pegar?

– Sinhá Scarlett, a mãe ia me dá a maió sova se eu fosse em um bar ou na casa duma muié da vida.

Scarlett se pôs de pé.

– Quem vai lhe dar uma sova sou eu se você não for. Pode gritar o nome dele lá de fora, não é? Ou pergunte a alguém se ele está lá dentro. Vá andando.

Como Prissy ainda hesitava, arrastando os pés e fazendo beiço, Scarlett lhe deu outro empurrão que quase a fez descer as escadas de cabeça.

– Você vai ou eu a venderei para bem longe. Você nunca mais verá sua mãe nem ninguém que conhece, e ainda a venderei como mão de obra para o campo. Corra!

– Por favô, sinhá Scarlett...

Mas, sob a pressão determinada da mão de sua senhora, ela começou a descer as escadas. O portão da frente deu um estalo e Scarlett gritou:

– Corra, sua medrosa!

Ela ouviu os passos de Prissy se transformando em um trote e logo o som foi sumindo na terra macia.

23

Em seguida à saída de Prissy, Scarlett entrou no vestíbulo e acendeu um lampião. A casa fervia de tão quente, como se tivesse retido em suas paredes todo o calor do meio-dia. Parte do entorpecimento estava passando, e seu estômago clamava por comida. Lembrou-se de que não comera nada desde a noite anterior, exceto uma colherada de canjica, e, pegando o lampião, foi até a cozinha. O fogo tinha se apagado, mas o cômodo estava sufocante. Ela encontrou meia broa de milho seca na frigideira e deu uma mordida enquanto procurava por alguma outra coisa para comer. Havia um resto de canjica na panela, que ela comeu com uma grande colher de cozinha, sem esperar para se servir em um prato. Precisava muito de sal, mas estava com fome demais para procurar. Depois de quatro colheres cheias, o calor da peça ficou insuportável e, pegando o lampião em uma das mãos e um pedaço de broa na outra, ela foi até o vestíbulo.

Sabia que devia subir e sentar-se ao lado de Melanie. Se tivesse algum problema, Melanie estaria fraca demais para chamar. Mas repudiava a ideia de retornar àquele quarto onde passara tantas horas de pesadelo. Mesmo que Melanie estivesse morrendo, ela não podia voltar lá. Nunca mais ia querer ver aquele quarto. Pôs o lampião no aparador de velas próximo à janela e voltou à varanda. Estava mais fresco ali, mesmo com a noite abafada. Sentou-se nos degraus, no círculo de luz lançada pelo lampião, continuou roendo o pão.

Ao terminar, readquiriu alguma força e, com esta, retornou uma pontada de medo. Ela podia ouvir um burburinho de vozes na rua lá embaixo, mas não fazia ideia do que pressagiava. Não conseguia distinguir nada além de um som que subia e baixava de volume. Fez um esforço para escutar e logo percebeu os músculos doendo de tensão. Mais que qualquer outra coisa no mundo, ela queria ouvir o som de cascos e ver os olhos displicentes e confiantes de Rhett rindo de seus temores. Rhett as levaria embora, para algum lugar. Ela não sabia para onde. Nem se importava.

Ao se sentar com os ouvidos atentos na direção do centro, um leve clarão apareceu acima das árvores. Aquilo a intrigou. Observando, ela viu que ficou mais claro. O céu escuro ficou rosado, depois vermelho e, de repente, acima das árvores, ela viu uma enorme língua de fogo bem alta no céu. Ficou de pé em um pulo, o coração recomeçando a bater desordenadamente.

Os ianques tinham chegado! Ela sabia que eles tinham chegado e estavam incendiando Atlanta. As chamas pareciam vir da parte leste do centro da cidade. Ficavam cada vez mais altas e aumentavam rapidamente em uma vasta extensão encarnada diante de seus olhos apavorados. Uma quadra inteira devia estar queimando. Uma leve brisa quente trazia o cheiro de fumaça.

Correndo para cima, ela foi a seu quarto e debruçou-se para fora da janela, tentando ver melhor. O céu tinha uma terrível coloração lúgubre e grandes redemoinhos de fumaça preta subiam pairando como nuvens encapeladas acima das chamas. Agora o cheiro de fumaça estava mais forte. Sua mente corria incoerentemente de um lado para outro, pensando quanto tempo levaria para que as chamas se espalhassem, subissem a rua dos Pessegueiros e queimassem a casa, quanto tempo levaria para que os ianques estivessem correndo atrás dela, para onde ela correria, o que faria. Todos os demônios do inferno pareciam gritar em seus ouvidos, e seu cérebro girava em tal confusão e pânico que ela se segurou no parapeito para não cair.

"Preciso pensar", ela dizia a si mesma sem parar. "Preciso pensar."

Mas os pensamentos lhe escapavam, indo e vindo em disparada, como beija-flores amedrontados. Enquanto se segurava no parapeito da janela, uma explosão ensurdecedora atingiu seus ouvidos, mais fragorosa que qualquer canhão. O céu foi tomado por uma gigantesca labareda. Em seguida, outras explosões. A terra tremeu e as vidraças acima de sua cabeça se estilhaçaram, caindo sobre ela.

O mundo se transformou em um inferno de barulho, chamas e tremores de terra conforme uma explosão se seguia à outra, em uma sucessão de estourar os ouvidos. Torrentes de faíscas se lançavam aos céus e desciam lenta e preguiçosamente, atravessando nuvens de fumaça cor de sangue. Ela teve a impressão de ouvir um débil chamado do outro quarto, mas não deu atenção. Não tinha tempo para Melanie agora. Não havia tempo para coisa alguma, exceto para o medo que corria por suas veias com a rapidez das labaredas que via. Ela era uma criança e estava louca de medo, querendo enterrar a cabeça no colo da mãe e interromper aquela visão. Se pelo menos estivesse em casa! Em casa com sua mãe.

Em meio ao barulho de arrebentar os nervos, ela ouviu outro som, este de pés acelerados pelo medo subindo as escadas, de três em três degraus, ouviu uma voz ganindo feito um cão perdido. Prissy entrou no quarto e, voando até Scarlett, agarrou-lhe o braço, apertando tanto que parecia arrancar pedaço.

– Os ianques – exclamou Scarlett.

– Não, sinhá, é os nosso cavalero! – berrou Prissy sem fôlego, cravando as unhas no braço de Scarlett. – Eles tá queimano a fundição e os armazém e o arsená do exército e, por Deus, sinhá Scarlett, eles exprodiu setenta bala de canhão e pórvora e, Cristo, nós vai tudo queimá!

Ela começou a ganir de novo e beliscou Scarlett com tanta força que provocou um grito de dor e fúria, fazendo-a desprender-se dela.

Os ianques ainda não tinham chegado! Ainda havia tempo de escapar! Ela reuniu toda a energia amedrontada de que dispunha.

"Se eu não me controlar", pensou ela, "vou gritar como gato escaldado!", e a imagem de abjeto pavor de Prissy ajudou-a a se acalmar. Segurou a menina pelos ombros e sacudiu-a.

– Pare com essa algazarra e fale direito. Os ianques não chegaram, sua tola! Você encontrou o capitão Butler? O que ele disse? Está vindo?

Prissy parou de berrar, mas seus dentes tiritavam.

– Sim, sinhá. Eu acabei encontrano ele. Num bar como vosmecê falô. Ele...

– Não importa onde o encontrou. Ele está vindo? Você disse para trazer o cavalo?

– Meu Deus do céu, sinhá Scarlett, ele falô que os nosso cavalero pegô o cavalo dele e a carruage para servi de ambulança.

– Meu Deus Nosso Senhor!

– Mas ele tá vino...

– Que foi que ele disse?

Prissy recuperara o fôlego e algum controle, mas continuava revirando os olhos.

– Bão sinhá, que nem vosmecê mandô, eu achei ele num bar. Fiquei lá fora e gritei pra ele e ele saiu. Logo quando ele me viu e eu comecei a contá, os sordado exprodiu um arsená na rua Decatur e começô a pegá fogo e ele disse "Vamo" e ele agarrô eu e nós correu para Five Points e ele diz entonce: "Que é? Fala rápido." E eu falei o que vosmecê mandô. Capitão Butler, vem rápido e traz o cavalo e a carruage. A sinhá Melly teve um bebê e que vosmecê tava lôca para fugí da cidade. E ele falô: "Onde ela tá quereno ir?" E eu falei: "Num sei, sinhô, mas é pro sinhô ir antes que os ianque chegue aqui e ela qué que o sinhô vá junto." E ele riu e disse que eles pegô o cavalo dele.

Perdendo esta última esperança, o coração de Scarlett sucumbiu. Que tola era, como não tinha pensado que o exército em retirada naturalmente levaria cada veículo e animal restante na cidade? Por um instante, ficou por demais atordoada para ouvir o que Prissy dizia, mas logo se aprumou para saber o resto da história.

– Entonce ele falô: "Diz pra sinhá Scarlett pra ficá assossegada. Vô robá um cavalo pra ela do establo do exército se tivé sobrado argum."

Daí ele falô: "Já robei cavalo antes. Diz pra ela que eu consigo um cavalo nem que leve um tiro por causa disso." Entonce ele riu otra vez e disse: "Agora vorta correno pra casa." Antes deu começá a corrê, tchbuummmm! Otro estoro e eu quase que caí pra trás e ele me disse que num era nada, só a munição que os nosso cavalero tava estorano para os ianque num pegá e...

– Então quer dizer que ele vem? Vai trazer um cavalo?

– Ele falô isso.

Ela deu um longo suspiro de alívio. Se houvesse algum jeito de conseguir um cavalo, Rhett Butler o faria. Homem esperto, o Rhett. Ela o perdoaria de qualquer coisa se ele as tirasse daquela confusão. Fugir! E com Rhett ela não teria medo algum. Ele as protegeria. Graças a Deus por Rhett! Com a segurança em vista, ela ficou prática.

– Acorde Wade, vista-o e guarde alguma roupa para todas nós. Ponha tudo no baú pequeno. Não diga a sinhá Melly que estamos indo. Ainda não. Mas enrole o bebê em um par de toalhas grossas e não se esqueça de guardar as roupinhas dele também.

Prissy continuava agarrada a suas saias e quase nada se via em seus olhos, além do branco. Scarlett deu-lhe um empurrão para que a largasse.

– Depressa – exclamou, e Prissy saiu feito um coelho.

Scarlett sabia que devia ir tranquilizar Melanie, sabia que Melanie devia estar fora de si de tão apavorada com todas aquelas explosões que continuavam incessantes, além dos clarões que iluminavam o céu. Parecia um verdadeiro fim de mundo.

Mas ainda não estava preparada para retornar àquele quarto. Ela desceu as escadas com a vaga ideia de guardar a louça e o resto da prataria que a Srta. Pittypat deixara ao fugir para Macon. Porém, ao chegar à sala de jantar, suas mãos tremiam tanto que ela deixou cair três pratos, que se espatifaram. Correu até a varanda para escutar e voltou à sala de jantar, derrubando os talheres ruidosamente. Tudo o que pegava, deixava cair. Na pressa, escorregou no tapete e levou um tombo, mas se pôs de pé com tal rapidez que nem percebeu a dor. Conseguia ouvir Prissy galopando lá em cima como um bicho do mato, o ruído deixando-a louca, pois ela também se apressava à toa.

Pela centésima vez correu até a varanda, mas dessa não voltou à tentativa inútil de guardar as coisas. Sentou-se. Era simplesmente impossível guardar qualquer coisa. Impossível fazer qualquer coisa, se não sentar com o coração aos pulos e esperar por Rhett. A demora pareceu imensa. Finalmente, ao longe, ela ouviu o ranger de eixos sem graxa e o andar vagaroso e incerto de cascos. Por que ele não se apressava? Por que não fazia o cavalo trotar?

Os ruídos se aproximaram, ela se levantou e chamou Rhett pelo nome. Então reconheceu seu vulto saltando da boleia de uma carroça, ouviu o estalo do portão e ele foi em sua direção. Chegando mais perto, a luz do lampião o mostrou claramente. Estava tão bem trajado como se pronto para um baile, com um terno de linho branco bem cortado, um colete bordado de seda cinza e um pequeno jabô no peito da camisa. O largo chapéu-panamá estava colocado de lado, e enfiadas no cinto havia duas pistolas de duelo de canos longos e cabos de marfim. Os bolsos do casaco se avolumavam com munição.

Ele se aproximou com o passo elástico de um selvagem e o porte da cabeça era o de um príncipe pagão. Os perigos da noite, que tinham levado Scarlett ao pânico, o tinham atingido como um tóxico. Seu semblante escuro trazia uma ferocidade cuidadosamente contida, uma brutalidade que a teria assustado, tivesse ela a perspicácia de percebê-la.

Os olhos escuros dançavam como que divertidos com toda a situação, como se os ruídos estrondosos e os clarões assustadores fossem coisas que só assustassem crianças. Ela foi ao seu encontro assim que ele subiu os degraus, o rosto lívido, os olhos verdes ardendo.

– Boa noite – disse ele, com sua voz arrastada enquanto tirava o chapéu em um gesto cortês. – Está fazendo um bom tempo, não é? Soube que vai viajar.

– Se começar com piadinhas, eu nunca mais falarei com você – disse ela com voz trêmula.

– Não me diga que está com medo! – Ele fingiu surpresa e sorriu de um modo que a fez empurrá-lo de volta escada abaixo.

– Estou, sim! Estou morrendo de medo, e se você tivesse pelo menos o juízo que Deus deu a um bode, também estaria. Mas não temos tempo para conversa. Precisamos sair daqui.

– A seu serviço, senhora. Mas exatamente para onde está pensando ir? Vim até aqui por curiosidade, só para saber aonde pretende ir. Para norte, leste, oeste e sul é impossível. Os ianques estão em toda volta. Só há uma estrada que os ianques ainda não tomaram, e o exército está saindo por ela. E essa estrada não vai ficar aberta por muito tempo. A cavalaria do general Steve Lee está em combate em Rough and Ready tentando mantê-la aberta tempo suficiente para que o exército passe. Se você seguir o exército pela estrada McDonough, vão lhe tomar o cavalo e, mesmo que não seja grande coisa, foi trabalhoso consegui-lo. Então, para onde vai?

Ela tremia, ouvindo as palavras, mas mal escutando. Àquela pergunta, no entanto, deu-se conta de que durante todo aquele dia infeliz ela soubera para onde ia. O único lugar.

– Vou para casa – disse ela.

– Para casa? Você quer dizer para Tara?

– Sim, claro! Para Tara! Ah, Rhett, precisamos nos apressar!

Ele olhou para ela como se ela estivesse louca.

– Tara? Deus do céu, Scarlett! Você não está sabendo que eles lutaram o dia inteiro em Jonesboro? Lutaram pelos 16 quilômetros acima e abaixo da estrada a partir de Rough and Ready, chegando até as ruas de Jonesboro. Os ianques devem estar em Tara agora, devem estar por todo o condado. Ninguém sabe exatamente onde, mas estão por aqueles lados. Você não pode ir para casa! Não pode ir justamente para o meio do exército ianque!

– Eu vou para casa! – exclamou ela. – Eu vou! Eu vou!

– Sua tola – soou sua voz rápida e áspera. – Não pode ir para aquele lado. Mesmo que não deparasse com os ianques, as matas estão cheias de extraviados e desertores dos dois exércitos. Muitas de nossas tropas ainda estão recuando de Jonesboro. E a primeira coisa que farão é lhe tomar o cavalo, assim como os ianques. Sua única chance é seguir as tropas pela estrada McDonough e rezar para que eles não a vejam no escuro. Você não pode ir para Tara. Mesmo que chegasse lá, é provável que fosse encontrar a casa incendiada. Não vou deixá-la ir para casa. É loucura.

– Eu vou – exclamou ela, em seguida gritando. – Eu vou para casa! Você não vai me impedir! Vou para casa! Quero minha mãe! Vou matá-lo se tentar me impedir! Eu vou para casa!

Lágrimas, medo e histeria rolaram por seu rosto quando ela finalmente cedeu à prolongada tensão. Ela bateu no peito dele com os punhos, gritando outra vez:

– Eu vou! Eu vou! Nem que seja andando.

Subitamente ela estava em seus braços, o rosto molhado encostado ao jabô engomado de sua camisa, os punhos agora imóveis em seu peito.

As mãos dele acariciavam seu cabelo despenteado, suavemente, e sua voz também era meiga. Tão meiga, tão tranquila, tão despida de ironia que nem parecia a voz de Rhett Butler, mas a de algum estranho forte e bondoso que cheirava a conhaque, tabaco e cavalos, odores reconfortantes, pois a lembravam de Gerald.

– Ora vamos, querida – disse ele baixinho. – Não chore. Você irá para casa, minha menina valente. Você irá para casa. Não chore.

Ela sentiu algo roçando seus cabelos e vagamente, em meio ao tumulto que sentia, se perguntou se seriam os lábios dele. Ele era tão terno, tão reconfortante que ela desejaria ficar em seus braços para sempre. Com aquele abraço forte, ela estava a salvo de todo o mal.

Pondo a mão no bolso, ele pegou um lenço e lhe enxugou os olhos.

– Agora assoe o nariz como uma boa menina – mandou, uma faísca sorridente nos olhos – e me diga o que fazer. Precisamos agir rapidamente.

Ela assoou o nariz, obediente, ainda trêmula, mas ainda sem saber o que lhe dizer. Vendo como seu lábio tremia e seus olhos o fitavam impotentes, ele assumiu o comando.

– A Sra. Wilkes teve o bebê? Será perigoso movê-la... perigoso para ela viajar 40 quilômetros nessa carroça frouxa. É melhor a deixarmos com a Sra. Meade.

– Os Meade não estão em casa. Não posso deixá-la.

– Muito bem. Então ela vai na carroça. E onde está aquela fedelha sonsa?

– Lá em cima arrumando o baú.

– Baú? Não podemos levar nenhum baú nessa carroça. É quase pequena demais para levar todos vocês e as rodas estão prontas para cair, basta um incentivo. Chame-a e peça para pegar o menor colchão de penas da casa e colocá-lo na carroça.

Scarlett ainda não conseguia se mexer. Ele a pegou pelo braço com uma mão forte e parte da vitalidade que o animava pareceu fluir para seu corpo. Se pelo menos conseguisse ser tão fria e displicente como ele! Levou-a para o vestíbulo, mas ela ainda ficou parada, desamparada, olhando para ele. Ele fez um beiço e disse, debochado:

– Será que essa é aquela jovem heroica que me garantiu não ter medo de Deus nem dos homens?

Ele caiu na gargalhada e soltou seu braço. Ferida, ela lhe lançou um olhar feroz, odiando-o.

– Não estou com medo.

– Está, sim. Daqui um pouco, vai desfalecer e não tenho sais aromáticos comigo.

Ela bateu o pé, impotente, pois não conseguia pensar em mais nada a fazer, e sem uma palavra pegou o lampião e começou a subir as escadas. Ele ia bem atrás, e ela podia ouvi-lo rindo baixinho consigo mesmo. Aquele som lhe endireitou a coluna. Entrou no quarto de Wade, que estava sentado, aninhado nos braços de Prissy, semivestido e com soluços. Prissy choramingava. O colchão de penas da cama de Wade era pequeno e ela mandou que Prissy o pusesse na carroça. Prissy soltou a criança e obedeceu. Wade a seguiu até lá embaixo, os soluços passando devido a seu interesse nos procedimentos.

– Venha – disse Scarlett, indicando a porta do quarto de Melanie, e Rhett a seguiu, chapéu na mão.

Melanie estava quieta com o lençol até o queixo. O semblante mortalmente pálido, mas os olhos fundos e com olheiras escuras estavam serenos. Não mostrou surpresa pela presença de Rhett em seu quarto, parecendo-lhe normal diante das circunstâncias. Tentou sorrir, mas sua fraqueza era tal que o sorriso morreu antes de chegar aos cantos da boca.

– Nós vamos para casa, para Tara – explicou Scarlett rapidamente. – Os ianques estão vindo. Rhett vai nos levar. É o único jeito, Melly.

Melanie tentou assentir e fez um gesto em direção ao bebê. Scarlett pegou o menino e o enrolou em uma toalha grossa. Rhett foi até a cama.

– Vou tentar não machucá-la – disse ele baixinho, envolvendo-a no lençol. – Veja se consegue abraçar meu pescoço.

Melanie tentou, mas seus braços caíram de fraqueza. Ele se curvou, colocou um braço sob os ombros dela e o outro sob os joelhos, erguendo-a com cuidado. Ela não gritou, mas Scarlett viu-a mordendo o lábio e ficando ainda mais pálida. Scarlett elevou o lampião para Rhett poder enxergar, e começava a ir para a porta quando Melanie fez um gesto em direção à parede.

– O que é? – perguntou Rhett suavemente.

– Por favor – Melanie sussurrou, tentando apontar. – Charles. – Rhett olhou para ela como se aquilo fosse um delírio, mas Scarlett entendeu e se irritou. Ela sabia que Melanie queria o daguerreótipo de Charles que estava pendurado na parede abaixo da espada e da pistola.

– Por favor – sussurrou Melanie outra vez –, a espada.

– Ah, está bem – disse Scarlett, e depois de iluminar o caminho de Rhett escada abaixo ela voltou e pegou os cintos com a espada e a pistola. Seria complicado carregá-las junto com o bebê e o lampião. Aquilo era bem típico de Melanie, não se importar de quase morrer, de estar com os ianques em seus calcanhares e ainda se preocupar com as coisas de Charles.

Ao pegar o daguerreótipo, ela viu de relance o rosto de Charles. Seus grandes olhos castanhos encontraram os dela, e ela parou um instante para olhar aquele retrato com curiosidade. Esse homem fora seu marido, dormira a seu lado por algumas noites, tinha lhe dado um filho com os olhos tão meigos e castanhos quanto os dele. E ela mal se lembrava dele.

O menino em seus braços mexeu os bracinhos e miou baixinho, e ela olhou para ele. Pela primeira vez deu-se conta de que aquele era o bebê de Ashley e subitamente desejou com toda a força que lhe restara que fosse seu bebê e de Ashley.

Prissy subiu as escadas saltitando e Scarlett lhe entregou a criança. Elas correram para baixo, o lampião lançando sombras difusas na parede. No vestíbulo, Scarlett viu um chapéu de sol e o colocou apressadamente, amarrando um laço sob o queixo. Era o chapéu de luto de Melanie e não servia bem, mas não conseguia se lembrar de onde deixara o dela.

Ela saiu da casa e desceu os degraus da varanda, carregando o lampião e tentando manter a espada firme, para não ficar batendo em suas pernas. Melanie estava deitada dentro da carroça e, a seu lado, Wade e o bebê enrolado na toalha. Prissy entrou e pegou o bebê no colo.

A carroça era muito pequena e as laterais, muito baixas. As rodas se inclinaram para dentro como se na primeira volta fossem cair. Ela deu uma olhada no cavalo e seu coração ficou apertado. Era um pequeno cavalo magro, de cabeça baixa, quase enfiada nas pernas dianteiras. Seu lombo estava pelado com ferimentos e escoriações provocadas pelos arreios, e não respirava como um cavalo sadio.

– Não é lá um grande animal, é? – sorriu Rhett. – Parece que vai morrer no varal. Mas foi o melhor que consegui. Algum dia vou lhe contar em detalhes onde e como o roubei e como escapei por um triz de levar um tiro. Nada além de minha devoção a você me faria, a esta altura de minha carreira, virar ladrão de cavalos, especialmente desse tipo. Deixe-me ajudá-la a subir.

Ele lhe tomou o lampião, deixando-o no chão. A boleia era uma tábua estreita presa às laterais da carroça. Rhett agarrou Scarlett e impulsionou-a para cima. "Que maravilha ser um homem e tão forte como Rhett", ela pensou, arrumando as saias largas. Com Rhett a seu lado, ela nada temia, nem o fogo, nem o barulho, nem os ianques.

Ele subiu no banco ao lado dela e pegou as rédeas.

– Ah, espere – exclamou ela. – Esqueci de fechar a porta da frente.

Ele deu uma sonora gargalhada e tocou as rédeas no lombo do cavalo.

– De que você está rindo?

– De você... trancando os ianques do lado de fora – disse ele, e o cavalo começou a andar, devagar, relutante. O lampião na calçada continuava ardendo, formando um pequeno círculo amarelo de luz que foi diminuindo à medida que eles se afastavam.

RHETT VIROU AS LENTAS patas do cavalo a oeste da rua dos Pessegueiros e a carroça bamboleante sacolejou com violência ao entrar na estrada sulcada, provocando um gemido agudo de Melanie. Árvores escuras se entrelaçavam acima de suas cabeças, casas silenciosas e escuras assomavam de cada lado e as estacas brancas das cercas apareciam vagamente, lembrando uma fileira de lápides. A rua estreita era um túnel sombrio, mas o horrível clarão vermelho do céu nele penetrava através do denso teto de folhagens, e as sombras perseguiam uma à outra pelo caminho escuro como fantasmas enlouquecidos. O cheiro de fumaça era cada vez mais forte, e nas asas da brisa quente chegava um pandemônio de sons oriundos do centro da cidade, gritos, o ruído surdo dos pesados carroções do exército e os passos uniformes de pés em marcha. Quando Rhett virou a cabeça do cavalo para entrar em outra rua, mais uma explosão ensurdecedora dilacerou o ar e um foguete monstruoso de chamas e fumaça se lançou a oeste.

– Esse deve ser o último trem de munição – disse Rhett calmamente. – Por que não os levaram embora hoje de manhã, esses tolos? Havia tempo suficiente. Bem, pior para nós. Pensei em dar a volta na cidade para evitar o fogo e aquela turba embriagada na rua Decatur e sair pelo sudeste sem qualquer perigo. Mas temos que cruzar a rua Marietta em algum ponto, e essa explosão foi lá perto ou estou muito enganado.

– Vamos... vamos ter que passar pelo fogo? – perguntou Scarlett com voz trêmula.

– Não se formos depressa – disse Rhett e, saltando da carroça, desapareceu na escuridão de um jardim. Ao retornar, trazia um galho de árvore, que deitou sem piedade sobre o lombo ferido do cavalo. O animal saiu em um trote trôpego, a respiração ofegante e difícil, e a carroça balançou adiante com um solavanco que deixou todos feito milho de pipoca estourando na panela. O bebê deu um berro, Prissy e Wade gritaram ao se machucar batendo nas laterais da carroça. Mas de Melanie não saiu qualquer som.

Ao se aproximarem da Marietta, as árvores foram ficando mais espaçadas, e as labaredas altas rugindo acima dos prédios deixavam a rua e as casas mais iluminadas que durante o dia, lançando sombras monstruosas que se contorciam com a violência de velas rasgadas se agitando em um vendaval durante um naufrágio.

Scarlett batia os dentes, mas era tamanho o seu terror que nem percebia. Ela sentia frio e tremia, mesmo que o calor das chamas já atingisse seu rosto. Aquilo era o inferno, e ali estava ela. Se tivesse conseguido controlar os joelhos trêmulos, teria saltado da carroça e corrido aos gritos de volta para a rua escura de onde tinham vindo, de volta ao refúgio da casa de tia Pittypat. Ela se encolheu próxima a Rhett, pegou seu braço com dedos trêmulos e olhou para ele, esperando por palavras, por conforto, por algo que a tranquilizasse. No encarnado halo profano que os banhava, seu perfil escuro se salientava tão claramente como a cabeça de uma antiga moeda, belo, cruel e decadente. A seu toque, ele se virou, os olhos brilhando com uma luz tão assustadora quanto o fogo. A Scarlett, ele pareceu tão animado e insolente como se estivesse tirando grande prazer da situação, como se recebesse bem o inferno que se aproximava.

– Tome – disse ele, pegando uma de suas pistolas do cinto. – Se qualquer um, negro ou branco, vier do seu lado da carroça e tentar tocar no cavalo, atire, e mais tarde fazemos as perguntas. Mas, pelo amor de Deus, não acerte o pangaré na empolgação.

– Eu... eu tenho uma pistola – sussurrou ela, agarrando a arma que estava em seu colo, perfeitamente convencida de que se a morte a encarasse ela ficaria amedrontada demais para puxar o gatilho.

– Tem? Onde conseguiu?

– Era de Charles.

– Charles?

– Sim, Charles... meu marido.

– Você realmente já teve um marido, minha querida? – sussurrou ele, e riu baixinho.

Se ao menos ele ficasse sério! Se ao menos se apressasse!

– Como acha que consegui meu menino? – exclamou ela, feroz.

– Ah, existem outros modos, além de maridos...

– Pode se calar e correr?

Mas ele puxou as rédeas abruptamente, quase na rua Marietta, à sombra de um armazém ainda intocado pelas chamas.

– Rápido! – Era a única palavra em que ela podia pensar. Rápido! Rápido!

– Soldados – disse ele.

O destacamento desceu a rua Marietta, entre os prédios em chamas, caminhando a passo cadenciado, com jeito cansado, os rifles carregados de qualquer modo, cansados demais para se apressar, cansados demais para se importar se a madeira queimava à direita e à esquerda ou se a fumaça os cobria. Estavam todos esfarrapados, de tal modo que entre os oficiais e seus homens não havia insígnias que os diferenciassem, exceto aqui e ali uma aba rasgada de chapéu com um emblema do Exército dos Estados Confederados. Muitos estavam descalços e alguns tinham ataduras sujas na cabeça ou no braço. Seguiam sem olhar à direita ou à esquerda, tão silenciosos que, se não fosse pelo passo cadenciado, poderiam passar por fantasmas.

– Olhe bem para eles – falou a voz de escárnio de Rhett – para poder contar a seus netos que viu a retaguarda de nossa Gloriosa Causa se retirando.

De repente ela o odiou, odiou com uma força que momentaneamente superou seu medo, que pareceu pequeno e insignificante. Ela sabia que sua segurança e a dos outros ali atrás na carroça dependia dele e de mais ninguém, mas o odiou por fazer troça daquelas fileiras esfarrapadas. Pensou em Charles, que estava morto, e em Ashley, que podia estar morto, e em todos os jovens alegres e garbosos que apodreciam em covas rasas, esquecendo-se de que ela também já os considerara uns tolos. Não conseguiu falar, mas ódio e desgosto ardiam em seus olhos quando ela o encarou.

Enquanto os últimos soldados passavam, uma pequena figura no fim da fileira, a soleira do rifle arrastando no chão, cambaleou, parou e olhou para os outros com seu rosto sujo de modo tão entorpecido que mais parecia um sonâmbulo. Tinha a altura de Scarlett, tão pequeno que o rifle era quase do seu tamanho, e seu rosto coberto de fuligem era imberbe. Devia ter 16 anos no máximo, pensou Scarlett, devia ser da Guarda Nacional ou um menino que fugira da escola.

Enquanto ela olhava, os joelhos do menino se dobraram e ele foi caindo lentamente no chão empoeirado. Sem dizer palavra, dois homens se destacaram da última fileira e voltaram para pegá-lo. Um deles, um homem alto com uma barba preta que ia até a altura do cinto, silenciosamente entregou o próprio rifle para o outro. Depois, abaixando-se, puxou o menino até os ombros com uma facilidade que até parecia mágica. Ele recomeçou a andar atrás da coluna retirante, os ombros inclinados com o peso enquanto o menino, fraco, enfurecido como uma criança provocada pelos mais velhos, gritava:

– Ponha-me no chão, seu maldito! Ponha-me no chão! Eu posso andar.

O homem de barba nada disse e continuou a caminhada difícil, perdendo-se de vista em uma curva da estrada.

Rhett estava parado, as rédeas frouxas em suas mãos, olhando para eles, um curioso olhar mal-humorado em sua fisionomia morena. Então houve um ruído de tábuas caindo ali perto e Scarlett viu uma labareda saindo pelo telhado do armazém em cuja sombra eles se abrigavam. Em seguida, insígnias e bandeiras de batalha em chamas subiram triunfantes para o céu. A fumaça fez arder suas narinas, Wade e Prissy começaram a tossir. O bebê fez leves sons de espirros.

– Ah, por Deus, Rhett! Você está louco? Depressa! Depressa!

Rhett não respondeu, mas deitou o galho de árvore no lombo do cavalo com uma força cruel, fazendo o animal saltar adiante. Com toda a velocidade que o cavalo conseguiu reunir, eles atravessaram a rua Marietta aos trancos. Adiante havia um túnel de fogo onde os prédios estavam incendiando nos dois lados da rua curta e estreita que levava até os trilhos da ferrovia. Enveredaram por ele. Um clarão mais luminoso que uma dúzia de sóis os estonteou, um calor abrasador chamuscou-lhes a pele, e o estrondo, os estalos e o crepitar das chamas chegavam a seus ouvidos em ondas dolorosas. Pelo que pareceu uma eternidade, eles ficaram no meio de um tormento incandescente e depois, abruptamente, estavam outra vez na semiescuridão. Durante a corrida pela rua e a travessia aos solavancos dos trilhos da ferrovia, Rhett chicoteava o cavalo automaticamente. Sua fisionomia parecia fixa e ausente, como se tivesse se esquecido de onde estava. Seus ombros largos estavam caídos, e o queixo se projetava como se seus pensamentos não fossem agradáveis. O calor do incêndio fez o suor lhe escorrer pela testa e pelas faces, mas ele não o enxugou.

Saíram por uma rua transversal, depois dobraram em outra e na seguinte, saindo de uma rua estreita e entrando em outra até Scarlett não saber mais onde estava e o rugir das chamas ficar para trás. Rhett continuava quieto. Só chicoteava o cavalo com regularidade. Agora o clarão vermelho do céu estava diminuindo e a estrada ficara escura de dar medo. Scarlett acolheria suas palavras, quaisquer que fossem, até deboches, palavras ofensivas, ferinas. Mas ele não falava.

Silencioso ou não, Scarlett agradecia aos céus pelo conforto de sua presença. Era bom ter um homem ao lado, encostar-se nele e sentir-lhe o braço musculoso, saber que ele estava entre ela e terrores inomináveis, mesmo que só estivesse ali sentado com o olhar fixo.

– Ah, Rhett – sussurrou ela agarrando o braço dele –, o que teria sido de nós sem você? Fico tão feliz por você não estar no exército!

Virando-se, ele olhou para ela, um olhar que a fez largar seu braço e recuar. Agora não havia troça em seus olhos. Estavam nus, havia raiva e algo como um atordoamento. Ele fez um beiço e virou a cara. Por um longo tempo eles seguiram aos solavancos sem quebrar o silêncio, a não ser pelo choramingar do bebê e as fungadas de Prissy. Não aturando mais ouvi-la fungar, Scarlett se virou e beliscou-a com vontade, fazendo-a soltar um grito convicto antes de silenciar, amedrontada.

Finalmente Rhett virou o cavalo em ângulos retos e logo eles estavam em uma estrada mais larga, mais lisa. A silhueta indistinta das casas se distanciava, e matas densas apareciam como paredes nos dois lados.

– Agora estamos fora da cidade – disse Rhett secamente, puxando as rédeas –, na estrada principal para Rough and Ready.

– Depressa. Não pare!

– Deixe o animal respirar um pouco. – Então, virando-se para ela, ele perguntou devagar: – Scarlett, você continua decidida a fazer esta loucura?

– Qual?

– Ainda quer tentar chegar a Tara? É suicídio. A cavalaria de Steve Lee e o exército ianque estão entre você e Tara.

Ah, Santo Deus, ele ia se recusar a levá-la para casa depois de tudo o que ela passara naquele dia terrível?

– Ah, sim! Sim! Por favor, Rhett, vamos depressa. O cavalo não está cansado.

– Só um minuto. Você não pode ir até Jonesboro por esta estrada. Não pode seguir os trilhos do trem. Eles estiveram lutando o dia todo em torno de Rough and Ready em direção ao sul. Você conhece outras estradas, estradinhas para carroções ou alamedas que não passem por Rough and Ready nem por Jonesboro?

– Ah, sim – exclamou Scarlett aliviada. – Se conseguirmos chegar perto de Rough and Ready, conheço uma estradinha que sai da estrada principal para Jonesboro e serpenteia em torno por muito quilômetros. Meu pai e eu costumávamos cavalgar por lá. Vai sair perto da fazenda dos Macintosh, que fica a pouco mais de um quilômetro de Tara.

– Ótimo. Talvez você consiga passar de Rough and Ready tranquilamente. O general Steve Lee passou a tarde lá dando cobertura à retirada. Talvez os ianques ainda não tenham chegado. Talvez consiga passar se os homens de Steve Lee não tomarem seu cavalo.

– Eu... *eu* conseguir passar?

– Sim, *você*. – Sua voz soou áspera.

– Mas Rhett... Você... Você não vai nos levar?

– Não. Vou deixá-la aqui.

Ela olhou em volta, desvairada, para o céu lívido atrás deles, para as árvores escuras dos dois lados, cercando-os como as paredes de uma prisão, para as figuras assustadas ali atrás, na carroça, e finalmente para ele. Ficara louca? Não estava ouvindo bem?

Ele sorria agora. Ela conseguia ver seus dentes brancos sob a luz fraca, e o velho olhar debochado estava outra vez em seu lugar.

– Está nos deixando? Para... para onde vai?

– Eu vou, minha querida, com o exército.

Ela suspirou de alívio e irritação. Por que ele resolvera escolher justo aquela hora para brincar? Rhett no exército! Depois de tudo o que dissera sobre os tolos que eram instigados a perder a vida pelo rufar dos tambores e pelas bravas palavras dos oradores... os tolos que se matavam para que os espertos pudessem ganhar dinheiro!

– Ah, eu poderia esganá-lo por me assustar assim! Vamos embora.

– Não estou brincando, minha querida. E estou magoado, Scarlett, por você não valorizar mais meu sacrifício corajoso. Onde está seu patriotismo, seu amor por Nossa Gloriosa Causa? Esta é sua chance de me dizer para retornar com meu escudo ou sobre ele. Mas diga logo, pois preciso de tempo para fazer um bravo discurso antes de partir para a guerra.

Sua voz arrastada troçava em seus ouvidos. Ele escarnecia dela e, de algum modo, ela sabia que escarnecia de si mesmo também. De que ele estava falando? Patriotismo, escudos, bravos discursos? Era impossível que estivesse falando sério. Simplesmente não era possível que pudesse falar tão alegremente de deixá-la ali naquela estrada escura com uma mulher que podia estar morrendo, um bebê recém-nascido, uma fedelha sonsa e uma criança assustada. Deixando-a a dirigi-los por quilômetros em meio a campos de batalha e desertores, ianques e incêndios e Deus sabe o que mais.

Certa vez, quando tinha 6 anos, ela caíra de uma árvore de barriga no chão. Conseguia se lembrar daquele breve intervalo antes que o fôlego lhe retornasse. Agora, enquanto olhava para Rhett, sentia a mesma coisa, sem fôlego, atordoada, nauseada.

– Rhett, você está brincando!

Agarrando o braço dele, ela sentiu as próprias lágrimas de medo caírem sobre seu pulso. Ele levantou a mão dela, beijando-a distraidamente.

– Egoísta até o fim, não é, minha querida? Só pensando em sua preciosa segurança e não na galante Confederação. Pense em como nossas tropas ficarão animadas com minha aparição na décima primeira hora. – Havia uma terna malícia em sua voz.

– Ah, Rhett – gritou ela –, como pode fazer isso comigo? Por que está me abandonando?

– Por quê? – riu com vivacidade. – Por causa, talvez, do sentimentalismo traiçoeiro que se oculta em todos nós, sulistas. Talvez... talvez porque esteja envergonhado. Quem sabe?

– Envergonhado? Você deveria morrer de vergonha. Nos abandonar aqui, sozinhas, desamparadas...

– Querida Scarlett! Você não está desamparada. Alguém tão egoísta e decidida assim nunca fica desamparada. Que Deus ajude os ianques se eles caírem em suas mãos.

Subitamente, ele desceu da carroça e, enquanto ela o olhava, atônita, ele deu a volta indo para o seu lado.

– Desça – ordenou.

Ela ficou olhando para ele. Ele estendeu as mãos, pegou-a por baixo dos braços e colocou-a no chão a seu lado. Agarrando-a com firmeza, ele a puxou vários passos para distanciar-se da carroça. Ela sentiu o pó e o cascalho dentro das sapatilhas machucando-lhe os pés. A escuridão imóvel e quente a envolveu como em um sonho.

– Não estou lhe pedindo para esquecer ou perdoar. Também não dou a mínima se você o fizer ou não, pois eu mesmo nunca entenderei ou me perdoarei por essa idiotice. Fico aborrecido comigo mesmo de ver que ainda estou preso a tanto quixotismo. Mas nossa bela terra sulista precisa de cada homem. Não foi o que disse nosso bravo governador Brown? Não importa. Estou indo para a guerra.

Subitamente ele riu, uma risada sonora, solta, que sobressaltou os ecos na mata escura.

– "Eu não poderia amá-la tanto, querida, se não amasse ainda mais a Honra." Isso que é um discurso, hein?! Com certeza, melhor que qualquer coisa que eu mesmo consiga produzir neste momento. Pois realmente a amo, Scarlett, apesar do que disse na varanda aquela noite, no mês passado.

Sua fala arrastada era carinhosa, e as mãos deslizaram por seus braços nus, mãos fortes e quentes.

– Eu amo você, Scarlett, porque somos parecidos, dois desclassificados, querida, tratantes egoístas. Nenhum de nós dá a mínima se o mundo vai acabar, desde que estejamos seguros e confortáveis.

Sua voz continuou na escuridão e ela ouvia as palavras, mas nada fazia sentido. Sua mente cansada tentava absorver a dura verdade de que ele ia deixá-la ali para enfrentar sozinha os ianques. Sua mente repetia: "Ele está me deixando... ele está me deixando", mas sem emoção.

Então os braços dele passaram por sua cintura e pelos ombros e ela sentiu os músculos rijos de suas coxas encostadas em seu corpo e os botões do casaco pressionando seu peito. Uma onda de sensações confusas, amedrontadoras a dominou, fazendo-a se esquecer do tempo, do lugar e das circunstâncias. Sentia-se tão mole quanto uma boneca de pano, acalorada, fraca e desamparada, e aqueles braços a segurando eram agradáveis.

– Você não quer mudar de ideia em relação ao que eu lhe disse mês passado? Não há nada como perigo e morte para servir de estímulo. Seja patriótica, Scarlett. Pense em como estaria enviando um soldado para sua morte com belas lembranças.

Agora ele a beijava e ela sentia as cócegas de seu bigode na boca, beijava-a com lábios vagarosos, quentes, que pareciam ter a noite inteira pela frente. Charles nunca a beijara assim. Os beijos dos Tarleton e dos Calvert nunca a tinham deixado daquele jeito, sentindo calor, frio e uma tremedeira incontrolável. Ele curvou o corpo dela para trás e seus lábios desceram pela garganta até onde o camafeu fechava o corpete.

– Doce – sussurrou ele. – Doce.

Ela viu a silhueta indistinta da carroça e ouviu a vozinha aguda de Wade.

– Mãe! Wade com medo!

À sua mente oscilante e obscura retornou de súbito o raciocínio frio, e ela se recordou do que esquecera momentaneamente... que também estava amedrontada e que Rhett a estava abandonando, o maldito canalha. E, ainda por cima, tivera o total descaramento de ficar ali parado na estrada a insultá-la com propostas infames. A cólera e o ódio a invadiram, ela se endireitou e, com um forte empurrão, livrou-se do abraço.

– Ah, seu canalha! – exclamou com a mente aos saltos, tentando pensar em coisas piores para chamá-lo, coisas que ouvira Gerald dizer sobre o Sr. Lincoln, os Macintosh e mulas empacadoras, mas as palavras não vinham. – Seu baixo, covarde, nojento, fedorento! – E, não conseguindo pensar em mais nada ofensivo o bastante para dizer, ela jogou o braço para trás e deu-lhe um tapa na boca com toda a força que lhe restara. Ele deu um passo para trás, com a mão no rosto.

– Ah! – disse ele baixinho, e por um momento eles ficaram se encarando na escuridão.

Scarlett conseguia ouvir a respiração pesada dele e a sua própria estava entrecortada, como se tivesse corrido muito.

– Eles tinham razão! Todos tinham razão! Você não é um cavalheiro!

– Minha pequena querida – disse ele –, que inconveniente.

Ela sabia que ele estava rindo, e isso a enlouqueceu.

– Vá embora! Vá embora agora! Quero que se apresse. Nunca mais quero vê-lo. Espero que uma bala de canhão caia bem em cima de você. Espero que o estoure em milhões de pedacinhos. Eu...

– Deixe o resto para lá. Já entendi sua ideia. Quando estiver morto, no altar de meu país, espero que sua consciência a deixe com remorso.

Ela o ouviu rir quando ele lhe deu as costas, voltando à carroça. Ela o viu lá parado, ouviu-o falar, e sua voz estava mudada, cortês e respeitosa como sempre era quando ele se dirigia a Melanie.

– Sra. Wilkes?

A voz amedrontada de Prissy deu a resposta

– Meu Deus do céu, capitão Butler! A sinhá Melly desmaiô faz tempo.

– Ela não morreu? Está respirando?

– Tá, sim, sinhô, tá respirano.

– Então deve estar melhor assim. Se estivesse consciente duvido que conseguisse sobreviver a toda essa dor. Cuide bem dela, Prissy. Tome aqui este dinheiro. Tente não ser ainda mais tola do que já é.

– Sim, sinhô. Brigada, sinhô.

– Adeus, Scarlett.

Ela sabia que ele tinha se virado e a encarava, mas ficou quieta. O ódio lhe engasgava a garganta. Os pés deles pisaram as pedrinhas da estrada e por um momento ela viu o vulto de seus ombros largos na escuridão. Depois ele se foi. Ela ficou ouvindo o som de seus passos até sumirem. Ela voltou devagar para a carroça, os joelhos trêmulos.

Por que ele se fora, saindo pelo escuro, para uma guerra, para uma Causa que já estava perdida, para um mundo insano? Por que tinha partido, Rhett, que amava os prazeres femininos e a bebida, o conforto da boa comida e das camas macias, a sensação de um linho fino e de um bom couro, que detestava o sul e caçoava dos tolos que lutavam por ele? Agora ele punha suas botas lustradas em uma estrada amarga pela qual a fome vagava em um andar incansável, e ferimentos, exaustão e desengano corriam como lobos ganindo. E o fim da estrada dava na morte. Ele não precisava ter ido. Estava seguro, rico, confortável. Mas fora, deixando-a sozinha em uma noite tão escura quanto a cegueira, com o exército ianque entre ela e seu refúgio.

Agora se lembrava de todos os nomes com que queria tê-lo chamado, mas era tarde demais. Encostando a cabeça no pescoço pendente do cavalo, ela chorou.

24

O clarão luminoso do sol da manhã que passava pelas árvores despertou Scarlett. Por um momento, enrijecida pela posição comprimida em que dormira, ela ficou sem noção de onde estava. O sol a cegava, as tábuas duras da carroça a machucavam e havia um peso deitado sobre suas pernas. Tentou sentar-se e descobriu que o peso era Wade, que usava seus joelhos como travesseiro. Os pés descalços de Melanie estavam quase em seu rosto e, embaixo da boleia, Prissy estava enroscada feito um gato preto com o bebezinho enfiado entre ela e Wade.

Então ela se lembrou de tudo. Sentou-se bruscamente e olhou rapidamente em volta. Graças a Deus, não havia ianques à vista! Ninguém descobrira o esconderijo durante a noite. Agora tudo lhe voltava à mente. O pesadelo da jornada depois que os passos de Rhett tinham sumido, a noite infindável, a estrada em trevas cheia de sulcos e pedras, por onde passaram aos solavancos, as valas dos dois lados para onde a carroça escorregara, a força movida a medo com que ela e Prissy tinham empurrado as rodas para fora das valas. Lembrou-se com um abalo das vezes em que tinha dirigido o cavalo, contra a vontade dele, para dentro do campo ou da mata ao ouvir soldados se aproximando, sem saber se eram amigos ou inimigos... lembrou-se também da angústia que sentira diante da possibilidade de que uma tosse, um espirro ou os soluços de Wade os traíssem para os homens em marcha.

Ah, aquela estrada escura onde os homens passavam como fantasmas, mudos, só se ouvindo o som abafado dos pés sobre a poeira macia, o leve estalar das rédeas e o rangido do couro esticado! Ah, e aquele momento pavoroso quando o cavalo doente empacara e a cavalaria e a artilharia leve passaram no escuro, ao lado de onde eles se sentavam sem fôlego, tão perto que ela quase poderia tocá-los se estendesse o braço, tão perto que ela conseguia sentir o suor rançoso dos corpos dos soldados!

Quando, finalmente, elas se aproximavam de Rough and Ready, algumas fogueiras de acampamento brilhavam onde as últimas tropas da retaguarda de Steve Lee aguardavam ordens para recuar. Ela dera a volta em um campo arado por um quilômetro até que a luz das fogueiras se perdeu de vista lá atrás. Em seguida, se perdeu na escuridão e acabou chorando quando não conseguiu encontrar a estradinha para carroções que conhecia tão bem. Quando finalmente a encontrou, o cavalo caiu por terra, recusando-se a se mexer, recusando-se a levantar mesmo quando ela e Prissy o puxavam pelas rédeas.

Então ela o desatrelou e, exausta, foi engatinhando até o fundo da carroça e esticou as pernas doloridas. Tinha a vaga lembrança de ouvir a voz de Melanie antes que o sono fechasse suas pálpebras, uma voz fraca que se desculpava, mesmo ao suplicar:

– Scarlett, pode me conseguir água, por favor?

Ao que ela disse:

– Não tem. – E caiu no sono antes que acabasse de falar.

Agora era de manhã e o mundo estava imóvel, sereno, verdejante e dourado com um sol brilhando. Sem qualquer soldado à vista. Ela estava com fome e sedenta, dolorida, com cãibras e espantada por ela, Scarlett O'Hara, que nunca conseguia repousar se não estivesse entre lençóis de linho e sobre o mais macio dos colchões de pena, ter dormido sobre tábuas como um trabalhador do campo.

Piscando por causa do sol, seus olhos pousaram em Melanie e ela engoliu em seco, horrorizada. Melanie estava imóvel e pálida. Scarlett pensou que estivesse morta. Parecia morta. Estava com a aparência de uma velha morta com o semblante devastado, o cabelo emaranhado ao redor. Em seguida ela viu, com alívio, o leve descer e subir da respiração fraca e percebeu que Melanie sobrevivera à noite.

Pondo a mão sobre os olhos para diminuir o reflexo do sol, ela olhou ao redor. Estava claro que tinham passado a noite sob as árvores do jardim de alguém, pois havia um caminho de areia e cascalho passando bem a sua frente, serpenteando em uma alameda de cedros.

"Ora, é a propriedade dos Mallory!", pensou, o coração saltando de alegria com a ideia de amigos e ajuda.

Mas a imobilidade era mortal na fazenda. Os arbustos e as plantas estavam em pedaços sobre o gramado onde patas, rodas e pés tinham deixado marcas profundas. Ela olhou na direção da casa e, em vez da antiga construção de tábuas brancas que ela conhecera tão bem, viu apenas um longo retângulo com os alicerces de granito e duas chaminés altas exibindo tijolos manchados de fuligem em meio às folhas carbonizadas de árvores imóveis.

Ela respirou fundo com um estremecimento. Será que encontraria Tara daquele jeito, rente ao chão, silenciosa como a morte?

"Não posso pensar nisso agora", apressou-se a dizer a si mesma. "Não posso me permitir pensar sobre isso. Vou ficar com medo outra vez se pensar." Mas, mesmo contra a vontade, seu coração acelerou e cada batida parecia uma trovoada. "Para casa! Depressa! Para casa! Depressa!"

Eles precisavam recomeçar a viagem para casa, mas primeiro era preciso encontrar comida e água, especialmente água. Ela deu uma cotovelada em Prissy para acordá-la. Prissy revirou os olhos enquanto olhava para ela.

– Meu Deus, sinhá Scarlett, eu achava que nunca mais ia acordá, a num sê na Terra Prometida.

– Falta muito para você chegar lá – disse Scarlett, tentando alisar o cabelo despenteado. Tinha o rosto úmido e o corpo já estava empapado de suor. Ela se sentia suja, desarrumada e pegajosa, como se estivesse cheirando mal. As roupas estavam amassadas de dormir vestida e ela nunca se sentira tão cansada e dolorida na vida. Músculos que nem sabia possuir doíam devido ao esforço desacostumado da noite anterior, e cada movimento trazia uma dor aguda.

Ela olhou para Melanie e viu que seus olhos escuros estavam abertos. Eram olhos doentes, febris, e as olheiras eram profundas. Ela abriu os lábios rachados e sussurrou suplicante:

– Água.

– Levante-se, Prissy – ordenou Scarlett. – Vamos até o poço pegar água.

– Mas, sinhá Scarlett! Deve de tê defunto lá. Imagine se arguém morreu lá?

– Eu faço de você um defunto se não sair logo dessa carroça – disse Scarlett, que não estava com espírito para discussões, enquanto pisava um pouco manca no chão.

Então ela pensou no cavalo. Por Deus! E se o cavalo tivesse morrido durante a noite? Ele parecia pronto para morrer quando ela o desatrelou. Ela deu a volta na carroça e o viu deitado de lado. Se ele estivesse morto, ela amaldiçoaria Deus e morreria também. Alguém na Bíblia tinha feito exatamente isso. Amaldiçoara Deus e morrera. Ela entendia direitinho como essa pessoa se sentira. Mas o cavalo estava vivo... respirando com dificuldade, olhos doentes meio fechados, mas vivo. Bem, um pouco de água também o ajudaria.

Relutante, Prissy saiu da carroça, gemendo, e, receosa, seguiu Scarlett alameda acima. Atrás das ruínas, a fileira das senzalas caiadas dos escravos estava silenciosa e deserta sob as árvores. Entre a senzala e os alicerces queimados, elas encontraram o poço, com seu telhado ainda no lugar e o balde lá embaixo. As duas içaram a corda e quando chegou o balde de água fresca e cristalina das profundezas Scarlett inclinou-o aos lábios e bebeu ruidosamente, esparramando água sobre si.

Ela bebeu até ouvir a impertinência de Prissy:

– Bão, eu tamém tô com sede, sinhá Scarlett.

O que a fez se lembrar da necessidade dos outros.

– Tire o nó, leve o balde para a carroça e dê água a eles. Depois dê o resto para o cavalo. Não acha que a sinhá Melanie devia dar de mamar ao bebê? Ele deve estar morto de fome.

– Sinhô do céu, sinhá Scarlett, a sinhá Melly num deve de tê leite argum.

– Como é que você sabe?

– Já vi um monte que nem ela.

– Não venha se exibir para mim. Você sabia tudo sobre partos. Agora, vá. Vou tentar encontrar algo de comer.

Scarlett procurou em vão até encontrar algumas maçãs no pomar. Os soldados haviam passado por lá antes dela e não havia nenhuma nos pés. As que encontrou estavam no chão, e a maior parte, podre. Ela encheu a saia com as melhores e voltou atravessando a terra fofa, algumas pedrinhas entrando em suas sapatilhas. Por que não pensara em pôr sapatos mais fortes na noite anterior? Por que não levara seu chapéu de sol? Por que não pegara algo de comer? Tinha agido como uma idiota. Mas, é claro, pensara que Rhett tomaria conta delas.

Rhett! Cuspiu no chão, pois até o nome tinha gosto ruim. Como o odiava! Que desprezível ele fora! E ela ficara lá na estrada, deixando que ele a beijasse... e quase tinha gostado. Ela agira como louca na noite anterior. Que vil ele fora!

Ao voltar, ela dividiu as maçãs e jogou o resto no fundo da carroça. Agora o cavalo estava de pé, mas a água não parecia tê-lo refrescado muito. À luz do dia ele parecia muito pior do que na noite anterior. Os ossos das ancas estavam para fora como os de uma vaca velha, suas costelas apareciam, parecendo uma tábua de lavar roupa, e o lombo estava todo ferido. Ela evitou tocar o animal ao atrelá-lo. Quando ela lhe deu de comer, percebeu que estava praticamente desdentado. Velho como os montes! Já que Rhett tinha roubado um cavalo, bem que podia ter roubado um bom.

Sentando-se na boleia, ela deitou o galho sobre o lombo. Com a respiração chiada, o cavalo se mexeu, mas andava tão vagarosamente sendo direcionado para a estrada que ela tinha certeza de que conseguiria ir mais rápido sem maior esforço. Ah, se pelo menos não precisasse se incomodar com Melanie, Wade, Prissy e o bebê, ela chegaria em casa logo! Ora, iria para casa correndo, correria cada passo do caminho que a aproximava de Tara e de sua mãe.

Deviam estar a menos de 25 quilômetros de casa, mas, no ritmo que andava, aquele pangaré velho levaria o dia inteiro, pois ela teria que parar várias vezes para que ele descansasse. O dia inteiro! Ela olhou para a estrada de terra vermelha, iluminada, cortada com sulcos profundos por onde tinham passado as rodas dos canhões e das ambulâncias. Levaria horas para saber se Tara ainda estava de pé e se Ellen estava lá. Levaria horas para que ela acabasse a viagem sob o sol escaldante de setembro.

Olhou para Melanie lá deitada com olhos febris fechados contra o sol e soltou o laço do chapéu, jogando-o para Prissy.

– Ponha sobre o rosto dela. Vai protegê-la do sol. – Em seguida, sentindo o sol bater sobre sua cabeça desprotegida, pensou: "Até o fim do dia vou estar sardenta como um ovo de galinha-d'angola."

Era a primeira vez na vida que saía ao sol sem um chapéu ou véu, nunca segurara em rédeas sem luvas que protegessem a pele alva de suas mãos miúdas. Contudo, ali estava, exposta ao sol, em uma carroça alquebrada, com um cavalo alquebrado, suja, suada, faminta, impotente para fazer qualquer coisa além de seguir o curso de uma terra abandonada a passo de lesma. Fazia tão poucas semanas que ela estivera sã e em segurança! Que pouco tempo se passara desde que ela e todo mundo achara que Atlanta nunca cairia, que a Geórgia nunca seria invadida. Mas a nuvenzinha que aparecera a noroeste quatro meses antes passou a ser uma poderosa tempestade, depois se transformando em um tornado estridente, arremessando-a para longe de sua vida protegida e fazendo-a cair no meio daquela desolação assombrosa.

Estaria Tara ainda de pé? Ou também fora levada pelo vento que varrera a Geórgia?

Chicoteou o lombo cansado do cavalo, tentando fazê-lo andar mais depressa enquanto as rodas incertas os balançavam hipnoticamente de um lado para outro.

A MORTE PAIRAVA no ar. Sob os raios do fim da tarde, cada campo e mata conhecidos estavam verdes e imóveis, em uma quietude sobrenatural que deixou Scarlett apavorada. Cada casa vazia, atingida pelos canhões, pela qual passaram naquele dia, cada chaminé desolada de sentinela sobre as ruínas do incêndio a assustava ainda mais. Desde a noite anterior não viam vivalma ou animal. Homens e cavalos mortos, sim, além de mulas, jazendo na beira da estrada, inchados, cobertos de moscas, mas nada vivo. Nenhum gado pastava a distância, nenhum pássaro cantava, nenhum vento balançava as árvores. Só o plop-plop cansado dos cascos do cavalo e o choro fraco do bebê de Melanie quebravam o silêncio.

Era como se o campo estivesse sob um pavoroso encantamento. Ou ainda pior, pensou Scarlett com um calafrio, como o semblante familiar e amado de uma mãe, belo e imóvel enfim, após as agonias da morte. Ela sentiu que as matas, antes familiares, estavam cheias de fantasmas. Milhares haviam morrido na luta próxima a Jonesboro. Estavam ali naquelas matas assombradas, nas quais o sol inclinado da tarde iluminava de modo lúgubre através de folhas imóveis, amigos e inimigos, espiando-a em sua carroça raquítica, através de olhos cegos pelo sangue e pela poeira vermelha, terríveis olhos vidrados.

– Mãe! Mãe! – sussurrou. Se ao menos conseguisse chegar até Ellen! Se ao menos, por um milagre de Deus, Tara ainda estivesse de pé e ela pudesse passar pela longa alameda de árvores e entrar em casa, ver o rosto bondoso e terno de sua mãe, pudesse sentir outra vez aquelas mãos suaves e hábeis que dispersavam o medo, se pudesse se agarrar às saias de Ellen e ali enterrar a cabeça. Sua mãe saberia o que fazer. Não deixaria que Melanie e o bebê morressem. Ela expulsaria todos os fantasmas e temores com seu suave "Acalme-se, acalme-se". Mas sua mãe estava mal, talvez à morte.

Scarlett deitou o chicote sobre o lombo cansado do cavalo. Precisavam ir mais rápido! Tinham rastejado pela estrada interminável durante todo aquele dia quente. Logo cairia a noite e elas ficariam sozinhas na desolação mortal. Ela agarrou as rédeas com mais força nas mãos cheias de bolhas e bateu ferozmente no animal, seus braços cansados, doendo com o movimento.

Se ao menos conseguisse chegar aos braços aconchegantes de Tara e Ellen e descarregar seus fardos, pesados demais para seus jovens ombros... a mulher moribunda, o bebê enfraquecido, seu próprio filho faminto, a negrinha assustada, todos dependendo de sua força e orientação, todos lendo em suas costas eretas uma coragem que ela não possuía e uma força que havia muito deixara de existir.

O cavalo exausto não respondia ao chicote nem às rédeas, caminhando tropegamente, arrastando as patas, tropeçando nas pedras e oscilando como se fosse cair. Mas com o anoitecer, ao menos, deram entrada no último trecho da longa jornada. Fizeram a curva do caminho, entrando na estrada principal. Tara estava a menos de 2 quilômetros!

Ali se erguia a cerca viva que marcava o início da propriedade dos Macintosh. Um pouco adiante, Scarlett puxou as rédeas em frente à alameda de carvalhos que levava à casa do velho Angus Macintosh. Espiou as duas fileiras de antigas árvores através do lusco-fusco que caía. Estava tudo escuro. Nem uma luz aparecia na casa ou na senzala. Forçando os olhos, ela discerniu uma visão que lhe era familiar depois daquele dia terrível... duas chaminés altas, como lápides gigantescas sobre o segundo andar destruído e janelas quebradas sem luz estampadas nas paredes como olhos cegos e imóveis.

– Alô! – gritou, reunindo toda a sua força. – Alô!

Prissy a agarrou em um frenesi de pavor e, virando-se, Scarlett viu seus olhos se revirando.

– Num chama, sinhá Scarlett! Por favô, num chama otra vez! – sussurrou, a voz trêmula. – Num se sabe quem pode respondê.

"Meu Deus!", pensou Scarlett, tendo um calafrio. "Meu Deus. Ela tem razão. Qualquer coisa pode sair de lá!"

Ela sacudiu as rédeas, impulsionando o cavalo a seguir adiante. A visão da casa dos Macintosh tinha furado a última bolha de esperança que lhe restava. Estava queimada, em ruínas, abandonada, como estavam todas as fazendas pelas quais passara naquele dia. Tara estava a menos de um quilômetro de distância, na mesma estrada, exatamente no caminho do exército. Também devia estar no chão! Ela só encontraria os tijolos queimados, a luz das estrelas brilhando nas paredes sem teto, Ellen e Gerald tendo partido, as meninas tendo partido, os negros também, só Deus sabia para onde, e a terrível imobilidade pairando sobre tudo. Como tinha se metido nessa tola viagem, contra todo o bom-senso, arrastando Melanie e seu filho? Teria sido melhor que morressem em Atlanta do que torturados por esse dia escaldante e essa carroça balouçante a morrer nas ruínas silenciosas de Tara.

Mas Ashley deixara Melanie sob sua responsabilidade. "Cuide dela." Ah, aquele dia maravilhoso, de partir o coração, quando ele se despedira dela com um beijo e partira para sempre! "Você vai tomar conta dela, não vai? Prometa!" E ela prometera. Por que fizera tal promessa, duplamente comprometida agora que Ashley se fora? Mesmo naquela exaustão, ela odiava Melanie, odiava o miado de seu filho que, cada vez mais fraco, perturbava o silêncio. Mas ela prometera, e agora eles lhe pertenciam, assim como Wade e Prissy, e era preciso lutar por eles enquanto tivesse força e fôlego. Podia tê-los deixado em Atlanta, deixado Melanie no hospital e a abandonado. Mas, se o tivesse feito, jamais poderia encarar Ashley outra vez, nem nesta terra nem no além, e dizer-lhe que deixara sua mulher e o filho para morrer entre estranhos.

Ah, Ashley! Onde estaria nesse instante enquanto ela percorria penosamente essa estrada assombrada com sua mulher e seu bebê? Estaria vivo e pensaria nela por trás das grades de Rock Island? Ou morrera de varíola meses atrás, apodrecendo em uma longa vala com centenas de outros confederados?

Os nervos tensos de Scarlett quase tiveram um colapso ao ouvir um ruído súbito nas moitas próximas. Prissy soltou um grito, jogando-se no chão da carroça, o bebê embaixo dela. Melanie se mexeu debilmente, as mãos procurando o bebê. Wade tapou os olhos e se agachou, assustado demais para chorar. Em seguida, a moita se abriu sob cascos pesados e um mugido baixo assaltou seus ouvidos.

– É só uma vaca – disse Scarlett, a voz áspera de medo. – Não banque a boba, Prissy. Você esmagou o bebê e assustou a sinhá Melly e Wade.

– É um fantasma – grunhiu Prissy, a fisionomia contorcida junto às tábuas da carroça.

Virando-se decidida, Scarlett ergueu o galho que estava usando como chicote e o deitou nas costas de Prissy. Ela estava muito exausta e fraca de medo para tolerar fraquezas em qualquer outro.

– Sente-se, sua tola, antes que eu lhe dê uma surra.

Ganindo, Prissy ergueu a cabeça e, espiando pelo lado da carroça viu que era de fato uma vaca, um animal vermelho e branco ali parado olhando para elas suplicante com enormes olhos assustados. Abrindo a boca, ela se prostrou novamente, como quem sente dor.

– Será que está machucada? Esse mugido não parece normal.

– Parece que tá com as têta cheia e precisa de ordenhá – disse Prissy, readquirindo algum controle. – Deve de sê do sinhô Macintosh que os nêgo dexô na mata e os ianque num pegô.

– Vamos levá-la. – Scarlett decidiu rapidamente. – Assim vamos ter leite para o bebê.

– Como que nós vai levá a vaca junto, sinhá Scarlett? Num podemo levá vaca nenhuma. Vaca num presta se num tirá leite dela. As têta fica inchada e estora. É por causa disso que ela tá berrano.

– Como você sabe tanto sobre o assunto, tire sua anágua, rasgue e amarre-a atrás da carroça.

– Sinhá Scarlett, vosmecê sabe que num tenho anágua faz mêis, e se tinha num ia pô nela por nada. Nunca que me entendi com vaca. Tenho medo de vaca.

Scarlett soltou as rédeas e levantou as saias. A anágua debruada de renda era a última vestimenta bonita que possuía, e inteira. Ela desamarrou a fita da cintura e deixou-a escorregar até os pés. Rhett lhe trouxera aquele linho e aquela renda de Nassau no último barco com que furara o bloqueio e ela trabalhara por uma semana para costurar a roupa. Resoluta, ela a pegou pela bainha e puxou com os dentes até o tecido se rasgar no comprimento. Ela o apertava entre os dentes, furiosa, rasgando com as duas mãos até a anágua estar em tiras. Deu nós nas extremidades com dedos sangrando por causa das bolhas e trêmulos de cansaço.

– Passe isso sobre os chifres dela – mandou.

Mas Prissy se recusou.

– Eu me pelo de medo de vaca, sinhá Scarlett. Nunca tive nada a vê com vaca. Num sô nêga do campo. Sô nêga de casa.

– Você é uma nêga boba e o pior negócio que papai já fez foi comprar você – disse Scarlett devagar, cansada demais para se zangar. – E se eu voltar a usar meu braço algum dia, vou tirar seu couro com esse chicote.

"Nossa", ela pensou, "eu falei 'nêga' e mamãe não iria gostar nada disso."

Prissy revirou os olhos arregalados, olhando primeiro para a fisionomia fixa de sua senhora e depois para a vaca que mugia queixosa. Scarlett parecia a menos perigosa das duas, então Prissy se agarrou à lateral da carroça e ficou onde estava.

Resoluta, Scarlett desceu da boleia, cada movimento uma agonia de músculos doloridos. Prissy não era a única a ter medo de vacas. Scarlett sempre as temera, mesmo a mais mansa lhe parecia sinistra, mas não era hora de se submeter a medos bobos quando outros, muito maiores, a acuavam. Felizmente, a vaca foi gentil. Em sua dor, procurara companhia humana e ajuda, não fazendo qualquer gesto ameaçador quando Scarlett enlaçou seus chifres com uma extremidade da anágua rasgada. A outra extremidade ela amarrou atrás da carroça tão apertada quanto lhe permitiam os dedos desajeitados. Em seguida, voltando para a boleia, um grande cansaço a assaltou e ela oscilou de tontura. Agarrou-se na lateral da carroça para não cair.

Melanie abriu os olhos e, vendo Scarlett parada ao seu lado, sussurrou:

– Querida, chegamos em casa?

Casa! Aquela palavra trouxe lágrimas quentes aos olhos de Scarlett. Casa. Melanie não sabia que não havia casa alguma e que elas estavam sós em um mundo louco e desolado.

– Ainda não – disse ela, tão gentilmente quanto lhe permitia a constrição na garganta –, mas logo estaremos lá. Acabei de encontrar uma vaca e logo teremos leite para você e o bebê.

– Pobre bebê – sussurrou Melanie, a mão fraca procurando a criança e caindo antes de achá-la.

Subir de volta à boleia exigiu de Scarlett toda a sua força, mas enfim lá estava ela retomando as rédeas. O cavalo, cabeça baixa, desalentado, recusou-se a andar. Scarlett deitou-lhe o chicote impiedosamente. Esperava que Deus a perdoasse por machucar um animal cansado. E só lamentava se Ele não o fizesse. Afinal, faltava pouco para chegar a Tara, e antes de completar meio quilômetro o cavalo podia cair no varal se quisesse.

Finalmente, ele deu partida vagarosamente, a carroça rangendo e a vaca mugindo de pesar a cada passo. O som doloroso do animal irritava os nervos de Scarlett a tal ponto que ela teve vontade de parar e desatar a criatura. Afinal, de que serviria a vaca se não houvesse ninguém em

Tara? Ela não sabia tirar leite de vaca e, mesmo que soubesse, o animal iria dar coices em qualquer um que tocasse seus úberes inchados. Mas a vaca estava ali, e era melhor ficar com ela. Agora havia pouco mais que fosse seu neste mundo.

Os olhos de Scarlett ficaram mais embaçados quando, enfim, elas chegaram ao pé de uma leve inclinação, pois logo acima ficava Tara! Então seu coração parou. O animal decrépito nunca conseguiria puxar colina acima. A encosta sempre lhe parecera tão leve, tão gradual, nos dias em que ela galopava por ali com sua égua veloz. Não era possível que tivesse ficado tão íngreme desde a última vez que a vira. O cavalo nunca conseguiria, com todo aquele peso.

Cansada, ela saltou e pegou o animal pelas rédeas.

– Saia, Prissy – ordenou –, e pegue Wade. Carregue-o no colo ou faça-o andar. Deite o bebê junto à sinhá Melanie.

Wade começou a soluçar e choramingar, e Scarlett só conseguia distinguir:

– Escuro... escuro... Wade com medo!

– Sinhá Scarlett, num posso caminhá. Meus pé tão com bôia e os sapato aperta e o Wade mais eu num pesa muito e...

– Saia já daí! Saia antes que eu a puxe para fora! E se tiver que fazer isso, eu a deixo aqui mesmo no escuro, sozinha. Ande logo!

Prissy gemeu, olhando para as árvores escuras que as cercavam... árvores que poderiam alcançá-la e agarrá-la assim que deixasse a proteção da carroça. Mas deixou o bebê ao lado de Melanie, saltou e ajudou Wade a descer. O menininho soluçava, se encolhendo junto à babá.

– Faça-o ficar quieto. Não posso aguentar – disse Scarlett, pegando o cavalo pelas rédeas e puxando para uma partida relutante. – Seja um homenzinho, Wade, e pare de chorar ou vou aí e lhe dou um tapa.

Por que Deus tinha inventado as crianças, ela pensou brutalmente enquanto movia os tornozelos estrada escura acima. Incômodas, inúteis, choramingonas era o que eram, sempre exigindo cuidados, sempre atrapalhando. Exausta como estava, não havia lugar para compaixão pela criança assustada que caminhava ao lado de Prissy, arrastando-se de mãos dadas com ela e fungando, só havia o enfado por tê-la gerado, só o espanto de ter um dia se casado com Charles Hamilton.

– Sinhá Scarlett – sussurrou Prissy, agarrando o braço de sua senhora –, num vamo pra Tara. Eles num vai havê de tá lá. Foi tudo embora. Tarvez teje tudo morto... minha mãe e os outro tudo.

O eco de seus próprios pensamentos enfureceu Scarlett, que sacudiu os dedos que a seguravam.

– Então me dê a mão de Wade. Você pode ficar sentada bem aqui.

– Não, sinhá! Não, sinhá!

– Então *cale-se*!

A lentidão do cavalo! A saliva de sua boca pingava na mão dela. Passou-lhe pela cabeça um pedaço da letra da canção que certa vez cantara com Rhett... ela não conseguia se lembrar do resto:

Só mais uns dias carregando esse grande fardo!

"Só mais uns passos", cantarolava sua mente sem parar, "para carregar esse grande fardo".

Então chegaram ao topo e diante dela estavam os carvalhos de Tara, formando uma massa escura contra o céu que escurecia. Scarlett olhou apressada para ver se havia alguma luz em algum lugar. Não havia.

"Eles se foram", disse seu coração, como chumbo frio em seu peito. "Se foram!"

Ela virou a cabeça do cavalo para o caminho de entrada, e os cedros, que se encontravam acima de suas cabeças, as deixaram nas trevas da meia-noite. Olhando para o fundo do túnel escuro, forçando a vista, ela viu adiante... ou não? Estariam seus olhos cansados brincando com ela? Os tijolos brancos de Tara embaçados. Minha casa! Minha casa! As queridas paredes brancas, as janelas com as cortinas esvoaçantes, a larga varanda... estava tudo lá, diante dela, na obscuridade? Ou a escuridão, piedosamente, ocultava um horror como o da casa dos Macintosh?

A alameda parecia longa demais, e o cavalo, puxando sua mão teimosamente, andava com cada vez maior dificuldade. Ansiosos, seus olhos buscavam na escuridão. O telhado parecia intacto. Seria possível... seria possível? Não, não era. A guerra nada poupava, nem mesmo Tara, construída para durar quinhentos anos. Não devia ter poupado Tara.

Então, os contornos sombrios realmente tomaram forma. Ela puxou o cavalo com mais rapidez. As paredes estavam lá, em meio à escuridão. E não estavam marcadas pela fuligem. Tara tinha escapado! Casa! Largando as rédeas, ela correu os últimos passos, saltou à frente em um impulso de agarrar-se às paredes. Em seguida, viu um vulto, indistinto, emergindo das trevas da varanda e parando no topo das escadas. Tara não estava deserta. Alguém estava em casa!

Um grito de alegria chegou à sua garganta, ali morrendo. A casa estava totalmente escura e silenciosa, e o vulto não se mexia nem a chamava. O que estava havendo? O que estava havendo? Tara estava intacta, mas encoberta pelo mesmo silêncio sinistro que pairava por toda a paisagem rural. Então o vulto se mexeu. Retesado e lentamente, ele desceu os degraus.

– Pai? – sussurrou ela com a garganta seca, quase duvidando de que fosse ele. – Sou eu, Katie Scarlett. Voltei para casa.

Gerald foi a seu encontro, silencioso como um sonâmbulo, puxando a perna dura. Aproximou-se, olhando-a de um modo atordoado como se ela fosse parte de um sonho. Estendendo o braço, pôs a mão em seu ombro. Scarlett ficou trêmula, como se ele tivesse sido despertado de um pesadelo para uma realidade sentida apenas em parte.

– Filha – disse ele com esforço. – Filha.

Depois se calou.

“Ora... ele parece um velho”, pensou Scarlett.

Ombros caídos. No rosto, que ela não enxergava direito, nada havia da virilidade, da vitalidade inquieta de Gerald, e os olhos que a fitavam traziam quase o mesmo espanto de medo que existia nos olhos do pequeno Wade. Ele não passava de um velhinho aniquilado.

O medo dos fatos que desconhecia apoderou-se dela, surgindo súbito das trevas, e ela nada conseguiu fazer a não ser ficar ali parada, olhando para ele, toda uma torrente de perguntas emudecida nos lábios.

Veio um chorinho fraco da carroça e Gerald fez um nítido esforço para despertar do seu torpor.

– É Melanie e seu bebê – sussurrou Scarlett rapidamente –, ela está muito mal... eu a trouxe para casa.

Gerald largou seu braço e endireitou os ombros. Movendo-se lentamente para o lado da carroça, parecia o espectro do antigo anfitrião de Tara recebendo seus convidados, como se pronunciasse as palavras a partir de uma vaga memória.

– Prima Melanie!

A voz de Melanie saiu em um murmúrio indistinto.

– Prima Melanie, esta é sua casa. Twelve Oaks foi incendiada. Ficará conosco.

A lembrança do prolongado sofrimento de Melanie incitou Scarlett a agir. O presente estava de volta e, com ele, a necessidade de deitar Melanie e seu filho em uma cama macia e fazer por ela as poucas coisas que podiam ser feitas.

– Ela precisa ser carregada. Não consegue caminhar.

Ouviu-se um arrastar de pés e um vulto escuro emergiu do vestíbulo cavernoso. Pork desceu as escadas.

– Sinhá Scarlett! Sinhá Scarlett! – gritou.

Scarlett o agarrou pelos braços. Pork, parte essencial de Tara, tão querido quanto os tijolos e frios corredores! Ela sentiu as lágrimas dele correrem por suas mãos enquanto lhe dava tapinhas desajeitados, exclamando:

– Ah, que bão tê a sinhazinha de vorta! Ah, que bão...

Prissy desatou a chorar e começou a balbuciar coisas sem nexo.

– Pork! Pork!

E o pequeno Wade, encorajado pela fraqueza dos mais velhos, começou a fungar:

– Wade quer água!

Scarlett assumiu a situação.

– A sinhá Melly está na carroça com o bebê. Pork, você terá que carregá-la para cima com todo o cuidado. Deixe-a no quarto de hóspedes do fundo. Prissy, leve o bebê e Wade para dentro e dê um copo de água a Wade. Mammy está aqui, Pork? Diga-lhe que preciso dela.

Estimulado pelo tom de autoridade em sua voz, Pork foi até a carroça e tateou o fundo. Melanie gemeu ao ser meio erguida, meio arrastada do colchãozinho de penas, onde ficara deitada por tantas horas. E então ela estava nos braços fortes de Pork, a cabeça encostada em seu ombro, como uma criança. Segurando o bebê e arrastando Wade pela mão, Prissy os seguiu pelos largos degraus e desapareceu no vestíbulo escuro.

Os dedos ensanguentados de Scarlett procuraram a mão do pai.

– Elas melhoraram, papai?

– As meninas estão se recuperando.

Caiu um silêncio e nele formou-se uma ideia por demais monstruosa para ser posta em palavras. Ela não conseguia, de jeito algum, forçá-la aos lábios. Engolia, engolia, mas a garganta ficara totalmente seca. Seria essa a resposta para o assustador enigma que silenciara Tara? Como se respondesse à pergunta, Gerald falou.

– Sua mãe... – disse.

– E... mamãe?

– Sua mãe morreu ontem.

Com o braço do pai segurando firme o dela, Scarlett atravessou o grande vestíbulo que, mesmo na escuridão, lhe era tão familiar como sua própria mente. Ela se desviou das poltronas de espaldar alto, a estante de armas vazia, o antigo aparador com seus pés protuberantes em forma de garra, e sentiu-se instintivamente atraída para o pequeno gabinete nos fundos da casa onde Ellen sempre ficava, fazendo sua interminável contabilidade. Certamente, quando entrasse lá, sua mãe estaria, como sempre, sentada atrás da escrivaninha, olharia para cima, pena na mão, e se levantaria com sua doce fragrância e saias farfalhantes para receber a filha cansada. Ellen não podia ter morrido, mesmo que seu pai o tivesse dito, repetindo feito um papagaio que só sabe uma frase:

– Ela morreu ontem... ela morreu ontem... ela morreu ontem.

Estranho que nada sentisse agora, nada exceto uma exaustão que lhe agrilhoava os membros como pesadas correntes de ferro e uma fome que fazia seus joelhos tremerem. Pensaria na mãe depois. Agora precisava tirá-la da cabeça, caso contrário ficaria gaguejando estupidamente como Gerald ou chorando monotonamente como Wade.

Pork desceu os degraus largos em direção a eles, apressando-se para se aproximar de Scarlett como um animal que tem frio se aproxima do fogo.

– E as luzes? – perguntou ela. – Por que a casa está tão escura, Pork? Traga velas.

– Eles levô tudo que é vela, sinhá Scarlett, menos uma que nós tá usano pra achá as coisa no escuro, e tá quase no fim. Mammy tá usano um trapo com gordura de porco em um prato pra alumiá quando tá cuidano da sinhazinha Carreen e da sinhazinha Suellen.

– Traga o que sobrou da vela – ordenou ela. – Traga-a para o gabinete de mamãe... para o gabinete.

Pork foi até a sala de jantar. Scarlett foi tateando até o pequeno cômodo imerso nas trevas e afundou no sofá. O braço do pai ainda segurando o seu, desamparado, suplicante, confiante, como só as mãos dos muito jovens e dos muito velhos conseguem ser.

"Ele está velho, velho e cansado", ela pensou de novo, e lá no fundo perguntou-se por que não se importava.

A luz vacilante penetrou o cômodo quando Pork entrou carregando uma vela pela metade grudada em um pires. A caverna escura ganhou vida, o sofá gasto onde se sentavam, a escrivaninha alta com a frágil cadeira entalhada de sua mãe, os escaninhos ainda cheios de papéis escritos com sua letra bonita, o tapete surrado... tudo, tudo estava igual, exceto pela ausência de Ellen. Ellen com o leve aroma de limão e verbena, a expressão doce em seus olhos oblíquos. Scarlett sentiu uma leve dor no coração como quando nervos dormentes após uma lesão profunda lutam para voltar a sentir. Não podia deixá-los voltar à vida agora; havia todo o resto de sua vida pela frente para que viessem a doer. Mas não agora! Por favor, Deus, não agora!

Ela olhou para o rosto pálido de Gerald e pela primeira vez em sua vida o viu com barba por fazer, o rosto radiante de antes coberto de pelos prateados. Pork deixou a vela sobre o suporte e foi para seu lado. Scarlett sentiu que se ele fosse um cachorro teria deitado o focinho em seu colo, ganindo para que uma mão bondosa lhe acariciasse a cabeça.

– Pork, quantos negros estão aí?

– Sinhá Scarlett, esses nêgo ordinário fugiu e otro foi com os ianque e...

– Quantos sobraram?

– Só eu, sinhá Scarlett, e Mammy, que fica cuidano das sinhazinha o dia todo. E Dilcey, que tá com as sinhazinha agora. É nós três, sinhá Scarlett.

"Nós três" quando antes havia cem. Com esforço, Scarlett ergueu a cabeça sobre o pescoço dolorido. Sabia que precisava manter a voz firme. Para sua surpresa, as palavras saíram tão fria e naturalmente como se nunca tivesse ocorrido uma guerra e ela pudesse, com um aceno de mão, chamar dez criados para lhe servir.

– Pork, estou morta de fome. Tem algo para comer?

– Num tem, sinhá. Eles levô tudo.

– Mas e na horta?

– Eles sortô os cavalo lá.

– Até a encosta com a batata-doce?

Algo quase como um sorriso de prazer surgiu nos lábios grossos.

– Sinhá Scarlett, esqueci das batata-doce. Elas deve de tá lá. Os ianque nunca tinha visto batata-doce e eles pensô que era só raiz e...

– A lua logo vai estar alta. Vá lá fora, tire algumas para nós e asse-as. Não há fubá? Nem ervilha seca? Nem galinhas?

– Não, sinhá. Não. As galinha que eles num comeu aqui mermo, eles carregô na sela.

Eles... eles... eles... Não haveria fim ao que "eles" tinham feito? Não fora suficiente incendiar e matar? Precisavam também deixar mulheres, crianças e negros desamparados, a morrer de fome, em uma região que eles tinham deixado destruída?

– Sinhá Scarlett, tem umas maçã que a Mammy enterrô embaixo da casa. Foi o que nós comeu hoje.

– Traga-as antes de ir buscar as batatas. E Pork... eu estou muito fraca. Há algum vinho na adega, nem que seja de amora?

– Ah, sinhá Scarlett, a adega foi o primero lugá que eles foi.

Uma onda de náusea composta de fome, sono, exaustão e golpes atordoantes tomou conta dela, que se agarrou nas rosas entalhadas sob sua mão.

– Nenhum vinho – disse ela entorpecida, lembrando-se das intermináveis fileiras de garrafas na adega, remexendo uma memória.

– Pork, e o uísque de milho que papai enterrou no barril de carvalho embaixo do parreiral?

Outro espectro de sorriso iluminou o semblante negro, um sorriso de prazer e respeito.

– Sinhá Scarlett, vosmecê é mermo esperta! Eu num me alembrava daquele barril. Mas, sinhá Scarlett, aquele uísque num deve de tá bão. Deve de tá lá faz um ano e uísque não é bão pras dama de quarqué modo.

Como os negros eram obtusos! Nunca pensavam em nada se não fossem mandados. E os ianques queriam libertá-los!

– Estará bom o bastante para esta dama e para papai. Depressa, Pork, desenterre-o e nos traga dois copos, um pouco de hortelã e açúcar e eu vou preparar um julepo.

A fisionomia dele foi de descrédito.

– Sinhá Scarlett, vosmecê sabe que num tem açúca em Tara tem muito tempo. E os cavalo deles comeu toda hortelã e eles quebrô todos copo.

"Se ele disser 'eles' outra vez, eu grito. Não consigo me conter", ela pensou e depois disse, em voz alta:

– Bem, corra e pegue o uísque, rápido. Tomaremos puro. – E quando ele se retirava. – Espere, Pork. Há tantas coisas para fazer que não consigo pensar direito.... ah, sim. Eu trouxe um cavalo e uma vaca e ela precisa ser ordenhada com urgência, e desatrele o cavalo e lhe dê água. Vá e diga a Mammy que cuide da vaca. Diga-lhe que ela precisa dar um jeito na vaca. O bebê da sinhá Melanie vai morrer se não comer nada...

– A sinhá Melly num... num pode...? – Pork pausou delicadamente.

– A sinhá Melanie não tem leite. – Deus, sua mãe desmaiaria se ouvisse aquilo!

– Bão, sinhá Scarlett, minha Dilcey pode ajudá o fio da sinhá Melly. Minha Dilcey tá com bebê novo e tem mais que baste pros dois.

– Você está com um bebê, Pork?

Bebês, bebês, bebês. Por que Deus fazia tantos bebês? Mas não, não era Deus que os fazia e sim as pessoas ignorantes.

– Sim, sinhá, um neguim gordo e grande. Ele...

– Vá e diga a Dilcey para deixar as meninas. Eu cuido delas. Diga a ela para amamentar o bebê da sinhá Melanie e fazer o que puder por ela. Diga a Mammy para cuidar da vaca e botar o pobre cavalo no estábulo.

– Num tem mais establo, sinhá Scarlett. Eles usô pra fazê fogo.

– Não me diga mais o que "eles" fizeram. Diga a Dilcey para cuidar da sinhá Melanie e do bebê. E você, Pork, vá lá desenterrar aquele uísque e depois as batatas-doces.

– Mas, sinhá Scarlett, num tem luz pra eu cavá.

– Você pode usar uma acha de lenha, não é?

– Num tem lenha... Eles...

– Faça algo... não sei o quê. Mas desenterre essas coisas, e rápido. Agora, vá.

Pork chispou do gabinete quando a voz dela foi ficando áspera, e Scarlett ficou sozinha com Gerald. Deu uns tapinhas na perna dele. Percebeu como tinham encolhido aquelas coxas protuberantes com músculos construídos sobre a sela. Precisava fazer algo para tirá-lo daquela apatia... mas não podia perguntar pela mãe. Isso deveria vir depois, quando ela pudesse aguentar.

– Por que eles não queimaram Tara?

Gerald olhou para ela por um instante como se não estivesse ouvindo, e ela repetiu a pergunta.

– Porque – gaguejou – eles fizeram a casa de quartel.

– Ianques... nesta casa?

Ela teve a sensação de que aquelas amadas paredes tinham sido profanadas. Aquela casa, sagrada porque Ellen ali vivera e aqueles... aqueles... ali dentro.

– Pois é, filha. Nós vimos a fumaça em Twelve Oaks, do outro lado do rio, antes de eles virem para cá. Mas a Srta. Honey e a Srta. India, junto com alguns negros, tinham se refugiado em Macon, então não nos preocupamos com elas. Mas não podíamos ir para Macon. As meninas estavam muito mal... sua mãe... não podíamos ir. Nossos negros correram... não sei para onde. Roubaram as carroças e as mulas. Mammy, Dilcey e Pork ficaram. As meninas... sua mãe... não podíamos tirá-las daqui.

– Sim, sim. – Ele não podia falar sobre a mãe. Qualquer outra coisa, mas não isso. Até que o próprio general Sherman tinha usado aquele gabinete como quartel. Qualquer outra coisa.

– Os ianques estavam indo para Jonesboro, para cortar a ferrovia. E subiram a estrada lá do rio... milhares e milhares... e canhões e cavalos... milhares. Eu os encontrei na porta de entrada.

"Ah, o pequeno e corajoso Gerald!", pensou Scarlett, seu coração se inflando. Gerald encontrando o inimigo nos degraus de Tara como se houvesse um exército atrás de si em vez de na frente.

– Eles me disseram para sair, pois iam queimar a propriedade. E eu disse que eles a queimariam sobre minha cabeça. Nós não sairíamos... as meninas... sua mãe estavam...

– E então? – Será que ele sempre precisava voltar a Ellen?

– Eu disse a eles que havia doença na casa, o tifo, e que tirá-las dali seria a morte. Que eles podiam queimar o telhado em cima de nossas cabeças. De qualquer jeito, eu não queria ir embora... deixar Tara.

Sua voz foi sumindo até se silenciar enquanto ele olhava, perdido, para as paredes, e Scarlett compreendeu. Havia muitos ancestrais irlandeses se comprimindo atrás dos ombros de Gerald, homens que tinham morrido por causa de poucos hectares, preferindo lutar até o fim a deixar as propriedades que tinham habitado, arado, onde criaram seu gado e seus filhos.

– Eu disse que eles iam incendiar a casa sobre as cabeças de três mulheres agonizantes, mas que não sairíamos. O jovem oficial era... era um cavalheiro.

– Um ianque cavalheiro? Ora, papai!

– Um cavalheiro. Ele partiu a galope, logo voltando com um capitão, um médico, que examinou as meninas... e sua mãe.

– Você deixou um maldito ianque entrar no quarto delas?

– Ele tinha ópio. Nós não tínhamos nada. Ele salvou suas irmãs. Suellen estava com hemorragia. Ele foi o mais gentil possível. E quando relatou que elas estavam... doentes... eles não incendiaram a casa. Instalaram-se aqui, um general com seu estado-maior, lotaram o lugar. Tomaram conta de todos os quartos, menos do das doentes. E os soldados...

Ele pausou outra vez, como se estivesse muito cansado para continuar. O queixo de barba espetada caiu sobre o peito, com suas dobras flácidas. Fazendo um esforço, ele continuou a falar.

– Acamparam ao redor da casa, por todo lado, na plantação de algodão, no milharal. O pasto ficou azul. Naquela noite houve centenas de fogueiras de acampamento. Arrebentaram as cercas, queimando-as para cozinhar, além dos celeiros, estábulos e o fumeiro. Mataram as vacas, os porcos e as galinhas... até meus perus. – Os preciosos perus de Gerald. Então estavam perdidos... – Pegaram as coisas, até quadros... alguns móveis, a louça...

– A prataria?

– Pork e Mammy fizeram algo com a prataria... botaram no poço... mas não estou me lembrando bem. – A voz de Gerald soou irritada. – Então eles travaram a batalha a partir daqui... de Tara... tanto barulho, gente que subia galopando ou andando e voltava. Depois o canhão em Jonesboro... parecia trovoada... até as meninas conseguiam ouvir, mesmo mal do jeito que estavam, e não paravam de pedir: "Papai, mande parar de trovoar."

– E... e mamãe? Ela sabia que os ianques estavam na casa?

– Ela... nunca soube de nada.

– Graças a Deus – disse Scarlett. Sua mãe fora poupada. Nunca ficara sabendo, nunca ouvira o inimigo nos cômodos lá embaixo, nunca ouvira as armas em Jonesboro, nunca ficara ciente de que a terra que fazia parte de seu coração estava sob pés ianques.

– Vi poucos deles, pois fiquei lá em cima com as meninas e com sua mãe. Quem eu via mais era o jovem médico. Ele foi muito bom, Scarlett. Depois de trabalhar o dia inteiro com os feridos, vinha e as atendia. Até deixou remédio. Quando eles foram embora, ele me disse que as meninas iam se recuperar, mas sua mãe... Ela estava frágil demais... fraca demais para aguentar aquilo tudo. Disse que ela havia abusado da própria força...

No silêncio que caiu, Scarlett visualizou sua mãe como devia ter ficado naqueles últimos dias, uma estreita torre de força em Tara, cuidando das enfermas, trabalhando, ficando sem dormir e sem comer para que os outros pudessem descansar e comer.

– E depois eles partiram. Seguiram adiante.

Ele ficou quieto por um longo tempo e então pegou a mão dela, desajeitado.

– Fico bem feliz de você estar em casa – disse ele simploriamente.

Ouviu-se um som de pés arrastados na entrada dos fundos. O pobre Pork, há quarenta anos treinado a limpar os pés antes de entrar em casa, não se esquecia disso nem em uma hora dessas. Ele entrou, carregando com cuidado duas cabaças, e o cheiro forte de bebida derramada chegou antes dele.

– Eu derramei um tanto, sinhá Scarlett. É bem difícir tirá dum barril pruma cuia.

– Está ótimo, Pork, e obrigada. – Ela pegou a cabaça molhada, o nariz se retorcendo com o odor desagradável.

– Beba isto, papai – disse ela, pondo o uísque em seu estranho recipiente nas mãos dele e pegando a segunda cabaça, de água, das mãos de Pork. Gerald a ergueu, obediente como uma criança, e deu um gole ruidoso. Ela ofereceu a água, mas ele recusou.

Quando ela pegou o uísque das mãos do pai e o levou à boca, viu seus olhos a seguirem, com um vago ar de censura.

– Bem sei que damas não bebem uísque – disse ela, seca. – Mas hoje não sou uma dama, papai, e há muito trabalho a fazer.

Ela inclinou a cabaça, puxou o fôlego e bebeu rapidamente. O líquido ardido queimou-lhe da garganta ao estômago, deixando-a engasgada e com olhos cheios de lágrimas.

– Katie Scarlett – disse Gerald, a primeira nota de autoridade que ela ouvira desde a chegada –, já chega. Você não é conhecedora de bebida e ela vai lhe deixar tonta.

– Tonta? – Ela soltou uma risada feia. – Tonta? Espero que me deixe embriagada. Queria estar embriagada e esquecer tudo isso.

Ela bebeu outra vez, um lento trem de calor se acendendo em suas veias e se espalhando por seu corpo até a ponta dos dedos formigar. Que sensação abençoada, aquele fogo generoso. Pareceu lhe penetrar até o coração enregelado, e a força foi reanimando seu corpo. Vendo a fisionomia magoada e intrigada de Gerald, ela lhe deu outro tapinha no joelho e tentou imitar o sorriso insolente que ele amava.

– Como é que me deixaria tonta, papai? Sou sua filha. Será que não herdei a resistência mais inabalável do condado de Clayton?

Ele quase sorriu diante da fisionomia cansada dela. O uísque também o revigorava. Ela passou para ele de novo.

– Agora você vai dar outro gole e depois vou levá-lo lá para cima e botá-lo na cama.

Ela se deu conta. Ora, esse era o modo como falava com Wade... não podia dirigir-se ao seu pai desse modo. Era desrespeitoso. Mas ele aceitou suas palavras.

– Sim, botá-lo na cama – reiterou com leveza – e lhe dar outro gole... talvez a cabaça inteira para fazê-lo dormir. Você precisa dormir, e Katie Scarlett está aqui, portanto, não precisa se preocupar com nada. Beba.

Ele bebeu, obediente, e passando o braço pelo dele, ela o pôs de pé.

– Pork...

Pork pegou a cabaça com uma das mãos e o braço de Gerald com a outra. Scarlett pegou a vela acesa e os três seguiram lentamente pelo escuro, subindo as escadas até o quarto de Gerald.

O QUARTO QUE abrigava Suellen e Carreen, deitadas na mesma cama, resmungando inquietas, fedia terrivelmente com o odor do trapo que queimava em um pires de gordura de porco, a única luz disponível. Ao abrir a porta, a atmosfera pesada do quarto, com todas as janelas fechadas e o ar fumegando com os odores da doença, o cheiro de remédio e gordura, quase fez Scarlett desmaiar. Os médicos podiam dizer que ar fresco era fatal em um quarto de doentes, mas, se ela tivesse que ficar ali, precisaria de ar ou morreria. Abriu as três janelas, trazendo para dentro o cheiro das folhas de carvalho e de terra, mas o ar fresco não conseguia fazer muito para dispersar os odores doentios que tinham se acumulado por semanas naquele quarto fechado.

Carreen e Suellen, magras e pálidas, dormiam um sono interrompido, acordando para balbuciar qualquer coisa com olhos arregalados, fixos, ali na cama de quatro colunas altas onde as duas costumavam trocar segredos em dias melhores, mais felizes. No canto do quarto estava uma cama vazia, estreita, estilo francês imperial, com cabeceira e pés curvos, uma cama que Ellen trouxera de Savannah. Era onde Ellen estava dormindo.

Scarlett sentou-se ao lado das duas, olhando-as, aturdida. O uísque, bebido de estômago vazio, lhe pregava peças. Às vezes suas irmãs pareciam estar distantes e miudinhas, suas vozes sem nexo lhe chegando como o zumbido de insetos. Em seguida, pareciam grandes, aproximando-se dela a grande velocidade. Ela estava exausta, exausta até os ossos. Poderia se deitar e dormir por dias seguidos.

Se ao menos pudesse se deitar, dormir e acordar sentindo Ellen a lhe sacudir suavemente o braço, dizendo: "É tarde, Scarlett. Não seja tão preguiçosa." Mas ela jamais faria isso de novo. Se pelo menos houvesse Ellen, alguém mais velha que ela, mais sábia e descansada a quem pudesse recorrer! Alguém em cujo colo pudesse deitar a cabeça, em cujos ombros pudesse descansar seus fardos!

A porta se abriu devagar e Dilcey entrou, com o bebê de Melanie no seio, a cabaça de uísque na mão. Na luz enfumaçada, sombria, ela parecia mais magra que da última vez que a vira, e o sangue indígena estava mais evidente em suas feições. As faces, mais proeminentes, o nariz adunco, mais pronunciado, e a pele acobreada brilhando com um tom mais claro. O vestido de chita desbotado estava aberto até a cintura, e seu seio volumoso, exposto. Junto dela o bebê de Melanie pressionava sua gulosa boquinha feito botão de rosa no mamilo escuro, sugando, agarrando com as mãozinhas a carne macia como um gatinho no pelo quente da barriga da mãe.

Scarlett se levantou vacilante e pôs a mão no braço de Dilcey.

– Que bom você ter ficado, Dilcey.

– Como eu havia de ir com os nêgo ordinário, sinhá Scarlett, despois que seu pai foi tão bão de me comprá e a minha Prissy e sua mãe tê sido tão boa?

– Sente-se, Dilcey. Então o bebê pode se alimentar? E como está a sinhá Melanie?

– Num tem nada de errado com essa criança, só que tá com fome e o que precisa pra dá de comê a uma criança faminta eu tenho. Sim, sinhá, a sinhá Melanie tá boa. Num vai morrê, sinhá Scarlett. Num precisa ficá com medo. Já vi muita branca e negra que nem ela. Ela tá cansada demais e nervosa e assustada por causa desse bebê. Mais eu lavei ela e dei o que sobrô nessa cuia e ela tá dormino.

Então o uísque de milho fora usado por toda a família! Histérica, Scarlett pensou que seria bom dar um pouco ao pequeno Wade para ver se lhe curava os soluços... E Melanie não iria morrer. E quando Ashley voltasse para casa... Não, ela pensaria nisso mais tarde também. Havia tanto em que pensar... mais tarde! Tantas coisas a desembaraçar... a decidir. Se ao menos pudesse adiar eternamente a hora de acertar as contas. Ela se sobressaltou ao ouvir um rangido e um rítmico "crac-ban-crac-ban" romper o silêncio da noite lá fora.

– É Mammy pegano água pra lavá as sinhazinha. Elas toma um monte de banho – explicou Dilcey, largando a cabaça na mesa entre os vidros de remédio e um copo.

Scarlett riu. Seus nervos deviam estar em frangalhos para que se assustasse com o ruído do molinete do poço, tão ligado às suas primeiras memórias. Dilcey olhou para ela fixamente enquanto ria, a fisionomia imóvel em sua dignidade, mas Scarlett sentiu que ela entendia. Voltou a sentar-se. Se ao menos pudesse se livrar do espartilho apertado, da gola que a engasgava e das sapatilhas ainda cheias de areia e cascalho que lhe criaram bolhas nos pés...

O rangido do molinete foi diminuindo e a corda estava enrolada, cada rangido trazendo o balde de água mais próximo do topo. Logo Mammy estaria com ela... a Mammy de Ellen, sua Mammy. Ela ficou sentada quieta, sem qualquer intento, enquanto o bebê, já saciado, choramingava por ter perdido o mamilo aconchegante. Dilcey, também silenciosa, guiou a boca do bebê de volta, acalmando-o em seus braços enquanto Scarlett ouvia as passadas vagarosas de Mammy atravessando o pátio dos fundos. Como estava imóvel o ar da noite! Qualquer ruído rugia em seus ouvidos.

O corredor do andar de cima pareceu tremer enquanto o peso de Mammy se aproximava da porta. Então, ali estava ela, no quarto, com os ombros curvados pelos dois baldes pesados de água, o bondoso rosto negro triste, com a tristeza confusa de um rosto símio.

Seus olhos se iluminaram ao ver Scarlett, os dentes brilharam enquanto ela largava os baldes, e Scarlett correu até ela, deitando a cabeça no grande busto caído que tantas cabeças, negras e brancas, recebera. Ali estava algo estável, pensou Scarlett, algo da vida antiga que era imutável. Mas as primeiras palavras de Mammy dispersaram sua ilusão.

– A fiota da Mammy tá em casa! Ah, sinhá Scarlett, agora que a sinhá Ellen tá no túmulo, quê que nós vai fazê? Ah, sinhá Scarlett, eu queria tá deitada do lado da sinhá Ellen! Num sei o que fazê sem a sinhá Ellen. Num sobrô nada, só pesá e pobrema. Um fardo muito grande, muito grande.

Com a cabeça junto ao peito de Mammy, duas palavras chamaram a atenção de Scarlett: "fardo grande." Eram aquelas as palavras que não lhe saíam da cabeça àquela tarde, de modo tão monótono que a deixara enjoada. Agora ela se lembrava do resto da canção, lembrava-se com um aperto no coração:

Só mais uns dias carregando esse grande fardo!
Não importa se nunca ficar leve!
Só mais uns dias cambaleando pela estrada...

"Não importa se nunca ficar leve!" Ela ficou com aquelas palavras na cabeça cansada. Será que seu fardo nunca ficaria leve? Vir para casa não significava o fim daquilo, mas sim mais fardos a carregar? Saindo do abraço de Mammy, ela se endireitou e acariciou o rosto enrugado da negra.

– Amô, suas mão! – Mammy tomou as pequenas mãos cheias de bolhas e sangue coagulado nas suas com apavorada censura. – Sinhá Scarlett, quantas vez eu disse que sempre dá pra dizê se a muié é uma dama pelas mão e... sua cara, queimada tamém!

Pobre Mammy, ainda apegada a coisas tão sem importância, mesmo que a guerra e a morte acabassem de ter passado sobre sua cabeça! Logo estaria dizendo que as sinhazinhas com mãos calosas e sardas geralmente não arrumavam maridos, e Scarlett interceptou o comentário.

– Mammy, quero que você me conte sobre mamãe. Não aguentei ouvir papai falar dela.

Os olhos de Mammy ficaram marejados enquanto ela se curvava para pegar os baldes. Em silêncio, carregou-os para o lado da cama e, puxando o lençol, começou a levantar as roupas de Suellen e de Carreen. Enxergando as irmãs através da luz difusa, Scarlett percebeu que Carreen usava uma camisola limpa, mas esfarrapada, e Suellen se enrolava em um velho *négligé*, um roupão marrom de linho cheio de remates de renda irlandesa. Mammy chorava baixinho enquanto lavava os corpos macilentos, usando os restos de um velho avental como esponja.

– Sinhá Scarlett, foi eles, os Slattery, eles, os branco ordinário, que num presta, os baxo, os miseráve dos Slattery que matô a sinhá Ellen. Eu cansei de falá pra ela que num era bão fazê as coisa pros pessoá ordinário, mais a sinhá Ellen tinha os modo tão meigo e o coração tão bão que nunca havia de dizê não pra ninguém que precisasse dela.

– Os Slattery? – perguntou Scarlett, confusa. – O que eles têm a ver com isso?

– Eles tava doente com disentria – contava Mammy, gesticulando com o trapo e esfregando as duas meninas nuas, pingando água no lençol úmido. – Emmie, a fia da véia sinhá Slattery, começô com isso, e ela veio inté aqui percurá a sinhá Ellen, como sempre fazia quando tinha pobrema. Pru que num cuidava do pessoá dela? A sinhá Ellen já tinha muito que fazê, mas foi pra lá de quarqué jeito cuidá da Emmie. E a sinhá Ellen num tava nada boa, sinhá Scarlett. Faz tempo que sua mãe num tava boa. Num tinha muita coisa para comê com o exérsto robano tudo que nós prantava. E, de todo jeito, a sinhá Ellen sempre comeu feito um passarim. E eu tava sempre dizeno pra ela dexá os branco ordinário se virá sozinho, mas ela num dava atenção. Entonce, quando a Emmie parecia tá meiorano, a sinhazinha Carreen ficô doente. Isso mermo, sinhá, o tifo veio avoano pela estrada e pegô a sinhazinha Carreen e despois pegô a sinhazinha Suellen. Entonce a sinhá Ellen começô a cuidá delas tamém.

"Com toda essas bataia pela estrada e os ianque do otro lado do rio e nós num sabeno o que havia de acontecê com nós, e os trabaiadô do campo fugino todas noite, eu tava que nem lôca. Mas a sinhá Ellen tava fria feito um pipino. Só que tava assustada feito um fantasma por causa das menina no caso de num se consegui remédio nem nada. E uma noite ela me disse, despois que nós lavô as sinhazinha, umas dez vez ela disse: 'Mammy, se eu pudesse vendê minha alma eu vendia pra tê gelo pra pô na cabeça das minha fia.'

"Ela num dexava o sinhô Gerald vi aqui, nem a Rosa nem a Teena, ninguém mais, só eu, pruquê eu já tive tifo. Entoce foi ela que pegô, sinhá Scarlett, e eu logo vi que num tinha o que se fazê."

Mammy se endireitou e, levantando o avental, secou as lágrimas.

– Ela se foi logo, sinhá Scarlett, e nem aquele dotô ianque bão pôde fazê arguma coisa pra ela. Ela num tava sabeno de nadim. Eu chamava ela e falava com ela, mas ela nem tava conheceno sua própria Mammy.

– Ela... ela alguma vez falou de mim... me chamou?

– Não, mia fia. Ela ficô achano que era aquela menina lá de Savannah. Num chamava o nome de ninguém.

Dilcey se agitou e deitou o bebê adormecido nas pernas.

– Sim, sinhá. Ela chamô arguém.

– Tu cala tua boca, sua nêga índia. – Mammy se virou ameaçadora para Dilcey.

– Calma, Mammy! Quem foi que ela chamou, Dilcey? Papai?

– Não, sinhá. Num foi seu pai. Foi na noite que queimaro o argodão..

– O algodão foi queimado... conte logo!

– Foi. Os sordado tirô os fardo do celero, levô pro pátio e gritô: "Vai sê a maió foguera da Geórgia", e tacô fogo.

Três anos de algodão armazenado... 150 mil dólares, tudo em uma única fogueira!

– E o fogo alumiô tudo de tar modo que parecia dia, nós ficamo com medo que a casa tamém ia queimá e ficô tão claro aqui nesse quarto que dava inté pra se pegá uma agúia no chão. E quando a luz briô na janela, acho que acordô a sinhá Ellen, que se sentô na cama e gritô bem arto: "Fiiliip! Fiiliip!" Eu nunca tinha ovido esse nome, mas ela tava chamano ele.

Mammy ficou petrificada, com um olhar feroz para Dilcey, mas Scarlett deixou cair a cabeça nas mãos. "Philippe... quem era e o que teria representado para mamãe morrer chamando por ele?"

A LONGA JORNADA de Atlanta a Tara tinha se acabado, a jornada que devia acabar nos braços de Ellen acabara em uma parede branca. Scarlett nunca mais se deitaria, como uma criança, segura sob o teto do pai com a proteção do amor de sua mãe envolvendo-a como um cobertor. Já não havia segurança ou refúgio a que recorrer. Nenhuma volta ou desvio evitaria esse beco sem saída ao qual chegara. Não havia ninguém em cujos ombros ela pudesse descansar seus fardos. Seu pai estava velho e atordoado, as irmãs, doentes, Melanie, fraca, as crianças eram impotentes e os negros olhavam para ela com uma fé infantil, agarrados às suas saias, tendo a certeza de que a filha de Ellen seria o refúgio que Ellen sempre fora.

Pela janela, sob a luz fraca da lua que subia, Tara se estendia à sua frente, sem os negros, campos devastados, celeiros arruinados, como um corpo sangrando diante de seus olhos, como seu corpo, sangrando lentamente. Era o fim da estrada, velhice, doenças, bocas famintas, trabalhadores desamparados agarrando-se às suas saias. E no final dessa estrada nada havia... nada além de Scarlett O'Hara Hamilton, 19 anos, viúva com uma criança pequena.

O que faria com tudo isso? Tia Pitty e os Burr em Macon poderiam ficar com Melanie e o bebê. Se as meninas se recuperassem, a família de Ellen teria que ficar com elas, querendo ou não. E ela e Gerald poderiam recorrer aos tios James e Andrew.

Ela olhou para os vultos magros e inquietos diante dela, os lençóis úmidos e escuros onde caíra água. Ela não gostava de Suellen. Agora via com uma súbita clareza. Jamais gostara dela. Não tinha nenhum amor especial por Carreen... não conseguia amar ninguém que fosse fraco. Mas elas eram do seu sangue, parte de Tara. Não, ela não poderia deixar que fossem morar na casa das tias como parentes pobres. Uma O'Hara como parente pobre, vivendo da caridade e tolerância? Ah, isso nunca!

Haveria escapatória desse beco sem saída? Seu cérebro cansado movia-se com lentidão. Ela levou as mãos à cabeça, tão cansada que o ar mais parecia água, e seus braços lutavam contra a corrente. Pegando a cabaça que estava entre o copo e o vidro, olhou dentro. Sobrara um pouco de uísque no fundo, sendo impossível saber quanto naquela luz difusa. Estranho que o cheiro forte agora não ofendia suas narinas. Ela bebeu devagar, mas dessa vez o líquido não a queimou, só deixando um rastro de calor dormente.

Largou a cabaça vazia e olhou em volta. Era tudo um sonho, o quarto enfumaçado de luminosidade incerta, as meninas esqueléticas, Mammy agachada, meio disforme, ao lado da cama, Dilcey, uma imagem de bronze imóvel com o róseo bocado adormecido em seu peito escuro... tudo um sonho do qual ela despertaria para sentir o cheiro do bacon fritando na cozinha, ouvir a risada gutural dos negros, o ranger das carroças indo para o campo e a suave e insistente mão de Ellen sobre ela.

Então descobriu que estava em seu próprio quarto, a fraca luz do luar agulhando a escuridão e Mammy e Dilcey a despiam. O espartilho torturante já não apertava sua cintura e ela podia respirar tranquilamente até o fundo dos pulmões e do abdome. Sentiu as meias lhe sendo tiradas com suavidade e ouviu Mammy balbuciando qualquer coisa reconfortante enquanto lavava seus pés cheios de bolhas. Que fresca era a água, que bom estar deitada ali, como uma criança. Ela suspirou, relaxou e, depois de um tempo, que podia ter sido um ano ou um segundo, estava sozinha e o quarto foi ficando mais claro à medida que o luar se estendia sobre a cama.

Não tinha noção de estar embriagada, de cansaço e uísque. Sabia apenas que deixara seu corpo extenuado e flutuava em alguma região acima dele, onde não havia dor, nem cansaço, e seu raciocínio adquiriu uma clareza extraordinária.

Via as coisas com novos olhos, pois, em algum ponto ao longo da estrada para Tara, ela abandonara sua infância. Já não era como o barro moldável, no qual cada nova experiência deixava uma marca. O barro endurecera em algum momento desse dia que durara mil anos. Essa noite era a última vez que ela seria cuidada como uma criança. Agora era uma mulher feita, e a juventude ficara para trás.

Não, ela não podia, não iria recorrer às famílias de Gerald ou de Ellen. Os O'Hara não aceitavam caridade. Os O'Hara cuidavam dos seus. Seus fardos lhes pertenciam, e fardos eram feitos para ombros fortes que os aguentassem. Olhando lá de cima, não se surpreendeu ao constatar que seus ombros agora estavam fortes o bastante para aguentar qualquer coisa, tendo aguentado o pior que lhes podia ter acontecido. Não podia abandonar Tara; pertencia àqueles hectares de terra vermelha mais ainda do que eles lhe pertenciam. Estava profundamente enraizada no solo cor de sangue, e dali sugava a vida, como o algodão. Ficaria em Tara e a manteria, de algum modo, manteria seu pai e as irmãs, Melanie e o filho de Ashley, e os negros. Amanhã... ah, amanhã! Amanhã ela botaria o jugo nas costas. Haveria tantas coisas a fazer amanhã. Ir a Twelve Oaks e à propriedade dos Macintosh, ver se algo sobrara nas hortas e pomares, passar pelos charcos procurando por porcos e galinhas extraviados, ir a Jonesboro e a Lovejoy com as joias de Ellen... devia ter restado alguém por lá que vendesse alguma comida. Amanhã... amanhã... seu cérebro palpitava cada vez mais devagar, como um relógio perdendo a corda, mas a visão clara persistia.

As frequentes histórias de família, que ela escutara desde a mais tenra infância, que escutara meio entediada, sem paciência, mas mesmo assim captando um pouco do significado, subitamente ficaram claras. Gerald, sem nenhum tostão, edificara Tara; Ellen superara algum misterioso pesar; o avô Robillard, sobrevivendo ao naufrágio do trono de Napoleão, reencontrara a fortuna no fértil litoral da Geórgia; o bisavô Prudhomme entalhara um pequeno reino nas densas selvas do Haiti, e depois de perdê-lo sobrevivera para ver seu nome homenageado em Savannah. Houvera os Scarlett, que tinham lutado com os Voluntários Irlandeses por uma Irlanda livre e sido enforcados por tais esforços, e os O'Hara, que haviam morrido na Batalha de Boyne, combatendo até o fim pelo que lhes pertencia.

Todos sofreram infortúnios esmagadores e não foram esmagados. Não se deixaram abater pela queda de impérios, pelos facões de escravos revoltados, por guerra, rebelião, proscrição, confisco. O destino maligno talvez tivesse abatido suas costas, mas nunca seus corações. Eles não se lamentaram, mas, sim, lutaram. E, ao morrer, morreram cansados, mas não vencidos. Toda aquela gente, cujo sangue lhe corria nas veias, parecia estar se movendo silenciosamente no quarto iluminado pela lua. E Scarlett não se surpreendeu por vê-los, esses antepassados que haviam suportado o pior que o destino podia lhes reservar e o tinham transformado em algo melhor. Tara era seu destino, sua luta, e ela ia conquistá-la.

Tonta, ela se virou de lado, uma escuridão se insinuando e lhe envolvendo a mente. Estariam realmente ali, sussurrando um mudo encorajamento, ou aquilo seria um sonho?

– Estejam aqui ou não – murmurou ela, adormecendo –, boa noite... e obrigada.

25

Na manhã seguinte o corpo de Scarlett estava tão enrijecido e dolorido dos longos quilômetros de viagem sacolejando na carroça que cada movimento era uma agonia. Tinha o rosto vermelho, queimado do sol, e as palmas das mãos em carne viva. A língua estava grossa, e a garganta, tão seca que não havia quantidade de água que lhe aplacasse a sede. Parecia estar com a cabeça inchada e estremecia até ao virar os olhos. Um mal-estar estomacal semelhante ao que sentia nos primeiros tempos de gravidez tornou insuportáveis as batatas-doces assadas servidas na mesa. Não conseguia nem sentir o cheiro. Gerald podia ter-lhe dito que ela estava sofrendo as consequências normais de sua primeira experiência com bebida forte, mas ele nada percebeu. Sentado na cabeceira da mesa, um velho grisalho, com o olhar ausente, opaco, grudado na porta, e a cabeça levemente inclinada para ouvir o farfalhar das saias de Ellen, para sentir o perfume do sachê de limão e verbena.

Quando Scarlett se sentou, ele balbuciou:

– Vamos esperar pela Sra. O'Hara. Ela está atrasada.

Ela ergueu a cabeça dolorida, olhou para ele com incredulidade e encontrou os olhos suplicantes de Mammy, que estava atrás da cadeira de Gerald. Ela se levantou vacilante, a mão na garganta, e olhou para o pai sob a luz do sol matinal. Ele olhou para ela vagamente, e ela percebeu que as mãos dele tremiam, assim como a cabeça.

Até aquele momento ela não se dera conta do quanto estava contando com Gerald para assumir o comando, para lhe dizer o que precisava ser feito, e agora... Ora, na noite anterior ele parecia quase ele mesmo. Não houvera os rompantes e a vitalidade de sempre, é certo, mas ao menos ele lhe relatara fatos coerentes, e agora... agora nem sequer se lembrava de que Ellen tinha morrido. O duplo choque da invasão dos ianques e da morte dela o deixara atordoado. Scarlett começou a falar, mas Mammy sacudiu a cabeça de modo veemente e levantando o avental enxugou os olhos vermelhos.

"Ah, será que papai perdeu o juízo?", pensou Scarlett, e sua cabeça latejante sentiu que ia se rachar com mais essa tensão. "Não, não. Ele só está aturdido com tudo isso. É como se estivesse doente. Vai superar. Precisa superar. Caso contrário, o que vou fazer?... Nem vou pensar nisso agora. Não vou pensar nele, nem em mamãe, em nenhuma dessas coisas terríveis agora. Não até poder suportar. Há muitas outras coisas em que pensar... coisas que podem ser resolvidas sem que eu pense nas que não têm solução."

Saiu da sala de jantar sem comer e foi até a varanda dos fundos, onde encontrou Pork, descalço e vestido com o que restara de seu melhor uniforme, sentado nos degraus tirando amendoins da casca. Sua cabeça martelava e latejava, e a luz brilhante do sol lhe feriu os olhos. Só ficar de pé ereta lhe exigia muita força de vontade, e ela falou o mais brevemente possível, dispensando todas as cortesias formais que sua mãe lhe ensinara a usar com os negros.

Começou a fazer perguntas de modo tão brusco e a dar ordens tão determinadamente que as sobrancelhas de Pork se ergueram, intrigadas. A sinhá Ellen jamais falava desse modo abrupto, nem mesmo quando pegava alguém roubando frangos e melancias. Ela novamente perguntou sobre os campos, a horta, o pomar, o gado, e seus olhos verdes traziam uma expressão dura e vidrada que Pork nunca vira antes.

– Sim, sinhá, aquele cavalo morreu, deitado lá donde eu amarrei com o focim metido no balde d'água virado. Não, sinhá, a vaca num morreu. Num tá sabeno? Ela deu cria ontê de noite. Era por causa disso que tava mugino tanto.

– Uma boa parteira sua Prissy vai ser – comentou Scarlett, cáustica. – Ela disse que a vaca mugia porque precisava ser ordenhada.

– Bão, sinhá Prissy num vai sê partera de vaca, sinhá Scarlett – disse Pork com tato. – E num adianta discuti com as bênção pruquê esse bezerro qué dizê muito leite pras sinhazinha, como aquele dotô ianque falô que elas precisa.

– Certo, e o que mais. Sobrou algum gado?

– Não, sinhá. Nada, além duma leitoa véia e das cria dela. Eu levei eles pro charco no dia que os ianque chegô, mas só Deus sabe como nós vai fazê pra pegá eles. É braba, aquela leitoa.

– Vamos pegá-los, sim. Você e Prissy podem começar a procurar agora mesmo.

Pork ficou perplexo e indignado.

– Sinhá Scarlett, isso é coisa pros trabaiadô do campo. Eu sempre fui nêgo de casa.

Um pequeno demônio fincou um garfo ardente atrás das órbitas de Scarlett.

– Vocês dois vão pegar a leitoa... ou vão embora daqui, como os trabalhadores do campo fizeram.

Os olhos magoados de Pork ficaram marejados. Se ao menos a sinhá Ellen estivesse lá! Ela entendia dessas minúcias e sabia a enorme diferença entre as tarefas de um trabalhador do campo e as de um negro doméstico.

– Imbora, sinhá Scarlett? Pra donde eu ia, sinhá Scarlett?

– Não sei e não ligo. Mas qualquer um em Tara que não trabalhar pode ir procurar os ianques. Pode dizer isso aos outros também.

– Tá bão, sinhá.

– Agora, me fale do milho e do algodão, Pork.

– O mio? Deus, sinhá Scarlett, eles fez o mio de pasto pros cavalo e levô o que os cavalo num comeu nem pisô. E eles botô os canhão e carroça para travessá a lavora de argodão inté destruí tudo, tirano uns hectare lá perto do riacho que eles num viu. Mas num vale a pena se ocupá daquele argodão, num deve de tê mais de três fardo lá.

Três fardos. Scarlett pensou na quantidade de fardos que Tara costumava produzir, e sua dor de cabeça piorou. Três fardos. Isso era pouco mais que os preguiçosos dos Slattery produziam. Para piorar as coisas, havia a questão dos impostos, que eram pagos ao governo confederado com algodão em vez de dinheiro, mas três fardos não cobririam nem os impostos. Mas pouco importava para ela ou para a Confederação, agora que todos os escravos tinham fugido e não havia ninguém para fazer a colheita.

"Bem, não vou pensar nisso também", ela disse para si mesma. "Pagar impostos não é serviço de mulher, de qualquer jeito. Papai terá que tomar conta dessas coisas, mas papai... não vou pensar nele agora. A Confederação pode ficar querendo seus impostos. Agora tratemos de arranjar o que comer."

– Pork, alguém já esteve em Twelve Oaks ou nos Macintosh para ver se sobrou alguma coisa na horta ou no pomar por lá?

– Não, sinhá! Nós num saímo de Tara. Os ianque podia nos pegá.

– Vou mandar Dilcey até os Macintosh. Talvez ela encontre alguma coisa por lá. E eu vou a Twelve Oaks.

– Com quem, sinhá?

– Sozinha. Mammy precisa ficar com as meninas e o Sr. Gerald não...

Pork fez um estardalhaço que a enfureceu. Podia haver ianques ou negros maus em Twelve Oaks. Ela não devia ir sozinha.

– Basta, Pork. Diga a Dilcey para sair imediatamente. E você e Prissy vão pegar aquela leitoa com a cria – disse ela secamente e se virou.

O velho chapéu de sol de Mammy, surrado, mas limpo, estava no cabide do corredor dos fundos, e Scarlett o pôs na cabeça lembrando-se, como se de outro mundo, do chapéu com a pena verde curva que Rhett lhe trouxera de Paris. Pegou uma cesta grande e começou a descer as escadas dos fundos, cada degrau um solavanco na cabeça até parecer que sua coluna estava querendo sair pelo alto do crânio.

A estrada que conduzia ao rio estava vermelha e ressequida entre os devastados campos de algodão. Não havia nenhuma árvore para fazer sombra, e o sol passava pelo chapéu de Mammy, como se fosse feito de musselina em vez de chita acolchoada, enquanto o pó que subia entrava em seu nariz e em sua garganta até ela sentir que as membranas rachariam se ela falasse. Sulcos profundos tinham sido abertos na estrada onde os cavalos haviam puxado a artilharia pesada, e as valas vermelhas das laterais estavam profundamente marcadas pelas rodas. O algodão fora retalhado e pisoteado onde a cavalaria e a infantaria, afastadas da estrada estreita pela artilharia, tinham marchado pelos arbustos verdes, esmagando-os na terra. Aqui e ali na estrada e no campo havia fivelas e pedaços de couro de arreios, cantis amassados por cascos e rodas de carretas de munição, botões, quepes azuis, meias furadas, restos de trapos ensanguentados, todo o lixo deixado por um exército em marcha.

Ela passou pelo arvoredo de cedros e pelo murinho de tijolos que marcava o campo-santo da família, tentando não pensar na nova sepultura ao lado dos três montinhos de seus irmãos. Ah, Ellen... Ela desceu a colina poeirenta, passou pelo monte de cinzas e pelo toco de chaminé onde ficava a casa dos Slattery e desejou ardentemente que todos eles fossem parte das cinzas. Se não fosse pelos Slattery... se não fosse por aquela nojenta da Emmie, que tivera um moleque bastardo com o administrador deles... Ellen não teria morrido.

Soltou um gemido quando uma pedra pontuda lhe cortou o pé cheio de bolhas. O que estava fazendo ali? Por que Scarlett O'Hara, a beldade do condado, o orgulho protegido de Tara, perambulava por aquela estrada, quase descalça? Seus pezinhos tinham sido feitos para dançar, não para mancar, suas pequenas sapatilhas, para espiar ousadamente por baixo de sedas brilhantes, não para recolher pedras pontudas e poeira. Ela nascera para ser bajulada e servida, e ali estava, sentindo-se mal e maltrapilha, impulsionada pela fome a buscar comida nas hortas e pomares dos vizinhos.

Na base da longa colina ficava o rio, e que fresco e imóvel estava o emaranhado de árvores que se debruçavam sobre as águas! Ela se sentou na beira e, tirando o que restava das sapatilhas e meias, mergulhou os pés ardentes na água fria. Como seria bom ficar ali sentada o dia todo, distante dos olhos desamparados de Tara, ali onde só o farfalhar das folhas e o gorgolejo da água correndo lentamente quebrava o silêncio. Relutante recolocou as meias e os sapatos e percorreu a margem, esponjosa com o musgo, sob a sombra das árvores. Os ianques tinham queimado a ponte, mas ela conhecia uma pinguela que atravessava uma parte estreita do córrego a menos de um quilômetro. Atravessou-a com cautela e subiu o quilômetro quente até Twelve Oaks.

Como torres lá estavam os 12 carvalhos, como sempre desde os tempos indígenas, mas com as folhas marrons por causa do fogo, os galhos queimados e chamuscados. Dentro do círculo estavam as ruínas da casa de John Wilkes, os restos do imponente solar que coroara a colina com suas dignas colunas brancas. O profundo buraco que fora a adega, os alicerces pretos e as duas chaminés portentosas marcavam o lugar. Uma coluna, semiqueimada, caíra atravessada no gramado, esmagando os arbustos de jasmim.

Scarlett sentou-se na coluna, sentindo-se mal demais diante daquela visão para continuar. A desolação lhe chegou ao coração como nada que já vivenciara. Ali estava o orgulho dos Wilkes na poeira a seus pés. Ali estava o fim da casa agradável e cortês que sempre a recebera, a casa da qual em sonhos vãos ela sonhara ser a senhora. Ali dançara, jantara e flertara, e ali observara com o coração ciumento e magoado como Melanie sorria para Ashley. Ali também, sob a sombra fresca das árvores, Charles Hamilton, enlevado, tinha lhe apertado a mão quando ela disse que se casaria com ele.

"Ah, Ashley", ela pensou, "espero que você esteja morto! Não suportaria que visse isto".

Ashley tinha se casado com sua noiva ali, mas seu filho e o filho de seu filho nunca mais levariam noivas para aquela casa. Não haveria mais casamentos e nascimentos sob aquele teto, que ela tanto amara e tanto quisera dirigir. A casa estava morta e, para Scarlett, era como se todos os Wilkes também estivessem mortos em suas cinzas.

– Não vou pensar nisso agora. Não consigo suportar. Vou pensar nisso mais tarde – disse ela em voz alta, desviando o olhar.

Procurando pela horta, ela foi andando ao redor das ruínas, passando pelos canteiros de rosas esmagados de que as meninas Wilkes cuidavam com tanto zelo, pelo pátio dos fundos e pelas cinzas do fumeiro, dos celeiros e galinheiros. A cerca em volta da horta fora demolida e as antigas ordenadas fileiras de verduras tinham sofrido o mesmo tratamento das de Tara. A terra fofa estava marcada pelos cascos e pelas rodas pesadas, e os vegetais estavam esmagados no solo. Nada havia ali para ela.

Voltou pelo pátio dos fundos e pegou o caminho que levava às cabanas caiadas da senzala chamando "Alô" enquanto seguia. Nenhuma voz respondeu. Nem sequer um cachorro latiu. Era evidente que os negros dos Wilkes tinham fugido ou seguido os ianques. Ela sabia que cada escravo possuía sua própria horta e, ao chegar à senzala, esperava que esses pequenos canteiros tivessem sido poupados.

Sua busca foi recompensada, mas ela estava cansada demais para sentir prazer com a visão de nabos e repolhos, murchos por falta de água, mas ainda aproveitáveis. Havia também alguns pés de favas extraviados e vagens, amarelando, mas consumíveis. Sentou-se no chão, cavando com mãos trêmulas, enchendo a cesta aos poucos. Naquela noite, haveria uma boa refeição em Tara, apesar da falta de carne para ferver com os vegetais. Talvez pudesse usar um pouco da gordura de bacon que Dilcey estava usando para iluminação como tempero. Precisava se lembrar de dizer a Dilcey para usar nós de pinho e poupar a gordura para cozinhar

Junto ao degrau de uma cabana ela encontrou um pequeno canteiro de rabanetes e foi assaltada por uma fome repentina. Um rabanete picante, de sabor pronunciado, era exatamente o que seu estômago pedia. Mal esperando para tirar a terra na saia, ela mordeu metade de um, engolindo-o rapidamente. Estava velho e áspero, tão picante que lhe vieram lágrimas aos olhos. Acabando de descer o pedaço, seu estômago vazio e ultrajado se revoltou e ela vomitou, cansada.

O leve cheiro dos negros que veio da cabana aumentou seu enjoo e, sem força para combatê-lo, ela continuou tendo ânsias de vômito enquanto as cabanas e as árvores giravam à sua volta.

Após um longo tempo ela caiu de rosto no chão, a terra tão macia e confortável como um travesseiro de penas, e sua mente ficou vagando, fraca. Ela, Scarlett O'Hara, deitada atrás da cabana dos negros, em meio às ruínas, sentindo-se mal e fraca demais para se mexer, e ninguém no mundo sabia ou se importava. Ninguém se importaria se soubesse, pois todos estavam com muitos problemas próprios para se preocupar com ela. E tudo isso estava acontecendo com ela, Scarlett O'Hara, que nunca erguera a mão sequer para pegar as meias caídas no chão ou para amarrar as fitas de suas sapatilhas... Scarlett, cujas pequenas dores de cabeça e maus humores tinham sido afagados e atendidos por toda a vida.

Ali prostrada, estava fraca demais para afugentar as memórias e preocupações que se apoderaram dela, cercando-a como aves de rapina esperando por uma morte. Já não tinha energia para dizer: "Vou pensar em mamãe, em papai, em Ashley e em toda essa ruína mais tarde... Sim, mais tarde, quando puder suportar." Não podia suportar agora, mas pensava, querendo ou não. Os pensamentos circularam acima e investiram contra ela, mergulharam e cravaram garras dilacerantes em sua mente. Por um tempo infinito ela ficou ali deitada imóvel, o rosto na terra, sob o sol inclemente, lembrando-se das coisas e das pessoas mortas, de um estilo de vida que se acabara para sempre... e olhando para o duro panorama de um futuro obscuro.

Quando finalmente se levantou e reviu as ruínas enegrecidas de Twelve Oaks, sua cabeça se ergueu altiva e algo que representava juventude, beleza e um potencial de ternura havia desaparecido para sempre de sua fisionomia. O passado era passado. Os que estavam mortos estavam mortos. O luxo preguiçoso de outrora se acabara, para nunca mais voltar. Ao acomodar a cesta pesada no braço, Scarlett acomodou a mente e sua própria vida.

Não havia volta, e ela iria adiante.

Durante cinquenta anos, haveria por todo o sul mulheres amarguradas a olhar para trás, para o passado morto, para homens mortos, a evocar memórias que magoavam e eram inúteis, tolerando a pobreza com orgulho amargo porque tinham essas memórias. Mas Scarlett nunca olharia para trás.

Olhou de relance para os alicerces escurecidos pelo fogo e, pela última vez, viu Twelve Oaks erguida diante de seus olhos como fora antes, rica e altiva, símbolo de uma raça e de um estilo de vida. Depois começou a descer a estrada rumo a Tara com a pesada cesta a lhe cortar a carne.

A fome lhe corroía o estômago vazio novamente e ela disse em voz alta:

– Com Deus por testemunha, com Deus por testemunha, os ianques não vão me vencer. Vou superar isso e, quando acabar, jamais sentirei fome novamente. Nunca, nem nenhum dos meus. Mesmo que tenha de roubar ou matar, que Deus seja minha testemunha, jamais sentirei fome novamente.

NOS DIAS QUE se seguiram, Tara poderia ser comparada à ilha de Crusoé, de tão silenciosa e isolada do resto do mundo que ficou. O mundo estava a apenas alguns quilômetros de distância, mas era como se milhares de quilômetros de ondas revoltas separassem Tara de Jonesboro, Fayetteville e Lovejoy, até mesmo das fazendas vizinhas. Tendo morrido o cavalo velho, o único meio de transporte deles se fora, e não havia tempo, nem força, para caminhar os cansativos quilômetros de terra vermelha.

Às vezes, nos dias de trabalho árduo, na luta desesperadora por comida e no cuidado incessante das três enfermas, Scarlett se flagrava a forçar os ouvidos por algum som familiar – o riso agudo dos negrinhos na senzala, o ranger das carroças retornando do campo, o retumbar do garanhão de Gerald atravessando o pasto a toda velocidade, o triturar do cascalho pelas rodas da carruagem no caminho de entrada e as vozes alegres dos vizinhos chegando para um mexerico vespertino. Mas ela escutava em vão. A estrada estava imóvel, deserta, e nunca havia uma nuvem de pó vermelho a anunciar a chegada de visitantes. Tara era uma ilha em um mar de colinas verdejantes e campos de terra vermelha.

Em algum lugar estavam o mundo e as famílias que comiam e dormiam em segurança sob os próprios tetos. Em algum lugar havia moças em vestidos tantas vezes reformados alegremente flertando e cantando "When This Cruel War Is Over", como ela fizera havia apenas algumas semanas. Em algum lugar havia uma guerra e canhões troando, cidades queimando e homens que apodreciam em hospitais em meio aos odores fétidos da doença. Em algum lugar um exército descalço, em fardas sujas de algodão cru, marchava, lutava, dormia, faminto e exausto, com a exaustão que chega quando a esperança está perdida. E em algum lugar as colinas da Geórgia estavam azuis de ianques, bem alimentados, sobre cavalos mantidos a milho.

Além de Tara estava a guerra e o mundo. Mas na fazenda não existia guerra nem mundo, exceto na memória, que precisava ser combatida ao retornar em momentos de exaustão. O mundo exterior retrocedia diante das exigências de estômagos menos vazios e a vida se decidia com duas ideias relacionadas: alimentos e como consegui-los.

Comida! Comida! Por que o estômago tinha mais memória que a mente? Scarlett conseguia banir as decepções do coração, mas não a fome, e a cada manhã, ainda sonolenta, antes que a memória lhe trouxesse de volta a guerra e a fome, ela se encolhia esperando os agradáveis aromas do bacon fritando e dos pães assando. E todas as manhãs ela farejava com tanta força para realmente sentir o cheiro da comida, que despertava.

Havia maçãs, batatas-doces, amendoins e leite na mesa de Tara, mas nunca o suficiente nem mesmo dessa dieta primitiva. Ao ver aquilo, três vezes ao dia, sua memória voltava correndo aos tempos idos, às refeições de outrora, à mesa iluminada pelas velas e à comida perfumando o ar.

Que descuidados tinham sido com os alimentos naquela época, que pródigo desperdício! Pães, bolinhos de milho, biscoitos, waffles, manteiga, tudo em uma única refeição. Presunto em uma das extremidades da mesa e galinha na outra, couve em um rico molho iridescente de gordura, vagens aos montes servidas em porcelanas floridas, abóbora frita, quiabos ensopados, cenouras em um molho branco tão grosso que daria para cortar. E três sobremesas, para que todos pudessem escolher a de sua preferência: torta de chocolate em camadas, manjar branco de baunilha e bolo coberto com creme. A lembrança dessas refeições saborosas tinha o poder de lhe trazer lágrimas aos olhos, de tal modo que nem a morte nem a guerra haviam conseguido fazer, tendo o poder de transformar a fome de seu estômago sempre corroído pelo vazio em náusea. Pois o apetite que Mammy sempre deplorara, o apetite saudável de uma jovem de 19 anos, agora era quatro vezes maior por causa do trabalho duro e incessante que ela nunca tivera antes.

O seu não era o único apetite problemático em Tara, pois, para onde se virasse, encontrava caras famintas, negras e brancas, olhando para ela. Em breve, Carreen e Suellen teriam a fome insaciável dos convalescentes do tifo. O pequeno Wade já reclamava monotonamente:

– Wade não gosta de batata-doce. Wade tá com fome.

Os outros também se queixavam:

– Sinhá Scarlett, se eu num comê mais, num vô consegui mamentá essas criança.

– Sinhá Scarlett, se minha barriga num tivé mais cheia, num vô consegui rachá lenha.

– Cordero, tô precisano de comida de verdade.

– Filha, será que temos que comer batata-doce todo o tempo?

Só Melanie não reclamava. Melanie, cujo rosto ficara mais magro, pálido e contorcido de dor, mesmo quando dormia.

– Não tenho fome, Scarlett. Dê minha porção do leite para Dilcey. Ela precisa dele para amamentar os bebês. Gente doente nunca tem fome.

Era sua coragem cortês que mais irritava Scarlett, mais que as vozes queixosas dos outros. Essas ela podia calar com amargo sarcasmo, mas diante do altruísmo de Melanie ela ficava impotente, impotente e ressentida. Gerald, os negros e Wade apegavam-se a Melanie agora, pois, mesmo em sua fraqueza, ela era gentil e solidária, e nesses tempos Scarlett não era nada disso.

Wade, especialmente, recorria ao quarto de Melanie. Havia algo de errado com Wade, mas Scarlett não tinha tempo de descobrir exatamente o quê. Ela aceitou a palavra de Mammy de que o menino estava com vermes e o medicou com uma mistura de ervas e cascas de árvore que Ellen sempre usava para tratar os negrinhos. Mas o vermífugo só deixava o menino mais pálido. Nesses tempos, Scarlett mal pensava em Wade como uma pessoa. Era apenas outra preocupação, outra boca a alimentar. Algum dia, quando aquelas emergências tivessem passado, ela brincaria com ele, lhe contaria histórias e ensinaria o beabá, mas agora não tinha tempo nem vontade. E como ele sempre parecia atrapalhar quando ela estava mais cansada e preocupada, ela sempre lhe falava asperamente.

Ela ficava aborrecida por suas ríspidas repreensões lhe deixarem os olhos redondos tão assustados, pois ele parecia muito simplório quando estava assustado. Ela não percebia que o menino estava vivendo lado a lado com um terror grande demais para um adulto compreender. Wade vivia com medo, um medo que lhe sacudia a alma, fazendo-o acordar gritando durante a noite. Qualquer ruído inesperado ou palavra áspera o deixava trêmulo, pois em sua mente ruídos e palavras ásperas estavam intimamente ligados aos ianques, e ele tinha mais medo dos ianques que das perseguições de Prissy.

Até o início do cerco, ele nada conhecera além de uma vida feliz, plácida e tranquila. Mesmo que sua mãe lhe desse pouca atenção, ele só ouvira palavras carinhosas até a noite em que foi sacudido do sono para descobrir que o céu estava pegando fogo e as explosões ensurdeciam. Naquela noite, e no dia que a seguira, sua mãe lhe dera um tapa pela primeira vez e sua voz se elevara com palavras ásperas. A vida na agradável casa de tijolos da rua dos Pessegueiros, a única que ele conhecia, desaparecera naquela noite, e ele nunca se recuperaria da perda. Durante a fuga de Atlanta, ele só entendia que os ianques estavam atrás dele, e agora ainda vivia atemorizado que os ianques fossem pegá-lo e cortá-lo em pedacinhos. Sempre que Scarlett elevava a voz, censurando-o, ele ficava fraco de medo enquanto sua vaga memória infantil lhe trazia de volta os horrores da primeira vez que ela o fizera. Agora os ianques e uma voz zangada estavam ligados para sempre em sua mente, e ele tinha medo da mãe.

Scarlett não podia deixar de perceber que a criança a evitava e, nos raros momentos em que suas tarefas intermináveis lhe permitiam pensar a respeito, isso a incomodava muito. Chegava a ser pior que tê-lo agarrado às suas saias todo o tempo, e ela se ofendia por seu refúgio ser a cama de Melanie, onde ele brincava quieto com os jogos que Melanie propunha ou ouvia as histórias que ela contava. Wade adorava a "titia", que tinha uma voz meiga, que sempre sorria e nunca dizia "Cale a boca, Wade! Você me dá dor de cabeça" ou "Pare quieto, Wade, pelo amor de Deus!".

Scarlett não tinha tempo nem vontade de acariciá-lo, mas ficava com ciúmes que Melanie o fizesse. Quando o encontrou um dia de cabeça para baixo na cama de Melanie e o viu caindo sobre ela, deu-lhe um tapa.

– Você não tem coisa melhor a fazer do que cair em cima da titia que está doente? Agora, vá imediatamente para o pátio brincar e não entre mais aqui.

Mas Melanie estendeu um braço fraco e puxou a criança chorosa para si.

– Pronto, pronto, Wade. Você não teve a intenção de cair em cima de mim, não é? Ele não me incomoda, Scarlett. Deixe-o comigo. Deixe-me tomar conta dele. É a única coisa que posso fazer até ficar boa, e você já tem trabalho demais sem ter que cuidar dele.

– Não seja covarde, Melly – disse Scarlett secamente. – Você não está melhorando como deveria, e Wade caindo em cima de sua barriga não vai ajudar. Agora, Wade, se eu pegar você na cama da titia de novo, vou lhe dar uma sova. E pare de fungar. Está sempre fungando. Tente ser um homenzinho.

Wade saiu correndo e chorando para se esconder embaixo da casa. Melanie mordeu o lábio e ficou com os olhos marejados. Mammy, parada no corredor, testemunha da cena, franziu o cenho e suspirou. Mas ninguém retrucava o que Scarlett dizia. Todos tinham medo de sua língua ferina, todos tinham medo da nova pessoa que andava em seu corpo.

Agora Scarlett reinava soberana em Tara e, como ocorria a outros subitamente levados à autoridade, todos os instintos abusivos de sua natureza emergiam à superfície. Não que ela fosse impiedosa. A questão é que estava tão amedrontada e insegura que era dura para que os outros não percebessem suas inadequações e recusassem sua autoridade. Além disso, havia certo prazer em gritar com as pessoas e ver que ficavam com medo. Scarlett sentia que isso aliviava seus nervos sobrecarregados. Não estava cega ao fato de que sua personalidade estava mudando. Às vezes, quando suas ordens lacônicas deixavam Pork fazendo beiço e faziam Mammy balbuciar: "A tirania tá correno sorta hoje em dia", ela se perguntava para onde tinham ido suas boas maneiras. Toda a cortesia, toda a gentileza que Ellen se esforçara para incutir nela haviam caído por terra com a rapidez com que as folhas caem das árvores ao primeiro vento frio de outono.

Ellen repetira incansavelmente: "Seja firme, mas gentil com os inferiores, especialmente os negros." Mas se ela fosse gentil, os negros ficariam o dia inteiro sentados na cozinha, conversando sem parar sobre os bons dias de outrora quando um negro doméstico não precisava fazer o trabalho de um trabalhador do campo.

"Ame e trate suas irmãs com carinho. Seja gentil com os aflitos" dizia Ellen. "Demonstre ternura para os que sofrem e têm problemas."

Ela não conseguia amar suas irmãs agora. Elas não passavam de um peso morto sobre seus ombros. E, quanto a tratá-las com carinho, já não estava lhes dando banho, penteando-lhes os cabelos e dando-lhes de comer, mesmo ao custo de caminhar quilômetros todos os dias para achar legumes? Não estava aprendendo a ordenhar a vaca, mesmo que ficasse com o coração na boca quando aquele animal amedrontador sacudia os chifres para ela? E, quanto a ser gentil, era perda de tempo. Se fosse muito gentil com elas, é provável que prolongassem sua estada na cama, e ela queria que ficassem de pé o quanto antes, de modo a haver mais quatro mãos para ajudá-la.

Elas convalesciam lentamente, magras e fracas naquela cama. Enquanto tinham estado inconscientes, o mundo mudara. Os ianques tinham vindo, os negros tinham partido e a mãe morrera. Eram três ocorrências inacreditáveis, insuportáveis para suas cabeças absorverem. Às vezes, elas achavam que estavam delirando e que nada acontecera. Com certeza, Scarlett tinha mudado tanto que não podia ser real. Quando ficava ao pé da cama e descrevia o trabalho que esperava delas ao se recuperarem, elas a olhavam como se fosse um duende. Não conseguiam entender que já não tinham cem escravos para fazer o trabalho. Não conseguiam entender que uma dama O'Hara precisasse fazer trabalho braçal.

– Mas, mana – disse Carreen, a doce fisionomia infantil, pálida de consternação. – Eu não posso partir gravetos. Arruinaria minhas mãos!

– Olhe para as minhas – respondeu Scarlett com um sorriso assustador enquanto estendia as palmas cheias de bolhas e calos para ela ver.

– Acho que você está sendo detestável de falar com a caçula e comigo desse jeito! – exclamou Suellen. – Acho que está mentindo e tentando nos assustar. Se mamãe estivesse aqui, não deixaria você falar assim conosco! Partir gravetos, ora!

Suellen olhou para a irmã mais velha com ódio, certa de que Scarlett só dizia aquelas coisas para ser má. Suellen quase morrera, perdera a mãe, estava se sentindo sozinha e amedrontada e queria ser acarinhada e valorizada. Em vez disso, Scarlett ficava ao pé da cama todos os dias, avaliando sua melhora com um novo brilho detestável nos olhos verdes e falava sobre fazer camas, cozinhar, carregar baldes de água e partir gravetos. E dava a impressão de se comprazer ao dizer essas coisas terríveis.

Scarlett realmente se comprazia. Abusava dos negros e atormentava os sentimentos das irmãs, não só porque estava excessivamente preocupada, tensa e cansada para agir de outro modo, mas porque a ajudava a esquecer-se da própria amargura de que tudo o que sua mãe lhe dissera sobre a vida estava errado.

Nada do que a mãe lhe ensinara tinha qualquer valia agora, e o coração de Scarlett estava magoado e confuso. Não lhe ocorreu que Ellen não podia ter previsto o colapso da civilização em que criara suas filhas, não podia ter prognosticado o desaparecimento das posições na sociedade para as quais as treinara tão bem. Não lhe ocorreu que Ellen tinha diante de si a visão futura de anos plácidos, todos como os anos rotineiros de sua própria vida, quando a ensinara a ser gentil e graciosa, honrada e bondosa, despretensiosa e honesta. A vida tratava bem as mulheres que tivessem aprendido essas lições, dizia Ellen.

Scarlett pensava, desesperada: "Não, nada do que ela me ensinou é útil! De que vai me adiantar a bondade agora? Que valor terá a gentileza? Teria sido melhor ter aprendido a arar ou a colher algodão como uma negra. Ah, mamãe, a senhora estava errada!"

Não parava de pensar que o mundo ordeiro de Ellen tinha se acabado e que um mundo brutal tomara seu lugar, um mundo onde cada configuração, cada valor, havia mudado. Só via, ou pensava ver, que a mãe estava errada e ela tivera de se modificar rapidamente a fim de satisfazer esse novo mundo para o qual não fora preparada.

A única coisa que não mudara era seu sentimento por Tara. Sempre que chegava cansada, caminhando pelos campos, e via a ampla casa branca, seu coração se inflava de amor e alegria por estar chegando em casa. Nunca olhava pela janela as pastagens verdejantes, os campos de terra vermelha e o emaranhado da densa floresta sem que uma sensação de beleza a preenchesse. Seu amor por aquela terra com suas suaves colinas de solo encarnado, aquela bela terra vermelha, cor de sangue, de granada, de pó de tijolo, escarlate, que tão milagrosamente produzia moitas verdes estreladas com tufos brancos, era uma parte de Scarlett que não mudara, quando todo o resto estava mudando. Em nenhum outro lugar do mundo havia uma terra como aquela.

Quando olhava para Tara, ela conseguia entender, em parte, por que se travavam guerras. Rhett estava errado ao dizer que as guerras eram travadas por dinheiro. Não, eram travadas por hectares volumosos, amaciados pelo arado, por pastagens verdes de capim cultivado, por rios preguiçosos e casas brancas frescas entre as magnólias. Essas eram as únicas coisas pelas quais valia a pena lutar: a terra vermelha que era deles e que seria de seus filhos, a terra vermelha que produziria algodão para seus filhos e para os filhos de seus filhos.

Os hectares pisoteados de Tara eram tudo o que lhe sobrara, agora que a mãe e Ashley tinham partido, agora que Gerald ficara senil com o choque, e quando dinheiro, escravos, segurança e posição haviam desaparecido da noite para o dia. Como que vinda de outro mundo, ela se lembrou da conversa que tivera com o pai sobre a terra e se perguntou como poderia ter sido tão infantil, tão ignorante para não entender o que ele queria dizer quando afirmara que a terra era a única coisa pela qual valia a pena lutar.

"Pois é a única coisa neste mundo que perdura... e para qualquer um que tenha uma gota de sangue irlandês a terra onde se vive é como uma mãe... Essa é a única coisa pela qual vale a pena trabalhar, lutar e morrer."

Sim, valia a pena lutar por Tara, e ela aceitava a luta simplesmente e sem perguntas. Ninguém lhe tiraria Tara. Ninguém a deixaria à deriva nem à sua gente, recebendo esmolas dos parentes. Ela manteria Tara, nem que precisasse sacrificar todos os que ali viviam.

26

Fazia duas semanas que Scarlett estava de volta a Tara quando a maior bolha de seu pé infeccionou, inchando a ponto de ser impossível calçar o sapato ou fazer mais que mancar apoiada no calcanhar. Ela ficou tomada pelo desespero ao ver a aparência do ferimento em seu dedão. Imagine se gangrenasse como os ferimentos dos soldados e ela morresse por estar longe de um médico? Por mais amarga que a vida estivesse agora, ela não queria deixá-la. E quem tomaria conta de Tara se ela morresse?

Ao chegar em casa, ela esperava que o velho ânimo de Gerald ressuscitasse e que ele assumisse o comando, mas nessas duas semanas a esperança morrera. Agora sabia que, gostando ou não, tinha a fazenda e toda a sua gente em suas inexperientes mãos, pois Gerald continuava sentado, bem quieto, como um homem que sonha, tão assustadoramente ausente de Tara, tão gentil... A suas súplicas por conselhos ele respondia apenas: "Faça como preferir, filha." Ou ainda pior: "Pergunte a sua mãe, mocinha."

Ele nunca mudaria, e agora Scarlett percebia essa verdade e a aceitava sem emoção, que até sua morte Gerald ficaria esperando por Ellen, sempre escutando para ver se ela estava vindo. Estava na fronteira de uma região difusa onde o tempo congelara, e Ellen se encontrava sempre no cômodo ao lado. A mola principal de sua existência fora levada embora quando ela morrera, e com ela se fora sua ilimitada confiança, a imprudência e a inquieta vitalidade. Ellen era a plateia diante da qual se desenrolava a fanfarronada desempenhada por Gerald O'Hara. Agora, a cortina tinha descido para sempre, as luzes da ribalta haviam se apagado e a plateia sumira, enquanto o velho ator permanecia atônito no palco vazio, esperando pelas deixas.

Naquela manhã, a casa estava silenciosa, pois todos, exceto Scarlett, Wade e as três enfermas, estavam no pântano procurando a leitoa. Até Gerald estava mais desperto e fora caminhar pelos campos sulcados, uma das mãos no braço de Pork e uma corda enrolada na outra. Suellen e Carreen pegaram no sono de tanto chorar, como faziam pelo menos duas vezes por dia ao pensarem em Ellen, lágrimas de pesar e fraqueza vertendo pelas faces macilentas. Melanie, reclinada nos travesseiros altos, estava coberta com um lençol remendado entre dois bebês, a cabeça de penugem loura de um aninhada em seu braço, a encarapinhada negra do filho de Dilcey abraçada meigamente com o outro. Wade sentava-se na ponta da cama ouvindo um conto de fadas.

O silêncio de Tara era insuportável para Scarlett, pois a lembrava agudamente do silêncio mortal da desolada zona rural por onde passara naquele longo dia de sua viagem de Atlanta até em casa. A vaca e o bezerro não mugiam havia horas. Não existiam passarinhos gorjeando em sua janela, nem mesmo a família de tordos, que por gerações vivera entre as folhas da magnólia, cantava nesse dia. Ela puxara uma cadeira baixa para perto da janela aberta de seu quarto, diante do caminho de entrada, do gramado e do pasto vazio do outro lado da estrada. Sentou-se com as saias acima dos joelhos e o queixo descansando sobre os braços no parapeito. Havia um balde de água no chão a seu lado, e de vez em quando ela mergulhava o pé machucado ali, contorcendo o rosto com a sensação de dor.

Irritada, ela acomodou o queixo no braço. Logo quando mais precisava de sua força, esse dedão fora infeccionar. Aqueles tolos nunca conseguiriam pegar a leitoa. Tinham levado uma semana para resgatar os porquinhos, um por um, e agora, após duas semanas, a leitoa continuava solta. Scarlett sabia que, se estivesse no pântano com eles, teria erguido o vestido até os joelhos, pegado a corda e enlaçado a leitoa antes que conseguissem acabar de dizer abracadabra.

Mas e depois que a leitoa fosse capturada – se fosse? E depois que ela e sua cria tivessem sido comidos? A vida continuaria, assim como a fome. O inverno estava chegando e não haveria comida, nem mesmo os vegetais remanescentes das hortas vizinhas. Precisavam ter ervilhas secas, sorgo, fubá e arroz e... e... ah, tantas coisas. Sementes de milho e algodão para a plantação na primavera seguinte, além de novas roupas. De onde viria tudo isso, e como ela pagaria?

Secretamente, examinara os bolsos de Gerald e sua caixa de dinheiro, e tudo o que encontrara fora pilhas de títulos confederados e 3 mil dólares em notas confederadas. Aquilo era suficiente para comprar uma boa refeição para cada um deles, ela pensou ironicamente, agora que o dinheiro confederado valia quase nada. Mas, se tivesse dinheiro e conseguisse encontrar comida, como iria transportá-la para Tara? Por que Deus permitira que o cavalo velho morresse? Até mesmo aquele pobre animal que Rhett roubara teria feito toda a diferença do mundo para eles. Ah, aquelas mulas espertas que costumavam empinar no pasto do outro lado da estrada e os belos cavalos da carruagem, sua pequena égua, os pôneis das meninas e o grande garanhão de Gerald correndo pelo campo... Ah, um que fosse, até a mula mais empacadora!

Mas não importava... assim que seu pé estivesse bom, ela iria caminhando até Jonesboro. Seria a mais longa caminhada de sua vida, mas ela a faria. Mesmo que os ianques tivessem queimado a cidade completamente, com certeza ela encontraria alguém que lhe dissesse onde encontrar comida. O rostinho aborrecido de Wade surgiu diante de seus olhos. Ele não gostava de batata-doce, costumava repetir; queria uma coxa assada e arroz com molho.

O sol brilhante do jardim subitamente nublou e as árvores ficaram embaçadas através das lágrimas. Scarlett apoiou a cabeça nos braços e lutou para não chorar. Era totalmente inútil chorar agora. A única hora em que valia a pena chorar era quando havia um homem por perto, de quem se quisesse um favor. Ali curvada, espremendo os olhos com força para reprimir as lágrimas, ela foi surpreendida pelo som do trote de cascos. Mas não levantou a cabeça. Imaginara aquele som com demasiada frequência nas noites e dias das últimas semanas, assim como imaginara e ouvira o farfalhar das saias de Ellen. Seu coração bateu forte, como sempre acontecia nesses momentos, antes que ela dissesse duramente a si mesma: "Não seja tola."

Mas os cascos diminuíram o passo de um modo assustadoramente natural para o ritmo de uma cavalgada e houve o ruído compassado do cascalho. Era um cavalo – os Tarleton, os Fontaine! Ela olhou rapidamente para cima. Era um cavaleiro ianque.

Automaticamente, ela se escondeu atrás da cortina e ficou espiando fascinada através das dobras do tecido, tão aturdida que ofegava.

Sentado preguiçosamente na sela, um homem pesado, de aparência grosseira, com uma barba preta desgrenhada sobre a túnica desabotoada; os pequenos olhos espremidos devido à luminosidade calmamente examinavam a casa por baixo da viseira de seu quepe azul. Quando ele desmontou lentamente e jogou as rédeas sobre o poste de amarrar os animais, a respiração de Scarlett retornou tão súbita e dolorosamente como após um golpe no estômago. Um ianque, um ianque com uma pistola de cano longo no coldre! E ela sozinha em casa com três enfermas e as crianças!

Enquanto ele vinha andando vagarosamente pelo caminho de entrada, a mão no coldre, os olhinhos se virando de um lado para outro, um caleidoscópio de figuras embaralhadas lhe passou pela mente. Histórias sussurradas por tia Pittypat de ataques a mulheres desprotegidas, gargantas cortadas, casas incendiadas sobre as cabeças de mulheres agonizantes, crianças atravessadas por baionetas por terem chorado, todos os horrores indizíveis ligados à palavra "ianque".

Seu primeiro impulso apavorado foi o de se esconder no armário, engatinhar para debaixo da cama, correr pelas escadas dos fundos e sair gritando até o pântano, qualquer coisa para escapar dele. Então ela ouviu seus pés cautelosos nos degraus da frente e os passos furtivos ao entrar no vestíbulo, e se deu conta de que não havia escapatória. Paralisada de medo, ela o ouviu indo de cômodo em cômodo lá embaixo, os passos cada vez mais altos e ousados por não achar ninguém. Agora estava na sala de jantar e em um momento iria para a cozinha.

À ideia da cozinha, a raiva saltou ao peito de Scarlett, de modo tão precipitado que apunhalou seu coração e o medo se dissipou diante da fúria predominante. A cozinha! Lá, sobre o fogão, havia duas panelas, uma cheia de maçãs em calda e a outra com um cozido de vegetais dolorosamente trazidos de Twelve Oaks e da horta dos Macintosh – o jantar que seria servido a nove pessoas famintas e mal suficiente para duas. Scarlett controlava o apetite havia horas, esperando pelo retorno dos outros, e a ideia de ter o ianque comendo sua escassa refeição a fez tremer de raiva.

Malditos! Tinham baixado ali como gafanhotos, deixado Tara em lenta inanição e agora voltavam para roubar o pouco que restara. Seu estômago vazio se contorceu. Por Deus, esse era um ianque que não iria roubar mais nada!

Ela tirou o sapato gasto e, descalça, andou rapidamente até a cômoda, sem nem sentir o dedão infeccionado. Abriu a gaveta de cima com cuidado e pegou a pesada pistola trazida de Atlanta, a arma que Charles carregara sem nunca usar. Remexendo a cartucheira de couro pendurada na parede abaixo do sabre, ela pegou uma bala e com mão firme introduziu-a na pistola. Rápida e sem fazer qualquer ruído ela foi para o corredor e desceu as escadas, firmando-se no corrimão com uma das mãos e com a outra segurando a pistola junto à coxa, entre as dobras da saia.

– Quem está aí? – gritou uma voz anasalada, e ela parou no meio da escadaria, o sangue pulsando em seus ouvidos tão alto que ela mal conseguia ouvi-lo. – Pare ou atiro! – disse a voz.

Parado na porta da sala de jantar, tenso, a pistola em uma das mãos e na outra a caixinha de costura de jacarandá com o dedal de ouro, a tesoura com alças de ouro e a agulheira também guarnecida de ouro. As pernas de Scarlett estavam frias até os joelhos, mas a raiva lhe chamuscava o rosto. A caixinha de costura de Ellen na mão dele. Ela queria gritar: "Largue isso! Largue isso, seu porco...", mas as palavras não vinham. Só conseguia ficar olhando para ele e observar sua fisionomia mudar de tensa aspereza para um sorriso meio desdenhoso, meio insinuante.

– Então tem gente em casa – disse ele, pondo a arma de volta no coldre e indo até o vestíbulo, ficando bem abaixo dela. – Sozinha, senhorinha?

Como um raio, ela mostrou a arma por cima do corrimão apontando para a cara barbada espantada. Antes mesmo que ele pudesse levar a mão ao coldre, ela puxou o gatilho. O coice da arma a fez cambalear ao mesmo tempo que o estampido da explosão lhe atordoou os ouvidos e a fumaça acre entrou em suas narinas. O homem caiu de costas, estatelado sobre o piso da sala de jantar, fazendo estremecer os móveis. A caixinha caiu de sua mão e seu conteúdo se espalhou em volta. Sem noção de que se mexia, Scarlett correu até embaixo e ficou diante dele, olhando para o que sobrara do rosto acima da barba, um buraco sangrando onde antes havia o nariz, olhos vidrados queimados de pólvora. Enquanto ela observava, dois filetes de sangue escorreram pelo piso lustroso, um do rosto e outro de trás da cabeça.

Sim, estava morto. Sem dúvida. Ela matara um homem.

A fumaça foi subindo espiralada até o teto e os filetes se alargaram até seus pés. Por um instante interminável ela ficou ali parada, e na quietude da quente manhã de verão todos os sons e odores irrelevantes se ampliaram: o batimento acelerado de seu coração era como o toque de um tambor, o leve farfalhar das folhas da magnólia, o distante som lastimoso de um pássaro no pântano e o doce aroma das flores lá fora.

Ela matara um homem, ela, que sempre tomara cuidado para não estar presente na hora da matança em uma caçada, ela, que não podia ouvir os ganidos de um porco abatido ou o gemido de um coelho em uma armadilha. "Assassinato", pensou entorpecida. Eu cometi um assassinato. Ah, isso não pode estar acontecendo comigo! Seus olhos pousaram na mão peluda no chão, tão próxima à caixinha de costura, e subitamente estava cheia de energia outra vez, vitalmente contente, sentindo a fria alegria de um tigre. Podia ter enfiado o calcanhar no ferimento oco que fora o nariz dele e sentido um doce prazer ao toque do sangue quente no pé descalço. Aquele fora um golpe de vingança por Tara... e por Ellen.

Passos trôpegos apressados no corredor de cima, uma pausa e mais passos, passos fracos a se arrastar agora, pontuados por um tilintar metálico. A noção de tempo e realidade retornando, Scarlett olhou para cima e viu Melanie no alto das escadas, só com o camisão esfarrapado que lhe servia de camisola, o braço fraco caído pelo peso do sabre de Charles. Os olhos de Melanie tiveram a visão abrangente de toda a cena, o corpo estatelado de farda azul em uma poça de sangue, a caixinha de costura ao seu lado, Scarlett, descalça e com o rosto cinzento, agarrando a pistola de cano longo.

Em silêncio, seus olhos encontraram os de Scarlett. Havia um brilho de triste orgulho em sua fisionomia geralmente meiga, aprovação, e uma alegria feroz em seu sorriso, igualando-se ao tumulto feérico no peito de Scarlett.

"Ora... ora... ela é como eu! Ela entende como estou me sentindo!", pensou Scarlett naquele longo momento. "Ela teria feito a mesma coisa!"

Emocionada, ela olhou para a frágil criatura oscilante por quem nunca tivera nenhum sentimento que não de desgosto e desdém. Agora, lutando contra o ódio pela mulher de Ashley, surgia um sentimento de admiração e companheirismo. Em um instante de clareza intocado por qualquer emoção trivial, ela viu que por baixo da voz meiga e dos olhos de gazela de Melanie havia uma fina lâmina de aço inquebrantável, sentiu também que havia bandeiras e cornetas de coragem no calmo sangue de Melanie.

– Scarlett! Scarlett! – gritaram as vozes fracas e assustadas de Suellen e Carreen, abafadas pela porta fechada, e a voz de Wade chamou "Titia! Titia!". Rapidamente, Melanie pôs o dedo nos lábios e, largando o sabre no chão, foi até o quarto das enfermas e abriu a porta.

– Não se assustem, suas medrosas – veio sua voz em um tom amigável de implicância. – A irmã mais velha estava tentando desenferrujar a pistola de Charles, que disparou quase a matando de susto!... Ora, Wade Hampton, mamãe só deu um tiro com a pistola de seu querido papai! Quando você for grande, ela vai deixá-lo atirar com ela.

"Que boa mentirosa!", pensou Scarlett com admiração. "Eu não teria conseguido pensar com tanta rapidez. Mas por que mentir? Eles precisam saber que eu fiz isso."

Olhando novamente para o corpo, ela foi assaltada pela repugnância à medida que raiva e medo iam sumindo, e seus joelhos começaram a tremer. Melanie se arrastou até o alto da escadaria outra vez e começou a descer, segurando-se no corrimão, mordendo o pálido lábio inferior.

– Volte para a cama, sua boba, vai se matar assim! – exclamou Scarlett, mas a seminua Melanie desceu dolorosamente até o vestíbulo.

– Scarlett – sussurrou –, precisamos tirar ele daqui e enterrá-lo. Talvez não estivesse sozinho, e se o encontrarem aqui... – Ela se apoiou no braço de Scarlett.

– Ele devia estar sozinho – disse Scarlett. – Não vi mais ninguém da janela lá de cima. Deve ser um desertor.

– Mesmo que estivesse sozinho, ninguém deve saber disso. Os negros podem comentar e então eles viriam pegar você. Scarlett, precisamos escondê-lo antes que o pessoal volte do pântano.

Sua mente logo entrou em ação, impulsionada pelo tom de urgência na voz de Melanie.

– Eu poderia enterrá-lo no canto do jardim, debaixo do parreiral... o solo está fofo lá, onde Pork cavou para tirar o barril de uísque. Mas como vou levá-lo até lá?

– Cada uma pega em uma perna e o arrastamos – disse Melanie com firmeza.

Relutante, a admiração de Scarlett cresceu ainda mais.

– Você não conseguiria arrastar um gato. Eu o arrasto – disse ela asperamente. – Volte para a cama. Vai acabar se matando. Também não ouse me ajudar que eu a carrego lá para cima.

O rosto pálido de Melanie se abriu em um doce sorriso de compreensão.

– Você é muito querida, Scarlett – disse, e deu um beijo suave na bochecha de Scarlett. Antes que ela conseguisse se recuperar da surpresa, Melanie continuou: – Se conseguir carregá-lo para fora, eu passo um pano nnn.. na sujeira antes que o pessoal chegue, e Scarlett...

– Sim?

– Acha que seria desonesto remexer na mochila dele? Talvez tenha algo de comer.

– Não – disse Scarlett, aborrecida por não ter ela mesma pensado nisso. – Você pega a mochila, que eu revisto os bolsos. — Curvada sobre o morto, com repugnância, ela desabotoou o resto dos botões da túnica e fez uma revista sistemática nos bolsos.

– Santo Deus – sussurrou, puxando uma carteira volumosa, embrulhada em um trapo. – Melanie... Melly, acho que está cheia de dinheiro!

Melanie não disse nada, mas subitamente sentou-se no chão e se encostou na parede.

– Olhe você – disse ela, trêmula. – Estou me sentindo meio fraca.

Scarlett rasgou o trapo e abriu a carteira de couro com as mãos trêmulas.

– Olhe, Melly... olhe!

Melanie olhou e seus olhos se dilataram. Havia uma porção de notas desarrumadas, as notas dos Estados Unidos misturadas com dinheiro confederado e, cintilando entre elas, havia uma moeda de ouro de 10 dólares e duas de 5.

– Não pare para contar agora – disse Melanie quando Scarlett começou a dedilhar as notas. – Não temos tempo...

– Você se dá conta, Melanie, de que esse dinheiro significa que vamos comer?

– Sim, sim, querida, eu sei, mas não temos tempo agora. Reviste os outros bolsos e eu pego a mochila.

Scarlett relutou em largar a carteira. Panoramas iluminados se abriram à sua frente... dinheiro de verdade, o cavalo do ianque, comida! Afinal de contas, havia um Deus, e Ele realmente provia, mesmo que o fizesse por caminhos bem tortos. Ela se sentou sobre as pernas e ficou olhando para a carteira, sorrindo. Comida! Melanie puxou-a de suas mãos...

– Apresse-se! – disse.

Nada havia nos bolsos das calças além de um toco de vela e um canivete, um naco de fumo e um rolinho de barbante. Melanie tirou da mochila um pacotinho de café, que ela cheirou como se fosse o melhor dos perfumes, uma bolacha dura e, sua fisionomia mudando, uma miniatura de menininha em uma moldura de ouro com pérolas, um broche de granada, duas pulseiras largas de ouro, com correntes finas dependuradas, um dedal de ouro, uma canequinha de prata de bebê, uma tesoura de ouro para bordado, um anel solitário de brilhante e um par de brincos pingentes com dois brilhantes em forma de pera, que mesmo seus olhos inexperientes podiam dizer que tinham mais de um quilate cada.

– Um ladrão! – sussurrou Melanie, recuando do corpo imóvel. – Scarlett, ele deve ter roubado tudo isso!

– É lógico – disse Scarlett. – E veio aqui esperando roubar mais de nós.

– Que bom que o matou – disse Melanie com os meigos olhos endurecidos. – Agora se apresse, querida, e tire-o daqui.

Scarlett se inclinou, pegou o morto pelas botas e tentou puxar. Como era pesado e quão fraca ela se sentiu. E se não conseguisse levá-lo? Virando-se para deixar o cadáver atrás, ela pegou uma bota pesada debaixo de cada braço e jogou o próprio peso para a frente. Conseguiu movê-lo, e continuou puxando. O pé machucado, esquecido em meio à exaltação, agora começava a latejar, fazendo-a ranger os dentes e pôr o peso no calcanhar. Puxando com força, o suor gotejando na testa, ela o arrastou pelo corredor, uma mancha vermelha marcando o caminho.

– Se ele sangrar pelo pátio, não poderemos esconder – falou, forçando a voz. – Me dê sua camisa, Melanie, que vou enrolar na cabeça dele.

O rosto de Melanie ficou carmim.

– Não seja boba, não vou olhar – disse Scarlett. – Se eu tivesse uma anágua ou calçolas, as usaria.

Encolhendo-se na parede, Melanie tirou a peça esfarrapada de linho pela cabeça e jogou para Scarlett, escondendo-se o melhor que podia com os braços.

"Graças a Deus que não sou tão recatada", pensou Scarlett, sentindo, mesmo sem ver, a agonia do constrangimento de Melanie, enquanto amarrava o pano em volta do rosto estilhaçado.

Com uma série de puxões, aos trancos, ela carregou o corpo pelo corredor até a saída dos fundos e, parando para enxugar a testa com as costas da mão, olhou para trás na direção de Melanie, sentada encostada na parede, abraçando os joelhos junto do peito nu. Que bobagem de Melanie estar se importando com o recato em uma hora dessas, pensou Scarlett com irritação. Fazia parte de seu modo requintado-impecável de agir que sempre fizera Scarlett desprezá-la. Em seguida, ela se envergonhou. Afinal... afinal... Melanie se arrastara da cama tão pouco tempo depois de ter tido o bebê e fora em seu auxílio com uma arma pesada demais até para ela mesma levantar. Isso exigira coragem, o tipo de coragem que Scarlett honestamente sabia não possuir. A fibra de aço fiada em seda que caracterizara Melanie na terrível noite da queda de Atlanta e na longa jornada para casa. Era a mesma coragem intangível, discreta, que todos os Wilkes possuíam, uma qualidade que Scarlett não entendia, mas à qual, malgrado seu, prestava homenagem.

– Volte para a cama – falou ela sobre o ombro. – Vai acabar morrendo. Eu limpo a sujeira depois de enterrá-lo.

– Vou fazer isso com um dos tapetinhos – sussurrou Melanie, olhando para a poça de sangue com cara de nojo.

– Bem, mate-se então e veja se estou ligando! E se alguém chegar antes que eu acabe, mantenha-o dentro de casa e diga que o cavalo chegou andando do nada.

Melanie ficou sentada tiritando sob o sol da manhã e tapou os ouvidos para não ouvir a série de baques surdos provocados pela cabeça do homem nos degraus dos fundos.

Ninguém questionou de onde viera o cavalo. Era óbvio que tinha se extraviado da batalha recente, e estavam todos contentes de tê-lo. O ianque jazia na cova rasa que Scarlett cavara sob o parreiral. Os paus que mantinham a videira estavam podres, e naquela noite Scarlett bateu neles com uma faca de cozinha até caírem e o emaranhado denso da planta se espalhou sobre o túmulo. A recolocação desses postes foi um dos trabalhos de conserto que Scarlett não sugeriu, e se os negros sabiam por quê, ficaram quietos.

Nenhum fantasma se ergueu daquela cova rasa para assombrá-la nas longas noites em que ficava deitada desperta, cansada demais para dormir. Nenhum sentimento de horror ou remorso a assaltava diante da lembrança. Ela se perguntava por quê, sabendo que um mês antes não poderia ter feito aquilo. A jovem Sra. Hamilton, com suas covinhas e pingentes tilintantes, com seus modos indefesos, estourando o rosto de um homem e depois enterrando-o em um buraco cavado apressadamente por ela própria! Scarlett sorriu com certa crueldade pensando na consternação que tal ideia provocaria naqueles que a conheciam.

"Não vou mais pensar nisso", decidiu. "Está feito e acabado, e eu teria sido uma bobalhona se não o matasse. Suponho que... que devo ter mudado um pouco desde que voltei para casa, caso contrário não teria conseguido fazer isso."

Mesmo que fosse inconsciente, sempre que se confrontava com uma tarefa desagradável ou difícil a ideia movia-se furtivamente lá do fundo: "Já matei, então é claro que consigo fazer isto."

Ela mudara mais do que se dava conta, e a capa de endurecimento que começara a se formar em torno de seu coração quando estava deitada na horta dos escravos em Twelve Oaks estava lentamente engrossando.

Agora que tinha um cavalo, Scarlett podia descobrir por conta própria o que acontecera aos vizinhos. Desde sua chegada em casa, ela cogitava, desesperada, milhares de vezes: "Seremos os únicos que restaram no condado? Terão sido todas as outras propriedades incendiadas? Terão todos se refugiado em Macon?" Tendo a lembrança fresca das ruínas de Twelve Oaks, da propriedade dos Macintosh e da choça dos Slattery, ela quase se apavorava de descobrir a verdade. Mas era melhor saber o pior do que ficar cogitando. Decidiu ir até os Fontaine primeiro, não porque fossem os vizinhos mais próximos, mas porque o velho Dr. Fontaine poderia estar lá. Melanie precisava de um médico. Não estava se recuperando como devia, e Scarlett estava assustada com sua fraqueza e palidez.

Portanto, no primeiro dia em que seu pé ficou bom o bastante para calçar as sapatilhas, ela montou o cavalo do ianque. Um pé no estribo encurtado e a outra perna dobrada no arção, tentando se colocar como em um silhão, ela saiu pelos campos rumo a Mimosa, revestindo-se de coragem para encontrá-la incendiada.

Para sua surpresa e prazer, ela viu a casa amarela desbotada de pé em meio às mimosas, com a mesma aparência de sempre. Uma felicidade aconchegante, uma felicidade que quase a levou às lágrimas, a inundou quando as três Fontaine saíram da casa para recebê-la com beijos e gritos de alegria.

Mas quando terminaram as primeiras exclamações de cumprimentos afetuosos e elas tinham se reunido na sala de jantar, Scarlett teve um calafrio. Os ianques não tinham passado por Mimosa porque ficava distante da estrada principal. Portanto, os Fontaine ainda tinham seus animais e provisões, mas Mimosa estava possuída pelo mesmo estranho silêncio que pairava sobre Tara, sobre toda a região. Todos os escravos, com exceção de quatro mulheres, criadas da casa, tinham fugido, com medo da aproximação dos ianques. Não havia nenhum homem no lugar, a menos que o menino de Sally, Joe, que mal saíra das fraldas, pudesse ser contado. Sozinhas na casa enorme estavam a vovó Fontaine, que tinha uns 70 anos, sua nora, que sempre seria conhecida como Sinhazinha, embora estivesse na casa dos 50, e Sally, que mal completara 20. Estavam distantes dos vizinhos e desprotegidas, mas, se tinham medo, isso não aparecia em seus semblantes. Provavelmente, pensou Scarlett, porque Sally e Sinhazinha tinham muito medo da velha vovó, frágil como porcelana, mas indomável, para ousar expressar qualquer apreensão. A própria Scarlett tinha medo da velha, pois ela possuía olhos aguçados e língua mais ainda, tendo Scarlett sentido ambos no passado.

Embora não fossem aparentadas por sangue e a idade as separasse, havia uma familiaridade de espírito e experiência ligando essas mulheres. As três usavam roupas de luto tingidas em casa, todas estavam cansadas, preocupadas e amargas, com uma amargura sem mau humor nem queixas, mas, mesmo assim, espiava por trás de seus sorrisos e palavras de boas-vindas. Pois seus escravos tinham ido embora, seu dinheiro nada valia, o marido de Sally, Joe, morrera em Gettysburg, e Sinhazinha também estava viúva, pois o jovem Dr. Fontaine morrera de disenteria em Vicksburg. Os dois outros rapazes, Alex e Tony, se encontravam em algum lugar da Virgínia, sem que ninguém soubesse se estavam vivos ou mortos; e o velho Dr. Fontaine permanecia em algum lugar com a cavalaria de Wheeler.

– E aquele velho tolo tem 73 anos, embora tente agir como se fosse mais jovem, e está tão cheio de reumatismo quanto um porco está de pulgas – disse a vovó, orgulhosa do marido, a luz em seus olhos desmentindo as palavras ásperas.

– Vocês têm tido notícias do que está acontecendo em Atlanta? – perguntou Scarlett quando estavam todas bem acomodadas. – Em Tara estamos totalmente isolados.

– Santo Deus, minha filha – disse a velha, assumindo o controle da conversa, como era seu hábito –, estamos no mesmo apuro que vocês. Nada sabemos, a não ser que Sherman finalmente se apoderou da cidade.

– Então ele conseguiu mesmo. O que está fazendo agora? Onde está a luta?

– E como é que três mulheres solitárias aqui neste fim de mundo saberiam sobre a guerra se não recebemos uma carta nem um jornal faz semanas? – disse a velha acidamente. – Uma de nossas negras falou com uma negra que encontrou um negro que esteve em Jonesboro e, exceto por isso, não sabemos de nada. O que eles disseram é que os ianques se aquartelaram em Atlanta para descansar seus homens e animais, mas, se é verdade ou não, você pode julgar tão bem quanto eu. Não que não precisassem de um repouso depois da surra que lhes demos.

– Pensar que você estava em Tara todo esse tempo e não sabíamos! – disse Sinhazinha, entrando na conversa. – Ah, culpa minha por não ter saído para verificar! Mas temos tido tantos afazeres por aqui com a partida da maioria dos negros que simplesmente não consegui sair. Mas deveria ter arranjado tempo para isso. Não foi coisa de bom vizinho de minha parte. Mas, é claro, achamos que os ianques tinham incendiado Tara como fizeram com Twelve Oaks e com a casa dos Macintosh, e que o seu pessoal tivesse ido para Macon. E jamais sonhamos que você estivesse em casa, Scarlett.

– Bem, como podíamos pensar o contrário quando os negros do Sr. O'Hara passaram por aqui, de olhos esbugalhados de tão assustados e nos disseram que os ianques iam incendiar Tara? – interrompeu vovó.

– E podíamos ver... – começou Sally.

– Deixe-me acabar, por favor – disse a velha secamente. – E disseram que os ianques estavam todos acampados em Tara e que seu pessoal estava se arrumando para ir embora para Macon. Então, naquela noite, vimos um clarão de fogo lá para os lados de Tara que durou horas, assustando os tolos dos nossos negros a tal ponto que eles fugiram. Que foi que incendiou?

– Todo o nosso algodão... equivalente a 150 mil dólares – disse Scarlett amargurada.

– Agradeça por não ter sido sua casa – disse vovó, apoiando o queixo na bengala. – Sempre é possível cultivar mais algodão, mas não uma casa. Por falar nisso, vocês já começaram a colher o algodão?

– Não – disse Scarlett –, e agora a maior parte está arruinada. Imagino que não haja mais de três fardos no campo mais distante junto ao rio, e de que vai nos adiantar? Todos os escravos se foram, não há ninguém para colher.

– Por piedade, todos os escravos se foram, não há ninguém para colher! – imitou vovó, lançando um olhar satírico a Scarlett. – O que há de errado com suas belas garrinhas, senhorinha, e com as de suas irmãs?

– Eu? Colher algodão? – exclamou Scarlett horrorizada, como se vovó estivesse sugerindo algum crime repulsivo. – Como uma trabalhadora do campo? Como os brancos ordinários? Como as Slattery?

– Como brancos ordinários mesmo! Ora, não é que essa geração é mole e toda mimosa? Deixe-me contar uma coisa, senhorinha, quando eu era moça, meu pai perdeu toda a fortuna e eu não me envergonhei de fazer um trabalho honesto com minhas mãos, e nos campos também, até que o pai conseguiu dinheiro bastante para comprar mais escravos. Capinei meu pedaço de terra e colhi meu algodão e posso fazer de novo se for preciso. E tudo indica que vou precisar. Branca ordinária mesmo!

– Ah, mas mamãe Fontaine – exclamou a nora, lançando olhares suplicantes para as duas moças, incitando-as a ajudá-la a acalmar as penas eriçadas da velha. – Isso foi há tanto tempo, uma época totalmente diferente, e os tempos mudaram.

– Os tempos nunca mudam quando há trabalho honesto a ser feito – declarou a velha de olhos afiados, decidida a não se acalmar. – E me envergonho por sua mãe, Scarlett, tolerar ouvi-la falar como se trabalho honesto transformasse gente boa em brancos ordinários. "Quando Adão cavava e Eva fiava..."

Para mudar de assunto, Scarlett perguntou rapidamente:

– E os Tarleton e os Calvert? Também tiveram suas propriedades incendiadas? Refugiaram-se em Macon?

– Os ianques nunca chegaram aos Tarleton. Eles estão fora da estrada principal, como nós, mas chegaram aos Calvert e roubaram todos os rebanhos e aves, e pegaram todos os negros para ir com eles... – começou Sally.

Vovó interrompeu.

– Ah! Prometeram às fedelhas negras vestidos de seda e brincos de ouro... foi isso que fizeram. E Cathleen Calvert contou que alguns dos soldados saíram com as bobas das negras na garupa. Bem, tudo o que vão conseguir são bebês amarelos, e não posso garantir que o sangue ianque vá melhorar a cria.

– Ah, mamãe Fontaine!

– Não me venha com essa cara tão chocada, Jane. Somos todas casadas, não é? E Deus sabe que já vimos bebês mulatos antes.

– Por que não incendiaram a casa dos Calvert?

– A casa foi salva por causa do sotaque da segunda Sra. Calvert e daquele administrador ianque deles, Hilton – disse a velha, que sempre se referia à ex-governanta como "segunda Sra. Calvert", embora a primeira Sra. Calvert tivesse morrido havia vinte anos.

– "Somos leais simpatizantes da União" – imitou a velha senhora, anasalando as palavras pelo longo e fino nariz. – Cathleen contou que os dois juraram por tudo que houvesse de mais sagrado que todos os Calvert eram ianques. Com o Sr. Calvert morto no meio do nada! Raiford em Gettysburg e Cade na Virgínia com o exército! Cathleen ficou tão mortificada que disse preferir que a casa tivesse sido incendiada. Ela disse que Cade iria explodir quando voltasse para casa e soubesse disso. Mas é isso que um homem arranja ao se casar com uma ianque... falta de orgulho, de decência, sempre pensando em salvar a própria pele... Como é que não incendiaram Tara, Scarlett?

Scarlett pausou por um instante antes de responder. Sabia que a pergunta seguinte seria: "E como está todo o seu pessoal? E como está sua querida mãe?" Sabia que não poderia lhes contar que Ellen tinha morrido. Sabia que se pronunciasse essas palavras ou se permitisse pensar nelas diante dessas mulheres solidárias teria um acesso de choro, que não cessaria. E ela não podia se permitir chorar. Desde que chegara em casa, ainda não tinha chorado de fato e sabia que, uma vez abrindo as comportas, sua coragem bem administrada se esvairia. Mas sabia também, olhando confusa em volta para as fisionomias simpáticas, que se ocultasse a notícia da morte de Ellen, as Fontaine não a perdoariam. Principalmente a vovó era afeiçoadíssima a Ellen, havendo poucas pessoas no condado por quem a velha comprasse uma briga.

– Vamos, conte – disse a vovó, com olhar penetrante. – Não sabe, senhorinha?

– Bem, só cheguei em casa no dia seguinte à batalha – respondeu ela apressadamente. – Os ianques já tinham partido. Papai... papai me contou que... que conseguiu que não incendiassem a casa porque Suellen e Carreen estavam muitos doentes, com tifo, e não podiam ser transportadas.

– Esta é a primeira vez que ouço falar de um ianque fazendo algo decente – disse a vovó, como se não gostasse de ouvir qualquer coisa boa sobre os invasores. – E como estão as meninas agora?

– Ah, estão melhor, bem melhor, quase boas, mas bastante fracas – respondeu Scarlett. Em seguida, vendo a pergunta que temia pairando nos lábios da velha, procurou rapidamente por algum outro assunto de conversa.

– Eu... eu gostaria de saber se vocês podem nos ceder algo de comer. Os ianques nos devastaram como um enxame de gafanhotos. Mas se estiverem com a ração contada, por favor digam e...

– Mande Pork com uma carroça e nós lhe daremos metade do que temos: arroz, fubá, presunto, algumas galinhas – disse a velha senhora, lançando um súbito olhar animado para Scarlett.

– Ah, isso é demais! Mesmo, eu...

– Nenhuma palavra! Nem vou escutar. Afinal, para que servem os vizinhos?

– Vocês são tão boas que nem tenho palavras... Mas agora preciso ir. O pessoal lá em casa vai ficar preocupado.

Vovó se levantou abruptamente e pegou Scarlett pelo braço.

– Vocês duas fiquem aqui – ordenou, empurrando Scarlett para a varanda dos fundos. – Tenho um particular com esta menina. Ajude-me a descer as escadas, Scarlett.

Sinhazinha e Sally se despediram e prometeram logo ir fazer uma visita. Ficaram loucas de curiosidade para saber o que vovó tinha para dizer a Scarlett, mas se a própria não lhes dissesse, jamais ficariam sabendo.

– As velhas são tão difíceis... – sussurrou Sinhazinha a Sally enquanto retornavam à costura.

Scarlett ficou parada com a mão nas rédeas do cavalo, uma sensação de embotamento no coração.

– Então – disse a vovó, encarando-a –, o que está havendo em Tara? O que está escondendo?

Scarlett olhou para os velhos olhos familiares e percebeu que poderia contar a verdade sem lágrimas. Ninguém podia chorar na presença da vovó Fontaine sem sua expressa permissão.

– Mamãe morreu – disse ela sem rodeios.

A mão apertou seu braço com mais força e as pálpebras enrugadas piscaram sobre os olhos amarelos.

– Os ianques a mataram?

– Ela morreu de tifo. Morreu... um dia antes de minha chegada.

– Não pense nisso – disse a vovó, inflexível, e Scarlett a viu engolindo em seco. – E seu pai?

– Papai... papai não é mais ele mesmo.

– O que você quer dizer? Fale. Ele está doente?

– O choque... ele está tão estranho... ele não...

– Não me diga que ele está fora de si. Quer dizer que sua mente degringolou?

Foi um alívio ver a verdade sendo descrita de modo tão claro. Que bom a velha não lhe dar os pêsames de um modo que a fizesse chorar.

– Sim – disse ela entorpecida –, ele perdeu a cabeça. Está atordoado e às vezes parece não se lembrar de que mamãe morreu. Ah, senhora, é mais do que posso aguentar, vê-lo lá sentado, esperando por ela com tanta paciência, e ele não tinha mais paciência que uma criança. Mas fica pior quando ele se lembra de que ela morreu. De vez em quando, depois de ficar com a mão no ouvido para ver se a escuta, ele dá um salto súbito, sai da casa e vai até o campo-santo. Depois volta se arrastando, com o rosto molhado de lágrimas, e fica repetindo até me dar vontade de gritar. "Katie Scarlett, a Sra. O'Hara morreu. Sua mãe morreu", e é sempre como se eu estivesse ouvindo pela primeira vez. E, às vezes, de madrugada eu o ouço a chamá-la e saio da cama, vou até ele e digo que ela está na senzala com um negro doente. E ele reclama porque ela está sempre se cansando cuidando dos enfermos. E fica difícil convencê-lo a voltar a dormir. Está feito uma criança. Ah, como eu queria que o Dr. Fontaine estivesse aqui. Sei que ele poderia fazer algo por papai! E Melanie também precisa de um médico. Ela não está se recuperando do nascimento do bebê como deveria...

– Melly... um bebê? E ela está com você?

– Sim.

– O que Melly está fazendo com você? Por que não está em Macon com a tia dela e os demais parentes? Sempre me pareceu que você não gostava muito dela, senhorita, por mais que ela fosse irmã de Charles. Conte-me isso.

– É uma longa história, senhora. Não quer entrar de novo em casa e se sentar?

– Posso ficar de pé – disse vovó, secamente. – E se você contasse tudo isso em frente às outras, elas ficariam berrando e a fariam ter pena de si mesma. Agora, conte.

Com certa hesitação, Scarlett começou pelo cerco e o estado de Melanie, mas com o progredir do relato, sob os penetrantes olhos enrugados, que nunca se desviavam, ela encontrou as palavras, palavras de poder e horror. Tudo voltou à sua mente. Aquele dia pavorosamente quente do nascimento do bebê, a agonia do medo, a fuga e deserção de Rhett. Ela contou da escuridão inóspita da noite, das fogueiras ardendo nos acampamentos, que podiam ser de amigos ou inimigos, das chaminés desoladas que seu olhar encontrou ao sol da manhã, dos homens e cavalos mortos ao longo da estrada, da fome, da devastação, do medo de que Tara tivesse sido incendiada.

– Achei que bastaria chegar em casa e mamãe daria conta de tudo e eu poderia descarregar o fardo pesado. No caminho para casa, achei que o pior já me acontecera, mas quando soube que ela havia morrido, me dei conta do que era o pior.

Ela olhou para o chão e esperou que vovó falasse. O silêncio foi tão prolongado que ela cogitou a possibilidade de vovó não ter entendido sua situação desesperadora. Finalmente, a velha voz se pronunciou, e seu tom era de uma bondade que Scarlett nunca a ouvira usar ao se dirigir a qualquer pessoa.

– Minha filha, é terrível para uma mulher encarar o pior que lhe pode acontecer, pois depois disso ela nunca mais consegue realmente ter medo de nada outra vez. E é muito mau para uma mulher não ter medo de nada. Acha que eu não entendo o que você me contou... pelo que passou? Pois entendo muito bem. Quando eu tinha mais ou menos a sua idade, eu estava no meio da insurreição dos índios Creek, logo após o massacre do forte Mims... é – disse ela com uma voz longínqua –, mais ou menos a sua idade, pois lá se vão uns cinquenta anos. Consegui me meter no mato e me esconder, fiquei lá e vi nossa casa ser incendiada e vi os índios tirarem o escalpo de meus irmãos e irmãs. E só o que eu podia fazer era ficar lá e rezar para que o clarão das chamas não mostrasse meu esconderijo. Eles arrastaram minha mãe para fora da casa e a mataram, a uns 500 metros de onde eu estava. E também lhe tiraram o escalpo. E repetidamente um índio voltava até ela e lhe deitava a machadinha no crânio. Eu... eu era a queridinha de minha mãe e estava lá vendo tudo aquilo. Pela manhã fui para o povoado mais próximo, que ficava a 48 quilômetros. Levei três dias para chegar lá, passando por pântanos e pelos índios, e depois acharam que eu iria perder a cabeça... Foi quando encontrei o Dr. Fontaine. Ele cuidou de mim... Ah, pois é, isso foi há cinquenta anos, como eu disse, e desde então nunca mais tive medo de ninguém ou de nada, porque me aconteceu o pior que podia ter acontecido. E essa falta de medo já me causou muitos problemas e me custou muita felicidade. Deus teve a intenção de fazer das mulheres criaturas tímidas e amedrontadas, e há algo de pouco natural em uma mulher que não tem medo... Scarlett, sempre deixe sobrar algo para o medo... assim como para o amor...

Sua voz calou e ela ficou parada, quieta, olhando para meio século atrás, para o dia em que sentira medo. Scarlett se mexeu, impaciente. Ela achara que a vovó iria entender e talvez lhe mostrasse algum modo de resolver seus problemas. Mas, como todos os velhos, ela se pôs a falar de coisas ocorridas antes de todos nascerem, coisas pelas quais ninguém se interessava. Scarlett desejou não ter lhe confidenciado.

– Bem, vá para casa, filha, ou vão ficar preocupados com você – disse ela subitamente. – Mande Pork com a carroça hoje à tarde... E não pense que poderá descarregar o fardo um dia, porque não poderá. Eu sei.

UM VERÃO FORA de época se estendeu até novembro naquele ano, e os dias quentes foram dias luminosos para os habitantes de Tara. O pior já passara. Agora tinham um cavalo e podiam se locomover cavalgando em vez de caminhar. Havia ovos fritos no café da manhã e presunto no jantar para variar a monotonia da batata-doce, amendoim e maçãs secas, e em alguma ocasião festiva tinham até galinha assada. A velha leitoa fora enfim capturada e com sua cria vivia e grunhia alegremente embaixo da casa, que ficara servindo de chiqueiro. Às vezes guinchavam tão alto que nem dava para conversar dentro de casa, mas era um barulho prazeroso. Significava carne de porco fresca para os brancos e miúdos para os negros quando o frio e a época do abate chegasse, significando também comida para todos durante o inverno.

A visita que Scarlett fizera às Fontaine a tinha animado mais do que percebia. Só de saber que tinha vizinhos, que algumas das famílias amigas e das antigas propriedades sobreviviam, afastou a terrível sensação de perda e solidão que a oprimira nas primeiras semanas em Tara. E os Fontaine e os Tarleton, cujas fazendas não estavam na rota do exército, tinham sido muito generosos em compartilhar o pouco que possuíam. Era a tradição do condado de que vizinho ajuda vizinho, e eles se recusavam a aceitar um centavo sequer de Scarlett, dizendo-lhe que ela teria feito o mesmo por eles e poderia retribuir no ano seguinte, quando Tara voltasse a produzir.

Agora Scarlett tinha comida para todos, um cavalo, o dinheiro e as joias roubadas pelo ianque desertor, e a maior necessidade eram roupas novas. Ela sabia que seria perigoso mandar Pork ao sul para comprar roupas, quando o cavalo poderia ser capturado pelos ianques ou pelos confederados. Mas, pelo menos, tinha o dinheiro com que comprá-las, um cavalo e uma carroça para a viagem e talvez Pork conseguisse ir sem ser pego. Sim, o pior já passara.

A cada manhã em que Scarlett acordava, agradecia a Deus pelo céu azul e pelo sol quente, pois cada dia de bom tempo adiava a época inevitável em que os agasalhos seriam necessários. E cada dia quente via mais e mais algodão se empilhando nas cabanas vazias da senzala, o único depósito que sobrara na fazenda. Havia mais algodão nos campos do que ela ou Pork tinham calculado, provavelmente quatro fardos, e logo as cabanas estariam cheias.

Scarlett não tivera nenhuma intenção de fazer a colheita ela mesma, nem mesmo depois do comentário ácido de vovó Fontaine. Era inconcebível que ela, uma dama O'Hara, agora a senhora de Tara, trabalhasse nos campos. Isso a poria no mesmo nível das desgrenhadas Sra. Slattery e Emmie. Ela pretendia que os negros fizessem o trabalho no campo, enquanto ela e as convalescentes cuidassem da casa, mas nisso foi confrontada com sentimentos de casta ainda mais fortes que o seu próprio. Pork, Mammy e Prissy fizeram a maior balbúrdia diante da ideia de trabalhar no campo. Reiteraram que eram negros de serviço doméstico, não trabalhadores do campo. Mammy, principalmente, declarou com veemência que nunca sequer fora negra de senzala. Nascera dentro da suntuosa casa dos Robillard, não na senzala, e fora criada no quarto da Velha Senhora, dormindo em um colchão de palha aos pés da cama. Dilcey foi a única a ficar quieta, cravando um olho em sua Prissy que a fez sentir-se envergonhada.

Scarlett recusou-se a escutar os protestos e levou todos para as fileiras de algodão. Mas Mammy e Pork trabalhavam com tal lentidão e lamentando-se tanto que Scarlett mandou Mammy de volta à cozinha e Pork para as matas e para o rio com armadilhas de pegar coelhos e gambás e linhas para pescar. Colher algodão estava abaixo da dignidade de Pork, mas caçar e pescar, não.

Em seguida, Scarlett tentou colocar suas irmãs e Melanie nos campos, mas isso não surtiu melhor efeito. Melanie fez a colheita direitinho, com rapidez e boa vontade por uma hora sob o sol quente, e depois desmaiou sem qualquer anúncio, tendo então que ficar de cama por uma semana. Suellen, magra e chorosa, fingiu desmaiar também, mas voltou à consciência cuspindo como um gato zangado quando Scarlett lhe jogou uma cabaça cheia de água na cara. Finalmente, ela se recusou e pronto.

– Não vou trabalhar no campo feito uma negra! Você não pode me obrigar. E se algum de nossos amigos viesse a saber? E se... se o Sr. Kennedy descobrisse? Ah, se mamãe soubesse disso...

– Mencione mamãe mais uma vez, Suellen O'Hara, e lhe dou um sopapo – gritou Scarlett. – Mamãe trabalhava mais que qualquer escravo neste lugar e você bem sabe, Dona Metida!

– Não trabalhava, não! Pelo menos não no campo. E você não pode me obrigar. Vou falar com papai e ele não vai me obrigar a trabalhar!

– Não ouse incomodar papai com nenhum de nossos problemas! – gritou Scarlett, perturbada entre a indignação com sua irmã e temor por Gerald.

– Eu vou lhe ajudar, mana – interpôs-se Carreen docilmente. – Trabalho por Sue e por mim. Ela ainda não está bem e não deveria ficar no sol.

Scarlett falou, agradecida:

– Obrigada, meu docinho. – Mas olhou preocupada para a irmã caçula. Carreen, que sempre fora tão delicadamente branca e rosada como os botões do pomar que se espalham com o vento da primavera, já não era rosada, mas ainda transmitia com seu doce e atencioso rostinho uma característica de florescência. Desde que voltara à consciência, ela andava quieta, um pouco atordoada, tendo descoberto que Ellen se fora, Scarlett estava uma megera, o mundo mudara e trabalho incessante era a ordem do novo dia. Ajustar-se à mudança não fazia parte da natureza delicada de Carreen. Ela simplesmente não conseguia entender o que acontecera e andava por Tara como uma sonâmbula, fazendo tudo o que lhe mandavam. Parecia, e era, frágil, mas tinha boa vontade, era obediente e prestativa. Quando não estava cumprindo as ordens de Scarlett, estava sempre com as contas do rosário entre os dedos e seus lábios se moviam em orações pela mãe e por Brent Tarleton. Não ocorria a Scarlett que ela levara a morte de Brent tão a sério e que seu pesar não tinha se curado. Para Scarlett, Carreen ainda era a "irmã caçula", jovem demais para realmente ter vivido um caso sério de amor.

Sob o sol nas fileiras de algodão, as costas doendo pelo curvar-se eterno e as mãos ásperas pelos gorgulhos secos, Scarlett desejava ter uma irmã que combinasse a energia e força de Suellen com a dócil disposição de Carreen. Pois Carreen era aplicada e convicta no trabalho da colheita, mas, após uma hora trabalhando, ficava óbvio que era ela, e não Suellen, quem não estava bem para tal trabalho. Então Scarlett mandou Carreen de volta para casa também.

Restavam com ela nas longas fileiras apenas Dilcey e Prissy. Prissy fazia a colheita com preguiça, de modo espasmódico, reclamando dos pés, das costas, de suas infelicidades interiores, do extremo cansaço, até que a mãe pegava um talo de algodão e a chicoteava até fazê-la gritar. Depois disso, ela trabalhava um pouco melhor, tomando cuidado para ficar longe do alcance da mãe.

Dilcey era incansável, trabalhava em silêncio, como uma máquina, e Scarlett, com as costas doendo e o ombro em carne viva pelo peso do saco de algodão que puxava, concluiu que Dilcey valia seu peso em ouro.

– Dilcey – disse ela –, quando os bons tempos voltarem, não vou me esquecer de sua atitude. Você tem sido boa demais.

A gigante de bronze não riu agradecida nem se contorceu com o elogio como os outros negros. Virou o rosto imóvel para Scarlett e disse, com dignidade:

– Brigada, sinhá. Mais o sinhô Gerald e a sinhá Ellen forô bom demais pra mim. O sinhô Gerald comprô minha Prissy pra eu num ficá afrita e num me esqueço. Sô parte índia, e os índio num esquece quem oi bom pra eles. Descurpe a Prissy. Ela num presta pra nada. Parece que é toda nêga como o pai dela, que era um leviano.

Apesar dos problemas de Scarlett para conseguir ajuda dos outros na colheita, e apesar de sua exaustão fazendo o trabalho, ela foi ficando animada ao ver o algodão lentamente deixando o campo e enchendo as cabanas. Havia algo no algodão que era tranquilizante. Tara enriquecera com o algodão, assim como todo o sul, e, sendo uma sulista, Scarlett acreditava que Tara e o sul se reergueriam novamente através dos campos de terra vermelha.

Claro, esse algodão que ela colhera não era muito, mas era alguma coisa. Traria um pouco do dinheiro confederado, e esse pouco a ajudaria a poupar as notas verdes e o ouro guardados na carteira do ianque até precisarem ser gastos. Na primavera seguinte ela tentaria fazer o governo confederado lhe devolver Big Sam e os outros escravos que tinham sido recrutados, e se o governo não os liberasse, usaria o dinheiro do ianque para contratar trabalhadores dos vizinhos. Na primavera seguinte ela iria plantar sem parar... Endireitando as costas, olhou para os campos que estavam ficando marrons com o outono e viu a plantação do ano seguinte vigorosa e verdejante, hectare após hectare.

Na próxima primavera! Talvez àquela altura a guerra tivesse acabado e os bons tempos estivessem de volta. E tendo a Confederação vencido ou não, os tempos seriam melhores. Qualquer coisa era melhor que o perigo constante de ataques pelos dois exércitos. Quando a guerra acabasse, seria possível ganhar a vida honestamente com a plantação. Ah, se pelo menos a guerra tivesse acabado! Então as pessoas poderiam plantar as safras com alguma certeza de colhê-las!

Agora havia esperança. A guerra não podia durar para sempre. Ela tinha seu algodão, tinha alimentos, um cavalo, sua pequena, mas preciosa, reserva de dinheiro. Sim, o pior já passara!

27

Em um meio-dia em meados de novembro, estavam todos sentados em volta da mesa, comendo o resto da sobremesa feita por Mammy com fubá e mirtilo seco e adoçada com melado de sorgo. Fazia um friozinho, o primeiro do ano, e Pork, de pé atrás da cadeira de Scarlett, esfregou as mãos de alegria e perguntou:

– Já num tá na época de matá os porco, sinhá Scarlett?

– Você já está saboreando aqueles miúdos, não é? – disse Scarlett com um sorriso. – Bem, eu também já consigo sentir o gosto de carne fresca de porco, e se o tempo ficar assim por mais alguns dias, nós...

Melanie interrompeu, a colher nos lábios:

– Ouça, querida! Alguém está chegando!

– Arguém tá gritano – disse Pork, inquieto.

O som de cascos de cavalo chegava claramente com o ar crepitante de outono, pulsando tão rapidamente quanto um coração assustado, e uma voz aguda de mulher gritava:

– Scarlett! Scarlett!

Todos se entreolharam por um segundo pavoroso antes de empurrarem as cadeiras e ficarem de pé. Apesar do medo que a esganiçava, todos reconheceram a voz de Sally Fontaine que, só uma hora antes, estivera em Tara para uma conversa rápida a caminho de Jonesboro. Todos correram para a porta da frente e a viram subindo pelo caminho como o vento sobre o cavalo, o cabelo ondulado atrás dela, o chapéu de sol pendurado ao pescoço pelas fitas. Ela não puxava as rédeas, mas, enquanto galopava loucamente na direção deles, apontava para a direção de onde vinha.

– Os ianques estão vindo! Eu os vi! Lá embaixo na estrada! Os ianques...

Ela puxou com força as rédeas a tempo de impedir que o animal subisse os degraus da varanda. Deu uma volta, atravessou o gramado lateral em três saltos e fez o cavalo saltar a grande cerca viva como se estivesse no campo de caça. Ouviram o golpear pesado dos cascos enquanto ela seguia para o pátio dos fundos e descia a estreita alameda entre as cabanas da senzala, sabendo que estava tomando um atalho pelo campo até Mimosa.

Ficaram paralisados por um momento e depois Suellen e Carreen começaram a soluçar e a se agarrar uma na outra. O pequeno Wade ficou imóvel, trêmulo, incapaz de chorar. O que ele temia, desde a noite que tinham saído de Atlanta, acontecera. Os ianques estavam vindo para pegá-lo.

– Ianques? – disse Gerald vagamente. – Mas os ianques já estiveram aqui.

– Mãe de Deus! – gritou Scarlett, os olhos encontrando os olhos assustados de Melanie. Por uma fração de segundo, novamente lhe passaram pela mente os horrores de sua última noite em Atlanta, as casas destruídas que pontilhavam a zona rural, todas as histórias de estupro, tortura e assassinato. Viu outra vez o soldado ianque estirado no vestíbulo com a caixa de costura de Ellen na mão. Pensou: "Vou morrer. Vou morrer bem aqui. Achei que isso já tinha acabado. Vou morrer. Não aguento mais."

Então seus olhos pousaram no cavalo encilhado, esperando por Pork, que iria até os Tarleton em um serviço. Seu cavalo! Seu único cavalo! Os ianques o levariam, além da vaca com o bezerro. E a leitoa com sua cria... Ah, quantas horas exaustivas para capturar aquela leitoa e seus ágeis filhotes! E eles levariam o galo e as galinhas poedeiras e os patos que as Fontaine lhe tinham dado. E as maçãs e as batatas nos caixotes da dispensa. E a farinha, o arroz e as ervilhas secas. E o dinheiro na carteira do soldado ianque. Levariam tudo e os deixariam morrendo de fome.

– Eles não vão pegar! – falou ela em voz alta, e todos se viraram com expressões assustadas, temendo que ela tivesse perdido a cabeça com tanta pressão. – Não vou passar fome! Eles não podem pegá-los!

– O quê, Scarlett? O quê?

– O cavalo! A vaca! Os porcos! Eles não vão ficar com eles! Não vou deixar!

Ela se virou para os quatro negros que se acotovelavam no vão da porta, os semblantes em um tom peculiar de cinza.

– O pântano – disse ela rapidamente.

– Que pânto?

– O pântano do rio, seus tolos! Levem os porcos para o pântano. Todos vocês. Rápido. Pork, você e Prissy rastejem embaixo da casa e tirem os porcos. Suellen, você e Carreen encham as cestas com o máximo de comida que conseguirem carregar e vão para o mato. Mammy, ponha a prataria no poço de novo. E Pork! Pork, escute, não fique parado aí desse jeito! Leve papai com você. Não me pergunte para onde! Para qualquer lugar! Qualquer lugar! Vá com Pork, papai. Meu paizinho querido.

Mesmo em seu frenesi, ela pensou no que a visão das túnicas azuis poderia fazer à mente incerta de Gerald. Parou e torceu as mãos e o soluçar assustado do pequeno Wade agarrado às saias de Melanie aumentou seu pânico.

– O que eu faço, Scarlett? – A voz de Melanie estava calma em meio às lamentações, lágrimas e arrastar de pés. Embora seu rosto estivesse branco como papel e todo o seu corpo tremesse, a tranquilidade de sua voz acalmou Scarlett, lhe revelando que todos se voltavam para ela em busca de ordens e orientação.

– A vaca e o bezerro – disse ela rapidamente. – Estão no pasto antigo. Pegue o cavalo e leve-os para o pântano e...

Antes que acabasse a frase, Melanie puxou as saias das mãos de Wade e desceu as escadas correndo até o cavalo e ergueu as saias largas. Scarlett viu de relance as pernas finas, uma agitação de saias e roupas de baixo, e Melanie estava sobre a sela, os pés balançando bem acima dos estribos. Pegou as rédeas, bateu os calcanhares nas laterais do animal e em seguida puxou as rédeas, o rosto se contorcendo horrorizado.

– Meu bebê! – gritou. – Ah, meu bebê! Os ianques vão matá-lo. Pegue-o para mim!

Sua mão estava no arção e ela se preparava para apear, mas Scarlett gritou.

– Vá! Vá! Pegue a vaca! Eu cuido de seu bebê! Vá, estou dizendo! Acha que eu os deixaria pegar o bebê de Ashley? Ande!

Melly olhou desesperada para trás, mas bateu os calcanhares no cavalo e disparou alameda abaixo, fazendo salpicar o cascalho, rumo ao pasto.

Scarlett pensou: "Nunca pensei que veria Melanie Hamilton montando um cavalo feito um homem!", entrando depois na casa. Wade a seguiu, soluçando e tentando se agarrar às suas saias esvoaçantes. Ao subir as escadas, de três em três degraus, viu Carreen e Suellen, com as cestas no braço, correndo para a despensa, e Pork agarrando Gerald pelo braço, sem muita suavidade, puxando-o para a varanda dos fundos. Gerald resmungava e tentava se soltar feito uma criança.

A voz estridente de Mammy chegava do pátio dos fundos:

– Anda Prissy! Vai pra baxo da casa e pega os porco! Vosmecê sabe muito bem que eu sô grande por demais pra rastejá ali. Dilcey, vem cá e dá um jeito nessa criança imprestáve.

"E eu que achei que era uma boa ideia deixar os porcos embaixo da casa para que ninguém os roubasse", pensou Scarlett, correndo para o quarto. "Ah, por que não construí um cercado para eles lá no pântano?"

Abriu a primeira gaveta da cômoda e remexeu nas roupas até a carteira do ianque estar em sua mão. Apressadamente, pegou o anel solitário e os brincos de brilhante da cesta de costura, onde os escondera, e os jogou dentro da carteira. Mas onde escondê-la? Dentro do colchão? Na chaminé? Jogá-la no poço? Colocá-la entre os seios? Não, ali nunca! O contorno podia aparecer pelo corpete e se os ianques vissem iriam despi-la para encontrar.

"Eu morro se fizerem isso!", ela pensou, apavorada.

Lá embaixo havia um pandemônio de pés correndo e vozes chorosas. Mesmo em meio ao frenesi, Scarlett queria que Melanie estivesse com ela. Melly, que fora tão corajosa no dia que ela atirara no ianque. Melly valia por três dos outros. Melly... o que ela tinha falado? Ah sim, o bebê!

Agarrada à carteira, Scarlett correu pelo corredor até o quarto onde o pequeno Beau dormia no bercinho. Ela o pegou nos braços e ele acordou, balançando as mãozinhas e babando, sonolento.

Ouviu Suellen chamando: "Venha, Carreen! Venha! Já temos o suficiente. Ah, mana, apresse-se!" Ouviam-se grunhidos selvagens, resmungos indignados no pátio dos fundos que corriam até a janela. Scarlett viu Mammy apressada atravessando o campo de algodão com seu gingado, carregando um porquinho a se debater embaixo de cada braço. Atrás dela ia Pork, também carregando dois porcos e puxando Gerald à sua frente. Gerald seguia pelos sulcos a passos pesados, agitando a bengala.

Debruçando-se na janela, Scarlett gritou:

– Pegue a leitoa, Dilcey! Faça Prissy puxá-la para fora. Você pode correr atrás dela pelo campo.

Dilcey olhou para cima, o rosto bronzeado importunado. No avental, uma porção de talheres de prata. Apontou para baixo da casa.

– A leitoa mordeu a Prissy e dexô ela presa debaxo da casa.

"Bom para a leitoa", pensou Scarlett. Correu de volta a seu quarto e foi ao esconderijo, de onde tirou os braceletes, o broche, a miniatura e a canequinha que encontrara com o ianque morto. Mas onde esconder aquilo? Era estranho, carregar o pequeno Beau em um dos braços, a carteira e a quinquilharia no outro. Ela tentou deixá-lo na cama.

Ele começou a chorar ao sair de seu braço e ela teve uma boa ideia Que melhor esconderijo haveria que as fraldas de um bebê? Rapidamente, o virou, puxou a camisolinha e enfiou a carteira na fralda, junto às costas. Ele gritou mais alto diante desse tratamento e, apressadamente, ela ajustou a vestimenta triangular entre as perninhas agitadas.

"Agora", pensou ela, puxando o fôlego, "agora para o pântano!".

Agarrando-o a berrar debaixo de um braço e segurando as quinquilharias na outra mão, ela seguiu pelo corredor. Parou de repente, as pernas fraquejando de medo. Que silenciosa estava a casa! Que terrivelmente desolada! Teriam todos se ido, abandonando-a lá? Ninguém tinha esperado por ela? Ela não imaginou que eles fossem entender que era para deixá-la sozinha. Nos dias de hoje, qualquer coisa podia acontecer a uma mulher sozinha, e com os ianques se aproximando...

Ouvindo um leve ruído, ela se sobressaltou e, ao se virar, viu o filho esquecido, agachado junto à balaustrada, os olhos arregalados de pavor. Ele tentava falar, mas sua garganta não obedecia.

– Levante-se, Wade Hampton – ela ordenou prontamente. – Levante-se e caminhe. Mamãe não pode carregá-lo.

Ele correu até ela, como um animalzinho assustado e, agarrando-se à saia larga, enterrou a cabeça. Ela podia sentir as mãozinhas tateando em busca de suas pernas entre as dobras da saia. Ela começou a descer as escadas, cada passo estorvado pelas mãos de Wade a reboque, e disse ferozmente:

– Largue-me, Wade! Largue-me e caminhe! – Mas ele só se agarrou mais ainda.

Ao chegar ao patamar, todo o andar inferior lhe saltou aos olhos. Todos os móveis e artigos domésticos tão queridos pareciam sussurrar: "Adeus! Adeus!" Ela sentiu um aperto na garganta. Lá estava a porta aberta do gabinete onde Ellen trabalhara com tanta dedicação, e ela podia ver a ponta da velha escrivaninha. A sala de jantar, com as cadeiras empurradas para trás e comida ainda nos pratos. No chão, os tapetes de trapo que a própria Ellen tinha tingido e tecido. E havia o grande retrato de vovó Robillard, com um vestido decotado, o cabelo puxado para o alto e as narinas talhadas de tal modo a lhe dar um perpétuo sorriso de escárnio de gente distinta. Tudo o que fizera parte de suas primeiras memórias, tudo o que estava ligado às suas mais profundas raízes: "Adeus, adeus, Scarlett O'Hara!"

Os ianques queimariam tudo... tudo!

Era sua última visão da casa, a última, a não ser pela que teria da mata ou do pântano, as altas chaminés envolvidas em fumaça, o telhado sendo derrubado pelas chamas.

"Não posso deixá-la", ela pensou, e ficou com as mãos trêmulas de medo. "Não posso deixá-la. Papai não a deixaria. Ele disse aos ianques que poderiam queimá-la sobre sua cabeça. Então, eles irão queimá-la sobre a minha cabeça, pois eu também não vou deixá-la. É tudo o que me restou."

Tomando essa decisão, parte do medo se afastou, restando apenas uma sensação cristalizada em seu peito, como se toda a esperança e o medo tivessem congelado. Ali parada, ela ouviu o som de muitos cascos de cavalos chegando pela alameda, o tilintar de arreios e espadas embainhadas e uma voz áspera gritando um comando: "Desmontar!" Rapidamente, ela se inclinou para a criança a seu lado e sua voz era urgente, mas estranhamente meiga.

– Solte minha saia, Wade, querido! Corra lá para baixo, e pelo pátio dos fundos vá depressa para o pântano. Mammy e tia Melly estão lá. Corra depressa, meu bem, e não tenha medo.

Com a mudança no tom de sua voz, o menino olhou para cima e Scarlett ficou estarrecida com a expressão de seus olhos, parecendo os de um coelhinho em uma armadilha.

– Ah, minha Nossa Senhora! – rezou ela. – Não permita que ele tenha um acesso de choro! Não... não diante dos ianques. Eles não podem saber que estamos com medo. – E como a criança só se agarrava ainda mais à sua saia, ela disse com clareza: – Seja um homenzinho, Wade. Eles não passam de um bando de ianques malditos!

E então desceu as escadas ao encontro deles.

SHERMAN ESTAVA MARCHANDO pela Geórgia, de Atlanta até o mar. Atrás dele tinham ficado as ruínas fumegantes de Atlanta, que fora incendiada enquanto o exército azul se retirava. Diante dele havia cerca de 5 mil quilômetros de território praticamente indefeso, salvo por algumas milícias estaduais e os velhos e meninos da Guarda Nacional.

Ali estava o fértil estado, pontilhado de plantações, abrigando mulheres e crianças, os muito idosos e os negros. Em uma larga faixa de uns 1.300 quilômetros, os ianques vinham saqueando e incendiando. Havia centenas de casas em chamas, centenas de casas ressoando com os passos de seus pés. Mas, para Scarlett, observar as túnicas azuis se derramarem em sua varanda não era um caso regional. Era inteiramente pessoal, um ato mal-intencionado dirigido a ela e aos seus.

Ela ficou ao pé da escadaria, o bebê no braço, Wade grudado nela, a cabeça escondida em suas saias, enquanto os ianques enxamearam pela casa, empurrando-a ao passar por ela para subir as escadas, arrastando móveis para a varanda da frente, correndo baionetas e facas pelos estofados à procura de valores. Lá em cima, rasgavam colchões e edredons de penas até o corredor ficar cheio de penas flutuando lentamente, descendo sobre sua cabeça. A raiva impotente sufocava o pouco de medo que restara em seu coração enquanto ela ficava ali parada, sem ação, e eles pilhavam, roubavam e destruíam.

O sargento em comando era um homenzinho grisalho de pernas arqueadas, com a face protuberante pelo naco de fumo que mascava. Ele chegou a Scarlett antes dos outros homens e, cuspindo sem-cerimônia no chão e na saia dela, disse secamente:

– Entregue o que tem em sua mão, senhora.

Ela se esquecera das quinquilharias que pretendia esconder e, com um sorriso de escárnio, que esperava ser tão eloquente quando o retratado na fisionomia de vovó Robillard, jogou os artigos no chão e quase teve prazer com o catar voraz que se seguiu.

– Vou precisar do anel e dos brincos.

Scarlett segurou com mais firmeza o bebê, que ficou com o rosto para baixo, vermelho e aos berros, e tirou os brincos de granada que tinham sido o presente de casamento de Gerald para Ellen. Depois tirou o grande solitário de safira que Charles lhe dera de noivado.

– Não jogue. Coloque em minha mão – disse o sargento, estendendo as mãos. – Esses patifes já pegaram muita coisa. O que mais a senhora tem? – Seus olhos se fixaram em seu corpete.

Por um momento Scarlett sentiu que iria desmaiar, já sentindo mãos grosseiras se enfiando em seu busto, remexendo em suas ligas.

– Isso é tudo, mas imagino que seja costumeiro despir suas vítimas, não?

– Ah, vou acreditar em sua palavra – disse o sargento de bom grado, cuspindo outra vez antes de se virar. Scarlett endireitou o bebê e tentou acalmá-lo, segurando-o onde a carteira estava escondida, agradecendo a Deus que Melanie tivesse um bebê e que o bebê usasse fralda.

Ela podia ouvir os passos pesados das botas lá em cima, o arrastar de móveis, o estilhaçar de louça e espelhos, os xingamentos pela falta de objetos de valor. Gritos vinham do pátio dos fundos: "Peguem elas! Não deixem fugir!", e o estardalhaço desesperado das galinhas, o grasnido dos patos e gansos. Uma agonia a transpassou ao ouvir um guincho agonizante que foi subitamente silenciado por um tiro e ela soube que a leitoa estava morta. Maldita Prissy! Tinha escapado e a deixado. Se ao menos os filhotes estivessem a salvo! Se ao menos a família tivesse chegado a salvo ao pântano! Mas era impossível saber.

Ela ficou quieta no vestíbulo enquanto os soldados fervilhavam em volta, gritando e praguejando. Os dedos de Wade agarravam sua saia em um aperto aterrorizado. Ela podia sentir o corpo trêmulo do filho junto ao seu, mas não conseguia lhe dirigir qualquer palavra tranquilizadora . Não conseguia emitir qualquer palavra aos ianques, fosse de súplica, protesto ou raiva. Só conseguia agradecer a Deus por ainda ter força nos joelhos, por seu pescoço ainda conseguir manter a cabeça erguida. Mas quando um pelotão de homens barbados desceu as escadas carregado de uma série de objetos e ela viu o sabre de Charles nas mãos de um, gritou.

Aquele sabre pertencia a Wade. Fora o sabre de seu pai e de seu avô e Scarlett o tinha dado ao menino em seu último aniversário. Realizaram uma cerimônia e Melanie tinha chorado, lágrimas de orgulho e de pesarosa lembrança. Beijou Wade, dizendo que ele devia crescer para ser um soldado corajoso como o pai e o avô. Wade tinha muito orgulho do sabre, e muitas vezes subia na mesa sobre a qual ele ficava pendurado, para tocá-lo. Scarlett conseguia tolerar a visão de suas próprias posses saindo da casa em odiosas mãos alheias, mas isso não, não o motivo de orgulho de seu menino. Espiando por trás da proteção de suas saias depois desse grito, Wade recobrou a fala e a coragem em um berro. Estendendo a mão e gritando:

– Meu!

– Não pode levar isso! – disse Scarlett prontamente, estendendo a mão também.

– Não posso, é? – disse o soldado baixinho, que o segurava, rindo descaradamente para ela. – Pois bem, posso sim! É um sabre rebelde!

– N... não é. É um sabre da Guerra do México. Você não pode levá-lo. Pertence a meu menino. Era do avô dele! Ah, capitão – gritou ela, virando-se para o sargento –, por favor, faça com que ele o devolva!

O sargento, encantado com a promoção, deu um passo à frente.

– Deixe-me ver o sabre, Bub – disse.

Relutante, o baixinho lhe entregou.

– O cabo é de ouro maciço – disse ele.

O sargento o virou de um lado e de outro, segurou o cabo sob a luz do sol para ler a inscrição gravada.

– "Ao coronel William R. Hamilton" – decifrou ele. – "De seu Estado-Maior. Por bravura. Buena Vista. 1847."

– É, senhora – disse ele –, eu também estive em Buena Vista.

– Não diga... – falou Scarlett gelidamente.

– E como não? Aquilo é que foi uma luta, lhe digo. Não vi luta como aquela nesta guerra. Então esse sabre foi do avô desse tiquinho de gente?

– Sim.

– Bem, o menino pode ficar com ele – disse o sargento, que estava satisfeito com a quinquilharia amarrada em seu lenço.

– Mas o cabo é de ouro maciço – insistiu o baixinho.

– Vamos deixar isso para ela de lembrança de nossa passagem – sorriu o sargento.

Scarlett pegou o sabre, sem sequer dizer "Obrigada". Por que deveria agradecer àqueles ladrões por devolverem o que lhe pertencia? Ficou segurando o sabre enquanto o cavaleiro baixinho discutia com o sargento.

– Por Deus, vou deixar algo para que esses malditos rebeldes se lembrem de mim – gritou o soldado, por fim, quando o sargento, perdendo a paciência, mandou que calasse a boca e fosse para o inferno. O baixinho saiu reclamando para os fundos da casa e Scarlett respirou mais aliviada. Eles não tinham falado nada sobre incendiar a casa. Não falaram para ela sair a fim de que pudessem atear fogo. Talvez... talvez... Os homens desceram e vieram do lado de fora para o vestíbulo.

– Alguma coisa? – perguntou o sargento.

– Uma leitoa, umas galinhas e uns patos.

– Um pouco de milho, batatas-doces e vagem. Por certo foi a gata selvagem que vimos a cavalo que deu o alarme.

– E você, Paul Revere?

– Bem, não tem muita coisa aqui, sargento. O senhor pegou os produtos da colheita. Vamos embora antes que toda a região tenha notícia de que estamos chegando.

– Vocês cavaram debaixo do fumeiro? Geralmente enterram coisas por lá.

– Não tem fumeiro.

– Olharam as cabanas dos negros?

– Nada, só algodão lá dentro. Tocamos fogo nele.

Em um breve instante, Scarlett visualizou os longos dias quentes no campo de algodão, sentiu outra vez a dor nas costas, seus ombros em carne viva. Tudo por nada. O algodão se fora.

– Parece que a senhora não tem muito aqui, não é?

– Seu exército já esteve aqui antes – disse ela friamente.

– É verdade. Estivemos aqui em setembro – disse um dos homens, revirando algo em sua mão. – Tinha esquecido.

Scarlett viu que era o dedal de ouro de Ellen que ele segurava. Quantas vezes ela o vira brilhando para cá e para lá no belo trabalho manual de Ellen. Aquela visão lhe trazia de volta muitas lembranças dolorosas da mão delicada que o usara. Lá estava ele na palma suja e calosa desse estranho, e logo rumaria para o norte e para o dedo de alguma ianque que se orgulharia de usar coisas roubadas. O dedal de Ellen!

Scarlett abaixou a cabeça para que o inimigo não a visse chorar e as lágrimas caíram lentamente sobre a cabeça do bebê. Com o olhar embaçado, ela viu os homens indo para a porta, ouviu o sargento dando ordens em voz alta e áspera. Eles estavam indo embora, e Tara estava segura, mas, com a dor da memória de Ellen, ela mal conseguia se alegrar. O som das espadas batendo e dos cascos dos cavalos lhe trouxeram pouco alívio, e ela ficou ali parada, repentinamente fraca e inerte, enquanto eles desciam a alameda, cada homem carregado de objetos roubados, roupas, cobertores, quadros, galinhas e patos, além da leitoa.

Então chegou o cheiro de fumaça e ela se virou, enfraquecida demais por toda a tensão para se importar com o algodão. Pela janela aberta da sala de jantar ela viu a fumaça saindo preguiçosamente das cabanas. Lá se ia o algodão. Lá se ia o dinheiro dos impostos e parte do dinheiro com que passariam o inverno. Nada havia a fazer, a não ser olhar. Ela já vira algodão pegando fogo antes e sabia o quanto era difícil apagar, mesmo tendo muitos homens nesse empenho. Ainda bem que a senzala era distante da casa! Ainda bem que naquele dia não havia vento que pudesse carregar faíscas para o telhado de Tara!

De repente ela se virou, firme como um ponteiro, e olhou apavorada pelo corredor até a passagem coberta que levava à cozinha. Havia fumaça vindo da cozinha!

Ela largou o bebê em algum ponto entre o vestíbulo e a cozinha. Em algum ponto, ela se livrou das mãos de Wade, jogando-o contra a parede. Entrou na cozinha enfumaçada e recuou, tossindo, os olhos cheios de lágrimas por causa da fumaça. Novamente se arremessou, a saia erguida tapando o nariz.

A peça era escura, tendo só uma janela por iluminação e tão cheia de fumaça que ela ficou cega, mas conseguia ouvir o silvo e o crepitar das chamas. Protegendo os olhos espremidos com uma das mãos, enxergou finas línguas de fogo lambendo o chão da cozinha rumo às paredes. Alguém jogara as achas em brasa do fogão por toda a peça e o piso de madeira, muito seco, sugava as chamas e as cuspia como água.

Ela voltou à sala de jantar e agarrou um tapete, derrubando duas cadeiras.

Nunca vou conseguir apagá-lo... nunca, nunca! Ah, Deus, se ao menos houvesse alguém para ajudar! Tara está acabada... acabada! Ah, Deus! Foi isso que aquele baixinho desgraçado quis dizer ao falar que deixaria algo para que eu me lembrasse dele! Ah, por que não o deixei ficar com o sabre!

No corredor ela passou pelo filho deitado no canto com o sabre. Seus olhos estavam fechados e no rosto havia uma expressão relaxada de paz etérea.

"Meu Deus! Ele morreu! Eles o mataram de medo!", ela pensou agoniada, mas passou por ele correndo até o balde de água que sempre ficava na passagem perto da porta da cozinha.

Molhou a ponta do tapete no balde e, respirando fundo, se arremessou outra vez para dentro da peça enfumaçada, fechando a porta atrás de si. Por uma eternidade ela andou em volta batendo o tapete nos filetes de fogo que corriam velozmente. Duas vezes sua saia longa pegou fogo e ela o apagou com as mãos. Podia sentir o cheiro do cabelo chamuscado quando se desprendeu, caindo sobre seus ombros. As chamas avançaram adiante dela, indo para as paredes da passagem coberta, serpentes de fogo que se contorciam e saltavam, e, sendo varrida pela exaustão, ela sabia que não havia esperança.

Então a porta se abriu e a corrente de ar fez as chamas aumentarem. Fechou com um estrondo e, através do torvelinho de fumaça, meio cega, Scarlett viu Melanie, batendo com os pés no fogo, batendo nas chamas com algo escuro e pesado. Ela a viu cambaleando, ouviu a tosse, viu seu rosto lívido em um relance e os olhos espremidos contra a fumaça, viu seu corpo delgado se curvando para a frente e para trás enquanto ela brandia o tapete. Por outra eternidade, elas lutaram e bateram os tapetes, lado a lado, e Scarlett pôde ver que as línguas de fogo diminuíam. Então Melanie subitamente se virou para ela e com um grito a golpeou nas costas com toda a sua força. Scarlett caiu em um redemoinho de fumaça e escuridão.

Ao abrir os olhos, estava deitada na varanda dos fundos, a cabeça acomodada no colo de Melanie, e o sol da tarde brilhava em seu rosto. As mãos, o rosto e os ombros ardiam de modo intolerável com as queimaduras. A fumaça ainda subia da senzala, envolvendo as cabanas em densas nuvens, e era forte o cheiro do algodão queimado. Scarlett viu filetes de fumaça saindo da cozinha e teve o impulso de se levantar.

Mas a voz calma de Melanie a puxou para trás:

– Fique deitada, querida. O fogo está apagado.

Ela ficou deitada por um momento, olhos fechados, suspirando de alívio, e ouviu o balbuciar sem nexo do bebê por perto e o som tranquilizador dos soluços de Wade. Então ele não tinha morrido, graças a Deus! Abriu os olhos e olhou para Melanie. Seus cachos estavam chamuscados, o rosto, preto de fuligem, mas seus olhos brilhavam de emoção, e ela sorria.

– Você está parecendo uma negra – murmurou Scarlett, arrumando a cabeça sobre o travesseiro fofo.

– E você parece o último homem de um espetáculo mambembe – retrucou Melanie, igualmente.

– Por que você precisou me dar aquele golpe?

– Porque, minha querida, suas costas estavam pegando fogo. Nem sonhei que você fosse desmaiar, embora Deus saiba que hoje você passou por provas suficientes para matá-la... Voltei logo que deixei os animais seguros no mato. Quase morri de pensar em você e no bebê sozinhos. Os ianques... a machucaram?

– Se quer saber se eles me estupraram, não – disse Scarlett, gemendo ao tentar se sentar. Embora o colo de Melanie fosse macio, a varanda onde se deitava estava longe de ser confortável. – Mas eles roubaram tudo, tudo. Perdemos tudo... Então, o que há para estar com essa cara de alegria?

– Não perdemos uma à outra e nossos bebês, e ainda temos um teto sobre nossas cabeças – disse Melanie, e havia uma cadência em sua voz. – E isso é tudo o que se pode esperar agora... Nossa, mas Beau está molhado! Acho que os ianques roubaram até as fraldas dele. Ele... Scarlett, o que é isso na fralda dele?

Subitamente assustada, ela enfiou a mão nas costas do bebê e voltou com a carteira. Olhou para ela por um instante como se nunca a tivesse visto antes e, em seguida, começou a rir, soltando uma gargalhada de júbilo, sem qualquer sinal de histeria.

– Só você mesma teria pensado nisso – exclamou ela e, abraçando Scarlett pelo pescoço, deu-lhe um beijo. – Você é a cunhada mais imbatível que eu poderia ter arranjado!

Scarlett permitiu o abraço porque estava cansada demais para se esquivar, porque os elogios lhe trouxeram um bálsamo ao espírito e porque, na cozinha escura cheia de fumaça, nascera um respeito ainda maior por sua cunhada, um sentimento ainda mais próximo de companheirismo.

"Preciso admitir", pensou ela contra a vontade, "ela sempre está presente quando se precisa dela".

28

O clima frio se instalou subitamente com uma geada de matar. Os ventos gelados entravam por baixo das portas e sacudiam as vidraças soltas com um monótono tinido. As últimas folhas caíram das árvores seminuas e só os pinheiros continuaram vestidos, pretos e frios contra os céus pálidos. As estradas sulcadas estavam congeladas e a fome cavalgava os ventos pela Geórgia.

Amargurada, Scarlett relembrou sua conversa com vovó Fontaine. Naquela tarde, havia apenas dois meses atrás, que agora pareciam anos, ela dissera à velha senhora que já conhecera o pior que seria possível lhe acontecer e falara do fundo do coração. Agora aquele comentário parecia uma hipérbole de adolescente. Antes da segunda passagem dos homens de Sherman por Tara, ela tinha sua pequena reserva de alimentos e dinheiro, tinha vizinhos mais afortunados e o algodão que a faria vencer as dificuldades até a primavera seguinte. Agora, o algodão se fora, a comida acabara, o dinheiro não lhe tinha utilidade, pois não havia comida para comprar com ele, e os vizinhos estavam em situação pior que a dela. Pelo menos lhe restavam a vaca e o bezerro, alguns porquinhos e o cavalo, enquanto os vizinhos nada tinham, além do pouco que conseguiram esconder na mata e que tinham enterrado.

Fairhill, a propriedade dos Tarleton, fora queimada até os alicerces, e a Sra. Tarleton com as quatro filhas estavam morando na casa do administrador. A casa dos Munroe, perto de Lovejoy, também fora posta abaixo. A ala de madeira de Mimosa queimara, e só o estuque resistente da casa principal e o trabalho frenético das Fontaine e de suas escravas com cobertores e colchas molhadas a tinham salvado. A casa dos Calvert fora novamente poupada, devido à intercessão de Hilton, o administrador ianque, mas não sobrara uma cabeça de gado sequer, nenhuma ave, nenhuma espiga de milho.

Em Tara, assim como no resto da região, o problema era comida. A maioria das famílias não possuía nada, além das sobras de suas plantações de batata-doce e amendoins e alguma caça que conseguiam pegar na mata. O que cada um tinha era compartilhado com os amigos menos afortunados, como havia sido feito em dias mais prósperos. Mas logo chegou a época em que nada existia a compartilhar.

Em Tara comia-se coelho, gambá e bagre, se Pork tivesse sorte. Nos outros dias, um pouco de leite, nozes, sementes torradas e batata-doce. Estavam sempre com fome. Scarlett tinha a impressão de sempre encontrar mãos estendidas e olhos suplicantes onde quer que fosse. Isso a levava à loucura, pois ela sentia tanta fome quanto eles.

Mandou matar o bezerro, pois ele bebia muito do precioso leite e naquela noite todos passaram mal de tanta vitela fresca que comeram. Ela sabia que poderia matar um dos porquinhos, mas estava sempre adiando, esperando que ficassem adultos. Eram pequenos demais. Haveria pouco para comer se fossem abatidos agora, e muito mais se fossem poupados por mais algum tempo. Todas as noites ela discutia com Melanie a possibilidade de mandar Pork procurar comida com o cavalo e algumas notas verdes. Mas o medo de que pudessem capturar o cavalo e o dinheiro as dissuadia da ideia. Elas não sabiam por onde andavam os ianques. Podiam estar a milhares de quilômetros ou do outro lado do rio. Certa vez, desesperada, a própria Scarlett se propôs a sair para buscar o que comer, mas os acessos histéricos de toda a família, com medo dos ianques, a fizeram abandonar a ideia. Pork ia longe vasculhar por comida, às vezes sem voltar para casa à noite, e Scarlett não lhe perguntava aonde ia. Às vezes retornava com alguma caça; outras, com umas espigas de milho, um saco de ervilhas secas. Certa vez, trouxe para casa um galo que disse ter encontrado no mato. A família se deliciou, mas com uma sensação de culpa, sabendo que Pork o roubara, como tinha roubado o milho e o saco de ervilhas. Uma noite, logo depois disso, ele bateu na porta de Scarlett horas depois de a casa estar adormecida e, acanhado, mostrou-lhe a perna crivada de chumbinho. Enquanto ela lhe fazia um curativo, ele explicou, sem jeito, que, ao tentar pegar uma capoeira de galinhas em Fayetteville, fora pego. Scarlett não perguntou de quem era a capoeira, mas deu um tapinha gentil no ombro de Pork, com lágrimas nos olhos. Às vezes os negros eram implicantes, burros e preguiçosos, mas havia uma lealdade neles que o dinheiro não podia comprar, uma sensação de unidade com seus amos brancos que os fazia arriscar suas vidas para pôr comida na mesa.

Em outros tempos, os furtos de Pork seriam assunto grave, provavelmente exigindo açoitamento. Em outros tempos, ela teria sido forçada a, pelo menos, repreendê-lo seriamente. "Nunca se esqueça, querida", dizia Ellen, "de que somos responsáveis pelo bem-estar moral, assim como físico, dos negros que Deus colocou sob nossa responsabilidade. Você precisa saber que eles são como crianças e precisam ser protegidos de si mesmos, como crianças, e é de você que vem o bom exemplo".

Mas agora Scarlett deixava essa repreensão de lado. Que ela estivesse encorajando o roubo, e talvez o roubo de pessoas em pior situação que ela, já não era uma questão de consciência. De fato, a questão moral do caso não lhe afetava muito. Em vez de punição e censura, ela só lamentou que ele tivesse sido atingido.

– Seja mais cuidadoso, Pork. Não queremos perdê-lo. O que faríamos sem você? Você tem sido bom demais e muito leal, e quando tivermos dinheiro de novo, vou lhe comprar um grande relógio de ouro e mandar gravar algo da Bíblia: "Muito bem, servo bom e fiel."

Pork se iluminou com o elogio e escrupulosamente esfregou a perna enfaixada.

– Parece bão, sinhá Scarlett. Quando que a sinhá espera conseguí esse dinhero?

– Não sei, Pork, mas vou consegui-lo algum dia, de algum modo. – Ela lhe lançou um olhar absorto e tão amargurado que ele se agitou, inquieto. – Algum dia, quando esta guerra acabar, vou ter muito dinheiro, e, quando isso acontecer, nunca mais vou sentir fome ou frio outra vez. Nenhum de nós vai sentir fome ou frio. Vamos todos vestir boas roupas e comer frango frito todos os dias e...

Então ela parou. A regra mais rígida de Tara, que ela mesma instituíra e que rigorosamente aplicava, era de ninguém falar sobre as refeições do passado ou das que gostariam de fazer agora, se houvesse a oportunidade.

Vendo-a absorta, olhando para o nada, Pork retirou-se de mansinho. No passado, agora morto e acabado, a vida tinha sido tão complexa, tão cheia de problemas intrincados e de complicações. O problema de conquistar o amor de Ashley e de tentar manter uma dúzia de outros admiradores pendentes e infelizes. As pequenas transgressões de conduta a ocultar dos mais velhos, moças ciumentas de quem debochar ou a quem apaziguar, estilos de vestidos e escolha de tecidos, diferentes penteados a experimentar e, ah, tantos, tantos outros assuntos a decidir! Agora a vida era incrivelmente simples. Agora tudo o que importava era ter comida suficiente para não passar fome, roupa para não congelar e um teto acima da cabeça que não tivesse excesso de goteiras.

Foi nessa época que Scarlett começou a ter um pesadelo recorrente que a assombraria por anos. Era sempre o mesmo sonho, os detalhes nunca variavam, mas o terror que provocava aumentava a cada vez, e o medo de sonhar aquilo de novo lhe atrapalhava até as horas de vigília. Os incidentes do dia em que tivera esse sonho pela primeira vez ainda estavam nítidos em sua memória.

Há dias caía uma chuva fria e a casa estava gelada com as correntezas e a umidade. Os troncos na lareira, também úmidos, faziam fumaça, não esquentando muito. Não houvera nada de comer, além de leite, desde a manhã, pois as batatas-doces tinham acabado e as armadilhas e linhas de pesca não haviam surtido efeito. Teriam que abater um dos porquinhos no dia seguinte, se quisessem comer alguma coisa. Fisionomias tensas e famintas, negras e brancas, olhavam para ela, mudas, pedindo que providenciasse algo de comer. Ela teria que arriscar a perda do cavalo e mandar Pork comprar alguma coisa. E para piorar as coisas, Wade estava doente, com dor de garganta e febre alta, sem que houvesse médico ou remédio para ele.

Faminta e cansada de cuidar do filho, Scarlett o deixou com Melanie e deitou-se para tirar um cochilo. Com os pés gelados, ela se virava de um lado para outro, sem conseguir dormir, pressionada pelo medo e pelo desespero. Não parava de pensar: "O que fazer? Aonde devo ir? Será que não tem ninguém neste mundo que me ajude?" Para onde fora toda a segurança do mundo? Por que não havia alguém, alguma pessoa sábia que lhe tirasse o fardo das costas? Ela não fora feita para carregá-lo. Não sabia como fazer isso. Então caiu em um leve cochilo.

Estava em algum campo estranho, com uma neblina tão densa que não conseguia enxergar a própria mão diante do rosto. O solo sob os pés era instável. Era uma terra mal-assombrada, prenhe de um silêncio aterrador, e ela estava perdida, perdida e apavorada, como uma criança à noite. Sentia muito frio e fome, e o medo do que podia estar se ocultando na neblina era tamanho que nem sequer gritar ela conseguia. Em meio ao nevoeiro, havia coisas estendendo os dedos para agarrar sua saia, para arrastá-la para baixo, para a terra trêmula onde ela pisava, mãos silenciosas, implacáveis, fantasmagóricas. Então ela percebia que em algum lugar na obscuridade opaca à sua volta havia um abrigo, ajuda, um refúgio de proteção e calor. Mas onde era? Será que o alcançaria antes que as mãos a segurassem e arrastassem para o meio da areia movediça?

De repente, ela estava correndo, corria em meio à neblina como uma louca, chorando e gritando, estendendo os braços para só segurar o vazio e a névoa úmida. Onde estava o refúgio? Escapava de seu alcance, mas estava lá, escondido, em algum lugar. Se ao menos conseguisse alcançá-lo, estaria segura! Mas o terror lhe enfraquecia as pernas, a fome a fazendo desmaiar. Ela deu um grito desesperado e acordou com o semblante assustado de Melanie acima dela e sua mão a lhe sacudir para despertar.

O sonho se repetia outras vezes, sempre que ela ia dormir de estômago vazio, o que era bastante frequente. Isso a assustava tanto que ela temia adormecer, embora dissesse febrilmente a si mesma que nada havia a temer naquele sonho. Nada havia em um sonho sobre a neblina para assustá-la tanto. Nada mesmo... contudo, a ideia de cair naquele campo nebuloso a aterrorizava a tal ponto que ela começou a dormir com Melanie, que a acordava quando os gemidos e espasmos revelassem que ela estava outra vez nas garras do sonho.

Sob pressão, ela ficou mais pálida e magra. As belas formas arredondadas abandonaram seu rosto, deixando as faces salientes, enfatizando seus olhos verdes oblíquos, dando-lhe uma aparência de gata selvagem faminta.

"O dia já é um pesadelo sem esses meus sonhos", ela pensava, desesperada, e começou a reservar sua ração diária para comer antes de dormir.

Na véspera de Natal, Frank Kennedy, com um pequeno batalhão de suprimentos, passou por Tara para uma caça inútil a grãos e animais para o exército. Era um bando esfarrapado e de péssima aparência, montado em cavalos estropiados e ofegantes, que obviamente estavam em péssimas condições para continuar a serviço. Como seus animais, os homens tinham ficado inválidos para as linhas de frente e, exceto por Frank, a todos faltava um braço, um olho ou tinham articulações imobilizadas. A maioria deles usava túnicas azuis de ianques capturados e, por um breve momento de horror, o pessoal de Tara achou que os homens de Sherman tinham voltado.

Passaram a noite na fazenda, dormindo no soalho da sala, achando um luxo poder se esticar sobre o tapete aveludado, pois fazia semanas que não dormiam sob um teto nem sobre algo mais macio que agulhas de pinheiro e terra dura. Apesar das barbas sujas e dos andrajos, era um grupo bem-educado, cheio de conversas agradáveis, brincadeiras e elogios, estando todos muito felizes de passar a véspera de Natal em uma casa grande, cercados de mulheres bonitas como tinham sido acostumados em tempos idos. Recusaram-se a falar seriamente sobre a guerra, contaram mentiras escandalosas para fazer as moças rirem, trazendo para a casa nua e pilhada a primeira leveza, o primeiro sinal de festividade após um longo tempo.

– Está quase parecendo como nos velhos tempos, quando tínhamos festas em casa, não é? – sussurrou Suellen alegremente para Scarlett. Suellen estava nas nuvens, tendo um admirador em casa outra vez, e mal conseguia tirar os olhos de Frank Kennedy. Scarlett se surpreendeu ao ver que Suellen parecia quase bonita, apesar da magreza que persistira desde a moléstia. Suas bochechas estavam coradas e havia uma ligeira luminosidade em seus olhos.

"Ela realmente deve gostar dele", pensou Scarlett, desdenhosa. "E imagino que ficaria parecendo quase humana se conseguisse um marido, mesmo que fosse o velho Frank estraga-prazeres."

Carreen também estava um pouco mais animada, e parte do olhar de sonâmbula a abandonou nessa noite. Descobrira que um dos homens conhecera Brent Tarleton e estivera com ele no dia em que fora morto, e prometeu a si mesma uma longa conversa com ele após o jantar.

Durante o jantar, Melanie surpreendeu a todos se esforçando para deixar a timidez de lado e quase chegando a ficar animada. Ela riu, brincou e quase, mas não de fato, flertou com um soldado caolho, que de bom grado retribuiu seus esforços com galanterias extravagantes. Scarlett sabia o esforço que isso requeria, tanto mental quanto físico, pois Melanie sofria tormentos de timidez diante de qualquer coisa masculina. Além disso, ela não estava nada bem. Insistia que era forte e chegava a trabalhar até mais que Dilcey, mas Scarlett sabia que estava doente. Quando erguia alguma coisa, seu rosto empalidecia, e após fazer esforço ela costumava se sentar subitamente, como se as pernas já não a aguentassem. Mas, nessa noite, ela, assim como Suellen e Carreen, estava fazendo todo o possível para que os soldados aproveitassem o Natal. Só Scarlett não teve prazer com as visitas.

A tropa acrescentou sua ração de milho em grão e um pouco de carne à ceia, composta de ervilha seca cozida, passas de maçã em calda e amendoim, que Mammy lhes servira, e depois declarou ter sido a melhor refeição que tiveram em meses. Inquieta, Scarlett os observou comendo. Ela não só cedeu de má vontade cada bocado que comiam, como ficou em suspense, temendo que descobrissem que Pork abatera um dos porquinhos no dia anterior. Agora ele estava pendurado na dispensa e ela jurara impiedosamente a todos do domicílio que arrancaria os olhos de quem mencionasse o porquinho às visitas ou a presença dos irmãos e irmãs do porco morto, seguros em seu chiqueiro lá no pântano. Esses homens famintos poderiam devorar todo o porco em uma única refeição e, se soubessem dos porcos vivos, poderiam confiscá-los para o exército. Ela também estava alarmada por causa da vaca e do cavalo, e se arrependeu de não tê-los escondido no pântano em vez de amarrá-los na mata ao pé do pasto. Se o batalhão de suprimentos levasse seus animais, não haveria possibilidade de Tara sobreviver ao inverno. Não haveria como substituí-los. Quanto ao que o exército comeria, ela não se importava. Que o exército alimentasse o exército, se pudesse. Já lhe era difícil demais alimentar os seus.

Os homens tiraram de suas mochilas uns "pãezinhos de vareta" para colaborar com a sobremesa, e essa era a primeira vez que Scarlett via esse artigo da alimentação confederada, sobre o qual havia quase tantas piadas quanto sobre os piolhos. Eram espirais carbonizadas do que parecia ser madeira. Os homens a desafiaram a dar uma mordida e, quando ela o fez, descobriu que abaixo da superfície preta havia uma broa de milho sem sal. Os soldados misturavam sua ração de fubá com água, e sal também, quando tinham, envolviam suas varetas de espingarda com essa massa e assavam nas fogueiras do acampamento. Era tão duro quanto bala de açúcar, e tão sem gosto quanto serragem, e depois de provar Scarlett rapidamente o devolveu em meio a sonoras gargalhadas. Seus olhos encontraram os de Melanie, e o mesmo pensamento estava claro nas duas fisionomias... "Como podem continuar lutando, tendo só isso para comer?"

A refeição foi bastante alegre, e até Gerald, que presidia a mesa absorto, conseguiu evocar lá do fundo de sua mente algumas das habilidades de anfitrião e um sorriso incerto. Os homens falavam, as mulheres sorriam e agradavam. Ao se virar subitamente para Frank Kennedy para lhe pedir notícias da Srta. Pittypat, Scarlett o surpreendeu com uma expressão no rosto que a fez esquecer o que pretendia dizer.

Seus olhos tinham se afastado dos de Suellen e vagavam pela sala, passando dos olhos infantilmente intrigados de Gerald para o chão sem tapetes, para o console da lareira, desprovido de seus usuais ornamentos, para os estofados rasgados, que as baionetas ianques tinham aberto, o espelho rachado acima do aparador, os quadrados marcados pelos quadros que ali estavam pendurados antes da passagem dos ladrões, o escasso serviço de mesa, os vestidos das moças, decentemente consertados, mas velhos, o saco de farinha que se transformara em um saiote escocês para Wade.

Frank estava se lembrando da Tara que conhecera antes da guerra, e havia uma expressão ferida, uma expressão de raiva impotente. Ele amava Suellen, gostava de suas irmãs, respeitava Gerald e tinha uma verdadeira predileção pela fazenda. Desde a varredura feita por Sherman na Geórgia, Frank tinha tido visões estarrecedoras ao andar pelo estado coletando suprimentos, mas nada lhe atingira o coração como Tara agora. Ele queria fazer algo pelos O'Hara, especialmente por Suellen, e nada havia que pudesse fazer. Quando Scarlett encontrou seus olhos, ele estava inconscientemente meneando o rosto com suas costeletas e estalando a língua nos dentes. Percebendo a faísca de orgulho indignado nos olhos dela, ele baixou o olhar para o prato, envergonhado.

As moças estavam loucas por notícias. Desde a queda de Atlanta não havia serviço de correio, já se tinham passado quatro meses e elas nada sabiam sobre o paradeiro dos ianques, sobre qual era o andamento do exército confederado e o que acontecera a Atlanta e a velhos amigos. Frank, cujo trabalho o levava por toda a região, servia tão bem quanto um jornal, até melhor, pois ele era aparentado ou conhecia todo mundo desde Macon até Atlanta, e podia colaborar com alguns mexericos pessoais, que os jornais sempre omitiam. Para encobrir seu constrangimento por ter sido flagrado por Scarlett, ele mergulhou apressadamente em um recital de notícias. Os confederados tinham se reapoderado de Atlanta após a saída de Sherman, mas fora um prêmio sem valor, pois Sherman a incendiara completamente.

– Achei que Atlanta tinha sido incendiada na noite em que vim embora – exclamou Scarlett, confusa. – Achei que nossos rapazes a tinham incendiado.

– Ah, não, Sra. Scarlett! – exclamou Frank, chocado. – Nunca incendiaríamos uma de nossas cidades com nossa gente ali! O que a senhora viu queimando foram os armazéns e os suprimentos que não queríamos deixar para os ianques, e as fundições e os arsenais. Mas só isso. Quando Sherman se apoderou da cidade, as casas e lojas estavam de pé do modo como foram deixadas. E ele aquartelou seus homens nelas.

– Mas e o que aconteceu às pessoas? Ele... ele matou todo mundo?

– Ele matou algumas... mas não com balas – disse o soldado caolho, inflexível. – Assim que chegou a Atlanta, ele disse ao prefeito que toda a população teria que se retirar da cidade, cada vivalma. E havia muitos idosos que não podiam aguentar a viagem, gente doente que não podia ser locomovida e senhoras que... bem, senhoras que também não podiam ser locomovidas. E ele as levou debaixo da maior tempestade que já se viu, centenas e mais centenas, largando-as no mato, perto de Rough and Ready, e mandou um recado ao general Hood para que fosse lá buscá-las. E uma porção de gente morreu de pneumonia e por não aguentar aquele tipo de tratamento.

– Ah, mas por que ele fez isso? Essas pessoas não podiam lhe fazer mal algum – exclamou Melanie.

– Disse que queria a cidade para descansar seus homens e cavalos – comentou Frank –, e foi o que fez até meados de novembro, e depois foi embora, incendiando toda a cidade antes. Queimou tudo.

– Ah, com certeza, nem tudo queimou! – exclamaram as moças, consternadas.

Era inconcebível que a cidade movimentada que elas conheciam, tão cheia de gente, tão apinhada de soldados, tivesse acabado. Todas as casas encantadoras sob árvores frondosas, todas as grandes lojas e bons hotéis... não podiam estar no chão! Melanie parecia pronta para cair no choro, pois tinha nascido lá e não conhecia outro lar. O coração de Scarlett se apertou, pois se afeiçoara ao lugar, sendo seu segundo amor, depois de Tara.

– Bem, quase tudo – Frank corrigiu rapidamente, perturbado com as expressões de suas fisionomias. Tentou parecer alegre, pois não gostava de entristecer as damas. Damas tristes sempre o entristeciam, fazendo-o sentir-se impotente. Não podia ser ele a lhes contar o pior. Que elas ficassem sabendo por intermédio de outro.

Não pôde lhes contar o que o exército vira ao marchar de volta a Atlanta, os hectares e mais hectares de chaminés pretas sobre as cinzas, pilhas de lixo queimado, montes de tijolos desmoronados obstruindo as ruas, velhas árvores morrendo por causa do fogo, seus ramos carbonizados caindo com o vento frio. Ele se lembrou de como aquela visão o deixara nauseado, lembrou-se dos xingamentos dos confederados ao verem os restos da cidade. Esperava que as damas nunca viessem a saber dos horrores da pilhagem ao cemitério, pois nunca superariam aquilo. Charlie Hamilton, a mãe e o pai de Melanie estavam enterrados lá. A visão do cemitério ainda provocava pesadelos em Frank. Na esperança de encontrar joias enterradas com os mortos, os soldados ianques haviam profanado jazigos, cavado sepulturas. Roubaram dos cadáveres, tiraram placas, guarnições e alças de ouro e prata dos caixões. Esqueletos e cadáveres foram arremessados de qualquer jeito entre os ataúdes arrebentados, ficando expostos de um modo deplorável.

E Frank não podia lhes contar sobre os cães e gatos. As damas davam tanta importância aos animais de estimação. Mas os milhares de animais famintos, tendo ficado abandonados com a grosseira evacuação de seus donos, o chocaram quase tanto quanto o cemitério, pois Frank adorava gatos e cães. Os animais ficaram amedrontados, frios, ávidos, selvagens como criaturas da floresta, os mais fortes atacando os mais fracos para comê-los. E, acima da cidade destruída, os urubus manchavam o céu invernal com seus corpos sinistros.

Frank examinou a mente, buscando alguma informação mais branda, que fizesse as damas se sentirem melhor.

– Ainda há algumas casas de pé – disse ele –, casas que ficam em terrenos grandes, distantes das outras, e que não pegaram fogo. As igrejas e o prédio da Maçonaria também ficaram. Algumas lojas também. Mas o bairro comercial e toda a extensão da ferrovia e Five Points... bem, senhoras, aquela parte da cidade está no chão.

– Então – exclamou Scarlett amargamente –, aquele depósito que Charlie me deixou ao longo da ferrovia também se foi?

– Se ficava perto dos trilhos, sim, mas... – Repentinamente ele sorriu. Como não pensara nisso antes? – Alegrem-se, senhoras! A casa de sua tia Pitty ainda está de pé. Um pouco danificada, mas está lá.

– Ah, como foi que escapou?

– Bem, suponho que o fato de ser de tijolos e praticamente a única casa de Atlanta com telhado de ardósia impediu que as fagulhas pegassem fogo. Além disso, é uma das últimas casas na extremidade norte, e o incêndio não foi dos piores naquela área. É claro que os ianques aquartelados lá a botaram abaixo. Chegaram a usar os rodapés e os corrimãos de mogno para fazer fogo. Que pena! Mas está bem. Quando encontrei a Srta. Pitty em Macon semana passada...

– O senhor a encontrou? Como está ela?

– Está bem. Quando lhe contei que a casa ainda estava de pé, ela decidiu voltar imediatamente. Quer dizer, se aquele velho negro, Peter, consentisse. Muita gente já voltou, nervosa em relação a Macon. Sherman não tomou Macon, mas estão todos com medo de que os homens de Wilson cheguem lá em breve, e ele é pior que Sherman.

– Mas que tolice voltarem se não há casas. Onde estão morando?

– Sra. Scarlett, estão morando em barracas e choças, em cabanas de troncos, e seis ou sete famílias ocupam a mesma casa das poucas que restaram. E estão tentando reconstruir. Mas não diga que são tolos, Sra. Scarlett. A senhora conhece o pessoal de Atlanta tão bem quanto eu. São bairristas e apegados àquela cidade, quase tanto quanto os charlestonianos são a Charleston, e vai ser preciso mais que ianques e um incêndio para afastá-los de lá. O pessoal de Atlanta, com perdão da palavra, Sra. Melly, é tão teimoso quanto mulas em relação à sua cidade. Não entendo por quê, pois sempre achei aquele lugar bastante abusado e insolente. Mas, enfim, sou homem do campo e jamais gostei de cidades mesmo. E deixe que lhes diga, os que estão voltando primeiro são os mais espertos. Os que chegarem por último não vão encontrar nenhum pedaço de pau ou tijolo de suas casas, pois todo mundo está pegando o que pode para reconstruir as próprias casas. Anteontem eu vi a Sra. Merriwether e a Sra. Maybelle e a velha negra delas recolhendo tijolos com um carrinho de mão. E a Sra. Meade me contou que está pensando em construir uma cabana de troncos quando o doutor voltar para ajudá-la. Ela disse que morou em uma quando chegou a Atlanta, quando ainda era Marthasville, e não lhe importaria nem um pouco fazê-lo de novo. Claro que ela só estava brincando, mas isso lhes dá a dimensão de como estão.

– Admiro o ânimo deles – disse Melanie com orgulho. – Você não, Scarlett?

Scarlett concordou, sentindo grande prazer e orgulho por sua cidade adotada. Como dissera Frank, era uma cidade abusada e insolente, e era por isso que gostava dela. Não era cheia de preconceitos e metida a besta como as outras cidades mais antigas, e possuía uma exuberância impetuosa que combinava com a sua própria. "Eu sou como Atlanta", pensou. "É preciso mais que os ianques e um incêndio para me derrubar."

– Se tia Pitty está voltando para Atlanta, é melhor voltarmos e ficarmos com ela, Scarlett – disse Melanie, interrompendo-lhe o fio de pensamento. – Ela vai morrer de medo sozinha.

– Ora, como posso ir embora daqui, Melly? – perguntou Scarlett, contrariada. – Se você está tão ansiosa para ir, vá. Não vou impedi-la.

– Ah, não quis dizer isso, querida – exclamou Melanie, corando de tensão. – Que tolice a minha! É claro que você não pode abandonar Tara e... e acho que tio Peter e Cookie podem tomar conta de titia.

– Nada a impede de ir – salientou Scarlett, secamente.

– Você sabe que eu não a deixaria – respondeu Melanie. – E eu... eu ficaria morta de medo sem você.

– Como quiser. Além disso, você não me convenceria a voltar a Atlanta. Assim que eles acabarem de reconstruir algumas casas, Sherman voltará e as incendiará de novo.

– Ele não vai retornar – disse Frank e, apesar do esforço, sua expressão foi de desalento. – Ele atravessou o estado até o litoral. Savannah foi tomada esta semana, e dizem que os ianques estão subindo para a Carolina do Sul.

– Savannah tomada!

– Sim. Ora, senhoras, não havia outro jeito. Eles não tinham homens suficientes para defendê-la, mesmo tendo usado todos os que podiam... cada homem que conseguisse dar um passo depois do outro. Imaginem que, quando os ianques estavam marchando sobre Milledgeville, eles convocaram todos os cadetes das academias militares, não importando sua idade, e até abriram a penitenciária estadual para renovar as tropas. Sim, senhor, eles libertaram todos os condenados dispostos a lutar, prometendo-lhes o perdão se sobrevivessem à guerra. Chegou a me arrepiar os cabelos ver aqueles jovens cadetes nas fileiras ao lado de ladrões e assassinos.

– Soltaram os condenados em cima de nós?

– Não se aborreça, Sra. Scarlett. Agora eles estão bem distantes daqui e, além disso, estão se saindo bons soldados. Creio que ser ladrão não impede um homem de ser um bom soldado, não é?

– Acho ótimo – disse Melanie, meiga.

– Bem, pois eu não – disse Scarlett simplesmente. – Já temos ladrões bastantes andando pela região, sem falar nos ianques e... – Ela se conteve a tempo, mas os homens riram.

– Sem falar nos ianques e em nosso batalhão de suprimentos. – Eles acabaram a frase e coraram.

– Mas onde está o exército do general Hood? – interveio Melanie rapidamente. – Com certeza, ele poderia ter defendido Savannah.

– Ora, Sra. Melanie. – Frank ficou surpreso. – O general Hood não esteve nem perto daquela região. Ele está lutando no Tennessee, tentando expulsar os ianques da Geórgia.

– E parece que a estratégia dele não funcionou! – disse Scarlett, sarcástica. – Ele deixou os malditos ianques passarem por nós, protegidos por escolares, condenados e a Guarda Nacional.

– Filha – disse Gerald, se animando –, não blasfeme. Sua mãe vai se aborrecer.

– Eles são uns malditos ianques mesmo! – exaltou-se Scarlett. – E nunca vou chamá-los de outro modo.

À menção de Ellen todos se sentiram mal, e a conversa cessou de súbito. Melanie interveio outra vez.

– Quando esteve em Macon, o senhor viu India e Honey Wilkes? Elas... tinham notícias de Ashley?

– Ora, Sra. Melly, a senhora sabe que, se eu tivesse notícias de Ashley, teria vindo até aqui direto de Macon para lhe contar – repreendeu Frank. – Não, elas não tiveram nenhuma notícia, mas... ora, não se preocupe com Ashley, Sra. Melly. Sei que faz muito tempo que não sabe dele, mas não pode esperar receber notícias de um sujeito preso, não é? E as coisas não são tão ruins nas prisões ianques como são nas nossas. Afinal, os ianques têm bastante o que comer, assim como remédios e cobertores. Não são como nós... que não temos o bastante para nos alimentar, quanto mais os nossos prisioneiros.

– Ah, os ianques têm bastante – exclamou Melanie, passionalmente amarga. – Mas não dão aos prisioneiros. O senhor sabe que não, Sr. Kennedy. Só está dizendo isso para me acalmar. Sabe que nossos rapazes morrem de frio por lá, e de fome também, morrendo sem médicos nem remédios, porque os ianques nos odeiam! Ah, se ao menos eu pudesse varrer cada ianque da face da Terra! Ah, eu sei que Ashley está...

– Não diga isso! – exclamou Scarlett, o coração na garganta. Enquanto ninguém dissesse que Ashley estava morto, uma leve esperança persistiria em seu coração de que estaria vivo, mas ela sentia que, se ouvisse as palavras naquele momento, ele morreria.

– Ora, Sra. Wilkes, não se preocupe com seu marido – disse o caolho, tranquilizando-a. – Fui capturado em Manassas e depois trocado, e quando estava na cadeia, eles me alimentavam bem, com frango frito. pão de minuto...

– Acho que você é um mentiroso – disse Melanie com um sorriso amarelo e o primeiro sinal de humor que Scarlett jamais a vira exibir para um homem. – O que acha?

– Eu também acho – disse o caolho, batendo na perna com uma risada.

– Se todos vierem para a sala, eu canto algumas canções de Natal – disse Melanie, feliz de mudar de assunto. – O piano foi uma das coisas que os ianques não conseguiram levar embora. Está muito desafinado, Suellen?

– Terrivelmente – respondeu Suellen, alegremente fazendo um sinal com um sorriso para Frank.

Mas, enquanto todos passavam para o outro cômodo, Frank ficou para trás e puxou a manga de Scarlett.

– Posso lhe falar a sós?

Por um momento assustador ela achou que ele fosse lhe falar dos animais e logo pensou em uma boa mentira.

Quando todos saíram e eles ficaram de pé ao lado da lareira, todo o falso ânimo que coloria o semblante de Frank diante dos outros se foi e ela viu que ele parecia um velho. Seu rosto estava tão ressecado e marrom quanto as folhas que caíam no gramado de Tara, e as costeletas alaranjadas estavam minguadas e ficando grisalhas. Ele as coçou, absorto, e pigarreou de modo desagradável antes de falar.

– Eu sinto muitíssimo por sua mãe, Sra. Scarlett.

– Por favor, não fale sobre isso.

– E seu pai... Ele ficou assim desde...?

– É... ele... ele não é ele mesmo, como o senhor pode ver.

– Com certeza, ele fazia mundos e fundos por ela.

– Ah, Sr. Kennedy, por favor, não falemos...

– Sinto muito, Sra. Scarlett. – Ele arrastou os pés, nervoso. – A verdade é que eu pretendia falar com seu pai e agora vejo que não vai adiantar.

– Talvez eu possa ajudá-lo, Sr. Kennedy. Como pode ver... agora eu sou a chefe da família.

– Bem, eu – começou Frank, e novamente coçou a barba. – A verdade é... Bem, Sra. Scarlett, eu pretendia pedir a mão de Suellen.

– O senhor está me dizendo – exclamou Scarlett, divertindo-se com a surpresa – que ainda não pediu a mão de Suellen a papai? E faz tantos anos que lhe faz a corte!

Ele enrubesceu e sorriu sem graça, parecendo um rapaz tímido e acanhado.

– Bem, eu... eu não sabia se ela me aceitaria. Sou tão mais velho que ela e... sempre havia tantos rapagões bem-apanhados rondando aqui por Tara...

"Ora!", pensou Scarlett, "eles vinham aqui por minha causa, não dela!".

– E eu ainda não sei se ela vai me aceitar. Nunca lhe perguntei, mas ela deve saber de meus sentimentos. Eu... eu pensei em pedir permissão ao Sr. O'Hara e lhe contar a verdade. Sra. Scarlett, não me sobrou um centavo. Eu tinha muito dinheiro, se a senhora me perdoa mencionar, mas agora tudo o que possuo é meu cavalo e as roupas que estou vestindo. Pois quando me alistei vendi a maior parte de minha terra e pus todo o dinheiro em títulos confederados, e a senhora sabe o que estão valendo agora. Menos que o papel no qual foram impressos. E, de qualquer modo, não os tenho mais, pois queimaram quando os ianques incendiaram a casa de minha irmã. Bem sei que é um descaramento meu pedir a mão de Suellen agora que estou sem nenhum centavo mas... bem, é assim. Não sabemos como vão ficar as coisas com esta guerra. Certamente, está parecendo o fim do mundo para mim. Não se pode ter certeza de nada e... e eu pensei que seria um consolo enorme para mim, e talvez para ela, se ficássemos noivos. Isso seria uma certeza. Eu não iria pedi-la em casamento até ter certeza de poder cuidar dela, Sra. Scarlett, e não sei quando isso será. Mas se o verdadeiro amor tiver qualquer peso para a senhora, pode ter certeza de que a Srta. Suellen será rica nesse ponto, se não em outros.

Ele falou as últimas palavras com uma simples dignidade que tocou Scarlett, que até então só se divertia. Ela não conseguia entender como alguém podia amar Suellen. Sua irmã lhe parecia um monstro de egoísmo, queixas e o que ela só podia descrever como perversidade.

– Ora, Sr. Kennedy – disse ela gentilmente –, está muito bem. Tenho certeza de que posso falar por papai. Ele sempre gostou do senhor e sempre esperou que se tornasse o marido de Suellen.

– É mesmo? – exclamou Frank, a fisionomia cheia de alegria.

– Com certeza, sim – respondeu Scarlett, disfarçando um sorriso ao se lembrar de quantas vezes Gerald gritara grosseiramente à mesa do jantar para Suellen: "Então, mocinha! Seu ardente admirador já lhe fez o pedido? Ou será que vou ter de perguntar quais são as intenções dele?"

– Vou pedi-la em casamento hoje mesmo – disse ele, a fisionomia palpitando ao pegar a mão dela e apertá-la. – A senhora é muito gentil, Sra. Scarlett.

– Vou chamá-la – sorriu Scarlett, indo para a sala.

Melanie começava a tocar. O piano estava uma tristeza de desafinado, mas alguns dos acordes eram melodiosos, e Melanie elevava a voz a guiar os outros em "Hark, the Herald Angels Sing!".

Scarlett parou. Não parecia possível que a guerra os tivesse arrasado duas vezes, que estivessem vivendo em uma terra devastada, próximos ao limite da fome, quando se ouvia esse doce cântico de Natal. De repente, ela se virou para Frank.

– Qual foi sua ideia ao dizer que lhe parecia o fim do mundo?

– Vou ser franco – disse ele devagar –, mas não gostaria que a senhora alarmasse as outras damas com o que estou dizendo. A guerra não vai poder continuar por muito tempo. Não há homens para renovar as fileiras e o número de deserções é alto... mais alto do que o exército quer admitir. Sabe como é, os homens não aguentam ficar longe de suas famílias, sabendo que estão passando fome, então vão para casa tentar conseguir alguma coisa para elas. Não os condeno, mas isso enfraquece o exército. Além do mais, é impossível combater sem comida, e não há mais alimentos. Isso eu sei porque recolher alimentos é minha tarefa. Desde a retomada de Atlanta, tenho andado por toda esta região e não há comida suficiente para alimentar um passarinho. O mesmo acontece nos 500 quilômetros ao sul de Savannah. O pessoal está com fome, os trilhos estão retorcidos e não há rifles novos, além de a munição também estar acabando, assim como não há couro para calçados... Então, como vê, o fim está próximo.

Mas a pouca esperança da Confederação pesou menos sobre Scarlett que o comentário sobre a escassez de alimentos. Ela pretendia mandar Pork com a carroça, as pepitas de ouro e o dinheiro dos Estados Unidos para esquadrinhar a zona rural em busca de mantimentos e tecidos para roupas. Mas se era verdade o que Frank dizia...

Mas Macon não caíra. Devia haver víveres em Macon. Assim que o batalhão de suprimentos estivesse bem longe, ela mandaria Pork a Macon e arriscaria perder o precioso cavalo para o exército. Teria que arriscar.

– Bem, não vamos falar de coisas desagradáveis nesta noite, Sr. Kennedy – disse ela. – O senhor vá sentar-se no pequeno gabinete de minha mãe e vou mandar Suellen ter com o senhor para que possam... bem para que tenham um pouco de privacidade.

Corando e sorrindo, Frank se retirou da sala de jantar enquanto Scarlett o observava.

"Que pena ele não poder se casar com ela agora", ela pensou. "Seria uma boca a menos para alimentar."

29

No mês de abril seguinte, o general Johnston, que recebera de volta o comando do que sobrara do exército, se rendeu na Carolina do Norte e a guerra acabou. Mas a notícia só chegou a Tara duas semanas depois. Havia muito a fazer em Tara para que se perdesse tempo saindo dali para saber dos acontecimentos, e como os vizinhos estavam igualmente ocupados, havia poucas visitas, e as notícias se espalhavam devagar.

A aragem da terra estava no ápice, e as sementes de algodão e da horta, que Pork trouxera de Macon, estavam sendo plantadas. Desde a viagem, Pork estava quase inútil de tão orgulhoso de ter conseguido retornar em segurança com a carroça cheia de artigos de vestimenta, sementes, aves, presunto, carne-seca e fubá. Várias vezes ele contara a história de suas escapadas por um triz, dos atalhos e estradas vicinais que tinha tomado ao retornar a Tara, os caminhos pouco explorados, as velhas trilhas, as trilhas de cavalos. Ele ficara cinco semanas na estrada, semanas de agonia para Scarlett. Mas ela não o repreendera na chegada, pois estava feliz com o sucesso da viagem e contente por ele ter trazido de volta grande parte do dinheiro que ela lhe dera. Ela tinha a sagaz desconfiança de que o motivo para ele ter voltado com tanto dinheiro era por não ter comprado as aves, nem boa parte dos mantimentos. Pork se envergonharia de si mesmo se gastasse todo o dinheiro quando havia capoeiras de galinhas sem guarda ao longo da estrada e fumeiros à mão.

Agora que tinham um pouco mais de comida, todos em Tara se ocupavam em restabelecer um pouco da normalidade da vida antiga. Havia trabalho para cada par de mãos, trabalho que não acabava mais. Os galhos secos do algodão do ano anterior tinham que ser removidos para dar lugar às sementes desse ano, e o cavalo empacador, não acostumado ao arado, arrastava-se a contragosto pelo campo. As ervas daninhas tinham que ser arrancadas da horta e as sementes, plantadas, a lenha tinha que ser rachada e precisavam começar a refazer os cercados e os quilômetros de cerca que os ianques haviam queimado com tanta displicência. As armadilhas que Pork botava para os coelhos tinham que ser visitadas duas vezes ao dia, e as linhas de pesca no rio precisavam ganhar novas iscas. Havia camas a ser feitas, assoalhos a ser varridos, alimentos a cozinhar, pratos a lavar, porcos e galinhas a alimentar e ovos a recolher.

A vaca precisava ser ordenhada e levada ao pasto perto do pântano e alguém tinha que ficar observando o dia inteiro, por temor de que os ianques ou os homens de Frank Kennedy retornassem e a levassem. Até o pequeno Wade tinha suas tarefas. Todas as manhãs ele saía, sentindo-se muito importante, com uma cesta para recolher gravetos e lascas de madeira para acender os fogos.

Foram os Fontaine, primeiros homens do condado a retornar da guerra, que trouxeram a notícia da rendição. Alex, que ainda tinha botas, caminhava, e Tony, descalço, cavalgava o lombo nu de uma mula. Tony sempre conseguia as melhores coisas naquela família. Estavam mais morenos que nunca após quatro anos de exposição ao sol e à chuva, mais magros e vigorosos e as barbas pretas desgrenhadas trazidas da guerra os faziam parecer estranhos.

A caminho de Mimosa e loucos para chegar em casa, eles só pararam um instante em Tara para cumprimentar as moças e lhes dar a notícia da rendição. Estava tudo acabado, disseram, e não pareciam se importar muito nem querer falar a respeito. Tudo que queriam saber era se Mimosa tinha sido incendiada. No caminho para o sul desde Atlanta, eles haviam passado por uma chaminé após outra onde antigamente estavam as casas de amigos, e lhes parecia quase demais esperar que a deles tivesse sido poupada. Suspiraram aliviados com as boas notícias e riram, batendo nas coxas, quando Scarlett lhes contou da louca cavalgada de Sally e de como ela saltara bem a cerca.

– Ela é uma pequena corajosa – disse Tony –, e foi o maior azar Joe ter morrido. Vocês têm algum fumo de rolo, Scarlett?

– Só bálsamo-branco, que papai fuma em um cachimbo feito de sabugo.

– Ainda não cheguei e esse ponto – disse Tony –, mas é provável que chegue.

– Como está Dimity Munroe? – perguntou Alex, ansioso, mas um pouco constrangido, e Scarlett relembrou vagamente que ele se interessava pela irmã caçula de Sally.

– Está bem. Agora está morando com a tia em Fayetteville. A casa deles em Lovejoy foi incendiada. E os demais parentes dela estão em Macon.

– O que ele quer saber é se Dimity se casou com algum coronel da Guarda Nacional – provocou Tony, e Alex virou os olhos furiosos para ele.

– É claro que ela não se casou – disse Scarlett, se divertindo.

– Talvez tivesse sido melhor se tivesse – disse Alex, triste. – Que droga... desculpe-me, Scarlett. Mas como é que um homem pode pedir a uma pequena que se case com ele quando todos os seus escravos estão livres, seus animais se foram e ele não tem um tostão no bolso?

– Você sabe que Dimity não se importaria com isso – disse Scarlett. Ela podia se dar o luxo de ser leal a Dimity e falar bem dela, pois Alex Fontaine nunca fora um de seus pretendentes.

– Maldição... Bem, peço desculpas de novo. Preciso parar de praguejar ou vovó vai me dar uma sova. Não vou pedir a nenhuma moça que se case com um pobre. Talvez ela não se importasse, mas eu me importo.

Enquanto Scarlett falava com os rapazes na varanda, Melanie, Suellen e Carreen entraram em casa em silêncio logo após saberem da rendição. Depois da partida deles para casa, pelo atalho por trás dos campos de Tara, Scarlett entrou e ouviu as moças soluçando no sofá do gabinete de Ellen. Estava tudo acabado, o belo sonho luminoso que elas amavam e pelo qual esperavam, a Causa que lhes levara amigos, amores, maridos e que deixara as famílias na miséria. A Causa, que elas achavam que nunca poderia fracassar, fracassara.

Mas para Scarlett não havia lágrimas. No primeiro momento em que ouviu a notícia, ela pensou: "Graças a Deus! Agora não vão me roubar a vaca. Agora o cavalo está seguro. Agora podemos tirar a prataria do poço e todos poderão ter um garfo e uma faca. Agora não vou mais precisar vagar pelo campo procurando o que comer."

Que alívio! Nunca mais ela começaria a tremer de medo ao ouvir os cascos de um cavalo. Nunca mais acordaria no meio da noite escura, prendendo a respiração para escutar, cogitando se era realidade ou só um sonho ter ouvido o som dos arreios, o pisar de cascos no pátio e o áspero grito de comando dos ianques. Além disso, o melhor de tudo, Tara estava segura! Agora seu pior pesadelo não se realizaria. Agora nunca ficaria parada no gramado a observar a fumaça saindo de sua casa amada, nem a ouvir o crepitar das chamas enquanto o telhado caía.

Sim, a Causa estava morta, mas a guerra sempre lhe parecera uma tolice, e a paz era melhor. Ela nunca ficara deslumbrada quando as Estrelas e Listras subiam no mastro nem sentira calafrios ao ouvir o "Dixie". As privações, as tarefas revoltantes da enfermagem, os temores do cerco e a fome dos últimos meses não tinham sido suportados devido ao fanático ardor que tornava essas coisas suportáveis para os outros, contanto que a Causa prosperasse. Estava tudo enterrado e morto, e ela não choraria por causa disso.

Tudo acabado! A guerra que parecia sem-fim, a guerra não solicitada e indesejada, que cortara sua vida em duas, marcara uma divisão tão nítida que era até difícil se lembrar daqueles tempos despreocupados. Ela podia olhar para trás, sem se mexer, para a bela Scarlett com suas delicadas sapatilhas verdes de marroquim e babados impregnados pela fragrância da lavanda, mas imaginava se conseguiria ser aquela mesma moça. Scarlett O'Hara, com o condado a seus pés, cem escravos para cumprir suas ordens, a fortuna de Tara como um muro atrás dela e pais apaixonados, prontos a realizar qualquer de seus desejos. A Scarlett mimada, imprudente, que nunca tivera um desejo negado, exceto no que se referia a Ashley.

Em algum lugar, na longa estrada que serpenteara por esses quatro anos, a moça com seu sachê e sapatilhas de dança escapulira e se tornara uma mulher de aguçados olhos verdes, que contava os centavos e botava as mãos em várias tarefas subalternas, uma mulher para quem nada restara dos escombros, além da indestrutível terra vermelha sob seus pés.

Parada no vestíbulo, enquanto ouvia as outras soluçando, sua mente estava ocupada.

– Vamos plantar mais algodão, muito mais. Vou mandar Pork a Macon amanhã comprar mais sementes. Agora os ianques não vão queimá-lo e nossas tropas não vão confiscá-lo. Meu Deus! O preço do algodão irá às alturas neste outono!

Foi até o gabinete e, sem fazer caso das moças chorosas no sofá, sentou-se à escrivaninha, pegou a pena para fazer o balanço do custo de mais sementes de algodão em relação ao que lhe restava de dinheiro.

"A guerra acabou", pensou e de súbito largou a pena enquanto uma exaltação tomava conta dela. A guerra tinha acabado e Ashley... se estivesse vivo, estaria voltando para casa! Imaginou se Melanie, em meio a seu luto pela Causa perdida, pensara nisso.

"Em breve receberemos uma carta... não, uma carta não. Não podemos receber cartas. Mas logo... ah, de algum modo ele vai nos informar!"

Mas os dias se transformaram em semanas e não havia notícias de Ashley. O serviço de correios no sul estava instável e na zona rural era inexistente. Ocasionalmente, um viajante de passagem, vindo de Atlanta, trazia um bilhete lastimoso de tia Pitty suplicando que as meninas voltassem. Mas nunca notícias de Ashley.

Após a rendição, uma eterna hostilidade em torno do cavalo ardia em fogo lento entre Scarlett e Suellen. Agora que não havia o perigo dos ianques, Suellen queria sair para visitar os vizinhos. Sozinha e carente da alegre vida social dos velhos tempos, Suellen sentia falta de visitar os amigos, nem que fosse só para se assegurar de que o resto do condado estava em tão má situação quanto Tara. Mas Scarlett estava inflexível. O cavalo era para o trabalho, para arrastar os troncos da mata, para arar e para Pork ir buscar comida. Aos domingos, ele conquistara o direito de pastar e descansar. Se Suellen quisesse sair a fazer visitas, que fosse a pé.

Antes do último ano, Suellen nunca caminhara um quilômetro, e essa perspectiva não era nada agradável. Então ficou em casa, resmungando, chorando, e com excessiva frequência dizia: "Ah, se mamãe estivesse aqui!" Com isso, Scarlett lhe deu o tapa havia muito prometido, batendo com tanta força que a pôs a correr para a cama, provocando grande consternação em toda a casa. Dali em diante, Suellen não se queixou tanto, pelo menos na presença de Scarlett.

Scarlett falava a verdade quando dizia que queria descansar o cavalo, mas isso era só uma parte da verdade. A outra era que ela mesma fizera algumas visitas pelo condado no primeiro mês após a rendição, e a visão dos velhos amigos e das antigas fazendas lhe tinha abalado a coragem mais do que ela gostava de admitir.

Os Fontaine passavam melhor que quaisquer outros, graças à corrida alucinada de Sally, mas seu florescimento só era considerado positivo se comparado à situação desesperada dos outros vizinhos. Vovó Fontaine não se recuperara totalmente do infarto que tivera no dia em que liderara as outras no combate ao fogo para salvar a casa. O velho Dr. Fontaine convalescia lentamente de um braço amputado. Alex e Tony botavam as mãos desengonçadas no arado e na enxada. Inclinaram-se sobre a cerca para apertar a mão de Scarlett quando ela passou para uma visita e riram da carroça raquítica, os olhos negros amargurados, pois, rindo dela, também riam de si próprios. Ela queria comprar sementes de milho deles, o que ficou acertado, e eles passaram a discutir problemas de fazenda. Estavam com 12 galinhas, duas vacas, cinco porcos e a mula que tinham trazido da guerra. Um dos porcos acabara de morrer e eles estavam com medo de perder os outros. Ao ouvir esses dândis, que nunca tinham se importado na vida com nada mais sério que a gravata em moda, falando tão sério sobre porcos, Scarlett soltou uma risada e dessa vez seu riso também era amargo.

Todos a fizeram se sentir bem-vinda em Mimosa e insistiram em lhe dar as sementes de milho em vez de vender. O temperamento irritadiço dos Fontaine mostrou-se quando ela pôs nota verde na mesa e eles se recusaram terminantemente a receber. Scarlett levou o milho e, em particular, pôs a nota de 1 dólar na mão de Sally. Sally parecia outra pessoa em relação à moça que Scarlett cumprimentara oito meses atrás, após sua chegada a Tara. Na época, ela estava pálida e triste, mas ainda guardava certa animação. Agora a animação se fora, como se a rendição lhe tivesse furtado toda a esperança.

– Scarlett – sussurrou ela enquanto agarrava a nota –, de que serviu tudo? Por que lutamos? Ah, meu pobre Joe! Ah, meu pobre bebê!

– Não sei por que lutamos, e não me importo – disse Scarlett. – Não estou interessada. Nunca estive, aliás. Guerra é coisa dos homens, não das mulheres. A única coisa que me interessa agora é uma boa safra de algodão. Tome, pegue este dólar e compre uma roupinha para o pequeno Joe. Deus sabe que ele precisa. Por mais que Alex e Tony sejam educados, não quero roubar o milho de vocês.

Os rapazes a acompanharam até a carroça e a ajudaram a subir, sempre corteses apesar dos farrapos, alegres com a alegria volátil dos Fontaine, mas, com o retrato da miséria diante de seus olhos, ela teve um calafrio ao sair de Mimosa. Estava exausta da pobreza e da economia forçada. Que prazer seria conhecer pessoas ricas e despreocupadas com a origem de sua próxima refeição!

Cade Calvert estava em casa em Pine Bloom e, enquanto subia os degraus da antiga casa onde ela dançara nos velhos tempos, Scarlett viu que a morte estava em seu semblante. Ele estava magro e tossia acomodado em uma espreguiçadeira ao sol com um xale a lhe cobrir as pernas, mas o rosto se iluminou ao vê-la. Era só um resfriado que se instalara em seu peito, disse ele, tentando se levantar para cumprimentá-la. Tinha ficado assim de tanto dormir sob a chuva. Mas ficaria logo bom, e então daria uma mão no trabalho.

Cathleen Calvert, que saiu da casa ao som das vozes, cruzou um olhar de amargo desespero com Scarlett por cima da cabeça do irmão. Talvez Cade não soubesse, mas Cathleen sabia. Pine Bloom parecia abandonada e cheia de ervas daninhas, pinheiros começavam a brotar nos campos e a casa estava desarrumada e necessitada de manutenção. Cathleen estava magra e tesa.

Eles dois, com a madrasta ianque, as quatro meias-irmãs e Hilton, o administrador ianque, permaneciam na casa silenciosa, que produzia estranhos ecos. Scarlett nunca simpatizara com Hilton mais do que simpatizara com o administrador deles, Jonas Wilkerson, e agora, quando ele avançava e a cumprimentava como uma igual, simpatizou menos ainda. Antes, ele tinha a mesma combinação de servilismo e impertinência que Wilkerson possuía, mas agora, com a morte do Sr. Calvert e de Raiford na guerra, e com Cade enfermo, dispensara o servilismo. A segunda Sra. Calvert nunca soubera como conquistar o respeito dos criados negros e não era de esperar que o conquistasse de um branco.

– O Sr. Hilton foi extremamente generoso de ficar conosco durante esses tempos difíceis – disse a Sra. Calvert, nervosa, lançando olhares rápidos à enteada, que se mantinha quieta. – Muito generoso. Imagino que você tenha sabido que ele salvou nossa casa duas vezes quando Sherman passou por aqui. Tenho certeza de que não sei o que teríamos feito sem ele, sem dinheiro e Cade...

Um rubor passou pelo rosto pálido de Cade, os longos cílios de Cathleen lhe ocultaram os olhos, e a boca se retesou. Scarlett sabia que suas almas estavam se contorcendo de uma raiva impotente por estarem devendo favores ao administrador ianque. A Sra. Calvert parecia pronta para cair no choro. Aquilo fora uma gafe. Estava sempre cometendo gafes. Simplesmente não conseguia entender os sulistas, por mais que morasse na Geórgia havia vinte anos. Nunca sabia o que dizer aos enteados e, não importava o que dissesse ou fizesse, eles eram sempre muito educados com ela. Por dentro, ela fazia votos de voltar para o norte, para sua gente, levando as filhas e deixando esses estranhos intrigantes e teimosos.

Depois dessas visitas, Scarlett não tinha vontade de ver os Tarleton. Agora que os quatro rapazes estavam mortos, a casa incendiada e a família comprimida na casinha do administrador, ela não conseguiu fazer a visita. Mas Suellen e Carreen suplicaram e Melanie disse que seria falta de solidariedade não lhes fazer uma visita e dar as boas-vindas ao Sr. Tarleton, que voltara da guerra, então elas foram em um domingo.

Essa foi a pior de todas.

Ao seguirem pelas ruínas da casa, viram Beatrice Tarleton usando um velho traje de montaria, um chicote embaixo do braço, sentada na cerca do campinho, olhando de mau humor para o nada. A seu lado, empoleirado, estava o negrinho cambota que treinava os cavalos, e ele tinha o mesmo aspecto taciturno que ela. O campinho, antes cheio de potros brincalhões e plácidas éguas parideiras, agora estava vazio, exceto por uma mula, a que o Sr. Tarleton usara para voltar da rendição.

– Juro que não sei o que fazer de minha vida agora que não tenho mais meus queridos – disse a Sra. Tarleton, saltando da cerca. Um estranho pensaria que ela se referia aos quatro filhos mortos, mas as moças de Tara sabiam que eram os cavalos que ela tinha em mente. – E, ah, coitadinha da minha Nellie! Nada além de uma maldita mula por aqui. Uma maldita mula – repetiu, olhando indignada para o animal esquálido. – É um insulto à memória de meus queridos puros-sangues ter uma mula no pasto deles. As mulas são criaturas bastardas, ilegítimas, e sua criação deveria ser ilegal.

Jim Tarleton, completamente irreconhecível por causa de uma densa barba, saiu da casa do administrador e beijou as moças, seguido pelas quatro filhas ruivas em vestidos remendados, que tropeçavam nos 12 perdigueiros pretos e marrons que correram para a porta latindo ao som de vozes estranhas. Havia um ar de estudada e determinada animação em toda a família que provocou em Scarlett um calafrio pior que a amargura de Mimosa ou o ressentimento mortal de Pine Bloom.

Os Tarleton insistiram que elas ficassem para o almoço, dizendo que estavam recebendo poucas visitas e queriam saber das notícias. Scarlett não queria ficar, pois a atmosfera a oprimia, mas Melanie e as duas irmãs estavam ansiosas por uma visita mais longa, então as quatro ficaram para almoçar e comeram frugalmente a carne-seca e a ervilha seca que foram servidas.

Houve risadas em torno da escassez da ração, e as Tarleton riram ao falar das viradas da roupa pelo avesso, como se estivessem contando a mais divertida das piadas. Melanie colaborou, surpreendendo Scarlett com sua inesperada vivacidade enquanto contava as provações vividas em Tara, tornando os sofrimentos mais leves. Scarlett mal conseguia falar. A sala parecia muito vazia sem os quatro rapazes, sentados displicentemente, fumando e implicando. E se para ela parecia vazia, imagine para os Tarleton, que exibiam uma falsa aparência sorridente às vizinhas.

Carreen não falara muito durante a refeição, mas, ao terminar, foi para o lado da Sra. Tarleton e sussurrou alguma coisa. A fisionomia da mulher mudou, e o frágil sorriso lhe abandonou os lábios enquanto ela abraçava a cintura fina de Carreen. Elas saíram do cômodo, e Scarlett, sentindo que não aguentava mais um minuto ali dentro, as seguiu. Desceram o caminho do jardim e Scarlett viu que iam até o campo-santo. Bem, agora não poderia voltar para dentro. Seria muita falta de educação. Mas o que Carreen estava fazendo, arrastando a Sra. Tarleton para o túmulo dos rapazes quando Beatrice estava se esforçando tanto para ser corajosa?

Havia duas novas lápides de mármore no terreno cercado pelo muro de tijolos sob os cedros funerais... tão novas que nem a chuva as respingara de lama vermelha.

– Nós as compramos semana passada – disse a Sra. Tarleton, orgulhosa. – O Sr. Tarleton foi a Macon e as trouxe para casa na carroça.

Lápides! E o que deviam ter custado! De repente, Scarlett já não sentia tanta pena dos Tarleton como a princípio. Ninguém que gastasse seu precioso dinheiro em lápides quando os víveres eram tão necessários, quase inalcançáveis, merecia solidariedade. E havia várias linhas entalhadas em cada uma das lápides. Mais entalhes, mais dinheiro. A família toda devia estar louca! E também custara dinheiro trazer os corpos dos três rapazes para casa. Boyd nunca fora encontrado, nem qualquer pista dele.

Entre as sepulturas de Brent e Stuart havia uma lápide com a inscrição: "Foram amáveis e queridos na vida e a morte não os separou."

Na outra, estavam os nomes de Boyd e Tom com algo em latim que iniciava "Dulce et...", mas nada significava para Scarlett, que conseguira escapar das aulas de latim na Academia Fayetteville.

Todo esse dinheiro por lápides! Ora, eram uns tolos! Ela ficou tão indignada quanto se tivesse sido seu próprio dinheiro a ser desperdiçado.

Nos olhos de Carreen havia um brilho estranho.

– Acnei encantador – sussurrou ela, apontando para a primeira lápide.

É claro que Carreen acharia encantador. Qualquer coisa sentimental mexia com ela.

– Sim – disse a Sra. Tarleton, e sua voz era meiga –, achamos adequado... eles morreram quase ao mesmo tempo. Stuart primeiro e depois Brent, que pegou a bandeira que ele deixou cair.

Durante a volta a Tara, Scarlett ficou quieta por algum tempo, pensando no que vira nas várias casas, contra a vontade, lembrando-se do condado em seus dias de glória, com visitantes em todas as casas e abundância de dinheiro, os negros lotando as senzalas e os campos bem cuidados, gloriosos com seu algodão.

"Outro ano e os campos estarão cheios de pinheirinhos", ela pensou, e olhando para a floresta ao redor, deu de ombros. "Sem os negros, não haverá muito que se possa fazer. Ninguém pode manter uma grande plantação sem os negros, muitos dos campos não serão cultivados e o mato vai novamente tomar conta deles. Ninguém consegue plantar muito algodão, então, o que faremos? O que será do pessoal do campo? O pessoal da cidade consegue dar um jeito. Sempre deu. Mas o pessoal do campo vai retroceder uns cem anos, ficar como os pioneiros que tinham pequenas cabanas e só aravam uns poucos hectares para mera subsistência."

"Não...", ela pensou, inflexível, "Tara não vai ficar assim. Nem que eu mesma tenha que arar. Toda esta região, todo este estado pode voltar a ser mato se quiser, mas não vou deixar que isso aconteça a Tara. E não pretendo desperdiçar meu dinheiro em lápides nem meu tempo chorando por causa da guerra. Vamos dar um jeito. Tenho certeza de que daríamos um jeito se os homens não estivessem todos mortos. Perder os negros não é a pior parte disso tudo. O pior é a perda dos homens, dos jovens". Ela pensou de novo nos quatro Tarleton e em Joe Fontaine, em Raiford Calvert e nos irmãos Munroe e em todos os rapazes de Fayetteville e Jonesboro, cujos nomes lera nas listas de baixas. "Se ao menos restassem alguns rapazes, poderíamos dar um jeito, mas..."

Outra ideia lhe ocorreu... supondo que quisesse se casar de novo. É claro que não queria. Com certeza, uma vez era o bastante. Além disso, o único homem com quem ela já quisera se casar era Ashley, e ele, se ainda estivesse vivo, era casado. Mas digamos que quisesse se casar. Quem haveria para se casar com ela? Aquela ideia era aterradora.

– Melly – disse ela –, o que vai acontecer com as moças sulistas?

– O que você quer dizer?

– O que estou dizendo. O que vai acontecer com elas? Não sobrou nenhum homem com quem possam se casar. Pois, Melly, com todos os rapazes mortos, haverá milhares de moças por todo o sul que vão morrer solteironas.

– E nunca terão filhos – acrescentou Melanie, para quem isso era a coisa mais importante.

Era evidente que aquela ideia não era nova para Suellen, que estava no fundo da carroça, pois ela começou a chorar de repente. Desde o Natal não tinha notícias de Frank Kennedy. Não sabia se o motivo era a falta de serviço de correio ou se ele tinha meramente brincado com seu afeto e a esquecido. Ou talvez tivesse sido morto nos últimos dias da guerra! Isso teria sido infinitamente preferível ao esquecimento, pois pelo menos havia alguma dignidade em um amor morto, como os que Carreen e India tinham, mas nenhuma em um noivo desertor.

– Ah, pelo amor de Deus, fique quieta! – disse Scarlett.

– Ah, para você é fácil falar – soluçou Suellen. – Já foi casada, teve um bebê e todo mundo sabe que havia um homem atrás de você. Mas veja minha situação! E você precisava ser cruel e me jogar na cara que sou uma solteirona quando estou que mal me aguento. Você é detestável.

– Ah, cale-se! Você sabe quanto detesto gente que se lamenta todo o tempo. Sabe muito bem que o velho Costeletas Alaranjadas não morreu e vai voltar para se casar com você. Ele não tem mesmo nenhum juízo. Eu, pessoalmente, preferia ficar solteirona a me casar com ele.

O fundo da carroça ficou em silêncio por algum tempo e Carreen consolava a irmã, batendo-lhe nas costas, absorta, pois sua mente estava distante, cavalgando por caminhos trilhados três anos antes com Brent a seu lado. Em seus olhos havia um clarão, uma exaltação.

– Ah – disse Melanie, triste –, o que vai ser do sul sem nossos bons rapazes? O que teria sido se eles tivessem sobrevivido? Sem dúvida, poderíamos usar a coragem, a energia e o raciocínio deles. Scarlett, todas nós que temos filhos pequenos precisamos criá-los para assumir o lugar dos homens que se foram, para serem homens corajosos como eles.

– Nunca mais haverá homens como eles – disse Carreen baixinho. – Ninguém conseguirá tomar seus lugares.

O resto do caminho até a casa foi feito em silêncio.

Um dia, não muito depois disso, Cathleen Calvert foi até Tara ao entardecer. Seu silhão estava sobre a mula em pior estado que Scarlett já vira, um animal manco, de orelhas caídas, e Cathleen estava com a aparência quase tão lamentável quanto a mula que montava. Seu vestido era de um guingão desbotado, do tipo que antigamente só os criados domésticos usavam, e seu chapéu de sol estava amarrado sob o queixo com um pedaço de barbante. Ela foi até a porta de entrada, mas não desmontou, e Scarlett e Melanie, que assistiam ao pôr do sol, desceram para recebê-la. Cathleen trazia a mesma palidez de Cade no dia em que Scarlett lhes fizera a visita, pálida, rija e frágil, como se o rosto fosse rachar se ela falasse. Mas tinha as costas eretas e a cabeça erguida ao falar com elas.

Scarlett lembrou-se de súbito do dia do churrasco nos Wilkes quando ela e Cathleen tinham cochichado a respeito de Rhett Butler. Que bonita e jovem Cathleen estava naquele dia, envolta em um organdi azul com rosas perfumadas na faixa e pequenas sapatilhas de veludo preto debruadas de renda em volta dos tornozelos. E agora não havia um sinal sequer daquela moça na figura rígida montada na mula.

– Não vou apear, obrigada – disse ela. – Só vim avisar que vou me casar.

– Como?

– Com quem?

– Cathy, que ótimo!

– Quando?

– Amanhã – disse Cathleen, sem ânimo, e havia algo em sua voz que tirou os sorrisos ávidos do rosto de todas. – Vim contar a vocês que vou me casar amanhã, em Jonesboro... e não estou convidando ninguém para comparecer.

Isso elas digeriram em silêncio, olhando para ela, intrigadas. Então Melanie falou:

– É alguém que conhecemos, meu bem?

– Sim – disse Cathleen secamente. – É o Sr. Hilton.

– O Sr. Hilton?

– Sim, o Sr. Hilton, nosso administrador.

Scarlett nem conseguiu encontrar a voz para dizer "Ah!", mas Cathleen, olhando para Melanie de súbito, disse com voz baixa e nervosa:

– Se você chorar, Melly, não vou suportar. Eu morro!

Melanie não disse nada, mas deu-lhe um tapinha no pé, em seu esquisito sapato caseiro que estava apoiado no estribo. A cabeça baixa.

– E não me dê tapinhas! Não aguento nem isso.

Melanie deixou a mão cair, mas não ergueu a cabeça.

– Bem, preciso ir. Só vim contar a vocês. – A frágil máscara pálida estava de volta, e ela recolheu as rédeas.

– Como está Cade? – perguntou Scarlett, totalmente perdida em busca de algo para dizer e quebrar aquele silêncio estranho.

– Está morrendo – disse Cathleen laconicamente. Sua voz parecia despida de sentimento. – E vai morrer com algum consolo e paz se eu conseguir, sem se preocupar sobre quem tomará conta de mim quando ele se for. Pois é, minha madrasta e as filhas estão indo para o norte amanhã, para ficar. Bem, preciso ir.

Melanie olhou para cima e encontrou os olhos duros de Cathleen. Havia lágrimas cintilando nos cílios de Melanie, compreensão em seus olhos e, diante disso, os lábios de Cathleen se contorceram no sorriso de uma criança valente que tenta não chorar. Era tudo muito atordoante para Scarlett, que ainda tentava entender a ideia de que Cathleen Calvert iria se casar com um administrador... Cathleen, filha de um rico fazendeiro, que, depois de Scarlett, tinha mais pretendentes que qualquer outra jovem do condado.

Cathleen se curvou e Melanie ficou na ponta dos pés. Elas se beijaram. Em seguida, Cathleen sacudiu as rédeas com firmeza e a velha mula se pôs a andar.

Melanie a acompanhou com o olhar, as lágrimas lhe correndo pelas faces. Scarlett ficou olhando, ainda atordoada.

– Melly, ela enlouqueceu? Você sabe que ela não pode estar apaixonada por ele.

– Apaixonada? Ah, Scarlett, nem sugira uma coisa tão horrível! Ah, pobre Cathleen! Pobre Cade!

– Ah, deixe disso! – exclamou Scarlett, começando a se aborrecer. Era irritante que Melanie sempre parecia captar mais as situações do que ela. O apuro de Cathleen lhe parecia mais surpreendente que catastrófico. É claro que a ideia de se casar com um ianque branco ordinário não era agradável, mas, afinal, uma moça não podia ficar sozinha em uma fazenda; ela precisava de um marido para ajudar a dirigi-la.

– Melly, é o que eu estava dizendo outro dia. Não há ninguém para as moças se casarem, e elas precisam se casar.

– Ah, não precisam se casar! Não há nada de vergonhoso em ser solteirona. Veja tia Pitty. Ah, eu preferia ver Cathleen morta! Tenho certeza de que Cade preferiria vê-la morta. É o fim dos Calvert. Pense só no que ela... no que os filhos dela serão. Ah, Scarlett, peça a Pork que encilhe o cavalo depressa e vá atrás dela e lhe diga para vir morar aqui conosco!

– Santo Deus! – exclamou Scarlett, chocada com o modo prosaico com que Melanie estava oferecendo Tara. Com certeza, Scarlett não tinha nenhuma intenção de alimentar outra boca. Ela ia dizer isso, mas algo na fisionomia aflita de Melanie conteve suas palavras.

– Ela não viria, Melly – emendou. – Você sabe que não. É muito orgulhosa e consideraria isso caridade.

– É mesmo, é mesmo! – disse Melanie de modo distraído, observando a pequena nuvem de pó vermelho desaparecendo na estrada.

"Você está comigo há meses", pensou Scarlett, impiedosa, olhando para a cunhada, "e nunca lhe ocorreu que está vivendo de caridade. E creio que nunca se dará conta. Você é uma daquelas pessoas a quem a guerra não mudou e continua pensando e agindo como se nada tivesse acontecido... como se ainda fôssemos ricos feito um Creso e tivéssemos tantos víveres que nem se soubesse o que fazer com eles e hóspedes não fossem um peso. Tudo indica que vou ficar com você em minhas costas pelo resto da vida. Mas não vou ficar com Cathleen também".

30

Naquele verão quente que se sucedeu à paz, Tara já não estava mais isolada. Pelos meses que se seguiram, uma sucessão de espantalhos barbados, maltrapilhos, com os pés machucados e sempre famintos subia com dificuldade a colina vermelha até Tara e ficava descansando nos degraus, à sombra, querendo comida e alojamento por uma noite. Eram soldados confederados voltando para casa. A ferrovia levara os remanescentes do exército de Johnston da Carolina do Norte a Atlanta, descarregando-os lá, e a partir de Atlanta eles começavam sua peregrinação a pé. Após a passagem dos homens de Johnston, os exaustos veteranos do Exército da Virgínia chegaram e, depois, os homens das tropas do oeste, trilhando o caminho para o sul, rumo a casas que podiam não mais existir e a famílias que podiam ter se dispersado ou morrido. A maioria caminhava, uns poucos felizardos montavam cavalos e mulas ossudos, que os termos da rendição lhes permitiram manter, animais macilentos que mesmo olhos pouco treinados podiam ver que não chegariam à distante Flórida nem ao sul da Geórgia.

Ir para casa! Ir para casa! Era só o que os soldados pensavam. Alguns estavam tristes e quietos, outros se mostravam alegres, desdenhando das durezas, mas o que sustentava a todos era a ideia de que estava tudo acabado e que eles voltavam para casa. Poucos se sentiam amargurados. Deixavam a amargura para mulheres e idosos. Eles tinham feito um bom combate, haviam sido derrotados e queriam se acomodar pacificamente para arar sob a bandeira que tinham combatido.

Ir para casa! Ir para casa! Não conseguiam falar de outra coisa, nem nas batalhas, nem nos ferimentos, nem nas prisões, nem no futuro. Mais tarde, reencontrariam as batalhas e contariam aos filhos e netos sobre as façanhas, os saques, as atribuições, a fome, as marchas forçadas e os ferimentos, mas não agora. A alguns faltava um braço, uma perna ou um olho, muitos exibiam cicatrizes que doeriam no clima úmido se chegassem aos 70 anos, mas essas questões pareciam de menor importância agora. Mais tarde seria diferente.

Velhos e jovens, falantes ou taciturnos, ricos fazendeiros ou caipiras, todos tinham duas coisas em comum: piolhos e disenteria. O soldado confederado estava tão acostumado a seu estado infectado que nem se dava conta e se coçava sem preocupação, mesmo na presença de damas. Quanto à disenteria – o "fluxo sanguinolento" como as senhoras delicadamente a chamavam –, parecia não ter poupado ninguém, do soldado raso ao general. Quatro anos de fome, quatro anos de ração grosseira, verde ou meio putrefata, fizeram seu serviço, e cada soldado que parava em Tara estava se recuperando ou em pleno sofrimento do mal.

– Num tem uma só tripa sardáve em todo exérsto confederado – observou Mammy, melancólica, enquanto suava sobre o fogo, fervendo uma mistura de raízes de amora-preta que fora o remédio soberano de Ellen para tais aflições. – Pro meu modo de vê num foi os ianque que derrotô os nosso cavalero. Foi as tripa. Ninhum cavalero pode de lutá com as tripa virada em água.

Mammy medicou cada um deles, sem esperar para fazer perguntas tolas sobre o estado de seus órgãos, e cada um bebia as doses oferecidas docilmente e com cara de nojo, talvez se lembrando de outras fisionomias negras severas em lugares distantes e outras mãos negras inexoráveis a lhes dar colheres com remédios.

Quanto à questão dos "acompanhantes", Mammy era igualmente inflexível. Nenhum soldado cheio de piolhos entrava em Tara. Ela os mandava para trás de uns arbustos densos, os aliviava dos uniformes, lhes dava uma bacia de água, um forte sabão de lixívia desinfetante para se lavar e cobertas e cobertores para cobrir a nudez enquanto fervia suas roupas em uma enorme panela. Era inútil as moças lhe dizerem que essa conduta humilhava os soldados. Mammy retrucava que as moças se sentiriam bem mais humilhadas se encontrassem piolhos em si mesmas.

Quando os soldados começaram a chegar quase diariamente, Mammy protestou contra o uso dos quartos. Sempre temia que algum piolho lhe tivesse escapado. Em vez de discutir a questão, Scarlett transformou a sala com seu tapete macio em dormitório. Mammy também vociferou sobre o sacrilégio de os deixarem dormir sobre o tapete da sinhá Ellen, mas Scarlett foi firme. Eles tinham que dormir em algum lugar. E, nos meses que se seguiram à rendição, a penugem alta e macia começou a dar sinais de desgaste e, finalmente, a urdidura sólida e a textura mostravam marcas de tacos e de esporas que o cravaram sem cuidado.

A cada soldado elas perguntavam ansiosas por Ashley. Suellen, controlando-se, pedia notícias do Sr. Kennedy. Mas nenhum deles os conhecia nem estava inclinado a falar dos extraviados. Era suficiente que eles mesmos estivessem vivos, e não queriam nem pensar nos milhares que jaziam em sepulturas anônimas e que jamais voltariam para casa.

A família tentava apoiar Melanie após cada decepção. É claro que Ashley não tinha morrido na prisão. Algum capelão ianque teria escrito se isso tivesse acontecido. É claro que ele estava vindo para casa, mas o presídio onde ficara era muito distante. Ora, tinham levado dias para chegar de trem, e se Ashley estivesse caminhando, como esses homens... Por que não escrevera? Bem, minha querida, você sabe como está o correio hoje em dia... tão incerto e relaxado, mesmo onde já restabeleceram as rotas. Mas imaginem... imaginem se ele tivesse morrido a caminho de casa. Ora, Melanie, alguma ianque com certeza teria nos escrito a respeito... Mulheres ianques! Credo!... Melly, deve haver algumas mulheres ianques que são boas. Ah, com certeza há! Deus não iria fazer uma nação inteira sem algumas mulheres que prestassem! Scarlett, lembra que conhecemos uma ianque bem simpática em Saratoga aquela vez... Scarlett, conte a Melly sobre ela!

– Simpática uma ova! – retrucou Scarlett. – Ela me perguntou quantos perdigueiros nós tínhamos para perseguir nossos negros! Concordo com Melly. Nunca vi um ianque que prestasse, homem ou mulher. Mas não chore, Melly! Ashley virá para casa. É uma longa caminhada e talvez... quem sabe ele nem botas tenha.

Então, à ideia de Ashley descalço, Scarlett quase chorou. Que os outros soldados estivessem por aí mancando esfarrapados com sacos e tiras de tapetes amarrados aos pés, tudo bem, mas não Ashley. Ele devia chegar em um cavalo empertigado, bem-vestido, com botas lustradas e uma pena no chapéu. Parecia-lhe a última das degradações pensar em Ashley reduzido ao estado desses outros soldados.

Em uma tarde de junho em que todos em Tara estavam reunidos na varanda dos fundos, ávidos para ver Pork cortando a primeira melancia madura da estação, ouviram o som de cascos no cascalho do caminho de entrada. Prissy, lânguida, foi indo para a porta da frente, enquanto os outros discutiam ardentemente se deviam esconder a melancia ou guardá-la para o jantar, caso o visitante fosse um soldado.

Melly e Carreen sussurraram que deviam partilhar com o soldado, e Scarlett, apoiada por Suellen e Mammy, disse a Pork que a escondesse rapidamente.

– Não banquem as manteigas-derretidas! Não há suficiente para nós do jeito que está, e se houver dois ou três soldados esfomeados aí fora, ninguém aqui vai sequer provar – disse Scarlett.

Enquanto Pork ficava parado com a pequena melancia, incerto quanto à decisão final, eles ouviram Prissy gritando.

– Deus todo-poderoso! Sinhá Scarlett! Sinhá Melly! Corre aqui!

– Quem é? – gritou Scarlett, levantando-se em um pulo e correndo pelo corredor com Melly ao lado e os outros atrás delas.

"Ashley", pensou ela. Ah, talvez...

– É o tio Peter! Tio Peter da sinhá Pittypat!

Todos correram para a varanda da frente e viram o velho déspota da casa de tia Pitty, alto e grisalho, apeando de um pangaré de rabo-de-rato em cujo lombo haviam sido atadas várias dobras de cobertas. No rosto largo, a dignidade habitual rivalizava com o prazer de encontrar velhos amigos, exibindo em consequência o cenho franzido, mas a boca entreaberta como um velho cão de caça desdentado.

Todos desceram as escadas para cumprimentá-lo, negros e brancos lhe apertando a mão e fazendo perguntas, mas a voz de Melly se elevou acima das demais.

– A titia não está doente, está?

– Não, sinhazinha. Ela tá boa, graças a Deus! – respondeu Peter, lançando um olhar severo, primeiro a Melly e depois a Scarlett, de modo que elas se sentiram repentinamente culpadas, mas sem saber por quê. – Ela tá boa, mais tá passada com vosmecês, sinhazinha, e, falano nisso, eu tamém.

– Por quê, tio Peter. O que foi...

– Vosmecês num precisa tentá se descurpá. A sinhá Pitty num escrivinhô e mais escrivinhô para vosmecês ir para casa? Num vi ela escrivinhá e num vi ela chorá quando vosmecê escrivinhô de vorta dizeno que tinha muito que fazê nesse sítio véio pra ir pra casa?

– Mas tio Peter...

– Como que vosmecês dexa a sinhá Pitty só quando ela tá com tanto medo? Vosmecês sabe muito bem que a sinhá Pitty nunca morô só e ela tá tremeno nos sapatim desde que vortô de Macon. Ela diz pra eu vim dizê bem dito como eu sei fazê que ela num consegue entendê como que vosmecês tão abandonano ela nessa hora de precisão.

– Chega! – disse Mammy acidamente, pois lhe caiu mal ouvir Tara sendo chamada de "sítio véio". Como dar crédito a um negro ignorante criado na cidade que nem sabe a diferença entre um sítio e uma fazenda?

– E nós num tá em hora de precisão? Num tá precisano da sinhá Scarlett e da sinhá Melly aqui, precisano que dá dó? Como que a sinhá Pitty num pede pro irmão dela ajudá, se tá precisada?

Tio Peter lhe lançou um olhar intimidante.

– Nós num tem nada que vê com o sinhô Henry faz ano, e tamo véio por demais para começá a tê agora. – Ele se virou para as moças, que tentavam conter o riso. – As sinhazinha devia se envergonhá de dexá a pobre da sinhá Pitty só, com metade dos amigo morto e a otra metade em Macon e Atlanta apinhada de sordado ianque e os nêgo ordinário livre.

As duas jovens tinham aguentado a dura crítica com a fisionomia mais séria possível, mas a ideia de tia Pitty mandar Peter para repreendê-las e levá-las em carne e osso para Atlanta foi demais para que se controlassem. Caíram na gargalhada, apoiando-se uma na outra. Pork, Dilcey e Mammy deram vazão a sonoras risadas ao ouvirem o detrator de sua querida Tara desmoralizado. Suellen e Carreen davam risadinhas, e até a fisionomia de Gerald exibiu um vago sorriso. Todos riram, exceto Peter, que só trocou o apoio de um pé para o outro, ficando indignado.

– Que qui vosmecê tem, nêgo? – perguntou Mammy, rindo. – Tá véio por demais pra tomá conta da sua Sinhá?

Peter ficou ultrajado.

– Véio por demais! Eu, véio por demais? Tô nada! Posso tomá conta da sinhá Pitty que nem desde sempre. Num tomei conta dela quando nós foi se refugiá em Macon? Num tomei conta dela quando os ianque foi pra Macon e ela tava com tanto medo que esfalecia o tempo todo? E num fui eu que consegui esse pangaré aqui pra trazê ela de vorta pra Atlanta e tomei conta dela e das prata do pai dela todo o caminho? – Todo empertigado, Peter se defendeu: – Num tô falano de tomá conta, tô falano das *aparência*.

– Aparência de quê?

– Tô falano do que os pessoá vai achá vendo a sinhá Pitty morano sozinha. Os pessoá faz escândlo das muié sortera que mora sozinha – continuou Peter, e ficou óbvio para os ouvintes que para ele Pittypat ainda era uma encantadora gordinha de 16 anos que precisava ser protegida das línguas ferinas. – E num quero os pessoá falano dela. Não mermo... E num quero vê ela se aborreceno pra arranjá companhia. Já falei pra ela: "Não enquanto tivé gente da sua carne e do seu sangue." Eu falei. E agora a carne e o sangue dela arrenega ela. A sinhá Pitty num passa de uma criança e...

Ouvindo isso, Scarlett e Melly riram ainda mais alto e caíram sentadas nos degraus. Por fim, Melly enxugou as lágrimas de riso.

– Pobre tio Peter, desculpe-me por rir. Mesmo. Vamos. Perdoe-me. A sinhá Scarlett e eu simplesmente não podemos voltar para casa agora. Talvez eu vá em setembro, após a colheita do algodão. A titia só o mandou até aqui para nos levar de volta nesse saco de ossos?

Diante dessa pergunta, Peter ficou subitamente boquiaberto, e seu semblante enrugado foi tomado por culpa e consternação. Seu lábio inferior se retraiu ao normal com a mesma rapidez com que uma tartaruga puxa a cabeça para dentro do casco.

– Sinhá Melly, devo de tá ficano véio pruquê tava me esqueceno do pruquê que ela me mandô inté aqui, e é importante. Tenho uma carta para vosmecê, sinhá Melly. A sinhá Pitty num confia nos correio nem ninguém, além de eu pra trazê e...

– Uma carta? Para mim? De quem?

– Bom, sinhá, é... a sinhá Pitty, ela falô: "Vosmecê, Peter, conta com cuidado para sinhá Melly" e eu disse...

Melly se levantou, a mão no coração.

– Ashley! Ashley! Ele morreu!

– Não, sinhá! Não, sinhá! – exclamou Peter, a voz se elevando em um grito agudo, enquanto remexia no bolso interno do casaco surrado. – Ele tá vivo! Tá aqui a carta dele. Ele tá vino pra casa. Ele... Deus todo-poderoso! Pegá ela, Mammy! Dêxa eu...

– Num toca nela, seu véio leso! – trovejou Mammy, tentando impedir que Melanie fosse ao chão. – Seu macaco véio! É pra falá com jeito! Pork, pega os pé dela. Sinhazinha Carreen, apoia a cabeça. Vamo deitá ela no sofá da sala.

Houve o maior tumulto enquanto todos, menos Scarlett, se aglomeraram em volta de Melanie desmaiada, todos gritando alarmados, entrando apressados atrás de água e travesseiros. Em um instante, Scarlett e tio Peter ficaram ali sozinhos. Ela estava paralisada, incapaz de sair da posição em que ficara ao levantar em um pulo quando ouvira suas palavras, olhando para o velho fraco ali parado com uma carta na mão. A fisionomia dele era de dar pena, como a de uma criança censurada pela mãe, a dignidade combalida.

Ela não conseguia falar nem se mexer, sua mente gritando: "Ele não está morto! Está vindo para casa!" Saber disso não lhe trouxe alegria nem emoção, apenas um atordoamento imobilizante. A voz de tio Peter chegou como se estivesse longínqua, triste, apaziguadora.

– O sinhô Willie Burr de Macon, que é nosso parente, foi ele que trôxe pra sinhá Pitty. O sinhô Willie tava na mesma prisão do sinhô Ashley. O sinhô Willie arrumô um cavalo e chegô antes. Mas o sinhô Ashley tá caminhano e...

Scarlett tirou a carta da mão dele. Estava endereçada a Melly com a letra da Srta. Pitty, mas isso não a fez hesitar nem um minuto. Ela abriu o envelope e um bilhete anexado pela Srta. Pitty caiu no chão. Dentro estava um papel dobrado, sujo por causa do bolso no qual fora carregado, e com as pontas puídas. Havia o endereçamento com a letra de Ashley: "Sra. George Ashley Wilkes, a/c Srta. Sarah Jane Hamilton, Atlanta, ou Twelve Oaks, Jonesboro, Ga."

Com dedos trêmulos, ela a abriu e leu:

"Minha amada, estou voltando para casa, para você..."

As lágrimas começaram a correr, impedindo-a de continuar a leitura, e seu coração se inflou até ela sentir que não aguentaria a felicidade. Agarrando a carta, correu para a porta e seguiu pelo corredor, passando pela sala onde todos os habitantes de Tara se atrapalhavam uns aos outros em função de Melanie inconsciente, e foi para o gabinete de Ellen. Fechou a porta, trancando-a a chave, jogou-se no velho sofá chorando, rindo, beijando a carta.

– Minha amada – sussurrou –, estou voltando para casa, para você.

O BOM SENSO lhes dizia que, a menos que criasse asas, Ashley levaria semanas ou até meses para fazer o trajeto de Illinois à Geórgia, mas de qualquer modo os corações batiam desordenados a cada vez que um soldado entrava na alameda de Tara. Cada espantalho barbado podia ser Ashley, talvez o soldado tivesse notícias dele ou uma carta de tia Pitty sobre ele. Negros e brancos, todos corriam para a porta da frente a cada vez que ouviam passos. A visão de uma farda era suficiente para fazer todos voarem da pilha de lenha, do pasto e do campo de algodão. Por um mês após a chegada da carta, o trabalho ficou quase parado. Ninguém queria estar longe da casa quando ele chegasse. Scarlett especialmente. Ela não podia insistir que os outros cuidassem de seus afazeres quando ela mesma negligenciava os próprios.

Mas quando as semanas se arrastaram e Ashley não chegou, nem qualquer notícia dele, Tara retomou à velha rotina. Os corações saudosos nada podiam fazer além de continuar saudosos. Scarlett foi assaltada pela inquietude, temendo que algo tivesse lhe acontecido pela estrada. Rock Island era muito distante, e ele podia estar fraco ou doente ao ser libertado. Além disso, não tinha dinheiro e trilhava uma região na qual os confederados eram odiados. Se ela ao menos soubesse onde ele estava, lhe enviaria dinheiro, enviaria cada centavo que tinha, deixando a família passar fome, para que ele pudesse pegar o trem e chegar logo em casa.

"Minha amada, estou voltando para casa, para você."

No primeiro ímpeto de alegria ao ver aquelas palavras, elas só significavam que Ashley estava voltando para casa, para ela. Agora, à luz de um raciocínio mais frio, ela sabia que ele estava voltando para Melanie. Nesses dias, Melanie andava cantando de felicidade pela casa. Às vezes, Scarlett se perguntava, amarga, por que Melanie não tinha morrido no parto, em Atlanta. Teria sido perfeito. Então ela podia ter se casado com Ashley após um intervalo decente e também se tornado uma boa madrasta para Beau. Quando lhe vinham esses pensamentos, ela não se apressava a rezar a Deus, dizendo que não era isso que queria. Deus já não a assustava.

Os soldados vinham sozinhos, em duplas ou às dúzias, e sempre estavam famintos. Desesperada, Scarlett pensava que uma praga de gafanhotos teria sido mais bem-vinda. Novamente praguejou contra o antigo costume de hospitalidade que florescera em uma época de abundância, o costume que não permitia a qualquer viajante, importante ou humilde, seguir sua jornada sem uma noite de alojamento, alimento para si e seu cavalo e o máximo de cortesia que a casa pudesse oferecer. Ela sabia que aquela época acabara para sempre, mas o restante da casa, não, nem os soldados, e cada um deles era recebido como um hóspede muito esperado.

Enquanto a fila interminável passava, seu coração se endurecia. Eles estavam consumindo os alimentos destinados às bocas de Tara, os vegetais em cujos canteiros ela tinha exaurido as costas, alimentos que ela percorrera quilômetros para comprar. Estava muito difícil conseguir víveres, e o dinheiro da carteira do ianque não duraria para sempre. Só havia algumas notas e duas pepitas de ouro. Por que ela devia alimentar essa horda de homens famintos? A guerra tinha acabado. Eles nunca mais se postariam entre ela e o perigo. Então deu ordens a Pork para que, na presença de soldados na casa, a mesa fosse servida com frugalidade. Essa ordem prevaleceu até ela notar que Melanie, que nunca se fortalecera desde o nascimento de Beau, induzia Pork a servir pequenas porções de comida em seu prato e dar sua porção aos soldados.

– Precisa parar com isso – repreendeu. – Você continua meio doente e, se não comer mais, vai acabar acamada e teremos que cuidar de você. Deixe que esses homens sintam fome. Eles aguentam. Aguentaram por quatro anos e não vai lhes fazer mal algum aguentar um pouco mais.

Melanie se virou para ela, e havia em sua fisionomia a primeira expressão de nítida emoção que Scarlett já vira naqueles olhos serenos.

– Ah, Scarlett, não me repreenda! Deixe-me fazer isso. Nem imagina quanto me ajuda. Toda vez que dou a um pobre homem minha parte, acho que talvez alguém na estrada lá no norte, alguma mulher está dando a meu Ashley sua parte do almoço e ajudando-o a chegar em casa para mim!

"Meu Ashley."

"Minha amada, estou voltando para casa, para você."

Scarlett deu-lhe as costas, sem palavras. Depois disso, Melanie notou que havia mais comida na mesa quando tinham hóspedes, mesmo que Scarlett concedesse cada bocado de má vontade.

Quando os soldados estavam mal demais para continuar, e havia muitos nessas condições, Scarlett os punha na cama, sem nenhuma boa vontade. Cada homem doente significava outra boca a alimentar. Alguém tinha que cuidar deles, o que significava um trabalhador a menos na faina de construir cercas, capinar, tirar as ervas daninhas e arar. Um rapazola, em cujo rosto uma penugem loura começava a surgir, foi deixado na varanda por um soldado montado que ia para Fayetteville. Ele o encontrara inconsciente na beira da estrada e o trouxera atravessado na sela a Tara, a casa mais próxima. As moças acharam que devia ser um dos jovens cadetes que tinham sido convocados nas escolas militares quando Sherman se aproximara de Milledgeville, mas nunca ficaram sabendo, pois ele tinha morrido sem voltar à consciência, e uma busca em seus bolsos não fornecera informações.

Um menino de boa aparência, com certeza um cavalheiro, e em algum ponto do sul alguma mulher olhava para a estrada, imaginando por onde ele andaria e quando chegaria em casa, assim como ela e Melanie, com uma esperança desenfreada nos corações, olhavam para cada figura barbada que subia a alameda. Enterraram o cadete no campo-santo da família, ao lado dos três pequenos O'Hara, e Melanie chorou muito enquanto Pork cobria o túmulo, imaginando se estranhos não estavam fazendo exatamente isso com o corpo esguio de Ashley.

Will Benteen foi outro soldado, como o rapazinho sem nome, que chegou inconsciente atravessado na sela de um camarada. Will estava com pneumonia, e quando as moças o puseram na cama, temeram que logo se reuniria ao rapaz no campo-santo.

Tinha o rosto amarelado característico do caipira do sul da Geórgia, cabelo ruivo rosado e olhos azuis desbotados, que, mesmo durante o delírio, eram pacientes e meigos. Uma das pernas fora amputada, e uma estaca de pau lhe fora grosseiramente adaptada ao coto no joelho. Ele era, obviamente, um caipira, assim como o garoto que tinham acabado de enterrar era filho de um fazendeiro. Exatamente como sabiam, as moças não podiam precisar. Com certeza, Will não estava mais sujo, nem mais cabeludo ou mais infestado de piolhos que muitos dos cavalheiros que chegaram a Tara. Com certeza, a linguagem que usava em seu delírio não era menos gramatical que a dos gêmeos Tarleton. Mas instintivamente elas sabiam, assim como diferenciavam puros-sangues de pangarés, que ele não era de sua classe. Mas isso não as impedia de se esforçar para lhe salvar a vida.

Magro e desnutrido depois de um ano em uma prisão ianque, exausto pela longa jornada sobre sua mal-adaptada perna de pau, ele tinha pouca energia para combater a pneumonia e passou dias na cama gemendo, tentando se levantar, combatendo em batalhas outra vez. Nenhuma vez chamou pela mãe, esposa, irmã ou amada, e essa omissão preocupou Carreen.

– Um homem deve ter algum parente – disse ela. – E ele parece não ter vivalma neste mundo.

Apesar de toda a fraqueza, ele era resistente, e uma boa assistência o tirou daquele estado. Chegou o dia em que seus claros olhos azuis, perfeitamente cientes do que o cercava, depararam com Carreen sentada a seu lado, rezando as contas de seu rosário, à luz do sol matutino brilhando em seu cabelo claro.

– Então você não era um sonho, afinal – disse ele, com seu tom monótono de voz. – Espero não ter lhe causado muito problema, madame.

Sua convalescença foi longa e ele ficava deitado quieto, olhando pela janela para as magnólias, dando muito pouco trabalho a todos. Carreen gostava dele por causa de seus silêncios plácidos e ausentes de constrangimento. Ela ficava sentada ao lado dele durante as longas tardes quentes, abanando-o, sem dizer nada.

Carreen tinha muito pouco a dizer, movia-se delicadamente, feito um espectro, cumprindo as tarefas que estavam ao alcance de suas forças. Rezava muito, pois, sempre que Scarlett entrava em seu quarto sem bater, encontrava-a de joelhos junto à cama. Aquela visão nunca deixava de aborrecê-la, pois Scarlett sentia que a época para orações já passara. Se Deus tivesse achado justo puni-los desse jeito, então podia muito bem ficar sem orações. A religião sempre fora um processo de barganha para Scarlett. Ela prometia bom comportamento a Deus em troca de favores. A seu ver, Deus não cumprira sua parte com excessiva frequência, e ela achava que nada lhe devia agora. E, sempre que encontrava Carreen de joelhos quando deveria estar tirando sua sesta vespertina ou fazendo suas costuras, achava que ela estava se esquivando de sua porção daquele fardo.

Foi isso o que disse a Will Benteen certa tarde quando ele já conseguia se sentar em uma cadeira e se sobressaltou ao ouvi-lo retrucar com a voz monótona:

– Deixe-a, Sra. Scarlett. É um consolo para ela.

– Um consolo para ela?

– É. Ela está rezando por sua mãe e por ele.

– Ele quem?

Os olhos desbotados olharam para ela por debaixo dos cílios ruivos sem surpresa. Nada parecia surpreendê-lo ou emocioná-lo. Talvez tivesse visto um excesso do inesperado para se surpreender outra vez. Que Scarlett não soubesse o que se passava no coração de sua irmã não lhe parecia estranho. Ele via aquilo com a mesma naturalidade que o fato de Carreen se consolar conversando com ele, um estranho.

– O pretendente dela, aquele Brent qualquer coisa, que foi morto em Gettysburg.

– O pretendente dela? – disse Scarlett secamente. – Pretendente dela coisa nenhuma! Ele e o irmão eram meus pretendentes.

– Sim, ela me contou. Parece que a maior parte dos rapazes do condado eram seus pretendentes. Mas, mesmo assim, ele ficou sendo pretendente dela quando a senhora o dispensou, porque, quando ele veio para casa em sua última licença, eles ficaram noivos. Ela disse que ele foi o único rapaz de quem gostou, então se consola rezando por ele.

– Bem, é bobagem! – disse Scarlett, com uma pontada de ciúme.

Ela olhou com curiosidade para aquele homem magricela, com os ombros ossudos curvados, o cabelo rosado e olhos calmos e firmes. Então ele sabia de coisas sobre sua própria família que ela nem se dera o trabalho de descobrir. Então era por isso que Carreen vagava sonhadora, rezando todo o tempo. Bem, ela ia superar. Muitas moças superavam a morte de namorados e até de maridos. Ela, com certeza, ia superar a morte de Charles. E conhecia uma moça em Atlanta que enviuvara três vezes durante a guerra e ainda estava disposta a prestar atenção nos homens. Disse isso a Will, mas ele fez que não.

– Não a Srta. Carreen – disse ele, pondo um ponto final.

Era agradável conversar com Will porque ele tinha pouco a dizer e, mesmo assim, era um ouvinte compreensivo. Ela lhe contou seus problemas de capina e plantio, de engordar os porcos e cruzar a vaca, e ele lhe deu bons conselhos, pois tivera um sítio no sul da Geórgia e dois escravos. Ele sabia que agora seus escravos estavam livres e que o sítio virara mato. Sua irmã, única parente que tinha, se mudara para o Texas com o marido anos atrás e ele estava sozinho no mundo. Contudo, nada disso parecia incomodá-lo mais nem menos que a perna que deixara na Virgínia.

Sim, Will era um consolo para Scarlett após os dias difíceis em que os negros se queixavam, Suellen resmungava e gritava e Gerald perguntava por Ellen com excessiva frequência. Ela podia contar qualquer coisa a Will. Chegou a lhe contar que matara o ianque e ficou radiante de orgulho com seu breve comentário:

– Bom serviço!

Por fim, toda a família ia ao quarto de Will para transmitir seus problemas – até Mammy, que a princípio havia mantido distância porque ele não tinha classe e só possuíra dois escravos.

Quando já conseguia andar pela casa, cambaleante, empregou as mãos para fazer cestas e consertar os móveis destruídos pelos ianques. Ele trabalhava bem a madeira e Wade sempre estava a seu lado, pois ele lhe entalhava brinquedos, os únicos que o menino tinha. Com Will em casa, todos se sentiam seguros deixando Wade e os bebês enquanto iam cumprir suas tarefas, pois ele sabia cuidar das crianças com a mesma habilidade de Mammy, e só Melanie o superava para acalmar os bebês chorões.

– A senhora foi boa demais para mim, Sra. Scarlett – disse ele –, eu, um estranho e nada da senhora. Sei que lhe causei um monte de problemas e preocupações e, se a senhora não se importar, vou ficar aqui ajudando a todos no trabalho até pagar por parte do trabalho que dei. Nunca vou poder pagar tudo, porque não tem jeito de um homem poder pagar pela própria vida.

Então ele ficou e, gradativa e despercebidamente, grande parte do fardo de Tara passou dos ombros de Scarlett para os ombros ossudos de Will Benteen.

ERA SETEMBRO, TEMPO de colher o algodão. Will Benteen sentava-se nos degraus da entrada aos pés de Scarlett sob o agradável sol da tarde do início do outono e sua voz monótona comentava languidamente sobre os custos exorbitantes para descaroçar o algodão na nova descaroçadora em Fayetteville. Entretanto, ele soubera naquele dia em Fayetteville que conseguiria cortar esse custo em um quarto, emprestando o cavalo e a carroça por duas semanas para o dono da máquina. Ele adiara o fechamento do negócio até discuti-lo com Scarlett.

Scarlett olhou para a figura esguia encostada na coluna da varanda, mascando um capim. Sem dúvida, como Mammy costumava afirmar, fora Deus que enviara Will, e Scarlett muitas vezes se perguntava como podia ter sobrevivido aos últimos meses sem ele. Ele nunca tinha muito a dizer, nunca exibia muita energia, nunca parecia estar muito interessado nos acontecimentos à sua volta, mas sabia tudo sobre todos em Tara. E fazia as coisas. Fazia tudo em silêncio, com paciência e competência. Embora tivesse só uma perna, conseguia trabalhar com mais rapidez que Pork. Além disso, conseguia fazer Pork trabalhar, o que, para Scarlett, era um prodígio. Quando a vaca teve cólicas e o cavalo ficou doente de um mal misterioso, que ameaçava seu afastamento permanente, Will os assistiu noites adentro, conseguindo salvá-los. O fato de ele se mostrar um negociante astuto conquistou o respeito de Scarlett, pois ele saía de manhã com uma ou duas caixas de maçãs, batatas-doces e outros vegetais e retornava com sementes, fardos de tecido, farinha e outras necessidades que ela sabia que nunca teria conseguido, embora fosse boa negociante.

Aos poucos, ele ganhou o status de membro da família e passou a dormir em um catre no pequeno vestiário do quarto de Gerald. Nada falou sobre ir embora de Tara e Scarlett tomou o cuidado de não lhe perguntar a respeito, temendo que ele pudesse deixá-los. Às vezes, ela pensava que, se ele fosse alguém e tivesse juízo, iria para casa, mesmo que não a tivesse mais. De todo modo, rezava fervorosamente para que ele permanecesse indefinidamente. Era muito conveniente ter um homem na casa.

Pensou também que, se Carreen tivesse o raciocínio de um camundongo, perceberia que Will gostava dela. Scarlett ficaria eternamente grata a Will se ele pedisse a mão de Carreen. É claro que, antes da guerra, Will com certeza não seria um pretendente aceitável. Não fazia parte da classe dos grandes fazendeiros, embora não fosse um branco pobre. Era simplesmente um caipira típico, um pequeno fazendeiro, meio educado, propenso a cometer erros gramaticais, e ignorava algumas maneiras mais finas que as O'Hara estavam acostumadas a ver nos cavalheiros. Na verdade, Scarlett cogitou se ele podia ser considerado um cavalheiro de fato, e concluiu que não. Melanie o defendia ardentemente, dizendo que qualquer um que tivesse o bom coração de Will e sua atenção para com os outros possuía um berço nobre. Scarlett sabia que Ellen teria desmaiado só de pensar em uma filha sua se casando com um homem daqueles, mas agora Scarlett fora forçada pela necessidade a se distanciar muito dos ensinamentos de Ellen para que isso a preocupasse. Havia escassez de homens, as moças precisavam se casar e Tara carecia de um homem. Mas Carreen, cada vez mais profundamente imersa em seu livro de orações e a cada dia perdendo ainda mais o contato com o mundo real, tratava Will com a mesma gentileza com que trataria um irmão, considerando-o tão parte do dia a dia quanto Pork.

"Se Carreen tivesse algum senso de gratidão pelo que eu fiz por ela, se casaria com ele e não o deixaria ir embora daqui", pensou Scarlett, indignada. "Mas não, ela precisa ficar sonhando acordada com um bobo de um rapaz que provavelmente nunca a levou realmente a sério."

Sem que ela soubesse por quê, Will permaneceu em Tara, e ela considerava agradável e vantajosa sua maneira de discutir as questões de negócios de homem para homem. Ele era extremamente respeitoso com o vago Gerald, mas era a ela que procurava como a verdadeira chefe da casa.

Ela aprovou o plano de emprestar o cavalo, mesmo que isso significasse a falta temporária de um meio de transporte para a família. Foi Suellen quem mais sentiu. Sua maior alegria era ir a Jonesboro ou a Fayetteville com Will quando ele ia a negócios. Enfeitada com o que havia de melhor na família, visitava velhos amigos, ficava a par de todos os mexericos do condado, sentindo-se novamente a Srta. O'Hara. Suellen nunca perdia a oportunidade de sair da fazenda e fazer pose entre as pessoas que não sabiam que ela capinava a horta e fazia as camas.

"A Srta. Posuda terá que ficar duas semanas sem passear", pensou Scarlett, "e teremos que aguentar seus resmungos e berreiros".

Melanie reuniu-se a eles na varanda, o bebê no colo, e estendeu um velho cobertor no chão, largando o pequeno Beau para engatinhar. Desde a carta de Ashley, Melanie dividia o tempo entre uma felicidade radiante, quando passava cantando, e uma saudade ansiosa. Mas, feliz ou deprimida, ela estava magra demais, pálida demais. Fazia sua parte do trabalho sem reclamar, mas estava sempre indisposta. O velho Dr. Fontaine diagnosticou seu problema como problema feminino e concordou com o Dr. Meade, dizendo que ela nunca deveria ter tido Beau. E declarou francamente que outro filho a mataria.

– Hoje, lá em Fayetteville – disse Will –, encontrei algo que é uma graça e achei que poderia interessar às damas, então eu trouxe. – Ele remexeu no bolso de trás das calças e puxou uma carteira de casca de árvore forrada de chita, que Carreen lhe fizera. Dali tirou uma nota confederada.

– Se você acha que dinheiro confederado é uma graça, Will, eu, com certeza, não acho – disse Scarlett secamente, pois só de ver dinheiro confederado já se zangava. – Nós temos 3 mil dólares delas no baú de papai, Mammy anda querendo me convencer a deixar que ela as use para tampar os buracos na parede do sótão que deixam passar correnteza bem em cima dela. E acho que vou deixar. Pelo menos vão servir para alguma coisa.

– "Imperioso César, morto e reduzido a pó" – disse Melanie com um sorriso triste. – Não faça isso, Scarlett. Guarde-as para Wade. Algum dia ele vai ter orgulho disso.

– Bem, sobre o imperioso César nada sei – disse Will pacientemente –, mas o que sinto combina com o que a senhora acabou de dizer sobre Wade, Sra. Melly. É um poema que está colado atrás desta nota. Sei que a Sra. Scarlett não é muito de poemas, mas achei que este poderia interessá-la.

Ele virou a nota. Atrás havia uma tira de papel pardo de embrulho, escrito com uma tinta fraca feita em casa. Will pigarreou e leu devagar e com dificuldade.

– O título é "Versos no dorso de uma nota confederada" – disse ele.

Nada representando agora nesta terra de Deus
E nem nas águas abaixo dela
Como penhor de uma nação que morreu
Guarde-a, caro amigo, e mostre-a.

Mostre-a àqueles que derem ouvido
À história que esta ninharia irá contar
De Liberdade, do sonho dos patriotas nascida
De uma nação, pela tormenta embalada, que caiu.

– Ah, que lindo, que emocionante – exclamou Melanie. – Scarlett, você não pode deixar Mammy colar o dinheiro no sótão. É mais que papel... como diz esse poema: "O penhor de uma nação que morreu!"

– Ah, Melly, não seja sentimental! Papel é papel, está muito escasso, e estou cansada de ouvir Mammy reclamando das rachaduras no sótão. Espero ter muitas notas verdes para dar a Wade quando ele crescer em vez desse lixo confederado.

Will, que estava atraindo o pequeno Beau com a nota durante essa discussão, ergueu a cabeça e, apertando os olhos, olhou na direção da alameda.

– Mais companhia – disse ele. – Outro soldado.

Scarlett seguiu o olhar dele e a visão lhe era familiar, um homem barbado subindo lentamente a alameda sob os cedros, um homem vestido em uma mistura esfarrapada de fardas azul e cinza, a cabeça curvada de cansaço, os pés se arrastando com lentidão.

– Achei que já estávamos livres de soldados – disse ela. – Espero que esse não esteja com muita fome.

– Fome ele vai ter – disse Will laconicamente.

Melanie se levantou.

– É melhor dizer a Dilcey para pôr outro prato na mesa – disse – e avisar a Mammy para não tirar as roupas do coitado de modo tão abrupto e...

Ela parou tão de súbito que Scarlett se virou a fim de olhar para ela. A mão delgada de Melanie estava na garganta, agarrando-a como se estivesse sentindo uma dor dilacerante, e Scarlett pôde ver as veias pulsando abaixo da pele branca. Seu rosto ficou ainda mais pálido e os olhos castanhos se dilataram.

"Ela vai desmaiar", pensou Scarlett, levantando-se em um pulo e agarrando-a pelo braço.

Mas, em um instante, Melanie se desvencilhou de sua mão e desceu os degraus. Voou pelo caminho de cascalho, deslizando feito um pássaro, as saias surradas ondulando atrás dela, os braços estendidos. Então Scarlett percebeu, com o impacto de um golpe. Cambaleou para trás, parando em uma das colunas da varanda enquanto o homem levantava o rosto coberto por uma barba loura e suja e, ficando imóvel, olhou na direção da casa como se estivesse exausto demais para dar outro passo. Seu coração pulou, depois parou, e então ficou acelerado enquanto Melly, aos gritos, se atirava nos braços sujos do soldado e a cabeça dele se curvou na direção da dela. Em um arroubo, Scarlett deu dois passos apressados, mas foi detida pela mão de Will agarrando sua saia.

– Não vá lá – disse ele baixinho.

– Solte-me, seu tolo! Solte-me! É Ashley!

Ele não soltou.

– Afinal, ele é marido *dela*, não é? – perguntou Will calmamente e, olhando para ele, em uma confusão de alegria e fúria impotente, Scarlett viu nas profundezas quietas de seus olhos compreensão e pena.

fim do volume I

EDIÇÕES
BestBolso

Este livro foi composto na tipologia Minion Pro Regular, em corpo 9,5/11,5, e impresso em papel off-set 56g/m² no Sistema Cameron da Divisão Gráfica da Distribuidora Record.